TERRY PRATCHETT
Lords und Ladies
Helle Barden

Terry Pratchett, geboren 1948, ist einer der erfolgreichsten Autoren der Gegenwart. Von seinen Romanen wurden weltweit rund 45 Millionen Exemplare verkauft, seine Werke in 34 Sprachen übersetzt. Er lebt mit seiner Frau Lyn in der englischen Grafschaft Wiltshire.
Informationen zu Terry Pratchett auch unter www.pratchett-buecher.de und www.pratchett-fanclub.de

Terry Pratchett bei Goldmann und Manhattan

Die Romane von der bizarren Scheibenwelt:
Voll im Bilde (42129) · Alles Sense! (42130) · Total verhext (42131) · Einfach göttlich (42132) · Lords und Ladies (44675) · Helle Barden (44873) · Rollende Steine (43049) · Echt zauberhaft (43050) · Mummenschanz (45260) · Hohle Köpfe (45398) · Schweinsgalopp (43779) · Fliegende Fetzen (45639) · Heiße Hüpfer (44232) · Ruhig Blut! (44233) · Der fünfte Elefant (41658) · Die volle Wahrheit (45406) · Der Zeitdieb (45739) · Die Nachtwächter (45941) · Maurice, der Kater. Ein Märchen von der Scheibenwelt (45513) · Weiberregiment (46195) Kleine freie Männer. Ein Märchen von der Scheibenwelt (46309) · Ab die Post (HC, 54565) · Ein Hut voller Sterne. Ein Märchen von der Scheibenwelt (HC, 54608) · Klonk! (HC, 54616) · Der Winterschmied. Ein Märchen von der Scheibenwelt (HC, 54619)

Zusammen mit Paul Kidby:
Wahre Helden. Ein illustrierter Scheibenwelt-Roman (HC, 54531) · Die Kunst der Scheibenwelt. (HC, 54612)

Zwei Scheibenwelt-Romane in einem Band:
Voll im Bilde/Alles Sense. Zwei Scheibenwelt-Romane in einem Band (45068) Total verhext/Einfach göttlich. Zwei Scheibenwelt-Romane in einem Band (13334)

Von der Scheibenwelt außerdem erschienen:
Das Scheibenwelt-Album. Illustriert von Paul Kidby (44422) · Mort. Der Scheibenwelt-Comic. Illustriert von Graham Higgins (Manhattan HC, 54523)

Zusammen mit Stephen Briggs:
Wachen! Wachen! Der Scheibenwelt-Comic. Illustriert von Graham Higgins (HC, 54533) · Nanny Oggs Kochbuch. Mit Rezepten von Tina Hannan. Illustriert von Paul Kidby (45050) · Die Straßen von Ankh-Morpork. Eine Scheibenwelt-Karte (24719) · Die Scheibenwelt von A-Z (43265)

Dazu ist erschienen:
Die gemeine Hauskatze. Illustriert von Gray Jolliffe (45557)

Außerdem sind Johnny-Maxwell-Romane von Terry Pratchett erschienen:
Nur du kannst die Menschheit retten (42633) · Nur du kannst sie verstehen (42634) · Nur du hast den Schlüssel (43817) · Nur du kannst die Menschheit retten/Nur du kannst sie verstehen/Nur du hast den Schlüssel. Drei Romane in einem Band (13358)

Terry Pratchett

Lords und Ladies
Helle Barden

Zwei Scheibenwelt-Romane
in einem Band

Ins Deutsche übertragen
von Andreas Brandhorst

GOLDMANN

Die Originalausgabe von
»Lords und Ladies« erschien unter dem Titel »Lords and Ladies«
bei Victor Gollancz Ltd., London

Die Originalausgabe von
»Helle Barden« erschien unter dem Titel »Men at Arms«
bei Victor Gollancz Ltd., London

Einmalige Sonderausgabe Juni 2007
»Lords und Ladies«

Übersetzt von Andreas Brandhorst
»Helle Barden«

First published by Victor Gollancz Ltd., London

Übersetzt von Andreas Brandhorst
Umschlaggestaltung: Design Team München
Druck und Bindung: GGP Media GmbH, Pößneck
SH · Herstellung: sc
Printed in Germany
ISBN 978-3-442-13393-2

www.goldmann-verlag.de

Lords und Ladies

Deutsch von
Andreas Brandhorst

Vorbemerkung des Autors

Normalerweise sind die einzelnen Scheibenweltromane unabhängig voneinander. Es *hilft,* sie in einer gewissen Reihenfolge zu lesen, aber es ist nicht unbedingt erforderlich.

Hier sieht die Sache anders aus – diesmal muss ich die vorherigen Ereignisse berücksichtigen. Oma Wetterwachs erschien zum ersten Mal in *Das Erbe des Zauberers.* In *MacBest* wurde sie zum inoffiziellen Oberhaupt eines kleinen Hexenzirkels, der außer ihr selbst zwei weitere Mitglieder hat: die lebenslustige, oft verheiratete Nanny Ogg und die junge Magrat mit der großen, roten Nase, dem ungekämmten Haar und der Neigung, in Hinsicht auf Regentropfen, Rosen und Kätzchen sentimental zu sein.

Das Geschehen hatte gewisse Ähnlichkeit mit einem berühmten Drama über einen schottischen König. Es endete damit, dass Verence II. König von Lancre wurde, einem kleinen Land, das zum größten Teil aus Hügeln und Wald besteht.

Eigentlich hätte das nicht passieren dürfen, denn er war gar nicht der Thronfolger. Aber die Hexen glaubten, dass er sich für den Job am besten eignete, und außerdem vertraten sie folgenden Standpunkt: Ende gut, alles gut. Magrat knüpfte sehr zaghafte Beziehungen zu Verence – sehr zaghafte deshalb,weil sie beide extrem schüchtern waren. Zum Beispiel vergaßen sie sofort, was sie sich bei einer Begegnung sagen wollten, und wenn sie tatsächlich einmal sprachen, so verstanden sie alles falsch und fühlten sich beleidigt. Außerdem verbrachten sie beide viel Zeit damit, sich zu überlegen, was der andere dachte. Dabei mag es sich um Symptome von Liebe handeln.

Sie erinnern sich bestimmt: In *Total verhext* reisten die drei Hexen durch den halben Kontinent, um einer bösen Patentante das Handwerk zu legen – sie hatte dem Schicksal ein Angebot unterbreitet, das es nicht ablehnen konnte.

In dieser Geschichte geht es darum, was nach ihrer Heimkehr geschah.

LESEN SIE WEITER…

Lesen Sie weiter…

Wo beginnt die Geschichte?

Eigentlich gibt es nur wenige Anfänge. Natürlich hat es oft den *Anschein,* als finge etwas an. Der Vorhang geht auf, der erste Bauer wird bewegt, der erste Schuss wird abgefeuert.* Aber *das* ist nicht der Anfang. Das Bühnenstück, die Schachpartie und der Krieg… Es sind nur kleine Glieder in einer Kette von Ereignissen, die sich Tausende von Jahren weit in die Vergangenheit erstrecken. Es gibt *immer* ein Vorher. Und immer kann man den Hinweis *Lesen Sie weiter* anbringen.

Ein großer Teil des menschlichen Einfallsreichtums ist in die Suche nach dem endgültigen Vorher investiert worden.

Der gegenwärtige Wissensstand lässt sich folgendermaßen ausdrücken: Am Anfang gab es nichts, und es explodierte.

Andere Theorien in Bezug auf den Beginn aller Anfänge betreffen Götter, die das Universum aus den Rippen, Eingeweiden oder Hoden ihres Vaters schufen.** An solchen Hypothesen mangelt es nicht. Sie sind sehr interessant, nicht aufgrund ihrer kosmologischen Informationen, sondern weil sie über die Menschen Auskunft geben. He, Jungs: Woraus hat man *eure* Stadt errichtet?

Nun, *diese* Geschichte beginnt auf der Scheibenwelt. Und die ruht auf dem Rücken von vier riesigen Elefanten, die auf dem Panzer einer gewaltigen Schildkröte stehen, und sie ist nicht aus den Körperteilen irgendwelcher Götter oder deren Eltern erschaffen.

Aber wo beginnen?

Vor einigen Jahrtausenden? Als ein Schwarm Steine vom Himmel herabheulte, ein Loch in den Kupferkopfberg bohrte und im Umkreis von fast zwanzig Kilometern alle Bäume fällte?

* Vermutlich auf den ersten Bauern.

** Götter mögen einen guten Witz ebenso wie alle anderen Leute.

Die Zwerge gruben jene Steine aus, denn sie bestanden aus einer Art Eisen. Und entgegen einer weit verbreiteten Ansicht halten Zwerge von Eisen viel mehr als von Gold. Es ist nur nicht so leicht, Lieder über Eisen zu singen.

Zwerge *lieben* Eisen.

Und genau das enthielten die Steine: Eisenliebe. Eine so starke Liebe, dass sie alles Eisen anzog. Die drei Zwerge, die die Steine als Erste fanden, konnten sich nur befreien, indem sie ihre Kettenhemden abstreiften.

Viele Welten bestehen in ihrem Kern aus Eisen. Doch die Scheibenwelt ist ebenso kernlos wie ein Pfannkuchen.

Wenn man auf der Scheibenwelt eine Nadel beschwört, so deutet sie zur Mitte, denn dort hat das magische Feld die größte Intensität. Mehr steckt nicht dahinter.

Auf anderen, mit weniger Phantasie konstruierten Welten dreht sich die Nadel zum Eisen der Liebe wegen.

Damals waren Zwerge und Menschen ganz versessen nach Eisenliebe.

Und nun... Betätigen wir den schnellen Vorlauf der Zeit, und zwar um einige Jahrtausende, bis etwa fünfzig Jahre vor dem in ständiger Bewegung bleibenden *Jetzt.* Ort: der Hang eines Hügels. Protagonist: eine junge, laufende Frau. Sie flieht nicht vor etwas und hat auch kein bestimmtes Ziel. Sie läuft nur schnell genug, um sich nicht von dem jungen Mann hinter ihr einholen zu lassen – wobei sie natürlich den Abstand nicht so groß werden lässt, dass er aufgibt. Sie eilt aus dem Wald und erreicht das von Binsen bewachsene Tal, in dem sich auf einer kleinen Anhöhe die Steine erheben.

Die Steine sind knapp zwei Meter hoch und kaum breiter als ein dicker Mensch.

Irgendwie wirken sie... *enttäuschend.* Wenn es einen Steinkreis gibt, von dem man sich fern halten soll, so erwartet man große, düster anmutende Trilithen und uralten Altargranit, auf dem dunkle Flecken von Opfern künden. *Diese* Steine hingegen sind nur unscheinbare Buckel in der Landschaft.

Später stellt sich heraus, dass die junge Dame zu schnell gelaufen ist. Der junge Mann verliert sie aus den Augen, sucht eine Zeit lang, hat dann genug und kehrt zum Dorf zurück. Die Frau weiß das noch nicht, verharrt unschlüssig und rückt sich geistesabwesend die Blumen im Haar zurecht. *So ein* Nachmittag ist das gewesen…

Sie hat von den Steinen gehört. Obwohl niemand entsprechende Hinweise bekommt. Es wird nie verboten, den Steinkreis aufzusuchen, aus gutem Grund: Jene Leute, die ganz bewusst nicht darüber reden, wissen auch, dass Verbotenes einen großen Reiz ausübt. Es gehört sich einfach nicht, *den* Ort aufzusuchen. Und das gilt insbesondere für junge, hübsche Frauen.

Doch in diesem Fall haben wir es nicht unbedingt mit einer *hübschen* jungen Frau zu tun. Kinn und Nase können nur bei Rückenwind und im richtigen Licht von einem gutmütigen Lügner als attraktiv bezeichnet werden. Hinzu kommt ein ganz bestimmtes Glitzern in den Augen. Man sieht es häufig bei Personen, die festgestellt haben, intelligenter zu sein als ihre Mitmenschen – und die erst noch lernen müssen, diese Erkenntnis zu verbergen. Zusammen mit der Nase führt es zu einer strengen, Unbehagen hervorrufenden Miene. Es fällt schwer, zu jemandem mit einem derartigen Gesicht zu sprechen. Wenn man den Mund öffnet, wird man plötzlich von einem Blick durchbohrt, der folgende Botschaft vermittelt: Ganz gleich, was du auch zu sagen hast – es sollte interessant sein, zu deinem eigenen Besten.

Ein solcher Blick streicht nun über die acht Felsen auf der Anhöhe.

Hmm.

Dann nähert sich die junge Frau vorsichtig. Es ist nicht die Vorsicht eines zur Flucht bereiten Hasen. Die Bewegungen lassen sich eher mit denen eines Jägers vergleichen.

Sie stemmt die Hände in die schmalen Hüften.

Eine Feldlerche zwitschert hoch am Himmel, und abgesehen davon herrscht Stille. Weiter unten im Tal und höher in den Bergen zirpen Heuschrecken und summen Bienen; dort ist das Gras voller Mikrogeräusche. Aber im Bereich der Steine schweigt die Welt.

»Ich bin hier«, sagt die junge Dame. »Zeig dich.«

Im Innern des Steinkreises erscheint eine dunkelhaarige Frau, die ein rotes Gewand trägt. Man kann ohne große Schwierigkeiten einen Kiesel von einer Seite des Kreises zur anderen werfen, aber die Gestalt erweckt trotzdem den Eindruck, aus weiter Ferne zu kommen.

Andere Leute wären jetzt weggelaufen. Doch die junge Frau rührt sich nicht von der Stelle, ein Umstand, der die Fremde fasziniert.

»Es gibt dich also wirklich.«

»Natürlich. Wie heißt du, Mädchen?«

»Esmeralda.«

»Und was willst du?«

»Ich will überhaupt nichts.«

»Jeder möchte etwas. Auch du. Warum bist du sonst gekommen?«

»Ich wollte nur herausfinden, ob es dich gibt.«

»Ja, für dich existiere ich zweifellos... Du hast einen *scharfen* Blick.«

Die junge Frau nickt. Ihr Stolz kommt einem Schild gleich, an dem alles abprallt.

»Und da du nun Antwort auf deine Frage gefunden hast...«, sagt die Gestalt im Kreis. »Was willst du von mir?«

»Nichts.«

»Ach, tatsächlich? In der letzten Woche hast du die Berge jenseits vom Kupferkopf erklommen, um mit den Trollen zu reden. Was wolltest du von ihnen?«

Die junge Frau neigt den Kopf zur Seite.

»Woher weißt du das?«

»Die Erinnerungen daran befinden sich ganz oben in deinem Bewußtsein. Jeder kann sie sehen. Jeder, der einen *scharfen Blick* hat.«

»Dazu werde auch ich im Stande sein, eines Tages«, meint die Frau selbstgefällig.

»Wer weiß? Vielleicht hast du Recht. Was wolltest du von den Trollen?«

»Ich... Ich wollte nur mit ihnen reden. Sie glauben, dass die Zeit rückwärts läuft. Sie erklären es damit, dass man die Vergangenheit sehen kann...«

Die Fremde im Kreis lacht.

»Trolle sind wie die dummen Zwerge! Interessieren sich nur für Steine. Was kann an Steinen schon interessant sein?«

Die junge Frau zuckt unverbindlich mit den Schultern. Sie scheint der Meinung zu sein, dass Steine durchaus interessant sein können.

»Warum bist du nicht in der Lage, den Kreis zu verlassen?«

Es gibt einige subtile Anzeichen dafür, dass diese Frage der Fremden nicht sehr gefällt. Sie beschließt, ihr keine Beachtung zu schenken.

»Ich könnte dir helfen, mehr zu finden als nur Steine«, bietet sie an.

»Du kannst den Kreis wirklich nicht verlassen, oder?«

»Ich kann dir das geben, was du möchtest.«

»Ich kann jeden beliebigen Ort aufsuchen, aber du sitzt im Kreis fest«, sagt Esmeralda.

»Jeden *beliebigen* Ort willst du aufsuchen können?«

»Ja. Wenn ich Hexe bin.«

»Aber du wirst nie eine sein.«

»Was?«

»Es heißt, du hörst nicht zu. Es fällt dir schwer, dein Temperament zu beherrschen. Angeblich fehlt es dir an Disziplin.«

Die junge Frau wirft ihr Haar zurück. »Ach, auch das weißt du, wie? So etwas sagt man mir also nach... Nun, was auch immer die Leute glauben – ich werde Hexe. Es ist auch möglich, die Dinge selbst herauszufinden. Man muss nicht unbedingt alten Weibern zuhören. Und noch etwas, Steinkreisfrau: Ich werde die beste Hexe, die es je gab.«

»Mit meiner Hilfe wäre dir das möglich«, erwidert die Fremde. Sie zögert kurz und fügt hinzu: »Ich glaube, der junge Mann sucht nach dir.«

Einmal mehr zuckt Esmeralda mit den Schultern. Soll er von mir aus den ganzen Tag suchen, lautet ihre unausgesprochene Antwort.

»Ich werde zur besten Hexe aller Zeiten«, betont sie erneut. »Oder?«

»Vielleicht. Du könntest alles werden. Was auch immer du willst. Komm zu mir in den Kreis. Ich zeig's dir.«

Esmeralda tritt näher und zögert dann. Irgendetwas im Tonfall der Fremden erscheint ihr seltsam. Das Lächeln ist nett und freundlich, doch so etwas wie Verzweiflung klingt in ihrer Stimme mit. Es hört sich drängend an, irgendwie *gierig*.

»Ich lerne eine Menge…«

»Komm *jetzt sofort* in den Steinkreis!«

Noch ein Schritt nach vorn – und wieder bleibt die junge Frau stehen.

»Woher soll ich wissen…«

»Die Kreis-Zeit! Stell dir vor, wie viel mehr du hier lernen kannst! *Komm!*«

»Aber…«

»Komm zu mir!«

Das alles geschah vor vielen Jahren, in der Vergangenheit*. Heute ist die Hexe…

… älter.

* Also in einem anderen Land.

Ein Land aus Eis...

Es ist keinesfalls Winter, denn dann gäbe es auch den Herbst und vielleicht sogar einen Frühling. Es handelt sich tatsächlich um ein Land aus Eis, nicht nur um eine kalte Jahreszeit.

Drei Reiter sahen über den schneebedeckten Hang und blickten zum Steinkreis. Von dieser Seite aus betrachtet wirkten die Felsen größer.

Die Kleidung der drei Gestalten war schon seltsam genug, aber es gab noch etwas anderes Sonderbares: Warmer Pferdeatem formte vor den Nüstern graue Wolken, doch vor den Lippen der Reiter zeigte sich nichts dergleichen.

»Diesmal wird es keine Niederlage«, sagte die Frau in der Mitte. Sie trug ein rotes Kleid. »Ich bin sicher, das Land heißt uns willkommen. Inzwischen hasst es die Menschen bestimmt.«

»Und die Hexen?«, fragte einer der beiden anderen Reiter. »Ich kann mich an Hexen erinnern.«

»Früher lebten hier welche, ja«, erwiderte die Frau. »Aber heute... Oh, heute sind es erbärmliche Geschöpfe ohne Macht. Leicht beeinflussbar. Ohne Widerstandswillen. Ich habe mich umgesehen und gelauscht. Ja, des Nachts bin ich unterwegs gewesen, um einen Eindruck zu gewinnen. Und daher kenne ich die heutigen Hexen. Überlasst sie mir.«

»Hexen...«, murmelte der dritte Reiter. »Ich entsinne mich ebenfalls an sie. Gedanken wie... wie Metall.«

»Heute nicht mehr. Keine Sorge. Überlasst sie mir.«

Die Königin lächelte gutmütig, während sie den Steinkreis beobachtete.

»Anschließend könnt ihr sie haben«, sagte sie. »Was mich betrifft... Ich lege mir einen sterblichen Gemahl zu. Einen *ganz besonderen* sterblichen Gemahl. Die Einheit zweier Welten... Damit zeigen wir unsere Entschlossenheit, auf Dauer zu bleiben.«

»Das wird dem König nicht gefallen.«

»Hat *das* jemals eine Rolle gespielt?«

»Nein, Herrin.«

»Es dauert nicht mehr lange, Lankin. Die Kreise öffnen sich. Bald können wir zurückkehren.«

Der zweite Reiter beugte sich im Sattel vor.

»Und dann gehe ich wieder auf die Jagd«, sagte er. »Wann? *Wann?*«

»Bald«, antwortete die Königin. »Bald.«

Es war eine dunkle Nacht. Diese Art von Dunkelheit ließ sich nicht allein mit der Abwesenheit von Mond und Sternen erklären. Die Dunkelheit schien vielmehr von einem anderen Ort heranzuströmen und regelrecht Substanz zu gewinnen – man hatte das Gefühl, eine Hand voll davon greifen und die Nacht herausquetschen zu können.

Eine solche Dunkelheit sorgt dafür, dass Schafe über Zäune springen und sich Hunde in ihren Hütten verkriechen.

Doch der Wind war warm und nicht ganz so stark wie laut: Er heulte im Wald und pfiff durch die Kamine.

In solchen Nächten zieht man sich die Decke bis über die Ohren, da man spürt, dass die Welt etwas anderem gehört. Am nächsten Morgen wird sie den Menschen wieder zur Verfügung stehen. Dann mögen abgebrochene Äste und Zweige herumliegen, vielleicht auch die eine oder andere Schindel vom Dach, aber wenigstens handelt es sich wieder um eine *menschliche* Welt. Doch jetzt… Besser war's, die Decke noch ein wenig höher zu ziehen und die Geborgenheit eines warmen Bettes zu genießen.

Diese Möglichkeit stand nicht allen offen.

Jason Ogg, seines Zeichens Schmied, betätigte ein- oder zweimal den Blasebalg, um sich etwas abzulenken, nahm dann wieder auf dem Amboss Platz. In der Schmiede war es immer warm, auch wenn draußen der Wind heulte.

Jason konnte praktisch *alles* mit Hufeisen ausstatten. Einmal hatten sich ein paar Jungs einen Scherz erlaubt und ihm eine Ameise gebracht. Der Schmied blieb die ganze Nacht auf, arbeitete mit einem Vergrößerungsglas und einem Stecknadelkopf, den er als Amboß benutzte. Die Ameise trieb sich noch immer irgendwo herum – manchmal hörte er sie klappern.

Doch heute Nacht... Nun, in *dieser* Nacht musste er gewissermaßen die Miete zahlen. Die Schmiede gehörte ihm natürlich; sie wurde von Generation zu Generation vererbt. Aber sie bestand aus mehr als nur Ziegeln, Mörtel und Eisen. In diesem Punkt war sich Jason ziemlich sicher, obgleich er die Frage, woraus sie noch bestünde, nicht beantworten konnte. Es betraf den Unterschied zwischen einem Meisterschmied und jemandem, der sich seinen Lebensunterhalt damit verdiente, Eisen zu verbiegen. Es ging darum, immer ausgezeichnete Arbeit zu leisten. Dafür galt es, einen Preis zu entrichten.

Eines Tages hatte ihn sein Vater beiseite genommen und erklärt, was er in Nächten wie dieser beachten musste.

Irgendwann einmal, sagte Vater Ogg, kommt jemand, um sein Pferd beschlagen zu lassen. Es ist kein gewöhnlicher Kunde, und das weißt du sofort; braucht dir niemand extra zu sagen. Empfang ihn freundlich. Beschlage das Pferd. Und konzentrier dich auf die Arbeit. Denk an nichts anderes als nur an Hufeisen.

Inzwischen hatte sich Jason daran gewöhnt.

Der Wind wurde noch etwas stärker, und irgendwo knarrte ein knickender Baum.

Die Tür erzitterte in den Angeln.

Dann klopfte es. Einmal. Zweimal.

Jason Ogg griff nach der Augenbinde und streifte sie über. Ihr kam große Bedeutung zu, hatte sein Vater betont. Sie verhinderte Ablenkungen.

Dann öffnete er die Tür.

»Guten Abend, Herr«, sagte er.

EINE UNRUHIGE NACHT.

Jason roch das Pferd, als es hereinkam. Hufe klackten auf Steinen.

»Ich habe Tee aufgesetzt«, meinte der Schmied. »Und unsere Dreen hat Kekse gebracht. Sind in der Dose, auf der ›Geschänk aus Ankh-Morpork‹ steht.«

DANKE. ES GEHT DIR GUT, NEHME ICH AN.

»Ja, Herr. Die Hufeisen sind bereits vorbereitet. Du brauchst nicht lange zu warten. Ich weiß, dass du sehr ... beschäftigt bist.«

Jason vernahm *klickende* Schritte in Richtung des alten Küchenstuhls, der für Kunden reserviert war – beziehungsweise für die Eigentümer der Kunden.

Auf der Werkbank neben dem Amboss lagen Werkzeuge, Hufeisen und Nägel bereit. Der Schmied wischte sich die Hände an der Schürze ab, griff nach einer Feile und machte sich ans Werk. Es gefiel ihm nicht sonderlich, mit Augenbinde zu arbeiten, aber wie dem auch sei: Seit seinem zehnten Lebensjahr beschlug er Pferde; der Tastsinn genügte ihm völlig.

Er nahm eine Raspel, feilte und bohrte damit.

Nie zuvor hatte er es mit einem gehorsameren Pferd zu tun bekommen. Wirklich schade, dass er es nicht sehen durfte. Es musste ein prächtiges Ross sein ...

Versuch nicht, einen heimlichen Blick darauf zu werfen – so lauteten die warnenden Worte seines Vaters.

Er hörte ein von der Teekanne stammendes Gluckern, gefolgt vom leisen Klimpern eines Löffels, den jemand zum Umrühren benutzte und wenige Sekunden später beiseite legte.

Andere Geräusche hörte er nicht. Aber darauf hatte Jasons Vater hingewiesen: Man hörte *ihn* nur, wenn er ging und sprach. Sonst nicht. Er leckte sich nie die Lippen.

Und er schien auch nicht zu atmen.

Der Schmied entsann sich an einen weiteren Rat. *Wenn du die alten*

Hufeisen abnimmst … Wirf sie nicht in die Ecke, um sie zusammen mit dem übrigen Kram einzuschmelzen. Bewahr sie an einem anderen Ort auf. Und schmelz sie getrennt. In einem Kessel, den du nur für diesen Zweck benutzt. Stell die neuen Hufeisen aus diesem Metall her. Was auch immer geschehen mag: Statte nie ein anderes lebendes Wesen mit jenem Eisen aus.

Jason hatte einige der alten Hufeisen beiseite gelegt, um sie bei Wurfwettbewerben zu benutzen. Damit verlor er nie. Er gewann so oft, dass er nervös wurde, und jetzt hingen sie die meiste Zeit über an einem Nagel hinter der Tür.

Manchmal versuchte der Wind, das Fenster aufzudrücken. Oder wagte sich im Schornstein überm Schmiedefeuer so weit vor, dass die glühenden Kohlen knisterten. Mehrmaliges dumpfes Pochen und aufgeregtes Gackern deuteten darauf hin, dass der Hühnerstall am Ende des Gartens gerade Fliegen lernte.

Der Besitzer des Kunden genehmigte sich noch eine Tasse Tee.

Jason beendete die Arbeit an dem Huf, ließ ihn los und streckte die Hand aus. Das Pferd schob sich ein wenig zur Seite und hob den letzten Huf.

Ein solches Ross verdiente die Bezeichnung »einzigartig«.

Schließlich war der Schmied fertig. Seltsam. Es schien nie sehr lange zu dauern. Mit Uhren konnte Jason nichts anfangen, aber er gewann folgenden Eindruck: Die Arbeit nahm fast eine Stunde in Anspruch, und *gleichzeitig* dauerte sie nur wenige Minuten.

»Das hätten wir«, sagte er.

DANKE. DIESE KEKSE SCHMECKEN SEHR GUT. WIE KOMMT DIE SCHOKOLADE HINEIN?

»Keine Ahnung, Herr«, erwiderte Jason und starrte ans Innere der Augenbinde.

ICH MEINE, BEIM BACKEN MÜSSTE DIE SCHOKOLADE EIGENTLICH SCHMELZEN, ODER? WIE STELLT MAN ES AN?

»Ist vermutlich Herstellungsgeheimnis«, spekulierte Jason. »Solche Fragen stelle ich nie.«

GUTER MANN. SEHR KLUG. NUN, ICH...

Er *musste* fragen. Wenn auch nur deshalb, um sich immer daran zu erinnern, einmal gefragt zu haben.

»Herr?«

JA, JASON?

»Ich habe da eine Frage...«

ICH HÖRE.

Jason befeuchtete sich nervös die Lippen.

»Wenn ich die Augenbinde abnähme... Was sähe ich dann?«

Na bitte. Jetzt war's ausgesprochen.

Etwas klickte über die Steinplatten, und Jason ahnte, dass der Kunde – der Eigentümer des Kunden – nun direkt vor ihm stand.

BIST DU EIN MANN DES GLAUBENS?

Jason dachte rasch darüber nach. In Lancre spielte die Religion nicht gerade die Hauptrolle. Es gab die Rätsler der Neun Tage und die Strengen Offlianer. Hinzu kamen einige kleine Altäre für geringe Götter – die meisten von ihnen standen auf irgendwelchen fernen Lichtungen. Jason hatte nie das Bedürfnis verspürt, religiös zu werden, und in dieser Hinsicht erging es ihm wie den Zwergen. Eisen war Eisen, und Feuer war Feuer. Wenn man anfing, metaphysisch zu werden, geriet der Daumen irgendwann unter den Hammer.

WORAN GLAUBST DU, GENAU IN DIESEM AUGENBLICK?

Jason begriff, dass der Abstand nur einige Zentimeter betrug. *Wenn ich jetzt die Hand ausstrecke...*

Ein sonderbarer Geruch wehte ihm entgegen. Er war nicht unbedingt unangenehm, und man musste sich konzentrieren, um ihn wahrzunehmen und zu deuten. Irgendetwas roch nach vergessenen Zimmern. Wenn Jahrhunderte ein Aroma bekommen konnten, so ging von den alten ein solcher Duft aus.

Jason Ogg?

Der Schmied schluckte.

»Nun, Herr«, entgegnete er, »derzeit glaube ich ziemlich fest an diese Augenbinde.«

Guter Mann. Guter Mann. Und nun... Ich muss los.

Jason hörte, wie der Riegel nach oben schwang. Das Heulen des Winds schwoll jäh an, als sich die Tür öffnete, und es untermalte das Pochen von Hufen.

Du hast wie immer ausgezeichnete Arbeit geleistet.

»Danke, Herr.«

Das sage ich einem Künstlerkollegen.

»Danke, Herr.«

Wir sehen uns wieder.

»Ja, Herr.«

Sobald mein Pferd neue Hufeisen braucht.

»Ja, Herr.«

Jason schloss die Tür und verriegelte sie, obgleich das eigentlich gar keinen Sinn hatte.

Darin bestand die Übereinkunft: Man beschlug alles, was einem gebracht wurde, alles, und dafür konnte man auch alles beschlagen. In Lancre hatte es immer einen Schmied gegeben, der einen hervorragenden Ruf genoss.

Es war eine uralte Abmachung, und sie stand im Zusammenhang mit Eisen.

Der Wind flüsterte nur noch am Horizont, als die Sonne aufging.

Dies war das oktarine Grasland. Es handelte sich um fruchtbares Land, gut geeignet, um Korn anzubauen.

Auf diesem Feld zum Beispiel neigten sich Getreidehalme zwischen den Hecken sanft hin und her. Es war kein sehr großes Feld, und es zeichnete sich auch nicht durch irgendwelche besonderen Merkmale aus. Ein ganz normales Feld präsentierte sich uns, darauf wuchs nur Getreide, abgesehen vom Winter. Dann diente es Tauben und Krähen als Treffpunkt.

Der Wind schlief ein.

Trotzdem blieben die Halme in Bewegung. Dieses spezielle Wogen wurde nicht von irgendeiner Brise verursacht. Es ging von der Mitte des Feldes aus, wie Wellen nach einem ins Wasser gefallenen Stein.

Die Luft brutzelte, und ein zorniges Summen erklang.

In der Mitte des Felds raschelte das Korn und legte sich nieder.

Und zwar in einem Kreis.

Am Himmel schwärmten Bienen und setzten ihr zorniges Summen fort.

Nur noch wenige Wochen bis zur Sommersonnenwende. Das Königreich Lancre döste in der Hitze, die über Wäldern und Feldern flimmerte.

Drei Punkte erschienen am Himmel.

Nach einer Weile wurden sie größer und stellten sich als Frauen heraus, die auf Besen ritten. Ihre Formation erinnerte an drei Gipsenten...

Beobachten wir sie.

Die Erste – nennen wir sie »Anführerin« – sitzt mit geradem Rücken, trotzt dem Luftwiderstand und scheint sich durchzusetzen. Ihr Gesicht ist zumindest eindrucksvoll, kann jedoch nicht als attraktiv oder gar schön bezeichnet werden – zumindest nicht von jemandem, der auf eine ums Dreifache angeschwollene Nase verzichten möchte.

Die zweite Frau ist pummelig und krummbeinig. Hinzu kommt ein Gesicht, das aussieht wie ein Apfel, der zu lange im Korb gelegen hat. Der Ausdruck darin deutet auf unheilbare Gutmütigkeit hin. Sie zupft an den Saiten eines Banjos und singt – das heißt, sie versucht es zumindest. Bei dem Lied geht es um einen Igel.

Während am ersten Besen nur einige Beutel hängen, muss der zweite eine weitaus umfangreichere Ladung befördern. Sie besteht aus purpurnen Plüscheseln, Korkenziehern in der Form von urinierenden Knaben, Weinflaschen in Strohkörben und anderen internationalen Kulturgütern. Inmitten dieser Fracht liegt der gemeinste und am strengsten riechende Kater der ganzen Scheibenwelt. Derzeit schläft er.

Die dritte – und zweifellos letzte – Besenreiterin ist auch die jüngste. Während sich ihre Begleiterinnen wie Raben kleiden, trägt sie fröhlich-bunte Sachen, die ihr jetzt nicht passen und wahrscheinlich auch in zehn Jahren noch den Eindruck erwecken, von jemand anders zu stammen. Eine Aura vager Hoffnung umgibt sie. Blumen stecken in ihrem Haar, aber sie verwelken allmählich, so wie sie selbst.

Die drei Hexen überfliegen die Grenze des Königreichs Lancre, und kurz darauf erreichen sie die gleichnamige Stadt. Über dem Moor dahinter gehen sie tiefer und landen schließlich in der Nähe eines hohen Steins, der ihr Territorium markiert.

Sie sind zurück.

Alles ist wieder in bester Ordnung.

Etwa fünf Minuten lang.

Ein Dachs hatte sich im Abort niedergelassen.

Oma Wetterwachs stieß mehrmals mit dem Besenstiel nach ihm, bis er verstand, was sie wollte, und davonschlurfte. Anschließend nahm sie den Schlüssel – er hing neben dem *Alamanach Uhnd Kalennder* vom letzten Jahr – und stapfte über den Pfad zur Hütte.

Ein ganzer Winter war vergangen! Sicher gab es eine Menge zu tun. Zum Beispiel... Es galt, Skindels Ziegen zu holen, die Spinnen aus dem Kamin zu vertreiben, die Frösche aus dem Brunnen zu verbannen. Hinzu kam natürlich, dass sich Oma um die Angelegenheiten der anderen Leute kümmern musste, weil sie allein nicht damit zurechtkamen. Wer weiß, was sie anstellten, wenn keine Hexen in der Nähe weilten…

Aber es konnte wohl kaum schaden, erst einmal auszuruhen.

Im Kessel fand sie ein Rotkehlchennest. Durch eine zerbrochene Fensterscheibe waren die Vögel ins Innere der Küche gelangt. Vorsichtig trug Oma den großen Topf nach draußen und zwängte ihn in die Nische über der Tür, damit die Wiesel nicht daran herankamen. Sie benutzte eine Pfanne, um Wasser zu erhitzen.

Dann zog sie die Uhr auf. Uhren hatten kaum einen Nutzen für Hexen, aber Oma Wetterwachs fand Gefallen an ihrem Ticken. Sie glaubte, dass dadurch eine gemütliche Atmosphäre entstand. Schon Mutter hatte das gute Stück jeden Tag aufgezogen.

Mutters Tod war nicht gerade überraschend eingetreten, und das aus zwei Gründen. Erstens: Als Hexe wusste Oma Wetterwachs zumindest teilweise, was die Zukunft brachte. Zweitens: Es mangelte ihr nicht an medizinischer Erfahrung, und daher wusste sie die Zeichen zu deuten. Sie hatte sich also darauf vorbereiten können. Erst am nächsten Tag weinte sie, als die Uhr während des Leichenschmauses plötzlich stehen blieb. Sie ließ ein Tablett mit Schinkenröllchen fallen und zog sich auf den Abort zurück, damit niemand ihre Tränen sah…

Nun hatte sie Zeit, über solche Dinge nachzudenken, über die Vergangenheit…

Die Uhr tickte. Das Wasser kochte. Oma Wetterwachs öffnete ihr am Besenstiel befestigtes Gepäck, holte einen kleinen Teebeutel hervor und wusch die Kanne aus.

Das Feuer brannte, vertrieb Klammheit und Leere aus dem Raum. Die Schatten reckten sich.

Zeit, um an die Vergangenheit zu denken. Die Zukunft offenbart sich den Hexen, und daher wusste Oma Wetterwachs: Bald musste sie sich um etwas kümmern, das sie selbst betraf…

Dann sah sie aus dem Fenster.

Nanny Ogg balancierte auf einem Stuhl und strich mit der Kuppe des Zeigefingers ganz oben über den Schrank. Als sie den Finger betrachtete, zeigte sich kein Schmutz daran.

»Hmpf«, brummte sie zufrieden. »Scheint einigermaßen sauber zu sein.«

Die Schwiegertöchter atmeten auf.

»Bisher«, fügte Nanny einschränkend hinzu.

Neuerliches Entsetzen erwachte in den drei jungen Frauen.

Nanny Oggs Verhältnis zu ihren Schwiegertöchtern bildete den einzigen Makel in ihrem ansonsten so freundlichen Wesen. Bei Schwiegersöhnen sah die Sache ganz anders aus. Nie vergaß sie ihre Namen und Geburtstage; die jungen Männer gesellten sich der Familie wie große Küken hinzu, die unter die Fittiche einer brütenden Henne krochen. Enkel wurden innig geliebt, jeder Einzelne von ihnen. Aber unvorsichtigen Frauen, die einen Ogg-Sohn heirateten, drohte die Gefahr, den Rest ihres Lebens in einer Welt psychischer Folter und häuslicher Leibeigenschaft zu verbringen.

Nanny Ogg erledigte im Haus keine Arbeit selbst. Aber sie verstand es, anderen Leuten Arbeit zu machen.

»Ihr habt hier alles recht gut in Ordnung gehalten«, sagte sie. »Nicht übel.«

Ihr Lächeln verblasste.

»Das Bett im Gästezimmer«, fuhr sie fort. »Darunter habe ich noch nicht nachgesehen, oder?«

Inquisitoren hätten Nanny wegen zu großer Gemeinheit aus ihrer Gilde verstoßen.

Sie drehte sich um, als weitere Familienmitglieder hereinkamen. Der Gesichtsausdruck veränderte sich, und die Lippen formten ein für die Enkel reserviertes verträumtes Lächeln.

Jason Ogg schob seinen jüngsten Sohn vor. Der vierjährige Pewsey Ogg hielt etwas in den Händen.

»Was hast du denn da?« fragte Nanny. »Zeig es der Oma ...«

Pewsey hob es hoch.

»Na so was? Du bist *wirklich* ein braver ...«

Es geschah genau in diesem Augenblick und genau vor ihr.

Was Magrat betraf ...

Acht Monate lang war sie fort gewesen.

Jetzt regte sich Panik in ihr. Im Grunde genommen war sie mit Verence II. verlobt. Nun, nicht wirklich *verlobt*... Es gab eine Art unausgesprochene Übereinkunft, die eine Verlobung sehr wahrscheinlich werden ließ. Zugegeben, Magrat hatte ihn mehrmals darauf hingewiesen, dass sie die Freiheit liebte und sich nicht binden wollte, aber ... aber ...

Aber ... Nun, in *acht Monaten* konnte eine Menge geschehen. Sie hätte von Genua aus auf direktem Wege heimkehren sollen, anstatt mit Oma Wetterwachs und Nanny Ogg herumzutrödeln.

Sie wischte den Staub vom Spiegel und betrachtete sich kritisch. Was sie sah, erschien ihr nicht besonders viel versprechend. Ganz gleich, welche Mühe sie sich mit ihren Haaren gab: Sie brauchten nur drei Minuten, um wieder genauso wild zerzaust zu sein wie vorher, ganz wie ein Gartenschlauch im Schuppen.* Sie hatte sich ein neues grünes Kleid gekauft, doch was an der Puppe so aufregend und attraktiv erschien, wirkte bei Magrat wie ein zusammengerollter Regenschirm.

Inzwischen regierte Verence schon seit acht Monaten ... Nun, Lancre war so klein, dass man beim Hinlegen riskierte, mit den Füßen über die Grenze zu ragen. Dennoch war der neue König ein *richtiger* König, und richtige Könige lockten junge Frauen an, die gern Karriere in der Königinnenbranche machen würden.

* So sorgfältig man ihn auch aufrollt: Über Nacht entrollt er sich immer, um den Rasenmäher an die Fahrräder zu fesseln.

Magrat gab sich alle Mühe mit dem Kleid und zog die Bürste noch entschlossener als sonst durchs Haar.

Dann machte sie sich auf den Weg zum Schloss.

Für den Wachdienst im Schloss Lancre waren immer die Leute zuständig, die gerade nichts anderes zu tun hatten. Diesmal kümmerte sich Shawn darum, Nanny Oggs jüngster Sohn. Er trug ein recht knapp sitzendes Kettenhemd und versuchte, Haltung anzunehmen, als Magrat vorbeitrippelte. Unmittelbar darauf ließ er die Pike fallen und hastete der jungen Hexe hinterher.

»Kannst du bitte ein bisschen langsamer gehen?«

Er überholte Magrat, eilte die Stufen zum Tor hoch und griff dort nach einer Trompete, die an einem Nagel hing. Er blies kräftig hinein und brachte etwas hervor, das entfernt an einen Fanfarenstoß erinnerte. Unmittelbar im Anschluss daran holte er mehrmals tief Luft und schien sich auf einen neuerlichen Sprint vorzubereiten.

»Bitte warte hier, ja genau hier«, sagte er. »Klopf erst an, wenn du bis fünf gezählt hast.« Er sprang durch die Tür und warf sie hinter sich zu.

Magrat wartete, und nach einer Weile betätigte sie den Klopfer.

Einige Sekunden verstrichen, und dann öffnete Shawn. Sein Gesicht war ganz rot, und auf seinem Kopf ruhte – falsch herum – eine verstaubte Perücke.

»Joooh?«, fragte er und versuchte, so würdevoll wie ein Butler zu wirken.

»Du hast den Helm noch unter der Perücke«, stellte Magrat fest.

Shawn verdrehte erschrocken die Augen nach oben.

»Sind alle bei der Heuernte?« fragte Magrat.

Der Mann hob die Perücke, nahm den Helm ab und setzte die Perücke wieder auf. Geistesabwesend fügte er ihr den Helm hinzu.

»Ja. Und der Butler Herr Spriggins liegt im Bett, weil er wieder sein Problem hat«, antwortete Shawn. »Ich vertrete ihn. *Und* ich muss auch fürs Abendessen sorgen, weil's Frau Scorbic schlecht geht.«

»Du brauchst mich nicht durchs Schloss zu führen«, meinte Magrat. »Ich kenne den Weg.«

»Muss alles seine Ordnung haben«, erwiderte Shawn. »Ich bitte dich nur, geh etwas langsamer. Den Rest erledige ich.«

Er lief voraus und stieß eine große Doppeltür auf.

»Froooilein Magraaat Knoooblauch!«

Shawn stürmte zur nächsten Doppeltür.

Bei der dritten war er wieder ziemlich außer Atem, aber er gab trotzdem nicht auf.

»Froooilein... Magraaat... Knoooblauch... Seine Majeeestäääät der Kö... Verdammter Mist, wo *steckt* er bloß?«

Der Thronsaal war leer.

Schließlich fanden sie Verence II., König von Lancre, bei den Ställen.

Manche Leute sind von Geburt aus König. Andere Leute müssen König erst werden, oder wenigstens Erz-Generalissimus-Landesvater. Doch dem jungen Mann namens Verence hatte man das Amt des Königs praktisch aufgedrängt. Er war nie dazu erzogen worden, einmal die Krone zu tragen, und er verdankte sie nur jenem komplexen Chaos aus Herkunft und Verwandtschaft, das für königliche Familien typisch zu sein scheint.

Verence hatte sich seinen Lebensunterhalt als Hofnarr verdient, war umhergetollt, hatte Witze erzählt und sich mit Sahnetorten bewerfen lassen. Mit der Folge, dass er dem Leben recht ernsthaft gegenüberstand und fest entschlossen war, nie wieder über irgendetwas zu lachen, erst recht dann nicht, wenn es um Sahnetorten ging.

Als er damit begann, die Pflichten eines Herrschers wahrzunehmen, genoss er zunächst den Vorteil der Unwissenheit. Niemand hatte ihm gesagt, worin die Aufgaben eines Königs bestanden. Es blieb Verence nichts anderes übrig, als es ganz allein herauszufinden. Er besorgte sich Bücher, denn er glaubte fest an den Nutzen von Wissen, das auf Papier und Pergament gebannt war.

Nach gründlicher Lektüre bildete er sich eine ungewöhnliche Meinung: Er vertrat den Standpunkt, dass es oberste Aufgabe des Königs war, das Leben aller Untertanen zu verbessern.

Derzeit betrachtete er eine kompliziert wirkende Apparatur. Das Ding wies zwei Schäfte auf, zwischen denen Platz genug für ein Pferd war, und der Rest schien sich aus mehreren Windmühlen zusammenzusetzen.

Verence sah auf und lächelte geistesabwesend.

»Oh, hallo«, sagte er. »Du bist wieder zurück?«

»Äh…«, begann Magrat.

»Das ist ein patentierter Getreidedreher.« Verence betatschte die Maschine. »Gerade von Ankh-Morpork eingetroffen. Setzt Maßstäbe für die Zukunft. Ich interessiere mich schon sehr für die Modernisierung der Landwirtschaft und Bodeneffizienz. Wir sollten uns ein Beispiel an dem neuen Dreifeldersystem nehmen.«

Dieser Hinweis verwirrte Magrat.

»Ich glaube, wir *haben* nur drei Felder«, wandte sie ein. »Bei uns gibt's nicht viel fruchtbares Ackerland…«

»Es ist sehr wichtig, das richtige Verhältnis zwischen Getreide, Hülsenfrüchten und Wurzelgemüse zu wahren«, dozierte Verence und hob die Stimme. »Auch Klee ziehe ich ernsthaft in Betracht. Ich würde gern deine Meinung dazu hören!«

»Äh…«

»Und ich glaube, wir sollten etwas in Hinsicht auf die Schweine unternehmen!«, rief Verence. »Unsere Lancre-Sorte ist sehr widerstandsfähig, aber die Tiere müssten fetter werden! Und das können wir mit Kreuzungen erreichen! Zum Beispiel mit den so genannten Sattelrücken von Sto! Ich lasse einen Eber kommen… Shawn, würdest du bitte aufhören, dauernd mit dieser verdammten Trompete zu tröten!«

Shawn ließ das Instrument sinken.

»Ich dachte, Fanfaren würden dazugehören, Euer Majestät.«

»Ja, aber nicht *die ganze Zeit über.* Einige kurze Trompetenstöße genügen.« Verence schnüffelte. »Es riecht irgendwie angebrannt.«

»Oh, Mist, die Möhren …« Shawn eilte davon.

»Schon besser«, seufzte der König. »Worüber haben wir gerade gesprochen?«

»Über Schweine, glaube ich«, sagte Magrat. »Nun, eigentlich bin ich hier, um …«

»Letztendlich hängt alles vom Boden ab«, erklärte Verence. »Wenn man das mit dem Boden richtig hinkriegt, klappt auch der Rest. Übrigens: Ich habe die Hochzeit für den Tag der Sommersonnenwende geplant. Das gefällt dir sicher, oder?«

Magrats Lippen formten ein stummes O.

»Wir können die Trauung natürlich verschieben«, fügte Verence hinzu. »Wobei wir allerdings die Ernte berücksichtigen müssen.«

»Ich habe schon einige Einladungen verschickt, an die wichtigsten Gäste«, sagte Verence.

»Außerdem halte ich es für eine gute Idee, vorher ein Fest oder so zu veranstalten«, sagte Verence.

»Auf meine Bitte hin schickt Boggi in Ankh-Morpork den besten Schneider mit Stoffen, und eine der Zofen hat etwa deine Maße, und von dem Resultat bist du bestimmt begeistert«, sagte Verence.

»Und Herr Eisengießersohn kommt *extra* aus den Bergen hierher, um die Krone anzufertigen«, sagte Verence.

»Mein Bruder und Herr Vitollers Leute können nicht kommen, weil sie auf Tournee durch Klatsch sind. Aber der Dramenschmied Hwel hat ein ganz besonderes Stück geschrieben, mit dem er die Hochzeitsgesellschaft unterhalten will. Seiner Ansicht nach kann's nicht mal von Bauern versaut werden«, sagte Verence.

»Damit ist doch alles klar, oder?«, meinte Verence.

Magrats Stimme kehrte von einem langen Ausflug in die Ferne zurück und klang ein wenig heiser.

»Müsstest du vorher nicht *um meine Hand anhalten*?«, fragte sie.

»Was?« Verence blinzelte überrascht. »Äh. Nein. Nein, eigentlich nicht. Könige halten nicht um irgendwelche Hände an. Ich hab darüber gelesen. Ich bin der König, weißt du, und du bist ein Untertan – womit ich dir keineswegs zu nahe treten möchte. Es genügt, wenn ich dir meine Entscheidung mitteile.«

Magrats Mund öffnete sich, um einen zornigen Schrei auszustoßen, doch das Gehirn brachte Zunge und Lungen rechtzeitig unter Kontrolle.

Ja, du kannst ihn natürlich anschreien und dann einfach davonrauschen, sagte das Hirn. Wahrscheinlich folgt er dir.

Sehr wahrscheinlich.

Äh...

Nun, vielleicht ist es nicht *ganz* so wahrscheinlich. Verence mag ein netter Bursche mit tränenden Augen sein, aber er herrscht auch über dieses Land. Außerdem hat er sich inzwischen gründlich darüber informiert, welche Möglichkeiten einem König offen stehen. Nun, die Wahrscheinlichkeit dafür, dass er dir folgt, ist zumindest... wahrscheinlich.

Aber...

Willst du etwa vielleicht alles riskieren? Hast du dir dies nicht gewünscht? Deshalb bist du doch hierher gekommen, oder?

Verence musterte Magrat besorgt.

»Es ist die Hexerei, nicht wahr?«, vermutete er. »Du brauchst sie natürlich nicht ganz aufzugeben. Ich habe großen Respekt vor Hexen. Du kannst zu einer Hexenkönigin werden. Obwohl... Ich glaube, dann musst du Kleider mit sehr tiefen Ausschnitten tragen, viele Katzen besitzen und den Leuten vergiftete Äpfel andrehen. Es geht dir um die Hexerei, stimmt's?«

»Nein«, murmelte Magrat. »Nein, es... Hast du eben eine Krone erwähnt?«

»Du brauchst eine«, sagte Verence. »Königinnen tragen Kronen. Ich hab's in einem Buch gelesen.«

Wieder schaltete sich das Gehirn ein. Königin Magrat, flüsterte es und hob den Spiegel der Phantasie…

»Du bist doch nicht böse, oder?«, fragte Verence.

»Was? Oh. Nein. Ich und böse? Nein.«

»Gut. Dann wäre ja alles geklärt. Oder haben wir irgendetwas übersehen?«

»Äh…«

Der König rieb sich die Hände.

»Mit Hülsenfrüchten stellen wir die wundervollsten Dinge an«, sagte Verence in einem Tonfall, der überhaupt nicht darauf hindeutete, dass er Magrats Leben gerade völlig umgekrempelt hatte – und zwar ohne vorher ihre Erlaubnis einzuholen. »Bohnen, Erbsen… Du weißt schon. Stickstoffdünger. Und natürlich auch Mergel und Kalk. Wissenschaftliche Landwirtschaft. Komm, ich zeig dir was.«

Er hüpfte begeistert los.

»Wir könnten wirklich dafür sorgen, dass in diesem Königreich alles wie am Schnürchen läuft«, meinte er.

Magrat folgte ihm.

Es war also alles klar. Es gab keinen Heiratsantrag, nur eine Art Proklamation. Selbst in den dunkelsten Stunden der Nacht hatte sich die junge Hexe nicht vorstellen können, wie jener Augenblick beschaffen sein mochte, aber aus irgendeinem Grund nahm sie an, dass Rosen, Sonnenuntergänge und zwitschernde Vögel dabei eine Rolle spielten. In diesem Zusammenhang beschäftigte Klee ihre Phantasie wenig. Von Bohnen oder anderen Hülsenfrüchten ganz zu schweigen.

Andererseits: Im Grunde ihres Wesens war Magrat weitaus praktischer veranlagt, als viele jener Leute glaubten, die nur ihr naives Lächeln und ihre insgesamt dreihundert magischen Schmuckstücke sahen, von denen kein Einziges seinen Zweck erfüllte.

So heiratete man also einen König. Es wurde alles arrangiert. Es gab keine weißen Pferde. Die Vergangenheit sauste auf geradem Wege in die Zukunft und nahm einen mit.

Vielleicht war das normal. Könige hatten viel zu tun, und Magrats Erfahrungen in Bezug auf königliche Vermählungen unterlagen gewissen Beschränkungen.

»Wohin gehen wir?«, fragte sie.

»Zum alten Rosengarten.«

Nun... Das klang schon besser.

Allerdings wuchsen dort keine Rosen mehr. In dem von Mauern umgebenen Garten gab es auch die hübschen Wege und Lauben nicht mehr. Dafür herrschte kein Mangel an hüfthohen grünen Halmen mit weißen Blüten, in denen Bienen hektische Aktivität entfalteten.

»Bohnen?«, brachte Magrat hervor.

»*Ja!* Eine spezielle Art. Immer wieder lade ich Bauern ein, hierher zu kommen und sich das anzusehen.« Verence seufzte. »Sie nicken, brummen und lächeln – um dann fortzugehen und so weiterzumachen wie bisher.«

»Ich weiß«, sagte Magrat. »Ähnlich ging's mir, als ich den Leuten zu erklären versuchte, worauf es bei natürlicher Geburt ankommt.«

Verence zog eine Braue hoch. Selbst ihm erschien die Vorstellung absurd, dass Magrat den fruchtbaren und alles andere als unerfahrenen Frauen von Lancre Vorträge über Geburtsmethoden hielt.

»Ach?«, erwiderte er. »Wie haben sie ihre Kinder denn bisher zur Welt gebracht?«

»Auf die alte Art und Weise«, meinte Magrat.

Eine Zeit lang betrachteten sie die summende Bohnenanpflanzung.

»Nun, als Königin brauchst du natürlich nicht...«, begann Verence.

Es geschah ganz sanft, wie ein Kuss, wie das Streicheln des Sonnenscheins.

Der Wind erhob sich nicht. Von einem Augenblick zum anderen herrschte eine Stille, die es in den Ohren knacken ließ.

Die Halme gerieten in Bewegung, legten sich im Kreis zu Boden.

Die Bienen summten noch lauter und flohen.

Die drei Hexen erreichten den Markierungsstein zur gleichen Zeit.

Sie hielten sich nicht einmal mit Erklärungen auf. Über einige Dinge wusste man eben Bescheid.

»Mitten in meinen Kräutern!«, ereiferte sich Oma Wetterwachs.

»Im Palastgarten!«, platzte es aus Magrat heraus.

»Armes Würmchen«, sagte Nanny Ogg. »Und er war so stolz darauf!«

Oma Wetterwachs zögerte.

»Wovon redest du da, Gytha Ogg?«, fragte sie.

»Unser Pewsey hatte einen Pfannkuchen mit extra viel Senf und Kresse für mich vorbereitet«, sagte Nanny Ogg geduldig. »Er zeigte ihn mir, und als ich mich vorbeugte... Zack und platsch! Ein Kornfeldkreis!«

»Eine ernste Sache«, entschied Oma Wetterwachs. »So schlimm ist es schon seit Jahren nicht mehr gewesen. Wir wissen alle, was das bedeutet. Jetzt kommt es darauf an...«

»Äh«, wandte Magrat ein.

»... gewisse Maßnahmen einzuleiten...«

»Entschuldige bitte«, fuhr Magrat fort. Sie kam nicht ganz mit.

»Ja?«

»*Ich* weiß nicht, was es bedeutet«, sagte Magrat. »Ich meine, die alte Gütchen Wemper...«

»...mögesieinfriedenruhen...«, fielen die beiden anderen Hexen ein.

»...wies mich einmal darauf hin, dass Kreise gefährlich sind. Aber sie sagte mir nicht, warum?«

Nanny Ogg und Oma Wetterwachs wechselten einen Blick.

»Sie hat dir nie von den Tänzern erzählt?«, fragte Oma.

»Und auch nicht vom Langen Mann?«, fügte Nanny hinzu.

»Von welchen Tänzern? Meint ihr vielleicht die alten Steine im Moor?«

»Derzeit brauchst du nur zu wissen, dass wir *sie* aufhalten müssen«, verkündete Oma Wetterwachs.

»Wen *sie*?«

Oma gab sich völlig unschuldig.

»Die Kreise«, behauptete sie.

»O nein«, entgegnete Magrat. »Versuch nicht, mir etwas vorzumachen. Ich hab's an deiner Stimme gehört. Es klang fast wie ein Fluch. Du hast das *sie* ganz eindeutig in Kursiv ausgesprochen.«

Unbehagen erfasste die beiden alten Hexen.

»Und wer ist der Lange Mann?«, fragte Magrat.

»Darüber reden wir nie«, stellte Oma Wetterwachs fest.

»Aber es kann sicher nicht schaden, ihr das mit den Tänzern zu erläutern«, murmelte Nanny Ogg.

»Ja, aber ...« Oma suchte nach den richtigen Worten. »Ich meine, du weißt schon ... Sie ist Magrat.«

»Was soll das denn heißen?«, entfuhr es der jungen Hexe.

»Wahrscheinlich empfindest du in Hinsicht auf *sie* anders als wir«, antwortete Oma Wetterwachs.

»Wir sprechen hier von ...«, begann Nanny.

»Nenn *sie* nicht beim Namen!«

»Oh, ja. Entschuldige.«

»Nun, vielleicht werden die Tänzer überhaupt nicht von einem Kreis gefunden«, sagte Oma. »Vielleicht ist es nur ein Zufall. Wir können noch hoffen.«

»Aber wenn einer im Innern des Steinkreises erscheint ...«, gab Nanny Ogg zu bedenken.

Bei Magrat riss der Geduldsfaden.

»Das macht ihr absichtlich! Die ganze Zeit über sprecht ihr so, dass ich nichts verstehe! Schon seit Jahren! Aber damit ist Schluss, wenn ich *Königin* bin!«

Dieser Hinweis weckte Interesse bei den älteren Hexen.

Nanny Ogg neigte den Kopf zur Seite.

»Ach? Der junge Verence hat sich also zu einem Heiratsantrag durchgerungen, wie?«

»Ja!«

»Und wann findet das wundervolle Ereignis statt?«, fragte Oma Wetterwachs eisig.

»In zwei Wochen«, erwiderte Magrat. »Am Tag der Sommersonnenwende.«

»Keine besonders gute Wahl«, meinte Nanny Ogg. »Ist die kürzeste Nacht des Jahres.«

»Gytha Ogg!«

»Und dann seid ihr meine Untertanen«, betonte Magrat. »Und müsst euch vor mir verbeugen und so!«

Sie wusste, wie dumm das war, was sie sagte, aber die Vernunft prallte am Schild des Zorns ab.

Oma Wetterwachs kniff die Augen zusammen.

»Hm«, brummte sie. »Müssen wir das?«

»Ja«, bestätigte Magrat hitzig. »Und wenn ihr euch weigert, wirft man euch vielleicht in den *Kerker*!«

»Meine Güte«, sagte Oma. »O weh. Das würde mir nicht gefallen. Nein, das würde mir ganz und gar nicht gefallen.«

Alle drei Hexen wussten, dass der Kerker des Schlosses nicht in einem sehr schlechten Ruf stand und auch keinen verdiente. Schon seit einer ganzen Weile enthielt das Verlies nur Leere. Verence II. war der freundlichste Monarch in der ganzen Geschichte von Lancre. Das Volk begegnete ihm mit gutmütiger Verachtung – dieses Schicksal erleiden all jene, die still und gewissenhaft fürs Gemeinwohl arbeiten. Außerdem: Verence würde sich eher ein Bein abhacken, als eine Hexe in den Kerker zu werfen – das hätte ihm auf lange Sicht viele Schwierigkeiten erspart und wäre vermutlich sogar weniger schmerzhaft gewesen.

»Königin Magrat, wie?« Nanny Ogg versuchte, die allgemeine Stimmung ein wenig zu verbessern. »Potzblitz. Nun, es kann gewiss nicht schaden, wenn's im alten Schloss ein wenig fröhlicher zugeht …«

»O ja, bestimmt haben wir alle viel zu lachen«, ließ sich Oma Wetterwachs vernehmen.

»Wie dem auch sei …« Magrat gestikulierte herablassend. »Mit *diesen* Sachen brauche ich mich nicht mehr zu befassen. Das ist eure Angelegenheit – um was auch immer es dabei geht. *Ich* habe für so etwas bald keine Zeit mehr.«

»Bestimmt warten *viel* wichtigere Dinge auf dich, Euer Zukünftige Majestät«, sagte Oma.

»Ha!«, schnaufte Magrat. »Und ob! Sucht euch eine andere Hexe für Lancre! Kapiert? Besorgt euch irgendein sentimentales Mädchen, das die langweilige Arbeit für euch erledigt, dem man nie etwas erklärt und das sich nicht beklagt, wenn ihm euer Kauderwelsch ein Rätsel bleibt. Ich habe bessere Dinge zu tun!«

»Sind deine neuen Pflichten von größerer Bedeutung als die einer Hexe?«, fragte Oma Wetterwachs.

Magrat fiel darauf herein.

»Ja!«

»Lieber Himmel«, hauchte Nanny.

»Na schön. Ich schätze, dann musst du uns jetzt verlassen.« Omas Stimme schnitt wie ein Messer. »Bestimmt erwartet man dich im Palast.«

»Ja!«

Magrat streckte die Hand nach ihrem Besen aus.

Oma war schneller.

»O nein«, sagte sie. »Den brauchst du jetzt nicht mehr. Königinnen sind in goldenen Kutschen und was weiß ich unterwegs. Jedem das Seine. Besen stehen nur *Hexen* zu!«

»Ich bitte euch…«, begann Nanny. *Ernsthafter* Streit weckte die geborene Vermittlerin in ihr. »Man kann durchaus Königin *und* Hexe…«

»Wen kümmert's?« Magrat ließ den Besen los. »Auf so etwas verzichte ich von jetzt an.«

Sie drehte sich um, hob den Saum ihres Kleids und lief davon. Bald war sie nur noch eine kleine Silhouette vor der glühenden, untergehenden Sonne.

»Du dummes altes Weibsbild, Esme«, sagte Nanny Ogg. »Das alles nur, weil sie heiratet…«

»Du weißt, wie sie auf eine Erklärung der Hintergründe reagiert hätte«, erwiderte Oma Wetterwachs. »Die Leute. Kreise… Sie würde alles falsch verstehen und es für *nett* halten. Es ist besser für sie, nicht daran beteiligt zu sein.«

»Seit Jahren sind sie nicht mehr aktiv gewesen«, überlegte Nanny laut. »Wir brauchen Hilfe. Ich meine… Wann bist *du* zum letzten Mal bei den Tänzern gewesen?«

»Du weißt ja, wie das ist. Wenn Ruhe herrscht… Dann denkt man kaum über sie nach.«

»Wir hätten uns früher darum kümmern sollen.«

»Stimmt.«

»Ich schlage vor, wir fliegen gleich morgen früh dorthin«, sagte Nanny Ogg.

»Einverstanden.«

»Und bring eine Sichel mit.«

Wo auch immer in Lancre man einen Fußball auf den Boden legt – meistens rollt er fort. Der größte Teil des Königreichs besteht aus

Mooren und steilen, bewaldeten Hängen, an die sich Berge anschließen: Sie sind so zerklüftet, dass sie selbst von Trollen gemieden werden, und manche Täler reichen so tief in den granitenen Leib des Gebirges, dass sie nur dann Sonnenschein bekommen, wenn man ihn hineinpumpt.

Ein von Unkraut überwucherter Pfad führte zum Moor mit den Tänzern. Die Entfernung zur Stadt betrug nur wenige Kilometer, doch es geschah eher selten, dass sich ein Jäger hierher verirrte. Es mangelte nicht etwa an Wild, aber...

Nun, dort waren die Steine.

Steinkreise hatten in den Bergen keineswegs Seltenheitswert. Zum Beispiel: Druiden konstruierten sie als Wettercomputer. Da es in den meisten Fällen billiger war, neue 33-MegaLith-Kreise zu bauen, als alte mit einem Upgrade auf den neuesten Stand der Technik zu bringen, existierten ziemlich viele ausrangierte Exemplare.

Druiden wagten sich nie in die Nähe der Tänzer.

Diese Steine zeichneten sich nicht durch eine besondere Form aus. Selbst ihre Aufstellung wirkte eher zufällig. Niemand hatte beabsichtigt, dass die Sonnenstrahlen am Abend eines ganz bestimmten Tages einen ganz bestimmten Stein an einer ganz bestimmten Stelle berührten. Jemand schien einfach nur acht rote Felsblöcke so angeordnet zu haben, dass sie eine Art Kreis bildeten.

Und doch... Gewisse Auswirkungen auf das Wetter ließen sich nicht leugnen. Wenn es zu regnen begann, so fielen die Tropfen im Innern des Kreises etwas später als außerhalb davon, als müssten sie eine größere Strecke zurücklegen. Und wenn sich Wolken vor die Sonne schoben, so verblasste das Licht im Kreis erst einige Sekunden danach.

William Pirsch wird gleich sterben. In diesem Zusammenhang muss Folgendes gesagt werden: Er hätte kein Rotwild außerhalb der Saison jagen sollen, insbesondere nicht den prächtigen Hirsch, dem er nun nachstellte, und erst recht keinen Bock der Spezies Spitzhorn-Schnellhuf. Diese Gattung ist vom Aussterben bedroht – allerdings nicht ganz so sehr wie William Pirsch.

Das Tier lief vor ihm durch den Wald, und zwar so laut, dass ihm selbst ein Blinder hätte folgen können.

Pirsch bahnte sich einen Weg durch den Adlerfarn.

Dunst umhüllte die Steine, bildete jedoch keine weißgraue Decke, sondern präsentierte sich in Form dünner Streifen.

Der Bock erreichte den Kreis und zögerte. Er wandte sich nach links und rechts, drehte dann den Kopf und blickte zum Jäger.

Pirsch hob die Armbrust. Was der Bock zum Anlass nahm, ins Innere des Steinkreises zu springen.

Einige verwirrende Eindrücke schlossen sich an. Der Erste bestand aus …

… *Entfernung.* Der Kreis durchmaß nur wenige Meter; er hätte eigentlich nicht so viel *Entfernung* enthalten dürfen.

Dann kam …

… *Geschwindigkeit.* Etwas verließ den Kreis: ein weißer Punkt, der schnell größer wurde.

Pirsch wusste, dass er die Armbrust gehoben hatte, aber plötzlich hielt er sie nicht mehr in den Händen. Das Etwas sauste heran, und von einem Augenblick zum anderen spürte er …

… *Frieden.*

Die vage Erinnerung an kurzen Schmerz verflüchtigte sich.

William Pirsch starb.

Durch die Hände betrachtete er plattgedrückte Farnwedel. Die Farnwedel waren deshalb plattgedrückt, weil er auf ihnen lag.

Der Blick des frisch Verstorbenen war auf die Landschaft gerichtet.

Für die Toten gibt es keine Illusionen. Der Tod ist wie … wie das Aufwachen nach einer wilden Party. Man genießt zwei oder drei Sekunden ungezwungene Freiheit, und dann fallen einem all die Dinge ein, die man in der vergangenen Nacht angestellt hat. Man entsinnt sich an die Sache mit dem Lampenschirm und den beiden Luftballons: Zu jenem Zeitpunkt schien sie überaus lustig zu sein, und alle haben laut gelacht. Aber jetzt verändert sich die Perspektive; man denkt daran, dass man den anderen Leuten heute begegnet – und zwar nüchtern –, und sie *erinnern sich ebenso gut.*

»Oh«, sagte Pirsch.

Die Landschaft floss um die Steine herum. Das war deutlich zu erkennen, wenn man die Welt der Lebenden von draußen sah …

Ja, ganz klar. Keine Mauern, nur Türen. Keine Kanten, nur Ecken …

WILLIAM PIRSCH.

»Ja?«

BITTE HIER ENTLANG.

»Bist du ein Jäger?«

ICH SEHE MICH GERN ALS SAMMLER UNBERÜCKSICHTIGTER KLEINIGKEITEN.

Tod lächelte hoffnungsvoll. Pirsch runzelte die inzwischen recht metaphysische Stirn.

»Meinst du … Sherry, Vanillesoße und so?«

Tod seufzte. Bei vielen Leuten hatten Metaphern überhaupt keinen Sinn. Manchmal glaubte er, dass ihn niemand ernst genug nahm.

ICH NEHME, WAS DAS LEBEN DER STERBLICHEN BESTIMMT, sagte er.

»Und wohin bringst du's?«

DAS WIRD SICH BALD HERAUSSTELLEN, NICHT WAHR?

William Pirschs Gestalt verflüchtigte sich allmählich.

»Jenes Ding, das mich erwischte …«

JA?

»Ich habe solche Geschöpfe für ausgestorben gehalten!«

DA HAST DU DICH GEIRRT. SIE HABEN NUR EINEN ANDEREN ORT AUFGESUCHT.

»Welchen?«

Tod streckte die knöcherne Hand aus.

DEN DORT.

Eigentlich hatte Magrat nicht beabsichtigt, sich vor der Heirat im Schloss niederzulassen – der Leute wegen. Sie wollte nicht ins Gerede kommen. Nun, im Palast, der viele Zimmer aufwies, lebten mehr als zehn Personen, aber wie dem auch war: Magrat und Verence hätten *unter einem Dach* gewohnt, und das genügte völlig. Zumindest für die Klatschmäuler.

Jetzt allerdings sah alles anders aus. Jetzt brodelte es in Magrat. Sollten die Leute ruhig reden. Sie hatte eine ziemlich klare Vorstellung davon, *wer* derartige Themen für interessant hielt. Sollten *sie* sich ruhig das Maul zerreißen. Ha! Magrat Knoblauch war fest entschlossen, sich von solchen Dingen nicht mehr beeindrucken zu lassen.

Sie stand früh auf und packte ihre wenigen Habseligkeiten. Die Hütte gehörte ihr nicht, und das galt auch für den größten Teil der Einrichtung. Hexen kamen und gingen, aber Hexenhäuser blieben. An ihnen änderte sich nie etwas, das erste Strohdach eingeschlossen.

Magrats Habseligkeiten bestanden unter anderem aus: magischen Messern, mystisch gefärbten Schnüren, kleinen Schmelztiegeln und diversen thaumaturgischen Gefäßen. Hinzu kam eine Schatulle, die Ringe, Halsketten und Armreife enthielt; die hermetischen Symbole von mindestens zehn verschiedenen Religionen zierten den Behälter.

Die junge Hexe verstaute alles in einem Sack.

Und dann die Bücher... Gütchen Wemper war nach Hexenmaßstäben ein regelrechter Bücherwurm gewesen – fast ein Dutzend Bände stammten aus ihrem Besitz. Magrat wusste nicht recht, was sie mit ihnen anstellen sollte, entschied schließlich, sie im Regal zu lassen.

Den standesgemäßen, spitz zulaufenden Hut hatte sie nie gemocht und fast nie getragen. In den Sack damit.

Sie sah sich um und entdeckte den kleinen Kessel in der Ecke des Herds. Ja, *unbedingt* in den Sack. Und ihn anschließend zubinden.

Auf dem Weg zum Schloss kam sie über die Brücke der Lancre-Schlucht. Dort warf sie ihren Sack in den Fluß.

Einige Sekunden lang tanzte er auf den Wellen, ging dann unter.

Insgeheim hatte sich Magrat bunte Blasen oder wenigstens ein Zischen erhofft. Aber der Sack sank einfach nur, als sei er völlig unwichtig.

Eine andere Welt, ein anderes Schloss …

Der Elf ritt über den zugefrorenen Burggraben. Dampf stieg von dem schwarzen Pferd auf, auch von dem Etwas an seinem Hals.

Das Ross sprang die Stufen hoch und erreichte den Saal, in dem die Königin inmitten ihrer Träume saß …

»Ja, Lankin?«

»Ein Hirsch!«

Und er lebte noch. Elfen verstanden sich gut darauf, Dinge am Leben zu erhalten, manchmal wochenlang.

»Von außerhalb des Kreises?«

»*Ja*, Herrin!«

»Er wird schwächer. Habe ich's dir nicht gesagt?«

»Wie lange dauert es noch? *Wie lange?*«

»Bald ist es so weit. Bald. Was verschwand in die andere Richtung?«

Der Elf senkte den Kopf.

»Dein … Liebling, Herrin.«

»Bestimmt kommt er nicht weit.« Die Königin lachte. »Und bestimmt vergnügt er sich prächtig.«

Es regnete kurz nach Sonnenaufgang.

Es gibt nichts Scheußlicheres, als durch schulterhohen feuchten Adlerfarn zu wandern. Nun, vielleicht doch. Man konnte durch ziemlich viele unangenehme Dinge wandern, insbesondere dann, wenn sie schulterhoch waren. Aber im Augenblick fiel es Nanny Ogg schwer, sich schlimmere Alternativen vorzustellen.

Sie hatten es für besser gehalten, nicht in unmittelbarer Nähe der Tänzer zu landen. Selbst Vögel änderten den Kurs, um zu vermeiden, den Luftraum überm Steinkreis zu passieren. Ähnlich verhielten sich emigrierende Spinnen, die an dünnen Fäden hoch über dem Boden schwebten. Wolken teilten sich wie an einer unsichtbaren Barriere und schwebten rechts und links daran vorbei.

Nanny hob ihre Sichel und hackte geistesabwesend auf den Farn ein.

»Bist du noch da, Esme?«, fragte sie.

Oma Wetterwachs' Kopf kam etwa zwei Meter entfernt zwischen einigen langen Wedeln zum Vorschein.

»Hier sind Dinge passiert«, sagte sie kühl und schien dabei jede einzelne Silbe zu betonen.

»Zum Beispiel?«

»Bei den Felsen ist das hohe Gras niedergetrampelt. Sieht ganz danach aus, als hätte dort jemand *getanzt.*«

Nanny Ogg dachte darüber nach wie ein Atomphysiker, der gerade erfahren hatte, dass jemand zwei subkritische Uranmassen aneinander schlug, um sich ein wenig zu wärmen.

»Ausgeschlossen«, sagte sie.

»Von wegen. Und das ist noch nicht alles …«

Nanny hätte nicht noch entsetzter sein können, und doch war das der Fall. »Ja?«, fragte sie leise.

»Hier ist jemand gestorben.«

»O nein«, ächzte Nanny Ogg. »Etwa im Kreis?«

»Nein, natürlich nicht. Außerhalb davon. Ein großer Mann. Mit unterschiedlich langen Beinen. Und einem Bart. Vermutlich ein Jäger.«

»Woher weißt du das alles?«

»Bin gerade über ihn gestolpert.«

Sonnenschein flimmerte durch den Dunst.

Etwa achthundert Kilometer entfernt strich das Licht des neuen Tages über die uralten Mauern der Unsichtbaren Universität, des wichtigsten Ausbildungszentrums für Magie.

Die Zauberer merkten überhaupt nichts davon.

Für die meisten von ihnen war das Mittagessen die erste Mahlzeit am Tag. Die Zauberer der Unsichtbaren Universität waren keine Frühaufsteher.

Nur Erzkanzler und Bibliothekar wussten, wie der Morgen aussah; dann hatten sie den Campus praktisch mehrere Stunden lang für sich allein.

Der Bibliothekar stand immer früh auf, weil das der Natur eines Orang-Utans entsprach. Allerdings verzichtete er gegen seine Natur darauf, einige Male herzhaft zu brüllen, um andere Männchen von seinem Territorium fernzuhalten. Er schloss nur die Bibliothek auf und fütterte die Bücher.

Mustrum Ridcully, der gegenwärtige Erzkanzler, fand großen Gefallen daran, durch das stille Gebäude zu streifen, den Bediensteten zuzunicken und Zettel für die Untergebenen zu hinterlassen. Sie dienten hauptsächlich dazu, ganz deutlich darauf hinzuweisen, dass er auf den Beinen war und arbeitete, während alle anderen noch an der Matratze horchten.*

Doch heute beanspruchte etwas anderes Ridcullys Aufmerksamkeit. Es ging ihm um mehr oder weniger, im wahrsten Sinne des Wortes.

Sein besorgter Blick galt einem runden Objekt. Überall beobachtete

* So etwas geschieht dauernd, und zwar überall im Multiversum, selbst auf kalten Welten mit Meeren aus flüssigem Methan. Ein seltsames und bisher ungeklärtes Phänomen sorgt dafür, dass es in einer Gruppe von Angestellten immer einen Frühaufsteher gibt, der ausgerechnet den Posten des Abteilungsleiters bekleidet. Das betreffende Individuum legt kleine Zettel – beziehungsweise mit Gravierungen ausgestattete Heliumkristalle – auf die Schreibtische der Untergebenen. Es gibt nur einen Ort, wo das weniger häufig passiert: die Welt Zyrix. Nun, Zyrix hat achtzehn Sonnen, und deshalb kann man dort nur einmal in 1789,6 Jahren ein Frühaufsteher sein. Wie dem auch sei: Selbst hier reagiert ein engstirniger, bornierter Abteilungsleiter alle 1789,6 Jahre auf einen universalen Impuls und rutscht zeitig ins Büro, die Tentakel voller *Frimpt*-Schalen mit gehässigen Hieroglyphen.

er gesundes Wuchern – abgesehen von einer Stelle, die ihm am vergangenen Tag nicht aufgefallen war.

Er drehte den Kopf von einer Seite zur anderen, während er in einen Spiegel sah, der ihm das Spiegelbild eines anderen Spiegels über seinem Haupt zeigte.

Nach Ridcully und dem Bibliothekar stand der Quästor auf. Was nicht etwa daran lag, dass er die frühen Stunden liebte. Der Grund bestand vielmehr darin, dass gegen zehn Uhr beim Erzkanzler der ohnehin nicht sehr große Vorrat an Geduld zur Neige ging. Dann marschierte er zur Treppe und donnerte:

»Quäääästor!«

Diesen Ruf wiederholte er, bis der Quästor erschien.

Es geschah so häufig, dass der Quästor gelegentlich unter der Decke hervorkroch und sich anzog, *bevor* das Gebrüll des Erzkanzlers durchs Treppenhaus hallte. Die Erklärung mag sein, dass es sich bei ihm um einen natürlichen Neurovor* handelte.

Nun, diesmal war er voll angezogen auf halbem Wege zur Tür, als er die Augen aufriss.

Ridcully verlor nie Zeit mit oberflächlicher Konversation. Bei ihm ging es immer um alles oder nichts.

»Ja, Erzkanzler?«, fragte der Quästor bedrückt.

Ridcully nahm den Hut ab.

»Was ist das hier?«, fragte er.

»Äh, äh, äh… *was,* Erzkanzler?«

»Das hier, Mann!«

Der Quästor verspürte einen längst vertraut gewordenen Anflug von Panik und starrte verzweifelt auf den Kopf des Erzkanzlers.

»Das *was?* Oh. Meinst du vielleicht die kahle Stelle?«

»Ich habe keine kahlen Stellen!«

* Er lebte von seinen Nerven.

»Äh, nun …«

»Gestern hatte ich sie noch nicht!«

»Ah. Nun. Äh.« Früher oder später riss irgendetwas im Quästor, und dann konnte er sich nicht mehr zurückhalten. »So was kommt natürlich vor, und mein Großvater hat immer eine Mischung aus Honig und Pferdedung benutzt, rieb sich das Zeug jeden Tag …«

»Ich bekomme *keine* Glatze!«

Im Gesicht des Quästors zuckte ein Muskel nervös. Die Worte strömten aus ihm heraus, ohne dass die Sprechwerkzeuge der Kontrolle des Gehirns unterlagen.

»… und dann hatte er da noch den Apparat mit der gläsernen Stange, und man rieb mit einem Seidentuch daran, und …

»Das ist doch lächerlich! In meiner Familie hat nie jemand eine Glatze bekommen, abgesehen von einer Tante!«

»… und, und, und er wusch sich den Kopf mit Morgentau und, und, und …«

Ridcully erbarmte sich – er war kein unfreundlicher Mann.

»Was nimmst du derzeit dagegen ein?«, fragte er.

»Getrocknete, getrocknete, getrocknete, getrocknete«, stammelte der Quästor.

»Meinst du die alten Pillen aus getrockneten Fröschen?«

»J-j-j-j.«

»In der linken Tasche?«

»N-n-n-n.«

»Na schön, also in der rechten. So, und jetzt schlucken …«

Eine Zeit lang starrten sich die beiden Männer an.

Der Quästor seufzte.

»J-j-jetzt ist es schon besser, Erzkanzler. Danke.«

»Irgendetwas bahnt sich an, Quästor. Ich spür's in meinen Säften.«

»Wie du meinst, Erzkanzler.«

»Quästor?«

»Ja, Erzkanzler?«

»Du bist nicht zufällig Mitglied eines Geheimbunds, oder?«

»Ich? *Nein,* Erzkanzler.«

»Dann wäre es sicher eine gute Idee, die Unterhose vom Kopf zu nehmen.«

»Kennst du ihn?«, fragte Oma Wetterwachs.

Nanny Ogg kannte alle Leute in Lancre, auch den armen Kerl im Adlerfarn.

»Das ist William Pirsch aus Schnitte«, sagte sie. »Einer von drei Brüdern. Hat das Palliard-Mädchen geheiratet, erinnerst du dich? Die junge Dame mit den Löchern in den Zähnen?«

»Ich hoffe, sie hat anständige schwarze Kleidung«, murmelte Oma Wetterwachs.

»Scheint erstochen worden zu sein«, fuhr Nanny fort. Mit sanftem Nachdruck drehte sie den Körper um. Sie empfand den Anblick von Leichen nicht als bedrückend. Hexen leisten nicht nur Geburtshilfe, sondern fungieren auch als Totengräber. Für viele Personen in Lancre war Nanny Oggs Gesicht das Erste und Letzte, was sie in ihrem Leben gesehen hatten, und im Vergleich dazu erschien der Rest eher langweilig.

»Ganz durchgestochen«, stellte Nanny fest. »Von einer Seite bis zur anderen. Meine Güte … Wer könnte so etwas getan haben?«

Beide Hexen drehten sich um und blickten zu den Steinen.

»Ich weiß nicht, *wer* dahinter steckt, aber es kann kein Zweifel daran bestehen, woher er kam«, sagte Oma.

Nanny Ogg sah, dass Farn und Gras in der Nähe des Steinkreises tatsächlich niedergetrampelt waren. Hier und dort gab es bereits braune Stellen.

»Ich werde dieser Sache auf den Grund gehen«, brummte Oma.

»Du solltest besser …«

»Ich weiß, was ich sollte, herzlichen Dank.«

Es gab insgesamt acht Tänzer, und drei von ihnen hatten Namen. Oma Wetterwachs wanderte um den Kreis herum und blieb beim so genannten Flötenspieler stehen.

Sie griff nach einer der vielen langen Nadeln, die ihren Hut am Haar festnieteten, und hielt sie in etwa fünzehn Zentimeter Abstand zum Stein. Dann ließ sie los und beobachtete das Ergebnis.

Kurz darauf kehrte sie zu Nanny zurück.

»Es ist noch Kraft übrig geblieben«, sagte sie. »Nicht viel. Aber genug, um den Kreis vorerst stabil zu halten.«

»Wer ist so dumm, diesen Ort aufzusuchen und am Kreis zu tanzen?« fragte Nanny Ogg. Ein verräterischer Gedanke schob sich ins Zentrum ihrer Aufmerksamkeit, und sie fügte hinzu: »Magrat ist die ganze Zeit über mit uns zusammen gewesen.«

»Wir werden es herausfinden.« Oma lächelte grimmig. »Hilf mir jetzt«, fügte sie hinzu und deutete auf den Leichnam.

Nanny Ogg beugte sich über den Toten.

»Donnerwetter, ist ganz schön schwer. Jetzt könnten wir Magrat gebrauchen.«

»Nein«, widersprach Oma Wetterwachs. »Nicht zuverlässig genug. Hat Flausen im Kopf.«

»Sie ist aber nett.«

»Und sentimental. Sie glaubt, dass man so wie in Märchen leben kann. Und sie hält die Botschaften von Volksliedern für wahr. Was keineswegs heißen soll, dass ich ihr nicht alles Glück der Welt wünsche.«

»Ich hoffe, sie kommt als Königin gut zurecht«, sagte Nanny.

»Wir haben sie alles gelehrt, was sie weiß«, erwiderte Oma Wetterwachs.

»Ja«, bestätigte Nanny Ogg. »Glaubst du, wir...«

»Ja?«

»Glaubst du, wir hätten sie auch das lehren sollen, was *wir* wissen?«

»Das hätte viel zu lange gedauert.«

»Ja, stimmt.«

Es dauerte eine Weile, bis Briefe den Erzkanzler erreichten. Die Post wurde von jemandem abgeholt, der zufällig am Tor der Unsichtbaren Universität vorbeikam. Anschließend ließ man sie in irgendeinem Regal liegen, benutzte sie als Pfeifenanzünder oder als Lesezeichen. Der Bibliothekar verwendete sie auch als Bettzeug.

Dieser Brief brauchte nur zwei Tage, um zum Erzkanzler zu gelangen, und er erwies sich als erstaunlich intakt – sah man einmal von einigen Bananenresten sowie einem braunen Ring ab, der vermutlich von einer Kaffeetasse stammte. Zusammen mit anderer Post landete er auf dem Tisch, während die Fakultät frühstückte. Der Dekan öffnete ihn mit einem Löffel.

»Weiß jemand, wo sich Lancre befindet?« fragte er.

Ridcully hob ruckartig den Kopf. »Warum?«

»Dort heiratet ein König und lädt uns zur Hochzeit ein.«

»Na so was«, ließ sich der Dozent für neue Runen vernehmen. »Irgendein mickriger König heiratet und möchte, dass *wir* dabei zugegen sind?«

»In den Bergen«, sagte der Erzkanzler leise. »Dort gibt's Flüsse mit prächtigen Forellen, wenn ich mich recht entsinne. Ja... Lancre. Lieber Himmel. Habe seit Jahren nicht an jenen Ort gedacht. Die Fische in manchen Gletscherseen wissen überhaupt nicht, was es mit einer Angel auf sich hat. Könnt ihr euch das vorstellen? Lancre. Ja.«

»Es ist zu weit«, fügte der Dozent für neue Runen hinzu.

Ridcully achtete nicht auf ihn. »Und Rotwild. Massenhaft. Und Elche. Und überall wimmelt's von Wölfen. Und vielleicht leben dort auch Silberlöwen. Würde mich überhaupt nicht wundern. *Und* angeblich hat man dort Schneeadler gesehen.«

Seine Augen glänzten.

»Es gibt nur noch ein halbes Dutzend von ihnen«, sagte er.

Seltene Tiere lagen Mustrum Ridcully sehr am Herzen. Er nutzte praktisch jede Gelegenheit, um dafür zu sorgen, dass sie selten blieben.

»Im hintersten Winkel der Abgelegenheit«, meinte der Dekan. »Jenseits des Landkartenrands.«

»Habe dann und wann die Ferien dort verbracht, mit meinem Onkel«, fuhr Ridcully fort. Sein Blick trübte sich nun, schweifte in die nichtvorhandene Ferne. »Eine großartige Zeit. Ja, wirklich großartig. Herrliche Sommer… Der Himmel ist blauer als woanders, und das Gras… und…«

Abrupt kehrte er aus den Landschaften der Erinnerung zurück.

»Tja, ich schätze, ich muss los«, sagte er. »Die Pflicht ruft. Ein Staatsoberhaupt heiratet. Wichtige Sache. Erfordert die Präsenz einiger Zauberer. Gehört sich so. Nobbleß Oblidsch.«

»Nun, *ich* bleibe hier«, verkündete der Dekan. »Die freie Natur ist einfach nicht natürlich. Dort gibt's zu viele Bäume. War noch nie gern auf dem Land.«

»Für den Quästor wäre ein Ausflug genau richtig«, behauptete Ridcully. »Ist in letzter Zeit ziemlich nervös. Habe überhaupt keine Erklärung dafür.« Er beugte sich vor und blickte über den Tisch. »Quäääästor!«

Der Quästor ließ seinen Löffel in den Haferschleim fallen.

»Na bitte, genau das meine ich«, sagte Ridcully. »Ist nur noch ein Nervenbündel. ICH HABE GERADE DARAUF HINGEWIESEN, DASS DU EIN WENIG FRISCHE LUFT GEBRAUCHEN KANNST, QUÄSTOR.« Er gab dem Dekan einen wuchtigen Stoß. »Hoffentlich schnappt uns der Kerl nicht über«, meinte er und glaubte, leise zu sprechen. »Verbringt zu viel Zeit im Haus, wenn du verstehst, was ich meine.«

Der Dekan ging etwa einmal im Monat nach draußen und zuckte mit den Schultern.

»ICH NEHME AN, DU MÖCHTEST FORT VON DER UNIVERSITÄT, UM EIN WENIG AUSZUSPANNEN, NICHT WAHR?« Der Erzkanzler nickte. »Ruhe und Frieden? Gesunde Landluft?«

»Das, das, das würde mir sehr gefallen, Erzkanzler«, erwiderte der Quästor. In seinem Gesicht wuchs Hoffnung wie ein Pilz im Herbst.

»Guter Mann«, lobte Ridcully. »Du darfst mich begleiten.«

Die Züge des Quästors erstarrten.

»Es sollte noch jemand mitkommen«, sagte der Erzkanzler. »Irgendwelche Freiwilligen?«

Die Zauberer – ohne Ausnahme Städter – beugten sich tief über die Teller und nahmen außer dem Essen vor sich nichts mehr wahr.

»Wie wär's mit dem Bibliothekar?«, meinte der Dozent für neue Runen und warf den Wölfen ein willkürlich ausgewähltes Opfer zum Fraß vor.

Zustimmendes Gemurmel erklang. Die allgemeine Erleichterung war unüberhörbar.

»Ja, genau«, sagte der Dekan. »Er freut sich bestimmt. Ich meine ... das Land und so. Bäume und ... Bäume.«

»Bergluft«, warf der Dozent für neue Runen ein.

»Ja«, bestätigte der Leser unsichtbarer Schriften. »Ist recht blass, schon seit einer ganzen Weile.«

»Tut ihm bestimmt gut«, sagte der Dozent für neue Runen hoffnungsvoll.

»Einmal von zu Hause weg und sich wieder wie zu Hause fühlen«, ließ sich der Dekan vernehmen. »Bei den vielen Bäumen und so.«

Erwartungsvolle Blicke trafen den Erzkanzler.

»Er trägt keine Kleidung«, wandte Ridcully ein. »Und wenn er spricht, hört man dauernd ›Ugh‹ von ihm.«

»Manchmal zieht er dieses grüne Ding, diesen Mantel, an«, sagte der Dekan.

»Nur nach dem Baden.«

Ridcully rieb sich den Bart. Er mochte den Bibliothekar, der ihm nie widersprach und sich immer in Form hielt – auch wenn jene Form an die einer Birne erinnerte. Nach den Maßstäben eines Orang-Utans war damit alles in bester Ordnung.

Seltsamerweise bemerkte kaum mehr jemand, dass es sich bei dem Bibliothekar um einen Orang-Utan handelte. Diese Tatsache wurde den Zauberern nur dann ins Gedächtnis zurückgerufen, wenn ein Besucher der Universität darauf zu sprechen kam. In solchen Fällen antwortete jemand: »Oh, ja. Ich glaube, es hat einen magischen Unfall gegeben. Irgend etwas in der Art. Im einen Augenblick war er ein Mensch und im nächsten 'n Affe. Komisch... Weiß gar nicht mehr, wie er vorher aussah. Ich meine, er *muss* mal ein Mensch gewesen sein. Wie dem auch sei: Wenn ich an ihn denke, stelle ich mir immer einen Affen vor. Scheint irgendwie zu ihm zu passen.«

Und tatsächlich: Ein von den mächtigen magischen Büchern in der Bibliothek ausgelöster Unfall hatte den Genotyp des Bibliothekars vom Baum der Evolution hinabgestoßen und ihm anschließend Gelegenheit gegeben, einen anderen Ast zu erklettern – an dem er sich nun mit den Füßen festhalten konnte.

»Na schön«, brummte der Erzkanzler. »Aber während der Hochzeitsfeier muss er was anziehen, wenn auch nur um der armen Braut willen.«

Der Quästor wimmerte leise.

Alle Zauberer wandten sich zu ihm um.

Der Löffel landete mit einem dumpfen Pochen auf dem Boden. Er bestand aus Holz. Seit jener Sache, die als »Bedauerlicher Zwischenfall beim Essen« bekannt war, achtete man darauf, dass der Quästor kein Besteck aus Metall bekam.

»A-a-a-a«, brachte der arme Mann hervor und versuchte, seinen Stuhl vom Tisch fortzuschieben.

»Getrocknete Froschpillen«, sagte der Erzkanzler. »Holt sie ihm aus der Tasche.«

Niemand beeilte sich. In den Taschen eines Zauberers konnte man praktisch alles finden: Erbsen, Undefinierbares mit Beinen, kleine experimentelle Universen und so weiter.

Der Leser unsichtbarer Schriften reckte den Hals, um zu sehen, was seinen Kollegen so sehr erschüttert hatte.

»Seht euch nur seinen Haferschleim an«, sagte er.

Eine runde Vertiefung zeigte sich darin.

»Meine Güte, *noch* ein Kornfeldkreis«, kommentierte der Dekan.

Die Zauberer entspannten sich.

»Dieses Jahr tauchen die blöden Dinger überall auf«, sagte der Erzkanzler. Er trug noch immer seinen Hut, und zwar aus gutem Grund. Darunter befand sich nicht nur eine Packung aus Honig und Pferdedung, sondern auch ein kleiner, von einer Maus angetriebener elektrostatischer Generator. Die klugen Burschen aus dem Forschungstrakt für hochenergetische Magie hatten ihn gebaut. Wirklich gescheit, die Jungs. Vielleicht verstand Ridcully irgendwann einmal wenigstens die Hälfte von dem, worüber sie dauernd quatschten...

Nun, *deshalb* behielt er den Hut selbst beim Essen auf.

»Und sie sind ziemlich stark«, sagte der Dekan unterdessen. »Gestern erzählte mir der Gärtner, dass die Kreise dem Kohl ganz schön einheizen.«

»Ich dachte immer, sie erscheinen nur in Kornfeldern«, meinte Ridcully. »Sind ein ganz normales natürliches Phänomen.«

»Wenn eine ausreichend hohe Flussdichte herrscht, so kann der Druck des Interkontinuums groß genug werden, um sich selbst einem sehr intensiv ausgeprägten Realitätsquotienten gegenüber durchzusetzen«, proklamierte der Leser unsichtbarer Schriften.

Diesen Worten folgte Stille. Alle sahen zum besonders elend wirkenden und jüngsten der anwesenden Zauberer.

Der Erzkanzler bedachte ihn mit einem finsteren Blick.

»Ich rate dir dringend, auf eine Erklärung zu verzichten«, sagte er. »Ich kann mir schon denken, wie sie lautet. Mit ziemlicher Sicherheit würdest du das Universum als eine Gummifläche mit Gewichten drauf beschreiben, stimmt's?«

»Nun, nicht unbedingt eine ...«

»Und vermutlich liegt dir das Wörtchen ›Quanten‹ auf den Lippen, habe ich Recht?«

»Äh, ich ...«

»*Und* auch der Fachausdruck ›Kontinuinuinuum‹, nicht wahr?«, fragte Ridcully.

Der Leser unsichtbarer Schriften – ein Zauberer namens Ponder Stibbons – seufzte tief.

»Nein, Erzkanzler. Ich wollte nur darauf hinweisen ...«

»Es geht doch nicht wieder um Wurmlöcher, oder?«

Stibbons gab auf. Einem so phantasielosen Mann wie Ridcully gegenüber Metaphern zu benutzen ... Ebenso gut konnte man dem Stier das rote Tuch ... Ebenso gut konnte man einem leicht erregbaren Geschöpf einen Zorn weckenden Gegenstand zeigen.

Es war sehr schwer, Leser unsichtbarer Schriften zu sein.*

»Du solltest ebenfalls mitkommen«, sagte Ridcully.

»Ich, Erzkanzler?«

* Beim Studium unsichtbarer Schriften handelte es sich um eine neue Disziplin, die nach der Entdeckung einer bidirektionalen Struktur des Bibliotheksraums entstand. Die entsprechende thaumische Mathematik ist sehr kompliziert, doch letztendlich läuft sie auf Folgendes hinaus: Alle existierenden Bücher beeinflussen sich gegenseitig. Das erscheint offensichtlich: Bücher in der Gegenwart inspirieren Bücher in der Zukunft und zitieren aus Büchern, die in der Vergangenheit geschrieben wurden. Nun, die Allgemeine Theorie** des B-Raums postuliert, dass *noch nicht geschriebene* Bücher aus bereits verfassten deduziert werden können.

** Es gibt auch eine Spezielle Theorie, aber niemand schert sich darum, weil sie ganz offensichtlich völliger Blödsinn ist.

»Kann nicht zulassen, dass du hier herumläufst, mit dem Kontinuinuinuum-Kram herumspielst und Millionen von neuen Universen erfindest, die angeblich so klein sind, dass man sie überhaupt nicht sieht. Außerdem brauche ich jemanden, der meine Angelruten und Armbrü... der meine Sachen trägt«, berichtigte sich Ridcully.

Stibbons starrte auf seinen Teller. Es hatte keinen Zweck, sich auf eine Diskussion einzulassen. Im Prinzip wünschte er sich nichts anderes, als die nächsten hundert Jahre in der Universität verbringen zu können. Er dachte in diesem Zusammenhang daran, große Mahlzeiten einzunehmen und sich zwischendurch möglichst wenig zu bewegen. Er war ein dicklicher junger Mann mit der Gesichtsfarbe eines Geschöpfs, das unter Steinen lebte. Man hatte ihn immer wieder aufgefordert, etwas aus seinem Leben zu machen, und genau darum ging es ihm: Er stellte sich sein Leben als Aufenthalt im Bett vor.

»Lancre ist viel zu weit entfernt, Erzkanzler«, wandte der Dozent für neue Runen ein.

»Unsinn«, knurrte Ridcully. »Es gibt einen neuen Mautweg bis nach Sto Helit. Jeden Mittwoch fährt eine Kutsche. Quääästor! Gebt ihm noch eine getrocknete Froschpille... Stibbons, wenn du im Stande bist, dich fünf Minuten lang mit *diesem* Universum zu befassen, so besorg uns Fahrkarten. Na bitte. Alles klar, oder?«

Magrat erwachte. Und wusste, dass sie keine Hexe mehr war. Das Gefühl war einfach da, gehörte zur normalen Bestandsaufnahme, mit der sich jeder Körper in den ersten Sekunden nach dem Ende des Schlafs befasst: Arme – 2, Beine – 2, Existenzangst – 58 %, vage Schuld – 94 %, Hexenpotenzial – 0,0.

Eins der Probleme bestand darin, dass sie sich gar nicht erinnern konnte, jemals etwas anderes als eine Hexe gewesen zu sein. Magrat Knoblauch, dritte Hexe – die sanfte und sentimentale. Das war ihre Identität gewesen.

Sie wusste natürlich, dass sie es in dieser Hinsicht nie sehr weit bringen konnte. Mit gewissen einfachen Zauberformeln kam sie einigermaßen gut zurecht, und sie kannte sich mit Kräutern aus, aber sie hatte die Hexerei nicht so im Blut wie Oma und Nanny. Die Alten versäumten nie, ihr das immer wieder unter die Nase zu reiben.

Nun, jetzt musste sie lernen, als Königin zurechtzukommen. Wenigstens gab es in Lancre nicht noch andere Königinnen. Sie brauchte also nicht zu befürchten, dass ihr dauernd jemand über die Schulter sah und Dinge sagte wie: »Du hältst das Zepter nicht *richtig*!« Ja, genau …

Jemand hatte ihr während der Nacht die Kleidung gestohlen.

Magrat stand auf und hüpfte im Nachthemd über die kalten Fliesen. Als sie die Tür fast erreicht hatte, schwang sie wie von ganz allein auf.

Eine dunkelhaarige junge Frau kam herein, halb verborgen hinter einem Stapel Wäsche. Nun, in Lancre kannte man sich …

»Millie Chillum?«

Der Wäschestapel wackelte, als die Zofe dahinter einen Knicks machte.

»Jagnäfrau?«

Magrat hob einen Teil des Stapels.

»Ich bin's, Magrat«, sagte sie. »Hallo.«

»Jagnäfrau.« Wieder ein Knicks.

»Was ist los mit dir, Millie?«

»Jagnäfrau.« Knicks, Knicks.

»*Ich* bin's. Du brauchst mich nicht auf diese Weise anzusehen.«

»Jagnäfrau.«

Das nervöse Knicksen dauerte an. Magrat spürte, wie ihre Knie aus reiner Solidarität zuckten. Allerdings mangelte es ihnen an Synchronisation. Magrats Knie beugten sich ausgerechnet dann, wenn Millie ihre zierliche Gestalt nach einer weiteren hastigen Verbeugung straffte.

»Wenn du noch einmal ›Jagnäfrau‹ sagst, bin ich sehr streng mit dir«, drohte die Ex-Hexe und schob sich an der Zofe vorbei.

»Jagn… ja, Euer Majestät, Gnäfrau.«

Jenseits der Fenster zeigte sich das erste Licht des neuen Tages.

»Ich bin noch nicht Königin, Millie«, schnaufte Magrat, während sie über die Treppe nach oben eilte. »Und du kennst mich seit zwanzig Jahren.«

»Jagnäfrau. Aber du *wirst* bald Königin. Und meine Mutter hat mir aufgetragen, respektvoll zu sein.« Millie knickste einmal mehr.

»Na schön. Wo sind meine Sachen?«

»Ich habe sie hier, Euer Bald-Majestät.«

»So etwas habe ich nie getragen. Und hör endlich damit auf, dauernd zu knicksen. Davon wird mir ganz schwindlig.«

»Der König hat dies hier extra von Sto Helit kommen lassen, Gnäfrau.«

»Hat er das? Und wann?«

»Keine Ahnung, Gnäfrau.«

Er wusste, *dass ich heimkehre,* dachte Magrat. *Aber wie? Und woher? Was ist hier eigentlich los?*

Das Gewand schien aus mehr Spitze zu bestehen als jedes, das Magrat jemals zuvor gesehen hatte, doch dabei handelte es sich gewissermaßen nur um die Spitze des Eisbergs. Normalerweise trug die ehemalige Hexe ein einfaches Kleid mit sich selbst unmittelbar darunter, doch für die Gemahlinnen von Herrschern kam etwas so Einfaches offenbar nicht in Frage. Millie hatte eine Art technisches Diagramm mitgebracht, das jedoch kaum half.

Sie betrachteten es eine Zeit lang.

»Ist das die normale Kleidung einer Königin?«, vergewisserte sich Magrat.

»Ich bin mir nicht sicher, Gnäfrau. Vielleicht hat Seine Majestät nur viel Geld geschickt, mit der Bitte, dir *alles* zur Verfügung zu stellen.«

Sie breiteten die Einzelteile auf dem Boden aus.

»Ist das hier der Pantoffel?«

Draußen bei den Zinnen beendete der Wächter den Wachdienst, band sich die Schürze des Gärtners um und ging los, um die Bohnen durchzuhacken. Zur gleichen Zeit fand im Innern des Schlosses ein von Verwirrung geprägtes Gespräch statt, das sich um Kleidung und Architektur drehte.

»Ich fürchte, das hast du falsch herum an, Gnäfrau. Welches Teil ist der Reifrock?«

»Hier steht: ›Manne ziehe Schleife A durch Öffenung B.‹ Aber ich kann die Öffenung B nicht finden.«

»Diese Dinger sehen aus wie *Satteltaschen.* So was ziehe ich nicht an. Und das da?«

»Eine Halskrause, Gnäfrau. Äh. Der letzte Schrei in Sto Helit, wie mir mein Bruder mitgeteilt hat.«

»Soll das heißen, die Leute schreien, wenn sie so etwas sehen? Und was ist das?«

»Brokat, glaube ich.«

»Sieht wie *Pappe* aus. Muss ich so etwas *jeden Tag* tragen?«

»Keine Ahnung, Gnäfrau.«

»Verence trägt ganz normale Hosen und 'ne alte Jacke!«

»Ja, aber du bist die Königin. Königinnen sind zu wesentlich mehr Eleganz verpflichtet – das ist allgemein bekannt. Es gibt kaum etwas daran auszusetzen, wenn Könige so durch die Gegend laufen, dass ihr Hintern halb aus der Hose guckt...«

Millies Hand flog zum Mund.

»Schon gut«, sagte Magrat. »Selbst die Beine von Königen enden in... in Erweiterungen der Oberschenkel. Fahr ruhig fort. Was wolltest du eben sagen?«

Die Wangen der Zofe glühten.

»Ich meine, ich meine, ich meine, Königinnen müssen ganz vornehm aussehen«, brachte Millie hervor. »Der König hat Bücher darüber. Man spricht in diesem Zusammenhang von Etiketten und so.«

Magrat betrachtete sich kritisch im Spiegel.

»Es steht dir gut, Euer Fast-Majestät«, sagte die Zofe.

Magrat wandte sich von einer Seite zur anderen.

»Mein Haar ist eine Katastrophe«, murmelte sie nach einer Weile.

»Bitte, Gnäfrau, der König hat nach einem Friseur in Ankh-Morpork geschickt, Gnäfrau. Müsste noch vor der Hochzeit hier eintreffen.«

Magrat rückte eine Locke zurecht. In ihr reifte allmählich die Erkenntnis heran, dass sie als Königin ein völlig neues Leben beginnen würde.

»Meine Güte«, sagte sie leise. »Und was kommt jetzt?«

»Keine Ahnung, Gnäfrau.«

»Was macht der König?«

»Oh, er ist früh aufgestanden, um dem alten Muckel in Schnitte zu zeigen, wie man richtig Schweine züchtet.«

»Und *ich*? Was soll ich machen? Worin bestehen meine Pflichten?«

Millie wirkte verwirrt, wobei sich ihr Gesichtsausdruck allerdings nur unmerklich veränderte.

»Weiß nicht, Gnäfrau. Ich nehme an, du regierst einfach. Wanderst im Garten. Empfängst Leute. Kümmerst dich um Gobelinbezüge und Tapisserien und so. Bei Königinnen ist das sehr beliebt. Außerdem... Später muss auch noch die Frage der Thronfolge geklärt werden...«

»Ich begnüge mich zunächst damit, mir die Tapisserien vorzunehmen«, sagte Magrat fest.

Ridcully hatte Probleme mit dem Bibliothekar.

»Zufälligerweise bin ich dein Erzkanzler, jawohl!«

»Ugh!«

»Bestimmt *gefällt* es dir! Frische Luft! Viele Bäume! Mit vielen Ästen, an denen man bestens hängen kann.«

»Ugh!«

»Komm sofort runter!«

»Ugh!«

»Die Bücher sind hier auch ohne dich sicher. Lieber Himmel, es ist ohnehin schwer genug, Studenten in die Bibliothek zu *locken.* Aus eigenem Antrieb kommen sie sicher nicht hierher.«

»Ugh!!«

Ridcully sah zum Bibliothekar empor, der am obersten Regal der Parazoologie hing, zwischen *Ba* und *Mn.*

»Na schön.« Der Erzkanzler sprach jetzt leiser, und in seiner Stimme drückte sich eine gewisse Schläue aus. »Eigentlich schade, wenn man es recht bedenkt. Im Schloss von Lancre soll es eine gute Bibliothek geben. Was man in der Provinz eben so *Bibliothek* nennt... Es ist nur ein Haufen alter Bücher. Niemand hat sich die Mühe gemacht, sie zu katalogisieren.«

»Ugh?«

»Tausende von Büchern. Unter ihnen sehr seltene Exemplare. Ja, wirklich schade, dass du nicht mitkommen willst.« Mit Ridcullys Stimme hätte man jetzt Achsen schmieren können.

»Ugh?«

»Aber du bist fest entschlossen, wie ich sehe. Nun, dann muss ich mich eben allein auf den Weg machen. Bis dann.«

Draußen blieb Ridcully neben der Bibliothekstür stehen und zählte im Kopf. Bei »drei« schoss der Bibliothekar durch die Tür – die Sache mit den »seltenen Exemplaren« hatte seinen Widerstandswillen gebrochen.

»Wir brauchen also vier Fahrkarten«, stellte der Erzkanzler fest.

Oma Wetterwachs hatte ihre eigene Methode, mit der sie herausfand, was im Bereich des Steinkreises geschah.

Viele Leute unterschätzen Bienen.

Nicht so Oma Wetterwachs. Sie hatte sechs Bienenstöcke und wusste zum Beispiel, dass es in jenen Völkern keine Individuen gibt. Dafür existiert die kollektive Entität des Schwarms, dessen Zellen – die Bienen – beweglicher sind als die einer Wellhornschnecke, um nur ein Beispiel zu nennen. Schwärme sehen alles und spüren noch viel mehr. Darüber hinaus sind sie im Stande, sich über Jahre hinweg an Dinge zu erinnern. Wobei allerdings darauf hingewiesen werden muss, dass ihr Gedächtnis externer Natur ist und aus Wachs besteht. Die Erinnerungen des Schwarms nehmen in Form von Waben Gestalt an. Alles spielt eine Rolle: die Position der Eizellen, Pollen, Zellen der Königin, Honigzellen, verschiedene *Arten* von Honig – das alles ist Teil der Erinnerungsstruktur.

Und dann die großen dicken Drohnen. Viele Leute glauben, sie hängen das ganze Jahr über im Stock herum und warten darauf, von der Königin zur Kenntnis genommen zu werden. Doch das erklärt nicht, warum sie mit mehr Apparaturen zum Sammeln von Informationen ausgestattet sind als das Dach der CIA-Zentrale.

Eigentlich *hielt* sich Oma gar keine Bienen. In jedem Jahr nahm sie sich ein wenig altes Wachs für Kerzen und auch das eine oder andere Pfund Honig, das der Stock entbehren konnte. Wie dem auch sei: In der Hauptsache dienten ihr die Bienen als Gesprächspartner.

Zum ersten Mal seit der Heimkehr begab sie sich zu den Stöcken.

Und riss die Augen auf.

Bienen *quollen* aus den Öffnungen. Normalerweise herrschte hinter den Himbeersträuchern Stille, doch jetzt sorgten zahllose kleine Flügel für lautes Brummen. Braune Körper sausten wie horizontaler Hagel durch die Luft.

Oma Wetterwachs wusste nicht, was sie davon halten sollte.

Bei Bienen musste sie passen. In Lancre gab es kein Gehirn, das sie nicht borgen konnte. Sie war sogar im Stande, mit den Augen von

Regenwürmern zu sehen*. Doch ein Schwarm, der aus Tausenden von mobilen Teilen bestand… Damit kam sie nicht zurecht. Ein solches Unterfangen war sehr schwer. Immer wieder hatte sie versucht, ein Bienenkollektiv zu borgen, die Welt durch Tausende von Facettenaugen zu sehen. Das einzige Ergebnis ihrer Bemühungen bestand in Migräne und dem vagen Wunsch, mit Blumen zu kopulieren.

Aber wenn man Bienen aufmerksam beobachtete, so ließen sich gewisse Schlußfolgerungen ziehen. Ihre Aktivität, die Richtung, das Verhalten der Wächterinnen…

Ihr Gebaren deutete nun auf *außerordentliche Besorgnis* hin.

Oma Wetterwachs beschloss, sich hinzulegen und die Gedanken schweifen zu lassen.

Nanny Ogg versuchte es mit einer anderen Taktik. Sie hatte kaum etwas mit Hexerei zu tun, dafür jedoch weitaus mehr mit ihrem Status als Oberhaupt des Ogg-Clans.

Eine Zeit lang saß sie in der pieksauberen Küche, trank Rum, rauchte ihre stinkende Pfeife und betrachtete die Bilder an den Wänden. Sie stammten von den jüngsten Enkeln und präsentierten verschiedene Brauntöne. Die meisten von ihnen zeigten gekrakelte Strichmännchen in Braun mit dem gekrakelten Wort OMA in Braun darunter.

Vor Nanny lag der Kater Greebo auf dem Rücken, streckte alle viere von sich und schien in die Rolle von etwas zu schlüpfen, das er irgendwo im Rinnstein gefunden hatte. Zweifellos freute er sich darüber, wieder zu Hause zu sein.

Schließlich stand Nanny Ogg auf und schlenderte nachdenklich zur Schmiede, in der ihr Sohn Jason Ogg arbeitete.

Der Schmiede kam in jedem Dorf eine wichtige Funktion zu. Sie diente als eine Mischung aus Rathaus, Versammlungsplatz und Ge-

* In solchen Fällen nahm sie meistens nur Dunkelheit wahr.

rüchteküche. In diesem Fall hielten sich mehrere Männer in ihr auf, die normalerweise damit beschäftigt waren, zu wildern und den Frauen bei der Arbeit zuzusehen. Doch derzeit genossen sie den Müßiggang.

»Jason Ogg, ich möchte mit dir *reden.*«

Die Schmiede leerte sich wie durch Zauberei. Vermutlich lag es an irgendetwas in Nannys Stimme. Sie streckte die Hand aus und hielt einen Mann fest, als er versuchte, sich möglichst unauffällig an ihr vorbeizuducken.

»Es *freut* mich, dich hier anzutreffen, Herr Quarney«, sagte sie. »Bleib doch noch etwas. Wie geht das Geschäft?«

Auf diese Worte reagierte Lancres einziger Ladenbesitzer ebenso wie eine dreibeinige Maus auf den Anblick einer athletischen Katze. Sein Gesicht verriet Verzweiflung.

»Ach, schlecht, schlecht«, stöhnte er, obwohl er es eigentlich besser wissen sollte. »Es könnte kaum schlimmer sein, Frau Ogg.«

»Ist also alles wie immer, wie?«

Stummes Flehen gesellte sich der Verzweiflung in Quarneys Miene hinzu. Er wusste, dass ihm etwas drohte, und deshalb baten seine Augen um Barmherzigkeit.

»Nun«, fuhr Nanny fort, »du kennst doch die Witwe Pirsch aus Schnitte, nicht wahr?«

Quarneys Mund klappte auf.

»Sie ist gar keine Witwe«, erwiderte er. »Sie ...«

»Wollen wir wetten?«

Quarneys Mund blieb offen stehen, der Rest seines Gesichts veränderte sich zu einem Ausdruck gebannten Schreckens.

»Du wirst ihr Kredit gewähren, bis sie den Bauernhof auf Vordermann gebracht hat«, stellte Nanny fest.

Quarney nickte stumm.

»Das gilt auch für die anderen Männer, die draußen lauschen«, fügte Nanny hinzu und hob dabei die Stimme. »Es kann bestimmt nicht schaden, der Witwe dann und wann einen Korb mit Essen vor die Tür zu stellen. Und sicher braucht sie Hilfe bei der Ernte. Ich weiß, dass ich mich auf euch verlassen kann. Und jetzt könnt ihr gehen ...«

Sie stoben davon und ließen eine triumphierende Nanny Ogg in der Tür zurück.

Jason Ogg richtete einen hoffnungslosen Blick auf sie. Der große, muskulöse und mehr als hundert Kilo schwere Mann schien sich plötzlich in einen vierjährigen Knaben zu verwandeln.

»Jason?«

»Ich muss das hier fertig kriegen, für den alten ...«

Nanny hörte ihm gar nicht zu. »Nun, was ist hier geschehen, während ich fort gewesen bin, Junge?«

Geistesabwesend stocherte Jason mit einer Eisenstange im Feuer.

»Äh, in der Silvesternacht hat's gestürmt, und eine von Mütterchen Peasons Hennen legte das gleiche Ei dreimal, und Kükenarms Kuh brachte eine siebenköpfige Schlange zur Welt, und drüben in Schnitt regnete es Frösche ...«

»Es war also nichts Besonderes los.« Nanny Ogg begann damit, sich beiläufig und gleichzeitig recht bedeutungsvoll die Pfeife zu stopfen.

»Es war ziemlich ruhig«, meinte Jason. Er zog die Eisenstange aus dem Feuer, legte sie auf den Amboss und hob den Hammer.

»Früher oder später finde ich's heraus«, ließ sich Nanny Ogg vernehmen.

Jason drehte nicht den Kopf, aber der Hammer verharrte mitten in der Luft.

»Mir bleibt nie etwas verborgen«, betonte Nanny. »Das weißt du ja.«

Das heiße Eisen verfärbte sich: Aus der Farbe von frischem Stroh wurde ein helles Rot.

»Und du weißt auch, dass du dich immer besser fühlst, wenn du dich deiner Mutter anvertraut hast«, sagte Nanny Ogg.

Das Eisen kühlte weiter ab: Helles Rot metamorphierte zu leise zischendem Schwarz. Jason war an die Hitze der Schmiede gewöhnt, doch jetzt brach ihm der Schweiß aus.

»Du solltest das Eisen bearbeiten, bevor's kalt wird«, riet Nanny ihrem Sohn.

»Es ist nicht meine Schuld, Mama! Wie hätte ich sie aufhalten können?«

Nanny lehnte sich auf dem Stuhl zurück und lächelte zufrieden.

»Wen meinst du, Junge?«

»Die junge Diamanda und Perdita und die Rothaarige aus dem Blöden Kaff und noch 'n paar. Dem alten Peason habe ich gesagt: Mama wird sich bestimmt drüber ärgern. Ja, das habe ich gesagt. Und auch mit *ihnen* habe ich gesprochen. Wartet's nur ab – Oma Wetterwachs wird außer sich geraten und *sehr*, äh, sarkastisch sein, wenn sie davon erfährt. Habe ich ihnen gesagt. Aber die Mädchen haben nur gelacht und gemeint, sie könnten sich die Hexerei ohne irgendwelche Hilfe beibringen.«

Nanny nickte. In diesem Punkt hatten sie durchaus recht. Man *konnte* sich die Hexerei selbst beibringen. Aber in dem Fall mussten Lehrer und Schüler besonders schlau sein.

»Diamanda?«, wiederholte sie. »Diesen Namen höre ich jetzt zum ersten Mal.«

»Eigentlich heißt sie Lucy Tockley«, erwiderte Jason. »Sie meinte, Diamanda klingt mehr nach einer Hexe.«

»Aha. Die junge Dame mit dem großen Schlapphut?«

»Ja, Mama.«

»Malt sich ihre Fingernägel schwarz an?«

»Ja, Mama.«

»Der alte Tockley hat sie zur Schule geschickt, nicht wahr?«

»Ja, Mama. Sie ist zurückgekehrt, während du unterwegs warst.«

»Aha.«

Nanny Ogg entzündete ihre Pfeife am Schmiedefeuer. Schlapphut, schwarze Fingernägel und Bildung. Lieber Himmel…

»Wie viele sind es?«, fragte sie.

»Etwa ein halbes Dutzend. Und sie *bringen* was zustande, Mama.«

»Ach?«

»Ja, und eigentlich richten sie gar keinen Schaden an.«

Nanny Ogg blickte nachdenklich ins Feuer.

Nannys Schweigen konnte unauslotbar tief sein. Und manchmal blieb es nicht einfach unbestimmt, sondern gewann eine klar definierte Richtungskomponente. Zum Beispiel jetzt: In Jason verdichtete sich der Eindruck, dass das Schweigen auf ihn zielte.

Er fiel immer darauf herein und versuchte, die Leere der Stille zu füllen.

»Außerdem hat Diamanda eine wirklich gute Bildung«, sagte er. »Sie kennt einige richtig gut klingende Worte.«

Das Schweigen dauerte an.

»Und du hast dich immer darüber beklagt, dass die jungen Mädchen von heute kein Interesse an der Hexerei zeigen«, fuhr Jason fort. Er griff wieder nach der Eisenstange und schlug einige Male halbherzig auf sie ein.

Weiteres Schweigen strömte in seine Richtung.

»Bei jedem Vollmond ziehen sie los und tanzen in den Bergen.«

Nanny Ogg nahm die Pfeife aus dem Mund und blickte in ihren Kopf.

Jason senkte die Stimme. »Es heißt, sie tanzen ganz, äh, ohne.«

»Ohne was?«, fragte Nanny unschuldig.

»Du weißt schon, Mama. Ohne Kleidung.«

»Donnerwetter. Na so was. Hat jemand beobachtet, welchen Ort sie aufsuchen?«

»Nein. Weber, der Dachdecker, meint, sie entwischen ihm immer.«

»Jason?«

»Ja, Mama?«

»Sie tanzen bei den Steinen.«

Jason schlug sich auf den Daumen.

In den Bergen und Wäldern von Lancre gab es viele Götter. Einer von ihnen hieß Hern der Gejagte. Er war der Gott des Jagens und Verfolgens. Mehr oder weniger.

Die meisten Götter werden von Glauben und Hoffnung erschaffen und am Leben erhalten. Jäger tanzen in Fellen und Tierhäuten, schaffen dadurch Jagdgötter, die zu Ausgelassenheit neigen und den Takt einer Flutwelle besitzen. Aber dabei handelt es sich nicht um die einzigen Götter der Jagd. Auch das Opfer hat eine okkulte Stimme, während der Puls rast und die Hunde bellen. Hern war der Gott der Gejagten und Verfolgten und all jener kleinen Geschöpfe, deren Schicksal darin besteht, ihr Leben mit einem erschrockenen Quieken zu beenden.

Er mochte etwa einen Meter groß sein, hatte Hasenohren und kleine Hörner. Er konnte ziemlich flink sein und nutzte jetzt sein ganzes Sprinterpotential, als er durch den Wald raste und rief:

»Sie kommen! Sie kommen! *Sie kommen alle zurück!*«

»Wer?«, fragte Jason Ogg. Er hielt den Daumen in einen Wassertrog.

Nanny Ogg seufzte.

»Sie«, lautete ihre Antwort. »Du weißt schon – *sie*. Wir sind nicht ganz sicher, aber ...«

»Wer sind *sie*?«

Nanny zögerte. Gewisse Dinge teilte man gewöhnlichen Leuten nicht mit. Andererseits: Jason war Schmied, was ihn aus der Masse der Gewöhnlichen heraushob. Schmiede mussten Geheimnisse wahren. *Und* er gehörte zur Familie. Nanny Ogg hatte eine abenteuerliche Jugend verlebt und konnte nicht besonders gut zählen; trotzdem zweifelte sie kaum daran, dass Jason ihr Sohn war.

»Nun …« Sie gestikulierte vage. »Jene Steine … die Tänzer … äh, damals … ich meine, früher …«

Nanny unterbrach sich und versuchte erneut, die im Wesentlichen fraktale Natur der Realität zu erklären.

»Weißt du … Es gibt einige Orte, die *dünner* sind als andere, und dort sind die alten Türen nicht unbedingt Türen, nein, ich meine, ich hab's selbst nie ganz verstanden, es sind keine Türen, sondern eher Stellen *dünnerer* Welt, und … Nun, wichtig ist vor allem, dass die Tänzer eine Art Zaun bilden. Wir, und wenn ich hier ›wir‹ sage, so meine ich vor vielen tausend Jahren … Ich meine, es sind nicht einfach nur Steine, eher Donnerkeile, und … Es gibt da Gezeiten, allerdings ohne Wasser, und wenn sich die Welten nahe genug kommen, kann man fast zwischen sie treten … Nun, wenn sich Leute dem Steinkreis nähern und dort herumalbern, so könnten *sie* zurückkehren, falls wir nicht aufpassen.« »Wer *sie*?«

»Genau darum geht's.« Nanny zog eine kummervolle Miene. »Wenn ich's dir sage, verstehst du bestimmt alles falsch. *Sie* leben jenseits der Tänzer.«

Jason starrte seine Mutter groß an. Nach einigen Sekunden erhellte sich die Miene des Schmieds mit dem Licht des Verstehens.

»Ah«, brummte er. »Ich weiß. Wie ich hörte, reißen die Zauberer in Ankh immer wieder Löcher in den Teppich der Realität oder so, und dann kommen schreckliche Dinge aus den Kerkerdimensionen. Große Biester mit vielen Augen und mehr Beinen als eine Moriskentanzgruppe.« Er griff nach dem Hammer Nummer 5. »Keine Sorge, Mama. Wenn solche Wesen hier erscheinen, so …«

»Nein, es ist ganz anders«, warf Nanny ein. »Jene Geschöpfe leben *außerhalb.* Aber *sie* existieren … dort drüben.«

Jetzt war Jason völlig verwirrt.

Nanny Ogg zuckte mit den Schultern. Früher oder später blieb ihr gar nichts anderes übrig, als jemanden einzuweihen.

»Die Herren und Herrinnen«, sagte sie.

»Was hat es mit ihnen auf sich?«

Nanny sah sich um. Immerhin: Sie befand sich hier in einer Schmiede. Hier hatte es schon lange vor dem Schloss eine Schmiede gegeben, lange vor dem Entstehen des Königreichs. Hier wimmelte es von Metall. Eisen gab es nicht nur *an* den Wänden, sondern auch *darin*. Wenn nicht hier, so konnte man an keinem Ort der Welt darüber sprechen. Dieser Welt jedenfalls.

Trotzdem regte sich Unbehagen in Nanny.

»Du *weißt* schon«, sagte sie. »Das schöne Volk. Die Schimmernden. Die Sternenleute. Du *weißt* schon.«

»Wie bitte?«

Nanny legte vorsichtshalber die Hand auf den Amboss und sprach das Wort aus.

Die Falten verschwanden mit der Geschwindigkeit der aufgehenden Sonne aus Jasons Stirn.

»Sie?«, entfuhr es ihm. »Aber ich dachte immer, sie sind nett und …«

»Na bitte«, sagte Nanny. »Du *hast* es falsch verstanden!«

»*Wie viel*?«, fragte Ridcully.

Der Kutscher hob und senkte die Schultern.

»Entweder ihr zahlt – oder ihr bleibt hier.«

»Entschuldige bitte, Herr«, wandte sich Ponder Stibbons an den Erzkanzler. »Es ist die einzige Kutsche.«

»Fünfzig Ankh-Morpork-Dollar! Das kommt Raub am helllichten Tag gleich!«

»Nein«, widersprach der Kutscher geduldig und fuhr im Tonfall eines Fachmanns fort: »Mit Raub am helllichten Tag haben wir es zu tun, wenn jemand mitten auf dem Weg steht und uns mit einem Pfeil bedroht, während seine Freunde von nahen Felsen und Bäumen springen, um uns das Geld und alles andere abzunehmen. Raub in der Nacht unterscheidet sich vom Raub am helllichten Tag vor allem dadurch, dass die Räuber die Kutsche in Brand setzen, um besser zu sehen. Außerdem gibt es noch den so genannten Zwielicht-Raub. Nun, bei einem normalen Zwielicht-Raub ...«

»Soll das heißen, ein Raubüberfall ist im Preis *inbegriffen*?«, fragte Ridcully.

»Die Räubergilde verlangt vierzig Dollar pro Kopf«, erwiderte der Kutscher. »Es ist eine Art Pauschale.«

»Was passiert, wenn wir sie nicht zahlen?«, erkundigte sich der Erzkanzler.

»Ihr hättet schon bald Gelegenheit, das sehr zu bedauern.«

Die Zauberer berieten sich.

»Wir haben hundertfünfzig Dollar«, sagte Ridcully. »Mehr kriegen wir nicht aus dem Tresor raus, weil der Quästor gestern den Schlüssel verschluckt hat.«

»Darf ich eine Idee ausprobieren?«, fragte Ponder.

»Nur zu.«

Stibbons wandte sich an den Kutscher und lächelte freundlich.

»Haustiere reisen umsonst, oder?«, fragte er.

»Uugh!«

Nanny Oggs Besen raste etwa einen halben Meter über dem Waldpfad und nahm die Kurven so scharf, dass ihre Stiefelabsätze durchs Laub strichen. Vor Oma Wetterwachs' Hütte sprang sie ab, ohne zuvor die magische Handbremse anzuziehen: Der Besen sauste weiter und blieb im Abort stecken.

Die Tür der Hütte stand offen.

»Hallihallooo?«

Nanny warf einen kurzen Blick in die Küche und eilte dann die schmale Treppe hoch.

Oma Wetterwachs lag steif auf ihrem Bett. Das Gesicht war aschfahl, die Haut kalt.

Ab und zu geschah es, dass man sie in diesem Zustand fand, und so etwas hatte schon zu peinlichen Situationen geführt. Deshalb beruhigte sie Besucher und forderte gleichzeitig das Schicksal heraus, indem sie ein kleines Schild in den erstarrten Fingern hielt. Darauf stand:

ICH BINNE NICH TOT.

Ein Stück Holz hielt das Fenster offen.

»Du bist unterwegs, wie ich sehe«, sagte Nanny zu sich selbst. »Ich, ich, ich setze Tee auf und warte, bis du zurückbist, einverstanden?«

Esmes Fähigkeit des Borgens beunruhigte sie. Es war durchaus in Ordnung, das Gehirn von Tieren und so zu berühren, aber viele, zu viele Hexen waren von solchen Reisen nicht zurückgekommen. Nanny hatte zum Beispiel mehrere Jahre lang Speck und kleine Stücke Schinkenrinde für eine Blaumeise beiseite gelegt, die sie für Oma Postalut gehalten hatte – Oma Postalut hatte eines Tages mit dem Borgen begonnen, ohne jemals zurückzukehren. Nanny fand das unheimlich. Falls es für Hexen überhaupt etwas gab, das diese Bezeichnung verdiente.

Sie begab sich in die Küche, ließ einen Eimer in den Brunnen hinab, zog ihn hoch und dachte diesmal daran, die Molche zu entfernen, bevor sie das Wasser aufsetzte.

Anschließend beobachtete sie den Garten.

Nach einer Weile flatterte etwas über die Beete und näherte sich dem offenen Fenster weiter oben.

Nanny schenkte Tee ein. Vorsichtig nahm sie einen Löffel mit Zucker aus der Dose, schüttelte den Inhalt des kleinen Blechbehälters in ihre Tasse, legte den Löffel zurück, stellte beide Tassen auf ein Tablett und ging nach oben.

Oma Wetterwachs setzte sich in ihrem Bett auf.

Nanny sah sich um. Eine Fledermaus hing an einem Balken.

Oma Wetterwachs rieb sich die Ohren.

»Bitte schieb den Topf darunter, Gytha«, murmelte sie. »Sonst macht das Biest auf den Teppich.«

Nanny suchte den privatesten Gegenstand in Omas Schlafzimmer und schob ihn mit dem Fuß über den Läufer.

»Ich habe dir eine Tasse Tee gebracht«, sagte sie.

»Kann ich gut gebrauchen«, erwiderte Oma Wetterwachs. »Habe den Geschmack von Motten im Mund.«

»Ich dachte, nachts bevorzugst du Eulen.«

»Ja, aber anschließend versucht man, den Kopf ganz nach hinten zu drehen. Fledermäuse blicken wenigstens immer in die gleiche Richtung. Zuerst habe ich's mit Kaninchen versucht, aber die haben ein schlechtes Gedächtnis. Außerdem: Du weißt ja, woran die dauernd denken. Sind berühmt dafür.«

»Ja. An Gras.«

»Genau.«

»Hast du was herausgefunden?«, fragte Nanny.

»Fünf oder sechs Personen suchen den Steinkreis auf, und zwar immer bei Vollmond«, antwortete Oma. »Junge Mädchen, der Figur nach zu urteilen. Fledermäuse erkennen nur Silhouetten.«

»Gute Arbeit«, sagte Nanny behutsam. »Glaubst du, die Mädchen stammen von hier?«

»Das nehme ich an. Sie verwenden keine Besen.«

Nanny Ogg seufzte.

»Agnes Nitt gehört zu der Gruppe, die Tochter des alten Dreipfennig«, erklärte sie. »Und das Tockley-Mädchen. Und einige andere.«

Oma Wetterwachs sah sie mit offenem Mund an.

»Ich habe unseren Jason gefragt«, meinte Nanny. »Entschuldige.«

Die Fledermaus rülpste. Oma hob aus einem Reflex heraus die Hand vor den Mund.

»Ich bin wirklich eine dumme alte Närrin, nicht wahr?«, murmelte sie nach einer Weile.

»Nein, nein«, widersprach Nanny. »Das Borgen ist eine sehr nützliche Fähigkeit. Und du hast darin großes Geschick entwickelt.«

»Stolz bin ich, jawohl. Früher einmal wäre ich ebenfalls auf den Gedanken gekommen, jemanden zu fragen, anstatt im Körper einer Fledermaus durch die Gegend zu flattern.«

»Unser Jason hätte dir bestimmt nichts verraten«, spekulierte Nanny. »Mir hat er's nur gesagt, weil er befürchten musste, dass ich ihn durch die Mangel drehe. Dazu sind Mütter da.«

»Ich lasse nach, Gytha. Ich werde allmählich alt.«

»Man ist so alt, wie man sich fühlt – so lautet mein Motto.«

»Genau das meine ich.«

Auf Nannys Gesicht zeichnete sich Sorge ab.

»Angenommen, Magrat wäre hier«, fuhr Oma fort. »Dann hätte sie gesehen, wie dumm ich gewesen bin.«

»Nun, Magrat ist im Schloss«, entgegnete Nanny. »Dort lernt sie, Königin zu sein.«

»Als Königin hat man einen Vorteil«, brummte Oma. »Niemand merkt, wenn man was verkehrt macht. Alles *muss* richtig sein, denn man ist ja schließlich die *Königin.*«

»Das mit dem Königtum ist eine komische Sache«, überlegte Nanny laut. »Wie Magie. Man nehme ein Mädchen mit 'nem Hintern, der aussieht wie zwei Schweine unter einer Decke. Und mit einem Kopf voller Flausen. Kaum heiratet es einen Prinzen oder so, schon wird eine strahlende königliche Prinzessin aus ihr. Wirklich sonderbar.«

»Ich mache keinen Knicks vor ihr, das steht fest«, sagte Oma.

»Du knickst vor niemandem«, erwiderte Nanny Ogg geduldig. »Nicht mal vor dem alten König hast du dich verneigt. Und der junge Verence bekommt von dir höchstens ein Nicken. Du knickst *nie.*«

»Stimmt!«, bestätigte Oma. »Das passt nicht zu einer Hexe.«

Nanny entspannte sich ein wenig. Als alte Frau weckte Oma Wetterwachs Unbehagen in ihr. Jetzt strahlte sie die Hitze mühsam unterdrückten Zorns aus – sie war wieder sie selbst.

Oma stand auf.

»Das Tockley-Mädchen, wie?«

»Ja.«

»Ihre Mutter war eine Kiebel, nicht wahr? Eine anständige Frau, wenn ich mich recht entsinne.«

»Ja. Und nach ihrem Tod schickte der Vater seine Tochter nach Sto Lat zur Schule.«

»Von Schulen halte ich nichts«, sagte Oma Wetterwachs. »Sind der Bildung hinderlich. Da gibt's zu viele Bücher. Was haben Bücher überhaupt für einen Sinn? Meiner Ansicht nach wird heute zu viel gelesen. In unserer Jugend hatten wir für so etwas keine Zeit.«

»Wir waren zu sehr damit beschäftigt, selbst für unsere Unterhaltung zu sorgen.«

»Ja. Komm – wir müssen uns sputen.«

»Was soll das heißen?«

»Es geht nicht nur um die Mädchen. Dort draußen gibt es noch etwas anderes. Ein Bewusstsein streift umher.«

Oma Wetterwachs schauderte. Sie hatte die Gegenwart des fremden Ichs gespürt, so wie ein Jäger die Anwesenheit eines anderen Jägers wahrnimmt. Es gab subtile Anzeichen: Stille dort, wo man Geräusche erwartete; hier und dort ein geknickter Halm; das Summen zorniger Bienen.

Nanny Ogg hatte sich nie mit dem Borgen anfreunden können, und Magrat war nicht einmal bereit gewesen, einen entsprechenden Versuch zu unternehmen. Bei den alten Hexen auf der anderen Seite des Bergs gab es zu viele Probleme mit körperinternen Dingen; sie wollten sich nicht auch noch mit körperexternen Erfahrungen belasten. Aus diesem Grund blieb Oma in der mentalen Dimension allein.

Ein fremdes Ich glitt durchs Königreich, und Oma Wetterwachs verstand es nicht.

Sie borgte, und damit musste man sehr vorsichtig sein. Es konnte wie eine Droge wirken. Auf den Selbstsphären von Tieren zu reiten, mit den Vögeln zu fliegen – aber nicht mit Bienen –, sie vorsichtig zu steuern, durch ihre Augen zu sehen … Oma Wetterwachs hatte sich oft durch die Kanäle des Denkens und Empfindens um sie herum geschaltet. Für sie war es ein Teil der Hexerei. Mit anderen Augen zu sehen …

Zum Beispiel mit denen von Mücken. Das langsame Muster der Zeit im schnellen eines Tages zu beobachten, wie Blitze hin und her zuckende Gedanken zu ertasten …

… mit dem Körper eines Käfers zu lauschen, die Welt als dreidimensionales Muster aus Vibrationen wahrzunehmen …

… mit der Nase eines Hunds zu sehen, zahlreiche Gerüche wie Farben …

Aber man musste einen Preis dafür bezahlen. Niemand bat darum, und gerade deshalb wurde er zur moralischen Pflicht. Man neigte dazu, nicht nach Mücken zu schlagen. Man grub mit besonderer Vorsicht. Man fütterte den Hund. Man bezahlte. Man *nahm Anteil.* Nicht nur aus reiner Höflichkeit, sondern weil es *richtig* war. Man hinterließ nur Erinnerungen, und man trug allein Erfahrungen fort.

Doch jenes andere umherstreifende Ich … Wie eine Kettensäge drang es in Selbstsphären ein, nahm und nahm und nahm. Oma spürte die Form, eine raubtierartige Struktur, gefüllt mit Grausamkeit und kalter Lieblosigkeit. Ein Selbst voller Intelligenz, das andere Lebewesen benutzte und quälte, weil es *Spaß* machte.

Oma Wetterwachs kannte einen Namen für ein derartiges Bewusstsein:

Elf.

Zweige knarrten und knackten hoch oben in den Baumwipfeln. Wind rauschte wie Meereswellen.

Oma und Nanny schritten durch den Wald. Besser gesagt: Oma Wetterwachs schritt. Nanny Ogg trippelte.

»Die Herren und Herrinnen versuchen, einen Weg hierher zu finden«, sagte Oma. »Und das ist noch nicht alles. Etwas hat bereits unsere Welt erreicht – ein Tier von der anderen Seite. Pirsch jagte einen Bock in den Kreis, und jenes Geschöpf muss dort gewartet haben. Es heißt, etwas kann hierher gelangen, wenn dafür etwas anderes ins Drüben wechselt.«

»Was für ein Tier meinst du?«, fragte Nanny.

»Du kennst ja die Augen von Fledermäusen. Mein Exemplar sah nur einen großen Schemen. Etwas hat Pirsch getötet. Ein Wesen, das sich noch immer hier herumtreibt. Es gehört nicht zu den Herren und Herrinnen, kommt aber von … von jenem Ort.«

Nanny sah zu den Schatten. Des Nachts gibt es ziemlich viele Schatten im Wald.

»Hast du Angst?«, fragte sie.

Oma ließ die Fingerknöchel knacken.

»Nein. Aber ich hoffe, dass *es* sich fürchtet.«

»Oh, du hast völlig recht. Du bist tatsächlich stolz, Esmeralda Wetterwachs.«

»Wer hat das gesagt?«

»Du selbst. Vorhin.«

»Ich habe mich nicht gut gefühlt.«

Jemand anders hätte vielleicht gesagt: Ich war nicht ich selbst. Aber Oma Wetterwachs konnte überhaupt nicht jemand anders sein.

Die beiden Hexen eilten durch den Sturm.

Das Einhorn stand hinter einem großen Dornbusch und sah ihnen nach.

Diamanda Tockley trug tatsächlich einen Schlapphut aus schwarzem Samt. Mit Schleier!

Perdita Nitt – bis sie die Hexerei für sich entdeckt hatte, hatte sie schlicht Agnes Nitt geheißen – trug ebenfalls einen schwarzen Schlapphut mit Schleier, und zwar nur deshalb, weil Diamanda auch einen trug. Beide waren siebzehn. Perdita wünschte sich, von Natur aus ebenso dürr zu sein wie Diamanda. Nun, da das für sie nicht in Frage kam, versuchte sie zumindest, ungesund auszusehen. Zu diesem Zweck verbarg sie ihre normalerweise rosarote Haut unter weißem Make-up. Es bildete eine so dicke Schicht, dass Perdita riskierte, ihr Gesicht am Hinterkopf zu tragen, wenn sie sich plötzlich umdrehte.

Sie hatten sich mit der Beschwörung des steilen Zapfens der Macht beschäftigt, auch mit Kerzenmagie und Kristallkugelprophetie. Jetzt wollte Diamanda ihren Gefährtinnen zeigen, wie man mit den Karten umging.

Angeblich enthielten sie die destillierte Weisheit der Alten. Tief in ihrem Innern fragte sich Perdita, wer damit gemeint sein mochte. Es konnte sich wohl kaum um Eltern oder Großeltern handeln, die Diamanda als dumm bezeichnete. Allerdings versäumte sie zu erklären, warum diese Alten soviel weiser waren als zum Beispiel moderne Leute.

Darüber hinaus verstand Perdita nicht, was es mit dem femininen Prinzip auf sich hatte. Und sie wurde unsicher, wenn sie an die Sache mit dem Inneren Selbst dachte. Sie zweifelte immer mehr daran, eins zu besitzen.

Sie wünschte sich solche ausdrucksvollen Augen wie Diamanda.

Sie wünschte sich, hochhackige Schuhe ebenso gut tragen zu können wie Diamanda.

Amanita DeVice hatte ihr erzählt, dass Diamanda in einem echten Sarg schlief.

Sie wünschte sich den Mut, ihren Arm wie Amanita mit einer

Totenkopftätowierung zu zieren – auch wenn das Bild nur mit Tinte aufgemalt war und jeden Abend abgewaschen werden musste, damit die Mutter es nicht sah.

Eine leise, gemeine Stimme aus Perditas innerem Selbst wies darauf hin, dass Amanita kein guter Name war.

Was auch für Perdita galt.

Sie fügte hinzu, dass sich Perdita nicht in Dinge einmischen sollte, von denen sie keine Ahnung hatte.

Unglücklicherweise war damit praktisch alles gemeint.

Sie wünschte sich, schwarze Spitze mit der gleichen Anmut tragen zu können wie Diamanda.

Diamanda erzielte Resultate.

Es war kaum zu fassen. Natürlich hatte Perdita immer gewusst, dass es Hexen gab: alte Frauen, die sich wie Vogelscheuchen kleideten – wenn man einmal von Magrat Knoblauch absah, die einfach verrückt war und immer so aussah, als würde sie im nächsten Augenblick in Tränen ausbrechen. Perdita erinnerte sich daran, dass Magrat bei einer Silvesterparty Gitarre gespielt und mit geschlossenen Augen Volkslieder gesungen hatte, an die sie zu *glauben* schien. Sie hatte nicht richtig gespielt, aber das fiel kaum ins Gewicht, weil sie auch nicht singen konnte. Das Publikum applaudierte nur deshalb, weil ihm nichts anderes einfiel.

Nun, Diamanda hatte Bücher gelesen. Sie wusste über Dinge Bescheid. Zum Beispiel über die Beschwörungen bei den Steinen… Die funktionierten tatsächlich.

Derzeit erklärte sie die Karten.

An diesem Abend wehte recht heftiger Wind. Er ließ die Fensterläden klappern und Ruß durch den Kamin fallen. Perdita meinte zu spüren, wie die Böen alle Schatten im Zimmer in eine Ecke trieben…

»Passt du auf, Schwester?«, fragte Diamanda kühl.

Das kam hinzu: Man musste sich mit »Schwester« ansprechen, aus reiner Brüderlichkeit.

»Ja, Diamanda«, erwiderte Perdita verlegen.

»*Dies* ist der Mond«, wiederholte Diamanda. »Für jene von uns, die nicht richtig aufgepasst haben.« Sie hob die Karten. »Und was sehen wir hier? Du, Muscara.«

»Äh ... der Mond ist darauf abgebildet?«, fragte Muscara (geborene Susan) hoffnungsvoll.

»Natürlich handelt es sich nicht um *den* Mond, sondern um eine nichtmimetische Konvention, die keine Verbindungen zu üblichen Bezugssystemen unterhält«, erklärte Diamanda.

»Aha.«

Zorniger Wind zerrte an den Wänden der Hütte. Die Tür flog auf; draußen zeigten sich dunkle Wolken an einem finsteren Himmel, an dem auch eine sichelförmige nichtmimetische Konvention leuchtete.

Diamanda winkte mit der einen Hand. Oktarines Licht schimmerte kurz, und die Tür schloss sich ruckartig. Daraufhin lächelte das Oberhaupt dieses *jungen* Hexenzirkels auf eine Weise, die Perdita für wissend und klug hielt.

Diamanda legte eine weitere Karte auf das schwarze Samttuch vor sich.

Perdita betrachtete sie bedrückt. Die Karten sahen ja ganz hübsch aus – wie bunt bemalte Pappe –, und sie hatten auch interessante Namen. Doch die leise verräterische Stimme in ihr flüsterte: Woher sollen Karten von der Zukunft wissen? Pappe ist nicht sehr intelligent.

Andererseits: Der Zirkel *half* den Leuten – mehr oder weniger. Beschwörungen und so ... *Was soll ich machen, wenn sie* mich *fragt?*, fuhr es Perdita durch den Sinn.

Sie spürte, wie Besorgnis in ihr wuchs. Etwas stimmte nicht. Etwas ging nicht mit rechten Dingen zu. Das Wie und Was blieb Perdita verborgen. Sie wusste nur, dass sich ihr Unbehagen immer mehr verdichtete.

Sie hob den Kopf.

»Dieses Haus sei gesegnet«, sagte Oma Wetterwachs.

Andere Leute benutzten einen derartigen Tonfall, um »Jetzt pumpe ich dich voll Blei, Kincaid!« oder »Ich verfluche dich und alle deine Nachkommen bis zum Ende der Welt!« zu sagen.

Diamanda fiel das Kinn herunter.

Nanny Ogg sah ihr über die Schulter. »Das stellst du falsch an, glaube ich. An einem solchen Blatt solltest du nicht herumpfuschen. Hast da 'ne Doppelte Zwiebel.«

»Wer seid ihr?«

Sie waren ganz plötzlich da, fand Perdita. Im einen Augenblick waren nur Schatten dagewesen, und im nächsten hatten sie sich im Zimmer materialisiert.

»Wer hat denn hier mit Kreide auf den Boden gemalt?«, fragte Nanny Ogg. »Überall Kreide auf dem Boden. Und dann auch noch heidnische Symbole. Was nicht heißen soll, dass ich was gegen Heiden habe«, fügte sie hinzu und erweckte den Anschein, einige Sekunden lang nachzudenken. »Gehöre eigentlich dazu. Aber ich schreibe nicht auf den Boden. Was hat es für einen Sinn, auf den Boden zu schreiben?« Sie stieß Perdita an. »Die Kreide lässt sich nicht einfach abwischen. Zieht tief ins Holz ein, das Zeug.«

»Es, äh, ist ein magischer Kreis«, erwiderte Perdita. »Äh, hallo, Frau Ogg. Äh. Die Kreide soll böse Einflüsse fern halten …«

Oma Wetterwachs beugte sich ein wenig vor.

»Was glaubst du, Teuerste?«, wandte sie sich an Diamanda. »Funktioniert es?«

Sie beugte sich noch etwas weiter vor.

Diamanda lehnte sich zurück.

Und neigte den Oberkörper dann in die andere Richtung.

Die beiden Nasen berührten sich fast.

»Wer ist das?«, fragte Diamanda aus dem Mundwinkel.

»Äh, das ist Oma Wetterwachs«, antwortete Perdita. »Äh. Eine Hexe, äh …«

»Welche Stufe?«, fragte Diamanda.

Nanny Ogg hielt nach etwas Ausschau, hinter dem sie sich verbergen konnte. Omas Brauen zuckten kurz.

»Stufen, wie?«, brummte sie. »Nun, ich schätze, ich bin eine Hexe der ersten Stufe.«

»Hast also gerade angefangen, nicht wahr?«, entgegnete Diamanda.

»Meine Güte …«, ächzte Nanny Ogg. Und zu Perdita: »Weißt du, wenn wir den Tisch umkippen, könnten wir dahinter in Deckung gehen.«

Gleichzeitig dachte sie: *Esme kann keiner Herausforderung widerstehen. Das kriegt niemand von uns hin. Einer richtigen Hexe mangelt es nicht an Selbstvertrauen. Aber wir werden nicht jünger. Eine Top-Hexe zu sein … Man stelle sich einen Schwertkämpfer vor, der einen wirklich guten Ruf genießt. Aber irgendwo gibt es jemanden, der jünger ist und jeden Tag übt. Irgendwann geht der berühmte Schwertkämpfer irgendwo über die Straße und hört eine Stimme hinter sich: He, du da – zieh, wenn du kein Feigling bist! Oder so ähnlich …*

Das gilt auch für Esme. Früher oder später trifft sie eine Hexe, die mehr kann.

»Ja«, sagte Oma Wetterwachs nun. »Ich fange gerade an. Und zwar jeden Tag.«

Aber nicht hier und heute, fügte Nanny Ogg in Gedanken hinzu.

»Du dumme Alte«, sagte Diamanda. »Ich fürchte mich nicht vor dir. O ja, ich weiß, dass ihr den abergläubischen Bauern und so Angst einjagt. Mit seltsam klingenden Worten und Schielen. Aber das ist alles nur eine Kopfsache. Es steckt nichts anderes als Psychologie dahinter. Mit *echter* Hexerei hat das nichts zu tun.«

»Ich, äh, ich gehe jetzt in die Küche«, verkündete Nanny Ogg.

»Vielleicht gibt's dort Eimer, die, äh, mit Wasser gefüllt werden können.«

»Wahrscheinlich kennst du dich *bestens* mit der Hexerei aus«, sagte Oma Wetterwachs.

»Ich befasse mich eingehend damit, ja«, erwiderte Diamanda.

Nanny Ogg stellte fest, dass sie den Hut abgenommen hatte und nun an der Krempe knabberte.

»Und bestimmt kannst du wirklich *gut* hexen«, meinte Oma Wetterwachs.

»Ja«, bestätigte Diamanda.

»Zeig's mir.«

Sie hat tatsächlich was auf dem Kasten, dachte Nanny Ogg. *Sie hält Esmes Blick schon länger als eine Minute stand. Nach sechzig Sekunden geben sogar Schlangen auf...*

Nur wenige Zentimeter trennten die beide Nasen voneinander. Wenn eine Fliege durch die Lücke zwischen ihnen geflogen wäre, so hätte sie sich vermutlich in einen kleinen Feuerball verwandelt.

»Ich habe mein Handwerk von Mütterchen Oweh gelernt«, sagte Oma Wetterwachs. »Sie hatte es von Gütchen Heggety, die bei Nanna Klump in die Lehre ging, die sich von der schwarzen Aliss in die Geheimnisse der Hexerei einweihen ließ. Und die schwarze Aliss wiederum...«

»Mit anderen Worten...« Diamanda schob die einzelnen Silben wie Patronen in die Revolverkammer des Satzes. *»Niemand von euch hat etwas Neues gelernt, oder?«*

Einige Sekunden lang herrschte Stille, und dann sagte Nanny Ogg: »Meine Güte, ich habe durch die Krempe gebissen. Direkt durch die Krempe!«

»Ich *verstehe*«, brummte Oma Wetterwachs.

»Sieh nur...« Nanny Ogg stieß erneut die zitternde Perdita an. »Ganz durch die dicke Krempe habe ich gebissen. Zwei Ankh-Morpork-Dollar hat mich der Hut gekostet. Außerdem musste ich das kranke Schwein des Hutmachers heilen. Zwei Dollar und die Behandlung eines Schweins – und jetzt ist alles ruiniert!«

»Geh jetzt, Alte«, sagte Diamanda.

»Wie wär's, wenn wir uns bald wieder treffen?«, fragte Oma Wetterwachs.

Die alte und die junge Hexe musterten sich.

»Um Mitternacht?«, schlug Diamanda vor.

»Mitternacht?« Oma Wetterwachs schnaufte. »Die Mitternacht stellt überhaupt nichts Besonderes dar. Um Mitternacht kann praktisch jede Frau eine Hexe sein. Was hältst du vom *Mittag*?«

Diamanda nickte. »Meinetwegen. Worum kämpfen wir?«

»Oh, wir *kämpfen* nicht«, sagte Oma Wetterwachs. »Wir zeigen nur, was wir können. Auf eine freundliche Art.«

Sie erhob sich.

»Ich muss jetzt los«, fügte sie hinzu. »Wir Alten brauchen unseren Schlaf. Du weißt ja, wie das ist.«

»Und was bekommt der Sieger?«, fragte Diamanda. In ihrer Stimme vibrierte nun ein Hauch Unsicherheit. Es war nicht mehr als die vage Andeutung von Zweifel, vergleichbar mit der Intensität eines Erdbebens, das von einer Kaffeetasse verursacht wurde, die zehn Kilometer entfernt von einem niedrigen Regal auf einen dicken Teppich fiel. Doch die Unsicherheit war da, und nur darauf kam es an.

»Oh, der Sieger bekommt den Sieg«, antwortete Oma Wetterwachs. »Darum geht es doch, nicht wahr? Du brauchst uns nicht nach draußen zu begleiten – wir kennen den Weg.«

Die Tür schwang auf.

»Nichts weiter als Telekinese«, sagte Diamanda.

»Und damit hat es sich, oder?« Oma Wetterwachs verschwand in der Nacht. »Damit wäre alles erklärt, nicht wahr?«

Damals, vor der Erfindung von Paralleluniversen, gab es einfache Richtungen: oben und unten, rechts und links, vor und zurück, Vergangenheit und Zukunft…

Doch im Multiversum funktionieren normale Richtungen nicht: Es hat so viele Dimensionen, dass sich kaum jemand zurechtfindet. Deshalb müssen neue Richtungen erfunden werden, um die Orientierung zu ermöglichen.

Zum Beispiel: östlich der Sonne, westlich des Mondes.

Oder: hinter dem Nordwind.

Oder: auf der anderen Seite des Jenseits.

Oder: hin und wieder zurück.

Oder: jenseits der uns bekannten Bereiche.

Manchmal gibt es eine Abkürzung. Eine Tür oder ein Tor. Gekennzeichnet von Markierungssteinen, einem vom Blitz gespaltenen Baum, vielleicht auch von einem Aktenschrank.

Es mag auch nur ein Fleck im Moor sein…

Eine Stelle, wo das *Dort* fast bis ans *Hier* heranreicht.

Fast – aber eben nicht ganz. Trotzdem genug, um Pendel schwingen zu lassen, übersinnlich begabten Leuten scheußliche Kopfschmerzen zu bescheren, harmlose Gebäude in Spukhäuser zu verwandeln und dafür zu sorgen, dass hier und dort ein unschuldiger Topf durchs Zimmer schwebt. Ein besonders großes Leck führt sogar dazu, dass Drohnen Wache fliegen.

Ach ja, die Drohnen…

Gelegentlich versammeln sie sich. An warmen Sommertagen treffen sich die Drohnen verschiedener, kilometerweit entfernter Bienenstöcke an einem Ort, um Kreise in der Luft zu fliegen und wie winzige Frühwarnsysteme zu summen – was sie auch sind.

Bienen zeichnen sich durch eine ganz besondere Art von Empfindsamkeit aus. Sie lieben die Ordnung; von Natur aus verabscheuen sie das Chaos.

Wenn Menschen jemals solche Versammlungsorte entdeckten und zumindest ahnten, was passieren kann, wenn das Hier ans Dort stößt… Nun, in einem solchen Fall kämen sie vielleicht auf die Idee, die entsprechende Stelle mit bestimmten Steinen zu markieren.

In der Hoffnung, dass genug Idioten die Warnung verstehen und den betreffenden Bereich meiden würden.

»Nun, was glaubst du?«, fragte Oma, als die beiden Hexen heimkehrten.

»Die kleine, stille Dicke hat ein bisschen Talent«, erwiderte Nanny Ogg. »Ich hab's gespürt. Die anderen sind nur dabei, weil es so aufregend ist. Du weißt schon: große Glaskugeln, Karten, schwarze Spitzenhandschuhe ohne Finger und so. Sie spielen nur ein wenig mit dem Okkulten herum.«

»Ich halte nichts davon, mit dem Okkulten herumzuspielen«, sagte Oma Wetterwachs. »Wenn man anfängt, mit dem Okkulten herumzuspielen, glaubte man bald an Geister. Und wenn man anfängt, an Geister zu glauben, so dauert es nicht lange, bis man auch an Dämonen glaubt. Und wenn man anfängt, an Dämonen zu glauben, so riskiert man, an Götter zu glauben. Und wenn man an Götter glaubt, gerät man in *Schwierigkeiten.*«

»Aber sie existieren«, wandte Nanny Ogg ein.

»Das ist noch lange kein Grund, an sie zu glauben. Damit ermutigt man sie nur.«

Oma Wetterwachs ging etwas langsamer.

»Was ist mit *ihr*?«, fragte sie.

»Wie meinst du das?«

»Hast du die Macht gefühlt?«

»Ja. Mir haben sich dabei die Nackenhaare aufgerichtet.«

»Jemand hat ihr die Macht gegeben, und ich weiß auch wer. Ein Mädchen mit törichten Vorstellungen, die aus irgendwelchen Büchern stammen ... Und plötzlich hat sie die Möglichkeit, tatsächlich etwas anzustellen. Allerdings weiß sie nicht, was sie damit anfangen soll. Karten! Kerzen! Das ist keine Hexerei, sondern kindischer Zeitvertreib. Mit dem Okkulten herumzuspielen ... Hast du ihre schwarzen Fingernägel gesehen?«

»Nun, meine sind ebenfalls nicht sehr sauber ...«

»*Sie* hat sich ihre *angemalt.*«

»Als ich jung war, habe ich mir roten Nagellack auf die Zehennägel gestrichen«, sagte Nanny wehmütig.

»Bei Zehennägeln sieht die Sache ganz anders aus«, meinte Oma. »Und das gilt auch für Rot. Außerdem wolltest du nur verführerisch wirken.«

»Es hat geklappt.«

»Ha!«

Eine Zeit lang gingen sie schweigend weiter.

»Ich habe *viel* Kraft gespürt«, murmelte Nanny Ogg nach einer Weile.

»Ja. Ich weiß.«

»Eine *Menge.*«

»Ja.«

»Ich will keineswegs behaupten, dass du sie nicht schlagen kannst«, sagte Nanny Ogg rasch. »So etwas liegt mir fern. Aber ich wäre dazu nicht im Stande, und ich glaube, selbst du musst dich ziemlich anstrengen, um eine Niederlage zu vermeiden. Wahrscheinlich bleibt dir nichts anderes übrig, als ihr wehzutun.«

»Du hältst es für einen Fehler, dass ich mich auf eine Konfrontation eingelassen habe, nicht wahr?«

»Nun, ich ...«

»Sie hat mich *geärgert,* Gytha. Ich konnte einfach nicht anders. Jetzt steht mir ein Duell mit einem siebzehnjährigen Mädchen bevor. Wenn ich gewinne, bin ich eine gemeine alte Hexe. Wenn ich verliere ...«

Oma Wetterwachs trat nach einigen verwelkten Blättern.

»Mein Temperament geht immer wieder mit mir durch.«

Nanny Ogg schwieg.

»Schon wegen der kleinsten Sache verliere ich die Beherrschung...«

»Ja, aber...«

»Ich bin noch nicht fertig.«

»Entschuldige, Esme.«

Eine Fledermaus flatterte vorbei. Oma Wetterwachs nickte ihr zu.

»Weißt du, wie Magrat zurechtkommt?«, fragte sie in einem Tonfall, der Beiläufigkeit in ein Korsett zwängte.

»Sie lebt sich gut ein, meint unser Shawn.«

»Freut mich.«

Sie gelangten zu einer Weggabelung, an der weißer Sand im Mondschein glänzte. Ein Weg führte nach Lancre, wo Nanny Ogg wohnte. Der andere ging in den Wald und wurde zu einem schmalen Pfad, der schließlich an Oma Wetterwachs' Hütte endete.

»Wann soll'n wir... *zwei*... uns wieder sehen?«, fragte Nanny Ogg.

»Jetzt hör mal«, brummte Oma. »Magrat kann von Glück sagen, dass sie keine Hexe mehr ist. Als Königin wird sie bestimmt viel glücklicher!«

»Ich habe doch gar nichts gesagt«, wandte Nanny Ogg ein.

»Ich weiß! Ich habe ganz deutlich gehört, dass du nichts gesagt hast. Nicht einmal Tote können so laut schweigen wie du!«

»Sehen wir uns gegen elf?«

»Einverstanden!«

Der Wind lebte wieder auf, als Oma über den Weg zur Hütte stapfte.

Sie war gereizt, klar. Es gab einfach zu viel zu tun. Das Problem namens Magrat war gelöst. Nanny konnte sie getrost sich selbst überlassen. Aber die Herren und Herrinnen... Damit hatte sie nicht gerechnet.

Oma Wetterwachs fühlte sich ganz neuen Belastungen ausgesetzt.

Sie spürte den nahen Tod, und dieser Umstand ging ihr auf die Nerven.

Wer richtig mit Magie umzugehen weiß, hat den Vorteil, den Zeitpunkt des eigenen Todes zu kennen. Im Großen und Ganzen ist das *tatsächlich* ein Vorteil.

So mancher Zauberer hat kurz vor dem Ableben seinen Weinkeller geleert oder zufälligerweise hohe Schulden hinterlassen.

Oma Wetterwachs hatte sich immer gefragt, was man dabei empfinden mochte, wenn man so etwas in der nahen Zukunft sah. Wie sich nun herausstellte, präsentierte sich... Leere.

Viele Leute vergleichen das Leben mit einem Punkt, der von der Vergangenheit in die Zukunft gleitet und dabei eine Art mentalen Kometenschweif aus Erinnerungen hinter sich zurücklässt. Doch die Reminiszenzen befinden sich nicht nur hinter dem Punkt des Lebens, sondern auch davor. Die meisten Menschen werden damit nur schlecht fertig und kennen dieses Phänomen nur in Form von Vorahnungen, Intuition und so weiter. Hexen hingegen sind bestens damit vertraut. Wenn sie Leere dort wahrnehmen, wo die Ranken der Zukunft wachsen sollten... Dann sind sie ebenso beunruhigt wie ein Pilot, der sein Flugzeug aus einer dichten Wolke steuert und feststellen muss, dass einige Sherpas auf ihn herabsehen.

Es blieben Oma Wetterwachs noch einige Tage, und dann war Schluss. Sie hatte immer gehofft, sich Zeit nehmen zu können: um den Garten in Ordnung zu bringen und die Hütte aufzuräumen – ihre Nachfolgerin sollte sie nicht für schlampig halten. Nach der Auswahl einer geeigneten Grabstätte wollte sie einfach nur im Schaukelstuhl sitzen, die Bäume beobachten und über die Vergangenheit nachdenken. Jetzt deutete alles darauf hin, dass sie dazu keine Gelegenheit mehr bekommen sollte.

Da war auch noch etwas anderes. Omas Gedächtnis schien verrückt zu spielen. Vielleicht schwand man zum Schluss einfach so dahin, wie Mütterchen Oweh: Sie hatte es fertig gebracht, die Katze auf den Herd zu setzen und den Kessel für die Nacht nach draußen zu stellen.

Oma schloss die Tür hinter sich und zündete eine Kerze an.

Die Kommodenschublade enthielt eine Schatulle. Oma Wetterwachs öffnete sie auf dem Küchentisch und entnahm ihr ein sorgfältig zusammengefaltetes Blatt Papier. Anschließend griff sie nach Federkiel und Tinte, überlegte kurz und fügte ihrem Testament folgende Sätze hinzu:

... Meiner Froindin Gytha Ogg hinterlassige ich das Bette und den Klaiderschtänder den der Schmied im Blöden Kaff für mich gemachet hat. Krug und Topfe und das Sehrvieß auf das sie immer ein Auge geworfen habet bekommigt sie ebenfalls. Auserdem auch meinen Besen der nur ein wenig in Schwung gebracht werden muss dann issa wie noi.

Magrat Knoblauch soll erhaltigen den übrigen Inhalt dieser Schatulle sowie das Teesehrvieß mit dem Milchkruge in Form einer lustigen Kuh was isset ein Erbschtück. Darüber hinausse vermachige ich ihr die Uhr meiner Mutter aber nur unter der Bedingung dasse sie jeden Tag aufgezogen werdet. Denn wenn sie stehen bleibt...

Draußen war ein Geräusch zu hören.

Wenn jemand Oma Wetterwachs Gesellschaft geleistet hätte, wäre sie bereit gewesen, kühn die Tür aufzureißen. Doch da sie ganz allein war, griff sie nach dem Schürhaken und *schlich* zur Tür, wobei es ihr trotz der Stiefel gelang, erstaunlich leise zu sein. Dort verharrte sie und lauschte.

Irgend etwas war im Garten.

Nun, es handelte sich nicht um einen sehr eindrucksvollen Garten, es waren nur einige Beete mit speziellen Kräutern, ein paar Obststräucher, ein kleines Stück Rasen und natürlich die Bienenstöcke. Einen Zaun oder dergleichen gab es nicht – die Tiere des Waldes hüteten sich davor, dem Garten einer Hexe zu nahe zu kommen.

Vorsichtig öffnete Oma Wetterwachs die Tür.

Der Mond ging gerade unter. Blasses, perlmuttenes Licht tilgte die Farben aus der nächtlichen Welt, ließ nur Platz für Grau.

Ein Einhorn stand auf dem Rasen. Oma roch den Gestank sofort.

Sie trat näher und hielt den Schürhaken bereit. Das Einhorn wich zurück und scharrte mit den Hufen.

Oma warf einen neuerlichen Blick in die Zukunft. Das *Wann* kannte sie bereits, und nun boten sich ihr erste Hinweise aufs *Wie*.

»Ich weiß, woher du kommst«, sagte sie leise. »Kehr dorthin zurück.«

Das Geschöpf entschloss sich zu einem Scheinangriff – sofort schwang der Schürhaken in die entsprechende Richtung.

»Kannst das Eisen nicht ausstehen, wie?«, meinte Oma Wetterwachs. »Lauf zu deiner Herrin zurück und sag ihr, dass wir in Lancre übers Eisen Bescheid wissen. Außerdem kenne ich sie. Ich gebe ihr den guten Rat, sich von diesem Ort fern zu halten. Hier bin *ich* zu Hause!«

Der Mondschein schwand und wich Tageslicht.

Auf dem zentralen Platz von Lancre – sofern man in diesem Zusammenhang überhaupt von einem »Platz« sprechen konnte – hatte sich eine große Menge versammelt. In Lancre war nicht viel los, und ein Duell zwischen Hexen war zweifellos sehenswert.

Oma Wetterwachs traf um Viertel vor zwölf ein. Nanny Ogg wartete auf einer Bank bei der Taverne. Sie hatte sich ein Handtuch um den Hals geschlungen und trug einen Eimer mit Wasser und Schwamm.

»Was hast du damit vor?«, fragte Oma.

»Ist für die Halbzeit. Außerdem habe ich ein Tablett mit Orangenscheiben vorbereitet.«

Sie deutete darauf. Oma Wetterwachs schnaubte abfällig.

»Du siehst aus, als könntest du etwas zu essen vertragen«, sagte Nanny. »Scheinst heute noch nichts in den Magen bekommen zu haben…«

Sie sah auf Omas Stiefel, bemerkte auch den Schmutz am Saum des langen schwarzen Kleids. Hier und dort zeigten sich kleine Reste von Adlerfarn und Heidekraut.

»Du dumme alte Gans!«, zischte sie. »Was hast du *gemacht?*«

»Ich musste...«

»Du bist bei den Steinen gewesen, nicht wahr? Hast versucht, *sie* zurückzuhalten, stimmt's?«

»Ja«, bestätigte Oma. Ihre Stimme klang nicht müde. Und sie schwankte auch nicht. Aber sie offenbarte nur deshalb keine Zeichen von Müdigkeit, weil Oma Wetterwachs' Geist Oma Wetterwachs' Körper fest im Griff hatte.

»Jemand musste sich darum kümmern«, fügte sie hinzu.

»Warum hast du mich nicht gefragt?«

»Du hättest versucht, es mir auszureden.«

Nanny Ogg beugte sich vor.

»Ist alles in Ordnung mit dir, Esme?«

»Ja, natürlich! Bestens! Warum sollte es mir *nicht* bestens gehen?«

»Hast du geschlafen?«, fragte Nanny.

»Nun...«

»Dafür blieb dir keine Zeit, oder? Glaubst du wirklich, du könntest nach einer anstrengenden, schlaflosen Nacht einfach so hierher kommen und dem Mädchen einen Denkzettel verpassen?«

»Ich weiß nicht«, erwiderte Oma Wetterwachs.

Nanny Ogg maß sie mit einem durchdringenden Blick.

»Du weißt es wirklich nicht, wie?«, fuhr sie etwas sanfter fort. »Na schön. Setz dich jetzt, damit du nicht umfällst. Und iss eine Orange. Die Mädchen müssten gleich hier sein.«

»Nein«, widersprach Oma. »Sie werden sich verspäten.«

»Woher weißt du das?«

»Ein großer Auftritt hat nur dann einen Sinn, wenn man von allen gesehen wird, oder? Das ist Pschikologie.«

Oma behielt recht: Die Mitglieder des jungen Hexenzirkels trafen um zwanzig nach zwölf ein und blieben auf den Stufen der Marktbühne stehen.

»Sieh sie dir an«, brummte Oma Wetterwachs. »Wieder alle in Schwarz gekleidet.«

»Das gilt auch für uns«, stellte Nanny Ogg fest.

»Wir tragen schwarze Kleidung, weil sich das so gehört«, sagte Oma verdrießlich. »Wir verwechseln das nicht mit Romantik und so. Ha! Man könnte meinen, *sie* seien bereits zu uns gekommen.«

Nach einigen Blickkontakten schlenderte Nanny Ogg über den Platz, und von der anderen Seite her kam ihr Perdita entgegen. Das dicke Make-up konnte nicht über die Besorgnis der jungen Hexe hinwegtäuschen. Sie hielt ein Taschentuch aus schwarzer Spitze in den Händen, drehte es nervös hin und her.

»Guten Morgen, Frau Ogg«, sagte sie.

»Tag, Agnes.«

»Äh. Was passiert jetzt?«

Nanny Ogg nahm die Pfeife aus dem Mund und kratzte sich mit dem Mundstück am Ohr.

»Keine Ahnung. Ich schätze, es hängt von euch ab.«

»Diamanda möchte wissen, warum es hier und jetzt stattfinden muss?«

»Damit alle zusehen können«, erwiderte Nanny. »Das ist doch der Sinn der Sache, oder? Nichts Heimliches und Verstecktes. Alle sollen ganz deutlich erkennen, wer die bessere Hexe ist. Die ganze Stadt. Es darf nicht den geringsten Zweifel daran geben, wer gewinnt und wer verliert. Auf diese Weise vermeiden wir weitere Auseinandersetzungen.«

Perdita sah zur Taverne. Oma Wetterwachs war eingedöst.

»Personifizierte Zuversicht«, behauptete Nanny und kreuzte die Finger hinterm Rücken.

»Äh, was geschieht mit dem Verlierer?«, fragte Perdita.

»Nicht viel«, antwortete Nanny. »Die betreffende Person verlässt den Ort. Man kann keine Hexe für Leute sein, die beobachtet haben, wie man eine Niederlage erlitten hat.«

»Diamanda meint, sie möchte der Alten nicht wehtun«, sagte Perdita. »Es geht ihr nur darum, Frau Wetterwachs eine Lektion zu erteilen.«

»Gut. Esme lernt schnell.«

»Äh. Dies alles tut mir sehr Leid, Frau Ogg.«

»Fein.«

»Diamanda meinte, Frau Wetterwachs habe einen sehr beeindruckenden Blick, Frau Ogg.«

»Ach.«

»Darum dreht sich das Duell – ums Starren.«

»Der alte Wer-zuerst-blinzelt-oder-wegsieht-hat-verloren-Wettstreit?«

»Äh, ja.«

»Na schön.« Nanny dachte darüber nach und zuckte mit den Schultern. »Aber zunächst sollten wir einen magischen Kreis formen. Um zu vermeiden, dass jemand verletzt wird.«

»Willst du dabei skorhianische Runen oder das Dreifache Beschwörungsoktagramm verwenden?«

Nanny Ogg legte den Kopf schief.

»Davon höre ich jetzt zum ersten Mal, Teuerste«, sagte sie. »Ich gehe bei einem magischen Kreis immer folgendermaßen vor…«

Nanny schob sich krabbenartig von dem dicken Mädchen fort und zog dabei den Stiefelabsatz durch Sand und Staub. Auf diese Weise hinterließ sie eine Furche im Boden, die einen knapp fünf Meter durchmessenden Kreis bildete.

Schließlich kehrte sie zu Perdita zurück.

»Na bitte. Fertig.«

»*Das* soll ein magischer Kreis sein?«

»Ja. Ohne ihn besteht die Gefahr, dass jemand zu Schaden kommt. Bei einem Hexenduell kann es zu starken magischen Entladungen kommen.«

»Aber du hast überhaupt keine Zauberformeln gesprochen!«

»Nein?«

»Man muss doch irgendwelche Zauberformeln sprechen, oder?«

»Keine Ahnung. Bisher bin ich immer ohne welche ausgekommen.«

»Oh.«

»Wenn du möchtest, singe ich dir stattdessen ein lustiges Liedchen«, bot Nanny an.

»Äh, nein. Äh.« Perdita hatte Nanny nie singen gehört, aber gewisse Dinge sprachen sich herum.

»Dein Taschentuch aus schwarzer Spitze gefällt mir«, sagte Nanny und schämte sich nicht ein bisschen. »Damit kann man prächtig angeben.«

Perdita starrte wie hypnotisiert zum Kreis. »Äh. Sollen wir jetzt anfangen?«

»Meinetwegen.«

Nanny Ogg kehrte zur Bank zurück und stieß Oma Wetterwachs mit dem Ellenbogen an.

»Aufwachen!«

Oma zog ein Lid hoch.

»Ich habe nicht geschlafen, sondern nur die Augen ausgeruht.«

»Die Sache ist ganz einfach: Du brauchst das Tockley-Mädchen nur anzustarren, bis es blinzelt oder wegsieht.«

»Wenigstens weiß es um die Bedeutung richtigen Starrens. Ha! Für wen hält sich die Göre? Mein ganzes Leben lang habe ich Leute mit Blicken durchbohrt!«

»Ja, genau, da hast du völlig... *Aaahhh, da ist ja Omas kleiner Liebling!*«

Der Rest des Ogg-Clans traf ein.

Oma Wetterwachs mochte den kleinen Pewsey nicht besonders. Praktisch alle kleinen Kinder waren ihr unsympathisch, und gerade deshalb kam sie gut mit ihnen zurecht. Was Pewsey betraf: Sie vertrat den Standpunkt, dass niemandem – auch keinem vierjährigen Knaben – erlaubt sein durfte, sich nur mit einer Weste bekleidet in der Öffentlichkeit zu zeigen. Außerdem lief dem Jungen dauernd die Nase; er brauchte ein Taschentuch – oder zwei kleine Korken.

Nanny Ogg verwandelte sich sofort in eine gutmütige Glucke, wenn sie eins ihrer Enkelkinder sah, selbst dann, wenn es sich als so klebrig erwies wie Pewsey.

»Möchte Bonbon«, knurrte Pewsey in jener sonderbar tiefen Stimme, die manche kleinen Kinder haben.

»Gedulde dich ein wenig, Engelchen«, gurrte Nanny Ogg. »Ich spreche gerade mit dieser netten Frau hier.«

»Möchte Bonbon *sofort.*«

»Verschwinde, Schatz. Omi ist beschäftigt.«

Pewsey zog an Nanny Oggs Rocksaum.

»*Jetzt* Bonbon *sofort*!«

Oma Wetterwachs bückte sich, bis ihre beeindruckend krumme Nase auf einer Höhe mit Pewseys feuchtem Exemplar war.

»Wenn du nicht gehst, reiße ich dir persönlich den Kopf ab und fülle ihn mit Schlangen«, verkündete sie ernst.

»Na bitte!«, ließ sich Nanny vernehmen. »Viele arme Kinder in Klatsch wären für eine solche Drohung *sehr* dankbar.«

Pewseys kleines Gesicht brachte ein oder zwei Sekunden lang Verwirrung zum Ausdruck, bevor er wie ein Honigkuchenpferd grinste.

»Witzige Frau«, freute er sich.

Nanny tätschelte Pewseys Kopf und wischte sich dann geistesabwesend die Hand am Rock ab. »Hast du die jungen Damen auf der anderen Seite des Platzes gesehen, Engelchen? Sie haben *viele* Bonbons.«

Pewsey watschelte davon.

»Das ist bakteriologische Kriegsführung«, meinte Oma Wetterwachs.

»Komm«, sagte Nanny. »Unser Jason hat zwei Stühle in den Kreis gestellt. Ist wirklich alles in Ordnung mit dir?«

»Ja.«

Perdita Nitt schlurfte näher.

»Äh… Frau Ogg?«

»Ja, Teuerste?«

»Äh. Diamanda meint, du hättest das nicht richtig verstanden. Bei dem Duell geht es nicht darum, sich gegenseitig anzustarren…«

Magrat langweilte sich. Als Hexe hatte sie sich nie gelangweilt. Sie war zwar ständig verwirrt und überarbeitet gewesen, aber nie gelangweilt.

Immer wieder sagte sie sich, dass es bestimmt besser wurde, wenn sie nach der Hochzeit tatsächlich den Titel »Königin« trug. Doch manchmal fragte sie sich, was sich dadurch noch verändern würde…

Ziellos wanderte sie durch die vielen Zimmer des Schlosses, und das Rascheln ihres Kleids verlor sich fast im dumpfen Dröhnen, das von den Turbinen der Eintönigkeit und Monotonie stammte:

SummbrummSummbrummSummbrumm…

Den ganzen Morgen über hatte sie sich mit Tapisserien beschäftigt, weil Millie mehrmals betont hatte, so etwas gehöre zu den Lieblingsbeschäftigungen von Königinnen. Jetzt lag das Stichtuch mit den Mustern und der Botschaft »Mögen die Götter dieses Hauses segnigen« unbeachtet auf einem Stuhl.

In der langen Galerie hingen Wandteppiche, die historische Schlachten zeigten und von anderen gelangweilten Königinnen stammten. Magrat fragte sich, wie man die Kämpfer dazu gebracht hatte, lange genug in Reglosigkeit zu verharren. Sie betrachtete Dutzende von Gemälden, die ihre Vorgängerinnen zeigten: Gemahlinnen früherer Könige, hübsch, nach der Mode ihrer jeweiligen Epoche gekleidet – und das Opfer gnadenloser Langeweile.

Schließlich kehrte sie ins Solarium zurück. Dabei handelte es sich um einen großen Raum ganz oben im Hauptturm. Rein theoretisch diente er dazu, besonders viel Sonnenschein zu empfangen. Diesem Zweck wurde er durchaus gerecht. Doch er fing nicht nur Sonnenlicht ein, sondern auch Wind und Regen. Er stellte eine Art Treibnetz für alles dar, was der Himmel zu bieten hatte.

Magrat zog an der Glockenkordel, was normalerweise einen Diener veranlassen sollte, zu ihr zu eilen. Nichts geschah. Sie zog noch einige Male und freute sich insgeheim darüber, auf diese Weise etwas Bewegung zu bekommen. Als auch weiterhin niemand kam, entschied sie schließlich, die Küche aufzusuchen. Die ehemalige Hexe hätte dort gern mehr Zeit verbracht: In jenem Bereich des Schlosses erwartete sie nicht nur angenehme Wärme, sondern vielleicht auch ein Gesprächspartner. Aber Nobbless oblidsch – Königinnen lebten weiter oben.

Weiter unten traf sie Shawn Ogg, der den Backofen des großen Eisenherds säuberte und daran dachte, dass diese Arbeit einem Angehörigen des Militärs nicht gebührte.

»Wo sind die anderen?« fragte Magrat.

Shawn richtete sich ruckartig auf und stieß mit dem Kopf an die Herdklappe.

»Autsch! Entschuldige! Ähm! Die anderen … sind auf dem Platz. Ich bin nur hier, weil Frau Scorbic damit drohte, mir das Fell über die Ohren zu ziehen, wenn ich nicht den ganzen Dreck abschrubbe.«

»Was passiert auf dem Platz?«

»Es heißt, dort treten zwei Hexen gegeneinander an.«

»Was? Doch nicht deine Mutter und Oma Wetterwachs, oder?«

»Nein. Es geht um Frau Wetterwachs und eine *neue* Hexe.«

»Eine *neue* Hexe in Lancre?«

»Davon hat Mama gesprochen, ja.«

»Ich sehe mir die Sache an.«

»Oh, ich glaube, das wäre keine gute Idee«, meinte Shawn.

Magrat richtete sich auf und gab sich majestätisch.

»Zufälligerweise sind Wir die Königin«, verkündete sie. »Fast. Wenn du dich noch einmal erdreistest, Uns zu sagen, was Wir tun und lassen sollen, dann … Dann lassen Wir dich die Aborte reinigen!«

»Ich habe sie schon gereinigt«, erwiderte Shawn ruhig. »Das gilt auch für den großen Kleiderschrank …«

»War sicher nicht leicht.« Magrat schauderte. »Wir haben das Ding gesehen.«

»Es könnte schlimmer sein«, behauptete Shawn. »Und außerdem habe ich den Mittwochnachmittag frei. Wie dem auch sei: Ich wollte dich eben nur darum bitten, mir Gelegenheit zu geben, das Horn zu holen – um angemessene Fanfaren erklingen zu lassen.«

»Wir brauchen keine Fanfaren, herzlichen Dank.«

»Aber das gehört dazu …«

»Wir können selbst in die Trompete blasen, wenn das erforderlich wird.«

»Ja, Fräulein.«

»Fräulein was?«

»Fräulein Königin.«

»Und bald heißt es *Frau* Königin – vergiss das nicht.«

Magrat eilte zum Platz, wobei das Gewand der Königin wie eine Geschwindigkeitsbeschränkung wirkte, die sich nicht ignorieren ließ.

Mehrere hundert Personen hatten sich hier eingefunden, und am Rand der Menge fand die ehemalige Hexe eine sehr nachdenkliche Nanny Ogg.

»Was ist hier los?«, fragte sie.

Nanny drehte sich um.

»Oh, entschuldige«, sagte sie. »Hab keine Fanfaren gehört. Ich würde gerne knicksen, aber ich hab's wieder in den Beinen, weißt du.«

Magrat sah an ihr vorbei zu den beiden im Zentrum des Kreises sitzenden Gestalten.

»Was machen sie da?«

»Es handelt sich um einen Wettkampf im Starren.«

»Aber sie blicken zum Himmel hoch.«

»Ein gerissenes Früchtchen, jene Diamanda«, erwiderte Nanny Ogg. »Hat Esme aufgefordert, direkt in die Sonne zu starren. Sie darf nicht wegsehen, nicht einmal blinzeln ...«

»Wann hat das Duell begonnen?«

»Etwa vor einer Stunde«, antwortete Nanny. Sie klang bedrückt.

»Das ist ja schrecklich!«

»Und dumm«, fügte Nanny hinzu. »Ich verstehe überhaupt nicht, warum sich Esme auf so etwas eingelassen hat. Gerade *sie* sollte wissen, dass Hexerei kaum etwas mit Macht zu tun hat! Es geht doch dabei nicht darum, magische Kraft zu entfalten. Auf ihre *Kontrolle* kommt's an.«

Eine trübe, goldgelbe Dunstglocke hatte sich über dem Kreis gebildet: thaumaturgischer Fallout.

»Spätestens bei Sonnenuntergang müssen sie eine Pause einlegen«, sagte Magrat.

»Bis dahin hält Esme nicht durch«, entgegnete Nanny. »Sieh sie dir nur an. Ist bereits zusammengesackt.«

»Wie wär's, wenn du ein wenig Magie verwendest, um ...«, begann Magrat.

»Ausgeschlossen. Esme würde mir so etwas nie verzeihen. Und die anderen kämen bestimmt dahinter.«

»Vielleicht gelänge es uns, eine kleine Wolke zu beschwören«, spekulierte Magrat.

»Nein! Es wäre Mogeln!«

»Du mogelst doch immer.«

»Für mich selbst. Aber nie für andere Leute.«

Oma Wetterwachs sackte noch etwas mehr in sich zusammen.

»Ich könnte befehlen, dass sie aufhören«, meinte Magrat.

»Was dich für immer Omas Freundschaft kosten würde.«

»Ich dachte, Oma könnte mich nicht ausstehen«, sagte Magrat überrascht.

»Wenn du das gedacht hast, fehlt es dir an Verständnis«, sagte Nanny. »Irgendwann findest du heraus, dass Esme Wetterwachs die beste Freundin ist, die du je hattest.«

»Wir müssen ihr irgendwie helfen! Hast du denn überhaupt keine Idee?«

Nanny Ogg blickte nachdenklich zum Kreis. Gelegentlich kräuselte Rauch aus dem Kopf ihrer Pfeife.

Vogelpfeifes Buch *Legenden und Bräuche der Spitzhornberge* beschreibt das magische Duell folgendermaßen:

»Als das Duelle schon neunzig Minuten dauerte, liefet plötzlich ein kleiner Junge über den Platz und betrat den magischen Kreis, woraufhinne er mit Schrei und Blitz fiel. Die ältere Hexe sahet sich um, stand auf, hob den Knaben und truget ihn zu seiner Großmutter, bevor sie erneut Platz nahm. Die junge Frau hingegen wandte nicht einmal den Blicke von der Sonne ab. Die anderen jungen Hexen beendeten das Duelle mit dem Hinweis: ›Sehet nur, Diamanda hat gewonnen, weil Oma Wetterwachs den Blick abwendigte.‹ Woraufhinne die Großmutter des Knaben mit lauter Stimme sprachet: ›Von wegen, das könnte euch so passen! Bei diesem Wettkampf geht's nicht um Macht, ihr dummen Gören, sondern um Hexerei. Habt ihr denn überhaupt keine Ahnung, was es bedeutet, eine Hexe zu sein?

Dreht sich eine richtige Hexe um, wenn sie ein Kind schreien hört?‹

Und daraufhinne antworteten die Bewohner der Stadt wie aus einem Mund: ›JA!‹«

»Das war *wundervoll*!«, sagte Frau Quarney, die Gattin des Ladenbesitzers. »Die ganze Stadt hat gejubelt. Es war wirklich alles sehr lehrreich.«

Sie waren im Hinterzimmer der Taverne. Oma Wetterwachs lag auf einer Bank, und ein feuchtes Handtuch bedeckte ihr Gesicht.

»Ja, das stimmt, nicht wahr?«, ließ sich Magrat vernehmen.

»Das Mädchen konnte sich nicht herausreden – es hat eine klare Niederlage erlitten.«

»Ja«, sagte Magrat.

»Machte sich ziemlich sauer auf und davon, heißt es.«

»Ja«, sagte Magrat.

»Ist mit dem kleinen Jungen alles in Ordnung?«

Sie sahen zu Pewsey, der in einer verdächtig wirkenden Lache auf dem Boden hockte und sich Bonbons in einen Mund stopfte, dem ein Zuckerrand gewachsen war.

»Ihm geht's bestens«, stellte Nanny Ogg fest. »Hat nur einen leichten Sonnenbrand erlitten, weiter nichts. Schreit sich beim geringsten Anlass die Lungen aus dem Leib«, fügte sie so stolz hinzu, als sei das eine ebenso seltene wie lobenswerte Eigenschaft.

»Gytha?«, erklang Omas Stimme unter dem Handtuch.

»Ja?«

»Du weißt ja, dass ich normalerweise keine starken Sachen anrühre. Allerdings erinnere ich mich daran, dass du einmal den medizinischen Nutzen von Brandy erwähnt hast.«

»Kommt sofort.«

Oma hob das Handtuch und sah mit einem Auge zu Magrat.

»Guten Tag, Euer Fast-Majestät«, sagte sie. »Bist du gekommen, um gütig und gnädig zu mir zu sein?«

»Du hast gute Arbeit geleistet«, erwiderte Magrat kühl. »Kann ich dich bitte allein sprechen, Na… Frau Ogg? Draußen?«

»Selbstverständlich, Euer Königin.«

In der Gasse vor dem Wirtshaus drehte sich Magrat abrupt um und machte den Mund auf.

»Du …«

Nanny hob die Hand.

»Ich weiß, was du sagen willst. Du kannst ganz beruhigt sein: Dem Würmchen drohte keine Gefahr.«

»Aber du …«

»Ich?« Nanny gab sich unschuldig. »Ich habe überhaupt nichts *getan.* Die Hexen wussten nicht, dass Pewsey in den Kreis laufen würde, oder? Sie reagierten so, wie es ihrem Wesen entsprach, stimmt's? Von Mogeln oder so kann also kaum die Rede sein.«

»Nun, mag sein, aber …«

»Alles war vollkommen fair«, betonte Nanny.

Magrat schwieg. Nach einer Weile klopfte ihr Nanny Ogg auf die Schulter.

»Du wirst doch niemandem verraten, dass du gesehen hast, wie ich dem Knaben mit einer Tüte Bonbons zugewunken habe, oder?«, fragte sie.

»Nein, Nanny.«

»Brave Königin.«

»Nanny?«

»Ja?«

Magrat holte tief Luft.

»Woher wusste Verence vom Zeitpunkt unserer Rückkehr?«

Nanny schien einige Sekunden zu lange nachzudenken.

»Keine Ahnung«, antwortete sie schließlich. »Nun, Könige sind ein bisschen magisch. Können Schuppen und so heilen. Vermutlich wachte er eines Morgens auf und bekam einen Tipp von seinen königlichen Privilegien.«

Das Problem mit Nanny Ogg bestand darin, dass sie *immer* den Eindruck erweckte, mit viel Phantasie zu lügen. Sie hatte ein recht pragmatisches Verhältnis zur Wahrheit und hielt sich daran, wenn es ihr zweckmäßig erschien – und wenn ihr nichts Interessanteres einfiel.

»Bist im Schloss sicher sehr beschäftigt, wie?«, fragte Nanny.

»Wir kommen *gut* zurecht, danke«, erwiderte Magrat und hoffte, das richtige Maß königinnenhafter Arroganz in ihrer Stimme mitklingen zu lassen.

»Hast bereits Freunde gefunden, wie?«

»Was?«

»Hast wahrscheinlich kaum mehr Gelegenheit, allein zu sein, oder?«

»Wen meinst du?« fragte Magrat verwirrt.

»Euch.«

»Ich habe von *mir* gesprochen!«

»Du hättest deutlicher darauf hinweisen sollen«, entgegnete Nanny mit unbewegter Miene. »Nun, Hauptsache, du bist mit irgend etwas beschäftigt.«

»Verence *wusste*, dass wir zurückkehrten«, sagte Magrat scharf. »Er hatte sogar schon die Einladungen vorbereitet. Da fällt mir ein... Du bekommst auch eine.«

»Ich weiß.« Nanny Ogg nickte. »Ist heute morgen schon angekommen. Mit Goldrand und vielen Schnörkeln und so. Wer ist Eresfaupeh?«

Magrat kannte Nanny Ogg lange genug, um eine allgemeine Vorstellung ob ihrer Denkweise gewonnen zu haben.

»RSVP«, sagte sie. »Das bedeutet: Man bittet dich um eine Mitteilung, ob du kommst.«

»Oh, kein Problem, Wir kommen bestimmt, so etwas lassen Wir Uns nicht entgehen«, brummte Nanny. »Übrigens: Habt Ihr eine Einladung von Unserem Jason bekommen? Nein? Dachten Wir Uns. Kann mit dem Schmiedehammer besser umgehen als mit einem Schreibstift, Unser Jason.«

»Eine Einladung wozu?«, fragte Magrat. Sie hatte allmählich genug vom Wir und Uns.

»Hat Verence dich nicht darauf hingewiesen? Ein spezielles, extra für dich geschriebenes Bühnenstück wird aufgeführt.«

»Oh, ja«, sagte Magrat. »Du meinst die *Unterhaltung*.«

»Genau«, bestätigte Nanny. »Die Aufführung findet am Vorabend der Mittsommernacht statt.«

»Am Vorabend der Mittsommernacht müssen wir uns ganz besondere Mühe geben«, sagte Jason Ogg.

Die Tür der Schmiede war verriegelt. Am Herd hatten sich die acht Mitglieder der »Moriskenmänner von Lancre« versammelt, sechsfache Sieger der Moriskentanz-Meisterschaft von den Fünfzehn Bergen*. Sie versuchten gerade, sich an eine neue Kunstform zu gewöhnen.

»Ich komme mir wie ein Trottel vor«, sagte Gemeinheit Tischler, der einzige Bäcker von Lancre. »Ein Kleid anzuziehen... Ich hoffe nur, meine Frau sieht mich nicht!«

»Hier steht...« Jason Oggs ziemlich großer Zeigefinger kroch zögernd über die Seite. »Hier steht, dass es eine wundervolle Geschichte ist. Es geht um die Liebe der Feenkönigin – das bist du, Gemeinheit...«

»Besten Dank!«

»... zu einem Sterblichen. Außerdem ist hier die Rede von einem hu-mor-vollen In-ter-mezzo mit lustigen Handwerkern...«

»Worin unterscheiden sich lustige Handwerker von ernsten?«, fragte Weber, der Dachdecker.

»Keine Ahnung. Vielleicht zimmern die lustigen schiefe Stühle und Tische.« Jason kratzte sich am Kopf. »Oder sie hauen sich

* Dreimal sofort, einmal nach elf Stunden Verlängerung und zwei weitere Male, weil die anderen Finalisten wegliefen.

dauernd auf die Daumen.« Argwöhnisch blickte er auf seine Hände hinab.

»Warum können wir keinen normalen Moriskentanz tanzen?« erkundigte sich der Schneider Obidiah Tischler.*

»Der Moriskentanz ist was für jeden Tag«, erwiderte Jason. »In diesem besonderen Fall erwartet man Kulturelles von uns. Das Bühnenstück kommt den ganzen weiten Weg von Ankh-Morpork hierher.«

»Wie wär's mit dem Stock-und-Eimer-Tanz«, schlug Bäcker, der Weber, vor.

»Der Stock-und-Eimer-Tanz wird *nie* wieder getanzt«, sagte Jason. »Der alte Klimper hinkt noch immer, und inzwischen sind *drei* Monate vergangen.«

Weber, der Dachdecker, blickte auf seine Abschrift des Skripts hinab.

»Wer spielt diesen Burschen namens *Siegehenab*?«, fragte er.

»Meine Rolle gefällt mir nicht besonders«, ließ sich Tischler vernehmen. »Ist zu klein.«

»Seine arme Frau tut mir leid«, sagte Weber automatisch.

»Warum?« brummte Jason.**

»Und weshalb muss ein Löwe mitspielen?«, warf Bäcker, der Weber, ein.

»Weil es ein Bühnenstück ist!«, antwortete Jason scharf. »Niemand würde sich für ein Bühnenstück interessieren, bei dem ein *Esel* mitspielt! Glaubt ihr vielleicht, die Leute gehen ins Theater, um einen *Esel* auf der Bühne zu sehen? Dieses Stück wurde von einem echten Dramenschmied verfasst! Ha! Echte Dramenschmiede lassen keine *Esel* auftreten! Übrigens teilt uns der Autor mit, dass er gern wissen möchte, wie's gelaufen ist. Und nun seid still!«

* Er war auch Wilderer, Jauchegrubenreiniger und Amateurtischler.*
*Sein Motto lautete: »Zwei Nägel halten das Ding am richtigen Platz.«

** Eisen hat den Vorteil, dass man nicht sehr schnell denken muss, um es zu bearbeiten.

»Ich *fühle* mich gar nicht wie die Feenkönigin«, stöhnte Gemeinheit Tischler.*

»Bestimmt gewöhnst du dich daran«, meinte Weber.

»Hoffentlich nicht.«

»Und ihr müsst üben«, fügte Jason hinzu.

»Wo denn?«, fragte Dachdecker, der Fuhrmann.

»Nun, ich übe auf keinen Fall dort, wo mich die Leute sehen können«, verkündete Gemeinheit. »Selbst wenn wir uns in den Wald zurückziehen … Bestimmt treiben sich irgendwo Neugierige herum. Ich in einem Kleid!«

»Mit dem Make-up erkennt dich niemand«, meinte Weber.

»Make-up?«

»Die Perücke nicht zu vergessen«, sagte Schneider, der andere Weber.

»Er hat recht«, warf Weber ein. »Wenn wir uns schon zu Narren machen müssen, so sollte uns erst dann jemand sehen, wenn wir den Dreh richtig raus haben.«

»Im Gebüsch«, regte Dachdecker, der Fuhrmann, an.

»Irgendwo weit draußen«, sagte Kesselflicker, der Kesselflicker.

»An einem Ort, den sonst niemand aufsucht«, betonte Dachdecker.

Jason kratzte sich am reibeisenartigen Kinn, als er über eine ge-

* Nun, es ist folgendermaßen … Die Tischler-Eltern waren stille, anständige Leute aus Lancre, aber sie kamen ein wenig durcheinander, als es darum ging, ihren Kindern Namen zu geben. Zuerst wurden vier Töchter geboren, und man nannte sie Hoffnung, Keuschheit, Vernunft und Barmherzigkeit. Der Grund dafür: Es ist eine uralte und einfallslose Tradition, Mädchen nach Tugenden zu benennen. Dann erblickte der erste Sohn das Licht der Welt, und seine Taufe bewies, dass die Eltern völlig falsche Vorstellungen in Hinsicht auf die Angemessenheit von Namen hatten. Sie nannten den Knaben Zorn, und ihm gesellten sich Eifersucht, Gemeinheit und Begierde hinzu. Nun, das Leben hat eine eigene Art von Humor, und es stellte sich Folgendes heraus: Hoffnung neigte zu Depressionen; Keuschheit genoss das Leben in Ankh-Morpork und verkaufte dort Liebe; Vernunft hatte dreizehn Kinder; und Barmherzigkeit erwartete, dass sie für jeweils fünfundsiebzig ausgegebene Cents mindestens einen ganzen Ankh-Morpork-Dollar zurückbekam. Die Jungen hingegen wuchsen zu freundlichen, gutmütigen Männern heran. Gemeinheit zum Beispiel war gut zu Tieren.

eignete Stelle fürs Üben nachdachte. Er erweckte den Eindruck, dass ihm gleich etwas einfiel.

»Und *wer* spielt Siegehenab?«, fragte Weber. »Er hat nicht viel zu sagen, oder?«

Die Kutsche rollte durch eine sehr eintönige Landschaft. Die Region zwischen Ankh-Morpork und den Spitzhornbergen zeichnete sich durch fruchtbaren Boden, ertragreiche Landwirtschaft und ein kaum zu überbietendes Maß an Langeweile aus. Es heißt, Reisen füge dem Geist neue Erkenntnisse hinzu. Nun, in diesem Fall wurde immer wieder die gleiche Botschaft ins Bewusstsein gepumpt. Irgendwann mochte das Gehirn die Geduld verlieren und wie Haferbrei aus den Ohren fließen, um den monotonen Bildern zu entfliehen.

Wenn man in dieser Landschaft weit entfernt jemanden sah, der Kohl schnitt, so beobachtete man ihn, bis er außer Sichtweite geriet. Für die Augen gab es sonst einfach nichts anderes zu tun.

»Ich sehe was, das du nicht siehst«, intonierte der Quästor. »Und es beginnt mit einem H.«

»Ugh.«

»Nein.«

»Horizont«, sagte Ponder.

»Du hast geraten!«

»Na klar habe ich geraten. Es war auch gar nicht *schwer* zu erraten. Wir hatten F für Firmament, K für Kohl und U für … Ugh. Es fehlte nur noch H für Himmel. Etwas anderes gibt's hier nicht.«

»Ich habe keine Lust, dieses Spiel fortzusetzen, wenn du einfach nur rätst.« Der Quästor zog den Hut über die Ohren und versuchte, es sich auf dem Sitz so bequem wie möglich zu machen.

»In Lancre gibt es viel zu sehen«, sagte der Erzkanzler. »Wenn dort überhaupt ein Stück Flachland existiert, so befindet es sich im Museum.«

Ponder schwieg.

»Habe früher den einen oder anderen Sommer dort verbracht«, fuhr der Erzkanzler fort. »Tja... Es hätte alles ganz anders kommen können.«

Ridcully sah sich um. Wenn man von einer wichtigen Phase in seinem Leben berichten wollte, so legte man für gewöhnlich Wert auf Zuhörer.

Der Bibliothekar starrte weiterhin aus dem Fenster und schmollte. Seine schlechte Stimmung stand in unmittelbarem Zusammenhang mit dem hellblauen Halsband, auf dem PONGO geschrieben stand. Früher oder später würde jemand dafür büßen müssen.

Der Quästor benutzte seinen Hut auf die gleiche Weise wie eine Napfschnecke ihre Schale.

»Es gab da ein Mädchen...«

Ein grausames Schicksal verlangte von Ponder Stibbons, als Einziger zu lauschen. Überrascht runzelte er nun die Stirn. Er wusste natürlich, dass auch der Erzkanzler rein theoretisch einmal jung gewesen sein musste. Schließlich waren Jugend und Alter nur eine Frage der Zeit. Der gesunde Menschenverstand ließ vermuten, dass die Existenz von Zauberern nicht in Form von hundert Kilo schweren Siebzigjährigen begann. Doch gelegentlich musste der gesunde Menschenverstand daran erinnert werden.

Stibbons glaubte sich nun verpflichtet, etwas zu sagen.

»War sie hübsch?«, erkundigte er sich.

»Nein. Nicht in dem Sinne *hübsch.* Eher... *eindrucksvoll.* Ja, das trifft die Sache schon eher. Groß. Das Haar so blond, dass es fast weiß wirkte. Und Augen, deren Blick einen durchbohrte.«

Ponder dachte darüber nach.

»Du meinst nicht zufällig den Zwerg aus dem Feinkostladen in...«, begann er.

»Ich *meine,* man hatte das Gefühl, dass jener Blick bis in den Kern der eigenen Seele traf«, sagte Ridcully etwas schärfer als beabsichtigt. »Und wie sie lief ...«

Er schwieg erneut und betrachtete die Wochenschau der Erinnerung.

»Ich hätte sie geheiratet«, fügte er hinzu.

Ponder blieb stumm. Wenn man ein Korken auf dem mentalen Strom einer anderen Person ist, so muss man sich damit begnügen, auf den Wellen zu schaukeln.

»Was für ein Sommer ...«, sagte Ridcully. »So wie dieser. Kornfeldkreise fielen wie dicke Regentropfen vom Himmel. Und ... Nun, ich hatte Zweifel. Magie schien nicht zu genügen. Ich war ein wenig ... verwirrt. Alles hätte ich für sie aufgegeben. Jedes verdammte Oktagramm, jeden verdammten Zauberspruch. Hätte nicht eine halbe Sekunde lang gezögert. Kennst du Ausdrücke wie ›Ihr Lachen klang wie ein Bach in den Bergen‹?«

»Nun, *persönlich* bin ich damit nicht vertraut«, sagte Ponder. »Aber ich habe Gedichte gelesen, die ...«

»Ich halte die Poesie für Blödsinn«, meinte Ridcully. »Bergbäche habe ich oft gehört, und sie verursachen praktisch immer die gleichen Geräusche: Es plätschert und gluckert. Außerdem enthalten sie oft komische kleine Biester. Ich meine Insekten mit ... Nun, wie dem auch sei: Nach Gelächter hört es sich gewiss nicht an. Aus irgendeinem Grund kriegen es Dichter nie richtig hin. Sie schreiben zum Beispiel: ›Sie hatte Lippen wie Kirschen.‹ Klein, rund und mit einem Kern? Ha!«

Der Erzkanzler schloss die Augen.

Nach einer Weile fragte Stibbons: »Und was geschah dann?«

»Wie?«

»Was geschah mit dem Mädchen?«

»Mit welchem Mädchen?«

»Von dem du eben erzählt hast.«

»Oh, *das* Mädchen meinst du. Die junge Dame wies mich ab. Sie sprach von Dingen, die eine große Rolle für sie spielten. Und sie glaubte, es gäbe später noch genug Zeit für alles andere.«

Wieder folgte Stille.

»Und was passierte dann?«, hakte Ponder nach.

»Was soll schon passiert sein? Ich ging fort und studierte. Das Semester begann. Ich schrieb viele Briefe, bekam jedoch nie Antwort. Wahrscheinlich haben die Briefe nie ihr Ziel erreicht. Möglicherweise hält man Briefe dort oben für Delikatessen. Im nächsten Jahr studierte ich den ganzen Sommer über und fand keine Gelegenheit, nach Lancre zu reisen. Ich kehrte nie dorthin zurück. Examen und so. Inzwischen ist sie sicher längst tot oder eine dicke alte Oma mit mindestens zehn Kindern und noch mehr Enkeln. Damals hätte ich sie auf der Stelle geheiratet. Ja, auf der Stelle.« Ridcully kratzte sich am Kopf. »Seltsam. Der Name ist mir entfallen...«

Er streckte sich und stützte die Füße auf den Quästor.

»Komisch«, brummte er. »Erinnere mich nicht mehr an den Namen. Ha! Sie konnte schneller laufen als ein Pferd...«

»Haltet an und ergebt euch!«

Die Kutsche schwankte noch ein- oder zweimal und verharrte dann.

Ridcully öffnete ein Auge.

»Was ist los?«, fragte er.

Ponder unterbrach seine Überlegungen, bei denen es um Lippen wie Gebirgsbäche ging. Er sah aus dem Fenster.

»Ich glaube, wir werden gerade von einem ziemlich kleinen Wegelagerer überfallen«, sagte er.

Der Kutscher beobachtete die Gestalt auf der Straße. Aus dem gegenwärtigen Blickwinkel konnte er kaum etwas erkennen, was vor allem an einem recht kurzen Körper sowie einem breiten Hut lag. Der Fremde sah aus wie ein gut gekleideter Pilz, in dem eine Feder steckte.

»Ich bitte vielmals um Entschuldigung«, sagte der kleine Wegelagerer. »Leider bin ich derzeit knapp bei Kasse.«

Der Kutscher seufzte und ließ die Zügel sinken. Zuvor vereinbarte Überfälle durch autorisierte Repräsentanten der Räubergilde waren eine Sache. Aber er wollte sich auf keinen Fall von einem Winzling bedrohen lassen, der ihm kaum bis zum Gürtel reichte und nicht einmal eine Armbrust bei sich führte.

»Verdammter Wicht!«, knurrte er. »Bist wohl auf eine Abreibung scharf, wie?«

Der Kutscher beugte sich vor.

»Was ist das auf deinem Rücken? Ein Buckel?«

»Ah, du hast die Trittleiter bemerkt. Ich möchte dir zeigen, was es damit auf sich hat...«

»Was geschieht jetzt?«, fragte Ridcully in der Kutsche.

»Äh, ein Zwerg ist gerade auf eine Trittleiter gestiegen und hat den Kutscher an eine empfindliche Stelle getreten«, erklärte Ponder.

»So was erlebt man nicht jeden Tag«, sagte Ridcully fröhlich – die bisherige Reise war ziemlich ereignislos gewesen.

»Jetzt kommt der Zwerg hierher.«

»Gut.«

Der Wegelagerer schob sich am stöhnenden Kutscher vorbei, stapfte zur Kutsche und zog dabei die Trittleiter hinter sich her.

Er öffnete die Tür.

»Rückt euer Geld raus. Sonst sehe ich mich bedauerlicherweise gezwungen...« Ein oktariner Blitz riss ihm den Hut vom Kopf.

Der Gesichtsausdruck des Zwergs veränderte sich nicht.

»Erlaubt ihr mir vielleicht, mein Anliegen neu zu formulieren?«

Ridcully musterte die elegant gekleidete Gestalt. Er brauchte den Blick nicht weit zu senken, um vom Kopf bis zum Fuß zu gelangen.

»Du siehst nicht wie ein Zwerg aus«, stellte er fest. »Abgesehen von der Größe.«

»Abgesehen von der Größe?«

»Ich meine, ganz offensichtlich fehlen dir Helm und Stiefel aus Eisen«, sagte der Erzkanzler.

Der Zwerg verneigte sich und zog ein rechteckiges Stück Pappe aus dem schmutzigen, aber immerhin spitzenbesetzten Ärmel.

»Meine Karte«, sagte er.

Sie sah so aus:

Giamo Casanunda

Zweitbester Lieberhaber der Welt

“Wir schlafen nie“

Geschickter Schwertkämpfer — Abenteuerlustiger Söldner

Unverschämter Lügner — Repariert Trittleitern

Ponder Stibbons spähte über Ridcullys Schulter.

»Bist du wirklich ein unverschämter Lügner?«

»Nein.«

»Warum überfällst du Kutschen?«

»Weil ich von Halunken ausgeraubt worden bin.«

»Diese Karte bezeichnet dich als geschickten Schwertkämpfer«, sagte der Erzkanzler.

»Der Gegner war mir zahlenmäßig weit überlegen.«

»Wie viele griffen an?«

»Drei Millionen.«

»Steig ein«, meinte Ridcully.

Casanunda warf seine Trittleiter durch die Tür und blickte dann in das schattige Innere der Kutsche.

»Schläft da ein Affe?«

»Ja.«

Der Bibliothekar öffnete ein Auge.

»Was ist mit dem Geruch?«

»Er nimmt bestimmt keinen Anstoß daran.«

»Solltest du dich nicht besser beim Kutscher entschuldigen?«, fragte Ponder.

»Nein. Aber ich könnte ihn noch fester treten, wenn er möchte.«

»Das ist der Quästor«, sagte Ridcully und deutete auf Beweisstück B. Der Zauberer unter dem weit über die Ohren gezogenen Hut schlief den Schlaf eines Mannes, der eine Überdosis getrockneter Froschpillen zu sich genommen hatte. »He, Quästor. Quäääästor? Ist völlig weggetreten, der Bursche. Schieb ihn einfach unter den Sitz. Spielst du ›Leg Herrn Zwiebel rein‹?«

»Nicht sehr gut.«

»Prächtig!«

Eine halbe Stunde später schuldete Ridcully dem Zwerg achttausend Ankh-Morpork-Dollar.

»Meine Visitenkarte enthält einen deutlichen Hinweis«, sagte Casanunda. »Da steht's: ›unverschämter Lügner‹.«

»Ja, aber ich dachte, das sei gelogen!«

Ridcully seufzte, und zu Ponders großer Überraschung holte er einen Beutel mit Münzen unter dem Umhang hervor. Sie sahen bemerkenswert echt aus und glänzten goldgelb.

Casanunda mochte ein lüsterner Söldner von Beruf sein, doch in genetischer Hinsicht war er vor allem ein Zwerg. Und Zwerge wussten um gewisse Dinge Bescheid.

»Hmm«, brummte er. »Auf deiner Visitenkarte steht nicht zufällig auch ›unverschämter Lügner‹, oder?«

»Nein!«, erwiderte Ridcully aufgeregt.

»Es ist nur ... Ich erkenne Schokoladentaler auf den ersten Blick.«

»Das erinnert mich an das berühmte logische Rätsel«, sagte Ponder, als die Kutsche am Rand einer Schlucht entlangruckelte.

»Welches logische Rätsel meinst du?«, fragte der Erzkanzler.

»Nun…« Ponder genoss die ihm geltende Aufmerksamkeit. »Offenbar gab's da einen Mann, der aus irgendeinem Grund zwischen zwei Türen wählen musste. Ja, und der Wächter an der einen Tür sagte immer die Wahrheit, und der vor der anderen log dauernd. Wichtig ist auch noch: Hinter der einen Tür lauerte der sichere Tod, und die andere lockte mit Freiheit. Der arme Mann wusste nicht, welcher der beiden Wächter die Wahrheit sagte, und er durfte ihnen nur eine Frage stellen. Was fragte er wohl?«

Die Kutsche rollte durch ein Schlagloch, und der Bibliothekar drehte sich im Schlaf.

»Klingt nach dem irren Lord Hargon aus Quirm«, sagte Ridcully nach einer Weile.

»Ja, stimmt«, pflichtete ihm Casanunda bei. »Der Kerl ließ sich dauernd solche Scherze einfallen. ›Wie viele Studenten passen in eine Eiserne Jungfrau?‹ Und so weiter.«

»Diese Sache spielte sich also bei ihm ab, wie?«, fragte der Erzkanzler.

»Was?« Ponder blinzelte verwirrt. »Keine Ahnung.«

»Wieso weißt du das nicht? Du weißt doch sonst alles.«

»Ich glaube nicht, dass der Ort eine Rolle spielt. Es ist ein *Rätsel.*«

»Warte mal«, sagte Casanunda. »Ich glaube, ich hab's. Man darf nur eine Frage stellen, richtig?«

»Ja«, antwortete Ponder erleichtert.

»Und er kann sie an einen der beiden Wächter richten, stimmt's?«

»Ja.«

»Na schön. In dem Fall geht er zum kleineren Wächter und sagt: ›Zeig mir die Tür zur Freiheit, wenn du nicht die Farbe deiner Nieren sehen willst. Und noch etwas, Freundchen: Ich gehe *hinter* dir. Wenn du mit dem Gedanken spielst, irgendwelche Tricks zu versuchen, um den Klugscheißerpreis zu gewinnen… Vergiss nicht, wer als *erster* durch die Tür geht.‹«

»Nein, nein, nein!«

»Klingt logisch«, meinte Ridcully. »Gut überlegt.«

»Aber du hast doch gar keine Waffe!«

»Ich habe sie dem Wächter abgenommen, als er über meine Worte nachgrübelte«, sagte Casanunda.

»Sehr schlau«, lobte Ridcully. Und zu Ponder Stibbons: »Nun, *das* nenne ich logisches Denken. Von diesem Mann …«

»… Zwerg …«

»'tschuldigung. Von diesem *Zwerg* könntest du eine Menge lernen. *Er* lässt sich nicht dauernd über Parasitenuniversen und so aus.«

»Es heißt ›*Parallel*universen‹!«, entfuhr es Ponder, der inzwischen den Verdacht hatte, dass Ridcully ihn absichtlich falsch verstand.

»Ach, heißt es so? Und was hat es mit deinen parasitären Universen auf sich?«

»Es gibt keine! Ich meine, es gibt keine, Erzkanzler!* Ich habe von *Parallel*universen gesprochen. Das sind Universen, in denen …« Er zögerte. »Nun, erinnerst du dich an das Mädchen?«

»An welches Mädchen?«

»Das du heiraten wolltest.«

»Woher weißt du davon?«

»Nach dem Mittagessen hast du von der jungen Frau erzählt.«

»Tatsächlich?«, staunte Ridcully. »Potzblitz. Was soll mit ihr sein.«

»In gewisser Weise *hast* du die Frau geheiratet«, sagte Ponder.

Ridcully schüttelte den Kopf. »Nein. Ich bin ziemlich sicher, dass ich sie nicht geheiratet habe. Daran würde ich mich bestimmt erinnern.«

»Nun, die Heirat fand nicht in *diesem* Universum statt …«

Der Bibliothekar öffnete ein Auge.

»Soll das heißen, ich habe mich in ein anderes Universum geschlichen, um dort zu heiraten?«, fragte der Erzkanzler.

* Hier irrte sich Ponder gründlich.

»Nein!«, widersprach Ponder. »Ich will auf Folgendes hinaus: In dem *anderen* Universum hast du geheiratet und in *diesem* nicht.«

»Im Ernst? Es fand eine richtige Hochzeit statt? Mit allem Drum und Dran?«

»Ja!«

»Hmm.« Ridcully strich sich über den Bart. »Bist du sicher?«

»Ja, Erzkanzler.«

»Donnerwetter! Davon wusste ich überhaupt nichts.«

Ponder glaubte, Fortschritte zu erzielen.

»Aber…«

»Ja?«

»Warum erinnere ich mich nicht daran?«

Diese Frage hatte Stibbons erwartet.

»Weil sich dein Selbst im anderen Universum von dir unterscheidet«, antwortete er. »Dein alternatives Ich hat geheiratet. Jener Ridcully gründete vermutlich eine Familie und ist bereits mehrfacher Großvater.«

»Schreibt mir nie, der Bursche«, brummte *dieser* Ridcully. »Und er hat mich nicht zur Hochzeit eingeladen.«

»Wer?«

»Er.«

»Aber er ist du!«

»Tatsächlich? Na so was. Man sollte meinen, dass ich an mich selbst denke, nicht wahr? Ein echter Mistkerl!«

Ridcully war keineswegs dumm. Wirklich dumme Zauberer haben die Lebenserwartung eines Hammers aus Glas. Der Erzkanzler verfügte über einen starken Intellekt, doch es handelte sich eher um die Stärke einer Lokomotive. Sein Denken und Empfinden bewegte sich auf Gleisen und konnte kaum gesteuert werden.

Es *gibt* Paralleluniversen, obgleich sie nicht in dem Sinne »parallel«

sind. Sie winden sich umeinander, wie das Ergebnis verrückt spielender Webstühle, oder wie eine Meute Yossarianer mit Mittelohrproblemen.

Und sie verzweigen sich. Allerdings nicht immer, und dieser Punkt ist sehr wichtig. Die Universen scheren sich nicht darum, ob man auf einen Schmetterling tritt. Immerhin existieren noch viel mehr Schmetterlinge. Vielleicht bemerken die Götter, wenn ein Sperling fällt, aber sie versuchen nicht, ihn aufzufangen.

Man erschieße den Diktator, um einen Krieg zu verhindern. Aber der Diktator ist nur die Spitze eines brodelnden sozialen Eiterbergs, der Diktatoren hervorbringt. Wenn man einen erschießt, erscheint sofort ein anderer. Soll man ihn ebenfalls umbringen? Warum nicht alle töten und in Polen einmarschieren? In fünfzig, dreißig oder zehn Jahren schlägt die Geschichte wieder ihren ursprünglichen Kurs ein. Sie hat immer ein großes Bewegungsmoment...

Fast immer...

Zur Kreis-Zeit, wenn die Wände zwischen *Dies* und *Das* dünner sind, wenn sich Lecks bilden... *Dann* können Entscheidungen getroffen werden. *Dann* ist es möglich, das Universum durch ein anderes Bein der allgemein bekannten Hose der Zeit zu schicken.

Aber es gibt auch Tümpel, in denen sich nichts rührt: Universen, die von Vergangenheit und Zukunft abgeschnitten sind. Sie müssen sich Vergangenes und Zukünftiges von anderen Universen stehlen. Ihre einzige Hoffnung besteht darin, während dieser kritischen Phase bei den dynamischen Universen zu schmarotzen, sich an ihnen festzuklammern wie ein Schiffshalter an einem vorbeischwimmenden Hai. Dies sind die Parasitenuniversen, und sie bekommen ihre Chance, wenn Kornfeldkreise dicken Regentropfen gleich vom Himmel fallen...

Das Schloss Lancre war viel größer als nötig und erweckte den Eindruck, für ein größeres Königreich bestimmt zu sein. Nun, die Chancen für ein Wachstum von Lancre standen denkbar schlecht. Auf drei Seiten ragten steile, unwirtliche Berge empor, und die vierte Seite wäre nur dann eine Seite gewesen, wenn es dort keinen steilen *Ab*hang gegeben hätte.

Nun, soweit man weiß, gehören die Berge niemandem. Sie sind einfach nur Berge.

Das Schloss erstreckte sich in alle Richtungen und schien regelrecht zu wuchern. Niemand ahnte, wie weit die Keller reichten.

Heutzutage wohnten alle in den Türmen und Sälen in der Nähe des Tors.

»Ich meine, man sehe sich nur die Zinnen an«, sagte Magrat.

»Wie bitte, Gnäfrau?«

»Die ausgeschnittenen Teile oben auf den Mauern. Von dort aus könnte man ein großes Heer abwehren.«

»Dafür ist das Schloss doch da, nicht wahr, Gnäfrau?«

Magrat seufzte. »Hör bitte auf, dauernd ›Gnäfrau‹ zu sagen. Es klingt grässlich.«

»Ja, Gnäfrau.«

»Ich meine, gegen wen könnten wir hier schon kämpfen? Nicht einmal Trolle kommen über die Berge, und wer der Straße folgt, lädt praktisch dazu ein, dass man ihm einen Stein auf den Kopf wirft. Außerdem brauchen wir nur die Brücke von Lancre zu zerstören, um hier sicher zu sein. Woraus die Frage folgt: Wozu dient das Schloss?«

»Ich weiß nicht, Gnäfrau. Ich schätze, Könige brauchen ein Schloss, um richtige Könige zu sein.«

»Denkst du denn *nie* richtig über was nach, dummes Mädchen?«

»Was nützt das, Gnäfrau?«

Ich habe sie »dummes Mädchen« genannt, dachte Magrat. *Das Königliche färbt auf mich ab.*

»Na schön«, sagte sie. »Wo waren wir stehen geblieben?«

»Wir brauchen zweitausend Meter vom blauen Chintz mit den kleinen weißen Blumen«, antwortete Millie.

»Und wir haben noch nicht einmal die *Hälfte* der Fenster ausgemessen.« Magrat rollte das Maßband zusammen.

Sie blickte durch die Lange Galerie. Es gab eine Sache, die an ihr sofort auffiel, die jeder Beobachter unverzüglich bemerkte: Die Lange Galerie war … lang. Sie teilte gewisse Eigenschaften mit dem Großen Saal und den Tiefen Kerkern. Diese Namen kamen exakten Beschreibungen gleich.

Magrat fragte sich, wie viele Tonnen Stoff nötig waren, um die Galerie mit einem Teppich auszustatten.

»Warum?« Sie richtete diese Frage an die eigene Adresse – in Millies Gesellschaft hatte sie ohnehin das Gefühl, dauernd Selbstgespräche zu führen. »Warum ein Schloss in Lancre? Wenn es hier jemals zum Kampf kommt, so am Samstagabend vor der Taverne.«

»Weiß nicht, Gnäfrau«, sagte Millie.

Magrat seufzte einmal mehr.

»Wo ist der König heute?«

»Eröffnet das Parlament, Gnäfrau.«

»Das Parlament! Ha!«

Dabei handelte es sich um eine weitere Idee des jungen Verence. Er versuchte, die ephebianische Demokratie in Lancre einzuführen, indem er jedem Bürger eine Stimme gab. Nun, nicht *jedem,* nur jenen, *»die einen guten Rufe genießigen, männlichen Geschlechts sowie mindestens vierzig Jahre alt sind und ein Hauß* besitzen, das mindestens dreieinhalb Ziegen pro Jahr wert isset«.* Der König sah keinen Sinn darin, das Stimmrecht Leuten zu geben, die dazu neigten, Verbrechen zu verüben und dumm oder gar weiblichen Geschlechts zu sein. Solche

* Auch mit der königlichen Rechtschreibung haperte es ein wenig.

Personen würden nur unverantwortlich damit umgehen. Das neue System funktionierte, mehr oder weniger, folgendermaßen: Die Mitglieder des Parlaments erschienen nur dann im Versammlungssaal, wenn sie Lust dazu verspürten; niemand führte Protokolle; und nie wurde Kritik an Verence laut, denn immerhin war er der König. Wenn man einen König hat, so braucht man nicht selbst zu regieren – so lautete das Motto der Mitglieder des Parlaments. Sollte er ruhig seine Pflichten erfüllen, trotz seiner orthographischen Probleme. Niemand forderte *ihn* auf, Dächer zu decken oder Kühe zu melken, nicht wahr?

»Ich langweile mich, Millie«, sagte Magrat. »Ich *langweile* mich. Vielleicht sollte ich draußen im Garten spazieren gehen.«

»Möchtest du, dass ich Shawn Bescheid gebe, Gnäfrau? Damit er die Trompete holt?«

»Das lässt du besser, wenn dir was an deinem Leben liegt.«

Nicht alle Gärten waren für landwirtschaftliche Experimente umgestaltet worden. Zum Beispiel: Der Kräutergarten existierte nach wie vor. Magrat kannte sich mit solchen Dingen aus und wusste daher, dass es sich um einen eher armseligen Kräutergarten handelte: Er enthielt nur Pflanzen, die dazu dienten, Speisen Geschmack zu verleihen. Unglücklicherweise begann Frau Scorbics Repertoire bei Minze und Salbei – und endete dort auch. Es fehlten Eisenkraut, Schafgarbe oder Des Alten Mannes Hose.

Und dann das berühmte Labyrinth. Beziehungsweise das Irgendwann-wird's-berühmt-sein-Labyrinth. Verence hatte es gepflanzt, weil er den Standpunkt vertrat, dass ein richtiges Schloss ein ordentliches Labyrinth brauchte. Und tatsächlich: Wenn die Hecken erst höher waren als die derzeitigen dreißig Zentimeter, mochten sie ein prächtiges Labyrinth bilden, in dem man die Orientierung verlieren konnte, ohne sich vorher zu bücken und die Augen zu schließen.

Magrat schritt niedergeschlagen über den Kiespfad, während das lange Kleid hinter ihr den Boden fegte.

In der Nähe schrie jemand, doch Magrat blieb gelassen. Sie hatte sich inzwischen an gewisse Gepflogenheiten im Schloss gewöhnt.

»Guten Morgen, Festgreifaah«, sagte sie.

Der Falkner des Schlosses spähte um die Ecke und betupfte sich das Gesicht mit einem Taschentuch. Auf seinem anderen Arm hockte ein Vogel mit Krallen wie Folterinstrumente. Boshaft blickende rote Augen starrten über einen messerscharfen Schnabel hinweg zur Fast-Königin.

»Ich habe einen neuen Falken«, verkündete Festgreifaah stolz. »Ein echter Krähenfalke von Lancre. Sind bisher noch nie gezähmt worden. Ich habe bereits dafür gesorgt, dass er nicht mehr versucht, mir die Krallen in die Kehle zu bohr – aah...«

Er schmetterte den Falken mehrmals an die nächste Wand, bis das Biest den Schnabel von seiner Nase löste.

Eigentlich hieß Festgreifaah gar nicht Festgreifaah. Andererseits: Wenn Namen dazu hätten dienen sollen, eine Vorstellung von der betreffenden Person zu vermitteln, so wäre »Festgreifaah« durchaus angemessen gewesen.

Der Grund dafür: Die Falken in den Käfigen des Schlosses stammten alle aus Lancre und zeichneten sich durch eine sehr unabhängige Zum-Teufel-mit-dir-Denkweise aus. Nach geduldigem Züchten und Abrichten war es Festgreifaah gelungen, sie dazu zu bringen, das Handgelenk einer Person loszulassen. Jetzt trachtete er danach, sie an Angriffen auf jene Person zu hindern, auf deren Arm sie bis eben gehockt hatten – womit er selbst gemeint war. Erstaunlicherweise mangelte es ihm trotzdem nicht an Optimismus und Gutmütigkeit. Er lebte für den Tag, an dem seine Falken die besten auf der ganzen Scheibenwelt waren. Die Falken hingegen freuten sich auf den Tag, an dem sie Gelegenheit bekamen, Festgreifaahs anderes Ohr zu fressen.

»Du kommst gut zurecht, wie ich sehe «, sagte Magrat. »Glaubst du nicht, dass die Vögel auf Strenge besser reagieren würden?«

»O nein«, widersprach Festgreifaah. »Man muss gut zu ihnen sein. Es geht darum, eine Beziehung zu knüpfen. Wenn sie einem nicht vertrauen, soaaah …«

»Nun, ich überlasse dich besser deiner Arbeit«, sagte Magrat, als die Luft plötzlich voller Federn war.

Es hatte die kummervolle Ex-Hexe kaum überrascht zu erfahren, dass es bei der Falknerei von Stand und Geschlecht bestimmte Unterschiede gab. Als König durfte sich Verence einen Geierfalken halten – was auch immer das für Vögel sein mochten –, während irgendwelchen Grafen nur Wanderfalken erlaubt waren. Für Priester kamen Sperber in Frage. Gewöhnliche Bürger durften höchstens einen Stock werfen.* Magrat fragte sich, was man Nanny Ogg gestattet hätte – vielleicht ein kleines Küken.

Für Hexen gab es keinen bestimmten Falken, doch als Königin stand ihr der sanfte Falke zu, auch Müder Sorgentropf genannt. Es war ein kleiner, kurzsichtiger Vogel, der lieber ging als flog. Beim Anblick von Blut fiel er in Ohnmacht. Etwa zwanzig Sanfte Falken konnten eine Taube töten – vorausgesetzt, die Taube litt an einer stark schwächenden Krankheit. Magrat hatte eine Stunde mit einem solchen Falken verbracht. Das Geschöpf hockte auf ihrem Arm, fauchte mehrmals und schlief dann ein.

Nun, für Festgreifaah gab es wenigstens eine *Beschäftigung.* Das galt auch für die anderen Leute im Schloss. Alle hatten etwas zu *tun.* Magrat bildete die einzige Ausnahme – sie war einfach nur da. Natürlich sprach man mit ihr. Wenn sie etwas fragte. Aber sie gewann dabei ständig den Eindruck, bei etwas Wichtigem zu stören. Es schien überhaupt keine bedeutsamen Pflichten für sie zu geben, sah man einmal von der Sache mit der Thronfolge ab. In diesem Zusammenhang ließ sich Verence gerade einige Bücher aus Ankh-Morpork kommen …

* Wenn es kein zu großer Stock war.

»Bleib da stehen, Mädchen«, sagte eine Stimme. »Komm nicht näher – in deinem eigenen Interesse.«

In Magrat erwachte Ärger zum Leben.

»Mädchen? Zufälligerweise haben Wir durch baldige Heirat königliches Blut in den Adern!«

»Mag sein«, erwiderte die Stimme. »Ich fürchte jedoch, das ist den Bienen egal.«

Magrat verharrte.

Sie hatte inzwischen jenen Bereich verlassen, den die königliche Familie für einen Garten hielt. Jetzt befand sie sich dort, wo der Garten nach Meinung des gemeinen Volkes begann: jenseits der Hecken, angeblich kunstvoll beschnittener Bäume und mehr oder weniger angenehm duftender Kräuter. *Hier* gab es alte Schuppen, Blumentöpfe, Komposthaufen und, dort drüben, Bienenstöcke.

Bei einem fehlte der Deckel. Daneben stand Herr Brooks in einer braunen Wolke und rauchte seine spezielle Bienenpfeife.

»Oh«, sagte Magrat. »Du bist's, Herr Brooks.«

Eigentlich war Herr Brooks der königliche Imker, doch es handelte sich bei ihm nicht unbedingt um einen Untertan im eigentlichen Sinne. Um nur ein Beispiel zu nennen: Die meisten Bediensteten im Schloss wurden nur mit dem Nachnamen angesprochen, lediglich die Köchin, der Butler und der Imker bekamen ein »Frau« beziehungsweise »Herr« hinzu. Herr Brooks verdiente sich die Ehre mit seinem geheimen Wissen. Er wusste alles über Honig und die Paarung von Bienen. Er wusste, was es mit Schwärmen auf sich hatte, und er kannte Methoden, Wespennester zu beseitigen. Er genoss den besonderen Respekt von Leuten, die wie Hexen und Schmiede einem Handwerk nachgingen, das nicht zum Alltäglichen gehörte. Damit sind Leute gemeint, die von Dingen wissen, die anderen seltsam und rätselhaft erscheinen. Normalerweise stellte Herr Brooks immer etwas Kniffliges mit den Bienenstöcken an, verfolgte einen Schwarm durchs Königreich oder rauchte seine Pfeife in einem Schuppen, in dem es nach altem Honig oder Wespengift roch. Man hütete sich davor, ihn zu beleidigen. Es sei denn, man fand Gefallen daran, im Abort von Wespen überrascht zu werden, während Herr Brooks in seinem Schuppen saß und vor sich hin kicherte.

Behutsam setzte er den Deckel wieder auf den geöffneten Bienenstock und ging davon. Einige Bienen flohen durch die großen Löcher im Imkerschleier.

»Tag, Euer Ladyschaft«, brummte er.

»Hallo, Herr Brooks. Was hast du gemacht?«

»Sie schwärmen spät, die Bienen«, erwiderte der Imker. »Ich habe nur nach dem Rechten gesehen. Möchtest du eine Tasse Tee, Mädchen?«

Bei Herrn Brooks konnte man nicht förmlich sein. Er behandelte alle als Gleichgestellte; in vielen Fällen schien er sogar zu glauben, einen geringfügig höheren Rang zu bekleiden. Wahrscheinlich lag's daran, täglich über Tausende zu herrschen. Mit ihm konnte Magrat reden. Es kam ihr immer so vor, als wäre er einer Hexe so ähnlich, wie es einem Mann nur möglich war.

Der Schuppen enthielt Teile von Bienenstöcken, seltsame Folterwerkzeuge für das... Ernten von Honig, alte Krüge sowie einen kleinen Herd, auf dem eine fleckige Teekanne stand, direkt neben einer großen Pfanne.

Herr Brooks interpretierte Magrats Schweigen als zustimmende Antwort und füllte zwei Becher.

»Ist das Kräutertee?«, fragte sie unsicher.

»Keine Ahnung. Die Dose enthält einfach nur braune Blätter.«

Magrat blickte skeptisch in einen Becher, an dem reines Tannin unübersehbare Spuren hinterlassen hatte. Irgendwie schaffte sie es, sich nichts anmerken zu lassen. Sie wusste, dass gute Königinnen versuchten, für das Wohlergehen der gewöhnlichen Leute zu sorgen.

Sie suchte nun nach einer Frage, die geeignet sein mochte, eine Atmosphäre der Ungezwungenheit entstehen zu lassen.

»Die Tätigkeit des Imkers ist sicher sehr interessant«, sagte Magrat.

»Ja, das stimmt.«

»Man fragt sich allerdings ...«

»Was?«

»Wie melkt man Bienen?«

Das Einhorn streifte durch den Wald, kam sich blind und fehl am Platz vor. Dies war kein *richtiges* Land. Der Himmel glänzte blau und flackerte nicht mit kalten Farben. Und die Zeit verging. Für ein zeitloses Geschöpf fühlte sich das so ähnlich an wie ein Sturz in die Tiefe.

Darüber hinaus spürte es die Präsenz der Herrin im Kopf. Was noch schlimmere Empfindungen bewirkte als verstreichende Zeit.

Mit anderen Worten: Das Einhorn war übergeschnappt.

Magrats Mund stand weit offen.

»Ich dachte, Königinnen werden *geboren*«, brachte sie hervor.

»O nein«, erwiderte Herr Brooks. »Es gibt keine Eier, aus denen Königinnen schlüpfen. Die Bienen entscheiden einfach, ein Exemplar anders zu füttern. Eine vorher ganz normale Artgenossin wird so zur Königin aufgepäppelt.«

»Und was passiert, wenn die besondere Ernährung ausbleibt?«

»Dann wird die betreffende Biene zu einer Arbeiterin, Euer Ladyschaft«, erklärte Herr Brooks und untermalte seine Worte mit einem verdächtig republikanischen Lächeln. *Beneidenswert,* dachte Magrat.

»Der Schwarm hat also eine neue Königin. Was passiert mit der alten?«

»Für gewöhnlich bricht sie mit einem Teil des Volkes auf«, sagte Herr Brooks. »Oh, ich habe bestimmt tausend Schwärme gesehen. Aber nie einen königlichen.«

»Was hat es mit einem königlichen Schwarm auf sich?«

»Ich weiß es nicht genau. In den alten Bienenbüchern wird so etwas erwähnt. Ein Schwarm der Schwärme. Ein sehr beeindruckender Anblick, so heißt es.« Einige Sekunden lang wirkte der alte Imker fast wehmütig.

»Nun, richtig *interessant* wird's, wenn das Wetter schlecht bleibt und die alte Königin deshalb nicht schwärmen kann.« Er hob die Hand und bewegte sie im Kreis. »Nun, dann passiert *Folgendes:* Die beiden Königinnen – hier die alte und da die neue – kriechen durch die Waben, während der Regen auf den Bienenstock trommelt und um sie herum die übliche Aktivität herrscht.« Der Imker vollführte weitere veranschaulichende Gesten, und Magrat beugte sich vor. »Ja, durch die Waben kriechen sie, und überall summen die Drohnen, und die ganze Zeit über spüren sie sich gegenseitig, ja, sie wissen voneinander, und dann sehen sie sich und …«

»Ja? Ja?«, fragte Magrat aufgeregt.

»Zack! Bumm!«

Magrat zuckte so heftig zurück, dass sie mit dem Kopf an die Hüttenwand stieß.

»In einem Bienenstock kann es nur eine Königin geben«, fügte Herr Brooks ruhig hinzu.

Magrat sah in den Garten und runzelte die Stirn. Bisher hatte sie den Anblick von Bienenstöcken immer gemocht.

»Oft habe ich nach ein oder zwei Wochen schlechtem Wetter eine tote Königin vor 'nem Bienenstock gefunden«, verkündete Herr Brooks fröhlich. »Die Biester können keine Konkurrenz ausstehen. Kämpfen erbittert gegeneinander. Die alte Königin ist natürlich schlauer. Aber die neue macht ihre mangelnde Erfahrung mit Entschlossenheit wett. Weil sie weiß, dass sich der Kampf für sie lohnt.«

»Wieso?«

»Der Sieg ermöglicht ihr die Paarung.«

»Oh.«

»Und im Herbst wird's *noch* interessanter«, fuhr Herr Brooks fort. »Weißt du, für den Winter muss sich der Schwarm von unnötigem Ballast befreien, und die Drohnen hängen ja immer nur faul herum. Ja, und deshalb zerren die Arbeiter sie zur Öffnung des Bienenstocks, beißen ihnen dort...«

»Hör auf!«, entfuhr es Magrat. »Das ist ja schrecklich! Ich dachte immer, es sei *schön,* Bienen zu züchten.«

»Kommt ganz darauf an, was man unter ›schön‹ versteht«, meinte Herr Brooks. »Zum Beispiel die Zeit im Jahr, in der die Bienen müde werden. Tja, die durchschnittliche Biene arbeitet, bis sie völlig fertig ist. Nun, manchmal kann man beobachten, wie viele alte Arbeiterinnen an der Öffnung des Stocks herumkriechen. Der Grund dafür...«

»Genug! Mir reicht's. Falls du das vergessen haben solltest – ich bin Königin. Fast.«

»Entschuldige«, sagte der Imker. »Ich dachte, du wolltest etwas mehr über die Bienenzucht wissen.«

»Ja, aber *davon* wollte ich nichts hören.«

Magrat eilte nach draußen.

»Oh, ich weiß nicht«, brummte Herr Brooks. »Kann kaum schaden, der Natur nahe zu sein.«

Er lächelte und schüttelte den Kopf, als die ehemalige Hexe zwischen den Hecken verschwand.

»In einem Bienenstock kann es nur eine Königin geben«, sagte er. »Zack! Bumm! Hehe!«

Irgendwo in der Ferne schrie Festgreifaah, als ihm die Natur zu nahe kam.

Überall erschienen Kornfeldkreise.

Die Universen bildeten nun eine Reihe. Sie stellten ihren chaotischen Spaghettitanz ein, rasten Kopf an Kopf los, um diese Schikane der Geschichte hinter sich zu bringen, sausten über die Gummipiste zügelloser Zeit.

Ponder Stibbons ahnte es vage: Bei solchen Gelegenheiten konnten sich die Universen gegenseitig beeinflussen. Entladungen aus Realität zuckten hin und her, als jeder Kosmos versuchte, in Führung zu gehen.

Wenn man zu den Leuten gehörte, die ihr Bewusstsein in einen hochempfindlichen Empfänger verwandelt hatten, und wenn man zu diesem Zeitpunkt den Lautstärkeregler bis zum Anschlag aufdrehte… Dann konnte man einige sehr seltsame Signale hören.

Die Uhr tickte.

Oma Wetterwachs saß vor der offenen Schatulle und las. Gelegentlich legte sie eine Pause ein, schloss die Augen und rieb sich den Nasenrücken.

Es war schon schlimm genug, die Zukunft nicht zu kennen, aber wenigstens verstand sie den Grund dafür. Doch jetzt erlitt sie Déjà-vu-Anfälle. Schon seit einer Woche erlebte sie so etwas. Immer wieder entstanden Bilder vor ihrem inneren Auge, ohne vom Eindruck des Vertrauten begleitet zu werden: Erinnerungsfetzen, die nicht aus ihrem Leben stammen konnten. Nein, ausgeschlossen. Sie war Oma Wetterwachs, geistig so gesund wie eh und je. Sie hatte nie…

Es klopfte an der Tür.

Oma blinzelte, erleichtert darüber, von jenen Überlegungen abgelenkt zu werden. Sie faltete das Blatt Papier zusammen, schob es in den Umschlag, fügte den Umschlag dem Bündel hinzu, legte das Bündel in die Schatulle, schloss die Schatulle mit dem Schlüssel, der neben dem Kamin an der Wand hing… und ging zur Tür. Dort zögerte sie kurz und vergewisserte sich, dass sie nicht geistesabwesend die Kleidung abgelegt hatte oder so.

Schließlich öffnete sie.

»'n Abend«, sagte Nanny Ogg und hob eine zugedeckte Schüssel. »Habe dir was mitgebracht ...«

Oma Wetterwachs sah an ihr vorbei.

»Was sind das für Leute?«, fragte sie.

Die drei Mädchen senkten verlegen den Blick.

»Nun«, begann Nanny, »sie kamen zu mir und ...«

»Sag's mir nicht – lass mich raten. Na so was, na so was. Drei Mädchen, die Hexen werden möchten, stimmt's?« Im Falsett fuhr Oma fort: »›Oh, bitte, Frau Ogg, wir sehen unsere Fehler ein und möchten *richtige* Hexerei lernen.‹ Habe ich Recht?«

»Ja, etwas in der Art«, erwiderte Nanny. »Aber ...«

»Es geht hier um Hexenkunst«, betonte Oma Wetterwachs. »Nicht um irgendein *Spiel.* Ach, ach ...«

Sie ging an der kurzen Reihe zitternder Möchtegernhexen entlang.

»Wie heißt du, Mädchen?«

»Magenta Frottich, Frau Wetterwachs.«

»Ich wette, deine Mutter nennt dich anders.«

Magenta sah zu Boden.

»Für Mama bin ich Violett, Frau Wetterwachs.«

»Nun, ist wenigstens eine bessere Farbe als Magenta«, bemerkte Oma. »Möchtest ein bisschen mysteriös wirken, wie? Die Leute sollen glauben, dir läge das Okkulte im Blut, oder? Kannst du Magie beschwören? Deine Freundin hat dich eine Menge gelehrt, stimmt's? Stoß mir den Hut vom Kopf.«

»Wie bitte?«

Oma Wetterwachs trat zurück und drehte sich um.

»Stoß ihn mir vom Kopf. Ich versuche nicht, dich daran zu hindern. Nur zu.«

Magenta lief ein wenig violett an, bevor ihre Wangen rosa wurden.

»Äh ... Mit dem Tele-Dingsbums bin ich nie sehr gut zurechtgekommen ...«

»*Lieber* Himmel! Na, mal sehen, was deine Freundinnen können. Wie heißt du, Mädchen?«

»Amanita, Frau Wetterwachs.«

»Ein *hübscher* Name. Nun, zeig uns, wozu du fähig bist.«

Amanita wand sich nervös hin und her.

»Ich, äh... Ich fürchte, ich krieg's nicht hin, solange du mir zusiehst.«

»Wirklich schade.« Und zum dritten Mädchen: »Wer bist du?«

»Agnes Nitt«, sagte Agnes, die schneller von Begriff war als ihre beiden Begleiterinnen und deshalb nicht auf dem Namen Perdita bestand.

»Na los. Versuch's.«

Agnes konzentrierte sich.

»Es rührt sich nichts«, stellte Oma fest. »Habe den Hut noch immer auf. Zeig's ihnen, Gytha.«

Nanny Ogg seufzte, griff nach einem Zwerg und warf ihn. Oma fing ihn auf, bevor er ihr den Hut vom Kopf stoßen konnte.

»Aber, aber...«, stotterte Amanita. »Du hast doch gesagt, dass wir Magie verwenden sollen, um...«

»Nein«, widersprach Oma.

»Aber *das* hätte *jeder* gekonnt«, wandte Magenta ein.

»Darum geht's nicht«, sagte Oma. »Wichtig ist nur: Ihr seid nicht auf die Idee gekommen.« Sie lächelte, was nur sehr selten geschah. »Hört mal: Ich möchte nicht gemein zu euch sein. Ihr seid jung. Es gibt viele Dinge auf der Welt, mit denen ihr euch beschäftigen könntet. Wenn ihr wirklich wüsstet, was es mit der Hexenkunst auf sich hat... In dem Fall würdet ihr euch nicht mehr wünschen, Hexen zu sein. Geht jetzt. Kehrt heim. Wendet euch nicht dem Paranormalen zu, bevor ihr das Normale kennt. Na los, verschwindet!«

»Es war ein Trick!«, entfuhr es Magenta. »Diamanda hat Recht. Ihr benutzt nur Worte und irgendwelche Tricks...«

Oma hob die Hand.

Die Vögel in den Bäumen stellten ihren Gesang ein.

»Gytha?«

Nanny Ogg griff besorgt nach ihrem Hut.

»Dieses Ding hat mich zwei Dollar gekostet, Esme…«

Lautes Donnern hallte durch den Wald.

Blitze zuckten eher sanft vom Himmel herab.

Oma richtete den Zeigefinger auf die Mädchen, die sich aus der Schusslinie verziehen wollten.

»Und nun…«, fauchte sie. »Ich schlage vor, ihr besucht eure Freundin. Sie hat eine Niederlage erlitten. Mit ziemlicher Sicherheit braucht sie Trost.«

Magenta, Amanita und Agnes starrten noch immer auf den Zeigefinger. Er schien sie über alle Maßen zu faszinieren.

»Ich habe euch gerade aufgefordert, nach Hause zu gehen. *Und* ich habe dabei ganz ruhig gesprochen. Soll ich etwa *schreien*?«

Die Mädchen drehten sich um und liefen davon.

Nanny Ogg schob die Hand durch eine arg in Mitleidenschaft gezogene Hutkrempe.

»Es dauerte eine halbe Ewigkeit, um alle Zutaten für das Schweineheilmittel zu bekommen«, grummelte sie. »Man braucht dazu acht verschiedene Blattsorten: Weiden, Wurmkraut, Des Alten Mannes Hose… Einen ganzen Tag lang habe ich im Wald gesucht. Immerhin wachsen diese Blätter nicht einfach so an Bäumen…«

Oma Wetterwachs sah den Mädchen nach.

Nanny Ogg zögerte. »Dabei fällt einem wieder die eigene Jugend ein, nicht wahr? Ich weiß noch, wie ich als Fünfzehnjährige vor der alten Biddy Unheimer stand und sie mit fast drohender Stimme sagte: ›Du willst *was* werden?‹ Ich hatte solche Angst, dass ich zu schlottern begann und…«

»Ich habe nie vor jemandem gestanden«, sagte Oma Wetterwachs.

»Ich bin Tag und Nacht in Mütterchen Owehs Garten geblieben, bis sie schließlich versprach, mich alles zu lehren, was sie wusste. Ha! Dazu brauchte sie eine Woche, und ich hatte jeden Nachmittag frei.«

»Soll das heißen, du wurdest nicht *auserwählt*?«

Oma Wetterwachs schüttelte den Kopf. »Nein. Ich habe selbst gewählt.« Sie zeigte nun einen Gesichtsausdruck, den Nanny Ogg sicher nicht so schnell vergessen sollte – obgleich sie es versuchen würde. »Ich habe selbst gewählt, Gytha. Und eins möchte ich klarstellen: Was auch immer geschieht – ich habe nie etwas bereut. Nie. Weder das eine noch das andere. Verstanden?«

»Ja, Esme.«

Was ist Magie?

Zauberer erklären dieses Phänomen auf zweierlei Art und Weise, abhängig davon, wie alt sie sind. Ältere Zauberer sprechen von Kerzen, Kreisen, Planeten, Sternen, Bananen, Formeln und Runen. Außerdem betonen sie die Bedeutung von vier guten Mahlzeiten am Tag. Jüngere Zauberer – insbesondere die blassen, die den größten Teil ihrer Zeit im Forschungstrakt für hochenergetische Magie* verbringen – dozieren über Fluktuationen in der morphischen Struktur des Universums, die im Grunde genommen unbeständige Qualität selbst eines besonders stabil anmutenden Raum-Zeit-Gefüges, die mangelnde Plausibilität der Wirklichkeit und so weiter. Anders ausgedrückt: Sie sind einer heißen Sache auf der Spur und quatschen munter vor sich hin, während sie Indizien sammeln …

* Dort stellte man folgendes fest: Das Thaum, von dem man bisher angenommen hatte, es sei das kleinste Elementarteilchen der Magie, setzt sich aus so genannten *Resonen*** beziehungsweise Realitätsfragmenten zusammen. Bei weiteren Forschungen ergab sich, dass jedes Reson aus einer Kombination von mindestens fünf »Aromen« besteht, bekannt unter den Bezeichnungen »oben«, »unten«, »seitlich«, »Sex-Appeal« und »Pfefferminz«.

** wörtlich: »Ding-chen«

Es war fast Mitternacht. Diamanda lief über den Hügelhang, in Richtung der Tänzer. Dornbüsche und Heidekraut zerrten an ihrem Kleid.

Die Demütigung brannte noch immer heiß in ihr. Die dummen und *hinterhältigen* Alten! Und die dummen *Leute!* Der Sieg gebührte ihr. Ja, nach den vorher vereinbarten Regeln hatte sie gewonnen! Und doch... Viel zu deutlich erinnerte sie sich an das Gelächter.

Das tat weh. Noch immer sah sie die *dummen,* grinsenden Gesichter. Alle schlugen sich auf die Seite der schrecklichen Alten, die keine Ahnung hatten, was die Hexenkunst wirklich bedeutete, wozu sie *werden* konnte.

Sie würde es ihnen zeigen.

Weiter vorn zeichneten sich die Tänzer dunkel im Mondschein ab.

Nanny Ogg bückte sich, um festzustellen, ob ein Mann unterm Bett lag. Sie hatte Pech.

An diesem Abend ging sie früh zu Bett. Ein ereignisreicher Tag lag hinter ihr.

Neben dem Bett stand ein Glas mit Bonbons, direkt neben einer dicken Flasche mit jener klaren Flüssigkeit, die aus dem komplizierten Destillierapparat hinterm Holzschuppen stammte. Es handelte sich dabei nicht direkt um Whisky und ebenso wenig um Gin. Aber eins stand fest: Der Alkoholgehalt betrug neunzig Prozent, und welchen Namen auch immer das Zeug verdiente: Es spendete großen Trost, wenn man gegen drei Uhr nachts erwachte und nicht mehr wusste, wer man war. Nach einem Glas wusste man es noch immer nicht, aber daran gab es kaum etwas auszusetzen, da man ohnehin eine völlig neue Identität gewonnen hatte.

Nanny schüttelte vier Kissen auf, trat die flauschigen Pantoffeln in eine Ecke und zog sich die Decken über den Kopf – auf diese Weise schuf sie ein kleines, warmes und nicht gerade sehr angenehm duftendes Nest. Sie lutschte ein Bonbon. In Nanny Oggs Mund steckte nur noch ein Zahn, der im Lauf der Jahre mit vielem fertig geworden und daher abgehärtet war. Süßigkeiten vor dem Schlafen machten ihm keine besonderen Sorgen.

Nach mehreren Sekunden deutete ein Gewicht auf Nannys Füßen darauf hin, dass Greebo seinen gewohnten Platz beanspruchte. Er schlief immer am Fußende des Betts. Morgens versuchte er auf eine zärtliche Art, Frauchen die Augen auszukratzen, und stellte somit einen sehr zuverlässigen Wecker dar. Trotzdem ließ Nanny immer ein Fenster geöffnet – falls der Kater das Bedürfnis verspürte, draußen irgend etwas zu zerfleischen, der liebe Kerl.

Tja, Elfen... (Sie konnten das Wort nicht hören, solange es sich auf das *Innere* eines Kopfes beschränkte und eine gewisse Distanz gewahrt blieb.) Bisher war sie davon ausgegangen, nie wieder welche zu sehen. Wie lange war's her? Vermutlich Hunderte von Jahren, vielleicht sogar Tausende. Hexen sprachen nicht gern über diese Angelegenheit, denn in Bezug auf die Elfen waren ihnen gewisse Fehler unterlaufen. Schließlich hatten sie die Elfen jedoch durchschaut – im letzten Augenblick. Damals hatte es viel mehr Hexen gegeben. Sie hatten die Elfen überall gestellt, bis diese nirgends mehr Ruhe und Zuflucht fanden. Man bekämpfte sie mit Eisen. Elfen konnten Eisen nicht ausstehen. Es blendete sie oder so.

Jetzt gab es nur noch wenige Hexen. Zumindest nur noch wenige *richtige*. Und ein anderes Problem kam hinzu: Die Leute schienen sich nicht mehr daran zu erinnern, was es mit den Elfen auf sich hatte. Damals war das Leben sicher interessanter gewesen, vor allem deswegen, weil es nicht so lange dauerte. Und es hatte mehr Farbe gehabt, vor allem die von Blut.

Nach einer Weile wagten es die Leute nicht mehr, ihre Peiniger beim richtigen Namen zu nennen.

Statt dessen sprachen sie von Schimmernden und Sternenleuten und so weiter. Außerdem spuckten sie und berührten Eisen. Doch Generationen später vergaß man das mit dem Spucken und dem Eisen; man erinnerte sich nicht mehr daran, warum man jene anderen Namen verwendet hatte. Man wusste nur noch von der Schönheit der Elfen.

Ja, damals hatte es viele Hexen gegeben. Es war häufig geschehen, dass Frauen leere Wiegen fanden und ein Ehemann nicht von der Jagd heimkehrte – weil er selbst gejagt worden war.

Elfen! Gefährlich und gemein. Und doch … Ja, sie stellten irgendetwas mit der Erinnerung an.

Nanny Ogg drehte sich auf die andere Seite, und Greebo protestierte mit leisem Knurren.

Man nehme nur Zwerge und Trolle. Die Leute sagten: Oh, man kann ihnen nicht trauen. Mit Trollen ist so weit alles in Ordnung, solange man sie im Auge behält, und manche von ihnen scheinen ganz anständig zu sein, aber im Grunde ihres Herzens sind sie verschlagen und dumm. Und Zwerge … sind habgierig und hinterhältig, die Burschen. Na schön, gelegentlich begegnet man welchen, die nicht ganz so schlimm sind, aber im Großen und Ganzen unterscheiden sich Zwerge kaum von Trollen. Mit anderen Worten: Sie …

… ähneln uns.

Wie dem auch sei: Man kann sie sicher nicht als schön bezeichnen, und außerdem fehlt ihnen *Stil.* Was uns betrifft: Wir sind dumm, und das Gedächtnis spielt uns Streiche. Wir erinnern uns an die Schönheit der Elfen, an die Art und Weise, in der sie sich bewegten. Wir vergessen dabei, was sie *waren.* Wir sind wie Mäuse, die sagen: »Eins muss man den Katzen lassen – sie haben *Stil.*«

Es war nie vorgekommen, dass Menschen aus Furcht vor Zwergen in ihren Betten zitterten. Niemand versteckte sich vor einem Troll unter der Treppe. Ab und zu verscheuchte man sie aus dem Hühnerstall – Zwerge und Trolle waren eigentlich nie mehr als harmlose Quälgeister. Sie säten kein Entsetzen.

Wir erinnern uns daran, dass die Elfen sangen. Aber wir wissen nicht mehr, worum es in den Liedern ging.

Nanny Ogg drehte sich erneut auf die andere Seite. Etwas rutschte, und mit einem leisen, kläglichen Miauen plumpste Greebo auf den Boden.

Nanny setzte sich abrupt auf.

»Zieh die Wanderpfoten an, Freundchen. Wir machen einen kleinen Ausflug.«

In der mitternächtlichen Küche verharrte sie, griff nach einem Plätteisen und verband es mit einer Wäscheleine.

Ihr ganzes Leben lang war sie durchs nächtliche Lancre gewandert, ohne eine Waffe für notwendig zu halten. Natürlich war sie auf den ersten Blick als Hexe zu erkennen gewesen, und ein Angreifer hätte es sehr bereut, Nanny in irgendeiner Weise zu belästigen. Aber auch für andere Frauen gab es praktisch nichts zu befürchten. Übrigens galt das Gleiche für Männer.

Jetzt spürte Nanny, wie Unbehagen in ihr keimte.

Die Elfen kehrten zurück und warfen ihre Schatten voraus.

Diamanda erreichte die Kuppe des Hügels.

Sie zögerte und dachte daran, dass ihr die alte Wetterwachs vielleicht gefolgt war. Das hielt sie durchaus für möglich. Außerdem hatte sie unterwegs im Wald eine andere Präsenz gespürt.

Weit und breit war niemand zu sehen. Sie drehte sich um.

»Guten Abend.«

»Du? Also bist du mir doch gefolgt.«

Oma stand im Schatten des Flötenspielers auf. Dort hatte sie gesessen, in ihrer schwarzen Kleidung praktisch unsichtbar.

»Ich hab's von meinem Vater gelernt«, sagte sie. »Damals, wenn er auf die Jagd ging, meinte er immer: Ein schlechter Jäger jagt, und ein guter wartet.«

»Ach? *Jagst* du mich jetzt?«

»Nein. Ich habe gewartet. Ich wusste, dass du hierher kommen würdest. Wohin solltest du sonst gehen? Du willst sie rufen, nicht wahr? Zeig mir deine Hände.«

Omas Tonfall blieb unverändert, doch die letzten Worte kamen einem Befehl gleich. Diamandas Hände bewegten sich von ganz allein und gaben ihr keine Gelegenheit, sie zu kontrollieren. Oma griff danach und hielt sie fest – ihre Haut fühlte sich an wie Sackleinen.

»Hast nie hart gearbeitet, oder?«, kommentierte sie im Plauderton. »Hast nie Kohl mit Eis drauf geschnitten oder ein Grab ausgehoben oder eine Kuh gemolken oder eine Leiche aufgebahrt.«

»Das muss man auch nicht, um eine Hexe zu sein!«, erwiderte Diamanda scharf.

»Habe ich das behauptet? Ich möchte dir etwas erzählen. Es geht dabei um rotgekleidete Frauen mit Sternen im Haar. Und vielleicht auch Monden. Es geht um Stimmen, die hinter deiner Stirn erklingen, während du schläfst. Und um die Verlockung der Macht. *Sie* hat dir große Macht versprochen, nehme ich an. Sie hat dir in Aussicht gestellt, alle deine Wünsche zu erfüllen. Einfach so.«

Diamanda schwieg.

»Das ist schon einmal geschehen. Es gibt immer jemanden, der bereitwillig zuhört.« Oma Wetterwachs' Blick schien einen Punkt in der Ferne anzuvisieren. »Wenn man einsam ist, wenn alle anderen Leute *dumm* zu sein scheinen, wenn die Welt voller Geheimnisse steckt, in die einen niemand einweiht...«

»Kannst du meine Gedanken lesen?«

»Deine?« Oma richtete wieder ihre volle Aufmerksamkeit auf das Mädchen, und die alte Schärfe kehrte in ihre Stimme zurück. »Ha! Blumen und so. Ohne Schlüpfer tanzen. Mit Karten und Bindfäden herumspielen. Und vermutlich hat's auch geklappt. Die Frau in Rot gab dir Macht, für eine Weile. Oh, sicher hat sie gelacht. Später gab es etwas weniger Macht, für einen Preis. Und irgendwann gibt es keine Macht mehr, und du bezahlst jeden Tag. *Sie* nehmen immer mehr als sie geben. Und was sie geben... Es hat überhaupt keinen Wert. Und dafür nehmen sie alles. Insbesondere unsere Furcht gefällt ihnen. Und sie haben es vor allem auf unseren Glauben abgesehen. Sie kommen, wenn du sie rufst. Ja, wenn du sie rufst, öffnest du eine Tür, denn zur Kreis-Zeit sind die Wände zwischen den Welten dünn genug, um die andere Seite zu hören. Die Tänzer sind bereits sehr geschwächt. Ich... ich lasse nicht zu, dass die Herren und Herrinnen zurückkehren.«

Diamanda machte den Mund auf.

»Ich bin noch nicht fertig. Du bist ein intelligentes Mädchen. Es gibt viele interessante Dinge für dich. Eine Hexe möchtest du bestimmt nicht sein. Es ist alles andere als ein leichtes Leben.«

»Du verrückte Alte! Du verstehst doch gar nichts! Die Elfen sind ganz anders...«

»Sprich den Namen nicht laut aus! Sprich ihn nicht laut aus! Sie kommen, wenn man sie ruft...«

»Gut! Elfen, Elfen, Elfen! Elfen...«

Oma versetzte dem Mädchen eine schallende Ohrfeige.

»Selbst du solltest wissen, dass so etwas töricht und kindisch ist«, sagte sie. »Hör mir zu. Wenn du in Lancre bleiben willst, so rate ich dir dringend, die Hexerei an den Nagel zu hängen. Oder du kannst einen anderen Ort aufsuchen, erfolgreich sein, eine Dame von Welt werden und so – du hast das Zeug dazu. Vielleicht kehrst du in zehn Jahren zurück, mit vielen Juwelen und so. Vielleicht kannst du uns Stubenhocker dann herumkommandieren. Nun, warum nicht? Aber wenn du hierbleibst und versuchst, *sie* zu rufen... Dann bekommst du es mit mir zu tun. In dem Fall geht's nicht mehr um irgendwelche dummen Spielchen im Sonnenschein, sondern um *echte* Hexenkunst. Ich meine nicht den Unfug mit Monden und Kreisen. Nein, ich meine wahre Fleisch-und-Knochen-Magie. Und *davon* hast du nicht die geringste Ahnung, kapiert? Bei solchen Sachen ist für Gnade und Barmherzigkeit kein Platz.«

Diamanda hob den Kopf. Omas Hand hatte eine rote Stelle in ihrem Gesicht hinterlassen.

»Soll ich jetzt gehen?«, fragte sie.

Oma Wetterwachs reagierte eine Sekunde zu spät.

Diamanda sprang zwischen die Steine.

»Du dummes Kind! Nicht *dorthin!*«

Die Gestalt des Mädchens wurde bereits kleiner, obgleich die Entfernung nur einen oder zwei Meter betrug.

»Verflixt!«

Oma folgte Diamanda und hörte, wie die Tasche ihres Rocks aufriss – darin steckte der Schürhaken, den sie sicherheitshalber mitgenommen hatte. Das Ding sauste nun davon, schepperte an einen Tänzer und klebte daran fest.

Ein dumpfes *Pling-plong* erklang, als sich die Nägel aus den Stiefeln lösten und zu den Steinen sausten.

Gegenstände aus Eisen konnten nicht ins Innere des Kreises gelangen.

Oma sprintete bereits, als sie begriff, was das bedeutete. Nun, und wenn schon – sie hatte eine Entscheidung getroffen.

Ein Gefühl geistiger Verrenkung stellte sich ein, als die Richtungen mit einem chaotischen Tanz begannen. Und dann lag Schnee auf dem Boden. Er war weiß. Er *musste* weiß sein, denn immerhin handelte es sich um Schnee. Aber bunte Muster glitten darüber hinweg – der Widerschein des kalten Funkelns am Himmel.

Diamanda kam nur mühsam voran. Ihre Schuhe waren eher zum Promenieren in der sommerlichen Stadt und ganz bestimmt nicht für dreißig Zentimeter hohen Schnee gemacht. Omas Stiefel hingegen würden selbst ohne Nägel mit einem Marsch über heiße Lava fertig werden.

Allerdings: Sie wurden schon seit vielen Jahren von den gleichen Muskeln angetrieben, die jetzt schnell ermüdeten. Was dazu führte, dass Diamandas Vorsprung wuchs.

Aus dem dunklen Nachthimmel fiel noch mehr Schnee. Jenseits des Steinkreises warteten, angeführt von der Königin, einige Reiter. Jede Hexe kannte sie und ihre Erscheinung.

Diamanda stolperte und fiel, stemmte sich wieder hoch und verharrte auf Knien im kalten Weiß.

Oma blieb stehen. Das Pferd der Königin wieherte.

»Knie nieder vor deiner Königin«, sagte die Elfe. Sie trug ein rotes Gewand und eine kupferne Krone.

»Nein«, erwiderte Oma Wetterwachs schlicht.

»Du bist hier in meinem Reich, Frau«, stellte die Königin fest. »Und deshalb hast du mir zu gehorchen. Knie nieder!«

»Ich gehorche niemandem«, brummte Oma. »Ich habe nie jemandem gehorcht, und daran wird sich auch in Zukunft nichts ändern.«

Sie legte die Hand auf Diamandas Schulter.

»Das sind deine Elfen. Hübsch, nicht wahr?«

Die Krieger waren mehr als zwei Meter groß. Sie trugen keine Kleidung im eigentlichen Sinne, sondern bunt zusammengefügte Dinge: Fellreste, Bronzefacetten, Kordeln mit Federn in allen Farben. Wo sich nackte Haut zeigte, waren blaue und grüne Tätowierungen zu sehen. Einige jener Elfen hielten Bögen bereit, und ihre Pfeile zielten auf Oma Wetterwachs.

Das Haar umgab die Köpfe wie eine Art Halo und glänzte ölig. Zwar hatte Diamanda nie zuvor schönere Gesichter gesehen, aber in ihr reifte nun die Erkenntnis, dass etwas daran nicht stimmte. In den Mienen gab es einen rätselhaften Faktor, der nicht zur allgemeinen Ästhetik passte.

»Wir sind nur deshalb noch am Leben, weil wir lebend interessanter sind als tot«, ertönte Omas Stimme hinter dem Mädchen.

»Hör nicht auf die griesgrämige Alte«, sagte die Königin. »Was kann sie dir schon bieten?«

»Mehr als Schnee im Sommer«, entgegnete Oma. »Die Augen. Sieh dir die Augen an.«

Die Königin stieg ab.

»Gib mir deine Hand, Kind.«

Sofort streckte Diamanda den Arm aus.

Die Augen... Sie waren tatsächlich irgendwie sonderbar. Es lag nicht an Form, Farbe oder einem unheilvollen Glanz. Der seltsame Aspekt ging zurück auf...

Auf den *Blick*. Einen solchen Blick hätten Mikroben gesehen, wenn sie in der Lage wären, durch ihr Ende des Mikroskops zu spähen. Er vermittelte ungefähr folgende Botschaft: Du bist nichts. Und: Du steckst voller Makel und bist ohne jeden Wert. Und: Du bist ein Tier. Und: Du kannst Schoßhündchen werden – oder Beute. Und: Die Entscheidung darüber steht nicht dir zu.

Diamanda versuchte, die Hand zurückzuziehen.

»Verschwinde aus ihrem Bewusstsein, alte Vettel!«

Schweißtropfen bildeten sich auf Omas Stirn.

»Ich bin gar nicht in ihrem Selbst. Ich sorge nur dafür, dass *du* nicht hineinkannst.«

Die Königin lächelte. Nie hatte Diamanda ein schöneres Lächeln gesehen.

»Du verfügst sogar über ein wenig Macht. Erstaunlich. Ich bin immer davon überzeugt gewesen, dass du es nie zu etwas bringen würdest, Esmeralda Wetterwachs. Aber hier nützt dir deine Hexerei nichts.« Und zu den Kriegern: »Tötet sie beide. Aber nicht gleichzeitig. Die eine soll beobachten, wie die andere stirbt.«

Die Königin schwang sich wieder in den Sattel und ritt davon.

»Tja, das wär's dann wohl«, sagte Oma Wetterwachs, als sich die Krieger näherten. Sie senkte die Stimme.

»Lauf, wenn es so weit ist«, flüsterte sie.

»Wenn was so weit ist?«

»Du wirst es merken.«

Oma wandte sich den Elfen zu und sank auf die Knie.

»Oh, bitte, lasst mich am Leben, ich bin eine arme alte Frau, und auch ganz dünn«, wimmerte sie. »Bitte, junger Herr, töte mich nicht. Ach, herrje!«

Oma rollte sich zusammen und schluchzte. Diamanda bedachte sie mit einem verblüfften Blick und fragte sich, wie jemand ernsthaft erwarten konnte, dass ein derart offensichtlicher Trick funktionierte.

Nun, Elfen waren ziemlich lange von Menschen isoliert gewesen. Der erste Elf erreichte Oma Wetterwachs, packte sie an der Schulter, zerrte sie hoch und …

Und wurde von einer knochigen Faust getroffen. Nanny Ogg hätte es sicher sehr überrascht, wo die Faust traf: Sie hatte geglaubt, dass Oma Wetterwachs von diesem Teil der männlichen Anatomie nichts wusste.

Diamanda lief bereits. Omas Ellenbogen traf den zweiten Elfen vor die Brust, als er das Mädchen verfolgen wollte.

Weiter hinten hörte sie das glucksende Lachen der übrigen Krieger.

Diamanda war verblüfft gewesen, als Oma um Gnade flehte. Ihre Verblüffung wuchs nun, als die alte Hexe zu ihr aufschloss. Nun, für Oma gab es mehr, vor dem die Flucht lohnte …

»Die Elfen haben Pferde!«

Oma Wetterwachs nickte. Nun, Pferde können schneller laufen als Menschen, aber das gilt nur, wenn die Entfernungen über ein bestimmtes Mindestmaß hinausgehen. Unter dieser kritischen Distanz sind Menschen schneller, weil sie nicht so viele Beine sortieren müssen.

Oma griff nach Diamandas Arm.

»Zur Lücke zwischen dem Flötenspieler und Trommler!«

»Welche Steine meinst du?«

»Nicht einmal *das* weißt du?«

Ja, unter gewissen Umständen sind Pferde langsamer als Menschen. Doch Oma Wetterwachs dachte nun daran, dass Menschen kaum schneller sein können als Pfeile.

Etwas zischte an ihrem Ohr vorbei.

Bis zum Steinkreis schien es noch immer sehr weit zu sein.

Es gab nur eine Möglichkeit, und die erschien unmöglich. Bisher hatte Oma diese Fähigkeit nur verwendet, wenn sie lag oder sich an etwas lehnen konnte.

Aber jetzt...

Vier Elfen verfolgten sie. Oma Wetterwachs hielt sich nicht damit auf, in Erwägung zu ziehen, ihr Denken zu manipulieren. Aber die Pferde... Ja, die Pferde...

Sie waren karnivor, und ihre Selbstsphären erinnerten an Pfeilspitzen.

Die Regeln des Borgens lauteten: Man füge kein Leid zu; man lasse sich nur von den fremden Gedanken tragen; man übe keinen *Einfluss* aus...

Nun, es waren keine Regeln, an die man sich unbedingt halten musste. Es handelte sich um Richtlinien...

Ein Pfeil bohrte sich in Omas Hut.

Selbst die Bezeichnung »Richtlinien« erschien ein wenig übertrieben.

Wenn man genau darüber nachdachte...

Ach, *verflixt.*

Oma Wetterwachs schickte ihr Ich in den Geist des ersten Pferds und durchdrang verschiedene Schichten aus Fast-Wahnsinn – so etwas befand sich praktisch in jedem Pferde-Selbst. Für einen Sekundenbruchteil sah sie durch die blutunterlaufenen Augen des Tiers und beobachtete eine alte, ganz in Schwarz gekleidete Frau, die durch den hohen Schnee stapfte. Aus einem Reflex heraus versuchte sie, sechs

Beine gleichzeitig zu steuern, wobei zwei zu einem anderen Körper gehörten.

Der Versuch, auf einem Musikinstrument eine bestimmte Melodie zu spielen und eine ganz andere zu singen*, war im Vergleich dazu kinderleicht.

Oma wusste, dass sie die mentale Verbindung höchstens einige Sekunden lang aufrechterhalten durfte, wenn sie nicht völliger Verwirrung zum Opfer fallen wollte. Doch einige Sekunden genügten. Sie ließ die Desorientierung in sich gedeihen, griff nach ihrer Frucht und stopfte sie in das Selbst des Pferds. Anschließend zog sie sich sofort zurück und brachte den eigenen Körper unter Kontrolle, als er gerade das Gleichgewicht verlor.

Im Kopf des Pferds herrschte totale Konfusion.

Es wusste nicht mehr, was es war und wie es an diesen Ort gekommen war. Schlimmer noch: Die Anzahl der Beine schien ein unlösbares Rätsel darzustellen. Es konnte wählen zwischen zwei, vier und vielleicht auch sechs. Das Roß schloss einen Kompromiss und entschied sich für drei.

Oma hörte, wie es schrie und ziemlich laut fiel. Der Lärm deutete darauf hin, dass auch andere Pferde stürzten.

»Ha!«

Sie riskierte einen Blick über die Schulter.

Diamanda weilte nicht mehr neben ihr.

Sie lag einige Meter weiter hinten und versuchte gerade, wieder auf die Beine zu kommen. Ihr Gesicht war fast ebenso weiß wie der Schnee.

Aus ihrer Schulter ragte ein Pfeil.

Oma Wetterwachs eilte zurück und zog das Mädchen hoch.

»Komm! Es ist nicht mehr weit!«

* Nanny Ogg brachte das problemlos fertig, wenn auch unabsichtlich.

»Ich kann nicht… kn'ht…«

Diamanda kippte nach vorn. Oma fing sie auf, bevor sie erneut zu Boden sank, und warf sie sich mit einiger Mühe über die Schulter.

Nur noch einige Schritte – dann konnte sie sich einfach nach vorn fallen lassen.

Eine Klauenhand tastete nach ihrem Kleid…

Drei Gestalten fielen, rollten durch sommerlichen Adlerfarn.

Der Elf stand als erster auf, sah sich benommen und triumphierend um. Er hielt ein Messer mit langer Kupferklinge in der Hand.

Sein Blick wanderte zu Oma, die auf dem Rücken gelandet war. Sie nahm den Gestank des Wesens wahr, als es das Messer hob, suchte verzweifelt nach einem Weg ins fremde Bewusstsein…

Etwas sauste an ihr vorbei.

Ein Seil schlang sich um den Hals des Elfen, gefolgt von einem recht massiven Gegenstand. Das Geschöpf erstarrte entsetzt, als ein Plätteisen sein Gesicht in einem Abstand von etwa hundert Zentimetern passierte und in einen Orbit schwenkte, dessen Durchmesser sich mit jedem Umlauf verringerte. Schließlich schlug es an den Hinterkopf des Wesens. Die Wucht des Aufpralls genügte, um den Elfen von den Beinen zu reißen und bewusstlos zu Boden zu schleudern.

Nanny Ogg erschien in Omas Blickfeld.

»Potzblitz, riecht ziemlich streng, der Bursche«, sagte sie. »Elfen kann man aus zwei Kilometern Entfernung riechen, und zwar gegen den Wind.«

Oma Wetterwachs stand auf.

Der Steinkreis enthielt nur Gras, weder Schnee noch Elfen.

Sie wandte sich Diamanda zu, und das Gleiche tat Nanny. Das ohnmächtige Mädchen rührte sich nicht.

»Von einem Elfenpfeil getroffen«, sagte Oma.

»Üble Sache.«

»Die Spitze steckt noch in der Wunde.«

»Ich kann sie entfernen – das ist kein Problem«, meinte Nanny Ogg. »Aber das Gift... Wir könnten eine Aderpresse anlegen.«

»Ha! Etwa am Hals?«

Oma setzte sich, zog die Knie an und stützte das Kinn darauf. Ihre Schultern schmerzten.

»Muss erst wieder zu Atem kommen«, brummte sie.

Vor ihrem inneren Auge formten sich Bilder. *Es geht schon wieder los,* dachte Oma. Sie wusste, dass es alternative Zukunftsstrukturen gab – das hatte es schließlich mit der Zukunft auf sich. Aber alternative Vergangenheiten... Ein wenig Konzentration genügte, um sich daran zu entsinnen, dass sie gerade aus dem Steinkreis gekommen war, doch diesen Reminiszenzen gesellten sich andere hinzu. Sie erinnerte sich zum Beispiel daran, daheim im Bett gelegen zu haben, nicht in einer Hütte, sondern in einem richtigen Haus, ja, und es waren keine *fremden* Erinnerungen, sondern ihre eigenen. Irgend etwas ließ sie ahnen, zu schlafen und zu träumen...

Sie versuchte, den Blick auf Nanny Ogg zu richten. Gytha bot eine beruhigend stabile und solide Realität.

Nanny holte gerade ein Taschenmesser hervor.

»Was hast du damit vor?«

»Ich will das Wesen von seinem Leid erlösen.«

»Auf mich erweckt es nicht den Eindruck, sehr zu leiden.«

Nanny Ogg schürzte nachdenklich die Lippen. »Das könnte ich schnell ändern, Esme.«

»Es gehört sich nicht, das Geschöpf zu quälen, nur weil es hilflos auf dem Boden liegt, Gytha.«

»Ich warte nicht, bis es aufsteht und sich *wehren* kann, Esme.«

»Gytha!«

»Damals haben die Elfen kleine Kinder verschleppt. So etwas darf nicht noch einmal geschehen. Wenn ich mir vorstelle, dass jemand unseren Pewsey entführt...«

»So dumm sind nicht einmal Elfen. Habe in meinem ganzen Leben kein klebrigeres Kind gesehen.«

Oma zog behutsam ein Lid des Mädchens hoch.

»Weilt in einer völlig anderen Welt«, kommentierte sie und hob Diamanda hoch.

»Ich trage sie. Kümmere du dich um den Burschen dort.«

»Es war sehr tapfer von dir, das Mädchen zu retten«, sagte Nanny. »Sicher bist du dadurch langsamer vorangekommen. Und Pfeile sind *schnell.*«

»Ich hatte einen guten Schild«, erwiderte Oma.

Diese Worte schockierten Nanny Ogg.

»Was? Daran hast du bestimmt nicht gedacht, oder?«

»Nun, das Kind war bereits getroffen«, brummte Oma Wetterwachs. »Und wenn es mich ebenfalls erwischt hätte, wäre eine Flucht nicht mehr möglich gewesen.«

»Aber das… das ist *herzlos,* Esme!«

»Es mag herzlos sein, aber nicht *kopf*los. Es ging mir nicht um irgendwelche Nettigkeiten, sondern um Vernunft. Warum siehst du mich so an? Kommst du jetzt? Oder willst du den ganzen Tag mit offenem Mund dort herumstehen?«

Nanny schloss den Mund – und öffnete ihn wieder, um zu sagen:

»Was willst du jetzt unternehmen?«

»Nun, kannst *du* das Mädchen heilen?«

»Ich? Nein.«

»Und ich auch nicht«, meinte Oma Wetterwachs. »Aber ich kenne jemanden, der das vielleicht hinbekommt. *Den* da bringen wir zunächst mal im Kerker unter. Da unten gibt's viel Eisen: Gitter und so. Dürfte dafür sorgen, dass er ruhig bleibt.«

»Wie hat er es geschafft, in unsere Welt zu gelangen?«, fragte Nanny.

»Er hielt sich an mir fest. Vielleicht öffnet sich eine Lücke in der von… Steinkraft geformten Barriere, um Menschen durchzulassen.

Ich weiß nicht genau, wie's funktioniert. Mir genügt's, wenn *seine* Freunde da drin bleiben.«

Nanny hob sich den bewusstlosen Elfen mühelos auf die Schulter.*

»Riecht unangenehmer als die schmutzigste Ecke eines Ziegenstalls«, klagte sie. »Ich schätze, zu Hause muss ich ein Bad nehmen.«

»Meine Güte«, erwiderte Oma. »Es wird immer schlimmer, nicht wahr?«

Was ist Magie?

Hexen erklären dieses Phänomen auf zweierlei Art und Weise, abhängig davon, wie alt sie sind. Ältere Hexen vermeiden es, darüber zu reden, doch tief in ihrem Herzen vermuten sie Folgendes: Das Universum weiß eigentlich gar nicht, was vor sich geht, und es besteht aus Billionen von Milliarden von Millionen Möglichkeiten. Zu jeder Einzelnen davon könnte es werden, wenn man ein trainiertes Bewusstsein mit Quantengewissheit in den Spalt schiebt und *hebelt*. Anders ausgedrückt: Wenn man den Hut einer bestimmten Person explodieren lassen wollte, so brauchte man sich nur in ein Universum zu *hebeln,* in dem eine genügend große Anzahl von Hutmolekülen beschloss, zur gleichen Zeit in unterschiedliche Richtungen davonzufliegen.

Jüngere Hexen hingegen reden ständig über Magie und glauben, dass es dabei um Kristalle, mystische Kräfte und Tänze ohne Schlüpfer geht.

Vielleicht haben alle Recht, und zwar gleichzeitig. So ist das eben mit den Quanten.

* In den Chroniken der Scheibenwelt wurde bereits darauf hingewiesen, dass ganze landwirtschaftliche Ökonomien auf der Hebekraft alter, in Schwarz gekleideter Frauen basieren.

Früher Morgen. Shawn patrouillierte auf den Wehrgängen – im Moment war es seine Pflicht, die Bewohner des Schlosses vor allen eventuell angreifenden Barbarenhorden zu schützen.

Ihm gefiel das militärische Leben. Manchmal wünschte er sich, dass wenigstens eine *kleine* Horde angreifen und ihm dadurch Gelegenheit geben würde, in die Rolle des strahlenden Helden zu schlüpfen. Oft träumte er davon, ein Heer in die Schlacht zu führen. Allerdings musste sich der König zunächst einmal ein Heer zulegen...

Ein kurzer Schrei deutete darauf hin, dass sich die erste Falkenkralle dieses Tages in Festgreifaahs Haut bohrte.

Shawn achtete nicht darauf – solche Schreie gehörten zu den allgemeinen Hintergrundgeräuschen des Schlosses. Er vertrieb sich gerade die Zeit damit, festzustellen, wie lange er die Luft anhalten konnte.

Er kannte verschiedene Methoden, sich die Zeit zu vertreiben, denn der Wachdienst gab ihm mehr als genug Gelegenheit dazu. Zum Beispiel *hingebungsvoll in der Nase bohren* – dabei verging die Zeit wie im Flug. Oder *Melodien furzen.* Oder *auf einem Bein stehen.* Wenn alles andere versagte und die Mahlzeiten nicht zu reich an Kohlehydraten gewesen waren, kam *wie lange kann ich die Luft anhalten* an die Reihe.

Tief unten knarrte es zweimal. Der Türklopfer war so sehr verrostet, dass er nur dann Geräusche verursachte, wenn man ihn nach oben zog – dann quietschte es – und anschließend mit ganzer Kraft nach unten drückte. Dann quietschte es erneut, und manchmal pochte es sogar dumpf.

Shawn holte tief Luft und beugte sich über die Zinnen.

»Halt!«, rief er. »Wer da?«

»Ich bin's«, ertönte es unten. »Deine Mutter.«

»Oh, hallo, Mama. Hallo, Frau Wetterwachs.«

»Sei ein guter Junge und lass uns herein.«

»Freund oder Feind?«

»Was?«

»Das *muss* ich fragen, Mama. So verlangt's die Dienstvorschrift. Und du antwortest: Freund.«

»Ich bin deine *Mutter.*«

»Es muss alles seine Ordnung haben, Mama«, erwiderte Shawn im bedrückten Tonfall eines Mannes, der weiß, dass er bereits verloren hat. »Das ist sehr wichtig, weißt du.«

»Du riskierst, dass es gleich ›Feind‹ heißt, mein Junge.«

»Ich *bitte* dich, Mama!«

»Na schön. Die Antwort lautet: Freund.«

»Ja, und wenn du jetzt auch noch darauf hinweisen könntest, dass du…«

»Lass uns herein, Shawn Ogg.«

Shawn salutierte und hätte sich dabei fast selbst außer Gefecht gesetzt, weil er sich den Speerschaft ziemlich hart an den Kopf stieß.

»Sofort, Frau Wetterwachs.«

Sein rundes, ehrliches Gesicht verschwand hinter den Zinnen. Etwa eine Minute später rasselten die Ketten des Fallgatters.

»Wie hast du das angestellt?«, fragte Nanny Ogg.

»Ganz einfach«, erwiderte Oma Wetterwachs. »Er weiß, dass *du* seinen hohlen Schädel nicht platzen lässt.«

»Nun, dazu würdest du dich ebenso wenig hinreißen lassen. Das weiß ich genau.«

»Nein, das weißt du nicht. Du weißt nur, dass ich *bisher* keine derartigen Maßnahmen ergriffen habe.«

Magrat hatte diese Sache bisher für einen Witz gehalten, doch jetzt stellte sie sich als gar nicht so lustige Realität heraus. Im großen Saal des Schlosses gab es einen sehr langen Tisch: Verence saß am einen Ende und die zukünftige Königin am anderen.

Dabei ging es um die Etikette.

Dem König gebührte der Platz am oberen Ende des Tisches. Ganz klar. Doch wenn Magrat rechts oder links von ihm saß, so mussten sie beide den Kopf drehen, um miteinander zu reden, was sehr unbequem war. Also kam nur das andere Ende des Tisches und Rufen in Frage.

Und dann die Logistik der Anrichte. Die leichte Möglichkeit hätte darin bestanden, einfach hinüberzugehen und sich zu bedienen, aber das ließ sich nicht mit der königlichen Tradition vereinbaren. Wenn Könige damit begannen, sich selbst die Teller zu füllen, so stand das Ende der Monarchie unmittelbar bevor.

Unglücklicherweise bedeutete das, sie mussten sich von Herrn Spriggins bedienen lassen, der an einem schlechten Gedächtnis, nervösen Zuckungen und einem Gummiknie litt. Um die Speisen aus der Küche zu holen, benutzte er einen uralten und nervenaufreibend knarrenden Aufzug. Der betreffende Schacht funktionierte dabei wie eine sehr leistungsfähige Kühlanlage: Warme Mahlzeiten waren kalt, wenn sie den Saal erreichten, kalte noch kälter. Niemand wusste, was mit Eiscreme und dergleichen geschehen würde; wahrscheinlich hätte das Phänomen eine Neuformulierung der thermodynamischen Gesetze erfordert.

Die Köchin schien einfach nicht zu begreifen, was vegetarische Kost bedeutete. Die traditionelle Schlossküche bestand zum größten Teil aus arterienverkleisternden Spezialitäten und bot so viele saturierte Fette an, dass sie auf den Tellern kleine Lachen oder wabbelige Klümpchen bildeten. Gemüse diente nur dazu, Öl aufzusaugen, und in den meisten Fällen war es so gründlich gekocht, dass es sich als undefinierbare gelbe Masse präsentierte. Magrat hatte der Köchin Frau Scorbic gewisse Dinge zu erklären versucht, doch bei Worten wie »Vitaminen« wackelte das Dreifachkinn der Frau so drohend, dass die Fast-Königin aus der Küche floh.

Magrat nahm sich jetzt einen Apfel vor. Mit Äpfeln kannte sich die Köchin aus. Sie füllte sie mit Rosinen und Creme und machte große, gebratene und mehlige *Dinge* daraus. Magrat hatte aus purer Verzweiflung einen *rohen* Apfel aus der Speisekammer gestohlen und plante auch, herauszufinden, wo die Karotten aufbewahrt wurden.

Verence zeichnete sich undeutlich hinter silbernen Kerzenständern und diversen Büchern ab.

Gelegentlich wechselten sie einen Blick und lächelten. Zumindest sah es nach einem Lächeln aus – angesichts der großen Entfernung konnte man nicht ganz sicher sein.

Offenbar hatte der König gerade etwas gesagt.

Magrat wölbte die Hände trichterförmig vorm Mund.

»Wie bitte?«

»Wir brauchen ein …«

»Ich habe dich nicht verstanden.«

»Was?«

»Was?«

Schließlich stand Magrat auf und wartete, während Spriggins ihren Stuhl zum anderen Ende des Tisches schob, wobei die natürliche Blässe seiner Wangen einer purpurnen Tönung wich. Die ehemalige Hexe hätte ihren Stuhl auch selbst bewegen können, aber für Königinnen geziemte sich so etwas nicht.

»Wir sollten uns einen Poeta laureatus zulegen«, sagte Verence und klopfte mit dem Zeigefinger auf eine bestimmte Stelle im Buch. »Jedes königliche Schloss braucht einen Hofdichter. Solche Leute schreiben Gedichte für besondere Anlässe.«

»Ja?«

»Ich habe dabei an Frau Ogg gedacht. Als Sängerin soll sie recht amüsant sein.«

Magrat verzog keine Miene.

»Ich, äh, ich glaube, sie kennt viele Reime für *bestimmte* Worte«, erwiderte sie.

»Das übliche Honorar beträgt vier Taler und ein kleines Fass

Sherry.« Verence sah auf die Seite. »Vielleicht kann man auch mit Ankh-Morpork-Dollar bezahlen und mit Wein anstelle von Sherry.«

»Worin bestünden Nannys Pflichten?«, erkundigte sich Magrat.

»Hier heißt es, der Poeta laureatus trägt Gedichte bei Staatsfeierlichkeiten vor«, antwortete Verence.

Magrat kannte einige von Nannys fröhlichen Vorträgen – besonders eindrucksvoll waren jene, die sie mit Gesten untermalte. Sie nickte ernst.

»Einverstanden«, sagte sie. »Vorausgesetzt – und dieser Punkt liegt mir sehr am Herzen –, *vorausgesetzt,* Nanny Ogg tritt ihr Amt erst *nach* unserer Hochzeit an.«

»Wie?«

»*Nach* der Hochzeit.«

»Oh.«

»Ich bitte ausdrücklich darum.«

»Na schön. Wenn du möchtest …«

Jenseits der Doppeltür ertönten Stimmen, und kurz darauf schwang das Portal auf. Nanny Ogg und Oma Wetterwachs marschierten in den großen Saal. Shawn versuchte, sie zu überholen.

»So versteh doch, Mama: Ich muss jeden Besucher ankündigen!«

»Na los, sag ihnen, wer wir sind«, schlug Nanny vor. »Hallo, Euer Majestäten.«

»Dieses Schloss sei gesegnet«, meinte Oma. »Magrat, wir haben jemanden mitgebracht, der behandelt werden muss.«

Sie stieß einen Kerzenständer und etwas Geschirr zu Boden, legte Diamanda dann auf den Tisch. Auf dem langen Tisch war zwar genug Platz, aber ein ordentlicher Auftritt erforderte Dramatik.

»Gestern seid ihr Feinde gewesen!«, entfuhr es Magrat verdutzt.

»Und wenn schon«, erwiderte Oma Wetterwachs. »'n Morgen, Euer Majestät.«

König Verence nickte. Manche Könige hätten jetzt nach den Wachen gerufen, aber Verence verzichtete darauf, weil er vernünftig war. Er hatte es mit Oma Wetterwachs zu tun und außerdem: Der einzige Wächter hieß Shawn Ogg und versuchte gerade, seine Trompete gerade zu biegen.

Nanny Ogg schlenderte zur Anrichte. Es fehlte ihr nicht am Mitgefühl, aber der Tag war bereits einige ereignisreiche Stunden alt, und niemand schien sich für den recht üppigen Rest des Frühstücks zu interessieren.

»Was ist mit ihr passiert?«, fragte Magrat, als sie mit der Untersuchung des Mädchens begann.

Oma sah sich im Saal um. Rüstungen, Schilde an den Wänden, rostige Schwerter und Piken... Vermutlich gab es hier genug Eisen.

»Ein Elf hat auf sie geschossen...«

»Aber...«, begannen Magrat und Verence gleichzeitig.

»Vergeudet jetzt keine Zeit damit, Fragen zu stellen. Ja, ein Elf hat auf das Kind geschossen. Sind schrecklich, ihre Pfeile. Sorgen dafür, dass der Geist ganz allein auf Wanderschaft geht. Nun, kannst du ihr helfen?«

Trotz ihrer Gutmütigkeit fühlte Magrat einen Anflug von gerechtem Zorn.

»Ach, plötzlich bin ich wieder eine Hexe. Du brauchst mich, und...«

Oma Wetterwachs seufzte.

»Dafür haben wir jetzt keine Zeit. Ich will nur eine klare Antwort. Kannst du ihr helfen? Ja oder nein. Wenn du ›nein‹ sagst, bringe ich das Mädchen fort und lasse dich in Ruhe.«

Sie sagte das so gelassen, dass Magrat über den eigenen Ärger stolperte und sich wieder aufzurichten versuchte.

»Ich habe nicht gesagt, dass ich keine Möglichkeit sehe, der Verletzten zu helfen. Ich wollte nur...«

»Gut.«

Es klapperte, als Nanny mehrere Terrinendeckel hob und wieder sinken ließ.

»He, hier gibt's drei verschiedene Arten Eier!«

»Sie hat kein Fieber«, stellte Magrat fest. »Langsamer Puls. Die Augen trüb. Shawn?«

»Ja, Fräulein Königin?«

»Gekocht, verrührt *und* gebraten. Das nenn ich nobel.«

»Lauf zu meiner Hütte und hol alle Bücher, die du dort findest. Ich glaube, ich habe schon einmal von solchen Symptomen gelesen, Oma. Shawn?«

Shawn blieb auf halbem Wege zur Tür stehen.

»Ja, Fräulein Königin?«

»Gib auf dem Weg nach draußen in der Küche Bescheid. Dort soll man möglichst viel Wasser kochen. Wir müssen die Wunde zuerst säubern. Wie dem auch sei: Elfen ...«

»Ich überlasse die Sache dir«, sagte Oma und wandte sich ab. »Kann ich dich sprechen, Euer Majestät? Ich möchte dir etwas zeigen, unten im Keller.«

»Ich brauche Hilfe«, wandte Magrat ein.

»Frag Nanny.«

»Damit meint sie mich«, sagte Nanny Ogg mit vollem Mund.

»Was isst du da?«

»Toast mit Spiegelei und Ketchup«, lautete die glückliche Antwort.

»Wenn's so weitergeht, müssen wir nicht nur Diamanda behandeln, sondern auch dich«, murmelte Magrat und rollte die Ärmel hoch. »Geh und sieh in der Küche nach dem Rechten.« Sie betrachtete die Wunde. »Frag die Köchin, ob sie schimmeliges Brot hat ...«

Die Grundelemente der Zauberei sind der Orden, das Institut und natürlich die Universität.

Das Grundelement der Hexerei ist die Hexe, doch es gibt noch ein anderes, immer vorhandenes Grundelement, nämlich die Hütte.

Bei einer Hexenhütte handelt es sich um ein ganz besonderes architektonisches Objekt. Sie wird nicht in dem Sinne gebaut, sondern im Lauf der Zeit zusammengesetzt, was dazu führt, dass die reparierten Bereiche immer dichter zusammenrücken. Man denke dabei an eine Socke, die nur aus gestopften Stellen besteht. Der Kamin schraubt sich wie ein Korkenzieher nach oben. Das Reet des Daches ist so alt, dass kleine Bäume darin wachsen. Die Bodendielen sind hin und her gebogen; des Nachts knarren sie ebenso hingebungsvoll wie die Planken eines Segelschiffs im Sturm. Wenn nicht mindestens zwei Wände mit Balken abgestützt sind, ist es keine richtige Hexenhütte, sondern nur das Heim einer dummen Alten, die aus Teeblättern die Zukunft liest und mit ihrer Katze spricht.

Offenbar locken solche Hütten die gleiche Art Hexen an. Das ist ganz natürlich. Jede Hexe bildet in ihrem Leben ein oder zwei junge Hexen aus, und wenn sie schließlich das Zeitliche segnet, nimmt eine Nachfolgerin ihren Platz ein.

In Magrats Hütte hatten nachdenkliche Hexen gewohnt, die dazu neigten, Dinge zu bemerken und zu notieren. Welche Kräuter wirkten besser gegen Kopfschmerzen als andere; Teile alter Geschichten; Legenden; dies und das – darum ging es in den schriftlichen Hinterlassenschaften.

In den Regalen standen zwölf Bücher, die mit winziger Handschrift und sorgfältigen Zeichnungen vollgekritzelt waren. Hinzu kamen getrocknete und gepresste Blumen und Frösche.

Es war eine Hütte von Hexen, die sich der Forschung verschrieben hatten, die nicht aufhörten, *Fragen* zu stellen. Das Auge von *welchem* Molch? Welche *Spezies* von Haien, die in tiefen Meeresschluchten lebten? Und wenn man zur Herstellung eines Tranks Blätter des Wilden Stiefmütterchens benötigte … In verschiedenen Teilen des Kontinents wuchsen insgesamt siebenunddreißig Pflanzen, die diesen Namen trugen – welche war gemeint?

Oma Wetterwachs kam mit der Hexerei deshalb besser zurecht als Magrat, weil sie wusste: Bei der Hexenkunst spielte es überhaupt keine Rolle, welche Blätter man verwendete.

Magrat hingegen glaubte, dass solchen Dingen große Bedeutung zukam, und deshalb war sie die bessere Heilerin.

Die Kutsche hielt vor einer Barrikade auf der Straße.

Das Oberhaupt der Räuberbande rückte sich die Augenklappe zurecht – mit seinen Augen war alles in bester Ordnung, aber die Leute respektierten einen in Uniform mehr.

Er trat näher.

»Morgen, Jim. Was haben wir denn heute?«

»Äh, diesmal könnten sich Probleme ergeben«, antwortete der Kutscher. »Äh, da sitzen einige Zauberer drin. Und ein Zwerg. Und ein Affe.« Er hob die Hand zum Kopf und zuckte zusammen. »Ja, ein Affe. Daran kann überhaupt kein Zweifel bestehen. Um es ganz deutlich zu sagen: Es handelt sich *nicht* um irgendein besonders haariges *Tier*.«

»Ist alles in Ordnung mit dir, Jim?«

»Diese Passagiere sind seit Ankh-Morpork an Bord. Sprich mich bloß nicht auf getrocknete Froschpillen an.«

Der Räuberboss zog die Brauen hoch.

»Na schön. Wie du meinst.«

Er klopfte an die Tür der Kutsche. Das Fenster öffnete sich.

»Ihr solltet euch diese Sache nicht als einen Überfall vorstellen«, sagte er. »Seht darin statt dessen eine interessante Anekdote, die ihr später euren Enkeln erzählen könnt.«

Im Innern der Kutsche sagte eine Stimme: »Das ist er! Der Kerl hat mein Pferd geklaut!«

Der Stab eines Zauberers ragte durchs Fenster. Der Räuber sah den Knauf am Ende.

»Oh, ich bitte euch«, sagte er freundlich. »Ich kenne die Regeln. Zauberer dürfen nur dann Magie gegen Zivilisten einsetzen, wenn sie in eine Situation geraten, die ihr Leben unmittelbar bedro…«

Oktarines Licht gleißte.

»Es ist keine Regel«, stellte Ridcully fest. »Eher eine unverbindliche Richtlinie.« Er wandte sich an Ponder Stibbons. »Eine interessante Verwendung von Mumucks Morphischem Resonator, wie du hoffentlich bemerkt hast.«

Ponder sah zu Boden.

Der Räuberboss war in einen Kürbis verwandelt worden; das Naturgesetz des allgemein gültigen Humors sorgte dafür, dass er nach wie vor seinen Hut trug.

»Und nun…« Ridcully hob die Stimme. »Ich schlage vor, dass alle ihre Verstecke hinter den Felsen und so verlassen. Ich möchte euch ganz deutlich sehen können. Recht so! Stibbons und der Bibliothekar machen jetzt mit einem Hut die Runde.«

»Das ist Raub!«, stieß der Kutscher hervor. »Und du hast jemanden in eine Frucht verwandelt!«

»In ein Stück Gemüse«, sagte Ridcully. »Keine Sorge. Die Wirkung des Zaubers lässt in einigen Stunden nach.«

»Man schuldet mir ein Pferd«, teilte Casanunda dem Rest der Welt mit.

Die Räuber trennten sich widerstrebend von ihrem Geld, gaben es Ponder und – mit dem gleichen Maß an Kummer, aber wesentlich *schneller* – dem Bibliothekar.

»Es sind fast dreihundert Dollar«, berichtete Stibbons dem Erzkanzler.

»Und ein Pferd nicht zu vergessen. Sogar zwei. Das andere Pferd hatte ich bis eben vergessen.«

»Prächtig!«, entgegnete Ridcully. »Nun, wir haben's eilig. Wenn die Herren jetzt so freundlich wären, die Barrikade zu entfernen... Dann können wir den Weg fortsetzen.«

»Mir ist gerade das dritte Pferd eingefallen...«

»Das ist nicht richtig!«, rief der Kutscher. »Ihr verhaltet euch völlig falsch! Ihr müsst euch ausrauben lassen – so verlangt es die Tradition!«

Ridcully schob ihn mit sanftem Nachdruck vom Kutschbock.

»Das mag normalerweise der Fall sein«, sagte er. »Aber wir sind im Urlaub.«

Die Kutsche rollte wieder los. Bevor sie hinter mehreren großen Felsen verschwand, ertönte eine Stimme: »Ich habe mich verzählt: Es waren *vier* Pferde.«

Anschließend herrschte eine Zeit lang Stille.

Im Kürbis bildete sich ein Mund.

»Sind sie weg?«

»Ja, Boss.«

»Bitte rollt mich in den Schatten. Und erzählt niemandem von dieser Sache. Hat jemand von euch getrocknete Froschpillen?«

Verence II. respektierte Hexen. Sie hatten ihm auf den Thron geholfen, daran zweifelte er kaum – obgleich er nicht genau wusste, auf welche Weise es geschehen war. Außerdem: Er begegnete Oma Wetterwachs mit ausgeprägter Ehrfurcht.

Gehorsam folgte er ihr zum Kerker und musste sich dabei beeilen, um mit ihr Schritt zu halten.

»Was ist denn los, Frau Wetterwachs?«

»Ich zeige dir was.«

»Du hast Elfen erwähnt.«

»Ja.«

»Ich habe dabei immer an Märchen gedacht.«

»Und?«

»Ich meine ... Elfen tauchen nur in Geschichten auf, die alte Frauen erzählen und so ...«

Oma Wetterwachs schien ein spezielles gyroskopisches Feld zu erzeugen: Wenn man einmal verunsichert und verwirrt war, so sorgte sie dafür, dass sich daran nichts änderte.

Verence versuchte es noch einmal.

»Ich meine, ich habe immer geglaubt, dass es eigentlich gar keine Elfen gibt.«

Oma erreichte die Tür einer Kerkerzelle. Zum größten Teil bestand sie aus schwarz angelaufenem Eichenholz, aber in der oberen Hälfte gab es ein Gitter.

»Da drin.«

Verence blickte in die Kammer.

»Meine Güte!«

»Ich habe Shawn gebeten, für uns aufzuschließen. Sonst hat uns keiner gesehen. Sprich mit niemandem darüber. Wenn die Zwerge und Trolle davon erfahren ... Sie würden nicht zögern, die Mauern zu zerschmettern, um das Wesen herauszuholen.«

»Warum? Um es zu töten?«

»Natürlich. Zwerge und Trolle haben ein besseres Gedächtnis als Menschen.«

»Was soll *ich* damit machen?«

»Keine Ahnung. Sorg dafür, dass der ... Gefangene hinter Schloss und Riegel bleibt oder so. Lass mich nachdenken ...«

Verence blickte erneut in die Zelle und beobachtete eine Gestalt, die zusammengerollt auf dem Boden lag.

»*Das* soll ein Elf sein? Aber ... es ist nur ein besonders langer, dünner Mensch mit listig wirkendem Gesicht. Elfen stehen doch in dem Ruf, sehr schön zu sein.«

»Und diesem Ruf werden sie auch gerecht – wenn sie bei Bewusstsein sind.« Oma Wetterwachs vollführte eine vage Geste. »Sie projizieren etwas … Wenn man den Blick auf sie richtet, so sieht man Schönheit, etwas, dem man gefallen mochte. Elfen können so aussehen, wie es sich das Auge des Betrachters wünscht. So etwas nennt man *Glamour.* Man merkt sofort, wenn Menschen in der Nähe sind. Dann verhalten sich die Leute komisch und bringen es kaum mehr fertig, klar zu denken. Weißt du denn überhaupt nichts?«

»Ich dachte immer, Elfen gäbe es nur in Märchen, so wie … wie die Zahnfee …«

»Die Existenz der Zahnfee beschränkt sich keineswegs auf irgendwelche Geschichten«, sagte Oma. »Sie ist eine hart arbeitende Frau. Frage mich immer, wie sie das mit der Leiter schafft. Nein, Elfen sind Teil der Wirklichkeit. Ach, verflixt. Hör mal …«

Sie drehte sich um und hob den Zeigefinger.

»Du kennst doch das Feudalsystem, nicht wahr?«

»Was?«

»Das Feudalsystem! Pass besser auf. Es heißt *Feudalsystem.* Der König steht ganz oben, und unter ihm kommen die Barone und alle anderen und so. Äh, Hexen stehen ein wenig abseits«, fügte Oma diplomatisch hinzu. Sie presste die Fingerspitzen aneinander. »So ist das Feudalsystem beschaffen. Wie die spitzen Bauwerke, in denen heidnische Könige begraben werden. Kapiert?«

»Ja.«

»Gut. Das beschreibt die Perspektive der Elfen. Wenn sie in unsere Welt gelangen, so sehen sie alles tief unter sich. Sie halten uns für Sklaven. Schlimmer noch: für Tiere. Und sie erheben Anspruch auf das, was uns gehört. Aber das ist noch nicht alles. *Besonders* schlimm ist, dass sie unsere Gedanken lesen. Sie hören, was uns durch den Kopf geht, und reine Notwehr veranlasst einen dazu, das zu denken, was *sie* wollen. *Glamour.* Und was folgt daraus? Vergitterte Fenster; Essen, das man des Nachts angeblich für Feen hinausstellt; man drehe sich dreimal um die eigene Achse, bevor man von *ihnen* spricht; und Hufeisen über der Tür.«

»Ich dachte, das sei, du weißt schon.« Der König lächelte verlegen. »Folklore.«

»Natürlich ist es Folklore, du dummer Kerl.«

»Ich bin der *König*«, betonte Verence vorwurfsvoll.

»Du dummer König, Euer Majestät.«

»Danke.«

»Ich meine, auch Folklore kann wahr sein! Im Lauf der Jahre geraten die Dinge vielleicht ein wenig durcheinander, und man vergisst das eine oder andere, vor allem die *Zusammenhänge.* Wie zum Beispiel die Bedeutung des Hufeisens.«

»Bei meiner Großmutter hing eins über der Tür«, sagte der König.

»Na bitte. Mit der Form hat's überhaupt nichts zu tun. Aber wenn man in einer alten Hütte lebt und arm ist, so kann man sich vielleicht keine anderen Gegenstände aus Eisen und mit Löchern drin besorgen.«

»Oh.«

»Das Problem mit den Elfen besteht darin, dass sie keine… Erinnere mich nicht mehr an das Wort.« Oma schnippte verärgert mit den Fingern. »Beginnt mit ›m‹.«

»Manieren?«

»Ha! Das stimmt auch, aber es war noch etwas anderes.«

»Muskeln? Mumm? Mystik?«

»Nein, nein, nein. Es betrifft die Fähigkeit, Verständnis für den Standpunkt einer anderen Person aufzubringen.«

Verence versuchte, die Welt aus dem Blickwinkel von Oma Wetterwachs zu sehen. Er ahnte etwas…

»Empathie?«

»Ja. Sie fehlt den Elfen. Selbst ein Jäger – ein guter Jäger – empfindet mit seiner Beute. *Deshalb* ist er ein guter Jäger. Elfen sind ganz anders. Sie finden Spaß daran, grausam zu sein, und sie haben keine Ahnung, was Barmherzigkeit bedeutet. Sie begreifen nicht, dass auch andere Wesen Gefühle haben. Sie lachen oft, insbesondere dann, wenn sie einem einzelnen Menschen, Zwerg oder Troll begegnen. Nun, Trolle mögen aus Stein bestehen, Euer Majestät, aber ich sage dir: Im Vergleich mit Elfen sind Trolle unsere Brüder. Im Geiste, meine ich.«

»Warum höre ich davon jetzt zum ersten Mal?«

»Es liegt am Glamour. Elfen sind schön. Sie haben *Stil.*« Oma Wetterwachs spuckte dieses Wort. »Sie strahlen Eleganz aus. Darauf kommt's an. Wenn Katzen wie Frösche aussähen, so würde uns bald klar, wie gemein die kleinen Teufel sind. Stil – daran erinnert man sich. An den Glamour. Der Rest, die ganze Wahrheit... Es wird zu ›Geschichten von alten Frauen‹.«

»Magrat hat nie davon erzählt.«

Oma zögerte.

»Magrat weiß nicht viel von Elfen«, sagte sie. »Ha! Sie ist noch nicht einmal eine *junge* Hexe. Und heutzutage redet man nicht mehr oft darüber. Es ist nicht *gut,* über sie zu sprechen. Man sollte sie besser vergessen. Weil... Sie kommen, wenn man sie ruft. Ich meine kein lautes ›Hu-hu!‹ oder dergleichen. Schon Gedanken können gefährlich sein. Es genügt allein der Wunsch, sie mögen hier sein.«

Verence winkte ab.

»Ich lerne noch, was es mit der Monarchie auf sich hat«, sagte er. »Von diesen Sachen verstehe ich nichts.«

»Du brauchst auch nichts davon zu verstehen. Immerhin bist du der König. Nun, du weißt doch von schwachen Stellen in der Welt, nicht wahr? Von Orten, wo sich verschiedene Welten berühren?«

»Nein.«

»Einer davon befindet sich im Moor. Deshalb wurden dort die Tänzer aufgestellt. Sie bilden eine Art Barriere.«

»Ach.«

»Aber manchmal verlieren solche Barrieren an Stabilität. Es ist so wie mit Ebbe und Flut. Während der Kreis-Zeit wird die Struktur der Realität dünner.«

»Ach.«

»Wenn die Leute dann dumm sind, können auch die Tänzer das Tor nicht geschlossen halten. Wo die Welt dünn wird, mag allein ein Gedanke die Verbindung schaffen.«

»Ach.«

Verence hatte das Gefühl, die Konversation kehrte nun zu einem Thema zurück, bei dem er mitreden könnte.

»Dumm?«, wiederholte er.

»Dumm genug, um *sie* zu rufen oder irgendwie anzulocken.«

»Aha. Wie soll ich mich verhalten?«

»Herrsche einfach weiter. Ich glaube, wir sind sicher. Unter den gegenwärtigen Umständen können die Elfen nicht in unsere Welt wechseln. Die Mädchen tanzen nicht mehr. Mit anderen Worten: Die Barriere wird nicht weiter geschwächt. Halte das Wesen hier drin gefangen. Und *kein Wort zu Magrat.* Was hätte es für einen Sinn, sie zu beunruhigen? *Etwas* ist in unsere Welt gelangt, aber ich behalte es im Auge.«

Oma rieb sich mit grimmiger Zufriedenheit die Hände.

»Ich glaube, damit wäre alles klar«, brummte sie.

Sie blinzelte.

Und rieb sich den Nasenrücken.

»Was habe ich gerade gesagt?«, fragte sie.

»Äh«, erwiderte der König. »Du hast gesagt, damit sei alles klar.«

Oma Wetterwachs blinzelte erneut.

»Stimmt«, entgegnete sie. »Das habe ich gesagt. Ja. Und ich bin im Schloss, nicht wahr? Ja.«

»Ist alles in Ordnung mit dir, Frau Wetterwachs?«, fragte Verence besorgt.

»Ja. Ja. Alles in Ordnung. Im Schloss bin ich. Genau. Geht's den Kindern gut?«

»Wie bitte?«

Oma blinzelte noch einmal.

»Was?«

»Du scheinst dich nicht sehr wohl zu fühlen …«

Oma straffte die Schultern und schüttelte den Kopf.

»Ja. Das Schloss. Ich bin ich, und du bist du, und Gytha ist oben bei Magrat. Ja.« Sie richtete den Blick auf Verence. »Bin nur ein wenig… übermüdet. Es besteht kein Grund zur Besorgnis. Überhaupt keiner.«

Nanny Ogg beobachtete Magrat mit wachsender Skepsis.

»Ein Umschlag, bei dem man schimmeliges Brot verwendet«, sagte sie. »Klingt nicht besonders magisch.«

»Gütchen Wemper hielt eine Menge davon. Wenn ich nur wüßte, was wir gegen das Koma unternehmen könnten …«

Magrat drehte uralte, leise knisternde Blätter. Die Hexen vor ihr hatten alles sorgfältig aufgeschrieben, allerdings so, wie es ihnen in den Sinn kam. Woraus folgte: Die Beschreibung wichtiger Behandlungsmethoden und Beobachtungen wurde immer wieder von Kommentaren in Hinsicht auf den Zustand der Füße und dergleichen unterbrochen.

»Hier steht: ›*Die kleinigen spitzen Steine, die man manchige Male findet, sind auch als Feuersteine bekannt obwohlig sie nicht brennen. Es sind die Spitzen vonne Elfenpfeilen aus ferner Fergangenheit.*‹ Mehr Hinweise gibt es nicht. Die Zeichnung hier… Diese kleinen Steine kenne ich.«

»Es wimmelt überall von ihnen«, sagte Nanny, während sie Diamandas Schulter verband. »Hab sie in meinem Garten dutzendweise ausgegraben.«

»Aber Elfen schießen nicht auf Leute! Elfen sind gute Wesen!«

»Wahrscheinlich haben sie Esme und dem Mädchen nur aus Spaß Pfeile hinterhergeschickt, nicht wahr?«

»Aber …«

»Jetzt hör mal: Bald bist du Königin. Dann musst du wichtige Aufgaben wahrnehmen. Kümmere dich um den König. Überlass die anderen Dinge Esme und mir.«

»Wichtige Aufgaben? Königinnen planen neue Tapisserien und laufen in unbequemen Kleidern durch die Gegend! Ich kenne Oma. Sie kann es nicht ausstehen, wenn etwas Stil und Eleganz hat. Sie ist so *verdrießlich*.«

»Wahrscheinlich aus gutem Grund«, erwiderte Nanny freundlich. »Nun, ich habe die Wunde verbunden. Was stellen wir jetzt mit dem Mädchen an?«

»Hier gibt es genug Gästezimmer«, sagte Magrat. »Und alle sind vorbereitet. Wir legen Diamanda in eins der Betten. Äh. Nanny?«

»Ja?«

»Was hältst du davon, meine Brautjungfer zu sein?«

»Nun, eigentlich nicht viel. Bin ein wenig zu alt dafür.« Nanny Ogg zögerte. »Möchtest du mich vielleicht etwas fragen?«

»Wie meinst du das?«

»Deine Mutter ist tot, und du hast keine weiblichen Verwandten …«

Magrat wirkte verwirrt.

»Ich meine das, was nach der Vermählung kommt«, fügte Nanny hinzu.

»Oh, *das* meinst du. Es wird alles von Gastronomen erledigt. Mit Appetithappen und so kommt unsere Köchin nicht besonders gut zurecht.«

Nanny sah zur Decke.

»Und *danach*? Du weißt schon …«

»Oh, beim Aufräumen helfen mir einige Mädchen. Sei unbesorgt.

Ich habe an alles gedacht. Du und Oma ... Ihr solltet aufhören, mich so zu behandeln, als wäre ich ein dummes Ding.«

Nanny hüstelte. »Dein Mann«, sagte sie. »Ist viel herumgekommen, nehme ich an. Ist vermutlich mit Dutzenden von jungen Frauen ausgegangen, wie?«

»Nein, ich glaube nicht. Wie kommst du darauf? Narren haben kein großes Privatleben, und als König ist er bisher immer sehr beschäftigt gewesen. Er neigt zu einer gewissen Zurückhaltung, was Frauen betrifft.«

Nanny gab auf.

»Ach, was soll's«, seufzte sie. »Bestimmt findet ihr alles ganz allein heraus ...«

Oma Wetterwachs und der König trafen ein.

»Wie geht es dem Mädchen?«, fragte Oma.

»Wir haben die Pfeilspitze aus der Schulter entfernt und alles verbunden«, erwiderte Magrat. »Aber die Verletzte wacht nicht auf. Sie sollte hier bleiben.«

»Glaubst du? Wir müssen sie im Auge behalten. Ich könnte sie in meiner Hütte unterbringen.«

»Sie darf nicht bewegt werden«, wandte Magrat ein.

»*Sie* haben das Kind gezeichnet«, sagte Oma Wetterwachs. »Ich meine, es wurde von *ihnen* berührt. Das bedeutet ...«

»Ich weiß, worauf es bei der Behandlung von Kranken ankommt«, stellte Magrat fest. »Ich bin nicht *so* dumm.«

»Jemand muss die ganze Zeit über bei ihr sein. Um jedes Risiko zu vermeiden«, beharrte Oma.

»Bald wird es hier von Leuten wimmeln«, sagte Verence. »Morgen treffen die ersten Gäste ein.«

»Allein zu sein bedeutet nicht unbedingt, dass keine Leute in der Nähe sind«, verkündete Oma Wetterwachs.

»Dies ist ein *Schloss,* Oma.«

»Na schön. In Ordnung. Wir wollen nicht länger stören. Komm, Gytha.«

Nanny Ogg hob einen silbernen Terrinendeckel, griff nach einem nicht mehr ganz frischen Lammkotelett und winkte damit dem königlichen Paar zu.

»Vergnügt euch«, sagte sie. »Sofern ihr dazu im Stande seid.«

»Gytha!«

»Komme schon.«

Elfen sind wundervoll. Sie bewirken Wunder.

Elfen sind erstaunlich. Sie geben Grund zum Staunen.

Elfen sind phantastisch. Sie schaffen Phantasien.

Elfen sind glamourös. Sie projizieren Glamour.

Elfen sind bezaubernd. Sie weben ein Netz aus Zauber.

Elfen sind toll. Sie bringen einen um den Verstand.

Die Bedeutung von Worten windet sich wie eine Schlange hin und her. Wenn man nach Schlangen Ausschau hält, so findet man sie hinter Worten, deren Aussage sich geändert hat.

Niemand hat jemals gesagt, dass Elfen *nett* sind.

Sie sind *gemein.*

»Nun, das wär's«, meinte Nanny Ogg, als die beiden Hexen über die Zugbrücke des Schlosses gingen. »Gut gemacht, Esme.«

»Es ist noch nicht vorbei«, erwiderte Oma Wetterwachs.

»Du hast selbst gesagt, dass *sie* jetzt nicht mehr in unsere Welt gelangen können. Eins steht fest: Wir brauchen nicht mehr zu befürchten, dass jemand versucht, am Steinkreis Magie zu beschwören.«

»Ja, aber die Kreis-Zeit dauert noch ein oder zwei Tage. Da sind unangenehme Zwischenfälle also nicht ausgeschlossen.«

»Diamanda stellt keinen Unsinn mehr an, und was die anderen Mädchen betrifft: Du hast ihnen den Wind aus den Segeln genommen.« Nanny Ogg warf den abgenagten Lammknochen in einen leeren Burggraben. »Und sonst käme sicher niemand auf den Gedanken, *sie* zu rufen.«

»Einer von *ihnen* befindet sich im Kerker.«

»Willst du ihn loswerden?«, fragte Nanny. »Ich könnte unseren Shawn zu König Eisengießersohn nach Kupferkopf schicken, wenn du möchtest. Oder ich schwinge mich auf den Besen und gebe dem Bergkönig selbst Bescheid. Anschließend kümmern sich die Zwerge und Trolle darum, kein Problem.«

Oma ignorierte den Vorschlag.

»Das ist noch nicht alles«, sagte sie nach einer Weile. »Es gibt da eine Sache, die wir bisher übersehen haben. Sie wird weiter nach einem Weg suchen.«

Sie erreichten nun den Stadtplatz, und Oma Wetterwachs sah sich um. Verence war der König, und daran gab's nichts auszusetzen; es gebührte ihm, über das Königreich zu herrschen. Doch in gewisser Weise – in einem anderen, *tieferen* Sinn – gehörte das Königreich Oma. Und natürlich auch Gytha Ogg. Verence' Autorität bezog sich nur auf die Angelegenheiten der Menschen – die Zwerge und Trolle hielten ihn nicht für *ihren* König, vermieden es jedoch taktvoll, in aller Deutlichkeit darauf hinzuweisen. Nun, wenn es um Bäume, Felsen und den Boden ging, so fühlte sich Oma Wetterwachs zuständig. Sie nahm die Stimmung des Königreichs wahr.

Es wurde noch immer beobachtet. Oma spürte... Wachsamkeit. Wenn die Aufmerksamkeit eine gewisse Intensität erreicht, so kommt es beim beobachteten Objekt zu Veränderungen. In diesem Fall galt sie dem ganzen Land. Während sich Omas Selbst entfaltete, fand ein Angriff statt...

»Komisch«, sagte Nanny Ogg wie im Selbstgespräch. »Als ich heute Morgen bei den Tänzern saß, dachte ich: Komische Sache...«

»Wovon redest du da?«

»Als ich jung war, gab es ein Mädchen wie Diamanda. Unbeherrscht, ungeduldig und talentiert, eine Nervensäge für die älteren Hexen. Weißt du vielleicht, wen ich meine, hm?«

Sie kamen an Jasons Schmiede vorbei und hörten laute Hammerschläge.

»Die werd ich nie vergessen«, entgegnete Oma Wetterwachs leise.

»Es ist wirklich sonderbar: Manche Dinge scheinen sich immerzu im Kreis zu bewegen ...«

»Nein«, widersprach Oma mit fester Stimme. »Ich bin nie wie *sie* gewesen. Du weißt ja, was es mit den damaligen Hexen auf sich hatte. Sie waren in ihren Gewohnheiten festgefahren. Beschränkten sich darauf, mit Beschwörungen Warzen zu entfernen und so. Und ich bin nicht wirklich unhöflich zu ihnen gewesen. Ich habe nur einen ... festen Standpunkt vertreten und mich zu meiner Meinung bekannt. Das gehört dazu, wenn man eine Hexe ist. Warum *grinst* du so?«

»Liegt am Wind.«

»Bei *diesem* Mädchen sieht die Sache ganz anders aus. Niemand kann behaupten, ich sei nicht für neue Ideen offen gewesen.«

»Du bist allgemein für deine Aufgeschlossenheit bekannt«, kommentierte Nanny Ogg. »Ich weise praktisch bei jeder Gelegenheit darauf hin. ›Esme Wetterwachs ist ein gutes Beispiel fur Offenheit neuen Ideen gegenüber‹, sage ich immer.«

»Genau.« Oma blickte über die bewaldeten Hänge jenseits der Stadt und runzelte die Stirn.

»Das Problem besteht darin, dass die Mädchen von heute nicht mehr klar denken können. Darauf kommt's an: Man muss klar denken und darf sich nicht ablenken lassen. Nehmen wir zum Beispiel Magrat: Sie ist immer abgelenkt. Deswegen kriegt sie nichts zustande.« Oma schwieg einen Augenblick lang. »Ich fühle sie, Gytha. Die Feenkönigin. Sie schiebt ihr Selbst an den Steinen vorbei. Verflixt! Sie hat einen Weg gefunden, zumindest geistig in unsere Welt zu gelangen. Sie ist überall. Ganz gleich, wohin ich den Blick meines inneren Auges richte: An jedem Ort sehe ich ihre Präsenz.«

»Es wird alles gut.« Nanny klopfte ihr auf die Schulter. »Wart's nur ab.«

»Sie wartet auf ihre Chance«, sagte Oma Wetterwachs leise.

»Einen schönen guten Morgen, Brüder, lasset uns freuen über diesen herrlichen Tag«, sagte Fuhrmann, der Bäcker.

Die anderen Moriskentänzer musterten ihn skeptisch.

»Hast du irgendwelche Tabletten genommen oder so?«, fragte Weber, der Dachdecker.

»Ich versuche nur, für die richtige Stimmung zu sorgen«, antwortete Fuhrmann. »Einfache Mechaniker reden so.«

»Einfache Mechaniker?«, wiederholte Bäcker, der Weber, verwirrt.

»Ich glaube, sie gehören zu den komischen Handwerkern«, meinte Fuhrmann, der Bäcker.

»Ich habe meine Mutter gefragt, was Handwerker sind«, meinte Jason.

»Ach?«

»Sie antwortete: Ihr seid welche.« Jason Ogg hielt eine Erklärung für notwendig. »Damit meinte sie uns.«

»Sind wir auch einfache Mechaniker?«, fragte Bäcker, der Weber.

»Könnte durchaus sein.«

»Ist ja 'n Ding.«

»Nun, eins steht fest«, sagte Fuhrmann, der Bäcker. »Wir reden nicht wie diese Burschen im Stück. Ich habe nie zuvor ›Vallerie‹ oder ›Vallera‹ gesagt. Außerdem verstehe ich die Witze nicht.«

»Du brauchst sie auch gar nicht zu verstehen«, entgegnete Jason. »Es ist ein Theaterstück.«

»Unterhosen und Schlüpfer!«, warf Bäcker, der Weber, ein.

»Ach, sei still. Und schieb den Karren.«

»Frage mich noch immer, warum wir nicht den Stock-und-Eimer-Tanz aufführen dürfen«, brummte Schneider, der andere Weber.

»Der Stock-und-Eimer-Tanz ist völlig ausgeschlossen! Ich will nie wieder was vom Stock-und-Eimer-Tanz hören! Manchmal zuckt es mir noch immer in den Knien! Vergiss den Stock-und-Eimer-Tanz!«

»Bauch!«, rief Bäcker, der entschlossen an einer Idee festhielt.

Der Karren mit den Requisiten holperte über den unebenen Weg.

Jason musste zugeben, dass der Moriskentanz viel einfacher war als das Schauspielern. Beim Tanz kamen nicht dauernd Leute, um zuzusehen und zu kichern. Es hockten keine kleinen Kinder in der Nähe herum und klatschten. Weber und Dachdecker standen kurz vor der offenen Rebellion und brachten ständig den Text durcheinander. Der größte Teil des Abends ging für die Suche nach einem Ort drauf, an dem man einigermaßen ungestört üben konnte.

Selbst im Wald schien seit einiger Zeit reger Verkehr zu herrschen. Erstaunlich, wie viele Leute rein zufällig vorbeikamen.

Weber schob nicht mehr und wischte sich den Schweiß von der Stirn.

»Man hätte meinen sollen, dass wir bei der Vom-Blitz-getroffenen-Eiche sicher sind«, brummte er. »Fast einen Kilometer vom nächsten Pfad entfernt. Aber nach fünf Minuten wimmelt's dort von Köhlern, Einsiedlern, Fallenstellern, Baumzapfern, Jägern, Trollen, Leimern, Hürdenmachern, Schweinehirten, Trüffelsuchern, Zwergen, Flickern und verdächtig wirkenden Typen mit dicken Mänteln. Man wundert sich, dass im Wald noch genug Platz ist für die Bäume. Wohin jetzt?«

Sie hatten eine Art Kreuzung erreicht.

»An diese Stelle erinnere ich mich überhaupt nicht«, sagte Tischler, der Wilderer. »Bisher dachte ich, hier alle Wege zu kennen.«

»Weil du sie nur im Dunkeln siehst«, erwiderte Jason.

»Ja, alle wissen, dass du die Nacht bevorzugst«, meinte Dachdecker, der Fuhrmann.

»Deine Vorliebe gilt praktisch *jeder* Nacht«, fügte Jason hinzu.

»He«, meinte Bäcker, der Weber, »inzwischen kommen wir mit dem einfachen mechanischen Kram gut zurecht, oder?«

»Ich schlage vor, wir gehen nach rechts«, sagte Jason.

»Nein, da wachsen zu viele Dornbüsche und so.«

»Na schön. Dann eben nach links.«

»Zu viele Kurven«, gab Weber zu bedenken.

»Was ist mit dem mittleren Weg?«, ließ sich Fuhrmann vernehmen.

Jason spähte nach vorn.

Es handelte sich um einen recht schmalen Pfad, und er führte durch die recht finster wirkenden Schatten von Bäumen. Zu beiden Seiten wuchs dichter Adlerfarn. Der allgemeine Eindruck ließ sich am besten mit dem Wort »unheimlich« beschreiben.

Jasons Schmied-Instinkt schlug Alarm.

»Nein, lieber nicht«, sagte er.

»Ach, komm schon«, ließ sich Weber vernehmen. »Warum denn nicht?«

»Jener Weg führt zu den Tänzern«, erklärte Jason. »Meine Mutter hat mir verboten, den Ort aufzusuchen. Weil dort junge Frauen tanzen, und zwar ohne alles.«

»Sie *haben* dort getanzt«, meinte Dachdecker. »Aber dann hat Oma Wetterwachs ein Machtwort gesprochen und dafür gesorgt, dass die jungen Frauen ihre Schlüpfer wieder anziehen, und den Rest auch.«

»Und alle halten sich von den Steinen fern«, fügte Fuhrmann hinzu. »Dort können wir ungestört proben.«

»Meine Mutter hat's verboten«, sagte Jason, nun mit einem Hauch von Unsicherheit in der Stimme.

»Ja, aber vermutlich bezieht sich das Verbot nur auf Leute, die... mit magischen Absichten zu den Tänzern wollen«, wandte Fuhrmann ein. »Wir tragen nur Perücken und sprechen Text und so. Ist überhaupt nichts Magisches dabei.«

»Genau«, bestätigte Dachdecker. »*Und* dort beobachtet uns niemand.«

»*Außerdem…*«, begann Weber. »Falls sich junge Frauen zum Steinkreis schleichen sollten, um dort ohne Schlüpfer und so zu tanzen, so werden sie unserer Aufmerksamkeit bestimmt nicht entgehen.«

Einige Sekunden intensiven nachdenklichen Schweigens folgten.

»Nun…« Dachdecker sprach für alle Anwesenden, als er sagte: »Ich schätze, es ist unsere Pflicht der Allgemeinheit gegenüber, bei den Steinen zu wachen.«

»Ich weiß nicht.« Jason war noch immer nicht ganz überzeugt. »Meine Mutter…«

»Deine Mutter hat gut reden«, brummte Weber. »Von meinem Vater weiß ich: Als er jung war, hat deine Mutter…«

»Schon gut, schon gut.« Jason gab sich geschlagen. »Ist wahrscheinlich nicht weiter schlimm. Immerhin proben wir nur ein Theaterstück. Schauspielerei. Wir *tun* nur so. Es ist keineswegs die *Wirklichkeit.* Aber es wird nicht getanzt, klar? Erst recht nicht der Stock-und-Eimer-Tanz.«

»Wir proben nur«, sagte Weber. »Und, äh, passen auf.«

»Das ist unsere Pflicht der Allgemeinheit gegenüber«, wiederholte Dachdecker.

»Nun, gegen das Schauspielern am Steinkreis gibt es vermutlich nichts einzuwenden«, sagte Jason ungewiss.

Es rasselte und schepperte.

Die unheilvollen Geräusche hallten durch Lancre.

Erwachsene Männer, die im Garten den Boden umgruben, ließen den Spaten fallen und flohen in die Sicherheit ihrer Hütten.

Bing-boing-bang…

Frauen erschienen in Türen, riefen verzweifelt nach ihren Kindern und forderten sie auf, sofort ins Haus zu kommen…

BUMM-bang-boing. Knirschen und Knistern. *BANG-bomm...*

Fensterläden knallten zu. Erschrockene Familienmitglieder beobachteten, wie Väter Wasser ins Feuer schütteten und Säcke in den Kamin stopften...

Nanny Ogg lebte allein, weil sie die Ansicht vertrat, dass alte Leute Würde, Stolz und Unabhängigkeit benötigten. Außerdem: Jason wohnte nebenan. Er oder seine Frau, Wiehießsienoch, konnten leicht geweckt werden; es genügte, mit dem Stiefel ordentlich an die Wand zu treten. Shawn wohnte auf der anderen Seite und hatte auf Nannys Bitte hin einen Bindfaden mit mehreren Blechbüchsen verbunden: Auf diese Weise konnte ihm die Mutter sofort Bescheid geben, wenn sie ihn brauchte. Natürlich wurde dieses spezielle Alarmsystem nur im Notfall verwendet – wenn Nanny eine Tasse Tee wollte oder sich langweilte.

Bong. Verflixt! *Bumm-boing...*

Nanny Ogg hatte kein Badezimmer, verfügte jedoch über eine Badewanne aus Blech. Normalerweise hing das Ding an einem Haken im Abort, doch jetzt schickte sie sich an, es ins Haus zu ziehen. Es hatte bereits die Hälfte des Gartens durchquert, nachdem es von diversen Bäumen, Mauern und Gartenzwergen abgeprallt war.

Drei große schwarze Kessel dampften auf dem Feuer. Daneben lagen bereit: sechs Handtücher; ein Badeschwamm; ein Bimsstein; die Seife; noch ein Stück Seife für den Fall, dass das erste verloren ging; die Schöpfkelle, um Spinnen herauszufischen; eine Gummiente, die sich schnell mit Wasser füllte und dann nicht mehr quiekte, sondern grunzte; eine Nagelfeile, die an einen Meißel erinnerte; eine große Bürste; eine kleine Bürste; eine noch etwas kleinere Bürste für schwierige Stellen; das Banjo; das Ding mit den Röhren und Zapfen, von dem niemand wusste, wozu es diente; und eine Flasche mit dem Badeelixier *Klatschianische Nächte* – ein Tropfen davon genügte, um selbst in hartem Lack Risse entstehen zu lassen.

Bong-boing-bumm...

Alle Einwohner von Lancre hatten gelernt, Nannys präsanitäre Aktivitäten als solche zu erkennen. Wer in dieser Hinsicht an Begriffsstutzigkeit litt, bekam später allen Anlass, das bitter zu bereuen.

»Aber es ist doch gar nicht April!«, wunderten sich die Nachbarn, während sie die Vorhänge zuzogen.

In einem weiter oben am Hügelhang gelegenen Haus griff Frau Skindel nach dem Arm ihres Mannes.

»Die Ziege ist noch draußen!«

»Bist du verrückt? Ich kann jetzt nicht mehr raus!«

»Du weißt doch, was beim letzten Mal passiert ist! Drei Tage lang blieb das arme Tier einseitig gelähmt, und wir konnten es nicht vom Dach runterholen!«

Herr Skindel öffnete vorsichtig die Tür und sah hinaus. Es war still geworden – viel *zu* still.

»Wahrscheinlich füllt sie die Wanne gerade mit Wasser«, spekulierte er.

»Du hast noch ein oder zwei Minuten Zeit«, sagte Frau Skindel. »Wenn du jetzt nicht gehst, müssen wir wochenlang Joghurt trinken.«

Der Mann nahm ein Halfter von der Wand neben der Tür, trat voller Unbehagen nach draußen und schlich zur Ziege, die an der Hecke festgebunden war. Sie hatte ebenfalls gelernt, die Zeichen des bevorstehenden Baderituals zu deuten, und stand wie erstarrt vor Schreck da.

Es hatte keinen Sinn, an der Leine zu zerren. Herr Skindel traf eine rasche Entscheidung und hob das Tier hoch.

Es plätscherte laut, und dann ertönte mehrfaches Pochen, hervorgerufen von einem Bimsstein, der an die Seite einer aus Blech bestehenden Badewanne stieß.

Herr Skindel lief los.

Ein Klimpern war zu hören – die Saiten eines Banjos wurden gestimmt.

Die Welt hielt den Atem an.

Und dann ging's los, wie ein Tornado, der über die Prärie hinwegfegte.

»Däääääääääähhs…«

Drei Blumentöpfe neben der Tür platzten nacheinander. Schrapnellartige Splitter sausten an Herrn Skindels Ohr vorbei.

»… Zauuuuberers Staaab haaat eineeen Knaaauuuf am Eeendeee…«

Er warf die Ziege ins Haus und sprang hinterher. Seine Frau hielt sich bereit und schlug die Tür hinter ihm zu.

Die ganze Familie – auch die Ziege – duckte sich unter den Tisch.

Es lag nicht etwa daran, dass Nanny Ogg schlecht sang. Aber wenn die von ihren Stimmbändern verursachten Töne durch eine zur Hälfte mit Wasser gefüllte Blechwanne verstärkt wurden, so ergab sich etwas, das übers Akustische hinausging – es war schiere Unerträglichkeit.

Viele Sänger konnten mit hohen Tönen Gläser zerspringen lassen, doch Nannys hohes C *pulverisierte* Glas.

Die Moriskentänzer von Lancre saßen verdrießlich auf dem Boden und tranken aus einem Krug. Eine nicht sehr zufrieden stellende Probe lag hinter ihnen.

»Könnte besser sein, was?«, fragte Dachdecker.

»Ich find's nich' sehr komisch«, brummte Weber. »Kann mir nich' vorstellen, dass sich der König totlacht, wenn er einigen mechanischen Handwerkern zusieht, die sich beim Schauspielern ungeschickt anstellen.«

»Du bist nicht gut genug mit dem nicht gut sein«, meinte Jason.

»Wir *soll'n* uns ungeschickt anstellen«, sagte Weber.

»Ja, aber du trittst nicht wie jemand auf, der schlecht auftritt«, gab Kesselflicker zu bedenken. »Irgendwie bringst du's nicht fertig. Du kannst doch nicht erwarten, dass all die noblen Herren und Herrinnen…«

Eine Brise seufzte übers Moor, brachte den Duft von Eis mit sich.

»... über uns lachen, weil wir nicht gut genug schlecht spielen.«

»Ich weiß überhaupt nich', was an einigen einfachen Handwerkern, die ein Theaterstück aufführen, komisch sein soll«, sagte Weber.

Jason zuckte mit den Schultern.

»Angeblich haben in Ankh-Morpork die feinen Leute...«

Wieder flüsterte jäher Wind und trug in seinen Armen den Geruch von Schnee...

»... wochenlang darüber gelacht. Drei Monate lang hat man das Stück am Breiten Weg gezeigt.«

»Am Breiten Weg?«

»Dort gibt's die bekanntesten Theater: die Scheibe, Lord Wynkins Mannen, die Bärengrube...«

»In Ankh-Morpork lacht man über alles«, brummte Weber. »Dort hält man uns für Einfaltspinsel und so. Die Leute glauben, dass wir dauernd Oh-ah sagen, irgendwelche dummen Volkslieder singen und nur drei Hirnzellen haben, die sich furchtsam in einer Ecke des Kopfes verstecken, weil wir dauernd Knieweich trinken und so.«

»Ja. Gib mal den Krug rüber.«

»Blöde Städter.«

»Wissen überhaupt nich', wasses bedeutet, in einer kalten Nacht bis zur Achsel im Hinterteil einer Kuh zu stecken. Ha!«

»Und außerdem haben sie... He, wovon redest du da? Du hast doch gar keine Kuh.«

»Nee, aber ich kenne mich trotzdem damit aus.«

»Und, und, und sie wissen nicht, wie's ist, wenn man auf 'ner zugefrorenen Jauchegrube steht und es unter einem knackt und man genau weiß: Beim nächsten Schritt geht's nach unten.«

Es gluckerte, als der Krug weitergereicht wurde.

»Schtimmt. Ja, das schtimmt. Und habt ihr die Schtädter beim Moriskentanz gesehen? Eine echte Katastrophe.«

»Was, Moriskentanz in einer *Stadt*?«

»Nun, drüben in Sto Helit. Einige Zauberer und Händler hüpften umher. Hab ihnen eine Schtunde lang zugesehen. Die Burschen schtöhnten nicht einmal.«

»Arrogante Stadttypen. Kommen hierher, klauen uns die Dschobs.«

»Unsinn. Die wissen doch gar nicht, was 'n richtiger Dschob is'.«

Es gluckerte erneut, aber etwas tiefer auf der Tonleiter. Die Botschaft lautete: Es dauert nicht mehr lange, bis ich leer bin.

»Und sie haben nie bis zur Achsel im ...«

»Die Sache ist die. Die Sache ist. Die Sache. Sie ist. Ha! Lachen dauernd über anständige einfache Handwerker, wie? Ich meine. Ich meine. Ich meine. Was soll's eigentlich? Ich meine. Ich meine. Ich meine. Bei dem Schtück geht's um einige mechanische ... Dummköpfe, die ein Theaterstück vermasseln, in dem irgendwelche Herren und Herrinnen ...«

Plötzlich lag Kälte in der Luft, scharf wie die Spitzen von Eiszapfen.

»Dem Theaterdingsbums fehlt was.«

»Genau. Genau.«

»Ein mythisches Element.«

»Stimmt. Ganz meine Meinung. Meine Meinung. Meine Meinung. Ja. Esch fehlt was, über dasch man beim Heimweg fröhlich vor sich hin pfeifen kann. Genau.«

»Und deshalb sollte das Schtück hier aufgeführt werden. Unter freiem Himmel. Auf'm Hügel.«

Jason Ogg runzelte die Stirn. Es zeigten sich praktisch immer Falten darin, wenn es um die vielen komplizierten Dinge des Lebens ging. Nur in Hinsicht auf Eisen wusste er genau, worauf es ankam. Nun hob er den Finger und versuchte, die anderen Thespisjünger zu zählen. Das fiel ihm nicht leicht, denn inzwischen war der Krug fast leer. Durchschnittlich schienen ihm sieben andere Personen Gesellschaft zu leisten. Dennoch gewann er den unangenehmen Eindruck, dass irgendetwas nicht mit rechten Dingen zuging.

»Hier draußen«, sagte er unsicher.

»Gute Idee«, erwiderte Weber.

»War's nicht *deine* Idee?«, fragte Jason.

»Ich dachte, du hättest esch gesagt.«

»Und *ich* dachte, dass der Vorschlag von dir schtammt.«

»Was spielt's für 'ne Rolle, wer die Idee hatte?«, warf Dachdecker ein. »Es ist eine *gute* Idee. Erscheint ... angemessen.«

»Und die Sache mit der müslischen Qualität?«

»Was für 'n Müsli?«

»Darauf kann man nicht verzichten«, betonte der Theaterexperte Weber. »Haben große Bedeutung, die müslischen Qualitäten.«

»Meine Mutter hat gesagt, niemand soll hierher ...«, begann Jason.

»Wir tanzen doch nicht, oder?«, entgegnete Fuhrmann. »Ich kann ja verstehen, dasch es besser ist, hier keine Magie zu beschwören und so. Aber wasch kann schon passieren, wenn man hierher kommt, *ohne* irgend etwas anzuschtellen? Ich meine, der König und so. Und auch deine Mutter. Ha! Beschtimmt kommen keine jungen Frauen ohne Schlüpfer an ihr vorbei!«

»Ich glaube nicht, dass es nur ...« Weiter kam Jason nicht.

»Und außerdem gibt's da noch die andere«, ließ sich Weber vernehmen.

Sie dachten über Oma Wetterwachs nach.

»Mann, sie is' mir nich' ganz geheuer«, sagte Dachdecker nach einer Weile. »Ihr Blick scheint einen regelrecht zu durchbohren. Natürlich käme esch mir nie in den Sinn, schlecht über sie zu reden«, betonte er laut, um dann leiser hinzuzufügen: »Aber esch heißt, dass sie des Nachts als Hase oder Fledermaus umherstreift. Verändert ihre Geschtalt und so.« Er hob die Stimme. »Ich glaube kein Wort davon.«

Und flüsternd: »Aber der alte Weezen drüben in Schnitte hat mir erzählt, dass er einmal auf der Jagd einen Hasen am Bein verletzt hat. Am nächsten Tag ist *sie* ihm auf der Straße entgegengekommen, hat ›Autsch‹ gesagt und ihm eine ordentliche Kopfnuss verpasst.«

»Einmal hat mein Vater unsere alte Kuh schum Markt gebracht«, lallte Weber. »Unterwegs wurde schie krank und ist am Weg in der Nähe *ihrer* Hütte zu Boden gesunken, und er konnte sie nicht daschu bewegen, wieder aufzustehen, und scho ging er zur Hütte, und die Tür ging auf, noch bevor er angeklopft hatte, und *sie* schagte: ›Deine Kuh ist krank, Weber.‹ Einfach so. Und dann schagte sie …«

»Meinst du die alte scheckige Kuh, die dein Vater früher hatte?«, erkundigte sich Fuhrmann.

»Nein, die scheckige Kuh gehörte meinem Onkel«, sagte Weber. »Wir hatten die mit dem krummen Horn. Nun …«

»Ich hätte schwören können, dass es eine scheckige Kuh war«, brummte Weber. »Weisch noch, dass mein Vater eines Tages schagte: ›Das ischt eine prächtige scheckige Kuh. So prächtige scheckige Kühe schieht man heute nur noch selten.‹ Das war damalsch, als ihr das alte Feld neben Cabbs Brunnen hattet.«

»*Wir* hatten dasch Feld nie«, meinte Weber. »Mein Vetter hatte es. Wie dem auch sei …«

»Bist du sicher?«

»Wie dem auch sei«, wiederholte Weber. »*Sie* sagte: ›Warte hier, ich gebe dir wasch für sie.‹ Und dann ging sie in die Küche und kehrte mit zwei großen roten Pillen zurück, und …«

»Um wasch für eine Krankheit handelte es sich eigentlich?«, fragte Fuhrmann. »Ich meine, *warum* sank die Kuh zu Boden?«

»*Und* sie gab ihm die beiden Pillen und schagte: ›Heb den Schwanz der Kuh und schieb eine dieser beiden Pillen dorthin, wo die Sonne nicht scheint. Ich garantiere dir: Nach wenigen Sekunden schpringt das Tier auf und läuft, scho schnell es kann.‹ Und mein Vater dankte *ihr* und fragte: ›Wozu dient die andere Pille?‹ Und die Antwort lautete: ›Nun, du willscht die Kuh doch einholen, oder?‹«

»Sie hat vermutlich dasch tiefe Tal in der Nähe von Schnitte gemeint«, sagte Fuhrmann.

Alle sahen ihn an.

»Wovon redest du da?«, fragte Weber.

»Befindet sich direkt hinterm Berg«, erklärte Fuhrmann und nickte weise. »Ziemlich schattig dort. Das hat *sie* gemeint. Der Ort, an dem die Sonne nicht scheint. Ziemlich weit für eine Pille. Typisch für Hexen – schorgen dafür, dass alles rätselhaft ischt.«

Weber zwinkerte den anderen zu.

»Ich weiß besser als du, wasch gemeint ist. Die Pille sollte dorthin geschteckt werden, wo ... wo der Affe seine Nuß verschtaut.«

Fuhrmann schüttelte den Kopf.

»Es gibt keine Affen nich' in Schnitte«, sagte er. Dann veränderte sich sein Gesichtsausdruck, und ein Lächeln durchdrang den Nebel der Benommenheit. »Oh, ich verstehe. Die Hexe war blöd!«

»Die Schtückeschreiber in Ankh-Morpork«, sagte Bäcker. »Glauben wirklich, sich mit uns auszukennen, was? Gebt mir den Krug.«

Jason drehte den Kopf. Sein Unbehagen wuchs immer weiter. Seine Hände, die jeden Tag Eisen berührten, prickelten und juckten.

»Ich schätze, wir sollten jetzt heimkehren, Jungs«, brachte er hervor.

Bäcker rührte sich nicht von der Stelle. »'ne angenehme Nacht. Scheht nur, wie die Schterne funkeln.«

»Es ist kühl geworden«, stellte Jason fest.

»Riecht nach Schnee«, meinte Fuhrmann.

»Ja, genau«, brummte Bäcker. »Völlig klar. Schnee mitten im Sommer. Typisch für Orte, wo die Sonne nicht scheint.«

»Seid still, still, still«, sagte Jason.

»Was'n mit dir los?«

»Es ist verkehrt! Wir sollten nicht hier sein! Fühlt ihr denn überhaupt nichts?«

»Beruhig dich, Mann.« Weber winkte ab. »Alles ischt in bester Ordnung. Ich fühle nur die Luft. Und im Krug ist immer noch 'n bisschen Knieweich.«

Bäcker lehnte sich zurück.

»Ich kann mich an eine alte Geschichte über diesen Ort hier erinnern«, verkündete er. »Sie handelt von einem Jäger, der sich hier hinlegte und einschlief.«

Es gluckerte im Krug.

»Na und?«, erwiderte Fuhrmann. »Is' doch nich' weiter schwer, das Schlafen. Ich bring's jede Nacht fertig.«

»Ja, aber als der Jäger erwachte und nach Hause zurückkehrte, war seine Frau mit jemand anders verheiratet, und die erwachsen gewordenen Kinder erkannten ihn überhaupt nicht mehr.«

»Geht mir jeden Tag so«, murmelte Weber bedrückt.

Bäcker schnüffelte.

»Es riecht *tatsächlich* nach Schnee. Ihr wisst schon. Ich meine diesen irgendwie scharfen Geruch...«

Dachdecker streckte sich aus, winkelte den einen Arm an und stützte den Kopf darauf.

»Ich schag euch was«, meinte er. »Wenn ich wüßte, dass meine Alte jemand andersch heiratet und meine Söhne nicht mehr dauernd die Speisekammer leerfressen... Dann käme ich schofort mit 'ner Decke hierher. Wer hat den Krug?«

Jason trank rein aus Nervosität einen Schluck und merkte, dass er sich etwas besser fühlte, als der Alkohol seine Synapsen auflöste.

Trotzdem unternahm er einen letzten Versuch.

»Jungsch... Im Wassertrog der Schmiede liegt noch 'n Krug mit dem Zoig. Wasch meint ihr? Wir könnten runtergehen und... Jungsch? Jungsch!«

Leises Schnarchen antwortete ihm.

»Oh, *Mischt.*«

Jason stand auf.

Die Sterne über ihm tanzten.

Jason Ogg fiel wie in Zeitlupe. Der Krug rutschte ihm aus der Hand und rollte durchs Gras.

Die Sterne funkelten. Kühler, nach Schnee riechender Wind wehte.

Der König speiste allein. Mit anderen Worten: Er saß am einen Ende des langen Tisches und Magrat am anderen.

Irgendwie gelang es ihnen, sich bei einem Glas Wein am Kamin zu treffen.

Sie wussten nie genau, was sie bei solchen Gelegenheiten sagen sollten. In dieser Hinsicht fehlte es ihnen an Erfahrung: Sie waren nicht daran gewöhnt, qualitativ hochwertige Zeit in der Gesellschaft einer anderen Person zu verbringen. Woraus folgte: Die Gespräche neigten zum ungewollt Rätselhaften und Hintergründigen.

Hauptsächlich ging es dabei um die Hochzeit. Für königliche Leute und dergleichen sieht dabei alles ganz anders aus. Zum Beispiel: Sie haben schon alles. Die traditionelle Liste der Hochzeitsgeschenke mit dem kompletten Sortiment Tupperware und dem Zwölf-Personen Service mutete ein wenig seltsam an, wenn die Brautleute über ein ganzes Schloss mit vielen Zimmern verfügen – mit Zimmern, die so lange nicht benutzt wurden, dass sich die Spinnen darin gemäß den evolutionären Gesetzen zu unterschiedlichen Spezies entwickelt hatten. Man kann nicht einfach die Größenordnung anpassen und sich ein Heer in rot-weißen Uniformen wünschen, das zur Tapete in der Küche passt. Wenn königliche Leute heiraten, so bekommen sie entweder sehr kleine Dinge, etwa winzige Uhren in Form von Eiern, oder so große und schwere Objekte wie Herzoginnen.

Und dann die Gästeliste … Bei einer gewöhnlichen Hochzeit ist die

Sache schon schlimm genug. Man denke nur an alte Verwandte, die sabbern und fluchen; an Brüder, die schon nach einem Glas Wein aggressiv werden; an diverse Leute, die nicht mit anderen Leuten reden, und zwar *weil sie mal schlecht über unsere Sharon geredet haben.* Bei einer königlichen Hochzeit geht es um ganze *Länder,* die nach einem Glas Wein aggressiv werden, um ganze Königreiche, die ihre diplomatischen Beziehungen abgebrochen haben, weil *der Kronprinz mal schlecht über unsere Sharon geredet hat.* Verence wusste um dieses Problem und hatte Vorsorge getroffen. Allerdings kamen in diesem besonderen Fall weitere Schwierigkeiten hinzu. Sie betrafen die verschiedenen Spezies. Die Trolle und Zwerge und Lancre kamen gut miteinander aus, vor allem deshalb, weil es kaum Kontakte zwischen ihnen gab. Doch wenn sie sich unter einem Dach befanden und wenn Alkoholisches getrunken wurde, vor allem von durstigen Zwergen... Dann bestand die Gefahr, dass sich einige Leute gegenseitig die Arme brachen, weil *ihre Vorfahren schlecht über unsere Sharon geredet hatten.*

Und damit noch nicht genug...

»Wie geht es dem Mädchen?«

»Ich habe Millie angewiesen, sie im Auge zu behalten. Was machen die anderen beiden?«

»Keine Ahnung.«

»Du bist doch der König, oder?«

Verence rutschte unruhig auf dem Sitz hin und her.

»Es sind Hexen. Und ich mag es nicht sehr, ihnen Fragen zu stellen.«

»Warum nicht?«

»Weil sie vielleicht antworten. Und dann?«

»Worüber hat Oma mit dir gesprochen?«

»Nun, über... Dinge...«

»Ging es dabei zufälligerweise um... Sex?«

Verence wirkte plötzlich wie ein General, der mit einem Frontalangriff gerechnet hatte und feststellen musste, dass der Feind von hinten kam.

»Nein! Warum?«

»Nanny hat mir mütterlichen Rat angeboten. Es war alles andere als leicht für mich, keine Miene zu verziehen. Meine Güte, die beiden behandeln mich wie ein kleines Kind.«

»Äh, nein. *Darüber* haben wir nicht gesprochen.«

Sie saßen zu beiden Seiten des Kamins, und Verlegenheitsröte zierte ihre Gesichter.

»Äh«, sagte Magrat nach einer Weile. »Äh, du hast das Buch bestellt, nicht wahr? Du weißt schon... Das mit den Holzschnitten.«

»Oh, ja. Ja.«

»Inzwischen hätte es längst hier eintreffen müssen.«

»Nun, die Postkutsche kommt nur einmal pro Woche. Morgen ist sie wieder fällig, und vermutlich bringt sie auch das Buch mit. Ich hab's langsam satt, immer wieder runterzulaufen, um Shawn zuvorzukommen.«

»Du bist der *König*. Warum befiehlst du Shawn nicht einfach, die Post dir zu überlassen?«

»Nein, ich möchte ihn nicht enttäuschen. Er nimmt seine Pflichten so ernst.«

Im Feuer knackte ein großer Scheit.

»Gibt es wirklich Bücher... *darüber*?«

»Es gibt Bücher über *alles*.«

Sie starrten beide in die Flammen, und Verence dachte: *Sie findet keinen Gefallen daran, Königin zu sein. Aber dazu wird man, wenn man einen König heiratet. So steht's in den Büchern...*

Er klatschte in die Hände.

»Tja, ich schätze, das wär's dann wohl. Morgen steht uns ein anstrengender Tag bevor. Die Gäste treffen ein und so.«

»Ja. Uns steht wirklich ein anstrengender Tag bevor.«

»Ich nehme an, man hat uns Wärmpfannen ins Bett gelegt.«

»Weiß Shawn inzwischen, worauf er dabei achten muss?«

»Hoffentlich. Ich kann mir nicht schon wieder neue Matratzen leisten.«

Es war ein *großer* Großer Saal. Schatten stapelten sich in den Ecken, wuchsen an beiden Enden zusammen.

»Hier in Lancre gibt es nicht viele Bücher«, sagte Magrat langsam, während sie auch weiterhin ins Feuer sah. »Bisher, meine ich.«

»Die Literatur ist eine großartige Sache.«

»Die Leute sind auch ohne Bücher zurechtgekommen.«

»Ja, aber nicht richtig. Zum Beispiel die hiesige Viehwirtschaft. Sie ist ziemlich zurückgeblieben.«

Magrat beobachtete züngelnde Flammen. *Auch andere Dinge sind hier zurückgeblieben,* dachte sie niedergeschlagen.

»Wird Zeit, zu Bett zu gehen, nicht wahr?«

»Ich glaube schon.«

Verence entzündete zwei Kerzen in silbernen Haltern und reichte eine Magrat.

»Gute Nacht.«

»Gute Nacht.«

Sie verabschiedeten sich mit einem kurzen Kuß und gingen in verschiedene Richtungen davon.

Magrats Bettlaken lief gerade braun an. Sie zog die Wärmpfanne von der Matratze und warf sie aus dem Fenster.

Anschließend blickte sie zum »Kleiderschrank«.

Mit ziemlicher Sicherheit gab es außer Magrat keine andere Person in Lancre, die Gedanken daran verschwendete, ob irgend etwas biologisch abbaubar war oder nicht. Alle anderen hofften, dass die Dinge von Bestand waren – obgleich sie wussten, dass die Fäulnis siegte, wenn man lange genug wegsah.

Zu Hause – Magrat verbesserte sich sofort: dort, wo sie *früher* gewohnt hatte – gab es einen Abort am Ende des Gartens. Eine gute Einrichtung, fand sie. Wenn man regelmäßig Gebrauch von einem Eimer mit Asche machte und außerdem die abgerissenen Blätter eines alten Kalenders verwenden konnte, so kam man bestens damit zurecht. Außerdem fand sie den weintraubenartigen Ausschnitt in der Tür recht hübsch. Alle drei oder vier Monate hatte Magrat ein Loch gegraben und jemanden darum bitten müssen, das Häuschen einige Meter zu versetzen.

Beim »Kleiderschrank« handelte es sich um eine überdachte Nische in der Wand. Ein Holzsitz befand sich dort über einer quadratischen Öffnung im Boden: Der Schacht führte bis ganz nach unten, bis hin zur Schloßmauer. Dort gab es ein zweites Loch, und genau an jener Stelle fand die biologische Abbaubarkeit mit Hilfe eines organodynamischen Prozesses statt, bei dem Shawn Ogg und seine Schubkarre eine zentrale Rolle spielten. So viel wusste und verstand Magrat. Es passte zu ihren Vorstellungen von königlichem Adel und gemeinem Volk. Doch die Haken verblüfften und schockierten sie.

Sie dienten dazu, Kleidung aufzuhängen. Millie hatte darauf hingewiesen, dass die wertvolleren Pelzmäntel und so weiter in jener Nische verstaut wurden. Warum? Der Luftzug aus dem Loch – vom Geruch ganz zu schweigen* – hielt die Motten fern.

Nun, zumindest in dieser Hinsicht hatte Magrat ihren Willen durchgesetzt.

Sie lag jetzt im Bett und starrte an die Decke.

Natürlich *wollte* sie Verence heiraten, obgleich er ein fliehendes Kinn hatte und seine Augen immerzu tränten. Tief in ihrem Innern wusste Magrat, dass sie kaum wählerisch sein durfte, um einen König zu bekommen… Nun, in diesem Zusammenhang durfte man wohl kaum von Pech sprechen.

* Im Ernst: Deshalb treten die Leute zur Seite, wenn Könige vorbeigehen.

Aber als Narr war er ihr lieber gewesen. Ein Mann, der bei jeder Bewegung klimperte, übte einen gewissen Reiz aus.

Wenn sie an die Zukunft dachte, stellte sie sich langweilige Tapisserien und wehmütige Blicke aus dem Fenster vor.

Sie hatte genug von Büchern über Etikette und Abstammung und von Twurps *Adelsstände der Fünfzehn Berge und Ebene von Sto.*

Als Königin musste man über solche Dinge Bescheid wissen. In der langen Galerie gab es viele Bücher darüber, und Magrat hatte nur erst einige wenige Regale erforscht. Wie sprach man den dritten Vetter eines Grafen an? Was bedeuteten die Bilder auf Schilden? Was hatte es mit den vielen Löwendarstellungen und so auf sich? Und dann die Kleidung... Einen Schleier lehnte sie kategorisch ab, und sie war nicht besonders glücklich mit dem spitzen Hut, von dem eine Art Schal herabbaumelte. Bei Lady Sowieso mochte so etwas sehr elegant wirken, doch bei Magrat sah's aus, als hätte jemand ein großes Eis auf ihren Kopf fallen lassen.

Nanny Ogg saß im Bademantel vorm Kamin, rauchte ihre Pfeife und schnitt sich die Fußnägel. Gelegentlich machte es irgendwo *Ping,* wenn ein Splitter von irgendwelchen Gegenständen im Zimmer abprallte. Eine kleine Öllampe ging zu Bruch.

Oma Wetterwachs lag bleich und völlig reglos auf dem Bett, in den faltigen Händen ein Schild mit der Aufschrift: ICH BINNE NICH TOT...

Ihr Geist schwebte durch den Wald und suchte...

Es gab jedoch ein Problem: Omas Selbst brauchte fremde Augen und Ohren, um zu sehen und zu hören. Wo so etwas nicht existierte...

Sie hatte keine Möglichkeit, jene acht Männer zu bemerken, die in einer Mulde unweit des Steinkreises schliefen.

Und träumten...

Lancre ist nur deshalb mit dem Rest der Welt verbunden, weil es eine Brücke über die Lancre-Schlucht gibt. Durch die Schlucht rauscht ein nicht besonders tiefer Fluß, der aber gefährliche Stromschnellen hat. Er heißt Lancrefluss.*

Die Kutsche näherte sich dem einen Ende – oder Anfang – der Brücke.

Ein ungeschickt mit Weiß, Rot und Schwarz bemalter Schlagbaum versperrte den Weg.

Der Kutscher ließ sein Horn erklingen.

Ridcully beugte sich aus dem Fenster. »Was ist los?«

»Trollbrücke voraus.«

»Oh.«

Nach einer Weile knirschte es dumpf unter der Brücke, und ein Troll kletterte über die Brüstung. Er war regelrecht aufgedonnert, wenn man die Maßstäbe seines Volkes anlegte: Abgesehen vom üblichen Lendenschurz trug er auch noch einen Helm. Allerdings ... Das Ding schien eigentlich für einen menschlichen Kopf bestimmt zu sein und verharrte nur deshalb auf dem Schädel des Trolls, weil er es mit Bindfäden festgebunden hatte.

Der Quästor erwachte. »Was is'n?«, fragte er benommen.

»Da steht ein Troll auf der Brücke«, erwiderte Ridcully. »Aber er befindet sich unter einem Helm, und deshalb dürfte es eine offizielle Angelegenheit sein. Wahrscheinlich bekommt der Bursche Schwierigkeiten, wenn er irgendwelche Leute frisst.** Wir brauchen uns also keine Sorgen zu machen.«

Der Quästor kicherte. Mit welcher Achterbahn des Wahnsinns sich sein Geist auch vergnügte: Derzeit ging's nach oben.

* Die Bewohner von Lancre halten Geographie nicht für eine sehr originelle Wissenschaft.

** Trolle sind eine Lebensform, die nicht auf Kohlenstoff basiert, sondern auf Silizium. Menschliches Fleisch können sie überhaupt nicht verdauen. Aber es gibt immer wieder jemanden, der meint, es sei einen Versuch wert.

Der Troll erschien am Fenster der Kutsche.

»Guten Tag, ihr Herren«, sagte er. »Zollkontrolle.«

»Kannst du dir sparen«, erwiderte der Quästor fröhlich. »Bei uns ist der Zoll noch immer so lang wie sonst auch. Glaube ich wenigstens.«

Der Troll räusperte sich grollend. »Ich meine... Habt ihr Bier, Spirituosen, Wein, Likör, halluzinogene Kräuter oder irgendwelche unzüchtigen beziehungsweise lasterhaften Bücher dabei?«

Ridcully zog den Quästor vom Fenster fort.

»Nein«, sagte er.

»Nein?«

»Nein.«

»Bist du sicher?«

»Ja.«

»Möchtet ihr welche?«

»Wir haben nicht einmal irgendwelche *Ziegenböcke* dabei«, sagte der Quästor, obgleich Ridcully versuchte, auf seinem Kopf Platz zu nehmen.

Manche Leute bringen es fertig, in einer überfüllten Bar von Atlanta den Yankee-doodle zu pfeifen.

Selbst *solche* Leute würden es für taktlos halten, einem Troll gegenüber das Wort »Ziegenbock« zu verwenden.

Der Gesichtsausdruck des Trolls veränderte sich langsam, wie ein Gletscher, der einen Berg erodiert. Ponder Stibbons trachtete danach, unter seinen Sitz zu kriechen.

»Ich schlage vor, wir *trippeln* jetzt nach Hause.« Inzwischen klang die Stimme des Quästors ein wenig gedämpft.

»Er meint es nicht so«, sagte der Erzkanzler hastig. »Es liegt an den vielen getrockneten Froschpillen.«

»*Mich* willst du bestimmt nicht fressen«, meinte der Quästor. »Bin viel zu zäh. Mein *Kollege* hier mpf mmpf...«

»Nun«, grollte der Troll, »mir scheint...« Er bemerkte Casanunda.

»Oh-*ho*! Zwergenschmuggel, wie?«

»Das ist doch lächerlich, Mann«, erwiderte Ridcully. »Wer schmuggelt schon Zwerge?«

»Ach? Und was ist das da?«

»Ich bin ein Riese«, behauptete Casanunda.

»Riesen sind viel größer.«

»Ich war lange krank.«

Dieser Hinweis verwirrte den Troll – er stieß hier an die Grenzen seiner intellektuellen Leistungsfähigkeit. Seine Miene deutete allerdings darauf hin, dass er immer noch auf Ärger aus war.

Er fand ihn auf dem Dach der Kutsche.

»Was befindet sich in dem Sack da oben?«

»Das ist kein Sack, sondern unser Bibliothekar.«

Der Troll stieß die große Masse aus rostbraunem Haar an.

»Ugh...«

»Was? Ein Tier?«

»Uugh?«

Einige Minuten später lehnten die Reisenden an der Brüstung und blickten nachdenklich in den Fluß.

»Geschieht so etwas häufig?«, fragte Casanunda.

»In letzter Zeit nicht mehr«, antwortete Ridcully. »Es ist wie mit... Wie heißt das Wort? Es geht dabei um Zucht und Weitergabe von Eigenschaften und so.«

»Evolution«, sagte Ponder Stibbons. Unten klatschten hohe Wellen ans Ufer.

»Genau. Wie... Mein Vater hatte eine Weste mit aufgestickten Pfauen, und er hat sie mir vermacht, und nun habe ich sie. Vererbung nennt man so was.«

»Nein, die Evolution...«, begann Ponder in der vagen Hoffnung, dass ihm Ridcully wenigstens diesmal zuhörte.

»Wie dem auch sei«, fuhr der Erzkanzler ungerührt fort. »Die meisten Leute kennen inzwischen den Unterschied zwischen gewöhnlichen *Tieren* und Affen. Die Evolution hat dafür gesorgt. Man kann sich kaum fortpflanzen, wenn man Kopfschmerzen hat, weil jemand dafür sorgte, dass man wie ein Ball hin und her sprang.«

Die Wellen wurden jetzt kleiner.

»Können Trolle schwimmen?«, fragte Casanunda.

»Nein. Sie sinken zum Grund und gehen dann ans Ufer.« Ridcully drehte sich um und lehnte sich mit den Ellenbogen auf das Geländer. »Ach, ich fühle mich ins Damals zurückversetzt. Der alte Lancrefluß... Meine Güte, da unten gibt's Forellen, die einem den Arm abbeißen können.«

»Nicht nur Forellen«, murmelte Ponder und beobachtete, wie ein Helm die Wasseroberfläche durchstieß.

»Und dann die glasklaren Tümpel weiter flussaufwärts«, sagte Ridcully. »Voll mit... äh, glasklaren Dingen. Da kann man nackt baden, ohne von jemandem gesehen zu werden. Und Rieselwiesen, auf denen, äh, es rieselt oder so, keine Ahnung, und viele Blumen und so weiter.« Er seufzte. »Wisst ihr, auf dieser Brücke hat sie mir gesagt...«

»Er hat jetzt das Ufer erreicht«, stellte Ponder fest. Doch der Troll bewegte sich eher langsam, unter anderem deshalb, weil der Bibliothekar lässig einen großen Stein aus der Brückenbrüstung löste.

»Auf dieser Brücke habe ich sie gefragt...«

»Er hat da eine ziemlich große Keule«, meinte Casanunda.

»Ja, auf dieser Brücke bin ich fast...«

»Könntest du bitte damit aufhören, den Stein auf eine so provozierende Weise zu halten?« fragte Ponder.

»Ugh.«

»Es wäre wirklich sehr nett von dir.«

»Falls es jemanden interessiert: Auf dieser Brücke nahm mein Leben eine ganz neue...«

»Warum fahren wir nicht einfach weiter?«, fragte Ponder. »Der

Hang ist ziemlich steil. Es dauert eine Weile, bis er ihn hochgeklettert ist.«

»Da kann er von Glück sagen«, kommentierte Casanunda.

»Dies ist die Brücke, auf der ...«

Ridcully drehte sich um.

»Kommst du nun mit oder nicht?«, fragte der Zwerg. Er hielt die Zügel in der Hand.

»Ich habe da gerade einige einzigartige Sekunden melancholischer Nostalgie durchlebt«, sagte Ridcully. »Was von euch natürlich niemand gemerkt hat.«

Ponder hielt die Tür auf.

»Nun, wie heißt es so schön? Man kann das gleiche Wasser nicht zweimal überqueren.«

Ridcully starrte ihn groß an.

»Wieso denn nicht? Dies ist eine *Brücke*!«

Der Bibliothekar hockte auf dem Dach der Kutsche, griff nach dem Posthorn, biss nachdenklich ins eine Ende – man konnte nie wissen – und blies dann so kräftig hinein, dass sich das Musikinstrument entrollte.

Es war früher Morgen, und in Lancre zeigte sich niemand auf den Straßen. Die Bauern hatten die Nachtruhe vor einigen Stunden beendet, um hingebungsvoll zu fluchen, den Kühen einen Eimer zuzuwerfen und anschließend wieder unter die Decke zu kriechen.

Das Blöken des Horns hallte von den Hauswänden wider.

Ridcully sprang aus der Kutsche und atmete demonstrativ tief durch.

»Riecht ihr das?«, fragte er. »Das ist echte frische Bergluft, jawohl.« Er klopfte sich an die Brust.

»Ich bin gerade auf etwas Ländliches getreten«, sagte Ponder. »Übrigens: Wo ist das Schloss?«

»Könnte es sich dabei um das große dunkle Etwas da drüben handeln?«, fragte Casanunda.

Der Erzkanzler stand mitten auf dem Platz, breitete die Arme aus und drehte sich langsam um die eigene Achse.

»Seht ihr die Taverne? Ha! Wenn ich einen Cent für jeden Rauswurf bekäme, so hätte ich … fünf Dollar und achtunddreißig Cent. Und da ist die alte Schmiede. Und da ist die Pension von Frau Spötter. Hab bei ihr gewohnt. Und der Berg da hinten … Heißt Kupferkopf. Bin dort mit dem Troll Kohlenhaltig gekraxelt. Ach, das waren noch Zeiten … Und seht ihr den Wald am Hügelhang? Dort hat sie …«

Ridcullys Stimme wurde zu einem unverständlichen Murmeln. Nach einigen Sekunden fuhr er fort: »Jetzt fällt mir wieder alles ein … Was für ein Sommer, damals. *Solche* Sommer gibt's heute nicht mehr.« Er seufzte. »Ich gäbe *alles,* um noch einmal mit ihr durch jenen Wald zu gehen. So viele Dinge haben wir nie … Na ja. Kommt.«

Ponder versuchte, einen Eindruck von Lancre zu gewinnen. Er war in Ankh-Morpork geboren und aufgewachsen. So weit es ihn betraf, stellte das Land etwas dar, das nur anderen Leuten zustieß – und die meisten von ihnen hatten vier Beine. Er verglich das Nichtstädtische mit dem reinen Chaos vor der Entstehung des Universums. Und das *eigentliche* Universum entstand mit der Zivilisation, mit Kopfsteinpflaster und Mauern.

»Dies ist die Hauptstadt des Königreichs?«, fragte er.

»Mehr oder weniger«, antwortete Casanunda, der ähnlich empfand, wenn es um Orte mit ungepflasterten Straßen ging.

»Ich wette, hier gibt's nicht einmal einen Feinkostladen«, spekulierte Ponder Stibbons.

»Und das Bier«, begeisterte sich Ridcully. »Das hiesige Bier … Meine Güte, das hiesige Bier müsst ihr unbedingt probieren! Und eine Spezialität, die man Knieweich nennt. Machen sie aus Äpfeln und … Ich weiß nicht, was sonst noch hineinkommt, aber eins steht fest: Man sollte es besser nicht in Metallbechern servieren. Genau das Richtige für dich, Stibbons. Sorgt dafür, dass dir Haare auf der Brust wachsen. Und das gilt auch für dich…« Er wandte sich an die nächste Person in der Kutsche – an den Bibliothekar, wie sich herausstellte.

»Uugh?«

»Nun, ich, äh, ich schätze, du kannst *alles* trinken«, sagte Ridcully.

Er zog den Postsack vom Dach.

»Was machen wir hiermit?«, fragte er.

Das Geräusch von Schritten erklang, und als sich der Erzkanzler umdrehte, sah er einen jungen, eher kleinen Mann mit fast purpurrotem Gesicht. Er trug ein schlecht sitzendes, mehrere Nummern zu großes Kettenhemd, wirkte dadurch wie eine Eidechse, die innerhalb kurzer Zeit stark abgenommen hatte.

»Wo ist der Kutscher?«, fragte Shawn Ogg.

»Krank geworden«, erklärte Ridcully knapp. »Hatte einen akuten Anfall von Räubern. Was soll mit der Post geschehen?«

»Ich nehme die Sachen fürs Schloss mit«, sagte Shawn. »Anschließend hängen wir den Sack an den Nagel neben der Taverne, damit sich die Leute selbst bedienen können.«

»Ist das nicht gefährlich?«, fragte der Erzkanzler.

»Ich glaube nicht.« Shawn kramte im Sack. »Der Nagel hält eine Menge aus.«

»Ich meine… Es könnte doch jemand die Briefe stehlen oder so.«

»O nein, das fiele den Leuten nie ein, nein, ganz bestimmt nicht. In einem solchen Fall müssten sie damit rechnen, von den Hexen angestarrt zu werden.« Shawn stopfte sich einige Päckchen unter den Arm und vertraute den Sack dann dem bereits erwähnten Nagel an.

»Ja, genau, die gab's hier früher auch schon«, sagte Ridcully. »Hexen! Ich will euch was über sie erzählen…«

»Meine Mutter ist eine Hexe«, meinte Shawn im Plauderton und griff noch einmal in den Sack.

»Man kann kaum charakterlich besseren Frauen begegnen«, behauptete Ridcully, dem es ohne zu große Schwierigkeiten gelang, gedanklich umzuschalten. »Es sind keineswegs machthungrige alte Vetteln mit dem Bestreben, sich in alles einzumischen.«

»Seid ihr wegen der Hochzeit gekommen?«

»Ja, genau. Ich bin der Erzkanzler der Unsichtbaren Universität, und dies ist Ponder Stibbons, ein Zauberer, und das ... He, wo steckst du? Ah, da bist du ja. Das ist Herr Casanunda ...«

»Graf«, sagte Casanunda. »Ich bin ein Graf.«

»Im Ernst? Hast du vorher nie erwähnt.«

»Nun, und wenn schon. Ich meine, man spricht ja nicht mit jedem sofort über alles, oder?«

Ridcully kniff die Augen zusammen.

»Ich dachte, bei Zwergen gäbe es keine derartigen Titel«, sagte er.

»Ich habe der Königin Agantia von Skund einen kleinen Dienst geleistet«, erwiderte Casanunda.

»Ach? Wie klein?«

»So klein nun auch wieder nicht.«

»Aha. Und *das* ist der Quästor, und *das* ist der Bibliothekar.« Ridcully wich einen Schritt zurück und ruderte mit den Armen, während seine Lippen folgende stumme Botschaft formten: *Sag bloß nicht »Tier«.*

»Freut mich, euch kennen zu lernen«, sagte Shawn höflich.

Ridcullys Neugier erwachte.

»Der Bibliothekar«, wiederholte er.

»Ja. Das hast du bereits gesagt.« Shawn nickte dem Orang-Utan zu. »Wie geht's?«

»Ugh.«

»Vielleicht wunderst du dich über sein Aussehen«, vermutete Ridcully.

»Nein.«

»Nein?«

»Meine Mutter sagt immer: Niemand von uns kann was für sein äußeres Erscheinungsbild.«

»Muss eine bemerkenswerte Frau sein«, kommentierte Ridcully. »Wie heißt sie?«

»Frau Ogg, Herr.«

»Ogg? Ogg? Kommt mir irgendwie bekannt vor. Ist sie vielleicht mit Besonnenheit Ogg verwandt?«

»Der war mein Vater.«

»Meine Güte! Du bist der Sohn des alten Besonnenheit! Wie geht's dem Schlingel?«

»Keine Ahnung, Herr. Er ist tot.«

»Oh. Wie lange schon?«

»Seit dreißig Jahren«, sagte Shawn.

»Aber du siehst nicht älter aus als zwan...«, begann Ponder. Ridcullys Ellenbogen bohrte sich ihm in die Seite.

»Wir sind hier auf dem Land«, zischte er. »Hier geht man anders an die Dinge heran. Und öfter.«

Er wandte sich wieder Shawn zu, blickte in ein rosarotes und hilfsbereites Gesicht.

»Offenbar werden die Leute allmählich wach«, stellte er fest, als hier und dort Fensterläden geöffnet wurden. »Wir frühstücken in der Taverne. Früher gab's dort ein ausgezeichnetes Frühstück.« Er schnüffelte und strahlte.

»Nun, *das* nenne ich frische Luft!«

Shawn blickte sich aufmerksam um.

»Ja, Herr«, bestätigte er. »So nennen wir's ebenfalls.«

Die hastigen Schritte eines verzweifelten Sprinters näherten sich, und abrupte Stille folgte. Wenige Sekunden später kam König Verence II. um die Ecke. Er ging betont langsam und hatte ein erstaunlich rotes Gesicht.

»Tja, die frische Landluft sorgt für eine gesunde Gesichtsfarbe«, meinte Ridcully.

»Der König!«, hauchte Shawn. »Und ich habe nicht die Trompete dabei!«

»Ähm«, sagte Verence. »Ist die Post eingetroffen, Shawn?«

»Oh, ja, Euer Majestät«, erwiderte Nanny Oggs Sohn, der fast ebenso nervös war wie der König. »Ich habe sie hier. Keine Sorge: Ich öffne alles und lege es dir auf den Schreibtisch.«

»Ähm…«

»Du, stimmt was nicht, Euer Majestät?«

»Nun, äh, ich glaube…«

Shawn öffnete die ersten Päckchen.

»Hier ist das Buch über Etikette, auf das du gewartet hast, und das Buch über Schweinezucht, und… hier ist noch eins…«

Verence griff danach, und Shawn versuchte aus einem Reflex heraus, es festzuhalten. Der Umschlag riss, und ein besonders dickes Buch fiel aufgeschlagen zu Boden. Der Wind bewegte die Blätter, und deutlich waren Holzschnitte zu erkennen.

Alle Blicke richteten sich nach unten.

»Potzblitz!«, entfuhr es Shawn.

»Meine Güte«, sagte Ridcully.

»Ähm«, fügte der König hinzu.

»Ugh?«

Ganz vorsichtig hob Shawn das Buch auf und blätterte fast ehrfurchtsvoll.

»He, seht euch dieses Bild an! Er macht's mit den Füßen! Ich wusste gar nicht, dass man's auch mit den Füßen machen kann!« Er stieß Ponder Stibbons an. »Sieh nur!«

Ridcully musterte den König.

»Ist alles in Ordnung, Euer Majestät?«

Verence schien entsetzlich zu leiden.

»Ähm …«

»Und hier machen's zwei Burschen mit Stöcken …«

»Was?«, fragte Verence.

»Donnerwetter«, sagte Shawn. »Vielen Dank, Euer Majestät. Das kann ich wirklich gut gebrauchen. Ich meine, hier und dort hab ich was gelernt, was man so aufschnappt, und …«

Verence nahm Shawn das Buch aus den Händen und starrte auf die Titelseite.

»Die Kunst der richtigen Hiebe«, las er. »*Richtige Hiebe*? Ich bin ganz sicher, dass in meiner Bestellung von Lie …«

»Euer Majestät?«

Ein oder zwei Sekunden lang rang Verence um sein inneres Gleichgewicht, und schließlich siegte er.

»Äh, ja. Ja. Äh. Nun. Ja. In Ordnung. Natürlich. Weißt du, ein gut ausgebildetes Heer ist sehr wichtig für … für die Sicherheit eines Königreichs. Ja, genau. Magrat und ich, wir dachten … Ja. Das Buch ist für dich, Shawn.«

»Ich fange gleich mit dem Üben an, Euer Majestät!«

»Ähm. Gut.«

Jason Ogg erwachte und bedauerte es sofort.

An dieser Stelle ist eine Erklärung erforderlich. Viele Fachleute und Experten haben versucht, den Kater beziehungsweise Katzenjammer zu beschreiben. Zur Beschreibung dieses Phänomens werden häufig tanzende Elefanten als Vergleich hinzugezogen. Aber solche Umschreibungen erwecken den falschen Eindruck. Sie klingen immer nach: Hoho, und jetzt was für die Jungs, imponieren wir ihnen mit ein bisschen Kater-Machismo, hoho, he, Wirt, noch mal neunzehn Halbe, hört mal her, Jungs, gestern Abend ging's echt heiß her, hoho …

Einen Knieweich-Kater kann man ohnehin nicht beschreiben. Um wenigstens eine *vage* Vorstellung vom damit einhergehenden Empfinden zu vermitteln, seien hier aufgelöste Zähne erwähnt, die eine Patina auf der Zunge bilden.

Nach einer Weile hob der Schmied den Kopf und öffnete die Augen.*

Seine Kleidung war vom Tau feucht.

Hinter der Stirn herrschte ein Chaos aus Benommenheitsdunst und unverständlichem Flüstern.

Jason blickte zu den Steinen.

Der Knieweich-Krug lag im Heidekraut. Er griff danach und schüttelte ihn versuchsweise – leer.

Mit dem Stiefel stieß er Weber an.

»Wach auf, du Schlafmütze. Wir haben die ganze Nacht hier verbracht!«

Nacheinander begannen die Moriskentänzer eine schmerzvolle Reise, die in eine recht bittere Realität zurückführte.

»Unsere Eva zieht mir das Fell über die Ohren, wenn ich nach Hause komme«, stöhnte Fuhrmann.

»Oder auch nicht«, erwiderte Dachdecker. Auf Händen und Knien kroch er umher und suchte nach seinem Hut. »Vielleicht hat deine Eva längst jemand anders geheiratet.«

»Möglicherweise sind hundert Jahre vergangen«, sagte Fuhrmann hoffnungsvoll.

»Hoffentlich.« Weber strahlte plötzlich. »Ich habe einen Ankh-Morpork-Dollar in Aktien der Wohlstandsbank von Ohulan investiert. Durch die Zinseszinsen wäre ich inzwischen zum Millionär geworden. Ich hätte ebenso viel Geld wie Krösus.«

»Wer ist Krösus?«, fragte Dachdecker.

* Fügen Sie hier Ihre Lieblingsbeschreibung à la »Die Augen fühlten sich wie in Currysoße getunkte glühende Kohlen an« ein.

»Ein berühmter Reicher.« Bäcker zog seine Stiefel aus einem nahen Torftümpel. »Irgendwo im Ausland.«

»Meinst du den Burschen, der alles in Gold verwandelte, was er berührte?«, fragte Fuhrmann.

»Nee, das war jemand anders. Irgend'n König oder so. Tja, so was passiert im Ausland. Im einen Augenblick sind die Dinge in bester Ordnung, und im nächsten verwandelt sich alles in Gold, was man anfasst. Dieser Bursche hat ziemlich darunter gelitten.«

Fuhrmann wirkte recht nachdenklich.

»Und wenn er mal musste? Wie...«

»Lass dir das eine Lehre sein, junger Fuhrmann«, sagte Bäcker. »Bleib in der Heimat, wo die Leute vernünftig sind. Treib dich nicht in der Fremde herum, wo du plötzlich ein Vermögen in den Händen halten könntest – ohne es für irgendwas ausgeben zu können.«

»Wir haben hier die ganze Nacht geschlafen«, stellte Jason beunruhigt fest. »Das ist gefährlich.«

»Da hast du Recht, Schmied«, pflichtete ihm Fuhrmann bei. »Ich glaube, etwas hat mein Ohr als Toilette benutzt.«

»Ich meine, hier schleichen sich einem seltsame Dinge in den Kopf.«

»Genau das habe ich auch gemeint.«

Jason blinzelte. Er war ganz sicher, geträumt zu haben. Er *erinnerte* sich daran. Aber die Einzelheiten des Traums blieben verschwommen. Nach wie vor glaubte er zu spüren, wie zwischen seinen Schläfen Stimmen erklangen, doch zu weit entfernt, um sie verstehen zu können.

»Na schön.« Beim dritten Versuch gelang es ihm, auf die Beine zu kommen. »Wahrscheinlich ist nichts weiter passiert. Gehen wir nach Hause, um herauszufinden, in welchem Jahrhundert wir uns befinden.«

»Äh, in welchem Jahrhundert sind wir eingeschlafen?«, fragte Dachdecker.

»In dem des Flughunds, nicht wahr?«, entgegnete Bäcker.

»Aber vielleicht sind wir in einem anderen erwacht«, sagte Fuhrmann hoffnungsvoll.

Er musste eine Enttäuschung hinnehmen. Die Stadt lieferte ihnen die Bestätigung dafür, dass sie sich noch im heimischen Jahrhundert befanden. In Lancre konnte man kaum etwas mit Zeiteinheiten anfangen, die kleiner waren als eine Stunde und größer als ein Jahr, doch es gab unübersehbare Hinweise, die jeden Zweifel ausräumten: Man schmückte den Platz mit bunten Fähnchen, und einige Männer stellten gerade eine Art Maibaum auf. Jemand nagelte ziemlich schlecht gemalte Bilder an die Wände. Sie zeigten Verence und Magrat, darunter den Slogan: »Möge Gott dasse köhnigliche Paar segnigen«.

Die Moriskentänzer verabschiedeten sich mit einigen knappen Worten, und anschließend ging jeder seines Wegs.

Ein Hase hoppelte durch den zerrissenen Morgennebel bis zur alten schiefen Hütte auf der Waldlichtung.

An einem Baumstumpf zwischen Abort und Kräutergarten verharrte er. Die meisten Tiere des Waldes mieden die Nähe der Kräuter, und zwar aus gutem Grund: Wer sie während der vergangenen fünfzig Jahre nicht gemieden hatte, bekam keine Gelegenheit, Nachkommen zu zeugen. Einige Ranken bewegten sich, und das war seltsam, denn es wehte gar kein Wind.

Der Hase hockte sich auf den Stumpf.

Ein Beobachter hätte jetzt vielleicht den Eindruck von Bewegung gewonnen. Etwas verließ den Hasen und schwebte zu einem geöffneten Fenster empor. Das Etwas war natürlich unsichtbar, zumindest für normale Augen.

Das Tier auf dem Baumstumpf veränderte sich. Vorher hatte es zielstrebig gewirkt, doch nun sprang es zu Boden und begann damit, sich die Ohren zu putzen.

Nach einer Weile öffnete sich die Hintertür, und Oma Wetterwachs trat steifbeinig nach draußen. Sie stellte einen Napf mit Brot und Milch auf die Straße, kehrte dann ins Innere der Hütte zurück und schloss die Tür.

Der Hase hoppelte näher.

Niemand weiß, ob Tiere verstehen, was es mit Verpflichtungen und Transaktionen auf sich hat. Eigentlich spielt es für sie auch gar keine Rolle. Das ist eher integraler Bestandteil der Hexerei. Wenn man eine Hexe wirklich verärgern möchte, so erweise man ihr einen Gefallen, ohne dass sie die Möglichkeit hat, sich dafür in irgendeiner Form erkenntlich zu zeigen. In einem solchen Fall lässt ihr die unerfüllte Verpflichtung keine Ruhe.

Oma Wetterwachs hatte sich die ganze Nacht über das Selbst des Hasen geborgt. Dafür schuldete sie dem Tier etwas, und das bedeutet: Während der nächsten Tage warteten an der Hintertür mindestens einmal am Tag Brot und Milch auf das Langohr.

Man musste alles vergelten, so oder so. Es gab mehr als nur eine Art von Verpflichtung. Manche Leute begriffen das nie, dachte Oma, während sie in die Küche ging. Magrat verstand es ebenso wenig wie das Mädchen. Die Dinge mussten im Gleichgewicht sein. Man konnte nicht einfach eine *gute* oder eine *schlechte* Hexe sein. So was ging nie gut. Man musste sich damit begnügen, eine *Hexe* zu sein – es galt, alle Mühe *darauf* zu konzentrieren.

Oma nahm am kalten Kamin Platz und widerstand der Versuchung, sich mit dem Bein am Ohr zu kratzen.

Irgendwie war *ihnen* der Wechsel in diese Welt gelungen. Sie spürte es in den Bäumen, in den Selbstsphären kleiner Tiere. *Sie* plante etwas – etwas, das bald geschehen sollte. Im okkulten Sinne spielte die Sommersonnenwende keine große Rolle, aber sie hatte Bedeutung für das Denken und Fühlen der Menschen. Und aus jenem Denken und Fühlen bezogen die Elfen Kraft.

Oma wusste, dass es früher oder später zu einer Konfrontation mit der Königin kommen würde. Nicht mit Magrat, sondern mit der *Königin*.

Und dann drohte ihr, Esme Wetterwachs, eine Niederlage.

Ein ganzes Leben lang hatte sie daran gearbeitet, ihr eigenes Ich unter Kontrolle zu halten, und sie war sehr stolz auf die dabei erzielten Erfolge.

Doch jetzt ließ sie sich plötzlich selbst im Stich. Unter den gegenwärtigen Umständen brauchte sie ihr ganzes Selbstvertrauen, doch in ihr wuchs das sehr unangenehme Gefühl, dass kein hundertprozentiger Verlass mehr auf sie war. Sie spürte das mentale Tasten der Königin – nach all den Jahren erinnerte sie sich noch immer deutlich an Präsenz und Struktur jenes Bewusstseins. Darüber hinaus schien mit ihrer Fähigkeit des Borgens so weit alles in Ordnung zu sein. Aber ihr *Ich*... Wenn sie sich nicht alles auf kleine Zettel schrieb, verlor sie die Orientierung. Eine Hexe zu sein... Es bedeutete, genau zu wissen, wer und wo man war. Und gerade in dieser Hinsicht lief Oma nun Gefahr, die Übersicht zu verlieren. Am vergangenen Abend hatte sie den Tisch für zwei Personen gedeckt und versucht, ein Zimmer zu betreten, das es in ihrer Hütte überhaupt nicht gab.

Und bald musste sie gegen eine Elfe antreten.

Wenn man gegen eine Elfe antrat und verlor... Dann starb man, mit etwas Glück.

Eine fröhliche Millie Chillum brachte Magrat das Frühstück ans Bett.

»Die ersten Gäste sind eingetroffen, Gnäfrau. Und der Platz ist mit bunten Fähnchen und so geschmückt! *Und* Shawn hat die Krönungskutsche gefunden!«

»Wie kann man eine Kutsche verlieren?«, fragte Magrat.

»Sie stand in einem verschlossenen Schuppen, Gnäfrau. Er streicht sie gerade neu an, mit goldener Farbe.«

»Aber die Hochzeit findet *hier* statt«, wandte Magrat ein. »Wir brauchen nirgends hinzufahren.«

»Der König schlug vor, ein wenig mit der Kutsche durch die Gegend zu fahren, vielleicht bis zum Blöden Kaff. Mit Shawn Ogg als militärischer Eskorte. Damit die Leute winken und Hurra rufen können. Anschließend kehrt ihr hierher zurück.«

Magrat streifte den Morgenmantel über und trat ans Fenster. Von dort aus konnte sie über die Außenmauern des Schlosses hinweg bis zum Stadtplatz blicken, wo sich ziemlich viele Leute eingefunden hatten. Es wäre ohnehin Markttag gewesen, aber jetzt stellte man auch Sitzbänke auf. Der Maibaum stand bereits.

»Ich habe gerade einen Affen auf dem Platz gesehen«, sagte Magrat.

»Die ganze Welt kommt nach Lancre!«, entfuhr es Millie, die sogar schon einmal in Schnitte gewesen war.

Magrat bemerkte eins der Bilder, das Verence und sie zeigte.

»So ein Unfug«, murmelte sie.

Millie hörte sie und riss schockiert die Augen auf.

»Wie *meinst* du das, Gnäfrau?«

Magrat drehte sich um.

»All dies! Für *mich*!«

Die Zofe wich furchtsam zurück.

»Ich bin doch nur Magrat Knoblauch! Könige sollten Prinzessinnen und Herzoginnen und so heiraten! Die sind an so etwas *gewöhnt*! Ich möchte nicht, dass jemand Hurra ruft, nur weil ich mit einer Kutsche vorbeifahre! Noch dazu Leute, die ich überhaupt nicht kenne! Dies alles…« Magrat winkte verzweifelt ab. Ihre Gesten galten dem verhassten Kleiderschrank, dem gewaltigen Himmelbett und einem Nebenzimmer, in dem steife, teure Kleidung auf sie wartete. »Es ist nicht für *mich*, sondern für eine *Idee*. Bestimmt hast auch du als Kind Ausschneidepuppen mit Ausschneidekleidern bekommen, ja, und du konntest mit ihnen machen, was du wolltest, sie anziehen, wie du wolltest. So geht's mir! Es ist … wie mit den Bienen! Man macht mich zur Königin, ob ich's will oder nicht!«

»Der König hat dir die vornehmen Kleider besorgt, weil …«

»Ich meine nicht nur die Kleider. Die Leute würden in jedem Fall Hurra rufen – ganz gleich, wer in der Kutsche sitzt!«

»Aber du hast dich als Einzige in den König verliebt, Gnäfrau«, wandte Millie tapfer ein.

Magrat zögerte. Bisher hatte sie dieses Gefühl noch keiner gründlichen Analyse unterzogen. »Nein«, erwiderte sie schließlich. »Da war er noch nicht König. Und niemand wusste, dass er einmal der König werden würde. Damals war er nur ein trauriger, netter junger Mann, der eine Narrenmütze mit Glöckchen trug und den niemand beachtet hat.«

Millie wich noch etwas weiter zurück.

»Vermutlich liegt's an den Nerven, Gnäfrau«, brachte sie unsicher hervor. »Am Tag vor der Hochzeit ist Nervosität durchaus verständlich. Vielleicht … sollte ich dir einen Kräutertee holen …«

»Ich bin *nicht* nervös! Und ich kann mir selbst Kräutertee kochen, wenn ich welchen will.«

»Die Köchin sieht es nicht gern, wenn jemand anders ihren Kräutergarten betritt«, gab Millie zu bedenken.

»Ich habe den ›Garten‹ bereits gesehen. Da wächst nur kümmerlicher Salbei und gelbliche Petersilie. Wenn man's nicht in den Hintern eines Huhns stopfen kann, ist es nach Meinung der Köchin überhaupt kein richtiges Kraut! Außerdem … Wer ist hier die Königin?«

»Ich dachte, du wolltest keine sein, Gnäfrau«, entgegnete Millie.

Magrat starrte sie an und schien einige Sekunden lang mit sich selbst zu ringen.

Millie mochte nicht sehr gebildet sein, aber sie war keineswegs dumm. Sie floh und warf die Tür hinter sich zu, bevor sie das Tablett mit dem Frühstück an die Wand knallte.

Magrat setzte sich auf die Bettkante und ließ die Schultern hängen.

Sie wollte keine Königin sein. In die Rolle der Königin zu schlüpfen... Dazu musste man über gute schauspielerische Fähigkeiten verfügen, und Magrat war sicher, dass es ihr ausgerechnet in dieser Hinsicht an Talent mangelte. Es fiel ihr schon schwer genug, sie selbst zu sein.

Der Lärm des regen Treibens auf dem Stadtplatz wurde ins Zimmer geweht. Bestimmt würde das Volk tanzen – das schien unvermeidlich zu sein –, und wahrscheinlich würde es auch singen. Und der ganze Rest: tanzende Bären, fröhliche Jongleure, der Wer-kann-am-schnellsten-den-eingefetteten-Pfahl-erklettern-Wettbewerb, den aus irgendeinem Grund immer Nanny Ogg gewann. Dann das Schweinereiten. Und die Sache mit der Kleienwanne. Für gewöhnlich kümmerte sich Nanny darum. Nur besonders mutige Männer wagten es, ihre Hand in eine Kleienwanne zu stecken, die eine für ihren besonderen Humor bekannte Hexe vorbereitet hatte. Magrat war von solchen Veranstaltungen immer begeistert gewesen. Bis jetzt.

Nun, es gab noch das eine oder andere zu tun.

Zum letzten Mal zog sie gewöhnliche Kleidung an und eilte über die Hintertreppe zum entgegengesetzten Turm, in dem man Diamanda untergebracht hatte.

Ein angenehm wärmendes Feuer brannte im Kamin – es war Shawn zu verdanken –, und Diamanda ruhte, schlief einen tiefen Schlaf, aus dem man sie nicht wecken konnte.

Magrat stellte fest, dass Diamanda geradezu hinreißend gut aussah. Und damit nicht genug: Sie hatte den Mut aufgebracht, ausgerechnet Oma Wetterwachs die Stirn zu bieten. Magrat konnte es kaum abwarten, dass sich die Verletzte erholte – um sie dann hingebungsvoll zu beneiden.

Die Wunde schien gut zu verheilen, aber gewisse Gegenstände im Zimmer...

Sie ging zur Kordel in einer Ecke des Raums und zog daran.

Ein oder zwei Minuten später traf ein schnaufender Shawn Ogg ein. An seinen Händen klebte Goldfarbe.

»Was hat es *damit* auf sich?«, fragte Magrat.

»Ähm. Die Frage beantworte ich nicht gern, gnä' Frau …«

»Zufälligerweise bin ich … fast … die Königin«, betonte Magrat.

»Ja, aber der König hat gesagt … Das heißt, Oma Wetterwachs meinte …«

»Oma Wetterwachs herrscht nicht über dieses Königreich«, verkündete Magrat. Sie verabscheute es, auf diese Weise zu reden, aber es schien zu funktionieren. »Außerdem ist sie nicht hier. *Ich* bin hier, und wenn du mir nicht erklärst, was hier los ist … Dann sorge ich dafür, dass du die ganze Drecksarbeit im Schloss erledigen musst.«

»Das muss ich ja schon«, erwiderte Shawn.

»Dann sorge ich eben dafür, dass die Dreckarbeit noch dreckiger wird.«

Magrat griff nach einem Bündel. Es bestand aus mehreren Stoffstreifen, die um eine Eisenstange gewickelt waren.

»So was liegt hier überall«, sagte Magrat. »Warum?«

Shawn betrachtete seine Füße. Auch an den Stiefeln glänzte Goldfarbe.

»Nun, unsere Mama meinte …«

»Ja?«

»Unsere Mama meinte, es sei sehr wichtig, dass es hier genug Eisen gibt. Deshalb haben Millie und ich einige Stangen aus der Schmiede geholt und sie umwickelt, und Millie hat sie hierher gebracht.«

»Warum?«

»Um die, äh, Herren und Herrinnen fernzuhalten.«

»Was? Aber das ist doch nur ein alter Aberglaube. Außerdem: Alle wissen, dass Elfen gut sind – was auch immer Oma Wetterwachs behauptet.«

Shawn schnitt eine Grimasse, als Magrat ein Bündel unter der Matratze hervorzog und es in die Ecke warf.

»Hier halten wir nichts von einem derartigen Unfug. Gibt es sonst noch etwas, von dem man mir nichts gesagt hat?«

Shawn schüttelte den Kopf und dachte schuldbewusst an das Wesen im Kerker.

»Na schön. Geh jetzt. Verence möchte ein modernes, effizientes Königreich, und das bedeutet: keine Hufeisen und so. *Geh* endlich!«

»Ja, Frau Königin.«

Ich habe durchaus die Möglichkeit, hier positive Veränderungen zu bewirken, ging es Magrat durch den Sinn.

Und sie fuhr fort: *Ja, genau. Sei vernünftig. Darauf kommt's an – auf die Vernunft. Rede mit ihm.* Sie glaubte fest daran, dass sich alle Probleme lösen ließen, wenn die Leute nur miteinander redeten.

»Shawn?«

Er blieb an der Tür stehen.

»Ja, gnä' Frau?«

»Ist der König bereits im Großen Saal?«

»Ich glaube, er zieht sich noch an, Frau Königin. Jedenfalls hat er mich bisher nicht angewiesen, die Fanfare erklingen zu lassen.«

Verence mochte es nicht besonders, von Shawn mit schmetternden Trompetenstößen angekündigt zu werden, und deshalb hatte er an diesem Morgen seine Gemächer inkognito verlassen. Magrat wusste nichts davon, ging zu seinem Schlafzimmer und klopfte an.

Warum schüchtern sein? Am nächsten Tag war es auch *ihr* Schlafzimmer, oder? Sie drehte den Knauf, und die Tür öffnete sich. Fast gegen ihren Willen trat sie ein.

Von den Räumen im Schloss konnte man kaum behaupten, dass sie jemandem gehörten. Im Lauf der Jahrhunderte hatten zu viele Personen darin gewohnt. Die Atmosphäre stellte ein Äquivalent jener Wände dar, in denen zahllose winzige Löcher an zahllose Poster inzwischen längst aufgelöster Rockgruppen erinnerten. Solchen Steinen konnte man keine individuelle Persönlichkeit aufprägen; gegen so etwas waren sie längst immun.

Magrat betrat nun das Schlafzimmer eines Mannes und empfand dabei wie ein Forscher, der jene Region erreichte, die auf der Landkarte mit »Hier könnten Drachen hausen« markiert war.*

Der Raum entsprach nicht ganz ihren Vorstellungen.

Das Schlafzimmerkonzept hatte Verence erst recht spät in seinem Leben kennen gelernt. Als er noch ein Junge gewesen war, schlief die ganze Familie im Stroh auf dem Dachboden der Hütte. Als Lehrling in der Gilde der Narren und Witzbolde hatte er sich mit einer einfachen Pritsche in einem großen Wohnheim begnügen müssen, das er mit vielen anderen traurigen und bedrückten Jugendlichen geteilt hatte. Als voll ausgebildeter Narr schlief er zusammengerollt vor der Tür seines Herrn, wie es die Tradition verlangte. Erst viel später als die meisten Leute bekam er Gelegenheit, weiche Matratzen auszuprobieren.

Jetzt erfuhr Magrat vom großen Geheimnis des Königs.

Das Experiment hatte nicht funktioniert.

In der Mitte des Zimmers stand das große Bett von Lancre. Es hieß, dass mehr als zehn Personen darin schlafen konnten, doch in Hinsicht auf die Umstände und das Warum ließ sich keine Gewissheit erlangen. Wie dem auch sei: Das Bett war riesig und bestand aus Eiche.

Ganz offensichtlich hatte niemand darin geschlafen.

Magrat zog die Decke zurück, roch angesengtes Leinen – und sonst nichts. Dieser Geruch teilte mit: Hier hat niemand gelegen und geträumt.

* Auf der Straßenkarte »Das A und Ω alliger Strahsen in Ankh-Morpork« ist dieser Ort mit folgenden Worten gekennzeichnet: »Sonnenscheinheim für einsame und kranke Drachen, Morphische Straße; Kohlenspenden bitte am Nebeneingang hinterlassen. Unser Motto lautet: Ein Drache ist fürs ganze Leben, nicht nur für die Silvesternacht.«

Sie blickte sich um, bis sie das kleine Stilleben an der Tür bemerkte. Es bestand aus einem zusammengefalteten Nachthemd, einem Kerzenhalter und einem kleinen Kissen.

Seit Verence die Königskrone trug, schlief er auf der anderen Seite der Tür.

Bei den Göttern! Er hatte die Nacht immer vor der Tür seines Herrn verbracht. Und nun schlief er vor der Pforte seines Königreichs.

Magrat spürte, wie sich ihre Augen mit Tränen füllten.

Man musste einfach jemanden lieben, der so sentimental war.

Sie fühlte sich fasziniert und wusste gleichzeitig, dass sie an diesem Ort eigentlich nichts zu suchen hatte. Trotzdem: Sie putzte sich die Nase und setzte ihre Entdeckungsreise fort. Einige neben dem Bett liegende Kleidungsstücke wiesen darauf hin, dass Verence mit seiner Garderobe ebenso rücksichtsvoll umging wie die meisten Angehörigen des männlichen Teils der Bevölkerung. Und noch etwas: Wie viele seiner Geschlechtsgenossen schien er gewisse Schwierigkeiten mit den komplexen topologischen Manövern zu haben, die nötig waren, um Socken auf die richtige Seite zu ziehen.

Die ehemalige Hexe sah eine kleine Frisierkommode samt Spiegel, an dem eine kleine, verwelkte Blume befestigt war. Sie hatte große Ähnlichkeit mit jenen Blumen, die Magrat des Öfteren im Haar trug.

An dieser Stelle hätte sie das Zimmer besser verlassen sollen, wie sie später zugeben musste. Aber sie schien überhaupt keine Kontrolle mehr über sich zu haben.

Mitten auf der Frisierkommode stand eine Art Napf aus Holz. Er enthielt Münzen, Bindfäden und andere Dinge, wie sie für eine abends geleerte Hosentasche typisch zu sein schienen.

Ein zusammengefalteter Zettel fiel Magrat auf. Er sah aus, als hätte er eine ganze Weile in besagter Hosentasche verbracht.

Die Fast-Königin griff danach und entfaltete ihn.

An mittwärtigen Hängen der Spitzhornberge gab es überall kleine Königreiche. Jedes schmale Tal und jeder Felssims, der mehr als einer Gemse Platz bot, stellte ein Königreich dar. In den Spitzhornbergen gab es Königreiche, die so klein waren, dass Folgendes geschehen konnte: Wenn sie von einem Drachen heimgesucht wurden und ein Held die Gefahr bannte und wenn ihn der König dafür mit der Hälfte des Reiches belohnen musste, wie es Paragraph drei der Heldengesetze verlangte – dann blieb überhaupt kein Königreich mehr *übrig*. So fanden denn lange Annexionskriege statt, weil jemand nach einem Platz suchte, wo er die Kohlen aufbewahren konnte.

Lancre gehörte zu den größeren Königreichen. Immerhin konnte es sich sogar ein stehendes Heer leisten.*

Könige, Königinnen und verschiedene Subformen der Aristokratie strömten derzeit über die Lancrebrücke. Beobachtet wurden sie von einem verdrießlichen und tropfnassen Troll, der den Wachdienst für den heutigen Tag aufgegeben hatte.

Die Türen des Großen Saals standen weit offen. Überall trieben sich Jongleure und Feuerschlucker herum. Oben in der Bänkelsängergalerie spielte ein kleines Orchester auf Instrumenten wie der einsaitigen Fiedel von Lancre oder den berühmten Spitzhorn-Dudelsäcken. Glücklicherweise verloren sich die damit erzeugten Klänge im Lärm der Menge.

Nanny Ogg und Oma Wetterwachs waren ebenfalls im Großen Saal. Da es sich um eine festliche Angelegenheit handelte, trug Nanny jetzt nicht ihren schwarzen spitzen Hut, sondern einen anderen, der zwar die gleiche Form hatte, dafür aber rot glänzte. Sehr dekorative Wachskirschen baumelten daran.

»Alle möglichen Leute sind hier«, freute sich Nanny und nahm ein

* Shawn Ogg.**

** Allerdings legte er sich manchmal hin.

Glas von einem nahen Tablett. »Sogar einige Zauberer aus Ankh-Morpork, hat mir unser Shawn gesagt. Er meinte, einer von ihnen hat gesagt, ich hätte eine gute Figur. Leider wusste er nicht, wer das war.«

»Muss an Geschmacksverirrung leiden«, murmelte Oma, doch es kam nicht von Herzen. Es handelte sich nur um eine automatische Gemeinheit. Nanny Oggs Besorgnis wuchs – irgendetwas schien ihre Freundin zu belasten.

»Es gibt einige *Herren und Herrinnen*, die wir hier *nicht* sehen möchten«, sagte Oma Wetterwachs. »Ich werde erst dann erleichtert aufatmen, wenn dies alles vorbei ist.«

Nanny Ogg reckte den Hals und bemühte sich, über den Kopf eines kleinen Kaisers hinwegzublicken.

»Von Magrat ist weit und breit nichts zu sehen. Da drüben steht Verence und spricht mit einigen anderen Königen, aber Magrat ist nirgends zu sehen. Unser Shawn hat gesagt, dass Millie Chillum meinte, heute Morgen sei sie das reinste Nervenbündel gewesen.«

»All diese hochgeborenen Leute«, grummelte Oma und ließ den Blick über die vielen gekrönten Häupter schweifen. »Fühle mich hier wie ein Fisch auf dem Trockenen.«

»Nun, wenn du mich fragst: Jeder schafft sich sein eigenes Wasser.« Nanny nahm einen gebratenen Hähnchenschenkel vom Büfettisch und schob ihn sich in den Ärmel.

»Trink nicht zu viel. Wir müssen wachsam bleiben, Gytha. Denk daran, was ich dir gesagt habe. Wir dürfen uns nicht ablenken lassen …«

»Das ist doch nicht etwa die reizende Frau Ogg, oder?«

Nanny drehte sich um.

Niemand stand hinter ihr.

»Weiter unten«, fügte die Stimme hinzu.

Nanny senkte den Kopf und lächelte.

»Na so was«, sagte sie.

»Ich bin's, Casanunda«, sagte Casanunda, der noch kleiner wirkte, weil er eine gewaltige gepuderte Perücke* trug. »Erinnerst du dich? Wir haben in Gennua eine ganze Nacht getanzt.«

»Nein, haben wir nicht.«

»Nun, hätte ja sein können.«

»Erstaunlich, dass wir uns ausgerechnet hier wieder sehen«, sagte Nanny taktvoll. Sie erinnerte sich an eine Besonderheit des Zwergs: Je stärker man auf ihn einschlug, desto heftiger prallte er zurück.

»Unsere Sterne stehen günstig«, sagte Casanunda. »Wir sind füreinander bestimmt. Ich möchte deinen Körper, Frau Ogg.«

»Ich benutze ihn noch.«

Zwar vermutete Nanny Ogg nicht zu Unrecht, dass der zweitbeste Liebhaber der Welt diese Taktik bei allen auch nur halbwegs weiblichen Personen benutzte, aber sie fühlte sich trotzdem geschmeichelt. In ihrer Jugend hatte sie sich über viele Bewunderer freuen können, doch die Jahre hatten ihren Körper so verändert, dass man ihn heute bestenfalls als gemütlich bezeichnen konnte. Dazu kam ein Gesicht, das an eine fröhliche Rosine erinnerte. Nun, selbst die hübschesten Blumen verwelken einmal...

Außerdem fand Nanny den Zwerg irgendwie sympathisch. Die meisten Männer machten bei ihren Annäherungsversuchen große Umwege. Casanundas Direktheit war erfrischend.

»Wir passen nicht zusammen«, erwiderte Nanny Ogg. »Es gibt unlösbare Kompatibilitätsprobleme, die bei der Größe anfangen. Ganz zu schweigen davon, dass ich alt genug bin, um deine Mutter zu sein.«

* Eigentlich war sie gar nicht so enorm, wenn man die Maßstäbe von Perücken anlegte. Im Lauf der dekadenten Geschichte hat es viele Perücken gegeben, oft mit eingebautem Krimskrams, der dafür sorgen sollte, dass man nicht dauernd langweiliges Haar betrachten musste. Manche waren so groß, dass sie Ziermäusen oder Schmuckuhren Platz boten. Madame Kupidor, Mätresse des Irren Königs Suppe II., hatte eine mit einem Vogelkäfig. Bei besonderen Anlässen trug sie ein anderes Modell mit einem immerwährenden Kalender, einer Blumenuhr und einer kleinen Imbissstube mit Linguini-zum-Mitnehmen als Spezialität.

»Ausgeschlossen. Meine Mutter ist dreihundert und hat einen schöneren Bart als du.«

Ein Hinweis, der sich nicht ohne weiteres von der Hand weisen ließ. Nach den Maßstäben der Zwerge war Nanny kaum älter als ein Teenager.

»Ach, mein Herr!« Nanny gab Casanunda einen leichten Klaps, der es in seinen Ohren klingeln ließ. »Du weißt, wie man einem einfachen Mädchen vom Lande den Kopf verdreht, jawohl!«

Casanunda straffte sich und richtete glücklich die Perücke.

»Ich mag Frauen voller Leidenschaft«, sagte er. »Wie wär's, wenn wir ein kleines Tête-à-tête veranstalten, wenn das hier vorüber ist?«

Verwirrung erfasste Nanny Ogg. Normalerweise kam sie mit jeder kosmopolitischen Sprache zurecht, doch jetzt musste sie passen.

»Einen Augenblick.« Sie stellte ihr Glas auf Casanundas Kopf und bahnte sich einen Weg durch die Menge, bis sie eine viel versprechend aussehende Herzogin bemerkte und sie im Bereich der Turnüre anstieß.

»He, Euer Gnaden, was bedeutet Tähtatäht?«

»Wie bitte?«

»Ein Tähtatäht. Behält man dabei die Kleidung an?«

»Damit ist ein intimes Treffen gemeint, gute Frau.«

»Mehr steckt nicht dahinter? Na gut.«

Nanny Ogg machte mehrmals Gebrauch von ihren Ellenbogen, als sie zum erwartungsvollen Zwerg zurückkehrte.

»Alles klar«, meinte sie.

»Ich dachte, wir könnten vielleicht irgendwo essen, nur du und ich«, sagte Casanunda. »In einer Taverne?«

Noch nie zuvor war Nanny zu einem romantischen Essen eingeladen worden. Ihre Erfahrungen mit Romantik und dergleichen hatten sich eher durch Quantität und nicht so sehr durch Qualität ausgezeichnet.

»Na schön«, antwortete sie knapp.

»Schlag deiner Anstandsdame ein Schnippchen, damit wir um sechs von hier verschwinden können, einverstanden?«

Nanny Ogg sah zu Oma Wetterwachs, die ein wenig abseits stand und sie missbilligend beobachtete.

»Sie ist nicht meine …«

Dann fiel ihr ein, dass Casanunda Oma nicht *wirklich* für ihre Anstandsdame halten konnte.

Komplimente und Schmeichelei hatten bei Nannys amourösen Erfahrungen ebenfalls nur eine geringe Rolle gespielt.

»Ja, in Ordnung«, entgegnete sie schlicht.

»Wir sollten uns jetzt besser trennen«, sagte Casanunda. »Ich möchte dich nicht ins Gerede bringen und deinen guten Ruf gefährden.« Er verbeugte sich und küsste Nanny Ogg die Hand.

Ihre Kinnlade klappte nach unten. Nie zuvor hatte ihr jemand die Hand geküsst oder Rücksicht auf ihren Ruf genommen, sie selbst am allerwenigsten.

Als der zweitbeste Liebhaber der Welt fortging und eine Gräfin ansprach, gab Oma Wetterwachs ihren Beobachtungsposten in diskreter Entfernung* auf. »Du hast nicht einmal den Anstand einer Katze, Gytha Ogg«, sagte sie.

»Ich bitte dich, Esme: Du weißt, dass das nicht stimmt.«

»Na schön. Du *hast* den Anstand einer Katze.«

»Schon besser.«

Nanny Ogg richtete sich die wogenden weißen Locken und fragte sich, ob sie nach Hause zurückkehren und sich dort in ihr Korsett zwängen sollte.

»Wir müssen wachsam sein, Gytha.«

* Sie blieb weit genug entfernt, um nicht zu stören, achtete jedoch darauf, dass die Distanz nicht zu groß wurde – immerhin wollte sie wissen, worum es bei dem Gespräch ging.

»Ja, ja.«

»Wir dürfen uns von nichts ablenken lassen.«

»Nein, nein.«

»Du hörst mir gar nicht zu, oder?«

»Was?«

»Du könntest wenigstens herausfinden, warum Magrat nicht da ist.«

»Na gut.«

Nanny Ogg schlenderte verträumt davon.

Oma Wetterwachs drehte sich um...

Normalerweise hätten jetzt Violinen erklingen müssen. Unter solchen Umständen rechnete man damit, dass die Hintergrundgeräusche – das Summen und Brummen der vielen Stimmen – allmählich verklangen, dass die Menge auseinanderwich und eine Gasse freigab zwischen Oma Wetterwachs und Ridcully.

Ja, Violinenklänge. *Irgendetwas* hätte geschehen sollen.

Es geschah tatsächlich etwas: Der Bibliothekar wankte vorbei, benutzte die Arme als zusätzliche Beine und trat – oder stieß – Oma auf den Fuß, als er zum Büfettisch eilte.

Sie bemerkte es kaum.

»Esme?«, fragte Ridcully.

»Mustrum?«, erwiderte Oma Wetterwachs.

Nanny Ogg trat näher.

»Esme, ich habe Millie Chillum gesehen, und sie meinte...«

Oma Wetterwachs' Ellenbogen bohrte sich ihr in die Seite. Nanny schnappte nach Luft und schätzte die Situation ab.

»Oh«, sagte sie. »Nun, ich... ich gehe dann wohl besser.«

Erneut trafen sich die Blicke.

Wieder kam der Bibliothekar vorbei, und diesmal trug er ein Tablett mit Obst.

Oma Wetterwachs beachtete ihn nicht.

Der Quästor – er befand sich derzeit im mittleren Bereich seines Zyklus – klopfte Ridcully auf die Schulter.

»Hallo, Erzkanzler. Die Wachteleier sind gar nicht so übel ...«

»VERSCHWINDE. Stibbons, bitte hol die Froschpillen. Und halte alle Messer von ihm fern.«

Und wieder sahen sie sich an.

»Na so was«, sagte Oma nach ungefähr einem Jahr.

»Dies muss ein verzauberter Abend sein oder so«, sagte Ridcully.

»Ja. Das befürchte ich auch.«

»Du bist es *wirklich,* nicht wahr?«

»Ich glaube schon«, bestätigte Oma Wetterwachs.

»Hast dich überhaupt nicht verändert, Esme.«

»Du dich auch nicht. Bist noch immer ein schamloser Lügner, Mustrum Ridcully.«

Sie traten aufeinander zu. Und wieder schwankte der Bibliothekar vorbei, und seine Fracht bestand diesmal aus einem großen Teller mit Meringen. Hinter ihm kroch Ponder Stibbons auf dem Boden umher und sammelte verstreute Froschpillen auf.

»Tja«, sagte Ridcully.

»Komisch.«

»Die Welt ist klein.«

»Ja.«

»Du bist du, und ich bin ich. Bemerkenswert. Und jetzt ist es hier und heute.«

»Und damals war's damals.«

»Ich habe dir viele Briefe geschrieben«, sagte Ridcully.

»Bekam nie welche.«

In den Augen des Erzkanzlers funkelte es.

»Seltsam. Und ich habe sie extra mit einem Richtungszauber ausgestattet.« Er musterte die Hexe von Kopf bis Fuß. »Wie viel wiegst du, Esme? Hast bestimmt kein Gramm Fett am Leib, wie?«

»Warum willst du das wissen?«

»Gönn einem alten Mann seine Neugier.«

»Na schön. Etwa siebenundfünfzig Kilo.«

»Hmm... Müsste eigentlich klappen. Fünf Kilometer mittwärts... Eine leichte Drift nach links, kein Problem...«

Ridcully streckte ruckartig den Arm und griff nach Omas Hand. Er fühlte sich jung und übermütig. Die Zauberer in der Unsichtbaren Universität wären sicher sehr verblüfft gewesen.

»Lass uns woanders hingehen.«

Er schnippte mit den Fingern.

Die Masse muss wenigstens ungefähr erhalten bleiben – das ist eine fundamentale magische Regel. Wenn etwas von A nach B bewegt wird, so muss etwas anderes von B nach A wechseln.

Und dann das Bewegungsmoment. Zwar dreht sich die Scheibenwelt nur langsam, aber verschiedene Punkte bewegen sich in Bezug auf die Mitte mit unterschiedlicher Geschwindigkeit. Woraus folgt: Ein Zauberer, der sich in Richtung Rand bewegt, sollte darauf vorbereitet sein, sein Ziel laufend zu erreichen.

Die fünf Kilometer bis zur Lancrebrücke bewirkten nur ein leichtes Zerren, und damit hatte Ridcully gerechnet. Er materialisierte an die Brüstung gelehnt, mit Esme Wetterwachs in den Armen.

Eine Sekunde vorher hatte der Zolltroll jenen Platz eingenommen. Plötzlich fand er sich lang ausgestreckt im Großen Saal wieder, zufälligerweise direkt auf dem Quästor.

Oma Wetterwachs sah in den Fluss hinab, und anschließend richtete sie einen missbilligenden Blick auf Ridcully.

»Dazu hattest du kein Recht«, sagte sie. »Bring mich sofort zurück.«

»Meine Güte.« Der Erzkanzler hob die Hand. »Scheine überhaupt keine magische Kraft mehr zu haben. Peinliche Sache. Die Finger sind ganz schlaff. Nun, wir könnten natürlich zu Fuß gehen. Es ist ein herrlicher Abend. Hier sind die Abende immer herrlich.«

»Fünfzig oder sechzig Jahre sind vergangen!«, entfuhr es Oma. »Du kannst hier nicht einfach wieder auftauchen und so tun, als sei nichts geschehen.«

»Oh, ich weiß, dass viel Zeit verstrichen ist«, erwiderte Ridcully. »Ich bin jetzt das Oberhaupt der Unsichtbaren Universität. Ich brauche nur einen Befehl zu geben, und tausend Zauberer, äh ... gehorchen mir nicht oder brummen ›Was?‹ oder erheben irgendwelche Einwände. Wie dem auch sei: Sie sind zumindest gezwungen, mich zur Kenntnis zu nehmen.«

»Ich habe die Universität einige Male besucht«, sagte Oma. »Da gibt's einen Haufen dicker Männer mit Bärten.«

»Genau. Das sind *sie*!«

»Viele von ihnen kommen aus den Spitzhornbergen. Ich kenne einige Jungs aus Lancre, die Zauberer geworden sind.«

»Eine sehr magische Region«, meinte Ridcully. »Vielleicht liegt's an der Luft.«

Unten rauschte das dunkle Wasser des Flusses. Es tanzte stets den Reigen der Schwerkraft, strömte nie bergauf.

»Es gab sogar mal einen Erzkanzler namens Wetterwachs«, sagte Ridcully.

»Davon habe ich gehört«, brummte Oma. »Ein Vetter oder so. Bin ihm nie begegnet.«

Sie starrten beide in den Fluss hinab. Gelegentlich sahen sie ein Stück Holz auf den Wellen wippen.

»Erinnerst du dich an ...«, begann Ridcully.

»Ich habe ein ... sehr gutes Gedächtnis.«

»Fragst du dich manchmal, wie das Leben für uns gewesen wäre, wenn du ja gesagt hättest?«

»Nein.«

»Ich nehme an, dann wären wir jetzt eine große Familie, mit vielen Kindern und Enkeln und so ...«

Oma zuckte mit den Schultern. Solche Bemerkungen stammten für gewöhnlich von romantischen Narren. Andererseits: Heute Abend herrschte eine besondere Atmosphäre ...

»Was ist mit dem Feuer?«, fragte sie.

»Mit welchem Feuer?«

»Unser Haus brannte kurz nach der Heirat nieder. Wir kamen in den Flammen ums Leben.«

»*Was?* Davon weiß ich überhaupt nichts ...«

Oma drehte sich um.

»*Natürlich* weißt du nichts davon! Weil es uns erspart geblieben ist. Aber so etwas hätte geschehen *können.* Überlegungen wie ›Wenn *dies* nicht geschehen wäre, dann hätte sich *das* ereignet‹ haben keinen Sinn – weil man die jeweilige Alternative überhaupt nicht kennt. Was in diesem Zusammenhang als erstrebenswert erscheint, könnte sich als etwas Schreckliches herausstellen. Wer ›Wenn ich doch nur ...‹ sagt, ahnt gar nicht, *was* er sich damit wünscht. Es gibt keine Gewissheit. Die Vergangenheit ist vergangen. Man kann nichts an ihr ändern und muss sie akzeptieren.«

»Die Hose der Zeit«, murmelte Ridcully verdrossen.

Er griff nach einem von der Brüstung abgebröckelten Stein und warf ihn in den Fluss. Es platschte, wie oft in solchen Fällen.

»Was?«

»Davon plappern die Burschen im Forschungstrakt für hochenergetische Magie. Sind dreist genug, sich Zauberer zu nennen! Du solltest sie hören. Die Kerle würden nicht einmal dann ein magisches Schwert erkennen, wenn es sie am Knie träfe! So sind die jungen Zauberer heutzutage. Sie glauben, die Magie neu erfunden zu haben.«

»Und die jungen Mädchen, die heutzutage Hexen werden möchten«, ließ sich Oma Wetterwachs vernehmen. »Benutzen Samthüte, schwarzen Lippenstift und Spitzenhandschuhe ohne Finger. Außerdem sind sie frech.«

Sie standen jetzt nebeneinander und blickten in den Fluss.

»Die Hose der Zeit«, sagte Ridcully. »Für manche Leute geht's im einen Bein nach unten, für die Übrigen im anderen. Und außerdem wimmelt's überall vom Kontinuinuinuum-Kram. In meiner Jugend gab es nur ein anständiges Universum, und damit *hatte* es sich. Man musste höchstens befürchten, dass sich irgendwelche Wesen aus den Kerkerdimensionen einen Weg ins Diesseits bahnten. Wie dem auch sei: Es gab nur ein verdammtes Universum – unseres –, und man wusste genau, woran man war. Jetzt soll's plötzlich Millionen von den blöden Dingern geben. Ganz zu schweigen von der Katze, die in einer Schachtel steckt, darin gleichzeitig lebt und tot ist oder so. *Und* dauernd laufen die Burschen herum und rufen: Herrlich, wunderbar, hurra, da kommt noch ein Quantum. Aber wenn man sie um einen einfachen Levitationszauber bittet... Dann sehen sie einen so an, als würde einem der Sabber aus den Mundwinkeln laufen. Du hättest den jungen Stibbons hören sollen. Sprach davon, dass ich mich nicht zu meiner eigenen Hochzeit eingeladen habe!«

Ein Eisvogel sauste zum Fluss und tauchte so hinein, dass sich das Wasser kaum kräuselte. Eine halbe Sekunde später kam er wieder zum Vorschein und flog mit einem silbrigen, zuckenden Etwas im Schnabel fort.

»Der Kerl quasselte dauernd davon, alles geschähe zur gleichen Zeit und so«, fuhr Ridcully mürrisch fort. »Als wenn man überhaupt nicht die Wahl hätte oder was weiß ich. Man entscheidet einfach nur, durch *welches* Hosenbein der Zeit man kriecht. Stibbons meinte zum Beispiel, dass wir *tatsächlich* geheiratet hätten. Seiner Ansicht nach sind alle Möglichkeiten, selbst die absurdesten, irgendwo Realität. Mit anderen Worten: Es existieren viele tausend Versionen von mir, die nie Zauberer wurden – und Hunderte von Esmes, die... Briefe beantworteten. Ha! Für sie sind *wir* etwas, das *gewesen sein könnte.* Ich frage dich: Sollte ein junger Zauberer über solchen Unfug nachdenken, hm?

Als *ich* mit dem Studium begann, war der alte Tudgy Spold Erzkanzler. Wenn ein junger Zauberer so dumm gewesen wäre, ihm gegenüber von derartigen Dingen zu sprechen, so hätte er einen Zauberstab an den Hinterkopf bekommen, jawohl!«

Irgendwo tief unten sprang ein Frosch von einem Stein.

»Meine Güte, seit damals haben wir alle eine Menge Wasser gelassen.«

Es dämmerte Ridcully, dass aus dem Dialog ein Monolog geworden war. Er wandte sich an Oma, die aus weit aufgerissenen Augen in den Fluss sah, als hätte sie nie zuvor Wasser gesehen.

»Dumm, dumm, dumm«, sagte sie.

»Wie bitte? Ich habe doch nur …«

»Ich meine nicht *dich,* sondern *mich selbst.* Ja, ich bin dumm. Aber ich bin nicht *blöd.* Ha! Und ich dachte, mein Gedächtnis ließe mich im Stich! Das Gegenteil ist der Fall! Es erinnert sich an *mehr* als vorher!«

»Was?«

»Ich hatte schon Angst! Ich! Dachte, ich könnte nicht mehr klar denken! Und dabei *habe* ich klar gedacht, die ganze Zeit über!«

»Hä?«

»Nun … Es liegt mir fern zu behaupten, dass mir dieser … kleine Ausflug nicht gefallen hat«, sagte Oma. »Aber jetzt muss ich zurück. Schnipp noch einmal mit den Fingern. Und zwar schnell.«

Eine gewisse Verlegenheit zeichnete sich in Ridcullys Zügen ab.

»Das geht leider nicht«, entgegnete er.

»Eben ging's.«

»Und genau deshalb geht's jetzt nicht mehr. Die Transmigration ist ziemlich anstrengend.«

»Früher hast du's oft angestellt, wenn ich mich recht entsinne«, sagte Oma Wetterwachs. Sie riskierte ein Lächeln. »Deine Füße haben kaum den Boden berührt.«

»Früher war ich jünger. Heute ist einmal genug.«

Omas Stiefel knarrten, als sie sich umdrehte und in Richtung Stadt marschierte. Ridcully folgte ihr hastig.

»Warum so eilig?«

»Habe wichtige Dinge zu erledigen«, antwortete Oma, ohne den Kopf zu drehen. »Darf die Leute nicht enttäuschen.«

»Manche Leute wären vielleicht bereit, *dies hier* für wichtig zu halten.«

»Nein. Dabei handelt es sich nur um eine persönliche Angelegenheit. Und persönliche Angelegenheiten sind nicht automatisch wichtig – auch wenn diese Ansicht weit verbreitet ist.«

»Du machst es schon wieder!«

»Was denn?«

»Ich weiß nicht, wie jene andere Zukunft gewesen wäre«, sagte Ridcully. »Aber was mich betrifft ... Ich hätte sie wenigstens gern mal ausprobiert.«

Oma zögerte, plötzlich erleichtert. Sollte sie von den Erinnerungen erzählen? Sie öffnete den Mund – und überlegte es sich anders. Nein. Sie wollte keine Rührseligkeit bei Ridcully provozieren.

»Ich wäre ständig griesgrämig und schlecht gelaunt gewesen«, sagte sie stattdessen.

»Völlig klar.«

»Ha! Und was ist mit dir? Ich hätte deine Frauengeschichten ertragen müssen. Und sicher wärst du häufig betrunken nach Hause gekommen und so.«

Ridcully wirkte verwirrt.

»Welche Frauengeschichten?«

»Wir sprechen hier von Dingen, die *gewesen sein könnten.*«

»Ich bin Zauberer! Bei Zauberern gibt es keine Frauengeschichten. Es gibt Gesetze, die das verbieten. Nun, es sind keine Gesetze in dem Sinne, eher Regeln. Beziehungsweise Richtlinien.«

»Wir reden von einem Leben, das du ohne Zauberei verbracht hast.«

»Und ich bin fast nie betrunken.«

»Als mein Ehemann wärst du's häufig gewesen.«

Ridcully fasste sich wieder.

»Selbst der junge Ponder faselt nicht so ein Zeug«, stellte er fest. »Du hast dich selbst davon überzeugt, dass wir unsere gemeinsame Vergangenheit verabscheut hätten, nicht wahr?«

»Ja.«

»Warum?«

»Was glaubst du?«

»Ich habe *dich* gefragt.«

»Ich bin viel zu beschäftigt, um mit dieser Sache Zeit zu vergeuden«, meinte Oma. »Wie ich eben schon sagte: Man darf persönliche Dinge nicht mit wichtigen Angelegenheiten verwechseln. Mach dich nützlich, Zauberer. Du weißt doch, dass es Kreis-Zeit ist, oder?«

Ridcully fasste sich an die Hutkrempe.

»O ja.«

»Und weißt du auch, was das bedeutet?«

»Angeblich werden dabei die Wände zwischen den Realitäten dünner. Die Kreise sind ... Welchen Ausdruck hat Stibbons verwendet? Er sprach von Isoresonen. Sie verbinden verschiedene Ebenen von irgendeinem Blödsinn – verschiedene Ebenen der Wirklichkeit oder so. Ich halte das für Unfug. Es klingt so, als könnte man vom einen Universum zum anderen gehen.«

»Hast du's jemals versucht?«

»Nein!«

»Ein Kreis ist so etwas wie eine halbgeöffnete Tür. Es ist nicht sehr schwer, sie ganz zu öffnen. Schon der Glaube genügt. Deshalb hat man vor vielen Jahren die Tänzer aufgestellt. Die Zwerge haben sich darum gekümmert. Die Steine ... Es steckt Donnerkeileisen in ihnen. Das ist ein ganz besonderes Material. Es liebt Eisen. Frag mich nicht, wie's funktioniert. Elfen hassen es noch mehr als gewöhnliches Eisen. Es bringt ihre … Sinne durcheinander oder so. Doch der Geist kann die Barriere durchdringen …«

»Elfen? Jeder weiß, dass es keine Elfen mehr gibt. Zumindest keine richtigen. Ich meine, hier und dort behaupten Leute, Elfen zu sein, aber …«

»Sie sind elfischer Abstammung. Elfen und Menschen können zusammen Nachkommen zeugen – als sei *das* etwas, worauf man stolz sein könnte. Das Ergebnis sind dürre Personen mit spitzen Ohren sowie der Neigung, zu kichern und sich leicht einen Sonnenbrand zu holen. Von *ihnen* geht keine Gefahr aus. Ich meine echte, wilde Elfen, wie wir sie hier schon seit langer Zeit nicht mehr gesehen haben …«

Die Straße von der Brücke zur Stadt wand sich zwischen hohen Böschungen hin und her. Zu beiden Seiten reichte der Wald bis dicht an den Rand des Wegs, und gelegentlich bildete er sogar ein Dach über ihm. Hoher Adlerfarn erweckte den Anschein einer wie spöttisch erstarrten Flutwelle.

Es raschelte nun im Grün.

Und das Einhorn sprang auf die Straße.

Tausende von Universen, aneinander gedrängt wie Fäden, die zu einem Seil geflochten werden …

Irgendwo sickert etwas durch; so etwas lässt sich gar nicht vermeiden. Man stelle sich das mentale Äquivalent der Frequenzüberlagerung bei schlechten Hi-Fi-Anlagen vor, wodurch es möglich wird, bei leisen Musikpassagen die schwedischen Nachrichten zu hören. Kritisch wird's vor allem dann, wenn man seinen Geist das ganze Leben lang als Empfänger verwendet hat.

Es ist sehr schwer, die Gedanken eines anderen Menschen zu empfangen, denn zwei verschiedene Gehirne haben nie die gleiche Wellenlänge.

Aber irgendwo dort draußen – dort, wo die Paralleluniversen ein

Knäuel bilden – gibt es eine Million Egos, die genauso beschaffen sind wie das eigene. Und zwar aus einem offensichtlichen Grund.

Oma Wetterwachs lächelte.

Millie Chillum, der König und einige Kletten in menschlicher Gestalt standen vor Magrats Tür, als Nanny Ogg eintraf.

»Was geht hier vor?«

»Ich weiß, dass sie da drin ist«, sagte Verence. Er hielt die Krone in der berühmten Señor-Banditen-haben-unser-Dorf-überfallen-Haltung. »Sie hat Millie ziemlich erregt aufgefordert, das Zimmer zu verlassen, und anschließend hat sie etwas an die Wand geworfen.«

Nanny Ogg nickte weise.

»Die Nerven«, sagte sie. »Kein Wunder. So etwas musste früher oder später passieren.«

»Man erwartet uns bei der Vorstellung«, meinte Verence. »Magrat sollte mitkommen.«

»Oh, ich weiß nicht«, erwiderte Nanny. »Dabei zuzusehen, wie unser Jason und die anderen mit Perücken herumhüpfen und so… Nun, sie meinen es bestimmt gut, aber ich bezweifle, ob eine junge – eine *einigermaßen* junge – Braut so etwas *unbedingt* am Abend vor ihrer Hochzeit sehen muss. Hast du sie gebeten, die Tür aufzuschließen?«

»Ich habe es ihr sogar *befohlen*«, sagte Verence. »Das war doch richtig, oder? Wenn mir nicht einmal Magrat gehorcht, tauge ich kaum zum König.«

»Äh…« Nanny überlegte und suchte nach den richtigen Worten. »Du hast noch nicht viel Zeit in der Gesellschaft von Frauen verbracht, oder? Ich meine, deine Kenntnisse in Hinsicht auf die Verhaltensweise weiblicher Wesen unterliegen gewissen Beschränkungen, nicht wahr?«

»Nun, ich…«

Die Krone in Verences nervösen Fingern drehte sich immer schneller. Die Banditen hatten nicht nur das Dorf überfallen – wie sich nun herausstellte, veranstalteten die glorreichen Sieben irgendwo ein Picknick.

Nanny klopfte dem König auf den Rücken. »Ich schlage vor, du führst nun bei der Darbietung den Vorsitz und gesellst dich zu den anderen feinen Leuten. Ich kümmere mich um Magrat, keine Sorge. Ich bin selbst dreimal Braut gewesen, dabei sind nur die offiziellen Verlöbnisse gezählt.«

»Ja, aber sie sollte ...«

»Vielleicht findet tatsächlich eine Hochzeit statt, wenn wir das Wörtchen ›sollte‹ nicht so häufig verwenden«, sagte Nanny. »Geht jetzt.«

»Wäre es nicht besser, wenn jemand hier bleibt?«, fragte Verence. »Shawn hält Wache, aber ...«

»An diesem speziellen Ort ist wohl kaum mit einer Invasion zu rechnen, oder?«, hielt ihm Nanny entgegen. »Überlass alles mir.«

»Nun, wenn du meinst ...«

»Geht jetzt!«

Nanny Ogg wartete und hörte, wie der König und seine Begleiter die Treppe hinuntergingen. Kurz darauf rollte die Kutsche übers Pflaster, und eine Menge jubelte – die Hochzeitsgesellschaft verließ das Schloss, allerdings ohne Braut.

Nanny zählte stumm bis hundert.

Dann:

»Magrat?«

»Geh weg!«

»Ich weiß, wie es ist«, sagte Nanny. »Am Abend vor meiner ersten Hochzeit war ich auch ziemlich nervös.« Sie widerstand der Versuchung hinzuzufügen: Weil ich fürchtete, dass unser Jason als zusätzlicher Gast erscheinen könnte.

»Ich bin nicht *nervös*, sondern *wütend*!«

»Warum?«

»Das weißt du ganz genau!«

Nanny nahm den Hut ab und kratzte sich am Kopf.

»Ich habe keine Ahnung, was du meinst«, sagte sie.

»Er wusste Bescheid«, erklang Magrats dumpfe Stimme hinter der Tür. »Ich *weiß*, dass er Bescheid wusste, und ich weiß auch, wer's ihm gesagt hat. Es war alles arrangiert. Bestimmt habt ihr über mich gelacht!«

Nanny betrachtete gleichgültig das Holz der Tür und runzelte die Stirn.

»Nein«, erwiderte sie.

»Nun, ich werde jedenfalls nichts mehr sagen.«

»Sie sind alle zur Vorstellung gegangen«, bemerkte Nanny Ogg.

Keine Antwort.

»Sie werden später zurückkehren.«

Wieder fehlte für einen Dialog die Antwort.

»Dann gibt's Wein und Jongleure und Leute, die Wiesel durch ihre Hosenbeine kriechen lassen«, fügte Nanny hinzu.

Stille.

»Und schließlich wird ein neuer Tag beginnen. Was willst du morgen unternehmen?«

Stille.

»Du kannst natürlich zu deiner Hütte zurückkehren. Dort ist niemand anders eingezogen. Oder bleib eine Zeit lang bei mir, wenn du möchtest. Aber eins steht fest: Du musst dich entscheiden. Du kannst nicht ewig da drin bleiben.«

Nanny lehnte sich an die Wand.

»Vor vielen Jahren hat mir meine Oma von der Königin Amonia erzählt, nun, ich nenne sie Königin, aber eigentlich war sie's gar nicht, oder nur drei Stunden lang. Tja, während des Hochzeitsfests spielten sie Verstecken, und Amonia kroch in eine schwere, große Truhe auf irgendeinem Dachboden, und der Deckel klappte zu. Man fand sie erst nach sieben Monaten, und da war der Hochzeitskuchen schon ein wenig trocken geworden, wenn du verstehst, was ich meine.«

Stille.

»Wenn du keinen Wert darauf legst, mit mir zu reden...«, sagte Nanny. »Ich kann nicht die ganze Nacht hier im Flur verbringen. Morgen früh sieht alles anders und besser aus.«

Stille.

»Ich schlage vor, du legst dich einfach ins Bett«, fuhr Nanny Ogg fort. »Wenn du läutest, bringt dir unser Shawn heißen Tee. Um ganz ehrlich zu sein: Hier draußen wird's allmählich recht frisch. Wirklich erstaunlich, wie sehr die Kühle an Gebäuden aus massivem Stein festhaftet.«

Stille.

»Na schön, ich gehe jetzt«, teilte Nanny dem hartnäckigen Schweigen mit. »Kann hier ohnehin nicht viel ausrichten, oder? Willst du wirklich nicht mit mir reden?«

Stille.

»Steh vor deinem Gott, verneige dich vor deinem König und knie vor deinem Mann – das richtige Rezept für ein glückliches Leben«, verkündete Nanny. »Nun, bis dann. Da fällt mir ein: Wie wär's, wenn ich morgen früh komme und dir bei den letzten Vorbereitungen helfe?«

Stille.

»Dann ist ja alles klar«, sagte Nanny. »Tschüs.«

Sie wartete eine ganze Minute lang und gelangte zu dem Schluss, dass die gewohnten menschlichen Mechanismen in diesem besonderen Fall versagten. Normalerweise hätte Magrat längst den Riegel beiseite schieben, die Tür öffnen, in den Flur spähen und vielleicht sogar nach Nanny rufen sollen. Doch nichts dergleichen geschah.

Nanny schüttelte den Kopf. Sie kannte mindestens drei Methoden, um das Zimmer zu betreten, und nur eine davon erforderte es, die Tür zu passieren. Aber dies war weder der geeignete Zeitpunkt noch der richtige Ort für Hexerei. Nanny Ogg hatte deshalb ein im Großen und Ganzen recht glückliches Leben geführt, weil sie wusste, wann sie besser darauf verzichtete, Hexe zu sein. Zum Beispiel jetzt.

Sie ging die Treppe hinunter und verließ das Schloss. Shawn hielt am Haupttor Wache und übte heimlich Karateschläge, wobei ihm die Nachtluft als Gegner diente. Als sich Nanny Ogg näherte, unterbrach er sein Training verlegen.

»Ich würde auch gern die Vorstellung besuchen, Mama.«

»Bestimmt wird der König sehr großzügig sein, wenn es darum geht, dich für deine Dienste zu entlohnen«, erwiderte Nanny. »Erinnere mich daran, ihn daran zu erinnern.«

»Willst du dir die Vorstellung nicht ansehen?«

»Ich... Ich mache einen kleinen Spaziergang in der Stadt. Vermutlich hat Esme die anderen begleitet, nicht wahr?«

»Weiß nicht, Mama.«

»Nun, ich muss da noch ein paar Dinge erledigen.«

Sie war nur einige Meter weit gekommen, als eine Stimme hinter ihr erklang. »Hallo, o Mond meines Entzückens.«

»Du schleichst dich regelrecht an die Leute heran, Casanunda.«

»Wir speisen im Ziege-und-Busch«, entgegnete der Zwerg und angebliche Graf.

»Oh, das ist ein sehr teures Restaurant«, sagte Nanny Ogg. »Dort habe ich noch nie gegessen.«

»Angesichts der vielen illustren Hochzeitsgäste bietet man dort besondere kulinarische Spezialitäten an«, sagte Casanunda. »Ich habe mir erlaubt, ein Menü zusammenzustellen.«

Was nicht sehr leicht gewesen war.

Das Konzept, Essen als Aphrodisiakum zu verwenden, hatte in

Lancre nie konkrete Anwendung gefunden – sah man einmal von Nanny Oggs berühmter Mohrrüben-und-Austern-Pastete ab.* Nach Meinung des Kochs der Taverne Ziege-und-Busch bestand die einzige Verbindung zwischen Nahrungsmitteln und Sex in bestimmten humorvollen Gesten, die vor allem Gurken betrafen. Doch von Schokolade, Bananenschalen, Avocadobirnen, Ingwer, Marshmallows und den tausend anderen Dingen, die gelegentlich verwendet wurden, um im Verkehrschaos der Romantik von einer verstopften Straße zur nächsten vierspurigen Autobahn zu gelangen, hatte er nie etwas gehört. Casanunda hatte ihm seine gastronomischen Vorstellungen zehn Minuten lang erklärt, und anschließend hatte ziemlich viel Geld den Besitzer gewechselt.

Es ging Casanunda um ein sorgfältig vorbereitetes romantisches Abendessen. Er glaubte fest an die *Kunst* der Verführung.

Viele hoch gewachsene Frauen, die mit Hilfe einer Trittleiter erreicht werden konnten, hatten sich über ihn gewundert. Bei den Zwergen bestand die bereits erwähnte Kunst der Verführung schließlich hauptsächlich darin, mehr oder weniger taktvoll herauszufinden, welches Geschlecht sich unter Leder, Kettenhemd und Bart eines anderen Zwergs verbarg. Wie konnte ein solches Volk ausgerechnet einen Casanunda hervorgebracht haben?

Genauso gut durfte man von Eskimos erwarten, dass sie einen Fachmann für seltene tropische Pflanzen präsentierten. Die enormen gestauten Wassermengen der Zwergensexualität hatten ein Leck ganz unten am Damm gefunden: Es mochte klein sein, entfaltete jedoch genug Kraft, um einen Dynamo anzutreiben.

Jene Aktivitäten, die alle anderen Zwerge nur dann gelegentlich entfalteten, wenn die Natur es von ihnen verlangte... Casanunda beschäftigte sich praktisch unablässig damit. Ob im rückwärtigen Be-

* Mohrrüben, um im Dunkeln zu sehen. Und Austern, damit es etwas zu sehen gab.

reich einer Sänfte oder mit dem Kopf nach unten in einem Baum hängend – er ging mit großer Sorgfalt vor und zeigte typisch zwergenhafte Aufmerksamkeit fürs Detail. Zwerge konnten monatelang an einem besonders kunstvollen Schmuckstück arbeiten, und aus ähnlichen Gründen war Casanunda ein willkommener Gast an vielen Höfen – wobei es ein sonderbarer Zufall wollte, dass er immer dann eintraf, wenn der Hausherr nicht zugegen war. Darüber hinaus kam er gut mit Schlössern zurecht, ein nützliches Talent, wollte man peinliche Momente *sur la boudoir* vermeiden.

Nanny Ogg war keine schöne, aber eine attraktive Frau. Casanunda war von ihr fasziniert. In ihrer Nähe fühlte man sich sehr wohl, was unter anderem an ihrer Aufgeschlossenheit lag. Die Persönlichkeit vieler Leute bot gerade genug Platz für eine Kammer, in der ein großer Spiegel steht. Bei Nanny hingegen passten noch drei Fußballfelder, eine Bowlingbahn und ein großes Schlafzimmer mit hinein.

»Wenn ich doch nur meine Armbrust dabei hätte«, brummte Ridcully. »Mit *dem* Kopf an der Wand gäbe es immer eine Stelle, an der ich meinen Hut aufhängen könnte.«

Das Einhorn schnaufte und scharrte mit den Hufen. Dampf löste sich von seinen Flanken.

»Da bin ich mir nicht so sicher«, erwiderte Oma Wetterwachs. »Hast du überhaupt keinen Mumm mehr in den Fingern?«

»Wie wär's, wenn ich ein Trugbild schaffe?«, schlug der Zauberer vor. »Das ist nicht schwer.«

»Hat keinen Sinn. Einhörner gehören zu den elfischen Wesen und weisen daher eine natürliche Immunität gegen Magie auf. Sie lassen sich nicht von Trugbildern täuschen. Kein Wunder: Damit kennen sie sich bestens aus. Was ist mit der Böschung? Könntest du die hochklettern?«

Ihre Blicke wanderten zu der Böschung. Sie bestand aus rotem Lehm und war so aalglatt wie ein Priester.

»Ziehen wir uns zurück«, sagte Oma. »Ganz langsam.«

»Was ist mit dem Bewusstsein des Geschöpfs? Kannst du nicht hineingelangen, um Einfluss darauf zu nehmen?«

»Es befindet sich schon jemand darin. Das arme Ding ist *ihr* Liebling. Es gehorcht nur der *Königin*.«

Das Einhorn folgte ihnen und versuchte, sie beide gleichzeitig zu beobachten.

»Was sollen wir machen, wenn wir die Brücke erreichen?«

»Du hast das Schwimmen doch nicht verlernt, oder?«

»Der Fluß ist ziemlich weit unten.«

»Es gibt da einen tiefen Tümpel. Erinnerst du dich? Du bist dort getaucht, in einer vom Mondschein erhellten Nacht …«

»Damals war ich jung und töricht.«

»Na und? Jetzt bist du alt und töricht.«

»Ich habe mir Einhörner immer … flauschiger vorgestellt.«

»Hüte dich davor, das zu sehen, was du sehen *möchtest*«, warnte Oma. »Lass dich nicht vom Glamour blenden. Es handelt sich um ein großes Pferd mit einem langen, spitzen Horn am Kopf!«

Die Hufe des Einhorns scharrten zornig über den Boden.

Omas Stiefel knarrten am Rand der Brücke.

»Es ist ohne Absicht hierher gekommen, und jetzt kann es nicht zurück«, sagte sie. »Wenn es nur einen von uns gäbe, hätte es längst angegriffen. So, wir sind jetzt etwa halb über die Brücke …«

»Die Schneeschmelze hat den Fluß anschwellen lassen«, stellte Ridcully skeptisch fest.

»Ja, stimmt«, bestätigte Oma Wetterwachs. »Wir sehen uns beim Wehr.« Und dann war sie verschwunden.

Das Einhorn hatte versucht, ein Ziel auszuwählen. Jetzt sah es nur noch den Erzkanzler.

Es konnte bis eins zählen.

Es senkte den Kopf.

Ridcully hatte nie viel von Pferden gehalten. Seiner Ansicht nach konnte der Wahnsinn in ihnen jeden Moment zum Ausbruch kommen.

Als das Einhorn angriff, sprang er über die Brüstung und fiel ohne besondere aerodynamische Eleganz in die Tiefe. Unten erwartete ihn das kalte Wasser des Lancreflusses.

Der Bibliothekar mochte Theater. Wenn in Ankh-Morpork irgendwo ein neues Stück aufgeführt wurde, saß er immer in der ersten Reihe. Seine besondere Natur versetzte ihn in die Lage, nicht nur mit den Händen zu klatschen, sondern auch mit den Füßen. Wenn ihm etwas nicht gefiel, warf er mit Erdnussschalen.

Jetzt wuchs seine Enttäuschung. Im Schloss von Lancre gab es kaum Bücher, abgesehen von einigen Wälzern über Etikette, Viehwirtschaft und Ackerbau. Der Adel schien nicht viel zu lesen.

Darüber hinaus rechnete der Bibliothekar kaum damit, von der Vorstellung begeistert zu sein. Er hatte einen Blick hinters Sackleinen geworfen, das als Trennwand für die Garderobe fungierte, und bei jener Gelegenheit sah er einige kräftig gebaute Männer, die miteinander zankten. Das verhieß nichts Gutes für einen Abend erbauender Thespiskunst. Allerdings: Es gab immer die Möglichkeit, dass sich die Schauspieler mit Sahnetorten bewerfen würden.*

* Der Bibliothekar stellte keine besonders hohen Ansprüche, aber es gab einige Dinge, die er in jedem Fall und unter allen Umständen für lustig hielt. Wenn bei einer Darbietung Sahnetorten, Eimer mit Tünche sowie jene besonders komischen Sequenzen vorkamen, bei denen jemand einer anderen Person den Hut abnahm und das entsprechende Haupt mit einer breiigen Substanz zierte, während die Miene des Betroffenen völlig unbewegt blieb und das Orchester einen Tusch spielte … Dann freute sich der Bibliothekar; in solchen Dingen sah er ein absolutes Muss für jedes Theaterstück. Geröstete Erdnüsse können sehr gefährlich und schmerzhaft sein, wenn man sie mit großer Zielsicherheit wirft, und deshalb hatten die Regisseure von Ankh-Morpork schon vor einer ganzen Weile beschlossen, gewisse dramatürgische Kompromisse einzugehen. Dadurch kam es zu ungewöhnlichen Aspekten bei einigen *Grand-Guignol*-Melodramen, aber die Beteiligten vertraten folgenden Standpunkt: Stücke wie »Die überaus blutige Tragödie des irren Mönchs von Quirm (mit Sahnetortenszene)« waren einer fünftägigen Taubheit auf einem Ohr vorzuziehen.

Es gelang dem Bibliothekar, drei Plätze in der vordersten Reihe zu bekommen. Zuerst hatte dort schon jemand gesessen, doch es war immer wieder erstaunlich, wie bereitwillig die Leute zusammenrückten, um Platz zu schaffen. Darüber hinaus war es ihm auch noch gelungen, Erdnüsse aufzutreiben – niemand wusste, wie er das angestellt hatte.

»Ugh?«

»Nein, danke«, erwiderte Ponder Stibbons. »Davon bekomme ich Blähungen.«

»Ugh?«

»Wie gern ich jemandem zuhöre, der gern spricht! Hoppla! Sägemehl und Sirup! Stopf das in deinen Hering und rauch ihn in der Pfeife!«

»Ich glaube, der Quästor möchte ebenfalls keine Erdnüsse«, spekulierte Stibbons.

Der Vorhang ging auf. Besser gesagt: Fuhrmann, der Bäcker, zog ihn beiseite.

Die Vorstellung begann.

Der Bibliothekar beobachtete das Geschehen auf der Bühne, und mit seiner Stimmung ging's immer mehr bergab. Normalerweise fand er Gefallen an schlecht gespielten Stücken, vorausgesetzt, es gab ausreichend fliegende Torten und dergleichen. Aber diese Schauspieler konnten nicht einmal schlecht schauspielern. Hinzu kam: Niemand schien irgendetwas werfen zu wollen.

Er holte eine Erdnuss aus der Tüte und rollte sie zwischen den Fingern hin und her, während er das linke Ohr von Schneider-der-andere-Weber anvisierte.

Dann sträubten sich seine Haare. Bei einem Orang-Utan wirkt so etwas recht beeindruckend.

Er sah zum Hügel hinter den tolpatschigen Gestalten auf der improvisierten Bühne. Ein leises Knurren entwich seiner Kehle.

»Ugh?«

Ponder stieß ihn an.

»Sei still«, hauchte er. »Die Burschen bekommen allmählich den Dreh raus ...«

Einer der Darsteller – er trug eine Strohperücke, die ihn als Frau erscheinen lassen sollte – sagte etwas, und seine Stimme erzeugte eine Art Echo.

»Wie hat sie das angestellt?«, fragte Ponder Stibbons.

»Ugh!«

»Wie hat sie das nur fertig gebracht? Ich meine, sie trägt dickes Make-up und ...«

Ponder unterbrech sich und schwieg.

Plötzlich fühlte sich der Bibliothekar sehr allein.

Alle anderen Zuschauer blickten starr zur Bühne.

Der Orang-Utan wedelte mit der Hand vor Stibbons Gesicht.

Über dem Hügel flimmerte es, und das Gras am Hang wogte auf eine Weise, die dem Bibliothekar Tränen in die Augen trieb.

»Ugh?«

Oben, zwischen den Steinen des Kreises, begann es zu schneien.

»Ugh?«

Magrat befand sich allein in ihrem Zimmer und holte das Hochzeitskleid hervor.

Dies war noch so eine Sache.

Sie hätte zumindest am Kleid *beteiligt* sein müssen. Immerhin war es für sie bestimmt, für die Braut – die sie bis vor kurzem *gewesen war*. Magrat stellte sich vor, wie sie wochenlang den Stoff ausgesucht, anprobiert und es sich wieder anders überlegt, das Material gewechselt, das Muster verändert und wieder anprobiert hätte ...

Nun, als unabhängige, selbständige Frau war so etwas eigentlich unter ihrer Würde ...

Aber sie hätte gern die *Möglichkeit* gehabt – wenn auch nur deshalb, um sie abzulehnen.

Das Kleid bestand aus weißer Seide und einer geschmackvollen Menge Spitze. Mit der Sprache der Schneiderei kannte sich Magrat nicht besonders gut aus. Sie wusste, worum es sich bei diesem und jenem handelte, aber die Fachbegriffe fehlten in ihrem Vokabular. All die Rüschen und Falten und Rockbahnen und so…

Sie hob das Kleid und stellte sich sich darin vor.

An der einen Wand hing ein kleiner Spiegel.

Einige Sekunden lang rang Magrat mit sich selbst, und dann gab sie nach. Was keineswegs bedeutete, dass sie mit dem Gedanken spielte, das Gewand am nächsten Tag zu tragen. Aber: Wenn sie es jetzt nicht ausprobierte, würde sie sich ihr Leben lang fragen, ob es gepasst hätte.

Es passte. Besser gesagt: Es passte nicht, allerdings auf eine sehr schmeichelhafte Art. Der Schneider hatte überaus geschickte Dinge mit dem Stoff angestellt: Das Kleid neigte sich dort nach innen, wo es bei Magrat eher gerade Linien gab, und es wies dort Wölbungen auf, wo sie der Exhexe fehlten.

Seidenblumen schmückten das Stirnband des Schleiers.

Ich fange jetzt auf keinen Fall an zu weinen, dachte Magrat. *Ich bleibe verärgert. Ich konzentriere mich so sehr auf den Ärger, dass er wächst und zu Zorn wird. Und wenn Verence, Nanny und die anderen zurückkehren…*

Was dann?

Sie konnte ihnen mit unnahbarer Kühle begegnen und majestätisch an ihnen vorbeirauschen – dieses Kleid eignete sich bestens dafür –, was ihnen bestimmt eine Lehre sein würde.

Und dann? Sie konnte unmöglich hier bleiben. Immerhin wussten alle Bescheid. Und wer wider Erwarten keine Ahnung haben sollte, erfuhr sicher bald davon. Von dem Brief. Nachrichten verbreiteten sich in Lancre schneller als Terpentin in einem kranken Esel.

Woraus folgte: Es blieb Magrat nichts anderes übrig, als das Königreich zu verlassen und sich einen Ort zu suchen, wo es keine Hexen gab, um anschließend noch einmal von vorn zu beginnen. Und da war noch ein Problem: Derzeit brachte sie der Hexerei im Großen und Ganzen ausgesprochen negative Gefühle entgegen. Jeder andere Beruf war ihr lieber – sofern es überhaupt andere Berufe für eine ehemalige Hexe gab.

Sie schob das Kinn vor. Galle blubberte wie eine heiße Quelle in ihr – derzeit war sie genau in der richtigen Stimmung, um einen ganz neuen Beruf zu schaffen. Am besten einen, der ohne Männer und alte Frauen, die sich in alles einmischten, auskam.

Den verdammten Brief wollte sie behalten – als eine Art Andenken.

Die ganze Zeit über hatte sie sich gefragt, wie es Verence gelungen war, schon Wochen vor ihrer Rückkehr mit den Vorbereitungen zu beginnen. Jetzt kannte sie die Antwort. Bestimmt haben sie über mich gelacht...

Nanny Ogg dachte kurz daran, dass sie eigentlich woanders sein sollte, doch in ihrem Alter geschah es nicht jeden Tag, dass man zu einem romantischen Essen im Kerzenschein eingeladen wurde. Es musste auch einmal möglich sein, sich keine Sorgen um die Zukunft der Welt zu machen und den eigenen Bedürfnissen Aufmerksamkeit zu schenken. Ja, irgendwann einmal musste es Zeit genug geben, um in sich zu gehen.

»Meine Güte, dieser Wein schmeckt wirklich gut«, sagte Nanny Ogg und griff nach der nächsten Flasche. »Wie heißt er?« Sie warf einen Blick aufs Etikett. »Chateau Maison? Chat-eau – ah, das ausländische Wort für Katzenwasser. So sind die Ausländer eben, geben allen Dingen komische Namen, aber keine Angst, es ist nicht *wirklich* Katzenwasser. Echtes Katzenwasser riecht strenger.« Mit dem Griff des Messers rammte sie den Korken tiefer in die Flasche und schüttelte sie energisch, damit sich das »Gute« darin ordentlich und gründlich verteilte.

»Aber ich halte nichts davon, Wein aus Frauenstiefeln zu trinken«, fuhr Nanny fort. »Ich weiß natürlich, dass so etwas sehr beliebt ist. Aber ich frage mich immer wieder, warum es so toll sein soll, mit nassen Stiefeln nach Hause zu kommen. Hast du gar keinen Hunger? Wenn du den Knorpel da nicht möchtest… Ich esse ihn gern. Gibt's noch mehr von den Hummer-Dingern? Habe noch nie in meinem Leben Hummer probiert. Und dann die Mayonnaise. Und die kleinen Eier mit Sachen drin. Übrigens: Die Brombeermarmelade schmeckte nach Fisch.«

»Du meinst den Kaviar«, murmelte Casanunda.

Er stützte das Kinn auf die Hand und beobachtete Nanny hingerissen.

Überrascht stellte er fest, wie viel Spaß er hatte, obgleich er noch immer nicht in der Horizontalen weilte.

Mit kulinarischen Ereignissen dieser Art kannte er sich natürlich aus. Es handelte sich um eine der wichtigsten Waffen im Arsenal des Verführers. Die Dame bekam jede Menge erlesenen Wein und viele leicht zu verdauende Köstlichkeiten. Über dem Tisch wurde häufiger Blickkontakt hergestellt, und darunter berührten sich immer wieder die Füße. Hinzu kam das demonstrative Verspeisen von Birnen, Bananen und so weiter. Auf diese Weise steuerte das Schiff der Versuchung langsam in den Hafen.

Und dann gab es da Nanny Ogg.

Nanny wusste erlesenen Wein auf ihre eigene Weise zu schätzen. Es wäre Casanunda nie in den Sinn gekommen, dass jemand Portwein nach Weißwein trinken konnte, nur weil die erste Flasche leer war.

Was das Essen betraf… Nun, auch daran fand Nanny Gefallen. Casanunda hatte nie zuvor eine solche… Nahrungsaufnahme gesehen.

Wenn man Nanny Ogg ein gutes Essen vorsetzte, so nahm sie es ohne Rücksicht auf Verluste in Angriff. Zeuge zu werden, wie sie Hummer aß … Es war ein einzigartiges Erlebnis, an das der Zwerg noch in vielen Jahren zurückdenken würde. Die Kellner der Taverne mochten noch in einigen Wochen damit beschäftigt sein, Scherensplitter aus den Holzwänden zu ziehen.

Und der Spargel … Nun, Casanunda konnte natürlich *versuchen*, die Erinnerungen an eine Spargel essende Nanny Ogg aus seinem Gedächtnis zu verbannen, aber er befürchtete, dass die sich immer wieder in sein Denken und Empfinden einschleichen würden.

Er vermutete, dass es mit der Hexerei zusammenhing. Hexen drückten sich immer sehr klar aus, wenn es um ihre Wünsche ging. Wenn man steile Klippen erkletterte, reißende Ströme überquerte und auf Schiern über lange Gletscherflanken rutschte, um Gytha Ogg eine Schachtel Pralinen zu bringen, so hatte sie bereits die mit Nougat gefüllten Exemplare aus der unteren Lage geholt, noch bevor man die Steigeisen ablegen konnte. *Typisch.*

Womit auch immer sich eine Hexe beschäftigt, sie ist hundertprozentig bei der Sache.

Hubba, hubba!

»Willst du keine Garnelen mehr? Schieb den Teller einfach rüber.«

Casanunda hatte versucht, ein wenig zu füßeln, um am Ball zu bleiben, gab diese Bemühungen jedoch auf, als Nannys schwerer, mit eisernen Beschlägen ausgestatteter Stiefel auf seine Fußknöchel herabschmetterte.

Und dann der Geige spielende Zigeuner. Zuerst klagte Nanny darüber, dass eine Fiedel jammerte, während sie sich auf das Essen konzentrieren wollte. Aber zwischen zwei Gängen riss sie dem armen Mann das Ding aus der Hand, warf den Bogen in eine Schüssel mit Kamelien und stimmte die Geige so, dass sie wie ein Banjo klang. Im Anschluss daran sang sie aus vollem Hals drei Verse eines Lieds, dem sie aus Rücksicht auf Casanunda den ausländisch klingenden Titel gab: *Bei Stachelschweinen die Liebe ist dolorosus.*

Dann trank sie noch mehr Wein.

Es beeindruckte den Zwerg, dass sich Nanny Oggs Gesicht in eine Masse aus horizontalen Falten verwandelte, wenn sie lachte. Und Nanny Ogg lachte oft.

Casanunda hockte in einer angenehmen, vom Wein geschaffenen Dunstglocke und bemerkte, dass er sich vergnügte.

»Ich nehme an, es gibt keinen Herrn Ogg, oder?«, fragte er nach einer Weile.

»O doch, es gibt einen«, sagte Nanny. »Wir haben ihn vor Jahren begraben. Es blieb uns nichts anderes übrig – immerhin war er tot.«

»Es ist bestimmt schwer für eine Frau, ganz allein zu leben, nicht wahr?«

»Eine schreckliche Sache, ja«, bestätigte Nanny Ogg, die nicht mehr gekocht oder Staub gewischt hatte, seit ihre älteste Tochter groß genug geworden war, um ihr diese Arbeiten abzunehmen. Außerdem bekam sie pro Tag mindestens vier von ängstlichen Schwiegertöchtern zubereitete Mahlzeiten.

»Bestimmt bist du nachts besonders einsam«, sagte Casanunda aus reiner Angewohnheit.

»Greebo leistet mir Gesellschaft«, entgegnete Nanny. »Er hält mir die Füße warm.«

»Greebo ...«

»Der Kater. Glaubst du, wir bekommen auch noch Pudding?«

Als sie die Taverne verließen, nahm Nanny die letzte Flasche Wein mit.

Herr Brooks, der Imker, schöpfte im Schuppen eine grünliche, stinkende Flüssigkeit aus einem Kochtopf, unter dem praktisch ständig ein Feuer brannte. Er füllte den Spritzer damit.

In der Gartenmauer gab es ein Wespennest. Bis zum Morgen des nächsten Tages sollte es sich in einen Wespenfriedhof verwandelt haben.

Es gab da einen seltsamen Aspekt im Verhalten der Bienen. Den Eingang des Stocks bewachten sie stets und verteidigten ihn mit ihrem Leben, wenn es sein musste. Doch die Wespen fanden irgendwo weiter hinten einen Riss im Holz und drangen in den Stock ein. Komisch: Die Bienen drinnen unternahmen nichts dagegen.

Sie bewachten den Eingang, aber wenn Wespen einen anderen Weg ins Innere fanden, so wussten die Verteidiger nicht mehr, wie sie es verteidigen sollten.

Der Imker betätigte den Hebel des Spritzers. Flüssigkeit drang aus der Düse und hinterließ dampfende Kleckse auf dem Boden.

Wespen mochten recht hübsch aussehen. Aber wenn man auf der Seite der Bienen stand, musste man gegen Wespen sein.

Im Großen Saal schien irgendein Fest stattzufinden. Herr Brooks erinnerte sich vage an eine Einladung, aber solche Dinge entgingen nur zu leicht seiner Aufmerksamkeit. Erst recht nicht unter den gegenwärtigen Umständen. Etwas ging nicht mit rechten Dingen zu. Bei keinem der Bienenstöcke gab es Anzeichen für baldiges Schwärmen. Überhaupt keine.

Als er im Dunkeln an ihnen vorbeikam, hörte er das Summen. Dazu kam es an warmen Abenden: Ganze Bataillone von Bienen versammelten sich an den Öffnungen der Stöcke und fächelten Luft mit ihren Flügeln, damit es für die Brut nicht zu warm wurde. Doch diesmal bildeten die Bienen eine regelrechte Wolke, die den Stock umgab.

Sie waren aufgeregt und wachsam.

An der Grenze von Lancre gab es im Fluss einige Wehre. Oma Wetterwachs zog sich aufs nasse Holz und quatschte zum Ufer, wo sie ihre Stiefel leerte.

Nach einer Weile schwamm der spitze Hut eines Zauberers flussabwärts. Kurz darauf kam darunter ein spitz zulaufender Zaubererkopf zum Vorschein.

Oma streckte die Hand aus und half Ridcully an Land.

»Na bitte«, sagte sie. »Belebend, nicht wahr? Ich hatte ohnehin den Eindruck, dass du ein kaltes Bad gebrauchen konntest.«

Der Erzkanzler versuchte, sich Wasser aus dem Ohr zu schütteln. Er bedachte Oma mit einem finsteren Blick.

»Warum bist du nicht nass?«

»Ich *bin* nass.«

»Nein, bist du nicht. Du bist nur feucht, im Gegensatz zu mir – habe keinen trockenen Faden mehr am Leib. Wie kannst du durch einen Fluß schwimmen und trotzdem nur feucht sein?«

»Ich trockne schnell.«

Oma Wetterwachs blickte an den Felsen empor. Nicht sehr weit entfernt führte eine Straße über den Hang nach Lancre, aber Esme kannte auch noch andere Wege, die zwischen den Bäumen verliefen und mehr Diskretion in Aussicht stellten.

»Sie will also nicht, dass ich dorthin gehe, wie?«, brummte sie im Selbstgespräch. »Nun, mal sehen …«

»Dorthin?«, wiederholte Ridcully. »Was meinst du damit?«

»Keine Ahnung«, erwiderte Oma. »Ich weiß nur eins: Wenn *sie* nicht will, dass ich *dorthin* gehe, dann *gehe* ich dorthin. Allerdings … Ich habe nicht damit gerechnet, dass du hier auftauchst und plötzlich Frühlingsgefühle kriegst.«

Ridcully wrang seinen Mantel aus, von dem sich einige Pailletten gelöst hatten. Er nahm den Hut vom Kopf und schraubte die Spitze ab.

Hüte empfangen morphische Vibrationen. Der Hut eines früheren Erzkanzlers hatte für ziemliche Unruhe in der Unsichtbaren Universität gesorgt, weil er aufgrund der vielen magischen Schwingungen auf den Häuptern von Zauberern eine eigene Persönlichkeit entwickelte.

Ridcully hatte Vorsorge getroffen, indem er *seinen* Hut nach bestimmten Angaben von einem vollkommen verrückten Hutmacher in Ankh-Morpork anfertigen ließ.

Es war kein normaler Zaubererhut. Nur wenige Zauberer haben jemals Verwendung für die Spitzen ihrer Hüte gefunden; ihr Einfallsreichtum beschränkte sich höchstens darauf, ein Paar Socken darin zu verstauen.

Ridcullys Hut hingegen verfügte über kleine Schränke. Er hatte eingebaute Überraschungen. Zu seiner Ausstattung gehörten zum Beispiel vier ausziehbare Beine, über die man eine Rolle Ölhaut aus der Krempe ziehen konnte, um so ein kleines Zelt zu bilden. Hinzu kamen ein kleiner Spirituskocher sowie Innentaschen mit diversen eisernen Rationen. Die abgeschraubte Spitze enthielt alkoholische Getränke für Notfälle. Mit anderen Worten: Sie wurden benötigt, wenn Ridcully Durst hatte.

Die hohle Spitze selbst diente als Becher, und der Erzkanzler bot sie Oma an.

»Brandy?«, fragte er.

»Was hast du da auf dem Kopf?«

Ridcully tastete behutsam danach.

»Äh…«

»Riecht nach Honig und Pferdeäpfeln. Und was ist *das* für ein Ding?«

Ridcully griff nach dem kleinen Käfig. Er enthielt eine Tretmühle und eine komplexe Vorrichtung aus Glasstäben. Außerdem waren nicht nur zwei Futternäpfe zu sehen, sondern auch eine haarige und derzeit recht nasse Maus.

»Oh, eine, äh, Idee der jungen Zauberer«, sagte Ridcully verlegen. »Ich habe mich angeboten, die Sache… für sie auszuprobieren. Das Maushaar reibt an den Glasstäben, und dadurch gibt's Funken, ja, und… und…«

Oma Wetterwachs betrachtete das nicht mehr ganz saubere Haupt des Erzkanzlers und wölbte eine Braue.

»Meine Güte«, kommentierte sie. »Was mag den Burschen als nächstes einfallen?«

»Eigentlich weiß ich gar nicht, wie's funktioniert, Stibbons ist für so was zuständig, und ich wollte ihm nur ein wenig behilflich sein und so...«

»Welch ein Glück, dass du rein zufällig eine Glatze bekommst, wie?«

In der Dunkelheit ihres Zimmers öffnete Diamanda die Augen – die sich verändert und einen perlmuttenen Glanz angenommen hatten.

Ein Lied erklang, gerade an der Schwelle des Hörvermögens.

Die Welt war anders. Ein Teil des erwachten Selbst blieb Diamanda, spähte durch den Dunst der Magie und sah eine Welt, die aus dünnen silbernen Linien bestand. Jene fadenartigen Gebilde bewegten sich ständig und vermittelten den Eindruck, dass alles eine Filigranpatina trug. Alles – bis auf Eisen beinhaltende Bereiche.

Das Mädchen schlüpfte aus dem Bett und schützte seine Hand mit einem Zipfel des Lakens, als es nach der Klinke griff und die Tür öffnete.

Shawn Ogg stand ziemlich stramm.

Derzeit bewachte er das Schloss und fand heraus, wie lange er auf einem Bein stehen konnte.

Dann fiel ihm ein, dass sich so etwas nicht für jemanden ziemte, der die Kampfkunst beherrschte. Daraufhin veränderte er die Position und ahmte Nummer 19 nach, »der doppelte Sprungtritt der fliegenden Chrysantheme«.

Nach einer Weile hörte er etwas. Das Geräusch schien einen Rhythmus zu haben und erinnerte ihn vage an eine zirpende Heuschrecke. Es kam aus dem Schloss.

Langsam drehte er sich um und blieb wachsam – für den Fall, dass feindliche Horden aus dem Ausland angriffen, während er ihnen den Rücken zukehrte.

Shawn überlegte. War seine Pflicht, das Schloss vor Dingen zu schützen, die sich *darin* befanden? Nein, wohl kaum. Gefahr drohte meistens von *außerhalb.* Deshalb die Mauern und Zinnen und so. Er dachte an das große Poster, eine Beilage des Buches *Alle Belagerungswaffen dieser Welt.* Ja, mit solchen Sachen kannte er sich aus: Angriffe kamen praktisch immer von *draußen.*

Man konnte Shawn nicht unbedingt als schnellen Denker bezeichnen, aber er entsann sich nun des Elfen im Kerker. Das Geschöpf war eingesperrt. Er hatte die Tür selbst abgeschlossen. Außerdem gab's überall Eisen. Ja, Mama hielt das Eisen für sehr wichtig.

Und doch…

Shawn beschloss, kein Risiko einzugehen. Er zog die Zugbrücke hoch, ließ das Fallgatter herab und sah über die Mauer. Doch seinen argwöhnischen Blicken boten sich nur Nachtluft und Dunkelheit.

Nun *spürte* er das Geräusch. Aus den Steinen schien es zu kommen, mit einer gezähnten akustischen Kante, die an den Nerven sägte.

Der Elf konnte das Verlies doch nicht verlassen haben, oder? Nein, unmöglich. Welchen Sinn hatte es, Kerker zu bauen, aus denen man entkommen konnte?

Das Geräusch kletterte die Tonleiter empor und stieg sie wieder herab.

Shawn lehnte seine rostige Pike an die Wand und zog das Schwert. Er wusste, wie man damit umging. Zehn Minuten täglich übte er, und meistens bot der Strohsack hinterher einen traurigen Anblick.

Er betrat das Schloss durch die Hintertür, schlich durch leere Flure und Korridore zum Kerker. Nirgends rührte sich etwas. Ganz klar: Alle besuchten die Vorstellung, und sicher dauerte es nicht mehr lange, bis sie zurückkehrten.

Das Schloss fühlte sich groß, alt und kalt an.

Vielleicht brauchten nur noch einige wenige Minuten zu verstreichen, bevor es im Schloss wieder von Hochzeitsgästen wimmelte.

Oder auch nur Sekunden…

Das Geräusch verklang.

Shawn sah um die Ecke. Die Stufen und dahinter die offene Tür des Verlieses…

»Halt!«, rief er nur für alle Fälle.

Seine Stimme hallte von den Wänden wider.

»Halt!, Oder… oder… oder… Halt!«

Er wagte sich vor, ging die Treppe hinunter und blickte durch den offenen Zugang.

»Seid gewarnt! Ich erlerne gerade den Pfad des jadegrünen Lotos!«

Die Zellentür war ebenfalls geöffnet. Und daneben stand eine in Weiß gekleidete Gestalt.

Shawn blinzelte.

»Du bist doch das Tockley-Mädchen, oder?«

Die junge Frau lächelte, und ihre Augen glühten im matten Licht.

»Du trägst ein Kettenhemd, Shawn«, sagte sie.

»Was?« Er sah erneut zur offenen Tür.

»Es ist hässlich. Leg es ab. Wie kannst du mit all dem Zeug hören?«

Shawn war sich der Leere in seinem Rücken bewusst, doch er brachte nicht den Mut auf, sich umzudrehen.

»Ich höre recht gut«, erwiderte er und schob sich ein wenig zur Seite, um die Wand direkt hinter sich zu wissen.

»Aber du hörst nicht, was *wirklich* ist«, sagte Diamanda und näherte sich. »Das Eisen macht dich taub.«

Shawn war noch nicht an spärlich bekleidete junge Frauen gewöhnt, die mit verträumtem Gesichtsausdruck auf ihn zutraten. Er wünschte sich plötzlich, den Weg des sofortigen Rückzugs beschreiten zu können.

Er sah zur Seite.

In der offenen Zellentür zeichnete sich eine dürre Gestalt ab. Sie schien zu versuchen, einen möglichst großen Abstand zu ihrer Umgebung wahren zu wollen.

Diamanda bedachte Shawn mit einem sehr sonderbaren Lächeln.

Er floh.

Irgendwie hatte sich der Wald verändert. Ridcully zweifelte kaum daran, dass es hier in seiner Jugend Hyazinthen, Schlüsselblumen und … und Hyazinthen und so gegeben hatte. Jetzt schien die Vegetation nur aus Dornenbüschen zu bestehen. Sie zerrten an seinem Mantel, und gelegentlich stießen ihm niedrige Zweige aus reiner Bosheit den Hut vom Kopf.

Was alles noch schlimmer machte: Bei Oma Wetterwachs kam es nicht zu derartigen unliebsamen Zwischenfällen.

»Wie machst du das?«, fragte der Erzkanzler nach einer Weile.

»Ich weiß die ganze Zeit über, wo ich bin«, antwortete Oma.

»Na und? Auch ich weiß, wo ich bin.«

»Nein, weißt du nicht. Du bist nur zufälligerweise *da*. Das ist etwas ganz anderes.«

»Nun, ich frage mich, warum wir nicht einem Weg folgen.«

»Dies ist eine Abkürzung.«

»Zwischen zwei Punkten, die du genau kennst?«

»Ich habe mich *nicht* verirrt – wenn du *das* meinst. Ich bin nur … richtungsmäßig herausgefordert.«

»Ha!«

An Selbstsicherheit mangelte es Esme Wetterwachs gewiss nicht – das musste Ridcully ihr lassen. Sie mochte durchaus fähig sein, sich zu verirren – und er hatte allen Grund zu der Annahme, dass sie tatsächlich die Orientierung verloren hatte; es sei denn, in diesem Wald existierten zwei Bäume mit exakt gleich angeordneten Zweigen *und* einem Stofffetzen, der aus dem Umhang des Erzkanzlers stammte. Aber Esme verfügte über eine besondere Eigenschaft: Bei Leuten, die keine Hexenhüte und uralte schwarze Kleider trugen, sprach man in diesem Zusammenhang vielleicht von »Haltung«. Ja, Esme Wetterwachs besaß Haltung. Man konnte sich kaum vorstellen, dass sie sich schwerfällig bewegte – es sei denn, es steckte ihrerseits Absicht dahinter.

Natürlich hatte Ridcully das auch damals bemerkt. Allerdings war er zu jener Zeit vor allem darüber erstaunt gewesen, wie gut Esmes Gestalt in den Rest der Welt passte. Und …

Der Erzkanzler fand ins Hier und Heute zurück.

»Einen Augenblick!«

»Du trägst völlig falsche Kleidung!«

»Ich habe nicht mit einer Wanderung durch den Wald gerechnet! Dies ist ein verdammter Zeremonienmantel!«

»Zieh ihn aus.«

»Woher sollen dann die Leute wissen, dass ich Zauberer bin?«

»Ich sage es ihnen!«

Oma Wetterwachs wurde allmählich sauer. Tief in ihrem Innern musste sie zugeben, dass sie sich tatsächlich verirrt hatte. Obwohl das eigentlich unmöglich war. Zwischen dem Wehr an den Stromschnellen des Lancreflusses und der Stadt Lancre *konnte* man sich gar nicht verirren. Es ging immer bergauf. Außerdem war Oma Wetterwachs einen großen Teil ihres Lebens im hiesigen Wald herumgestreift. Er *gehörte* ihr praktisch.

Inzwischen zweifelte sie kaum mehr daran, dass sie dreimal am gleichen Baum vorbeigegangen war. Ein Fetzen von Ridcullys Mantel hing daran.

Oma fühlte sich wie jemand, der im eigenen Garten die Orientierung verloren hatte.

Darüber hinaus glaubte sie, dann und wann das Einhorn gesehen zu haben. Es folgte ihnen. Sie versuchte, sich ins Selbst jenes Wesens zu tasten, aber ebenso gut hätte sie probieren können, eine Eiswand zu erklettern.

In ihrem eigenen Ich herrschte keine Ruhe, doch wenigstens durfte sie sicher sein, dass sie nicht den Verstand verlor.

Wenn die Wände zwischen den Universen dünn sind, wenn sich die parallelen Stränge des Wenn und Falls zusammendrängen, um das Jetzt zu passieren, so wechseln gewisse Dinge von einer Seite zur anderen. Es sind sehr leise Signale, doch sie können wahrgenommen werden, wenn der Empfänger richtig eingestellt und sensibel genug ist.

Hinter Omas Stirn flüsterten die beharrlichen Gedanken von tausend Selbstsphären, die alle Esme Wetterwachs hießen.

Magrat wusste nicht genau, was sie einpacken sollte. Der größte Teil ihrer ursprünglichen Kleidung schien verschwunden zu sein, seit sie im Schloss wohnte. Und vermutlich bewies sie keine guten Manieren, wenn sie jene Sachen mitnahm, die von Verence stammten. Ähnliches galt für den Verlobungsring. Magrat bezweifelte, ob man ihn in solchen Fällen behalten durfte.

Sie betrachtete sich im Spiegel.

Und nahm sich vor, nicht mehr solche Sachen zu denken. Ihr ganzes Leben hatte sie damit verbracht, sich klein und unwichtig vorzukommen, immer höflich zu sein und sich zu entschuldigen, wenn ihr jemand auf den Fuß trat. Immer hatte sie gute Manieren zeigen wollen. Und das Ergebnis? Man behandelte sie, als wäre sie klein, unwichtig, höflich und hätte gute Manieren.

Sie würde den, den, den *verdammten* Brief an den Spiegel heften, damit alle wussten, warum sie fortgegangen war.

Ja, und *dann* würde sie ein neues Leben anfangen, in irgendeiner großen Stadt, als Kurtisane oder so. Was auch immer das sein mochte.

Und dann hörte Magrat den Gesang.

Nie zuvor in ihrem Leben hatte sie etwas Schöneres vernommen. Die Melodien flossen durch die Ohren ins Gehirn, ins Blut und Knochenmark...

Ein seidenes Mieder rutschte ihr aus der Hand und fiel zu Boden.

Sie zerrte an der Tür, bis sich ein noch halbwegs rationaler Teil ihres Ichs an den Schlüssel erinnerte.

Der Gesang hallte durch den Flur. Magrat hob den Saum des Hochzeitskleids, um schneller zu laufen, eilte zur Treppe...

Etwas sauste durch eine andere Tür, und es kam zu einer Kollision, die Magrat zu Boden schleuderte.

Das Etwas hieß Shawn Ogg. Durch chromatischen Dunst sah Magrat ein besorgtes Gesicht unter der rostigen Kapuze des...

... Kettenhemds aus *Eisen.*

Der Gesang veränderte sich und blieb doch gleich. Die komplexen Melodien und der faszinierende Rhythmus gewannen eine neue, unangenehme Qualität – Magrat schien das Lied plötzlich mit anderen Ohren zu hören.

Shawn zog sie zur Tür.

»Ist alles in Ordnung mit dir, Fräulein Königin?«

»Was geht hier vor?«

»Ich weiß es nicht genau, Fräulein Königin. Allerdings vermute ich, dass wir es mit Elfen zu tun haben.«

»Mit Elfen?«

»Das Tockley-Mädchen befindet sich in ihrer Gewalt. Ähm. Du hast das Eisen weggenommen...«

»Wovon redest du da?«, fragte Magrat verdutzt.

Shawns Gesicht war kalkweiß.

»Der Elf im Kerker begann zu singen, und sie haben das Mädchen gezeichnet, damit es ihnen gehorchen muss...«

»Shawn!«

»Und Mama meinte, sie töten nicht, wenn sich's vermeiden lässt.

Zumindest töten sie nicht sofort. Lebend machen wir ihnen viel mehr Spaß.«

Magrat starrte ihn mit großen Augen an.

»Ich musste fliehen! Sie versuchte, mir die Kapuze abzunehmen! Es blieb mir gar nichts anderes übrig, als den Kerker zu verlassen, Fräulein Königin. Verstehst du?«

»Elfen?«

»Besorg dir irgendeinen Gegenstand aus Eisen, Fräulein Königin! Sie verabscheuen Eisen!«

Magrat holte aus und versetzte Shawn eine Ohrfeige. Dabei berührten ihre Finger die metallene Kapuze und schmerzten.

»Du faselst dummes Zeug, Shawn!«

»Sie sind da draußen, Fräulein Königin! Ich habe gehört, wie sie die Zugbrücke herabgelassen haben! Sie sind da draußen und waren hier drin, und sie töten nicht, sie lassen uns zunächst am Leben, um …«

»Stillgestanden, Soldat!«

Etwas anderes fiel Magrat nicht ein. Aber es schien zu funktionieren: Shawn stand stramm.

»Jetzt hör mal …«, begann sie. »Alle wissen, dass es eigentlich gar keine Elfen gibt …« Ihre Stimme verklang, und sie kniff die Augen zusammen. »Das glaubt nur Magrat Knoblauch, nicht wahr? Alle anderen wissen es besser, stimmt's?«

Shawn zitterte. Magrat packte ihn an den Schultern.

»Meine Mama und Oma Wetterwachs meinten, du solltest nichts davon erfahren!«, jammerte der junge Mann. »Sie meinten, es sei eine Hexenangelegenheit!«

»Und wo kümmern sie sich derzeit um Hexenangelegenheiten?«, fragte Magrat. »Hier ist weit und breit nichts von ihnen zu sehen, oder? Stehen sie vielleicht hinter der Tür? Nein! Liegen sie unterm Bett? Das scheint seltsamerweise auch nicht der Fall zu sein … Nur ich bin hier, Shawn Ogg. Und wenn du mir jetzt nicht endlich sagst, was du weißt … Dann sorge ich dafür, dass du den Tag bereust, an dem ich geboren wurde.«

Shawns Adamsapfel hüpfte auf und ab, während er darüber nachdachte. Nach einigen Sekunden befreite er sich aus Magrats Griff und lauschte an der Tür.

Der Gesang war verstummt. Magrat glaubte, draußen im Flur eilige Schritte zu hören, die sich entfernten.

»Nun, Fräulein Königin, meine Mama und Oma Wetterwachs waren oben bei den Tänzern …«

Magrat war ganz Ohr.

»Und wo sind alle anderen?«, erkundigte sie sich schließlich.

»Weiß nicht, Fräulein Königin. Die Leute sind zur Vorstellung gegangen. Aber inzwischen müssten sie längst zurück sein.«

»Wo findet die Vorstellung statt?«

»Keine Ahnung, Fräulein Königin. Fräulein Königin?«

»Ja?«

»Warum trägst du das Hochzeitskleid?«

»Das geht dich nichts an.«

»Es bringt dem Bräutigam Unglück, wenn er die Braut vor der Trauung im Hochzeitskleid sieht«, sagte Shawn. Er suchte Zuflucht in banalen Klischees, um seinem Entsetzen zu entkommen.

»In diesem Fall stimmt es«, erwiderte Magrat. »Verence kann was erleben, wenn er mir über den Weg läuft.«

»Fräulein Königin?«

»Ja?«

»Vielleicht ist den anderen etwas zugestoßen. Unser Jason wollte in einer Stunde oder so zurück sein. Und inzwischen sind *mehrere* Stunden vergangen.«

»Aber es sind fast hundert Gäste und alle Leute aus der Stadt. Gegen eine so große Menge können Elfen sicher nichts ausrichten.«

»Das brauchen sie auch gar nicht.« Shawn trat ans unverglaste Fenster heran. »Von hier aus kann ich in den Kornspeicher auf dem Hof springen. Das Dach besteht nur aus Stroh, kein Problem. Dann schleiche ich durch die Küche und verlasse das Schloss durchs kleine Tor im mittwärtigen Turm, und zwar mit militärischer Präzision.«

»Warum?«

»Um Hilfe zu holen, Fräulein Königin.«

»Aber du weißt doch gar nicht, ob es überhaupt Hilfe *gibt,* die man holen kann.«

»Hast du eine bessere Idee, Fräulein Königin?«

Magrat schwieg.

»Das ist... sehr tapfer von dir, Shawn«, sagte sie kurz darauf.

»Bleib du hier«, meinte Nanny Oggs Sohn. »Dann geschieht dir nichts. Da fällt mir ein... Wie wär's, wenn ich die Tür abschließe und den Schlüssel mitnehme? Dann *kannst* du gar nicht hinaus, selbst wenn du den Gesang hörst.«

Magrat nickte.

Shawn lächelte schief. »Ich wünschte, wir hätten hier noch ein Kettenhemd. Aber das ist alles im Arsenal.«

»Mach dir keine Sorgen. Ich komme schon zurecht. Geh jetzt.«

Shawn nickte. Auf dem Fenstersims zögerte er kurz und ließ sich dann in die Dunkelheit fallen.

Magrat schob das Bett vor die Tür und nahm darauf Platz.

Sie spielte mit dem Gedanken, ebenfalls aufzubrechen, doch in dem Fall bliebe das Schloss unbewacht zurück, was ihr nicht richtig erschien.

Außerdem fürchtete sie sich.

Es gab nur eine Kerze im Zimmer, und die war bereits zur Hälfte niedergebrannt. Wenn sie verlöschen würde, gäbe es nur noch Mondlicht. Magrat hatte Mondschein immer gemocht – bis jetzt.

Draußen herrschte Stille. Zumindest die Geräusche der Stadt hätte man eigentlich hören sollen.

Magrat dachte daran, dass es nicht unbedingt eine gute Idee gewesen sein mochte, Shawn mit dem Schlüssel gehen zu lassen. Wenn die Elfen ihn schnappten, konnten sie ohne Probleme ins Zimmer eindringen …

Jemand schrie, und zwar ziemlich hingebungsvoll.

Nach dem langen Schrei kehrte die Stille der Nacht zurück.

Nach einigen Minuten kratzte etwas am Schloss. Es klang nach jemanden, der ein dickes Tuch um den Schlüssel gewickelt hatte – um einen Kontakt mit dem Metall zu vermeiden – und nun versuchte, ihn möglichst lautlos ins Schloss zu schieben.

Die Tür öffnete sich – und stieß nach wenigen Zentimetern ans Bett.

»Willst du nicht herauskommen, Teuerste?«

Die Tür knarrte.

»Willst du nicht mit uns tanzen, hübsche Dame?«

Die Stimme zeichnete sich durch seltsame Schwingungen und ein Echo aus, das noch einige Sekunden nach dem letzten Wort im Kopf nachhallte.

Die Tür schwang ganz auf und stieß das Bett beiseite.

Drei Gestalten huschten ins Zimmer. Eine untersuchte das Bett, und ihre beiden Begleiter nahmen sich die dunklen Ecken des Raums vor. Nach einer Weile ging einer von ihnen zum Fenster und sah nach draußen.

Die alte, an vielen Stellen zerbröckelnde Mauer erstreckte sich leer nach unten, bis zum Strohdach des Kornspeichers.

Die Gestalt nickte zwei weiteren Gestalten zu, die mit wehendem blonden Haar unten auf dem Hof im Mondlicht standen.

Einer von ihnen deutete nach oben, wo eine Gestalt, die ein langes weißes Kleid trug, an der Mauer hochkletterte.

Der Elf am Fenster lachte. Diese Sache machte noch viel mehr Spaß, als er gehofft hatte.

Magrat zog sich über den Fenstersims, sank zu Boden und schnappte nach Luft. Sie gönnte sich nur eine kurze Verschnaufpause, stand auf und wankte zur Tür. Es steckte kein Schlüssel im Schloss, aber dafür gab es zwei dicke Holzriegel, die sie jetzt rasch vorschob.

Magrat schloss auch den Fensterladen.

Man würde sie bestimmt nicht noch einmal auf die gleiche Weise entkommen lassen. Sie hatte mit einem Pfeil gerechnet, aber… Nein, etwas so Einfaches machte ihnen nicht genug Spaß.

Finsternis umgab die ehemalige Hexe. Sie befand sich jetzt wieder in einem Zimmer – aber in welchem? Nach kurzer Suche entdeckte sie eine Kerze und Streichhölzer; wenige Sekunden später brannte Licht.

Im unsteten Schein der flackernden Kerzenflamme sah Magrat mehrere kartonartige Behälter mit Reisegepäck, woraus sie schloss: Dies war ein Gästezimmer.

Gedanken tröpfelten durch die Stille in ihrem Kopf, einer nach dem anderen.

Sie fragte sich, ob die Elfen für sie singen würden. Und ob sie dem Gesang widerstehen konnte. Wenn man darauf vorbereitet war…

Es klopfte leise an der Tür.

»Deine *Freunde* sind unten, Teuerste. Komm und tanz mit mir.«

Magrat sah sich verzweifelt um.

Der Raum war auf die bekannt schlichte Weise von Gästezimmern eingerichtet. Krug und Waschschüssel; der schreckliche »Kleiderschrank«, eher schlecht hinter einem Vorhang verborgen; das Bett, auf dem einige Kleidungsstücke lagen; ein nicht besonders stabil wirkender Stuhl, von dem an mehreren Stellen der Lack abblätterte; und ein Läufer, durch Alter und Staub ergraut.

Das Klopfen wurde lauter; die Tür bebte. »Lass mich eintreten, hübsche Dame.«

Das Fenster bot diesmal keinen geeigneten Fluchtweg. Magrat

dachte daran, sich unter dem Bett zu verstecken. Wie viel Zeit gewann sie dadurch? Wohl kaum mehr als zwei Sekunden.

Irgendein schrecklicher Zauber lenkte Magrats Aufmerksamkeit zum Kleiderschrank hinterm Vorhang.

Ihre Füße schienen sich von ganz allein in Bewegung zu setzen, und dem Rest des Körpers blieb nichts anderes übrig, als ihnen zu folgen.

In der Wandnische nahm sie den Deckel ab. Der Schacht darunter bot genug Platz für einen Körper. Dafür waren derartige »Kleiderschränke« bekannt. Die Regierungszeit so manchen unbeliebten Königs wurde an solchen Orten von einem Mörder beendet, der gut klettern konnte, einen Speer mitbrachte und entschlossen war, auf eine sehr direkte Weise in die Politik einzugreifen.

Etwas stieß ziemlich wuchtig gegen die Tür.

»Soll ich für dich singen, Teuerste?«

Magrat traf eine Entscheidung.

Schließlich gaben die Angeln nach. Rostige Bolzen lösten sich aus dem Gestein.

Der halb zugezogene Nischenvorhang bewegte sich im Luftzug.

Der Elf lächelte, trat näher und zog den Vorhang ganz beiseite.

Er sah einen hochgeklappten Holzdeckel. Er beugte sich vor.

Magrat erschien wie ein weißes Phantom hinter ihm und schlug fest mit dem Stuhl zu. Das Ding zerbrach im Nacken des Elfen.

Der Elf versuchte, sich umzudrehen und das Gleichgewicht zu wahren, aber in Magrats Händen war noch immer genug Stuhl übrig, um erneut zuzuschlagen. Das Geschöpf fiel nach hinten und griff nach dem Deckel, der daraufhin zuklappte. Magrat vernahm ein dumpfes Pochen und dann einen langen, zornigen Schrei, als der Elf durch eklige Dunkelheit fiel. Sie durfte natürlich nicht hoffen, dass er sich zu Tode stürzen würde – schließlich würde er auf etwas Weichem landen.

»Der Aufprall bringt ihn nicht um«, murmelte sie. »Aber vielleicht erstinkt er.«

Man mag nur zwei Sekunden Zeit gewinnen, wenn man sich unterm Bett versteckt. Doch manchmal reichen diese zwei Sekunden aus.

Magrat ließ die Reste des Stuhls los. Sie zitterte. Aber sie lebte noch, und das fühlte sich gut an. Darin besteht einer der Vorteile des Lebens: Man kann es genießen, am Leben zu sein.

Magrat spähte in den Flur.

Sie durfte nicht hier bleiben. Entschlossen griff sie nach einem Stuhlbein und wagte sich durch die Tür.

Erneut hörte sie einen Schrei, und zwar vom Großen Saal her.

Magrat sah in die andere Richtung, durch die Lange Galerie. Und sie lief los. Irgendwo musste es einen Weg nach draußen geben, ein Tor oder ein Fenster…

Ein innovativer König hatte hier die Fenster verglasen lassen. Der Mondschein schimmerte durch große, silberne Blöcke, die sich mit schwarzen Quadraten abwechselten.

Magrat hastete von Licht zu Schatten, von Licht zu Schatten, durch ein endloses Zimmer. Dutzende von Monarchen glitten an ihr vorbei, wie die Geschichte von Lancre im Zeitraffer. König nach König, mit Bärten und Kronen. Königin nach Königin, mit Miedern, Korsetts, sanften Falken, kleinen Hunden und…

Irgend etwas durchdrang die Barriere aus Entsetzen und weckte Magrats Aufmerksamkeit: vielleicht der besondere Gesichtsausdruck eines Gemäldes, ein seltsamer Reflex, hervorgerufen vom wechselhaften Glanz des Mondes…

Sie verharrte vor einem Bild, das sie nie zuvor bemerkt hatte. So weit war sie schließlich auch noch nicht in die Lange Galerie vorgedrungen. Die geradezu idiotische Geistlosigkeit der vielen Königinnen hatte sie zu sehr deprimiert. Doch dieses Porträt…

Es schien eine Botschaft zu verkünden, die Magrat hören konnte.

Sie blieb stehen.

Dieses Bild konnte unmöglich zu Lebzeiten der betreffenden Königin angefertigt worden sein. Damals war nur eine Art Blau bekannt gewesen, das man hauptsächlich am Körper verwendete. Nun, vor einigen Generationen hatte König Lully I. regiert, ein Monarch mit historischen Interessen und einem gewissen Hang zur Romantik. Er stellte Nachforschungen über die Anfänge von Lancre an, und wo deutliche Anhaltspunkte fehlten, folgte er der Tradition engagierter Historiker: Er zog Schlussfolgerungen aus dem Offensichtlichen* und extrapolierte aus zuverlässigen Quellen.** Auf der Grundlage solcher Informationen gab er ein Gemälde in Auftrag, das Königin Ynci die Unbeherrschte zeigte, eine der Gründerinnen des Königreichs Lancre.

Ynci trug einen Helm mit Schwingen und einer Spitze. Die lange Mähne bildete eine dichte Lockenmasse, wobei Blut als Haarfestiger verwendet worden war. Das alles andere als sparsam aufgetragene Make-up wurde der Waid-und-Blut-und-Spiralen-Schule barbarischer Kosmetik gerecht. Der Brustharnisch wies zwei beeindruckend große Stahlkörbe auf, und es fehlte ihm ebenso wenig an Spitzen wie den Schulterplatten. Spitzen zierten auch die Knieschützer und Sandalen. Hinzu kam ein recht kurzer Rock mit modischen Karo- und Blutmustern. Eine Hand ruhte lässig auf dem Griff einer großen, mit Spitzen ausgestatteten Streitaxt, und die andere hielt den Arm eines feindlichen Kriegers. Der Rest des Gegners hing an verschiedenen Bäumen im Hintergrund. Das Porträt zeigte auch Spitze, das Lieblingspony der Königin – es gehörte zu jener inzwischen ausgestorbenen Lancrespezies, deren Erscheinungsbild und Leidenschaft am besten mit einem Fass Schießpulver verglichen werden kann –, und ihren Streitwagen, dem es ebenfalls nicht an Spitzen mangelte. Mit den Rädern hätte man sich auch rasieren können.

* Mit anderen Worten: Er erfand Dinge.

** Er las Bücher von Leuten, die ebenfalls historische Fakten erfanden.

Magrat starrte auf das Bild.

Darauf hatte sie niemand hingewiesen.

Man hatte ihr nur immer von Tapisserien, Stickereien und Reifröcken erzählt, um ihr anschließend noch zu erklären, wie man adligen Herrn die Hand reichte. Von metallenen Spitzen und Brustpanzern und dergleichen erfuhr sie erst jetzt.

Vom Ende der Galerie, aus der Richtung, aus der sie gekommen war, hörte Magrat Geräusche. Einmal mehr hob sie den Saum ihres Kleids und lief los.

Schritte folgten ihr. Schritte und Gelächter.

Nach links, dann nach unten durch den Kreuzgang und durch die dunkle Passage über der Küche, vorbei an …

In der Dunkelheit bewegte sich ein Schemen. Zähne blitzten. Magrat hob das Stuhlbein und blieb abrupt stehen.

»Greebo?«

Nanny Oggs Kater rieb den Rücken an ihren Beinen, hatte Fell und Ohren angelegt. Dadurch wuchs das Unbehagen in Magrat. Dies war *Greebo,* unumstrittener König der Katzen von Lancre, in den meisten Fällen auch ihr Vater. Wo er auftauchte, versteckten sich Wölfe und kletterten Bären auf Bäume. Doch diesmal fürchtete sich der Kater.

»Komm her, du dummer Kerl.«

Magrat packte ihn am zernarbten Nacken, woraufhin Greebo ihr dankbar die Krallen in den Arm bohrte* und sich zur Schulter hochzog.

Offenbar befand sie sich nun in der Nähe der Küche, denn das war Greebos Revier. Es handelte sich um eine unbekannte, dunkle Region, um *terror incognita.* Hier ging das Fleisch von Teppichen und der Gips von Säulen zu Ende; hier offenbarten sich die steinernen Knochen des Schlosses.

* »Er ist ja so anhänglich.« – Aus Nanny Oggs Buch »Katzensprüche«.

Magrat glaubte, schnelle, leichtfüßige Schritte hinter sich zu hören.

Wenn sie lief und die nächste Ecke hinter sich brachte...

Greebo spannte plötzlich die Muskeln, fühlte sich an wie eine zusammengedrückte Feder. Magrat zögerte.

Hinter der nächsten Ecke...

Ganz automatisch ging die Hand mit dem Stuhlbein nach oben.

Sie trat vor – und schlug gleichzeitig zu. Ein triumphierendes Zischen verwandelte sich in ein schmerzerfülltes Heulen, als die improvisierte Keule einen Elfennacken streifte. Das Geschöpf taumelte zur Seite. Magrat stürmte zur nächsten Tür, und Tränen der Panik quollen ihr in die Augen, als sie an der Klinke zog. Die Tür ging auf. Mit einem Satz sprang sie über die Schwelle, riss die Tür hinter sich zu, tastete nach den Riegeln, drückte sie zu... Und sank auf die Knie.

Draußen stieß etwas an die versperrte Tür.

Nach einer Weile öffnete Magrat die Augen und fragte sich sofort, ob sie wirklich die Lider gehoben hatte: An der Dunkelheit änderte sich überhaupt nichts. Irgend etwas teilte ihr mit, dass weiter vorn... Platz war. Es gab viele Dinge im Schloss, unter ihnen auch verborgene Kammern und so... Direkt vor Magrat mochte sich eine tiefe Grube befinden. Praktisch *alles* war möglich. Die Ex-Hexe hielt sich am Türrahmen fest, als sie aufstand und die andere Hand in Richtung Wand ausstreckte.

Sie ertastete ein kleines Bord. Eine Kerze stand darauf. Und daneben lag ein Bündel Streichhölzer.

Magrat versuchte, das rasende Pochen ihres Herzens unter Kontrolle zu bringen, indem sie dachte: *Dies muss ein Zimmer sein, das ab und zu benutzt wird.* Die meisten Leute in Lancre benutzten nach wie vor Zunderbüchsen. Nur der König konnte es sich leisten, Streichhölzer aus Ankh-Morpork kommen zu lassen. Oma Wetterwachs und Nanny Ogg benutzten sie ebenfalls. Allerdings wären sie nie auf die Idee gekommen, Streichhölzer zu kaufen – sie gingen einfach davon aus, dass man sie ihnen schenkte. Nun, als Hexe bekam man viele Dinge geschenkt.

Magrat zündete die Kerze an und drehte den Kopf, um festzustellen, in welchem Raum sie sich befand.

Oh…

»Na so was«, brummte Ridcully. »Der Baum dort kommt mir bekannt vor.«

»Sei still.«

»Wenn ich mich recht entsinne, hat *jemand* gesagt, wir müssten nur am Hang nach oben«, fuhr der Erzkanzler fort.

»Sei still.«

»Als wir damals in diesem Wald spazieren gegangen sind, hast du mir erlaubt…«

»Sei still.«

Oma Wetterwachs setzte sich auf einen Baumstumpf.

»Man führt uns in die Irre«, sagte sie. »Jemand verwirrt unsere Sinne.«

»Ich erinnere mich an eine Geschichte«, sagte Ridcully. »Es geht dabei um zwei Kinder, die sich im Wald verirren, und es kamen viele Vögel, um sie mit Blättern zu bedecken.« In seiner Stimme zeigte sich Hoffnung auf die gleiche Weise wie ein Zeh, der unterm Rand einer Krinoline hervorragt.

»Ja, solche idiotischen Dinge fallen nur Vögeln ein.« Oma kratzte sich am Kopf.

»*Sie* steckt dahinter«, kam es von ihren Lippen. »Es ist ein Elfentrick. Wanderer in die Irre zu führen… Sie sät Verwirrung in meinen Gedanken. Direkt hinter meiner Stirn, jawohl! Sie ist ganz schön geschickt. Lenkt unsere Schritte in die Richtung, die sie will. Lässt uns im Kreis gehen. Treibt Schabernack mit *mir*.«

»Vielleicht denkst du an andere Dinge«, spekulierte Ridcully. Er gab die Hoffnung nicht auf.

»Natürlich denke ich an andere Dinge – immerhin stolperst du dauernd über die eigenen Füße und faselst irgendwelchen Unsinn. Wenn Herr Schlaumeier Zauberer nicht unbedingt etwas hervorkramen musste, das überhaupt nie existiert hat … Dann wäre ich gar nicht hier, im Zentrum des was weiß ich, ohne die geringste Möglichkeit, ins allgemeine Geschehen einzugreifen.« Sie ballte die Fäuste.

»Finde dich einfach damit ab«, schlug Ridcully vor. »Es ist ein herrlicher Abend. Wir könnten uns einfach irgendwo setzen und …«

»Du fällst also auch darauf herein«, sagte Oma. »Der zuckersüß-romantische Unsinn von Blicken, die sich über Dutzende von Metern hinweg in einem großen Saal treffen … Meine Güte, wie schaffst du es nur, als oberster Zauberer im Amt zu bleiben?«

»Indem ich jeden Abend sorgfältig das Bett untersuche und immer darauf achte, dass bei einer Mahlzeit jemand anders vor mir den ersten Bissen isst«, antwortete Ridcully mit entwaffnender Offenheit. »Nun, mit dem Amt des Erzkanzlers hat's eigentlich gar nicht so viel auf sich. Man muss nur dauernd irgendwelche Dokumente unterschreiben, und gelegentlich darf man Untergebene anbrüllen …«

Ein Blatt schwebte vorbei.

Ridcully seufzte.

»Wie dem auch sei: Du warst ziemlich überrascht, als du mich gesehen hast. Bist blass geworden.«

»Kein Wunder«, erwiderte Oma. »Jede Frau wird blass, wenn sie einen erwachsenen Mann erblickt, der zu ersticken scheint.«

»Du gibst nie nach, oder?«, fragte Ridcully. »Es ist bemerkenswert. Nicht einen einzigen Zentimeter weit rückst du von deinem Standpunkt ab.«

Noch ein Blatt sank neben dem Erzkanzler zu Boden.

Ridcully drehte den Kopf nicht.

»Weißt du …« Er sprach ganz ruhig. »Entweder beginnt der Herbst in diesem Teil von Lancre ziemlich früh, oder die hiesigen Vögel spielen ebenfalls gern mit Blättern herum. Es kann natürlich auch sein, dass sich jemand im Baum über uns befindet.«

»Ich weiß.«

»Du weißt es?«

»Ja. Ich habe natürlich aufgepasst, während du damit beschäftigt warst, auf dem Pfad der Erinnerung zu wandeln. Es sind mindestens fünf, und sie starren auf uns herunter. Was ist mit deinen Fingern?«

»Ich könnte vielleicht eine Feuerkugel beschwören.«

»Das nützt uns kaum etwas. Kannst du uns nicht von hier fortbringen?«

»Nicht uns beide.«

»Nur dich selbst?«

»Ich denke schon. Aber natürlich lasse ich dich hier nicht allein zurück.«

Oma Wetterwachs rollte mit den Augen. »Es stimmt tatsächlich«, murmelte sie. »Männer wollen immer nur bei Frauen Eindruck schinden. Verschwinde, du romantischer Narr. Die Elfen haben gar nicht vor, mich zu töten. Zumindest jetzt noch nicht. Aber Zauberer sind ihnen völlig gleich. Sie würden dich einfach so umbringen, ohne einen Gedanken daran zu vergeuden.«

»Du möchtest, dass ich das hier überlebe? Also bedeute ich dir etwas.«

»Ich sehe keinen Sinn darin, dass du stirbst, obwohl du etwas Nützliches anstellen könntest.«

»Die Flucht ist nicht besonders nützlich.«

»Für dich dürfte sie weitaus nützlicher sein, als hier zu bleiben.«

»Ich würde es mir nie verzeihen, dich jetzt allein zu lassen.«

»Ich würde es dir nie verzeihen, wenn du bleibst«, betonte Oma. »Und ich bin besser darin, nicht zu verzeihen, als du. Geh zu Gytha Ogg, wenn alles vorbei ist. Sag ihr, sie soll in meiner alten Schachtel nachsehen. Sie weiß, was ich meine. Und wenn du jetzt nicht schleunigst losgehst...«

Ein Pfeil bohrte sich in den Baumstumpf neben Ridcully.

»Die Mistkerle *schießen* auf mich!«, ereiferte sich der Erzkanzler. »Wenn ich jetzt meine Armbrust hätte …«

»Warum holst du sie nicht?«, entgegnete Oma.

»Ja, genau! Bin gleich wieder da!«

Ridcully verschwand. Eine halbe Sekunde später fielen einige Steine aus dem Schloss dort zu Boden, wo er eben noch gesessen hatte.

»Das Problem wäre gelöst«, sagte Oma Wetterwachs zu sich selbst.

Sie stand auf und ließ ihren Blick durch den Wald schweifen.

»Na schön«, sagte sie laut. »Hier bin ich. Und ich laufe nicht weg. Komm und hol mich. Hier bin ich«, wiederholte sie. Und: »Hier sind *wir.*«

Magrat beruhigte sich. Natürlich gab es einen solchen Ort. Jedes Schloss verfügte über eine derartige Kammer. Und *natürlich* wurde diese benutzt. Unübersehbare Fußspuren führten durch dicken Staub zu einem nicht sehr weit entfernten Gestell, an dem einige gelangweilt vor sich hin rostende Kettenhemden hingen, direkt neben den Piken.

Shawn kam wahrscheinlich jeden Tag hierher.

Dies war das Arsenal.

Greebo sprang von Magrats Schulter und wanderte durch die von Spinnweben verhangenen Nischen, auf der Suche nach kleinen, quiekenden Geschöpfen.

Magrat folgte ihm benommen.

Die Könige von Lancre hatten nie etwas weggeworfen. Erst recht nichts, womit man jemand töten konnte.

Es gab Rüstungen für Menschen und für Pferde. Es gab auch welche für Kampfhunde. Es gab sogar einige experimentelle Exemplare für Raben, obgleich hier Folgendes festgestellt werden muss: König Gurnt der Dumme plante zwar eine Luftwaffe, aber sie ist nie abgehoben. Magrat sah zahllose Piken, Schwerter, Messer, Säbel, Rapiere,

Degen, Breitschwerter, Dreschflegel, Morgensterne, Streitkolben und Keulen mit Spitzen. Sie bildeten große Haufen und hatten dort, wo Regenwasser durchs Dach sickerte, ziemlich viel Rost angesetzt. Lange und kurze Bögen kamen hinzu, sowie Armbrüste in verschiedenen Größen. Wie Feuerholz lagen sie übereinander, und das galt auch für viele braunrote Rüstungsteile. Überall war Rost. Der ganze Raum kam einem Grab für Eisen gleich.

Magrat setzte einen Fuß vor den anderen, wie ein aufgezogenes Spielzeug, das in die einmal eingeschlagene Richtung rasselt, bis es gegen ein Hindernis stößt.

Das Licht der Kerze strich über Helme und Brustharnische. Die für Pferde bestimmten Rüstungen an den Holzgestellen wirkten besonders beeindruckend. Sie sahen aus wie Außenskelette – und wie Skelette erinnerten sie an Sterblichkeit und Tod. Leere Augenöffnungen starrten blicklos zur ehemaligen Hexe.

»Hübsche Dame?«

Die Stimme erklang jenseits der Tür, weit hinter Magrat. Doch die Worte waren im ganzen Arsenal zu hören, hallten von jahrhundertealten Waffen wider.

Dieses Zimmer können sie nicht betreten, dachte Magrat. *Hier gibt es zu viel Eisen. Hier bin ich sicher.*

»Wenn die hübsche Dame spielen möchte, so holen wir ihre Freunde.«

Magrat drehte sich um, und dabei fiel das Kerzenlicht auf einen ganz besonderen Gegenstand.

Sie zog einen großen Schild beiseite.

»Hübsche Dame?«

Magrat streckte die Hand aus.

»Teuerste?«

Magrat griff nach einem rostigen Helm mit Schwingen.

»Komm und tanz bei der Hochzeit, hübsche Dame.«

Magrat griff nach einem Brustharnisch mit zwei großen Stahlkörben und Spitzen.

Greebo jagte in einer auf dem Boden liegenden Rüstung Mäuse und spähte nun aus einem Bein.

Magrat veränderte sich. Das merkte man daran, wie sie atmete. Noch vor kurzer Zeit hatte sie vor Furcht und aus Erschöpfung geschnauft und dann einige Sekunden lang den Atem angehalten. Jetzt holte sie tief und entschlossen Luft.

Greebo hatte Magrat bisher immer als eine Art Maus in Menschengestalt wahrgenommen und beobachtete nun, wie sie den Schwingenhelm aufsetzte.

Magrat wusste um die Macht von Hüten.

Zwischen ihren Schläfen hörte sie das Donnern von Streitwagen.

»Hübsche Dame? Wir holen deine Freunde, um für dich zu singen.«

Sie wandte sich um.

Das Kerzenlicht funkelte in ihren Augen.

Greebo zog sich in die Sicherheit der Rüstung zurück. Er entsann sich an die Sache mit der Füchsin. Normalerweise wurde er mit einem Fuchs fertig, ohne dabei aus der Puste zu kommen, doch in diesem besonderen Fall hatte die Füchsin Junge gehabt. Und das hatte Greebo erst herausgefunden, als er sein vermeintliches Opfer bis in den Bau verfolgt hatte. Er hatte die Spitze eines Ohrs und recht viel Fell verloren, bevor ihm die Flucht gelungen war.

Magrats Gesichtsausdruck erinnerte ihn an jene Füchsin.

»Greebo? Komm her!«

Der Kater drehte sich um und suchte nach einem sicheren Platz im Brustharnisch der Rüstung. Er zweifelte allmählich daran, dass er diese Nacht überleben würde.

Elfen durchstreiften die Schlossgärten. Eine Zeit lang hatten sie sich mit den Goldfischen in dem kleinen Teich vergnügt und sie dann getötet.

Herr Brooks stand auf einem Küchenstuhl und arbeitete an einem Riss in der Stallwand.

Er ahnte, dass im Schloss irgendetwas vor sich ging, aber es betraf Menschen und war daher nur von untergeordneter Bedeutung. Weitaus mehr Aufmerksamkeit schenkte er der Veränderung im Summen der Bienen und dem Knacken von splitterndem Holz.

Ein Bienenstock war umgekippt worden. Zornige Bienen umschwirrten drei Gestalten, deren Füße Waben und Brut zertrampelten.

Das Gelächter verstummte, als der in Weiß gekleidete und mit einem Schleier ausgestattete Imker an der Hecke erschien. Er hob ein langes Metallrohr.

Niemand wusste, womit Herr Brooks seinen Spritzer lud. Das Zeug enthielt alten Tabak, aufgekochte Wurzeln, Baumrinde und Kräuter, die nicht einmal Magrat kannte. Glänzende Flüssigkeit zischte über die Hecke hinweg, traf den mittleren Elf zwischen den Augen und spritzte auch auf die anderen beiden.

Unbewegt beobachtete der Imker, wie die Gestalten zuckten. Nach einer Weile rührten sie sich nicht mehr.

»Wespen«, sagte er.

Er holte eine Schachtel, entzündete eine Laterne und achtete nicht auf die Stiche, als er damit begann, den Bienenstock zu reparieren.

Shawn hatte kaum mehr Gefühl im Arm, abgesehen von dem dumpfen Schmerz, der auf mindestens einen gebrochenen Knochen hindeutete. Darüber hinaus wusste er, dass zwei seiner Finger normalerweise anders aussahen. Er schwitzte, obgleich er nur Unterwäsche trug. Er hätte das Kettenhemd nicht ausziehen dürfen, aber man kann schlecht »nein« sagen, wenn man von einem elfischen Bogenschützen bedroht wird. Shawn wusste, was glücklicherweise vielen anderen Leuten unbekannt blieb: Kettenhemden bieten keinen nennenswerten Schutz vor Pfeilen. Erst recht nicht, wenn der Pfeil zwischen die Augen zielt.

Man hatte ihn durch Korridore und Flure zum Arsenal geführt. Mindestens vier Elfen hielten sich hier auf, aber es fiel schwer, ihre Gesichter zu erkennen. Shawn erinnerte sich an das Spektakel des reisenden Magiers Lampendorn. Damals hatte er überaus fasziniert beobachtet, wie verschiedene Bilder auf eins von Nanny Oggs Bettlaken projiziert worden waren. Mit den Elfengesichtern verhielt es sich ähnlich. Irgendwo darin befanden sich Augen und ein Mund, aber alles andere schien nur vorübergehenden Bestand zu haben – die Züge der Elfenmienen veränderten sich ständig.

Sie redeten nicht viel, doch dafür lachten sie häufig. Elfen waren fröhlich, besonders dann, wenn sie feststellten, wie weit sie einem den Arm auf den Rücken drehen konnten.

Die Elfen berieten sich in ihrer Sprache, und dann wandte sich einer an Shawn, deutete dabei zur Tür des Arsenals.

»Wir möchten, dass die Frau herauskommt«, meinte er. »Sag ihr Folgendes: Wenn sie das Zimmer nicht verlässt, spielen wir noch ein wenig wilder mit dir.«

»Was macht ihr mit uns, wenn sie heraus kommt?«, erkundigte sich Shawn.

»Oh, dann spielen wir ebenfalls mit dir«, antwortete der Elf. »Deshalb ist ja alles so lustig. Aber sie soll hoffen, nicht wahr. Sag es ihr jetzt.«

Man schob ihn zur Tür. Er klopfte an, auf eine Weise, die er für respektvoll hielt.

»Ähm. Fräulein Königin?«

»Ja?«, erklang Magrats gedämpfte Stimme.

»Ich bin's, Shawn.«

»Ich weiß.«

»Stehe hier im Flur. Ähm. Ich glaube, die Elfen haben Fräulein Tockley verletzt. Äh. Sie wollen mir auch noch etwas wehtun, wenn du drin bleibst. Aber du brauchst nicht herauszukommen, denn die

Elfen können nicht zu dir hinein, wegen des Eisens. Also würde ich an deiner Stelle gar nicht auf sie hören.«

Er rasselte und klapperte. Kurz darauf ertönte ein leises *Twoing.*

»Fräulein Magrat?«

»Frag die hübsche Dame, ob sie da drin zu essen und zu trinken hat«, sagte ein Elf.

»Fräulein Königin, ich soll dich …«

Einer der Elfen zerrte ihn grob beiseite. Zwei warteten zu beiden Seiten der Tür, und ein dritter lauschte daran.

Nach einigen Sekunden ging er in die Hocke, um durchs Schlüsselloch zu blicken. Er achtete jedoch peinlich darauf, das Metall des Schlosses nicht zu berühren.

Ein Geräusch erklang, nicht lauter als ein Klicken. Der Elf verharrte zunächst reglos, dann kippte er nach hinten und fiel zu Boden.

Shawn blinzelte.

Das Ende eines Armbrustbolzens ragte aus dem Auge des Elfen. Die Federn fehlten – sie waren während des kurzen Flugs durchs Türschloss abgerissen.

»Donnerwetter!«, entfuhr es Shawn.

Die Pforte des Arsenals ging langsam auf, und dahinter kam … Dunkelheit zum Vorschein.

Einer der Elfen begann zu lachen.

»Er hat's nicht besser verdient«, sagte er. »Wie dumm von ihm … Teuerste? Hör dem Krieger zu …«

Er griff nach Shawns gebrochenem Arm und drehte ihn.

Shawn versuchte, nicht zu schreien. Purpurne Lichter blitzten vor seinen Augen auf. Er fragte sich, was geschehen mochte, wenn er in Ohnmacht fiel. Er wünschte sich, seine Mutter wäre hier.

»Hübsche Dame?«, fragte der Elf. »Wenn du …«

»Na schön.« Magrats Stimme kam irgendwo aus der Finsternis. »Ich komme heraus. Bitte versprich mir, dass du mir nichts tust.«

»Oh, natürlich verspreche ich das, Teuerste.«

»Lässt du auch Shawn los?«

»Ja.«

Die beiden Elfen rechts und links der Tür nickten sich zu.

»Bitte?«, fügte Magrat hinzu.

»Ja.«

Shawn stöhnte. Seine Mutter oder Frau Wetterwachs hätten sich bestimmt zur Wehr gesetzt und bis zum Tod gekämpft, jawohl. Mama hatte Recht: Magrat war viel zu sentimental und weich und so...

Allerdings hatte sie gerade mit einer Armbrust durchs Schlüsselloch geschossen.

Eine Art achter Sinn veranlasste Shawn dazu, vorsichtig das Gewicht zu verlagern. Wenn der Elf seinen Griff auch nur für einen Sekundenbruchteil lockerte... Er wollte die Chance sofort nutzen, um zur Seite zu taumeln.

Magrat erschien in der Tür. Sie trug eine ziemlich alt aussehende Holzkiste; an der einen Seite bildete abblätternde Farbe das Wort »Kerzen«.

Shawn blickte hoffnungsvoll durch den Flur.

Magrat bedachte den Elfen an ihrer Seite mit einem freundlichen Lächeln. »Das ist für dich«, sagte sie und reichte ihm die kleine Kiste. Der Elf nahm sie automatisch entgegen. »Aber öffne sie nicht. Und denk daran: Du hast versprochen, mir kein Leid zuzufügen.«

Die anderen Elfen näherten sich ihr von hinten. Einer von ihnen holte mit einem Steinmesser aus.

»Junge Dame?«, fragte er und drehte die hölzerne Kiste langsam hin und her.

»Ja?«, erwiderte Magrat fast unterwürfig.

»Ich habe gelogen.«

Das Messer zielte auf den Rücken der ehemaligen Hexe.

Und zerbrach dort.

Der Elf vor Magrat musterte das unschuldige Gesicht seines vermeintlichen Opfers und öffnete die Kiste.

Greebo hatte zwei lange und ihn sehr verärgernde Minuten hinter sich. Wenn sich eine Katze – oder, wie in diesem Fall, ein Kater – in einem geschlossenen Behälter befindet, so kann sie entweder tot sein oder noch leben. Man erfährt es erst, wenn man nachsieht – das Öffnen des Behälters entscheidet über den Zustand der Katze. Unter den gegenwärtigen Umständen gab es jedoch drei mögliche Zustandsformen: lebendig, tot oder verdammt wütend.

Shawn neigte sich zur Seite, als Greebo wie ein ganz spezieller Sprengsatz explodierte.

»Sei ihm nicht böse«, sagte Magrat verträumt, als der Elf nach dem zornigen Kater schlug. »Eigentlich ist er ein lieber Kerl.«

Sie zog ein Messer hervor, drehte sich um und rammte dem hinter ihr stehenden Elfen die Klinge in den Leib. Sie traf nicht etwa das Herz oder ein anderes lebenswichtiges Organ, aber das brauchte sie auch gar nicht – das Messer bestand aus Eisen.

Im Anschluß daran hob sie den Saum ihres Kleids und trat dem dritten Elf vors Knie.

Shawn sah das Metall aufblitzen, als der Fuß wieder unter weißer Seide verschwand.

Magrat stieß den schreienden Elf mit dem Ellenbogen beiseite, eilte noch einmal ins dunkle Zimmer und kehrte mit einer Armbrust zurück.

»Wer hat dir wehgetan, Shawn?«, fragte sie.

»Alle«, antwortete er. »Aber Greebos Gegner hat Diamanda verletzt.«

Der entsprechende Elf zog sich gerade den Kater vom Gesicht. Grünblaues Blut strömte aus Dutzenden von Wunden, und Greebo krallte sich an dem Arm fest, während er immer wieder an die Wand geschmettert wurde.

»Hör auf«, sagte Magrat.

Der Elf sah die Armbrust und erstarrte.

»Ich werde nicht um Gnade flehen«, sagte er.

»Gut.« Magrat schoss.

Damit blieb nur noch der Elf übrig, der auf dem Boden hin und her rollte und sich dabei das Knie hielt.

Magrat stieg gleichgültig über den Köprer eines anderen Elfen hinweg, verschwand erneut im Arsenal und kam kurze Zeit später mit einer Axt wieder heraus.

Das Geschöpf auf dem Boden rührte sich plötzlich nicht mehr und sah zu Magrat auf.

»Nun«, begann die Fast-Königin im Plauderton, »in Hinsicht auf deine Chancen will ich dich nicht belügen – du hast keine. Ich werde dir gleich einige Fragen stellen. Doch vorher möchte ich deine Aufmerksamkeit wecken.«

Der Elf hatte damit gerechnet, und deshalb gelang es ihm, sich rechtzeitig zur Seite zu wälzen. Die Axt ließ Steinplatten splittern.

»Fräulein?«, brachte Shawn hervor, als Magrat erneut ausholte.

»Ja?«

»Meine Mama hat gesagt, Elfen spüren keinen Schmerz.«

»Nein? Aber ich nehme an, manche Dinge sind ihnen trotzdem unangenehm.«

Magrat ließ die Axt sinken.

»Zum Beispiel Metall«, sagte sie. »Wir könnten diesen Burschen in eine der Rüstungen da drin stecken. Na, wie wär's damit?«

»Nein!«

Der Elf versuchte fortzukriechen.

»Warum nicht?«, meinte Magrat. »Ist doch besser als Axthiebe, oder?«

»Nein!«

»Warum nicht?«

»Es fühlt sich an, als sei man in der Erde vergraben«, ächzte der Elf. »Keine Augen, keine Ohren, kein Mund!«

»Na schön. Dann hüllen wir dich in ein Kettenhemd«, schlug Magrat vor.

»Nein!«

»Wo ist der König? Wo sind alle anderen?«

»Ich werde nichts sagen.«

»Wie du willst.«

Magrat betrat das Arsenal und kehrte mit einem langen Kettenhemd zurück.

Der Elf verdoppelte seine Bemühungen fortzukrabbeln.

»Du schaffst es nie, ihm das Hemd überzustreifen«, sagte Shawn, der ebenfalls auf den Steinplatten lag. »Die Arme sind im Weg.«

Magrat griff nach der Axt.

»O nein«, stieß Shawn hastig hervor. »Fräulein Königin!«

»Du bekommst ihn nie zurück«, sagte der Elf. »Den König, meine ich. *Sie* hat ihn.«

»Warten wir's ab«, erwiderte Magrat. »Nun gut, Shawn. Was fangen wir mit ihm an?«

Sie brachten ihn in einem Lagerraum unweit des Kerkers unter und ketteten ihn dort an die Gitterstangen des Fensters. Beim Kontakt mit dem Eisen wimmerte er. Magrat warf die Tür zu.

Shawn hielt einen respektvollen Abstand zu Magrat, vor allem deshalb, weil sie so seltsam lächelte.

»Und jetzt sehen wir uns deinen Arm an«, sagte sie.

»Mit mir ist so weit alles in Ordnung«, behauptete Shawn. »Diamanda in der Küche geht es weitaus schlechter.«

»War sie es, die so geschrien hat?«

»Äh. Zum Teil. Ähm.« Shawn betrachtete die toten Elfen fasziniert, während Magrat achtlos an ihnen vorbeiging.

»Du hast sie getötet«, stellte er fest.

»War das falsch?«

»Ähm, nein«, entgegnete Shawn vorsichtig. »Du bist dabei, äh, ziemlich tüchtig gewesen.«

»In der Grube ist noch einer«, fügte Magrat hinzu. »Du weißt schon – in *der* Grube. Welcher Tag ist heute?«

»Dienstag.«

»Und du reinigst die Grube immer am ...?«

»Mittwoch. Allerdings bin ich am vergangenen Mittwoch nicht dazu gekommen, weil ...«

»Dann brauchen wir uns vermutlich um den nicht mehr zu kümmern. Gibt es hier noch mehr?«

»Ich... glaube nicht. Äh. Fräulein Königin?«

»Ja, Shawn?«

»Könntest du vielleicht die Axt herunternehmen? Ich würde mich viel besser fühlen, wenn du die Axt herunternähmst. Die Axt, Fräulein Königin. Du schwingst sie dauernd hin und her. Die Schneide könnte sich jeden Augenblick vom Stiel lösen.«

»Welche Axt?«

»Ich meine jene, die du in der Hand hältst.«

»Oh, *diese* Axt.« Magrat schien sie jetzt zum ersten Mal zu bemerken. »Der Arm sieht nicht besonders gut aus. Gehen wir in die Küche, damit ich ihn dort schienen kann. Und die Finger auch. Haben die Elfen Diamanda umgebracht?«

»Ich weiß es nicht. Ich weiß auch nicht, warum sie das Mädchen gequält haben. Ich meine, es hat ihnen doch geholfen.«

»Ja. Warte einen Moment.« Magrat verschwand abermals im Arsenal und holte einen Sack. »Komm, Greebo.«

Der Kater warf ihr einen argwöhnischen Blick zu und putzte sich nicht mehr.

»Weißt du, was an Lancre komisch ist?«, fragte Magrat, als sie über die Treppe nach unten schlichen.

»Nein, Fräulein.«

»Wir werfen nie etwas weg. Und weißt du noch etwas?«

»Nein, Fräulein.«

»Das Bild *konnte* gar nicht zu ihren Lebzeiten angefertigt worden sein. Ich meine, damals vergeudete niemand Zeit damit, irgendwelche Porträts zu malen. Aber die *Rüstung*... Ha! Man brauchte nur ihre Rüstung zu betrachten, um einen Eindruck von ihr zu gewinnen. Und weißt du was?«

Furcht erwachte in Shawn. Natürlich geschah es nicht zum ersten Mal, dass er sich fürchtete, aber bisher waren solche Empfindungen unmittelbar gewesen und hatten sich auf eine konkrete, physische Gefahr bezogen. Doch Magrat auf diese Weise zu erleben... Das jagte ihm viel mehr Angst ein als die Elfen. Er fühlte sich wie jemand, der von einem Schaf angegriffen wurde.

»Nein, Fräulein?«, erwiderte er.

»Niemand hat mir etwas über sie erzählt. Ich dachte, es ginge nur um Tapisserien und lange Kleider und so!«

»Was meinst du, Fräulein Königin?«

Magrat machte eine umfassende Geste.

»Dies alles!«

»*Bitte*«, stöhnte Shawn in Kniehöhe.

Magrat sah nach unten.

»Was ist los?«

»Bitte nimm die Axt herunter.«

»Oh. Entschuldige.«

Festgreifaah schlief in einem kleinen Schuppen neben den Falkenkäfigen. Auch er hatte eine Einladung fürs Hochzeitsfest bekommen, doch sie war ihm aus der Hand gerissen und verspeist worden, und zwar von Lady Jane, einem alten, unberechenbaren Gierfalken, der den Zettel mit einem menschlichen Finger verwechselt hatte. Aus diesem Grund befasste sich der Falkner mit seinem üblichen Abendritual: Er wusch seine Wunden und verspeiste eine Mahlzeit, die aus trockenem Brot und recht altem Käse bestand. Anschließend ging er früh zu Bett, um im Schein einer Kerze sanft zu bluten und die neueste Ausgabe von *Schnäbel und Krallen* zu lesen.

Als er Geräusche bei den Käfigen hörte, stand er auf, griff nach der Kerze und ging nach draußen.

Ein Elf sah sich die Vögel an. Lady Jane hockte auf seinem Arm.

Wie Herr Brooks schenkte Festgreifaah Dingen, die nichts mit seinen Interessen zu tun hatten, praktisch keine Beachtung. Er wusste, dass sich viele Besucher im Schloss befanden, und soweit es ihn betraf: Wer sich die Falken ansah, war jemand, der seinen Enthusiasmus teilte.

»Mein bester Vogel«, sagte er stolz. »Fast schon zahm. Er ist wirklich gut. Ich dressiere ihn. Er ist sehr intelligent. Gehorcht insgesamt elf verschiedenen Befehlen.«

Der Elf nickte würdevoll, nahm Lady Jane die Kapuze vom Kopf und nickte in Richtung des Falkners.

»Töte ihn«, sagte er.

Lady Janes Augen glitzerten im Kerzenschein. Sie sprang los und bohrte dem Elf Krallen und Schnabel in die Kehle.

»Das macht der Vogel auch bei mir«, meinte Festgreifaah. »Entschuldige. Er ist sehr intelligent.«

Diamanda lag in einer Blutlache auf dem Boden der Küche. Magrat kniete neben ihr.

»Sie lebt noch, zumindest ein wenig.« Magrat griff nach dem Saum ihres Kleids und versuchte, einen Streifen abzureißen.

»Verdammtes Ding. Hilf mir, Shawn.«

»Fräulein Königin?«

»Wir brauchen Verbandszeug.«

»Aber ...«

»Glotz nicht so und hilf mir endlich.«

Der Rock riss. Mindestens zehn Spitzenrosen zerfledderten.

Shawn wusste nicht, was Königinnen unter ihren Kleidern trugen. Er hatte inzwischen mit entsprechenden Beobachtungen begonnen, die insbesondere Millie Chillum betrafen, und von dort aus wollte er sich langsam nach oben arbeiten. Wie dem auch sei: Metallene Unterwäsche hatte er bisher nicht in Erwägung gezogen.

Magrat klopfte sich auf den Brustharnisch.

»Passt ziemlich gut«, sagte sie, um einem Hinweis darauf vorzubeugen, dass an gewissen Stellen recht viel Luft zwischen dem Metall und Magrat blieb. »Obgleich einige zusätzliche Nieten hier und dort sicher nicht schaden könnten. Steht mir die Rüstung?«

»O ja«, versicherte Shawn der ehemaligen Hexe. »Äh. Eisen steht dir wirklich gut.«

»Findest du?«

»Ja.« Shawn bemühte verzweifelt seine rhetorische Phantasie. »Du bist wie geschaffen dafür.«

Magrat schiente ihm den Arm und die Finger. Sie arbeitete methodisch, verwendete Seidenstreifen als Verband. Bei Diamanda erwies sich die Sache als weitaus problematischer. Magrat reinigte und nähte und verband, während Shawn zusah und versuchte, den heißen, stechenden Schmerz in seinem Arm zu ignorieren.

»Sie lachten und stachen mit ihren Steinmessern auf sie ein«, wiederholte er immer wieder. »Das Mädchen hat nicht einmal versucht wegzulaufen. Die Elfen... Sie schienen mit Diamanda zu *spielen*.«

Aus irgendeinem Grund blickte Magrat zu Greebo, der wenigstens den Anstand hatte, verlegen zu wirken.

»Spitze Ohren und ein Fell, das man streicheln möchte«, sagte sie gedankenverloren. »Und sie sind faszinierend. *Und* sie verursachen ein angenehm klingendes Geräusch, wenn sie sich wohl fühlen.«

»Wie bitte?«

»Schon gut, hab nur nachgedacht.« Magrat stand auf. »Na schön. Ich schüre das Feuer, hole einige Armbrüste und bereite sie für dich vor. Und du sorgst dafür, dass die Tür geschlossen bleibt, klar? Lass niemanden herein. Wenn ich nicht zurückkehre... In dem Fall solltest du besser einen Ort aufsuchen, wo sich auch noch andere Leute aufhalten. Geh zu den Zwergen von Kupferkopf. Oder zu den Trollen.«

»Was hast du vor?«

»Ich will feststellen, was mit den anderen passiert ist.«

Magrat öffnete den Sack, der aus dem Arsenal stammte. Er beinhaltete einen mit Schwingen ausgestatteten Helm, den Shawn für unpraktisch hielt.* Hinzu kamen Kettenhemd-Handschuhe und einige rostige Waffen.

»Aber da draußen sind sicher noch mehr Elfen!«

»Besser da draußen als hier drinnen.«

»Kannst du kämpfen?«

»Keine Ahnung«, sagte Magrat.»Hab's nie probiert.«

»Wenn wir hier warten... Früher oder später kommt sicher jemand.«

»Ja, genau das befürchte ich.«

»Ich meine: Du *musst* nicht hinaus.«

»Doch. Ich heirate morgen. So oder so.«

»Aber...«

»Sei still!«

Sie geht in den Tod, dachte Shawn. Es genügt nicht, ein Schwert in der Hand zu halten. Man sollte auch wissen, welches Ende man in den Leib des Gegners stoßen muss. Meine Pflicht besteht darin, alle Gefah-

* Darüber wusste Shawn Bescheid, weil die letzte Ausgabe von *Rund um Rüstungen* einen großen Test gebracht hatte: »Die besten zwanzig Helme unter 50 Ankh-Morpork-Dollar«. Ein zweiter Artikel hieß: »Streitäxte: Wir haben die besten zehn auf Herz und Nieren geprüft.« Am Ende dieses Tests folgte ein Stellenangebot für sechs neue Tester.

ren vom Schloss fern zu halten, und jetzt bricht Fräulein Magrat auf, um sich umbringen zu lassen …

Aber …

Aber …

Sie hat einen Elfen erschossen, durchs Schlüsselloch. Ich wäre dazu nicht in der Lage gewesen. Ich hätte zuerst »Hände hoch!« oder so gesagt. Die Elfen waren ihr im Weg, und deshalb beschloss sie einfach, sie … aus dem Weg zu räumen.

Trotzdem wird sie sterben. Vermutlich auf eine sehr tapfere Weise.

Ich wünschte, meine Mama wäre hier …

Magrat rollte die fleckigen Reste des Hochzeitskleids zusammen und verstaute sie im Sack.

»Haben wir Pferde?«

»Äh … Es sind insgesamt elf. Auf dem Hof, Fräulein Königin. Aber ich bezweifle, ob du in der Lage bist, eins von ihnen zu reiten.«

Shawn begriff sofort, dass es klüger gewesen wäre, auf die letzte Bemerkung zu verzichten.

Das Tier war schwarz, und Magrat hielt es für viel größer als ein normales *menschliches* Pferd. Es starrte sie aus blutunterlaufenen Augen an und versuchte, sich in die richtige Position für einen Tritt zu bringen.

Magrat gelangte nur deshalb auf den Rücken des Rosses, weil sie vorher alle Beine an den Ringen in der Stallwand festband. Doch als sie erst einmal auf dem Rücken saß, veränderte sich das Pferd. Von einem Augenblick zum anderen legte es den Gehorsam absoluter Hoffnungslosigkeit an den Tag; es schien überhaupt keinen eigenen Willen mehr zu haben.

»Das Eisen ist der Grund«, sagte Shawn.

»Was bewirkt es denn? Es fügt ihm doch keine *Schmerzen* zu, oder?«

»Weiß nicht, Fräulein Königin. Irgendwie sorgt Eisen dafür, dass Pferde innerlich erstarren oder so.«

»Lass hinter mir das Fallgatter herunter.«

»Fräulein …«

»Soll ich vielleicht hier im Schloss bleiben?«

»Aber …«

»Sei still.«

»Aber …«

»Ich erinnere mich an ein Volkslied, in dem es um eine vergleichbare Situation geht«, sagte Magrat. »Die Elfenkönigin stahl einer jungen Frau ihren Verlobten, und die vergeudete keine Zeit damit, Tränen zu vergießen. Nein, sie ritt los, um den Entführten zu befreien. Daran nehme ich mir nun ein Beispiel.«

Shawn rang sich ein Lächeln ab.

»Willst du *singen*?«, fragte er.

»Ich werde kämpfen. Dazu habe ich auch allen Grund, oder? Die Umstände lassen mir gar keine andere Wahl.«

Du irrst dich!, wollte Shawn rufen. *Wirklich in den Kampf ziehen … Mit irgendwelchen Volksliedern hat das überhaupt nichts zu tun. Im wirklichen Kampf droht einem der Tod. In Volksliedern braucht man sich nur einen Finger ins Ohr zu stecken und mit der nächsten Strophe zu beginnen. Aber auf einem Schlachtfeld singt niemand »Fiedelbumm trallala«. Auf dem Schlachtfeld erklingen die grausamen Melodien des Todes!*

Stattdessen sagte Shawn:

»Aber wenn du nicht zurückkehrst …«

Magrat drehte sich im Sattel um.

»Ich kehre zurück.«

Shawn beobachtete, wie sie das träge Pferd antrieb und über die Zugbrücke ritt.

»Viel Glück!«, rief er.

Dann ließ er das Fallgatter herab und kehrte in die Schlossküche zurück. Dort lagen drei Armbrüste schussbereit auf dem Tisch.

Daneben ruhte das Buch über Kampfkunst, von dem Shawn noch immer glaubte, dass es der König extra für ihn bestellt hatte.

Er legte einige Holzscheite ins Feuer, drehte den Stuhl zur Tür, griff nach dem Buch und schlug das Kapitel für Fortgeschrittene auf.

Magrat hatte die Hälfte des Weges zum Stadtplatz hinter sich gebracht, als der Adrenalinspiegel in ihrem Blut sank und das bisherige Leben zu ihr aufschloss.

Sie blickte an sich herab, sah Rüstung und Pferd und dachte: *Ich bin übergeschnappt.*

Der verdammte Brief ist schuld daran. Und ich hatte Angst. Außerdem wollte ich den Leuten zeigen, aus welchem Holz ich geschnitzt bin. Jetzt können sie bald feststellen, dass ich gar nicht aus Holz bestehe, sondern aus Fleisch und Blut…

Bei den Elfen hatte ich einfach nur Glück. Und ich hab gehandelt, ohne nachzudenken. Wenn ich mit dem Nachdenken anfange, klapp-t's nicht mehr. Bestimmt habe ich nicht noch einmal so viel Glück…

Glück?

Fast sehnsüchtig erinnerte sich Magrat an ihre vielen Talismane und anderen magischen Gegenstände, die nun auf dem Grund des Flusses lagen. Eigentlich hatten sie gar nicht funktioniert. Zumindest waren sie nicht im Stande gewesen, Magrats Leben zu verbessern. Allerdings… Ein schrecklicher Gedanke regte sich nun in ihr: Vielleicht hatten sie verhindert, dass ihr Leben schlechter wurde.

Es brannten kaum Lichter in der Stadt, und die meisten Fensterläden waren geschlossen.

Die Hufe des Pferds klapperten laut auf dem Kopfsteinpflaster. Magrat spähte in die Schatten. Bis vor kurzer Zeit waren es einfach nur Schatten gewesen; jetzt mochten es Tore zum Irgendwo sein.

Von der Scheibenweltmitte her schoben sich Wolken heran. Magrat schauderte.

So etwas sah sie jetzt zum ersten Mal.

Dies war eine wahre Nacht.

Bisher hatte es in Lancre nur immer ganz normale Nächte gegeben, doch in *diesem* Fall handelte es sich nicht nur um die Abwesenheit des Tages, um eine Zeit der Dunkelheit, regiert von Mond und Sternen. Diese Finsternis war das Echo von etwas, das existiert hatte, bevor man die Dunkelheit mit dem Nichtvorhandensein von Licht beschreiben konnte. Sie entfaltete sich aus Baumwurzeln, tropfte aus dem Innern von Steinen und kroch übers Land.

Jene Sachen, die Magrat einst für wichtig gehalten hatte, lagen nun auf dem Grund des Lancreflusses, aber mehr als zehn Jahre lang war sie Hexe gewesen, was bedeutete: Sie spürte den Schrecken in der Luft.

Einzelne Personen erinnern sich schlecht. Aber die *Gesellschaft* – der *Schwarm* – hat ein wesentlich besseres Gedächtnis. Sie codiert die Informationen, um sie an der Zensur des Bewusstseins vorbeizuschmuggeln und sie von der Großmutter an den Enkel weiterzugeben, in Form von kleinen Stücken Unsinn, die es nicht zu vergessen lohnt. Manchmal benutzt die Wahrheit den einen oder anderen Trick, um die offiziellen Hüter der Information zu überlisten und sich selbst zu bewahren.

Und jetzt regten sich uralte Fragmente in Magrats Kopf, flüsterten und raunten …

Auf dem hohen Berge, auch im tiefen Tal …

Aus Gespenstergeschichten und Schauermärchen …

Meine Mutter sagte, ich soll nie …

Wir wagten nicht, auf die Jagd zu gehen, weil …

Geräusche im Dunkeln …

Spiel mit den Elfen im Wald …

Magrat saß auf einem Pferd, dem sie nicht traute, hielt ein Schwert in der Hand, mit dem sie nicht umzugehen wusste, während sich Erinnerungssplitter zusammenfügten und ein Bild ergaben.

Sie stehlen Vieh und kleine Kinder...

Sie stehlen Milch...

Sie lieben Musik und stehlen die Musiker...

Sie stehlen alles.

Nie können wir so frei sein wie sie, so schön wie sie, so klug wie sie, so leicht wie sie.

Im Vergleich mit ihnen sind wir Tiere.

Kühler Wind rauschte im Wald hinter der Stadt. In früheren Nächten war es angenehm gewesen, dort spazieren zu gehen, doch das konnte jetzt nicht mehr der Fall sein, wusste Magrat. Die Bäume hatten Augen bekommen; und bestimmt hörte man hier und dort lachende Stimmen.

Sie stehlen alles.

Magrat ließ das Pferd im Schritt gehen. Irgendwo im Ort fiel eine Tür ins Schloss.

Und sie geben uns Furcht.

Auf der anderen Straßenseite hämmerte es: Ein Mann nagelte dort etwas an die Tür. Erschrocken blickte er sich um, sah Magrat und sprang ins Haus.

Er hatte ein Hufeisen ans Holz nageln wollen.

Magrat rutschte vom Pferd und band es an einen Baum. Sie klopfte an, doch niemand öffnete.

Wer wohnte hier? Fuhrmann, der Weber, nicht wahr? Oder vielleicht Weber, der Bäcker?

»Mach auf! Ich bin's, Magrat Knoblauch!«

Neben der Eingangsstufe bemerkte sie etwas Weißes.

Eine Schüssel stand dort. Mit Milch gefüllt.

Einmal mehr dachte Magrat an Greebo. Der Kater stank, war unzuverlässig, gemein und rachsüchtig – aber er konnte auch schnurren und bekam jeden Abend einen Napf mit frischer Milch.

»Habt ihr nicht gehört? Öffnet endlich!«

Nach einer Weile wurde der Riegel beiseite geschoben, und ein Auge erschien an einem sehr winzigen Spalt.

»Ja?«

»Du bist Fuhrmann, der Bäcker, nicht wahr?«

»Ich bin Weber, der Dachdecker.«

»Und weißt du, wer ich bin?«

»Fräulein Knoblauch?«

»Lass mich rein!«

»Bist du allein?«

»Ja.«

Der Spalt verbreiterte sich, bis er Magrat genug Platz bot.

Im Zimmer dahinter brannte eine Kerze. Weber wich zurück, bis er auf eine ziemlich unbequeme Weise am Tisch lehnte. Magrat sah an ihm vorbei.

Die übrigen Familienmitglieder hockten unterm Tisch. Vier Augenpaare blickten furchtsam zu Magrat auf.

»Was geht hier vor?«, fragte sie.

»Äh ...«, antwortete Weber. »Habe dich mit dem Flügelhelm zuerst nicht erkannt, Fräulein ...«

»Solltest du nicht bei der Vorstellung sein? Was ist passiert? Wo sind denn alle? *Wo ist mein zukünftiger Gemahl?*«

»Äh ...«

Ja, wahrscheinlich lag es *tatsächlich* am Helm. Das vermutete Magrat später. Bestimmte Gegenstände – zum Beispiel Schwerter, Zaubererhüte, Kronen und Ringe – übernehmen etwas vom Wesen ihrer Eigentümer. Königin Ynci hatte wahrscheinlich in ihrem ganzen Leben keine Tapisserie gesehen, und zweifellos war ihr Vorrat an Geduld schon nach kurzer Zeit zur Neige gegangen, möglicherweise bereits nach einigen New Yorker Sekunden.* Derzeit hielt es Magrat für besser zu glauben, dass der Helm tatsächlich etwas von Yncis Selbst beinhaltete – etwas, das sich nun wie eine ansteckende Krankheit auf sie übertrug. Mit Situationen wie der gegenwärtigen kam Ynci sicher besser zurecht.

Sie packte Weber am Kragen.

»Wenn du noch einmal ›äh‹ sagst, hacke ich dir die Ohren ab.«

»Äh ... oh, ich meine ... es sind die Herren und Herrinnen, Fräulein Königin!«

»Es stecken *wirklich* die Elfen dahinter?«

»Bitte!«, stieß Weber flehentlich hervor. »Nenn nicht den Namen! Wir haben gehört, wie sie durch die Straßen zogen, Dutzende von ihnen. Sie haben die Kuh des alten Dachdeckers gestohlen, und dann auch noch Skindels Ziege. Sie brachen Türen auf und ...«

»Warum hast du eine Schüssel mit Milch nach draußen gestellt?«, fragte Magrat.

Webers Mund öffnete und schloss sich mehrmals. »Weißt du«, brachte er schließlich hervor, »meine Eva sagte, dass ihre Oma immer eine kleine Schüssel mit Milch für sie rausgestellt hat, damit sie sich freuen und zufrie ...«

»Ich verstehe«, unterbrach Magrat den Mann kühl. »Und der König?«

»Der König?«, wiederholte Weber, um etwas Zeit zu gewinnen.

»Der König«, bestätigte Magrat. »Eher klein, tränende Augen, abstehende Ohren – im Gegensatz zu jemandem, der gleich keine Ohren mehr haben wird.«

Webers Finger waren ständig nervös in Bewegung, wie Schlangen, die nicht genau wussten, in welche Richtung sie fliehen sollten.

* Die kürzeste Zeiteinheit im Multiversum ist die so genannte »New Yorker Sekunde«. Sie ist als jene Zeitspanne definiert, die nach dem Aufleuchten des grünen Ampellichts bis zum ersten Hupen des Taxis hinter einem vergeht.

»Nun ... nun ... nun ...«

Er sah Magrats Gesichtsausdruck und gab nach.

»Das Stück wurde aufgeführt«, sagte er. »Mehrmals habe ich vorgeschlagen, stattdessen den Stock-und-Eimer-Tanz zu tanzen, aber sie wollten nicht auf mich hören. Ja, und deshalb führten wir das Stück auf, und zuerst ging alles gut, und dann, und dann, und dann ... Plötzlich erschienen *sie,* zu Hunderten, und alle liefen weg, und jemand rempelte mich an, und da bin ich in den Fluss gefallen, und dann gab's überall diese komischen Geräusche, und ich sah, wie Jason Ogg vier Elfen niederschlug, und zwar mit dem ersten Gegenstand, den er zur Hand bekam ...«

»Mit einem anderen Elfen?«

»Ja, und dann fand ich Eva und die Kinder, und viele Leute flohen nach Hause, und wir begegneten *ihnen,* sie saßen auf Pferden, und ich hörte sie lachen, und schließlich trafen wir hier ein, und Eva meinte, ich sollte ein Hufeisen an die Tür nageln, und ...«

»Was ist mit dem König?«

»Keine Ahnung. Als ich ihn zum letzten Mal sah, lachte er über Dachdeckers Strohperücke.«

»Und Nanny Ogg und Oma Wetterwachs? Was ist mit ihnen passiert?«

»Weiß nicht. Hab sie nirgends gesehen. Überall hat es von Leuten gewimmelt, die versuchten, sich in Sicherheit zu bringen ...«

»Und wo hat sich das alles ereignet?«

»Bitte?«

»An welchem Ort begann das Chaos?«, fragte Magrat und versuchte, möglichst deutlich zu sprechen.

»Bei den Tänzern. Du weißt schon. Die alten Steine und so.«

Magrat ließ den Mann los.

»Ja«, murmelte sie in sich hinein. »Erzählt Magrat nichts. Sie braucht von dieser Sache nichts zu erfahren. Die Tänzer, wie? Na schön.«

»Uns trifft keine Schuld. Ich meine, wir haben nur unsere Rollen gespielt. Es ging uns nicht darum, *sie* zu rufen.«

»Ha!«

Magrat öffnete die Tür.

»Wohin willst du?«, fragte Weber, der bei einem Wettbewerb für schnelles Begreifen nicht einmal einen Trostpreis bekommen hätte.

»Wohin wohl?«

»Aber du kannst kein Eisen…«

Magrat warf die Tür hinter sich zu und trat so wütend nach der Milch, dass die Schüssel bis zur anderen Straßenseite flog.

Jason Ogg kroch vorsichtig durch den nassen Adlerfarn. Knapp zwei Meter entfernt hockte eine Gestalt. Nanny Oggs Sohn hob den Stein…

»Jason?«

»Bist du das, Weber?«

»Nein, ich bin's, Schneider.«

»Wo sind die anderen?«

»Kesselflicker und Bäcker haben eben Tischler gefunden. Hast du Weber gesehen?«

»Nein, dafür aber Fuhrmann und Dachdecker.«

Dunstwolken schwebten durch die Luft, als Regentropfen auf warmen Boden pochten. Die sieben überlebenden Moriskentänzer versammelten sich an einem tropfnassen Busch.

»Morgen früh werden wir unser blaues Wunder erleben«, stöhnte Fuhrmann. »Wenn sie uns erwischt, zieht sie uns bestimmt das Fell über die Ohren.«

»Wir müssen Eisen finden, um uns zu schützen«, sagte Jason.

»Eisen hat auf sie überhaupt keine Wirkung! O Mann, sie wird uns durch die Mangel drehen…«

Fuhrmann zog die Knie an und schlang entsetzt die Arme darum.

»Wer?«

»Frau Wetterwachs!«

Dachdecker stieß ihm den Ellenbogen in die Rippen. Regenwasser spritzte von den nahen Blättern und floss ihnen allen in den Nacken.

»Sei nicht dumm! Du hast diese Dinger doch auch gesehen! Was spielt die alte Vettel da noch für eine Rolle?«

»Sie wird uns das Fell über die Ohren ziehen, jawohl! Bestimmt gibt sie uns die Schuld an allem!«

»Hoffentlich bekommt sie Gelegenheit dazu«, murmelte Kesselflicker.

»Wir sitzen ganz schön in der Tinte«, stellte Dachdecker fest.

»Nein«, widersprach Fuhrmann. »Wir sitzen nicht in der Tinte, sondern im Regen. Der Unterschied besteht darin, dass der Regen nicht ganz so schwarz ist. Ja, wir sitzen im Regen und bei diesem Busch hier! Und *sie* suchen uns! Und vielleicht finden sie uns bald!«

»Was ist eigentlich bei der Vorstellung passiert?«, fragte Tischler.

»Wen interessiert jetzt noch, was bei der Vorstellung passiert ist?«, erwiderte Jason. »Eine viel wichtigere Frage lautet: Wie kommen wir nach Hause?«

»Bestimmt wartet sie auf uns«, jammerte Fuhrmann.

Es klimperte in der Dunkelheit.

»Was ist das?«, fragte Jason.

»Der Sack mit den Requisiten«, erwiderte Fuhrmann. »Du hast gesagt, es sei meine Aufgabe, mich um den Sack mit den Requisiten zu kümmern.«

»Hast du ihn bis *hierher* mitgeschleppt?«

»Ich wollte auf keinen Fall in Schwierigkeiten geraten, weil ich Requisiten verliere oder so.«

Fuhrmann zitterte.

»Zu Hause bitte ich unsere Mama, dir ein paar dieser neuen getrockneten Froschpillen zu besorgen«, meinte Jason.

Er zog den Sack zu sich heran und öffnete ihn.

»Hier sind Glöckchen drin«, sagte er. »Und Stöcke. Wer hat dir gesagt, dass du das Akkordeon mitnehmen sollst?«

»Ich dachte, wir tanzen vielleicht den Stock-und...«

»*Nie* wieder wird der Stock-und...«

Irgendwo am regennassen Hang lachte jemand, und es raschelte im Adlerfarn. Jason fühlte sich plötzlich im Mittelpunkt der allgemeinen Aufmerksamkeit.

»Sie sind da draußen!«, brachte Fuhrmann hervor.

»Und wir haben keine Waffen«, fügte Kesselflicker hinzu.

Mehrere Messingglocken trafen ihn an der Brust.

»Sei still«, sagte Jason. »Und leg die Glocken an. Fuhrmann?«

»Sie warten auf uns!«

»Um keinen Zweifel daran zu lassen...«, brummte Jason. »Dies ist das *aller*letzte Mal, dass wir den Stock-und-Eimer-Tanz tanzen, klar?«

Die Moriskentänzer von Lancre wandten sich einander zu. Die vom Regen durchnässte Kleidung klebte ihnen auf der Haut.

Bei Fuhrmann vermischten sich Tränen des Entsetzens mit Make-up und Regenwasser, als er das Akkordeon zusammendrückte. Es erklang jener in die Länge gezogene Ton, der allen Volksliedern vorausgehen muss – damit Unschuldige, die sich zufällig in der Nähe befinden, die Chance bekommen, rechtzeitig zu fliehen.

Jason hob die Hand und zählte an den Fingern.

»Eins, zwei...« Er runzelte die Stirn. »Eins, zwei, drei...«

»Vier...«, flüsterte Kesselflicker.

»Vier«, sagte Jason. »Und los geht's!«

Sechs große Stöcke klackten über sechs Köpfen aneinander.

»Eins, zwei, nach vorn, eins, zurück, und *drehen*...«

Die ersten Klänge von *Frau Stubenreins Untermieter* tönten durch den Dunst. Die Tänzer sprangen und quatschten durch die Nacht.

»... zwei, drei, und *springen*...«

Erneut hämmerten die Stöcke aneinander.

»Sie beobachten uns«, schnaufte Schneider, als er an Jason vorbeihüpfte. »Ich kann sie sehen!«

»Eins, zwei... Sie unternehmen nichts, solange die Musik erklingt! Zurück, zwei, und *drehen*... Sie lieben Musik... Und vorwärts, und zurück, und *drehen*... Eins und sechs, hebt die Quadratlatschen. Und *springen*, und *drehen*...«

»Sie kommen aus dem Adlerfarn!«, rief Tischler, als die Stöcke pochten.

»Ja, ich *sehe* sie... Zwei, drei, vorwärts und zurück... Fuhrmann – zurück und drehen – du tanzt durch die Mitte, und los...«

»Ich komme aus dem Rhythmus, Jason!«

»Reiß dich zusammen! Zwei, drei, und *drehen*...«

»Sie sind überall um uns herum!«

»Du sollst *tanzen*!«

»Sie beobachten uns! Und sie kommen näher!«

»... *drehen* und zurück, springen... Wir haben fast die Straße erreicht...«

»Jason!«

»Erinnert ihr euch daran, als wir – zwei, drei – als wir den Pokal gegen die ohulanischen Aus-Spaß-an-der-Freud-Musikanten gewannen? Und *drehen*...«

Die Stöcke knallten aneinander. Füße traten Erdklumpen in die Luft.

»Jason, du meinst doch nicht etwa...«

»Zurück, zwei... *los*...«

»Fuhrmann – eins, zwei – gerät außer Atem...«

»... zwei, und drehen...«

»Das Akkordeon löst sich in seine Einzelteile auf, Jason«, schluchzte Fuhrmann.

»Eins, zwei, und nach vorn...«

Das Akkordeon keuchte. Und die Elfen kamen noch etwas näher. Aus den Augenwinkeln sah Jason ein Dutzend lächelnde, faszinierte Gesichter.

»Jason!«

»... eins, zwei... Fuhrmann in die Mitte... eins, zwei, drehen...«

Sieben Stiefelpaare stampften auf den Boden.

»Jason!«

»Eins, zwei, drehen... haltet euch bereit... eins, zwei... zurück, zurück... eins, zwei, drehen... *TÖTEN*... und zurück, eins, zwei...«

Die Taverne glich einem Trümmerhaufen. Die Elfen hatten alle essbaren Dinge hervorgeholt und jedes Fass geöffnet. Nur einem sehr reifen Käse im Keller war es gelungen, ihnen erfolgreich Widerstand zu leisten.

Dem zur Seite gekippten Tisch fehlten einige Beine. Hummerscheren und Kerzenhalter lagen auf dem Boden.

Nichts rührte sich.

Schließlich nieste jemand, und Ruß rieselte durch den Schornstein. Nanny Ogg kletterte aus dem kalten Kamin, gefolgt von einem kleinen, schwarzen und verärgerten Casanunda.

»Meine Güte«, sagte Nanny, als sie sich umsah. »Die Burschen haben hier ganz schön gewütet.«

»Du hättest zulassen sollen, dass ich gegen sie kämpfe!«

»Es waren zu viele.«

Casanunda warf voller Abscheu sein Schwert zu Boden.

»Wir begannen gerade damit, uns besser kennen zu lernen – und plötzlich stürmen fünfzig Elfen herein! Verdammt! So was passiert mir dauernd!«

»Das ist der Vorteil von schwarzer Kleidung – der Ruß fällt überhaupt nicht auf«, sagte Nanny Ogg geistesabwesend, als sie sich Schmutz von den Ärmeln klopfte. »Nun, sie sind tatsächlich in unsere Welt gewechselt. Esme hatte Recht. Wo sie jetzt wohl sein mag? Komm.«

»Wohin gehen wir?«, fragte der Zwerg.

»Zu meiner Hütte.«

»Ah!«

»Um meinen Besen zu holen«, betonte Nanny. »Ich lasse nicht zu, dass die Feenkönigin *meine* Kinder regiert. Wir sollten Hilfe suchen. Dieser Frau muss endlich ein Riegel vorgeschoben werden.«

»Wie wär's mit einem Abstecher in die Berge?«, schlug Casanunda vor, als sie die Treppe hinuntergingen. »Dort gibt's Tausende von Zwergen.«

»Nein«, widersprach Nanny Ogg. »Esme dankt mir sicher nicht dafür, aber... Es ist *meine* Pflicht, ihr die notwendige Unterstützung zu gewähren, wenn sie sich übernimmt. Zufälligerweise kenne ich da jemanden, der die Königin *wirklich* hasst.«

»Bestimmt findest du niemanden, der die Feenkönigin ebenso hingebungsvoll hasst wie wir Zwerge«, behauptete Casanunda.

»Da irrst du dich«, entgegnete Nanny Ogg. »Es kommt nur darauf an, an der richtigen Stelle zu suchen.«

Die Elfen hatten auch Nanny Oggs Hütte heimgesucht und dort ein ebenso großes Chaos hinterlassen.

»Sie zerstören alles, was sie nicht stehlen«, sagte Nanny.

Mit dem Stiefel stieß sie einige Trümmerstücke an. Glas klirrte.

»Die Vase hat mir Esme geschenkt«, teilte sie dem herzlosen Kosmos mit. »Hat mir nie besonders gut gefallen.«

»Warum?«, fragte Casanunda und ließ den Blick durchs Zimmer schweifen. »Warum machen die Elfen so etwas?«

»Oh, sie würden sogar die ganze Welt zerschmettern, wenn sie sicher sein könnten, dass dabei ein interessantes Geräusch erklingt«, antwortete Nanny. Sie trat wieder nach draußen, tastete unter den Vorsprung des niedrigen Dachs – und brummte triumphierend, als sie den Besen hervorholte.

»Ich verstaue ihn immer dort«, erklärte sie. »Damit die Kinder ihn nicht stibitzen und durch die Gegend fliegen. Du setzt dich hinter mich – aber stell bloß keine Dummheiten an.«

Casanunda schauderte. Die meisten Zwerge litten an Höhenangst, was anatomische Ursachen hatte.

Nanny kratzte sich am Kinn. Es hörte sich an, als riebe jemand Sandpapier aneinander.

»Und wir brauchen eine Brechstange«, sagte sie. »Bestimmt werden wir in Jasons Schmiede eine finden. Steig auf, Junge.«

»So etwas habe ich eigentlich nicht erwartet.« Mit geschlossenen Augen tastete sich Casanunda am Besen entlang. »Ich dachte an einen heiteren, unbeschwerten Abend. Nur du und ich...«

»Wir *sind* allein.«

»Nein. Ein Besen leistet uns Gesellschaft.«

Sie hoben ab, und Casanunda hielt sich verzweifelt an den Borsten fest.

»Wohin fliegen wir?«, stöhnte er.

»Zu einem ganz bestimmten Ort weiter oben in den Bergen«, sagte Nanny. »Ist eine Ewigkeit her, seit ich zum letzten Mal dort gewesen bin. Esme hält sich davon fern, und Magrat ist zu jung, um darüber Bescheid zu wissen. Früher war ich oft dort. Damals, in meiner Jugend. Junge Frauen gingen hin, wenn sie... Oh, Mist.«

»Was ist denn?«

»Etwas ist am Mond vorbeigeflogen, und ich bin ziemlich sicher, dass es nicht Esme war.«

Casanunda versuchte sich umzusehen, während er auch weiterhin die Augen geschlossen hielt.

»Elfen können nicht fliegen«, murmelte er.

»Von wegen«, erwiderte Nanny. »Sie lassen sich von Schafgarbenhalmen tragen.«

»Von Schafgarbenhalmen?«

»Ja. Hab's selbst mal versucht. Man kann mit den Dingen aufsteigen, aber sie sind verdammt unbequem. Bekam davon immer einen wunden Hin... Allerwertesten. Wie dem auch sei.« Nanny stieß Casanunda an. »Eigentlich solltest du diese Sachen kennen. Magrat meint, Besen gehören zu den sexuellen Metaffern*, was auch immer sie damit meinen mag.«

Der Zwerg öffnete ein Auge gerade lange genug, um auf ein Dach hinabzublicken. Übelkeit stieg in ihm hoch.

»Der Unterschied besteht darin, dass ein Besen länger oben bleibt«, fuhr Nanny Ogg fort. »Und man kann ihn benutzen, um das Haus sauber zu halten, im Gegensatz zu... Ist alles in Ordnung mit dir?«

»Dies alles gefällt mir überhaupt nicht, Frau Ogg.«

»Ich wollte dich nur ein wenig aufmuntern, Herr Casanunda.«

»Gegen Munterkeit und dergleichen habe ich nichts«, erwiderte der Zwerg. »Aber derzeit bringe ich dem ›auf‹ gemischte Gefühle entgegen.«

»Bald geht's wieder nach unten.«

»*Das* wäre mir sehr recht.«

Nanny Oggs Stiefelsohlen kratzten über den festgetretenen Boden vor der Schmiede.

»Ich lasse die Magie laufen, dauert nur einen Augenblick«, sagte sie, ignorierte den Hilferuf des Zwergs, sprang vom Besen und verschwand in der Schmiede.

Dort hatten sich die Elfen nicht ausgetobt. Wegen des Eisens. Nanny nahm eine Brechstange und eilte wieder nach draußen.

* Das ist natürlich nur Phallusie.

»Hier, nimm«, sagte sie zu Casanunda – und zögerte. »Nun, Glück kann man nie genug haben, oder?« Sie kehrte noch einmal in die Schmiede zurück, war schon nach wenigen Sekunden wieder draußen und schob sich etwas in die Tasche.

»Bist du so weit?«, fragte sie.

»Nein.«

»Also los. Und halt gut Ausschau. Mit offenen Augen.«

»Nach Elfen?«, erkundigte sich Casanunda, als der Besen im Mondschein abhob.

»Ich glaube schon. Sonst fliegt hier nur noch der Banshee Herr Ixolit, und der schiebt immer einen Zettel unter der Tür durch, bevor er startet. Damit's keine Probleme mit dem Flugverkehr gibt.«

Dunkelheit umhüllte den größten Teil der Stadt. Das blasse Mondlicht schuf ein kariertes Muster auf der Landschaft. Nach einer Weile fühlte sich Casanunda etwas besser; die gleichmäßige Bewegung des Hexenbesens wirkte beruhigend.

»Ich nehme an, du hast schon viele Passagiere befördert, oder?«, fragte er.

»Ab und zu, ja«, antwortete Nanny.

Casanunda gab sich den Anschein, über etwas nachzudenken. Als er weitersprach, klang wissenschaftliches Interesse in seiner Stimme mit. »Hast du jemals versucht, auf dem Besen …«

»Nein«, sagte Nanny fest. »Man würde herunterfallen.«

»Du weißt doch gar nicht, was ich fragen wollte.«

»Glaubst du? Wie wär's mit einer Wette?«

Einige Minuten lang setzten sie den Flug schweigend fort, und dann klopfte Casanunda Nanny auf die Schulter.

»Elfen in drei Uhr!«

»Kein Problem. Bis dahin bleiben uns noch einige Stunden.«

»Ich meine, sie sind dort drüben!«

Nanny spähte zu den Sternen. Etwas bewegte sich in der Nacht.

»Mist.«

»Kannst du sie abhängen?«

»Unmöglich. Die Burschen sind im Stande, der ganzen Welt in nur vierzig Minuten einen Gürtel anzulegen.«

»Warum denn?«, fragte Casanunda verwirrt. »Sie trägt doch gar keine Hose.« Inzwischen war er in der richtigen Stimmung für einige getrocknete Froschpillen.

»Ich meine, die Elfen sind *schnell.* Wir können den Abstand zu ihnen nicht einmal dann vergrößern, wenn wir Ballast abwerfen.«

»Ich glaube, ich verliere gerade einiges an Ballaststoffen«, stöhnte Casanunda, als der Besen den Bäumen entgegenfiel.

Blätter strichen an Nanny Oggs Stiefeln entlang. Irgendwo weiter links spiegelte sich Mondschein kurz in blondem Haar wider.

»Mist, Mist, *Mist.*«

Die Elfen folgten dem Besen auch weiterhin und sorgten dafür, dass der Abstand konstant blieb. Typisch: Sie jagten, bis ihre Opfer vor Erschöpfung umfielen oder bis die Angst sie erstarren ließ. Zwerge machten das anders: Wenn sie es auf jemanden abgesehen hatten, so nutzten sie die erste Gelegenheit, um den Betreffenden mit ihren Äxten in Stücke zu schlagen. Nun, Zwerge waren eben viel netter als Elfen.

»Sie schließen zu uns auf!«, entfuhr es Casanunda.

»Hast du die Brechstange?«

»Ja!«

Der Besen flog im Zickzack über den Wald. Einer der Elfen zog sein Schwert und sauste heran. Man muss die Verfolgten zum Absturz bringen; die Baumwipfel sind weich genug – immerhin sollen die Opfer nicht *sofort* sterben …

Von einem Augenblick zum anderen bewegte sich der Besen im Rückwärtsgang. Nanny Oggs Kopf und Beine ruckten nach vorn. Plötzlich saß sie nur noch auf ihren Händen – die wiederum auf *nichts* ruhten. Der Elf kam rasch näher und lachte …

Casanunda hob die Brechstange.

Ein Geräusch erklang, das sich am besten mit *Doioing* beschreiben lässt.

Der Besen raste nach vorn, und Nanny Ogg fand sich auf Casanundas Schoß wieder.

»Entschuldige.«

»Schon gut. So was kann ruhig häufiger passieren.«

»Hast du ihn erwischt?«

»Ja. Er dürfte ziemlich überrascht gewesen sein.«

»Wo sind die anderen?«

»Kann sie nirgends sehen.«

Casanunda grinste von einem Ohr zum anderen.

»Wir haben's ihnen ordentlich gezeigt, nicht wahr?«

Irgend etwas *zischte* an ihm vorbei und bohrte sich in Nanny Oggs Hut.

»Sie wissen, dass wir Eisen haben«, sagte die Hexe. »Bestimmt wagen sie sich nicht noch einmal an uns heran. Brauchen sie auch gar nicht«, fügte Nanny hinzu.

Der Besen wich einem Baum aus, pflügte durch Adlerfarn und erreichte einen unkrautüberwucherten Weg.

»Die Elfen verfolgen uns nicht mehr«, sagte Casanunda nach einer Weile. »Vielleicht haben wir sie so sehr erschreckt, dass sie uns nun in Ruhe lassen.«

»Nein. Sie meiden nur die Nähe des Langen Manns. Es ist nicht ihr Revier. Meine Güte, sieh dir an, wie der Weg aussieht. Jetzt wachsen hier *Bäume.* In meiner Jugend konnte sich nicht einmal ein Grashalm auf dem Pfad halten.« Nanny Ogg lächelte und hing Erinnerungen nach. »In warmen Sommernächten war der Lange Mann ein beliebter Treffpunkt.«

Die Umgebung veränderte sich. Dieser Teil des Waldes fühlte sich alt an, selbst nach den Maßstäben des Lancrewalds. Moosfladen hingen von knorrigen Zweigen herab. Uralte Blätter knisterten, als Hexe und Zwerg zwischen den Bäumen hindurchflogen. Ein Geschöpf hörte sie und floh durchs Dickicht. Es klang nach etwas mit Hörnern.

Schließlich hielt Nanny den Besen an.

»Da«, sagte sie und schob einen Farnwedel beiseite. »Der Lange Mann.«

Casanunda duckte sich unter den Ellenbogen der Hexe und spähte in die entsprechende Richtung.

»Mehr steckt nicht dahinter? Es ist nur ein alter Grabhügel.«

»Es sind drei alte Grabhügel«, korrigierte Nanny.

Casanunda sah genauer hin.

»Ja, jetzt erkenne ich sie. Zwei runde und ein langer. Na und?«

»Als ich sie das erste Mal aus der Luft sah, habe ich so sehr gelacht, dass ich fast vom Besen gefallen wäre«, meinte Nanny Ogg.

Stille herrschte, während der Zwerg versuchte, eine Vorstellung von der allgemeinen Topographie zu gewinnen.

Sein Kommentar lautete schließlich:

»Potzblitz. Ich habe die Konstrukteure von Grabhügeln und dergleichen immer für ernste Druiden gehalten, nicht für Leute, die gewissermaßen mit zweihunderttausend Tonnen Erde Toilettenwände beschmieren.«

»Es erstaunt mich, dass dich solche Dinge schockieren.«

Nanny hätte schwören können, dass der Zwerg unter seiner Perücke errötete.

»Nun, es gibt so etwas wie *Stil*«, betonte Casanunda. »Stil und Takt. Man ruft nicht einfach aus vollem Hals: He, ich habe eine große dicke Flöte.«

»Die Angelegenheit ist ein wenig komplizierter.« Nanny bahnte sich einen Weg durchs Gebüsch. »Hier ruft die *Landschaft:* Ich habe eine große dicke Flöte. Übrigens: Sprechen Zwerge in diesem Zusammenhang von ›Flöten‹?«

»Ja.«

»Klingt gut, wie Musik in den Ohren.«

Casanunda rang mit einem Dornbusch.

»Esme kommt nie hierher«, erklang Nanny Oggs Stimme weiter vorn. »Sie meint, es sei schon schlimm genug mit Volksliedern, Maibäumen und so. Sie findet es unerträglich, dass auch noch die Landschaft anzüglich wird. Nun, dies hier ist natürlich nie als ein Ort für Frauen geplant gewesen. Meine Urgroßmutter erzählte mir einmal, dass zu ihrer Zeit Männer hierher kamen – angeblich haben sie seltsame Rituale vollzogen, bei denen nie eine Frau zugesehen hat.«

»Abgesehen natürlich von deiner Urgroßmutter, die sich im Gebüsch versteckte«, warf Casanunda ein.

Nanny blieb abrupt stehen. »Woher weißt du das?«

»Ich beginne allmählich das Wesen der Ogg-Frauen zu verstehen«, antwortete der Zwerg. Mehrere besonders scharfe und spitze Dornen hatten ihm den Mantel aufgerissen.

»Nun, meine Urgroßmutter hat mir erzählt, dass die Männer nur kleine Schwitzhäuser bauten, ziemlich viel schwitzten, Knieweich tranken, mit Hörnern ums Feuer tanzten und gelegentlich an Bäume pinkelten«, sagte Nanny. »Sie bezeichnete das alles als ein wenig weibisch. Nun, ich habe immer den Standpunkt vertreten: Ein Mann muss ein Mann sein, auch wenn's dabei ein wenig weibisch zugeht. Was ist mit deiner Perücke passiert?«

»Sie hängt an dem Baum da drüben.«

»Hast du die Brechstange noch?«

»Ja, Frau Ogg.«

»Also los.«

Sie hatten inzwischen den langen Hügel erreicht. Drei große, unregelmäßig geformte Steine bildeten dort eine niedrige Höhle. Nanny Ogg duckte sich unterm Sturz hinweg und betrat die muffige, ein wenig nach Ammoniak riechende Finsternis.

»Ich glaube, hier sind wir richtig«, sagte sie. »Hast du ein Streichholz?«

Der schweflige Glanz fiel auf einen flachen Stein mit einem primitiv anmutenden Bild, das zum größten Teil aus ockerfarbenen Rillen bestand. Es zeigte eine Gestalt mit Eulenaugen, die Felle und Hörner trug.

Im flackernden Licht schien sie zu tanzen.

Hinzu kamen einige Runen.

»Hat jemand herausgefunden, was sie bedeuten?«, fragte Casanunda.

Nanny Ogg nickte.

»Es handelt sich um eine Variante von Oggisch«, erläuterte sie. »Frei übersetzt lautet der Text: ›Ich habe eine große dicke Flöte.‹«

»Oggisch?«, wiederholte der Zwerg.

»Meine Familie lebt schon seit einer ganzen Weile in dieser, äh, Gegend.«

»Wenn man dich kennt, muss man mit allem rechnen«, sagte Casanunda.

»Das höre ich immer wieder. Schieb die Brechstange unter den Stein. Tja, ich habe immer nach einem Vorwand gesucht, mich mal da unten umzusehen.«

»Was befindet sich ›da unten‹?«

»Die Höhlen von Lancre. Sollen sich praktisch überallhin erstrecken, wie ich hörte. Bis nach Kupferkopf. Angeblich kann man durch sie auch das Schloss erreichen, aber ich habe nie den Eingang gefunden. Nun, in der Hauptsache führen die Kavernen zur Welt der Elfen.«

»Ich dachte, die Tänzer führen dorthin.«

»Dies ist die *andere* Welt der Elfen.«

»Haben sie mehr als nur eine?«

»Ja. Aber über diese sprechen sie nicht gern.«

»Und du willst ihr einen Besuch abstatten?«

»Ja.«

»Du willst *zu* den Elfen?«

»Ja. Nun, hast du vor, hier die ganze Nacht nur so herumzustehen? Oder bist du bereit, den Stein mit der Brechstange zur Seite zu hebeln?« Nanny stieß ihren Begleiter an. »Da unten gibt's auch *Gold.*«

»O ja, herzlichen Dank«, erwiderte Casanunda mit unüberhörbarem Sarkasmus. »Jetzt kommst du mir mit Speziesismus. Nur weil ich... vertikal benachteiligt bin, glaubst du, mich mit Gold locken zu können. Deiner Meinung nach denken Zwerge dauernd an gelbes Metall und nichts anderes, wie? Ha!«

»Nun, ich weiß, dass *du* auch gewisse andere Dinge im Kopf hast«, entgegnete Nanny Ogg. Sie seufzte. »Na schön. Was hältst du von folgendem Angebot? Wenn wir heimkehren, backe ich richtiges Zwergenbrot für dich.«

Ein ungläubiges Lächeln wuchs in Casanundas Miene.

»Richtiges Zwergenbrot?«

»Ja. Ich glaube, ich habe das Rezept noch irgendwo. Außerdem ist es einige Wochen her, seit ich die Katzenkiste zum letzten Mal geleert habe.«*

»Nun, wie du meinst...«

Casanunda rammte das eine Ende der Brechstange unter den Stein und zog mit Zwergenkraft. Der Felsen leistete nur kurzen Widerstand, gab dann auf und schwang nach oben.

Darunter kamen Stufen zum Vorschein. Erde bildete hier und dort eine dicke Schicht auf ihnen; an einigen Stellen ragten Wurzeln daraus hervor. Nanny begann sofort damit, die Treppe hinabzusteigen. Nach einigen Sekunden merkte sie, dass ihr der Zwerg nicht folgte.

* Es gibt viele Rezepte für die flachen, runden Laibe des Zwergenbrots von Lancre, und sie alle haben das gleiche Ziel: Sie sollen Verpflegungsrationen gewährleisten, die möglichst lange von Bestand bleiben, leicht verstaut werden können und im Stande sind, einen Feind zu töten, wenn man damit nach ihm wirft. Essbarkeit spielt dabei nur eine untergeordnete Rolle. Die meisten Rezepte sind ein gut gehütetes Geheimnis, abgesehen vom Kies.

»Was ist los?«

»Ich habe dunkle Orte, die nur wenig Platz bieten, immer gehasst.«

»Wie bitte? Du bist doch ein *Zwerg*?«

»Ich bin als Zwerg *geboren*«, sagte Casanunda. »Ich werde schon nervös, wenn ich mich in Kleiderschränken verstecken muss. Das ist ein Nachteil bei meiner, äh, Tätigkeit.«

»Sei doch nicht dumm. *Ich* fürchte mich überhaupt nicht.«

»Du bist auch nicht ich.«

»Na schön: Ich backe das Zwergenbrot mit einer Extraportion Kies.«

»Oh … Du bist die Versuchung höchstpersönlich, Frau Ogg.«

»Und bring die Fackeln mit.«

Warm und trocken war es in den Höhlen. Casanunda folgte Nanny hastig und achtete darauf, im Bereich des Fackelscheins zu bleiben.

»Bist du noch nie zuvor hier unten gewesen?«

»Nein, aber ich kenne den Weg.«

Nach einer Weile legte sich Casanundas Unruhe. Höhlen waren doch besser als Kleiderschränke. Zum Beispiel stolperte man nicht dauernd über irgendwelche Schuhe, und man lief kaum Gefahr, irgendwelchen wütenden, mit Schwertern bewaffneten Ehemännern zu begegnen. Die Besorgnis wich Fröhlichkeit.

Von ganz allein schienen sich die Worte im Kopf des Zwergs zu formen – sie gediehen im Hinterhof der Gene.

»Haihi, haiho …«

Nanny Ogg schmunzelte.

Der Tunnel mündete in eine große Kammer, und im Schein der Fackel zeichneten sich vage ferne Wände ab.

»Sind wir schon am Ziel?«, fragte Casanunda, und seine Hände schlossen sich fester um die Brechstange.

»Ich weiß nicht … Nein. Wir sind hier an einem … anderen Ort. Und wir kennen ihn. Er ist magischer Natur.«

»Bedeutet das, er existiert überhaupt nicht?«

»Es bedeutet, dass er existiert *und* magisch ist.«

Die Flamme züngelte am Kopf der Fackel. In ihrem Licht sahen Hexe und Zwerg Hunderte von staubbedeckten Steinplatten, die spiralförmig in der Höhle angeordnet waren. Im Zentrum dieser Spirale hing eine große Glocke an einem Seil, das in der Dunkelheit unter einer hohen Decke verschwand. Und unter der Glocke glänzten zwei Stapel Münzen: der eine aus Silber, der andere aus Gold.

»Rühr das Geld nicht an«, sagte Nanny. »Äh, sieh mir zu.«

Sie streckte die Hand aus und berührte die Glocke, woraufhin ein leises *Ting* erklang.

Staub rieselte von der nächststehenden Steinplatte. Was Casanunda bisher für eine liegende Statue gehalten hatte, setzte sich nun langsam auf und knarrte dabei. Die Gestalt erwies sich als bewaffneter Krieger. Da er sich bewegte, musste er wohl am Leben sein. Allerdings: Er sah aus, als hätte er den Weg vom Leben zur Leichenstarre ohne die Zwischenstation des Todes hinter sich gebracht.

Er sah Nanny Ogg aus tief in den Höhlen liegenden Augen an.

»Isset es jetzt so weit?«

»Nein, noch nicht ganz«, erwiderte Nanny.

»Warum bisset du dann so frech, zu läutigen die Glocke? Kanne nicht mal zweihundert Jahre langig durchschlafen. Immer gebet es einen Narren, der läutigt die Glocke. Hinfort mit dir.«

Der Krieger streckte sich wieder auf der Platte aus.

»Hier ruht ein alter König mit seinen Soldaten«, flüsterte Nanny, als sie den Weg fortsetzten. »In einem magischen Schlaf, wie ich gehört habe. Ein Zauberer ist dafür verantwortlich. Sie sollen erst erwachen, wenn eine letzte Schlacht beginnt. Zuvor muss ein Wolf die Sonne fressen oder so.«

»Typisch Zauberer«, brummte Casanunda. »Rauchen dauernd zu viel von irgendwelchem Gras.«

»Ja, mag sein. Hier rechts. Von jetzt an immer rechts.«

»Gehen wir im Kreis?«

»In einer Spirale. Wir sind nun direkt im Inneren des Langen Mannes.«

»Unmöglich«, widersprach Casanunda. »Wir sind durch ein Loch geklettert, das in einen Tunnel unterm Langen Mann führte, und... Moment mal. Soll das heißen, wir sind wieder am Ausgangspunkt – und gleichzeitig ganz woanders?«

»Offenbar verstehst du allmählich.«

Sie folgten dem Verlauf der Spirale.

Die schließlich endete.

Hier unten war es wärmer; hier und dort drang rötliches Glühen aus Tunneln.

Zwei große Steine lehnten an einer Felsenwand, und quer auf ihnen lag ein dritter. Vor dem Portal hingen Felle als Vorhang. Dampf wallte an ihnen vorbei.

»Sie wurden zur gleichen Zeit in Position gebracht wie die Tänzer«, sagte Nanny im Plauderton. »Mit einem Unterschied: Hier ist das Loch vertikal, und deshalb sind nur drei Steine nötig. Lass die Brechstange hier. Und zieh die Stiefel aus, wenn sie Nägel aus Eisen enthalten.«

»Diese Stiefel wurden vom besten Schuhmacher in Ankh-Morpork angefertigt«, meinte Casanunda. »Eines Tages bezahle ich ihn dafür.«

Nanny zog die Felle beiseite.

Noch mehr Dampfwolken wogten.

Dunkelheit herrschte hinter dem Raum jenseits der drei Steine, zäh und heiß wie Sirup. Außerdem roch es wie in der Umkleidekabine eines Fuchses. Als Casanunda der Hexe folgte, spürte er in der Finsternis die Gegenwart verborgener Geschöpfe. Er hörte die Stille gemurmelter Gespräche, die ein jähes Ende fanden. Einmal glaubte er, eine Schüssel mit glühenden Steinen zu erkennen: Eine schattenhafte Hand streckte sich ihr entgegen und drehte eine Kelle, woraufhin es zischte – Dampf verhüllte alles.

Wir können hier nicht im oder unter dem Langen Mann sein, dachte der Zwerg. *Das ist doch nur ein Hügel aus angehäufter Erde. Hier hingegen sind wir in einem großen Zelt, dessen Planen aus Tierhäuten bestehen.*

Sowohl das eine als auch das andere ist nicht möglich.

Er bekam einen Schweißausbruch.

Als die Dampfwolken wogten, wurden zwei Fackeln sichtbar. Ihr Licht war kaum mehr als ein Hauch von dunklem Rot in der Finsternis, aber es genügte, um eine große Gestalt zu beleuchten, die neben einer weiteren Schüssel mit heißen Steinen lag.

Die große Gestalt sah auf. In der feuchten, schweißtreibenden Hitze bewegte sich ein Geweih.

»Ah, Frau Ogg.«

Die Stimme stellte das akustische Äquivalent von Schokolade dar.

»Euer Exzellenz…«, erwiderte Nanny.

»Ich nehme an, es ist zu viel erwartet, dass du vor mir kniest, oder?«

»In der Tat, Euer Hochwohlgeboren«, sagte Nanny und lächelte.

»Weißt du, Frau Ogg… Du zeigst deinem Gott gegenüber auf eine Weise Respekt, die jeden Atheisten vor Neid erblassen ließe.« Die dunkle Gestalt gähnte.

»Danke, Euer Durchlaucht.«

»Es tanzt niemand mehr für mich. Ist das etwa zu viel verlangt?«

»Wie du meinst, Euer Gnaden.«

»Ihr Hexen glaubt nicht mehr an mich.«

»Stimmt haargenau, Euer Gehörnte Pracht.«

»Ach, kleine Frau Ogg… Hast du dir überlegt, wie du diesen Ort wieder verlassen willst?«, fragte die liegende Gestalt.

»Das dürfte kein Problem sein.« Eine gewisse Schärfe erklang nun in Nannys Stimme. »Ich habe Eisen dabei.«

»Das ist völlig unmöglich. Kein Eisen kann in dieses Reich eindringen.«

»Ich habe jenes Eisen, das an jeden Ort gelangen kann«, sagte Nanny.

Sie zog die Hand aus der Schürzentasche und hob ein Hufeisen in die Höhe.

Casanunda hörte, wie es raschelte und leise polterte, als verborgene Elfen flohen. Eine pfannenartige Vorrichtung mit heißen Steinen kippte, und daraufhin verdichteten sich die Dampfschwaden wieder.

»Nimm es weg!«

»Ich nehme es weg, wenn ich gehe«, sagte Nanny. »Hör mir jetzt zu. *Sie* stiftet schon wieder Unruhe. Mach etwas, damit sie aufhört. Wir wollen doch fair bleiben, oder? Die Schwierigkeiten von damals dürfen sich nicht wiederholen.«

»Warum sollte ich dir helfen?«

»Wäre dir daran gelegen, dass *sie* zu mächtig wird?«

Es schnaufte in der Finsternis.

»Du kannst nicht noch einmal über die Welt herrschen«, sagte Nanny. »Dort gibt es zu viel Musik. Und zu viel Eisen.«

»Eisen rostet.«

»Nicht das Eisen im Kopf.«

Der König schnaufte erneut.

»Trotzdem ... eines Tages ...«

»Eines Tages.« Nanny nickte. »Ja. Darauf können wir einen trinken. Eines Tages. Wer weiß? Eines Tages. Jeder braucht ein ›eines Tages‹. Aber nicht heute. Verstehst du? Geh nach oben und stell das Gleichgewicht wieder her. Andernfalls veranlasse ich, dass Folgendes geschieht: Menschen werden sich mit eisernen Schaufeln ein Loch in den Langen Mann graben. Ich höre schon, was sie sagen. Ach, dies ist ja nur ein alter Erdhaufen, sagen sie. Und dann kommen pensionierte Zauberer und Priester, die nichts Besseres zu tun haben, als alles zu untersuchen und langweilige Bücher über Begräbnisrituale und dergleichen zu schreiben. Und das ist dann ein weiterer Eisennagel in deinem Sarg. Was mir Leid tun wird, denn ich hatte immer eine Schwäche für dich. Aber ich habe auch Kinder, weißt du. Sie verstecken sich nicht unter der Treppe, weil sie den Donner fürchten. Und sie stellen keine Milch für Elfen vor die Tür. Und sie eilen nicht heim, nur weil's dunkel wird. Bevor die dunkle Zeit zurückkehrt, sorge ich dafür, dass man dich drankriegt.«

Die Worte schnitten wie Messer durch die Luft.

Die Gehörnte stand auf und fing an zu schweben. Das Geweih berührte die Decke.

Casanundas Kinnlade klappte nach unten.

»Nicht heute.« Nannys Stimme klang nun wieder normal. »Eines Tages, vielleicht. Bleib hier unten und schwitz schön, bis es so weit ist. Wie gesagt: *Heute* ist es noch *nicht* so weit.«

»Ich ... werde eine Entscheidung treffen.«

»Ausgezeichnet. Entscheide. Und ich gehe jetzt.«

Der Gehörnte blickte auf Casanunda hinab.

»Was starrst du mich so an, Zwerg?«

Nanny Ogg stieß ihren Begleiter an.

»Na los. Antworte dem netten Herrn.«

Casanunda schluckte.

»Meine Güte«, sagte er. »In Wirklichkeit bist du noch viel beeindruckender als auf dem Bild.«

Mehrere Kilometer entfernt, in einem schmalen, kleinen Tal, hatten einige Elfen einen Kaninchenbau entdeckt. Die Jungtiere darin sowie ein Ameisenhaufen in der Nähe hielten sie eine Zeit lang beschäftigt.

Selbst die Sanften, Blinden und Stummen haben Götter.

Hern der Gejagte, Gott der Verfolgten, kroch durchs Gebüsch und bedauerte sehr, dass Götter nicht ihrerseits Götter haben konnten.

Die Elfen kehrten ihm den Rücken zu, als sie sich bückten, um genauer hinzusehen.

Hern der Gejagte schob sich an einem Dornenbusch vorbei, spannte die Muskeln und sprang.

Er bohrte die Zähne so tief in eine Elfenwade, dass sich Oberkiefer und Unterkiefer in der Mitte trafen. Eine Sekunde später wurde er zur Seite geschleudert, als das betroffene Wesen schrie und sich jäh umdrehte.

Hern lief los.

Darin bestand das Problem. Er war einfach nicht für den Kampf bestimmt. In ihm steckte keine *dauerhafte* Aggressivität. Angreifen und wegrennen, angreifen und wegrennen – mehr kam für ihn nicht in Frage.

Elfen konnten schneller laufen.

Er sauste über umgestürzte Bäume hinweg und rutschte durch Laubansammlungen. Aus den Augenwinkeln sah er dabei, dass ihn die Elfen zu beiden Seiten überholten und ihre Geschwindigkeit der seinen anpassten. Sie warteten darauf, dass er …

Der Wald weiter vorn schien regelrecht zu explodieren. Die kleine göttliche Entität nahm eine mit Klauen und Reißzähnen ausgestattete Erscheinung wahr, der es nicht an Entschlossenheit und Zorn zu mangeln schien. Hinzu kamen eine ältere Frau und ein Zwerg, der eine Eisenstange schwang.

Hern wartete nicht, um zu sehen, was als Nächstes geschah. Er raste zwischen den Beinen der großen Gestalt hindurch, und kurz darauf tönte ein Schlachtruf an seine langen Schlappohren:

»Potzblitz, mit so einem Ding kann man jemanden *erschlagen*!«

Nanny Ogg und Casanunda schritten stumm zum Höhleneingang und zur Treppe. Als sie in die Nacht traten, sagte der Zwerg: »Donnerwetter!«

»Selbst hier oben spürt man es noch«, verkündete Nanny. »Ist sehr Matscho, dieser Ort.«

»Aber ich meine, *lieber* Himmel …«

»Er ist intelligenter als sie – oder fauler«, fuhr Nanny fort. »Er wird's einfach abwarten.«

»Aber er …«

»Sie können sich uns in jedem beliebigen Erscheinungsbild zeigen«, erklärte Nanny. »Wir sehen die Gestalt, die wir ihnen selbst geben.« Sie ließ den Stein fallen und klopfte sich Schmutz von den Händen.

»Warum sollte ihm etwas daran gelegen sein, *sie* aufzuhalten?«

»Immerhin ist er ihr Mann. Er kann sie nicht ausstehen. Führen eine Art offene Ehe.«

»Was will er abwarten?«, fragte Casanunda und sah sich nach weiteren Elfen um.

»Oh, du weißt schon.« Nanny winkte. »Eisen, Bücher, Mechanismen, Universitäten, Bildung und so. Er glaubt, es geht früher oder später vorbei. Ja, er ist davon überzeugt, dass das alles eines Tages vorbei sein wird – dass die Leute eines Tages bei Sonnenuntergang zum Horizont blicken werden und ihn dort sehen.«

Casanunda sah zum Horizont jenseits des Erdhügels und rechnete fast damit, dort die Konturen einer riesigen Gestalt zu erkennen.

»Eines Tages wird er zurückkehren«, sagte Nanny leise. »Wenn auch das Eisen im Kopf rostig geworden ist.«

Casanunda musterte die Hexe. Man verbrachte nicht den größten Teil seines Lebens bei einem anderen Volk, ohne zu lernen, dessen Körpersprache zu verstehen – in diesem Fall benutzte sie unübersehbar Blockbuchstaben.

»Das tut dir nicht unbedingt Leid, oder?«, fragte er.

»Wie? Oh, ich will auf keinen Fall, dass *sie* zurückkehren! Es sind hinterlistige, gemeine und arrogante Parasiten, die wir hier ganz sicher nicht brauchen.«

»Bist du wirklich davon überzeugt? Wie wär's mit einer Wette?«

Nanny schien nervös zu werden.

»Sieh mich nicht so an! Esme hat Recht. Ja, *natürlich* hat sie Recht. Wir wollen keine Elfen in dieser Welt. Hier gibt's keinen Platz mehr für sie.«

»Esme ist die Kleine, nicht wahr?«

»Ha! Nein, Esme ist die Große mit der krummen Nase. Du erinnerst dich bestimmt an sie.«

»Oh, ja.«

»Die Kleine heißt Magrat. Ist gutmütig und sentimental. Trägt Blumen im Haar und glaubt an Lieder. Wäre dazu im Stande, einfach so mit den Elfen zu tanzen.«

Weitere Zweifel machten sich in Magrat breit. Sie betrafen zum Beispiel Armbrüste. Nun, Armbrüste sind sehr nützliche und brauchbare Waffen; sie eignen sich gut, um gerade vom Unerfahrenen mit einiger Aussicht auf Erfolg verwendet zu werden – immerhin braucht man nur in die richtige Richtung zu zielen und den Finger zu krümmen. Andererseits: Derartige Waffen können nur jeweils einmal benutzt werden. Anschließend sollte der Schütze irgendwo in Deckung gehen und möglichst rasch nachladen. Falls er diesen Rat nicht beherzigt, hat er nur ein Ding in der Hand, das aus Metall, Holz und einer Sehne besteht.

Und dann das Schwert. Rein theoretisch wusste Magrat genau, was man mit einem Schwert anstellte. Man schwang es zunächst hin und her, um dann zu versuchen, das spitze Ende in den Gegner zu stechen – der bemüht war, das zu verhindern. Was nach dieser ersten Phase geschah, wusste Magrat nicht genau. Sie hoffte, dass man einen zweiten Versuch hatte.

Zweifel in Hinsicht auf die Rüstung gesellten sich hinzu. Mit Helm und Brustharnisch war so weit alles in Ordnung, aber der Rest bestand aus dem gleichen Material wie ein Kettenhemd. Shawn Ogg wusste: Wenn man es aus der Perspektive eines Pfeils sah, bestanden Kettenhemden zum größten Teil aus lose miteinander verbundenen Löchern.

Der Ärger war noch da – ein Zorn, der im Kern von Magrats Ich brodelte. Was jedoch nichts daran änderte, dass die ehemalige Hexe nicht nur aus einem Kern bestand. Am Rest von Magrat Knoblauch – bisher (und wahrscheinlich auch in Zukunft) Jungfer von Lancre – änderte sich nichts.

In der Stadt zeigten sich keine Elfen, aber sie hatten unübersehbare Spuren hinterlassen. Türen hingen schief in den Angeln. Viele Häuser erweckten den Eindruck, von Dschingis Cohen besucht worden zu sein.*

Magrat folgte nun dem Verlauf des Pfads, der zu den Steinen führte. Er war breiter als früher: Pferde und Wagen hatten den Boden auf dem Weg aufgewühlt, und die Füße der Fliehenden hatten ihn später in Schlamm verwandelt.

Sie wusste, dass man sie beobachtete. Deshalb empfand sie es fast als Erleichterung, als vor ihr drei Elfen aus den Bäumen traten, noch bevor das Schloss außer Sicht geriet.

Der mittlere lächelte.

»Guten Abend, junge Frau«, sagte er. »Ich bin Lord Lankin, und du wirst dich verneigen, bevor du zu mir sprichst.«

Der Tonfall wies darauf hin, dass die Wahrscheinlichkeit von Ungehorsam genau Null betrug. Magrat spürte, wie es in ihren Muskeln vibrierte: Etwas in ihr wollte der Aufforderung des Elfen nachkommen.

Ynci hätte bestimmt nicht gehorcht...

»Zufälligerweise bin ich praktisch die Königin«, sagte sie.

Zum ersten Mal bekam sie nun Gelegenheit, Einzelheiten im allgemeinen Erscheinungsbild eines Elfen zu erkennen. Bei diesem Exem-

* Man sagt ihm nach, den Ausdruck von der »massenhaften Vernichtung« geprägt zu haben.

plar sah Magrat hohe Wangenknochen und zu einem Pferdeschwanz zusammengebundenes Haar. Die Kleidung... Sie bestand aus Lumpen, Spitze und Fellstreifen. Elfen gingen davon aus, dass ihnen *alles* stand.

Die Gestalt rümpfte eine perfekte Nase.

»Es gibt nur eine Königin in Lancre«, sagte sie. »Und die bist gewiss nicht du.«

Magrat versuchte, sich zu konzentrieren.

»Wo ist sie denn?«, fragte sie.

Die beiden anderen Elfen hoben ihre Bögen.

»Du suchst die Königin?«, erwiderte Lankin. »Wir bringen dich zu ihr. Übrigens, junge Frau: Falls du mit dem Gedanken spielen solltest, von der Waffe mit dem hässlichen Eisen Gebrauch zu machen – im Wald dort stehen weitere Bogenschützen.«

Auf der einen Seite des Pfades raschelte es, doch unmittelbar darauf pochte es an der gleichen Stelle. Die Elfen wirkten verwirrt.

»Aus dem Weg«, sagte Magrat.

»Ich glaube, du gibst dich da völlig falschen Vorstellungen hin«, sagte der Elf. Sein Lächeln wuchs in die Breite – und verschwand, als sich das seltsame Rascheln und Pochen auf der anderen Seite des Waldwegs wiederholte.

»Wir haben dich schon von weitem gespürt«, fuhr der Elf fort. »Ein tapferes Mädchen, das versucht, den zukünftigen Gemahl zu retten! Oh, wie romantisch! Packt sie.«

Hinter den beiden bewaffneten Elfen wuchs ein Schatten in die Höhe, wölbte eine Hand um jeden Kopf und knallte die beiden Schädel aneinander.

Der Schemen trat vor, holte lässig aus...

Lankin drehte sich um – und wurde von einem Hieb getroffen, der ihn an den nächsten Baum schleuderte.

Magrat zog das Schwert.

Worum auch immer es sich bei diesem Wesen handeln mochte – es schien schlimmer zu sein als Elfen. Es war schmutzig und haarig, ähnelte von der Statur her einem Troll. Es streckte die Hand – die *Pranke* – nach dem Zaumzeug aus, und dabei schien der Arm immer länger zu werden. Magrat hob das Schwert…

»Ugh?«

»Nimm das Schwert bitte runter.«

Die Stimme erklang irgendwo hinter ihr und hörte sich menschlich und besorgt an. Elfen hörten sich nie so an.

»Wer bist du?«, fragte Magrat, ohne sich umzudrehen. Das Ungeheuer vor ihr grinste und zeigte dabei gelbe Zähne.

»Äh, ich bin Ponder Stibbons. Ein Zauberer. Ebenso wie *er*.«

»Er trägt keine Kleidung!«

»Vielleicht könnte ich ihn dazu bewegen, ein Bad zu nehmen«, erwiderte Stibbons nicht ohne eine gewisse Hysterie. »Wenn er gebadet hat, zieht er immer einen alten grünen Morgenmantel über.«

Magrat entspannte sich ein wenig. Wer so klang, stellte für niemanden eine Gefahr dar, höchstens für sich selbst.

»Auf welcher Seite stehst du, Zauberer?«

»Wie viele gibt es denn?«

»Ugh?«

»Wenn ich absteige, geht das Pferd durch«, sagte Magrat. »Vielleicht solltest du deinen… Freund bitten, das Zaumzeug loszulassen. Sonst wird er verletzt.«

»Ugh?«

»Äh. Das glaube ich eigentlich nicht.«

Magrat rutschte vom Rücken des Pferdes herunter. Das Pferd war erleichtert, als es kein Eisen mehr spürte. Es machte einen Satz.

Etwa zwei Meter weit.

»Ugh.«

Das Ross versuchte, wieder auf die Beine zu kommen.

Magrat blinzelte.

»Äh, derzeit ist er ein wenig verärgert«, erklärte Ponder. »Ein … Elf … hat mit einem Pfeil auf ihn geschossen.«

»Auf diese Weise versuchen sie, die Leute unter Kontrolle zu bringen!«

»Ähm. Nun, er gehört nicht zu uns Leuten.«

»Ugh!«

»In genetischer Hinsicht, meine ich.«

Es geschah nicht zum ersten Mal, dass Magrat einem Zauberer begegnete. Manchmal kamen welche nach Lancre, aber sie blieben nie sehr lange. Irgendein Aspekt in der Gegenwart von Oma Wetterwachs veranlasste sie, ihren Weg schon nach kurzer Zeit fortzusetzen.

Für gewöhnlich sahen Zauberer anders aus als Ponder Stibbons. Er hatte einen großen Teil seines Umhangs verloren, und nur die Krempe erinnerte an den Hut. Schlamm bedeckte die Wangen, und über einem Auge zeigte sich ein bunt schillernder Bluterguss.

»Haben dich die Elfen so zugerichtet?«

»Nun, was den Schlamm und die zerrissene Kleidung betrifft … Dafür ist der Wald verantwortlich. Einige Male sind wir Elfen über den Weg gelaufen …«

»Ugh.«

»Ja, wir sind ihnen nicht nur über den Weg gelaufen, sondern auch *über sie selbst.* Und dann hat mich der Bibliothekar geschlagen.«

»Ugh.«

»Dem Himmel sei Dank dafür«, fügte Ponder hinzu. »Er schickte mich ins Reich der Träume. Wodurch ich wieder zu mir kam. Äh. Sonst würde es mir jetzt so wie den anderen ergehen.«

Dunkle Ahnungen regten sich in Magrat.

»Welche anderen meinst du?«, fragte sie.

»Bist du allein?«

»Welche anderen?«

»Hast du überhaupt eine *Ahnung*, was passiert ist?«

Magrat dachte an das Schloss und die Stadt.

»Ich habe eine ungefähre Vorstellung davon«, sagte sie schließlich.

Ponder schüttelte den Kopf.

»Es ist schlimmer.«

»Welche anderen?«, beharrte Magrat.

»Ich bin ziemlich sicher, dass es zu einem Interkontinuum-Durchbruch gekommen ist«, murmelte Ponder. »Vermutlich gibt es einen Unterschied in Bezug aufs Energieniveau.«

»Welche *anderen*?«

Ponder Stibbons sah nervös zum Wald.

»Wir sollten nicht hier auf dem Weg stehen bleiben. Es sind noch mehr Elfen in der Nähe.«

Er trat ins Dickicht. Magrat folgte ihm, und kurz darauf sah sie einen zweiten Zauberer, der wie eine Leiter am Baum lehnte. Ein breites, verträumtes Lächeln zierte sein Gesicht.

»Der Quästor«, sagte Ponder. »Ich fürchte, wir haben es mit den getrockneten Froschpillen ein wenig übertrieben.« Er hob die Stimme. »Wie... geht... es... dir?«

»Nun, ich möchte eine Portion gebratenes Wiesel, wenn du nichts dagegen hast«, erwiderte der Quästor und strahlte.

»Warum ist er so steif?«, erkundigte sich Magrat.

»Wir halten das für eine Art Nebenwirkung«, antwortete Ponder.

»Kannst du nichts dagegen unternehmen?«

»Warum sollte ich? So eignet er sich gut dafür, Bäche zu überqueren.«

»Komm morgen noch einmal vorbei, Bäcker, wenn du was Knuspriges willst«, sagte der Quästor.

»Außerdem scheint er glücklich zu sein«, meinte Ponder. »Äh, bist du eine Kriegerin?«

»Wie?«, erwiderte Magrat.

»Nun, die Rüstung und so…«

Die ehemalige Hexe sah an sich herab. Sie hielt noch immer das Schwert in der Hand. Der Helm rutschte ihr dauernd über die Augen, doch das war jetzt nicht mehr so unangenehm wie vorher: Mit einem Fetzen des Hochzeitskleids hatte sie eine Art Polster geschaffen.

»Ich, äh, ja«, sagte sie. »Ja, das stimmt. Genau das bin ich. Du hast völlig Recht.«

»Und vermutlich bist du wegen der Hochzeit gekommen. So wie wir.«

»Ja. Wegen der Hochzeit. Absolut richtig.« Magrats Hand schloss sich ein wenig fester um das Heft des Schwertes. »Sag mir jetzt, was passiert ist. Insbesondere in Hinsicht auf die *anderen*.«

»Nun…« Ponder tastete geistesabwesend nach einem Zipfel seines zerrissenen Mantels, um ihn dann hin und her zu drehen. »Wir sind alle zur Vorstellung gegangen. Ein Stück. Ich meine, ein *Bühnen*stück. Verstehst du? Mit Schauspielern und so. Und, und es war sehr lustig. Bauerntölpel traten auf, mit großen Stiefeln und so. Trugen Strohperücken und was weiß ich. Stapften ungeschickt umher und gaben vor, Herren und Herrinnen zu sein. Sah alles ziemlich komisch aus. Der Quästor fand sie sehr witzig und lachte dauernd. Nun, er findet auch Bäume und Felsen witzig. Alle haben sich amüsiert. Und dann… und dann…«

»Ich will alles wissen«, sagte Magrat.

»Nun, äh, dann kam's zu einer Sache, an die ich mich kaum mehr erinnere. Hatte was mit den Schauspielern zu tun, glaube ich. Ich meine, plötzlich… schien alles *Wirklichkeit* zu werden. Verstehst du?«

»Nein.«

»Ein Bursche mit roter Nase und krummen Beinen spielte die Feenkönigin, und ganz plötzlich war er… noch immer er selbst, aber… Es fühlte sich irgendwie *anders* an. Alles um mich herum verschwand, und … Es gab nur noch die Darsteller und … und den Hügel. Ich meine, die Jungs auf der Bühne müssen sehr gut gewesen sein, denn sie kamen mir richtig echt vor … Wenn ich mich recht entsinne, forderte uns irgendwann jemand auf zu klatschen, und alles war sehr seltsam. Die Leute sahen irgendwie komisch aus, und wundervolle Gesänge erklangen, und, und …«

»Ugh.«

»Und dann schlug mich der Bibliothekar«, sagte Ponder schlicht.

»Warum?«

»Das sollte er dir besser mit seinen eigenen Worten erläutern«, meinte Stibbons.

»Ugh ugh iiek. Ugh! Ugh!«

»Gut gehustet, Julia!«, proklamierte der Quästor. »Und hüpf durch den Ring!«

»Ich habe den Bibliothekar nicht verstanden«, sagte Magrat.

»Äh«, entgegnete Ponder. »Wir haben erlebt, wie sich ein hyperdimensionaler Riss bildete, verursacht vom Glauben. Das Theaterstück gab den Ausschlag. Offenbar befand sich eine Zone ausgeprägter Instabilität in unmittelbarer Nähe. Es ist schwer zu beschreiben. Wenn ich eine Gummifläche und einige Bleikugeln hätte, so könnte ich dir zeigen …«

»Soll das heißen, jene … *Wesen* existieren nur deshalb, weil jemand an sie glaubt?«

»Nein. Ich schätze, es gäbe sie in jedem Fall. Aber sie sind *hier*, weil die Leute *hier* an sie glauben.«

»Ugh.«

»Er lief mit uns fort. Aber ein Elfenpfeil traf ihn.«

»Iiek.«

»Hatte bei ihm nur ein leichtes Jucken zur Folge.«

»Ugh.«

»Normalerweise ist er so sanft wie ein Lamm. Im Ernst.«

»Ugh.«

»Aber Elfen kann er nicht ausstehen. Er mag ihren Geruch nicht.«

Der Bibliothekar schnüffelte demonstrativ.

Magrat wusste nicht viel von Dschungeln und so, aber sie stellte sich nun Affen vor, die in Bäumen hockten und einen Tiger witterten. Affen bewunderten das glatte Fell und das Funkeln in den Augen nicht, denn sie wussten um die Zähne im Maul.

»Ja«, sagte sie. »Kann ich mir denken. Zwerge und Trolle mögen sie auch nicht. Aber ich hasse sie noch mehr.«

»Du kannst nicht gegen sie alle kämpfen«, wandte Ponder ein. »Dort oben wimmelt's regelrecht von ihnen. Einige von ihnen fliegen sogar. Der Bibliothekar meinte, sie hätten Leute veranlasst, Baumstämme zu nehmen und die Steine umzustoßen. Du weißt schon, die Steine. Da oben? Die Elfen haben sie angegriffen. Aus welchem Grund auch immer.«

»Hast du Hexen bei der Vorstellung gesehen?«, fragte Magrat.

»Hexen, Hexen ...«, murmelte Ponder.

»Du hättest sie bestimmt bemerkt«, fügte Magrat hinzu. »Eine Dünne, die jeden anstarrt. Und eine kleine Dicke, die Nüsse knackt und viel lacht. Unterhalten sich immer ziemlich laut. Und tragen hohe, spitze Hüte.«

»Nein, sind mir nicht aufgefallen«, erwiderte Ponder.

»Dann dürften sie wohl kaum da gewesen sein. Eine Hexe, die etwas auf sich hält, wird nicht übersehen.« Magrat wollte darauf hinweisen, dass sie in diesem Zusammenhang nicht besonders talentiert gewesen war, aber stattdessen sagte sie: »Ich suche jenen Ort auf.«

»Du solltest besser ein Heer mitnehmen. Ich meine, wenn eben der Bibliothekar nicht eingegriffen hätte, wärst du jetzt ganz schön in Schwierigkeiten.«

»Leider habe ich kein Heer dabei. Also muss ich irgendwie allein zurechtkommen, nicht wahr?«

Diesmal gelang es Magrat, das Pferd zum Galopp anzutreiben.

Ponder sah ihr hinterher.

»Hätte nicht gedacht, dass Volkslieder und dergleichen eine so starke Wirkung entfalten können«, sagte er zur Nachtluft.

»Ugh.«

»Sie reitet in den sicheren Tod.«

»Ugh.«

»Hallo, Herr Blumentopf, bitte bring uns zwei Halbe mit Aalen.«

»Natürlich könnte es Schicksal oder etwas in der Art sein.«

»Ugh.«

»Jahrtausendhand und Garnelen.«

Ponder Stibbons neigte verlegen den Kopf.

»Möchte ihr vielleicht jemand folgen?«

»Ugh.«

»Juchhe, da geht er mit seiner großen Uhr.«

»Bedeutet das ›ja‹?«

»Ugh.«

»Ich meine nicht dich, sondern ihn.«

»Schwabbeldiwapp, hier kommt die Grütze.«

»Ja, ich schätze, man könnte das als Zustimmung interpretieren«, sagte Ponder widerstrebend.

»Ugh?«

»Ich habe eine prächtige neue Weste.«

»Hör mal…«, sagte Ponder. »Die Friedhöfe sind voller Leute, die unbesonnen und überstürzt gehandelt haben.«

»Ugh.«

»Was hat er gesagt?«, fragte der Quästor. Bei seiner Reise durch den Irrsinn kam es zu einem kurzen Zwischenaufenthalt in der Realität.

»Ich glaube, der Bibliothekar wies darauf hin, dass wir früher oder später *alle* auf dem Friedhof enden«, sagte Ponder. »Mist. Na schön, kommt.«

»In der Tat«, intonierte der Quästor. »Rück mit den Boxhandschuhen raus, Herr Bootsmann!«

»Ach, sei still.«

Magrat stieg ab und ließ das Pferd laufen.

Sie wusste, dass sie sich nun in der Nähe der Tänzer befand. Buntes Licht flackerte am Himmel.

Sie wünschte sich, nach Hause zurückkehren zu können.

Die Luft hier war kühler, viel zu kühl für eine Sommernacht. Während Magrat einen Fuß vor den anderen setzte, wirbelten Schneeflocken im Wind und schmolzen zu Regen.

Ridcully materialisierte im Schloss und hielt sich an einer Säule fest, bis er wieder zu Atem gekommen war. Die Transmigration ließ immer blaue Punkte vor seinen Augen flimmern. Niemand schenkte ihm Beachtung. Im Schloss herrschte ein heilloses Durcheinander.

Nicht alle waren heimgekehrt. Während der letzten Jahrtausende hatten immer wieder irgendwelche Heere beschlossen, durch Lancre zu marschieren, was dazu führte, dass Erinnerungen an die *sicheren* Mauern des Schlosses einen festen Platz im kollektiven Gedächtnis der Bürger fanden. In Notfällen lautete die Botschaft: *Lauft zum Schloss.* Derzeit hielt sich hier ein großer Teil der Bevölkerung von Lancre auf.

Ridcully blinzelte. Überall liefen Leute herum, und jemand redete auf sie ein: ein kleiner junger Mann, der ein ziemlich großzügig geschnittenes Kettenhemd und eine Armschlinge trug sowie weit und breit die einzige Person zu sein schien, die versuchte, alles in den Griff zu bekommen.

Als sich Ridcully wieder kräftig genug fühlte, ließ er die Säule los und trat dem jungen Burschen entgegen.

»Was ist hier lo…«, begann er und unterbrach sich abrupt, als Shawn Ogg den Kopf drehte.

»Die hinterlistige... Hexe!«, stieß der Erzkanzler hervor. »Hat mich aufgefordert, die Armbrust zu holen – und ich bin glatt darauf hereingefallen! Selbst, wenn ich jetzt im Stande wäre, sofort zurückzukehren – wohin? Ich weiß doch gar nicht, wo wir waren!«

»Wie bitte?«, fragte Shawn.

Ridcully schüttelte sich. »Was geht hier vor?«, fragte er.

»Keine Ahnung«, antwortete Shawn. Er schien den Tränen nahe zu sein. »Ich glaube, wir wurden von Elfen angegriffen! Aus den Leuten kriegt man kaum ein vernünftiges Wort heraus! Sie sollen während der Vorstellung erschienen sein! Oder was weiß ich!«

Ridcullys Blick glitt über die Menge der Verängstigten.

»Und Fräulein Magrat ist aufgebrochen, um *ganz allein* gegen die Angreifer zu kämpfen!«

Falten der Verwirrung bildeten sich auf der Stirn des Erzkanzlers.

»Wer ist Fräulein Magrat?«

»Die zukünftige Königin! Die Braut! Du weißt schon? Fräulein Magrat?«

Ridcullys mentaler Magen konnte nur jeweils eine Sache verdauen.

»Warum ist sie aufgebrochen?«

»Die Elfen haben den König verschleppt!«

»Esme Wetterwachs dürfte sich jetzt ebenfalls in ihrer Gewalt befinden.«

»Was, Oma Wetterwachs?«

»Ich bin hierher zurückgekehrt, um sie zu retten«, sagte Ridcully. Eine Sekunde später wurde ihm klar: Es klang entweder nach Unsinn oder nach Feigheit.

Shawn war viel zu aufgeregt, um darauf zu achten. »Ich hoffe nur, dass die Elfen keine Hexen sammeln. Dann hätten sie's auch auf unsere Mama abgesehen.«

»Mich haben sie noch nicht erwischt«, ertönte Nanny Oggs Stimme.

Shawn drehte sich um.

»Mama! Wie bist du hereingekommen?«

»Mit dem Besen. Du solltest einige Bogenschützen nach oben schicken, um zu verhindern, dass Elfen übers Dach reinkommen können.«

»Was sollen wir jetzt machen, Mama?«

»Sie treiben sich überall herum«, sagte Nanny. »Und über den Tänzern glüht es ...«

»Wir müssen sofort angreifen und sie kalten Stahl schmecken lassen!«, rief Casanunda.

»Guter Mann, der Zwerg«, lobte Ridcully. »Er hat Recht! Ich hole nur schnell eine Armbrust!«

»Es sind zu viele«, sagte Nanny schlicht.

»Oma und Fräulein Magrat sind da draußen, Mama«, gab Shawn zu bedenken. »Fräulein Magrat wurde auf einmal ganz seltsam, legte eine Rüstung an und brach auf, um gegen *sie alle* zu kämpfen!«

»Aber im Wald und am Hügel wimmelt's von ihnen«, erwiderte Nanny Ogg. »Es ist eine doppelte Portion Hölle mit zusätzlichen Teufeln. Dort droht jedem der sichere Tod.«

»Der sichere Tod droht überall«, warf Ridcully ein. »Darin besteht eine der wichtigsten Eigenschaften des Todes: Man kann ihm nicht auf Dauer entkommen.«

»Gegen eine solche Übermacht hätten wir überhaupt keine Chance«, meinte Nanny.

»Das stimmt nicht ganz«, widersprach Ridcully. »Wir hätten *eine* Chance. Der Kontinuinuinuum-Kram bleibt mir auch weiterhin schleierhaft, aber nach Ansicht des jungen Stibbons bedeutet er Folgendes: Irgendwo geschieht *alles.* Das bedeutet, es könnte auch *hier* geschehen, selbst wenn die Wahrscheinlichkeit nur eins zu einer Million beträgt.«

»Klingt ganz gut«, räumte Nanny ein. »Allerdings läuft es auf Folgendes hinaus: Für jeden Ridcully, der heute Nacht überlebt, müssen 999 999 sterben.«

»Und wenn schon«, brummte der Erzkanzler. »Die anderen sind mir gleich. Geschieht ihnen ganz recht, weil sie mich nicht zu ihrer Hochzeit einladen.«

»Wie?«

»Schon gut.«

Shawn hüpfte von einem Bein aufs andere.

»Wir sollten gegen die Elfen kämpfen, Mama!«

»Seht euch nur die Leute an!« Nanny winkte. »Sind hundemüde und nass und verwirrt! Das ist doch kein Heer.«

»Mama, Mama, Mama!«

»Ja?«

»Man muss die Leute anfeuern, Mama! Das ist so üblich, bevor Truppen in den Kampf ziehen, Mama! Ich hab in Büchern davon gelesen! Man tritt vor die Leute, hält eine Rede, feuert sie ordentlich an und verwandelt die Menge in eine schreckliche Kampftruppe, Mama!«

»Sie sehen schon jetzt schrecklich aus.«

»Ich meine schrecklich wie grimmig, Mama!«

Nanny Oggs Blick galt den gut hundert Bürgern von Lancre. Die Vorstellung, dass sie gegen irgendetwas kämpfen sollen, fiel ihr nicht leicht.

»Kennst du dich damit aus, Shawn?«, fragte sie.

»Ich habe alle Ausgaben von *Bögen und Bolzen* der letzten fünf Jahre, Mama«, sagte Shawn vorwurfsvoll.

»Na schön. Versuch's, wenn du glaubst, dass es was bringt.«

Shawn zitterte vor Aufregung, als er auf einen Tisch kletterte, mit der Hand des unverletzten Arms das Schwert zog und mit dessen Griff aufs Holz pochte, bis Ruhe herrschte.

Er hielt eine Rede.

Er wies darauf hin, dass der König verschleppt und die zukünftige Königin losgeritten war, um ihn zu befreien. Er betonte die Pflichten treuer Untertanen. Er erklärte: Wer jetzt nicht hier sei und sich daheim unter dem Bett versteckte, würde es nach dem glorreichen Sieg sehr bedauern, nicht dabei gewesen zu sein und sich unter dem eben erwähnten Bett versteckt zu haben, ihr wisst schon, das Bett von vorhin. Eigentlich war es sogar besser, dass sie nur so vergleichsweise wenige waren, denn auf diese Weise durften die Überlebenden prozentual mit mehr Ehre pro Kopf rechnen. Dreimal verwendete Shawn das Wort »Ruhm«. Er meinte, noch in vielen Jahren würden sich die Leute an den heutigen Tag – beziehungsweise die Nacht – erinnern, stolz ihre Narben zeigen (was natürlich nur für die *Überlebenden* galt) und spendierte Getränke trinken. Er empfahl den Zuhörern, sich am Verhalten des Schwingenden Fuchses von Lancre ein Beispiel zu nehmen, Kraft zu sammeln sowie Sehnen und Muskeln mit einigen Übungen auf *erhebliche* Anstrengungen vorzubereiten, wobei das Training natürlich nicht übertrieben werden sollte, immerhin durfte niemand müde und erschöpft sein, wenn die Schlacht begann, denn sonst verlangte der Sieg *noch mehr* Opfer. Shawn erinnerte alle Bürger von Lancre daran, wie wichtig es sei, die Pflicht zu erfüllen. Und äh. Und ähm. Bitte?

Stille folgte.

Nach einer Weile räusperte sich Nanny Ogg und sagte: »Die Leute denken darüber nach, Shawn. Warum führst du den Herrn Zauberer nicht zu seinem Zimmer und hilfst ihm bei der Suche nach seiner Armbrust?«

Sie nickte bedeutungsvoll in Richtung Treppe.

Shawn zögerte, aber nur kurz. Er hatte das Funkeln in den Augen seiner Mutter gesehen.

Als er gegangen war, kletterte Nanny auf den gleichen Tisch wie zuvor ihr Sohn.

»Nun«, begann sie, »die Sache sieht folgendermaßen aus. Wenn ihr das Schloss verlasst, müsst ihr vielleicht den Elfen gegenübertreten. Aber wenn ihr hierbleibt, bekommt ihr es *ganz gewiss* mit mir zu tun. Elfen sind schlimmer als ich, zugegeben. Aber ich bin sehr beharrlich.«

Weber hob unsicher die Hand.

»Äh, Frau Ogg?«

»Ja, Weber?«

»Was hat es mit dem Schwingenden Fuchs von Lancre auf sich?«

Nanny kratzte sich am Ohr.

»Nun, ich glaube, er bewegt die Vorderbeine *so* und die Hinterläufe *so*.«

»Nein, nein, nein«, ließ sich Quarney der Ladenbesitzer vernehmen. »Der *Schwanz* neigt sich in diese Richtung. Die Beine bewegten sich *so*.«

»Das sind keine richtigen Schwingungen, sondern nur Oszillationen«, behauptete jemand. »Du denkst dabei an den Ringelschwänzigen Ozelot.«

Nanny nickte.

»Das wäre also geklärt.«

»Einen Augenblick. Ich bin nicht sicher, ob …«

»*Ja*, Herr Quarney?«

»Oh, äh …«

»Gut, gut«, sagte Nanny, als ihr Sohn zurückkehrte. »Die Leute haben mir gerade mitgeteilt, wie gut ihnen deine Rede gefallen hat, Shawn. Sie fühlen sich richtig angefeuert.«

»Donnerwetter!«

»Bestimmt sind sie jetzt bereit, dir bis in die Hölle zu folgen«, fügte Nanny hinzu.

Jemand hob die Hand.

»Kommst du auch mit, Frau Ogg?«

»Ich schlendere hinter euch her«, lautete die Antwort.

»Oh. Na schön. Bis in die Hölle, einverstanden. Aber *weiter* nicht.«

»Erstaunlich«, sagte Casanunda zu Nanny, als die Menge widerstrebend in Richtung Arsenal stapfte.

»Man muss nur richtig mit den Leuten umgehen können.«

»Sind sie immer bereit, sich von einem Ogg anführen zu lassen?«

»Nein, nicht unbedingt«, erwiderte Nanny. »Aber wenn sie vernünftig sind, gehen sie dorthin, wohin eine Ogg ihnen folgt.«

Magrat trat aus dem Wald, und vor ihr erstreckte sich das Moor.

Wolken wirbelten über den Tänzern. Besser gesagt: Sie wirbelten dort, wo sich die Tänzer einst befunden hatten. Im flackernden Licht sah Magrat einige umgestürzte und über den Hang gerollte Steine.

Der Hügel glühte, und mit der Landschaft schien irgend etwas nicht zu stimmen. Sie wölbte sich dort, wo sich eigentlich gar nichts wölben sollte. Entfernungen boten sich nicht mehr auf die gewohnte Weise dar. Magrat erinnerte sich an einen Holzschnitt, der als Lesezeichen in einem alten Buch gedient hatte. Er zeigte das Gesicht einer Greisin, doch wenn man genauer hinsah, wurde daraus die Miene einer jungen Frau. Die Nase metamorphierte zu einem Hals, und eine Braue verwandelte sich in eine hübsche Kette. Die Bilder schaukelten hin und her. Wie viele andere Betrachter hatte Magrat geschielt, um alle Einzelheiten gleichzeitig zu erkennen.

Mit der Landschaft verhielt es sich ähnlich. Was sich als Hügel präsentierte, war *gleichzeitig* eine weite, schneebedeckte Ebene. Lancre und das Land der Elfen rangen um den gleichen Platz.

Das fremde Land hatte es nicht leicht. Lancre setzte sich zur Wehr.

An der Grenzfläche zwischen den beiden Landschaften zeichneten sich einige Zelte ab und wirkten wie ein Brückenkopf an feindlichen Gestaden. Sie glänzten bunt. Jeder wusste: Alles Elfische war wunderhübsch – bis das Bild kippte und man es von der anderen Seite sah…

Irgend etwas ging da vor sich. Mehrere Elfen saßen auf Pferden, und zwischen den Zelten führte man weitere Rösser herbei.

Offenbar brach man gerade das Lager ab.

Die Königin saß auf einem provisorischen Thron in ihrem Zelt. Der Ellenbogen ruhte auf einer Armlehne, und Finger wölbten sich am Mund – die Haltung deutete auf Nachdenklichkeit hin.

In einem Halbkreis vor dem Thron saßen einige andere Elfen. Obwohl: Das Wort »sitzen« vermittelt keine klare Vorstellung. Sie *rekelten* sich. Elfen konnten es sich sogar auf einem Draht bequem machen. Hier gab es viel Spitze und Samt, dafür weniger Federn. Vielleicht ein Zeichen von elfischer Aristokratie, vielleicht auch nicht. Elfen trugen, was ihnen gefiel, in der unerschütterlichen Überzeugung, immer atemberaubend auszusehen.*

Sie alle beobachteten die Königin und spiegelten ihre Stimmungen wider. Wenn die Herrin lächelte, so lächelten sie ebenfalls. Wenn die Herrin etwas sagte, das sie für amüsant hielt, so lachten die Zuhörer.

Derzeit konzentrierte sie ihre Aufmerksamkeit auf Oma Wetterwachs.

»Was geschieht, Alte?«, fragte sie.

»Es ist nicht leicht, oder?«, erwiderte Oma. »Obwohl du geglaubt hast, alles sei ganz einfach, nicht wahr?«

»Vermutlich steckt irgendeine Art von Magie dahinter. Du hast etwas beschworen, das nun Widerstand leistet.«

»Nein, mit Magie hat das nichts zu tun«, sagte Oma. »Überhaupt nichts. Du bist nur zu lange fort gewesen. Die Dinge verändern sich. Das Land gehört jetzt den Menschen.«

»Ausgeschlossen«, entgegnete die Königin. »Menschen nehmen einfach. Sie pflügen das Land mit Eisen. Sie verwüsten es.«

* Bei den Mönchen von Kühl – ihr kleines und sehr exklusives Kloster befindet sich in einem tatsächlich recht kühlen und abgelegenen Tal der unteren Spitzhornberge – ist ein besonderer Test für Novizen üblich. Man führt die einzelnen Prüflinge in einen Raum mit verschiedenen Kleidungsstücken und fragt: »Yo**, mein Sohn, welches Teil ist das modischste von allen?« Und die richtige Antwort lautet: »Jenes Teil, das ich wähle.«

** Was die Mode betrifft, ist man im Kloster von Kühl immer auf dem neuesten Stand, aber das gilt nicht für die Sprache.

»Gelegentlich ist das der Fall, zugegeben. Doch es kommt auch vor, dass mehr gegeben als genommen wird. Manchmal bezahlen Menschen mit Liebe. Sie haben Humus in den Knochen und sagen dem Land, was es ist. Dazu sind Menschen da. Ohne sie wäre Lancre nur ein Stück Boden mit grünen Dingen drauf. Und die grünen Dinge wüssten nicht einmal, dass sie Bäume sind. Hier gehören wir zusammen – die Menschen und das Land. Es ist einfach nicht mehr nur Land, sondern ein *Land.* Denk an ein zugerittenes und mit Hufeisen ausgestattetes Pferd. Denk an einen gezähmten Hund. Jedes Mal dann, wenn der Boden gepflügt oder etwas gepflanzt wird, wächst der Abstand zwischen dir und dem Land«, betonte Oma. »Die Dinge verändern sich.«

Verence saß neben der Königin. Seine Pupillen waren winzige Punkte. Ein gedankenloses Lächeln lag auf seinen Lippen, und dadurch wies er eine gewisse Ähnlichkeit mit dem Quästor auf.

»Aber wenn wir *verheiratet* sind, muss mich das Land akzeptieren«, sagte die Königin. »Deine eigenen Regeln verlangen es so. Ich weiß, wie es funktioniert. Der König trägt nicht nur eine Krone. König und Land sind eins. Ebenso wie König und Königin. Und die Königin bin ich.«

Sie sah Oma Wetterwachs an und schmunzelte. Zwei Elfen standen rechts und links von ihr bereit, und hinzu kam mindestens ein weiterer hinter ihr. Sie neigten sicher nicht zur Introspektion. Mit anderen Worten: Wenn sich Oma ohne Erlaubnis bewegte, war ihr Tod eine besiegelte Sache.

»Was aus dir wird, hängt ganz von meiner Entscheidung ab.« Die Königin hob eine sehr elegante, dünne Hand, formte aus Daumen und Zeigefinger einen Ring, den sie ans Auge setzte.

»Oh, da kommt eine«, sagte sie. »Mit einer Rüstung, die ihr nicht richtig passt. Mit einem Schwert, das ihr fremd ist. Mit einer Streitaxt, die sie kaum heben kann. Sie kommt, weil sie es für *romantisch* hält. Wie heißt sie?«

»Magrat Knoblauch«, antwortete Oma.

»Eine mächtige Zauberin, nehme ich an.«

»Sie kennt sich mit Kräutern aus.«

Die Königin lachte.

»Ich könnte sie von hier aus töten.«

»Ja«, sagte Oma. »Aber das macht nicht viel Spaß, oder? Die Demütigung des Opfers fehlt.«

Die Königin nickte.

»Du hörst dich fast wie eine Elfe an.«

»Es dauert nicht mehr lange, bis die Nacht zu Ende geht«, sagte Oma. »Dann beginnt wieder ein neuer Tag. Mit hellem Sonnenschein.«

»Bis dahin dauert es noch etwas.« Die Königin stand auf, sah kurz zu Verence und... zog sich um. Aus dem roten Gewand wurde eins, das silbrig glänzte, den Schein der Fackeln so reflektierte, als bestünde es aus Myriaden von winzigen Schuppen. Das Haar glitt auseinander, gewann eine neue Struktur und wurde kornblond. Einige subtile Veränderungen erfassten das Gesicht, und dann sagte sie: »Na, was hältst du davon?«

Sie sah wie Magrat aus. Das heißt: Sie sah so aus, wie Magrat gern aussehen wollte und wie Verence sie sich vielleicht vorstellte. Oma Wetterwachs nickte. Sie erkannte eine gelungene Gemeinheit – davon verstand sie etwas.

»Und du willst ihr so gegenübertreten«, sagte sie.

»Ja, natürlich. Wenn es so weit ist. Zum Schluss. Aber sie braucht dir nicht Leid zu tun. Immerhin stirbt sie nur. Soll ich dir zeigen, wie du hättest sein können?«

»Nein.«

»Es ließe sich ganz leicht bewerkstelligen. Es gibt nicht nur diese Zeitlinie, sondern auch noch andere. Möchtest du *Großmutter* Wetterwachs sehen?«

»Nein.«

»Es muss schrecklich für dich sein, zu wissen, dass du keine Freunde hast, dass niemand um dich weint, wenn du stirbst. Dass du nie ein Herz berührt hast.«

»Ja.«

»Bestimmt denkst du daran – an langen Abenden, wenn dir nur das Ticken der Uhr und die Kühle des Zimmers Gesellschaft leisten, wenn du die Schachtel öffnest und …«

Die Königin winkte, als sich Oma loszureißen versuchte.

»Tötet sie nicht«, sagte sie. »Lebend bereitet sie mir *viel* mehr Vergnügen.«

Magrat rammte das Schwert in den Schlamm und griff nach der Streitaxt.

Zu beiden Seiten erstreckte sich dunkler Wald. Die Elfen mussten aus dieser Richtung kommen. Hunderte mochten es sein, und es gab nur eine Magrat Knoblauch.

Bisher hatte sie geglaubt, dass die Wahrscheinlichkeit bei Heldentum keine große Rolle spielte. Lieder, Balladen und Geschichten berichteten immer wieder von einer einzigen Person, die ganz allein den übermächtigen Feind besiegte.

Jetzt ahnte sie, dass es in diesem Zusammenhang ein Problem gab. Lieder, Balladen und Geschichten brauchten es mit der Wahrheit nicht so genau zu nehmen. Besser gesagt: Sie logen oft.

Sie dachte darüber nach, doch es fiel ihr nicht ein einziges *historisches* Beispiel für derartige Heldenhaftigkeit ein.

Im Wald auf der einen Seite hob ein Elf seinen Bogen und zielte.

Hinter dem Wesen knackte ein Zweig. Es drehte sich um.

Der Quästor lächelte.

»Heda, Kerlchen, bei mir sind die Bohnen verschmort.«

Der Elf schwang den Bogen herum.

Zwei Früße streckten sich ihm aus dem Grün entgegen, und erstaunlicherweise waren sie ebenso greiffähig wie Hände. Sie packten das Geschöpf an den Schultern und zerrten es mit einem Ruck nach oben. Es knackte, als der Kopf an die Unterseite eines Asts stieß.

»Ugh.«

»Geh weiter!«

Auf der gegenüberliegenden Seite des Pfads zielte ein anderer Elf auf Magrat. Und dann floss die Welt von ihm fort…

So sieht das Innere eines Elfenbewusstseins aus:

Hier sind die normalen fünf Sinne, doch sie alle sind dem sechsten untergeordnet. Es gibt kein Wort dafür, denn auf der Scheibenwelt ist die entsprechende Kraft so schwach, dass sie nur von aufmerksamen Schmieden bemerkt wird, die sie »Eisenliebe« nennen. Die Steuerleute von Schiffen hätten sie vielleicht entdeckt, wenn das magische Feld der Scheibenwelt nicht weitaus zuverlässiger gewesen wäre. Bienen spüren die Eisenliebe, denn Bienen spüren alles. Tauben orientieren sich mit ihrer Hilfe. Und sie teilt den Elfen überall im Multiversum mit, wo genau sie sich befinden.

Für Menschen ist alles viel schwieriger. Dauernd stolpern sie durch unübersichtliche Geographie. Immer sind sie zumindest ein wenig verirrt. Das ist ein elementarer Aspekt ihres Wesens. Er erklärt eine Menge.

Elfen haben die absolute Position. Sie sehen einen matten, silbrigen Glanz, der die Landschaft erhellt. Auch Lebewesen erzeugen die Kraft, und dadurch zeichnen sie sich deutlich ab. Sie knistert in ihren Muskeln, summt im Denken und Fühlen. Wer sich damit auskennt, kann durch winzige Veränderungen im Fluss der Eisenliebe selbst Gedanken identifizieren.

Für Elfen stellt die Welt etwas dar, das man sich nehmen kann. Die einzige Ausnahme bildet jenes schreckliche Metall, das die Kraft trinkt und ihren Fluss so verformt wie schwere Gewichte eine Gummifläche.

Es macht die Elfen blind und taub. Es nimmt ihnen die Gewissheit des Wo. Es beschert ihnen ein Gefühl der Einsamkeit, wie es nie ein Mensch erfahren hat…

Der Elf kippte nach vorn.

Ponder Stibbons ließ das Schwert sinken.

Alle anderen hätten kaum darüber nachgedacht, doch Ponders unglückliches Schicksal bestand darin, in einer gleichgültigen Welt nach Erklärungen zu suchen.

»Ich habe ihn kaum berührt«, sagte er zu sich selbst.

»Und ich habe sie im Gebüsch geküsst, wo die Nachtigallen… Singt mit, verdammt! Zwei, drei…«

Sie wussten nicht, wo sie sich jetzt befanden und wo sie gewesen waren. Selbst in Hinsicht auf die eigene Identität entstanden erste Zweifel. Die Moriskentänzer von Lancre hatten inzwischen ein Stadium erreicht, in dem es leichter erschien, Tanz und Gesang einfach fortzusetzen, als ganz plötzlich damit aufzuhören. Das Singen lockte Elfen an, und gleichzeitig waren sie davon fasziniert…

Die Tänzer folgten dem Verlauf der Pfade, hüpften und sprangen und drehten sich. Sie kamen durch kleine Dörfer, und dort wandten sich die Elfen von Menschen ab, die sie bis eben gequält hatten. Im flackernden Schein brennender Häuser traten sie näher…

»Und dann ZACK fiedelbumm, singt endlich trallala…«

Sechs Stöcke knallten einander.

»Wohin sind wir unterwegs, Jason?«

»Ich schätze, wir haben jetzt fast das Schlüpfrige Loch erreicht und kehren in Richtung Stadt zurück«, erwiderte Jason Ogg und tanzte an Bäcker vorbei. »Nicht aus dem Takt geraten, Fuhrmann!«

»Der Regen kommt in die Tasten, Jason!«

»Und wenn schon! Hauptsache, es erklingen auch weiterhin Töne! Für Volksmusik ist es gut genug!«

»Ich glaube, mein Stock ist durchgebrochen, Jason!«

»Tanz weiter, Kesselflicker! Und nun, Jungs... Wie wär's mit *Erbsenschoten sammeln*? Wir könnten ruhig ein bisschen üben, da wir schon einmal dabei sind...«

»Jemand kommt uns entgegen«, sagte Schneider, als er vorbeihüpfte. »Ich sehe Fackeln.«

»Menschen oder – zwei, drei – noch mehr Elfen?«

»Keine Ahnung!«

Jason wandte sich um und tanzte zurück.

»Bist du das, unser Jason?«

Jason lachte, als die vertraute Stimme zwischen den Bäumen erklang.

»Unsere Mama! Und unser Shawn. Und... viele Leute! Wir haben es geschafft, Jungs!«

»Jason...«, sagte Fuhrmann.

»Ja?«

»Ich bin nicht sicher, ob ich aufhören kann!«

Die Königin betrachtete sich im Spiegel an der Zeltstange.

»Nun?«, fragte Oma. »Was siehst *du*?«

»Was immer ich sehen möchte«, antwortete die Königin. »Das weißt du doch. Und nun... Reiten wir zum Schloss. Fesselt ihre Hände. Aber nicht die Beine.«

Es regnete wieder, und bei den Steinen kam Graupel hinzu. Wasser tropfte von Magrats Haar und machte es vorübergehend glatt.

Dunstwolken bildeten sich zwischen den Bäumen, dort, wo Sommer und Winter miteinander rangen.

Magrat beobachtete, wie die Elfen des Zeltlagers aufbrachen. Sie sah Verence, der sich steifbeinig bewegte, wie eine Marionette. Sie bemerkte auch Oma Wetterwachs: Ihre Hände waren gefesselt, und ein langes Seil reichte von ihnen bis zum Pferd der Königin.

Hufe platschten durch den Schlamm. Silberne Glöckchen am Zaumzeug bimmelten.

Die Elfen im Schloss, eine Nacht voller Phantome und Schatten – das alles bildete nur einen Knoten in Magrats Gedächtnis. Doch das fröhliche Läuten der kleinen Glocken kam einer Nagelfeile gleich, die über ihre Zähne schabte.

Die Königin hielt ihre Prozession einige Meter entfernt an.

»Ah, die tapfere junge Frau«, sagte sie. »Machte sich ganz allein auf den Weg, um ihren Verlobten zu befreien. Wie edel. Tötet sie.«

Ein Elf trieb sein Pferd an und hob das Schwert. Magrat griff nach der Streitaxt.

Irgendwo hinter ihr schlug eine Sehne an Holz. Der Elf zuckte zusammen. Ebenso der hinter ihm. Der Bolzen raste weiter und kam ein wenig von der bis dahin geraden Flugbahn ab, als er über einen der gefallenen Tänzer hinwegsauste.

Dann trat Shawn Oggs bunt zusammengewürfelte Streitmacht zwischen den Bäumen hervor. Ridcully verharrte zunächst hinter einem Stamm, um seine Armbrust neu zu laden.

Die Königin wirkte nicht sonderlich überrascht.

»Es sind nur etwa hundert«, sagte sie. »Was meinst du dazu, Esme Wetterwachs? Eine Art letztes Aufgebot? Wegen der Romantik? Oh, ich liebe die Menschen. Sie denken wie Lieder.«

»Steig ab!«, rief Magrat.

Die Königin wandte sich ihr zu und lächelte.

Shawn spürte es. Ebenso wie Ridcully und Ponder. Glamour glitt an ihnen vorbei.

Elfen fürchteten Eisen. Aber wenn sie einen sicheren Abstand wahrten…

Man konnte nicht gegen Elfen kämpfen, weil man im Vergleich zu ihnen Bedeutungslosigkeit verkörperte. Und das *gehörte* sich so. Sie präsentierten makellose Schönheit, wodurch einem die eigene Hässlichkeit klar wurde. Man selbst war nur – im übertragenen Sinne – jenes Kind, das immer als letztes für eine Gruppe ausgewählt wurde, *nach* dem dicken Jungen mit den Pickeln und der permanent laufenden Nase; man erfuhr immer erst dann die Regeln, wenn man verloren hatte, und anschließend weihte einen niemand in die *neuen* Regeln ein; und man wusste, dass die wirklich interessanten Dinge immer nur anderen Leuten passierten. Diese heißen, die letzten Reste von Selbstbewusstsein verbrennenden Empfindungen kamen nun zusammen. Nein, man konnte nicht gegen Elfen kämpfen. Wer so unwichtig, ungeschickt und *menschlich* war, hatte keine Chance, den Sieg zu erringen. So etwas ließ das Universum nicht zu …

Jäger berichten davon, dass manchmal ein Tier aus dem Gebüsch tritt, stehen bleibt und auf den Speer zu warten scheint …

Magrat brachte die Axt nur einige Zentimeter weit empor, bevor die Hand erschlaffte und sank. Sie neigte den Kopf. Für einen Menschen geziemte es sich, Elfen mit Demut zu begegnen. So herrliche Geschöpfe *anzuschreien* …

Die Königin stieg ab und trat näher.

»Füg ihr kein Leid zu«, sagte Oma Wetterwachs.

Die Königin nickte. »Du versuchst noch immer, Widerstand zu leisten«, sagte sie. »Aber eigentlich spielt das überhaupt keine Rolle. Wir können Lancre ohne Kampf übernehmen. Du kannst nichts daran ändern. Sieh dir nur die ›Streitmacht‹ an. Wie Schafe stehen die Leute herum. Ach, Menschen stecken so voller *Enthusiasmus.*«

Oma sah auf ihre Stiefel hinab.

»Du kannst nicht herrschen, solange ich lebe«, entgegnete sie.

»In diesem Fall gibt es keine Tricks«, betonte die Königin. »Keine närrischen Frauen mit Tüten voller Süßigkeiten.«

»Das ist deiner Aufmerksamkeit nicht entgangen, wie?«, erwiderte Oma. »Nun, Gytha hat's vermutlich gut gemeint. Dummes Weib. Was dagegen, wenn ich mich setze?«

»Nimm ruhig Platz«, gestattete die Königin. »Immerhin bist du eine alte Frau.«

»Es hat mit der Hexerei zu tun«, sagte Oma. »Sie erhält die Jugend zwar nicht, sorgt allerdings dafür, dass man länger alt ist. Nun, du alterst natürlich überhaupt nicht«, fügte sie hinzu.

»Da hast du Recht.«

»Aber vielleicht kannst du *verkleinert* werden, im übertragenen Sinne.«

Das Lächeln der Königin verschwand nicht, aber es gefror gewissermaßen – auf diese Weise lächeln Leute, die zwar die Worte, nicht jedoch ihren Sinn verstanden haben.

»Du hast dich in ein Theaterstück eingemischt«, fuhr Oma fort. »Vielleicht weißt du nicht, was es mit solchen Dingen auf sich hat. Theaterstücke und Bücher ... Damit muss man sehr vorsichtig umgehen. Sonst wenden sie sich gegen einen. Genau das soll bei dir geschehen.« Freundlich nickte sie einem Elf zu, der Waid und schlecht gegerbtes Leder trug. »Was meinst du dazu, Elf Erbsenblüte?«

Die Königin runzelte die Stirn.

»So heißt er nicht«, sagte sie.

Oma Wetterwachs lächelte.

»Das wird sich zeigen«, lautete ihre Antwort. »Heute sind die Menschen anders als damals. Viele von ihnen leben in Städten und wissen praktisch nichts mehr von den Elfen. Außerdem haben sie Eisen im Kopf. Du bist zu spät zurückgekehrt.«

»Nein. Die Menschen brauchen uns immer.«

»Da irrst du dich. Manchmal wünschen sie sich eure Gegenwart, das ist etwas anderes. Und ihr könnt ihnen höchstens Gold geben, das am nächsten Morgen verschwindet.«

»Manche Leute geben sich mit Gold für eine Nacht zufrieden.«

»Nein.«

»Das ist besser als Eisen, du dumme alte Vettel, du dummes Kind, das alt geworden ist, ohne etwas geleistet zu haben, ohne etwas geworden zu sein.«

»Nein. Was hat es schon mit Gold auf sich? Es ist nur weich und glänzt. Es sieht gut aus – aber es erfüllt keinen *Zweck*.« Omas Stimme klang noch immer völlig ruhig. »Dies hier ist die Wirklichkeit, werte Dame. Das musste ich lernen. Wirkliche Menschen leben in ihr. Du kannst bei ihnen keine Rechte irgendeiner Art geltend machen. Die Menschen haben schon genug damit zu tun, Menschen zu sein. Sie können darauf verzichten, dass du mit glänzendem Haar, glänzenden Augen und glänzendem Gold angibst, während du dich mit ewiger Jugend durchs Leben mogelst und immer nur singst, ohne jemals zu *lernen*.«

»So hast du nicht immer gedacht.«

»Ja, das stimmt. Früher einmal habe ich mich Illusionen hingegeben. Nun, werte Dame, inzwischen bin ich alt und vielleicht auch eine Vettel, aber dumm bin ich gewiss nicht. Du bist keine Göttin. Ich respektiere Götter und Göttinnen, solange sie wissen, wo ihr Platz ist. Und solange wir sie selbst schaffen. Es bedeutet, dass wir sie *verkleinern* können, indem wir nur die Teile von ihnen verwenden, die wir tatsächlich brauchen. Was die Elfen aus dem Märchenland betrifft … Vielleicht sind sie wichtig, um gut durch die Zeit des Eisens zu kommen. Vielleicht braucht man sie, um die Phantasie zu bewahren. Aber *hier* dulde ich sie nicht. Ihr weckt in uns Wünsche nach dem, das wir nicht haben können. Was ihr uns gebt, ist völlig wertlos, und dafür nehmt ihr alles. Schließlich bleibt uns nur der kalte Hügel und Leere und das Lachen der Elfen.«

Oma holte tief Luft. »Deshalb sage ich: Verschwindet!«

»*Sorg* doch dafür, dass wir verschwinden, *Alte*.«

»Mit einer solchen Antwort habe ich gerechnet.«

»Wir wollen nicht die ganze Welt. Dieses kleine Königreich genügt uns. Und wir nehmen es, ob es uns willkommen heißt oder nicht.«

»Nur über meine Leiche, werte Dame.«

»Wenn du dir so sehr den Tod herbeisehnst …«

Die Königin schlug mental zu, wie eine Katze.

Oma Wetterwachs zuckte zusammen und neigte sich ein wenig nach hinten.

»Werte Dame?«

»Ja?«, fragte die Königin.

»Es gibt keine Regeln, oder?«

»Regeln?«, wiederholte die Königin. »Was ist das?«

»Dachte ich mir«, murmelte Oma. Und lauter: »Gytha Ogg?«

Es gelang Nanny, den Kopf zu drehen.

»Ja, Esme?«

»Meine Schatulle. In der Schublade. Du weißt, was damit geschehen soll.«

Oma Wetterwachs lächelte. Die Königin schwankte zur Seite, als hätte ihr jemand eine wuchtige Ohrfeige versetzt.

»Du hast doch etwas gelernt«, sagte sie.

»Ja. Du erinnerst dich sicher daran, dass ich den Kreis nie betreten habe. Weil mir klar war, wohin er führte. Deshalb musste ich *lernen.* Mein ganzes Leben lang. Mir blieb nichts anderes übrig, als diesen steinigen Weg zu beschreiten – der jedoch nicht ganz so schwer ist wie der leichte. Ja, ich habe gelernt. Von den Trollen, Zwergen und Menschen. Selbst von den Steinen.«

»Wir töten dich nicht.« Die Königin flüsterte nun. »Das verspreche ich dir. Du bleibst am Leben, um zu sabbern und zu geifern, um dich selbst zu beschmutzen, um von Haus zu Haus zu gehen und zu betteln. Und die Leute werden sagen: Seht nur, da kommt die alte Irre.«

»Das sagen sie jetzt schon«, erwiderte Oma Wetterwachs. »Sie glauben nur, dass ich es nicht höre.«

Die Königin schenkte diesem Hinweis keine Beachtung. »In meinem Innern behalte ich einen Teil von dir, der durch deine Augen blickt und weiß, was aus dir geworden ist.

Und erwarte keine Hilfe«, sagte die Königin. Sie kam näher, und Hass loderte in ihren Pupillen. »Es wird keine Barmherzigkeit geben für die alte Irre. Wenn du am Leben bleiben willst, musst du auf jeden Bissen achten, den du isst. Und immer sind wir bei dir, in deinem Kopf, um dich an dein Los zu erinnern. Du hättest mächtig sein und viel erreichen können. Tief in deinem Innern wirst du's wissen und dir nichts mehr wünschen als Dunkelheit und das Schweigen der Elfen.«

Oma Wetterwachs hatte eine Überraschung für die Königin parat. Seilfasern der Fesseln fielen zu Boden, als sie plötzlich die Hand hob und zuschlug.

»*Damit* drohst du mir?«, fragte die Hexe. »Wo ich schon weiß, was es bedeutet, alt zu sein?«

Die Königin fuhr sich mit den Fingern über das deutlich sichtbare Mal auf der Wange, während die Elfen ihre Bögen hoben und auf einen Befehl warteten.

»Kehr in deine Welt zurück«, sagte Oma Wetterwachs. »Du glaubst, eine Art Göttin zu sein, aber du hast nichts begriffen, überhaupt nichts. Was nicht stirbt, kann auch nicht leben. Was nicht lebt, kann sich nicht verändern. Was sich nicht verändert, kann nicht lernen. Das kleinste Geschöpf, das irgendwo im Gras stirbt, weiß mehr als du. Ja, es stimmt, ich bin alt. Ich bin älter als du. Du hast länger gelebt als ich, aber ich bin trotzdem älter. Und besser. Und *das,* werte Dame, ist gar nicht schwer.«

Die Königin öffnete ein Ventil für ihren Zorn.

Die Wucht des mentalen Hiebs veranlasste Nanny Ogg, sich zusammenzukrümmen. Oma Wetterwachs blinzelte.

»Nicht schlecht«, krächzte sie. »Aber ich stehe noch immer. Ich sinke nicht auf die Knie. Und ich habe noch immer Kraft …«

Ein Elf verlor das Gleichgewicht. Die Königin schwankte.

»Ach, ich habe keine Zeit für solchen Unsinn«, sagte sie und schnippte mit den Fingern.

Einige Sekunden verstrichen, ohne dass etwas geschah. Die Königin sah sich um, blickte zu ihren Untertanen.

»Sie können ihre Waffen nicht einsetzen«, sagte Oma. »Und eigentlich entspricht das auch gar nicht deinen Wünschen, oder? Es wäre zu einfach.«

»Du bist nicht in der Lage, meine Krieger zu kontrollieren! So viel Kraft hast du nicht!«

»Möchtest du herausfinden, wie groß meine Macht ist, werte Dame? Hier, auf dem Boden von Lancre?«

Sie trat vor. Magie knisterte in der Luft. Die Königin wich zurück.

»In meinem eigenen Revier?«, fügte Oma hinzu.

Erneut ohrfeigte sie die Königin, fast sanft und zärtlich.

»Nun?«, fragte sie. »Kannst du mir nicht widerstehen? Was ist mit *deiner* Macht, werte Dame? Fehlt sie dir jetzt?«

»Du dummes altes Weib!«

Alle lebenden Wesen in einem Umkreis von fast zwei Kilometern spürten es. Kleinere Geschöpfe starben. Vögel fielen tot vom Himmel. Elfen und Menschen sanken ins Gras und hielten sich den Kopf.

Im Oma Wetterwachs' Garten starteten die Bienen.

Wie Dampf kamen sie aus den Stöcken heraus, hatten es dabei so eilig, dass sie gegeneinander prallten. Dem dumpfen, kanonenbootartigen Brummen der Drohnen gesellte sich das hektische Sirren der Arbeiterinnen hinzu.

Noch lauter war das Pikkolopfeifen der Königinnen.

Die Schwärme stiegen in weiten Spiralen über der Lichtung auf, teilten sich und flogen los. Sie blieben nicht allein. Weitere Schwärme kamen, aus Weidenkörben in Hinterhöfen, aus hohlen Bäumen. Sie bildeten eine dunkle Wolke am Firmament.

Nach einer Weile bildete sich ein Muster in dieser Wolke. Die Drohnen flogen an den Flanken, brummten wie Bomber. Die Arbeiterinnen bildeten einen langen Kegel, der aus Tausenden von kleinen

Körpern bestand. Ganz vorn, an der Spitze, flogen hundert Königinnen.

Stille senkte sich auf die Wiesen hinab, als die Schwärme fort waren.

Blumen neigten sich einsam im Wind hin und her. Nektar floss ungetrunken. Es blieb den Blüten überlassen, sich selbst zu befruchten.

Die Bienen waren zu den Tänzern unterwegs.

Oma Wetterwachs kniete und presste beide Hände an die Schläfen.

»Nein …«

»O doch«, erwiderte die Königin.

Esme Wetterwachs hob die Arme. Anstrengung und Schmerz krümmten ihre Finger wie Krallen.

Magrat stellte fest, dass sie die Augen bewegen konnte. Der Rest ihres Körpers fühlte sich schwach und nutzlos an, trotz Kettenhemd und Brustharnisch. Jetzt war es also so weit. Mindestens tausend Jahre trennten sie von Ynci, aber trotzdem glaubte sie, das spöttische Lachen der Kriegerin zu hören. *Sie* hätte nicht einfach so aufgegeben. Magrat war nur eine weitere jener einfältigen und apathischen Frauen, die bloß lange Gewänder trugen und sich um die Thronfolge kümmerten …

Bienen strömten vom Himmel herab.

Oma Wetterwachs wandte sich an Magrat.

Ganz deutlich hörte die jüngere Frau eine Stimme hinter ihrer Stirn: »Möchtest du Königin sein?«

Und dann war sie frei.

Die Müdigkeit fiel von ihr ab. Ynci schien aus dem Helm zu strömen, um die Leere in Magrat mit Kraft und Entschlossenheit zu füllen.

Es regnete noch mehr Bienen, und sie bedeckten die zusammengesunkene Gestalt der alten Hexe.

Die Königin drehte sich um, und das Lächeln in ihrem Gesicht erstarrte, als Magrat die Gestalt straffte und vortrat. Gedankenlos hob sie die Streitaxt und holte damit aus.

Die Königin bewegte sich noch schneller. Ihr Hand zuckte nach vorn und schloss sich um Magrats Unterarm.

»Hast du wirklich geglaubt, dass es so einfach ist?«, fragte sie und lächelte.

Anschließend drückte sie noch etwas fester zu und verdrehte die Hand. Es bliebt Magrat nichts anderes übrig, als die Axt loszulassen.

»Und du willst eine *Hexe* sein?«

Die Bienen bildeten unterdessen einen braunen Nebel, hinter dem sich nur noch vage die Gestalten von Elfen abzeichneten. Mit Pfeilen ließ sich gegen die Insekten kaum etwas ausrichten – sie waren viel zu klein. Darüber hinaus kamen sie mit natürlicher Immunität Glamour gegenüber, und mit dem festen Willen zu töten.

Magrat spürte, wie es in ihren Knochen vibrierte.

»Die alte Hexe ist erledigt«, sagte die Königin und zwang Magrat nach unten. »Ich will keineswegs behaupten, sie sei nicht gut gewesen. Aber sie war eben nicht gut *genug*. Und du bist es ganz gewiss nicht.«

Magrat sank immer mehr dem Boden entgegen.

»Warum versuchst du nicht, ein wenig Magie gegen mich zu beschwören?«, fragte die Königin spöttisch.

Die Frau in der Rüstung trat zu. Ihr Fuß traf die Königin am Knie, und ganz deutlich hörte sie, wie etwas knackte. Als die Elfe taumelte, warf sich Magrat nach vorn, stieß an die Hüfte der Gegnerin und riss sie mit sich ins Gras.

Die Zartheit der Königin verblüffte sie. Auch sie selbst war ziemlich dünn, doch dieses Geschöpf schien kaum etwas zu wiegen.

Sie zog sich nach oben, bis sich ihr Gesicht auf einer Höhe mit dem der Königin befand. »Du bist *nichts*«, brachte sie hervor. »Es spielt sich alles nur im Kopf ab, oder? Ohne den Glamour …«

Magrat sah ein fast dreieckiges Gesicht mit winzigem Mund, einer nur angedeuteten Nase und sehr großen Augen, in denen nun Entsetzen flackerte.

»Eisen«, hauchte die Königin. Ihre Hände griffen nach Magrats Armen, doch jetzt steckte keine Kraft mehr in ihnen. Die Stärke der Elfen lag darin, andere Leute von deren Schwäche zu überzeugen.

Magrat fühlte, wie das Wesen verzweifelt versuchte, einen Weg in ihr Bewusstsein zu finden. Aber es klappte nicht. Der Helm…

… lag knapp einen Meter entfernt im Schlamm.

Ihr blieb gerade noch Zeit genug zu bedauern, diesen Umstand zur Kenntnis genommen zu haben. Die Königin griff erneut an und bohrte ihr Selbst in eine sich rasch ausdehnende Unsicherheit.

Sie war nichts, noch weniger als bedeutungslos. Sie war so wert- und bedeutungslos, dass sogar ein absolut wert- und bedeutungsloses Geschöpf sie für unter seiner Würde gehalten hätte. Ihr Versuch, die Pläne der Königin zu vereiteln, verdiente es, mit ewiger Qual bestraft zu werden. Sie verlor die Kontrolle über ihren Körper, den sie gar nicht verdiente. Sie verdiente überhaupt nichts, abgesehen von der bereits erwähnten Strafe.

Verachtung kratzte und schabte über sie hinweg, zerfetzte das Ich namens Magrat Knoblauch.

Sie würde nie irgendetwas taugen, nie schön, intelligent oder stark sein. Eine in jeder Hinsicht graue Zukunft erwartete sie.

Selbstvertrauen? Vertrauen wozu? Und in was?

Die Welt schien nur noch aus den Augen der Königin zu bestehen. Alles in der ehemaligen Hexe drängte danach, sich in ihnen zu verlieren…

Doch ein Rest von Magrat Knoblauch begehrte auf, zerrte an den verschiedenen Schichten ihrer Seele…

… und legte den Kern frei.

Sie ballte die Faust, und ihr Hieb traf die Elfe zwischen den Augen.

Die Königin erlebte einen etwa zwei Sekunden langen Anfall akuter Verwirrungsagonie, bevor Magrats Faust erneut das Ziel traf, und dann noch einmal.

In einem Bienenstock konnte es nur eine Königin geben. Andernfalls… Zack! Bumm!

Sie rollten zur Seite und in den Schlamm. Magrat spürte einen Stich am Bein, doch darauf achtete sie ebenso wenig wie auf die Geräusche um sie herum. Eine weitere Rolle, die diesmal in einer Pfütze endete. Etwas Hartes verlangte Magrats Aufmerksamkeit – die Streitaxt. Die Elfe zerrte an ihr, aber sie war viel zu schwach. Es gelang Magrat, sich aufzusetzen, die Axt zu heben…

Plötzlich bemerkte sie die Stille.

Lautlosigkeit wogte wie eine Welle über die Elfen der Königin und Shawn Oggs improvisiertes Heer hinweg, als der Glamour nachließ.

Vor dem untergehenden Mond zeichnete sich eine Gestalt ab.

Die Brise der Morgendämmerung trug einen seltsamen Geruch mit sich. Es roch nach Löwenkäfigen und Laubkompost.

»*Er* ist zurück«, sagte Nanny Ogg. Sie blickte zur Seite und sah Ridcully, dessen Gesicht glühte. Langsam hob er die Armbrust.

»Nimm das Ding runter«, forderte Nanny ihn auf.

»Seht euch das Geweih an…«, hauchte der Erzkanzler.

»*Weg damit!*«

»Aber…«

»Der Bolzen flöge einfach hindurch, ohne Schaden anzurichten. Er ist transparent – man kann sogar die Bäume hinter ihm sehen. In Wirklichkeit befindet er sich gar nicht hier. Es bleibt ihm nach wie vor verwehrt, das Tor zu durchschreiten. Er kann jedoch seine Gedanken schicken.«

»Aber ich *rieche*…«

»Wenn er *tatsächlich* da wäre, so stünden wir jetzt nicht mehr hier.«

Die Elfen wichen zurück, als der König näher kam. Seine Hinterläufe waren nicht dafür geschaffen, wie die Beine von Zweifüßern benutzt zu werden. Die Knie zeigten in die falsche Richtung, und die Hufe waren viel zu groß.

Er ignorierte die übrigen Anwesenden und stapfte langsam zur Königin. Magrat erhob sich und hielt unsicher die Axt bereit.

Die Königin sprang auf und streckte wie abwehrend die Arme aus, als ihre Lippen die erste Silbe eines Fluchs formten…

Der König blickte auf sie hinab und sagte etwas.

Nur Magrat hörte die Worte.

Später meinte sie, es sei um eine Verabredung im Mondschein gegangen.

Und sie erwachten.

Die Sonne leuchtete schon ein ganzes Stück überm Rand. Männer und Frauen standen auf, starrten sich groß an.

Nirgends war ein Elf zu sehen.

Nanny Ogg sagte als Erste etwas. Hexen fällt es leichter als anderen Leuten, sich an das zu gewöhnen, was *ist.* Sie vergeuden weniger Gedanken an Dinge, die *sein sollten.*

Sie sah übers Moor. »Die wichtigste Sache ist jetzt, so schnell wie möglich die Steine wieder aufzustellen.«

»Das ist die zweitwichtigste Sache«, berichtigte Magrat sie.

Sie wandten sich beide der reglosen Oma Wetterwachs zu. Einige Bienen summten unschlüssig um ihren Kopf herum.

Nanny Ogg zwinkerte Magrat zu.

»Gut gemacht, Mädchen. Wusste gar nicht, dass du das Zeug hast, einen solchen Angriff zu überleben. Ich hatte ganz schön die Buchse voll – und *fast* wäre dies keine Metaffer gewesen.«

»Ich bin an so was gewöhnt«, erwiderte Magrat dumpf.

Nanny Ogg zog eine Braue hoch, ging jedoch nicht darauf ein. Stattdessen stieß sie Oma mit dem Stiefel an.

»Wach auf, Esme. Gut gemacht. Wir haben gewonnen.«

»Esme?«

Ridcully ging in die Hocke und griff nach Omas Hand.

»Die Anstrengung hat sie sicher sehr erschöpft«, plapperte Nanny. »Magrat zu befreien und so ...«

Ridcully sah auf.

»Sie ist tot«, sagte er.

Er schob beide Arme unter den Leib, hob ihn hoch und schwankte ein wenig.

»Oh, sie würde nicht einfach so sterben«, sagte Nanny. Aber sie klang jetzt wie jemand, dessen Mund auf Automatik läuft, weil sich das Gehirn ausgeschaltet hat.

»Sie atmet nicht, und es lässt sich kein Puls feststellen«, meinte der Zauberer.

»Wahrscheinlich ruht sie nur aus.«

»Ja.«

Bienen kreisten hoch am blauen Himmel.

Ponder Stibbons und der Bibliothekar halfen dabei, die Steine wieder an den richtigen Platz zu stellen. Gelegentlich benutzten sie den Quästor als Hebel – er erlebte gerade wieder die steife Phase.

Ponder stellte fest, dass es sich um ungewöhnliche Steine handelte. Sie waren hart und sahen aus, als seien sie vor langer Zeit einmal geschmolzen worden.

Jason Ogg beobachtete, wie Stibbons nachdenklich neben einem der so genannten Tänzer stand. In der Hand hielt er einen Bindfaden mit einem Nagel dran. Doch der Nagel hing nicht etwa nach unten, sondern zeigte zum Stein und schien ihn unbedingt erreichen zu wollen. Der Bindfaden vibrierte so heftig, dass ein leises Brummen erklang. Ponder starrte wie hypnotisiert darauf hinab.

Jason zögerte. Er begegnete Zauberern nur sehr selten und wusste nicht recht, wie man sich ihnen gegenüber verhielt.

»Der Stein zieht den Nagel an«, sagte Ponder. »Aber *warum*?«

Jason schwieg.

Und er hörte, wie der Zauberer sagte: »Vielleicht gibt es Eisen und … und Eisen, das anderes Eisen liebt. Oder männliches und weibliches Eisen. Oder gewöhnliches und königliches Eisen. Oder gewisses Eisen enthält noch etwas anderes. Vielleicht existiert Eisen, das ein Gewicht in der Welt schafft, und anderes Eisen rollt dann über die gewölbte Gummifläche.«

Quästor und Bibliothekar kamen näher, und ihre Aufmerksamkeit galt ebenfalls dem zitternden Nagel.

»Verdammt!«, meinte Ponder schließlich und ließ den Bindfaden los. Der Nagel sauste fort, haftete mit einem *Plink* am Stein fest.

Der Zauberer wandte sich den anderen zu und zeigte den gequälten Gesichtsausdruck eines Mannes, der die große, surrende Maschine des Universums auseinander nehmen will und dem dafür eine verbogene Büroklammer zur Verfügung steht.

»Heda, Herr Sonnenschein«, sagte der Quästor. Die frische Luft und das Fehlen von Geschrei stimmten ihn fast fröhlich.

»Steine!«, brachte Ponder hervor. »Warum vergeude ich meine Zeit mit Steinen? Hat man von Steinen jemals etwas erfahren? Wisst ihr, manchmal glaube ich, dass sich dort draußen ein Ozean der Wahrheit erstreckt, und ich sitze am Strand und spiele mit … mit *Steinen*.«

Er trat nach dem Felsen.

»Aber eines Tages finden wir eine Möglichkeit, auf jenem Ozean zu segeln«, fügte er hinzu und seufzte. »Kommt. Wir sollten jetzt besser zum Schloss gehen.«

Der Bibliothekar sah zu, wie eine Prozession aus müden Leuten durchs Tal zog.

Er griff nach dem Nagel, zog ihn fort und beobachtete, wie er zum Stein zurückflog.

»Ugh.«

Er hob den Kopf und begegnete Jason Oggs Blick.

Zur großen Überraschung des Schmieds zwinkerte der Orang-Utan.

Manchmal, wenn man genau auf die Steine am Ufer achtet, kann man mehr über den Ozean herausfinden.

Die Uhr tickte.

Umgeben vom matten, kühlen Licht des Morgens saß Nanny Ogg in Oma Wetterwachs' Hütte und öffnete die Schatulle.

In Lancre wusste man von der geheimnisvollen Schachtel. Angeblich beinhaltete sie Bücher mit Zauberformeln, ein kleines privates Universum, Heilmittel für alle Krankheiten, Tore zu verlorenen Reichen und mehrere Tonnen Gold – was erstaunlich ist, wenn man bedenkt, dass die Schatulle kaum dreißig Zentimeter durchmaß. Oma hatte Nanny Ogg nie Einzelheiten bezüglich des Inhalts mitgeteilt, abgesehen vom Testament.

Nanny Ogg war nun ein wenig überrascht, als sie auf die Dinge in der Schachtel hinabblickte: einige große Umschläge, ein Bündel mit Briefen und unten eine Ansammlung ganz gewöhnlicher Gegenstände.

Nanny griff nach den Umschlägen. Auf dem ersten stand geschrieben: An Gytha Ogg, Lies dies jetzt, ich meinige SOFORT.

Der zweite war ein wenig kleiner und zeigte folgende Aufschrift: Der letztige Wille vonne Esmeralda Wetterwachs, geschtorben in der Mittsommernacht.

Und dann das Bündel mit Briefen, von einem Bindfaden umschnürt. Sie schienen ziemlich alt zu sein. Kleine Stücke vergilbten Papiers brachen ab, als Magrat die Briefe aus der Schatulle zog.

»Sind alle an Esme adressiert«, murmelte sie.

»Eine ganz normale Sache«, erwiderte Nanny. »Jeder kann Briefe bekommen.«

»Und dann die Sachen ganz unten«, fuhr Magrat fort. »Sehen wie Kieselsteine aus.«

Sie nahm einen heraus.

»In diesem hier steckt eins der schnörkeligen Fossiliendinger«, sagte sie. »Und der dort… Sieht aus wie das rote Gestein, aus dem die Tänzer bestehen. Eine Nadel klebt daran fest. Seltsam.«

»Esme hat immer auf kleine Details geachtet. Ja, sie versuchte dauernd, irgendwelchen Sachen auf den Grund zu gehen.«

Sie schwiegen, und ihr Schweigen dehnte sich aus, füllte die Küche und wurde vom geduldigen Ticken der Uhr in kleine Scheiben geschnitten.

»Ich hätte nie gedacht, dass es dazu kommt«, meinte Magrat nach einer Weile. »Ich hätte nie gedacht, dass wir einmal ihr Testament lesen. Ich habe immer angenommen, der Tod beträfe nur andere Leute, nicht aber Oma Wetterwachs.«

»Tja, da hast du dich geirrt«, entgegnete Nanny. »Tempus fugit.«

»Nanny?«

»Ja, Magrat?«

»Ich verstehe das nicht. Oma war deine Freundin, aber du… du scheinst gar nicht traurig zu sein.«

»Nun, ich habe einige Ehemänner und Kinder begraben. Früher oder später gewöhnt man sich daran. Wie dem auch sei: Wenn sich Esme jetzt nicht an einem besseren Ort befindet, so *beginnt* sie sicher damit, ihn zu verbessern.«

»Nanny?«

»Ja, Magrat?«

»Wusstest *du* etwas von dem Brief?«

»Von welchem Brief?«

»Ich meine den an Verence.«

»Nein, von einem Brief an Verence weiß ich nichts.«

»Er muss ihn einige Wochen *vor* unserer Rückkehr bekommen haben. Vermutlich hat Oma ihn geschickt, noch bevor wir Ankh-Morpork erreicht haben.«

Magrat musterte Nanny und hielt vergeblich nach Anzeichen von Schuld Ausschau.

»*Diesen* Brief hier meine ich«, sagte sie und zog ihn unterm Brustharnisch hervor.

»Lies ihn ruhig.«

Nanny Ogg las:

»›Lieber Herre, ich schreibige dir um mitzuteilen dasse Magrat Knoblauch am Bildschweindienstag (plußminuß einige Tage) nach Lancre zurückkehrigen wird. Sie isset ein Küken aber auch sauber und sie habet gesunde Zähne. Wenn du sie heiraten möchtigst so beginn sofortig mit den Vorbereitungen denn wenn du ihr nur einen Antrag machigst so führet sie dich nur an der Nase herum weil sie sich nicht entscheidigen kann. Magrat verschteht es gut siche selbst Hindernisse in den Weg zu legen. Sie weis überhaupt nicht was sie wille. Du bist König und kannest tun und lassigen was dir gefällt. Du solltest Magrat vor vollendigte Tatsachen schtellen. Pehess: Man munkelt davon dasse Heksen bald Steuern bezahligen sollen. Schon seit fielen Jahren hat kein König von Lancre mehr versucht ein solches Gesetz zu erlassigen. Ich schlage vor du nimmst dir ein Beispiel daranne. Mit freundlichen Grüssen derzeit gehet es mir gute. EIN FREUND (ANONÜM).‹«

Das Ticken der Uhr nähte die Decke der Stille.

Nanny Ogg drehte sich zur Uhr um.

»Sie hat alles *arrangiert*!«, entfuhr es Magrat. »Du weißt doch, wie Verence ist. Ich meine, man weiß doch sofort, von wem der Brief stammt, oder? Und als ich zurückkehrte, war alles *vorbereitet*…«

»Wie hättest du dich verhalten, wenn *nichts* vorbereitet gewesen wäre?«, fragte Nanny.

Magrat blinzelte verwirrt.

»Nun, ich… Ich meine… Ich, äh…«

»Dann würdest du heute vermutlich nicht heiraten, oder?«, fragte Nanny. Doch ihre Stimme kam aus der Ferne, als sei sie in Gedanken mit etwas ganz anderem beschäftigt.

»Nun, kommt darauf an…«

»Du möchtest doch heiraten, oder?«

»Äh, ja, natürlich, aber …«

»Dann ist ja alles klar«, sagte Nanny in mütterlichem Tonfall.

»Ja, aber sie hat mich einfach fortgeschickt und mich praktisch im Schloss eingesperrt, und deswegen bin ich so wütend geworden …«

»Du warst wütend genug, um der Königin die Stirn zu bieten«, unterbrach Nanny die jüngere Frau. »Du hast sie sogar angegriffen. Gut gemacht. Die alte Magrat hätte das nicht gekonnt, oder? Esme sah immer bis zum … Kern der Sache. Bitte sei jetzt so nett, geh in den Hof und sieh nach, wie viel Brennholz noch da ist.«

»Aber ich habe sie gehasst und gehasst, und jetzt ist sie tot!«

»Ja. Geh jetzt und sag Nanny, wie hoch der Stapel ist, in Ordnung?«

Magrat öffnete den Mund, um zu sagen: »Zufälligerweise bin ich fast die Königin.« Aber sie entschied sich dagegen. Stattdessen ging sie stumm nach draußen und sah hinterm Haus nach.

»Es ist noch ziemlich viel Brennholz da«, sagte sie, als sie zurückkehrte und sich die Nase putzte. »Und es scheint erst vor kurzem aufgeschichtet worden zu sein.«

»Außerdem hat Esme gestern die Uhr aufgezogen«, murmelte Nanny. »Und die Teebüchse ist halb voll – hab gerade einen Blick hineingeworfen.«

»Und?«

»Esme war nicht sicher«, sagte Nanny. »Hmm.«

Sie öffnete den an sie adressierten Umschlag. Er war größer und flacher als der mit dem Testament, enthielt nur ein Pappschild.

Nanny las es, ließ es dann auf den Tisch fallen.

»Komm!«, stieß sie hervor. »Wir haben nicht viel Zeit.«

»Was ist denn?«

»Und nimm die Zuckerdose mit!«

Nanny riss die Tür auf und lief zu ihrem Besen.

»Komm!«

Magrat griff nach dem Schild. Die Handschrift wirkte vertraut, stammte eindeutig von Oma Wetterwachs.

Krakelige Buchstaben bildeten folgende Botschaft:

ICH BINNE NICH TOT.

»Halt! Wer da?«

»Warum hältst du mit einem Arm in der Schlinge Wache, Shawn?«

»Dienst ist Dienst, Mama.«

»Na schön. Lass uns eintreten.«

»Bist du Freund oder Feind, Mama?«

»Shawn, hier neben mir steht die Fast-Königin Magrat, hast du verstanden?«

»Ja, aber ihr müsst ...«

»Öffne das Tor, und zwar *sofort*!«

»Aua – ja, Mama!«

Magrat bemühte sich, mit Nanny Schritt zu halten, als sie durchs Schloss eilte.

»Der Zauberer hatte Recht«, sagte die jüngere Frau. »Oma ist tot. Ich finde es durchaus verständlich, dass du das Gegenteil hoffst, aber ich weiß, wann jemand tot ist.«

»Nein, weißt du nicht. Vor einigen Jahren bist du tränenüberströmt zu mir gekommen, und es stellte sich heraus, dass sie nur borgte. Sie nahm den Zwischenfall zum Anlass, dieses Schild zu machen.«

»Aber ...«

»Sie wusste nicht genau, was geschehen würde«, fuhr Nanny fort. »Und das genügt mir.«

»Nanny ...«

»Man weiß nie genau Bescheid, wenn man nicht nachsieht«, sagte Nanny Ogg und legte damit ihre eigene Unschärferelation dar.

Sie schob schwungvoll die Tür des Großen Saals auf.

»Was geht hier vor?«

Ridcully stand auf und wirkte verlegen.

»Nun, es erschien mir nicht richtig, sie allein zu lassen…«

»Meine Güte!« Nanny beobachtete die Szene. »Kerzen und Lilien. Ich wette, du hast sie selbst gepflückt, im Garten. Und dann hast du Esme hier drin eingesperrt.«

»Nun…«

»Ohne ein einziges Fenster zu öffnen! *Hörst* du sie nicht?«

»Was soll ich hören?«

Nanny sah sich rasch um und griff nach einem silbernen Kerzenständer.

»Nein!«

Magrat nahm ihr den Gegenstand aus der Hand.

»Zufälligerweise…« Sie holte aus. »… ist dies…« Sie zielte. »… mein Schloss… fast…«

Der Kerzenständer sauste durch die Luft, drehte sich dabei um die eigene Achse und traf ein großes Fenster. Buntes Glas splitterte.

Sonnenschein strömte frisch und ungefiltert auf den Tisch – im langsamen magischen Feld der Scheibenwelt war die Bewegung deutlich zu erkennen. Bienen glitten durch die Lichtbalken wie Murmeln durch glänzende Röhren.

Der Schwarm senkte sich auf den Kopf der Hexe herab und sah aus wie eine gefährliche Perücke.

»Was…«, begann Ridcully.

»Bestimmt gibt sie wochenlang damit an«, sagte Nanny. »Mit Bienen hat es noch niemand geschafft. Weil ihr Selbst überall ist, weißt du. Das Ich beschränkt sich nicht auf ein Insekt, sondern verteilt sich auf den ganzen Schwarm.«

»Was soll…«

Oma Wetterwachs' Finger zuckten.

Die Augen gingen auf.

Ganz langsam setzte sie sich auf, und offenbar fiel es ihr nicht leicht, den Blick auf Magrat und Nanny Ogg zu fixieren.

»Ich möchte einen Blumenstrausss, einen Topf mit Honig und jemanden, den ich ssstechen kann.«

»Wir haben die Zuckerdose mitgebracht, Esme«, sagte Nanny Ogg.

Oma warf einen hungrigen Blick darauf und sah dann zu den Bienen, die von ihrem Kopf starteten – wie Jagdmaschinen von einem zum Untergang verurteilten Flugzeugträger.

»Gib ein bisschen Wassser dassu und schütt den Zucker für sssie auf den Tisch.«

Oma Wetterwachs lächelte triumphierend, als Nanny Ogg davoneilte.

»Ich habe esss mit Bienen geschafft! Esss hiesss immer, *niemand* könnte esss mit Bienen schaffen, aber mir issst esss gelungen! Man hat dann ein Ssselbst, dasss in sssahllose verschiedene Richtungen fliegt! Man musss *gut* sssein, um esss mit Bienen zu schaffen!«

Nanny Ogg leerte die Schüssel mit improvisiertem Sirup auf dem Tisch. Der Schwarm landete darauf.

»Du lebst?«, brachte Ridcully hervor.

»Dasss issst der Vorteil einer Universitätsssbildung«, kommentierte Oma und massierte sich die tauben Arme. »Man braucht sssich nur aufzusetzen und fünf Minuten lang sssu reden, um sssolchen Leuten zu zeigen, dasss man noch lebt.«

Nanny Ogg reicht ihr ein Glas Wasser. Es schwebte kurz in der Luft und fiel dann zu Boden – Oma hatte versucht, mit ihrem fünften Bein danach zu greifen.

»Entschuldigung.«

»Ich wusste, dass du nicht sicher warst!«, freute sich Nanny.

»Sssicher? Natürlich war ich sssicher! Hatte nie auch nur den geringsten Sssweifel.«

Magrat erinnerte sich an das Testament.

»Du hattest *überhaupt keinen* Zweifel?«

Oma Wetterwachs war anständig genug, Blickkontakt zu vermeiden. Sie rieb sich die Hände.

»Was ist passiert, während ich fort gewesen bin?«

»Nun«, antwortete Nanny, »Magrat war mutig genug, um …«

»Oh, ich *weiß*. Du hast inzwischen geheiratet, nicht wahr?«

»Geheiratet?«, entfuhr es den übrigen Anwesenden verblüfft.

»O *nein*!«, klagte Magrat. »Pater Perdore von den Neun-Tage-Rätslern sollte die Trauung vornehmen, aber ein Elf hat ihn außer Gefecht gesetzt. Außerdem steht das Schloss inzwischen leer, und …«

»Keine faulen Ausreden«, warf Oma ein. »Zur Not kann sich auch ein Zauberer um das Trauungsritual kümmern, nicht wahr?«

»Ich, ich, ich glaube schon«, sagte Ridcully, der allmählich den Überblick verlor.

»Na bitte«, brummte Oma. »Ein Zauberer ist ein Priester ohne Gott und mit feuchtem Händedruck.«

»Aber die meisten Gäste sind weggelaufen!«, rief Magrat.

»Wir besorgen dir andere«, versprach Oma.

»Frau Scorbic kann das Hochzeitsmahl unmöglich rechtzeitig zubereiten!«

»Du musst es ihr *befehlen*!«, schlug Oma Wetterwachs vor.

»Die Brautjungfern sind nicht da!«

»Es klappt auch ohne sie.«

»Ich habe nichts anzuziehen!«

»Ach? Und was *hast* du da an?«

Magrat blickte auf das rostige Kettenhemd, einen schmutzverkrusteten Brustharnisch und die wenigen feuchten Reste weißer Seide, die wie ein zerfetzter Heroldsrock an ihr hingen.

»Sieht doch ganz gut aus«, behauptete Oma. »Nanny kümmert sich um das Haar.«

Aus einem Reflex heraus hob Magrat die Hände, nahm den Helm ab und klopfte sich auf den Kopf. Von Zweigen stammende Holzschnipsel und Heidekraut steckten im Haar und bildeten eine feste Masse, die jedem Kamm widerstand. Schon unter günstigen Umständen blieb Magrats Haar höchstens fünf Minuten lang in einer einigermaßen ordentlichen Form. Derzeit ähnelte es einem Vogelnest.

»Ich glaube, ich lasse es so«, sagte die Fast-Königin.

Oma nickte anerkennend.

»Richtig so«, meinte sie. »Es kommt nicht darauf an, was du hast. Wichtig ist in erster Linie, wie du es bekommen hast. Nun, ich schätze, dann wäre wohl alles geregelt.«

Nanny beugte sich vor und flüsterte etwas.

»Was? Oh. Ja. Wo steckt der Bräutigam?«

»Er leidet noch immer an Verwirrung«, sagte Magrat. »Weiß nicht genau, was geschehen ist.«

»Das ist völlig normal nach dem letzten Junggesellenabend«, erwiderte Nanny.

Gewisse Probleme mussten gelöst werden:

»Wir brauchen einen Trauzeugen.«

»Ugh.«

»Na schön. Aber zieh was an.«

Die Köchin Frau Scorbic verschränkte die dicken rosaroten Arme.

»Unmöglich«, verkündete sie.

»Ich dachte dabei an Salate und ein wenig frisches Gemüse und so...«, sagte Magrat in einem flehentlichen Tonfall.

Die Köchin schob das keineswegs haarlose Kinn vor.

»Die Elfen haben in der Küche alles durcheinander gebracht. Es dauert Tage, um wieder Ordnung zu schaffen. Wie dem auch sei: Jeder weiß, dass frisches Gemüse der Gesundheit schadet, und Pasteten mit Eiern drin sind *völlig* ausgeschlossen.«

Magrat warf Nanny Ogg einen hilflosen Blick zu. Oma Wetterwachs war in den Garten gegangen und steckte dort ihre Nase in den einen oder anderen Blütenkelch.

»Mich geht das nichts an«, sagte Nanny. »Immerhin ist es nicht meine Küche.«

»Nein, es ist *meine*«, betonte Frau Scorbic. »Und ich weiß, wie man richtig kocht. Und ich lasse mich in *meiner* Küche nicht von einer Frau herumkommandieren, die kaum mehr ist als ein halbes Kind.«

Magrat ließ die Schultern sinken. Nanny berührte sie am Arm.

»Ich schätze, jetzt brauchst du das hier«, sagte sie und hielt den Flügelhelm hoch.

»Der König war immer zufrieden mit meinen…«, begann Frau Scorbic.

Es klickte. Die Köchin blickte über eine gespannte Armbrust und sah darüber Entschlossenheit in Magrats Gesicht.

»Ich rate dir dringend, deine Meinung in Hinsicht auf das frische Gemüse zu ändern«, sagte die Königin von Lancre.

Verence saß im Nachthemd und stützte den Kopf auf die Hände. Was die vergangenen Stunden betraf, erinnerte er sich an kaum etwas – abgesehen von Kälte. Und niemand schien bereit zu sein, mit ihm über die Ereignisse der Nacht zu sprechen.

Es knarrte leise, als sich die Tür öffnete.

Er sah auf.

»Freut mich, dass du auf den Beinen bist«, sagte Oma Wetterwachs. »Ich bin gekommen, um dir beim Anziehen zu helfen.«

»Ich habe im Kleiderschrank nachgesehen«, erwiderte Verence. »Die… Elfen stecken dahinter, nicht wahr? Haben alles geplündert. Meine ganze Kleidung ist weg.«

Oma sah sich um, trat an eine Truhe heran und öffnete sie. Glöckchen bimmelten; Stoff glänzte rot und gelb.

»Ich *dachte* mir schon, dass du es nicht fertig gebracht hast, dieses Kostüm wegzuwerfen. Und es müsste passen – immerhin bist du noch immer so dünn wie vorher. Kopf hoch! Es gefällt Magrat bestimmt.«

»O nein.« Verence schüttelte den Kopf. »Auf keinen Fall. Ich bin jetzt der König. Es wäre erniedrigend für Magrat, einen Narren zu heiraten. Ich, äh, habe einen Ruf zu wahren, um des Königreichs willen. Außerdem gibt es so etwas wie Stolz.«

Oma Wetterwachs' durchdringender Blick ließ Unbehagen in ihm wachsen.

»Nun, es gibt ihn tatsächlich, den Stolz, meine ich«, fügte er kleinlaut hinzu.

Oma nickte und schritt zur Tür.

»Warum gehst du?«, fragte Verence nervös.

»Ich gehe gar nicht«, sagte Oma ruhig. »Ich schließe nur die Tür.«

Und dann der Zwischenfall mit der Krone.

Eine hastig durchgeführte Suche in Verences Schlafzimmer förderte *Zeremonien und Protokolle des Königreichs Lancre* zutage. Es beschrieb den Vorgang auf eine recht klare Weise. Die neue Königin wurde vom König gekrönt – dieses Ritual gehörte zur Hochzeit. Normalerweise waren damit keine Probleme verbunden: Selbst durch generationenlange Inzucht hervorgegangene Könige schafften es spätestens beim zweiten Versuch, die richtige Stelle für die Krone zu finden. Doch in diesem besonderen Fall erfuhr das Ritual eine nicht im Buch beschriebene Erweiterung. Diesen Eindruck gewann zumindest Ponder Stibbons.

Als Verence Anstalten machte, Magrat die Krone aufs Haupt zu setzen, zögerte er kurz und sah durch den großen Saal zur alten Hexe. Fast alle Anwesenden folgten seinem Blick, auch die Braut.

Die alte Hexe deutete ein Nicken an.

Magrat wurde gekrönt.

Fiedelbumm trallala.

Braut und Bräutigam standen Seite an Seite und nahmen die guten Wünsche der Gäste, die eine lange Schlange bildeten, entgegen. Das frisch vermählte Paar wirkte ein wenig benommen – ein vollkommen normaler Zustand während dieser Phase der Zeremonie.

»Bestimmt werdet ihr sehr glücklich…«

»Danke.«

»Ugh!«

»Danke.«

»Nagel es an die Theke, Lord Ferguson, und zur Verdammnis mit den Käsehändlern!«

»Danke.«

»Darf ich die Braut küssen?«

Verence glaubte, von leerer Luft angesprochen worden zu sein. Nach zwei oder drei Sekunden senkte er den Kopf.

»Entschuldigung«, sagte er. »Du bist…«

»Meine Karte«, erwiderte Casanunda.

Verence las sie und wölbte die Brauen.

»Ah«, meinte er. »Oh, äh. Nun. Nun, nun. Der zweitbeste, wie?«

»Ich werde mir demnächst noch mehr Mühe geben«, versprach Casanunda.

Verence sah sich verlegen um, ging dann in die Hocke und flüsterte dem Zwerg ins Ohr:

»Könnten wir gelegentlich unter vier Augen miteinander reden?«

Die Moriskentänzer von Lancre trafen sich beim Empfang wieder. Es fiel ihnen schwer, miteinander zu sprechen. Einige von ihnen tänzelten manchmal.

»Na schön«, brummte Jason. »Erinnert sich jemand von euch? Ich meine, gibt es jemanden, der sich *wirklich* an etwas erinnert?«

»Ich erinnere mich an den Anfang«, sagte Schneider, der andere Weber. »Ja, genau an den Beginn. Und ans Tanzen im Wald. Doch die Vorstellung ...«

»Elfen sind aufgetreten«, warf Kesselflicker, der Kesselflicker, ein.

»Darum ist es schief gegangen«, sagte Dachdecker, der Fuhrmann. »Ich glaube, es wurde mächtig viel geschrien und so.«

»Ich habe jemanden mit Hörnern gesehen«, sagte Fuhrmann. »Und mit einem langen dicken ...«

»Es war alles nur ein Traum«, spekulierte Jason.

»He, sieh nur dort drüben, Fuhrmann«, sagte Weber und zwinkerte den anderen zu. »Da ist der Affe. Du wolltest ihn doch etwas fragen, nicht wahr?«

Fuhrmann nickte. »Ja, genau.«

»Jetzt hast du die Möglichkeit dazu«, meinte Weber mit jener fröhlichen Boshaftigkeit, die intelligente Leute schlichten Gemütern gegenüber zur Schau stellen.

Der Bibliothekar unterhielt sich mit Ponder und dem Quästor. Er sah sich um, als ihm jemand auf die Schulter klopfte.

»Du bist drüben in Schnitte gewesen, nicht wahr?«, fragte Fuhrmann mit unschuldiger Offenheit.

Der Bibliothekar musterte ihn höflich verwirrt.

»Ugh!«

Fuhrmann runzelte die Stirn.

»Dorthin hast du deine Nuss gebracht, stimmt's?«

Der Bibliothekar musterte den Moriskentänzer noch etwas länger und schüttelte dann den Kopf.

»Ugh.«

»Weber!«, rief Fuhrmann. »Der Affe hier hat mir gerade mitgeteilt, dass er seine Nuss nicht dort verstaut, wo die Sonne nie scheint! Du hast das behauptet! Oder behauptest du jetzt, es nie behauptet zu haben?« Er wandte sich wieder an den Bibliothekar. »Er hat's behauptet, Weber. Dachte mir schon, dass es nicht stimmt. So ein Unsinn. Es gibt überhaupt keine Affen in Lancre und auch keine in Schnitte. Außerdem: Affen sind blöd. Gehören ja zu den Tieren, nich'?«

Stille folgte, dehnte sich in konzentrischen Kreisen aus.

Ponder Stibbons hielt den Atem an.

»Dies ist eine nette Party«, sagte der Quästor zum Stuhl. »Ich wünschte, ich wäre hier.«

Der Bibliothekar nahm eine große Flasche vom nächsten Tisch. Er klopfte Fuhrmann auf die Schulter. Er schenkte ihm ein großes Glas voll ein und klopfte ihm auf den Kopf.

Die Anspannung wich von Ponder, und er konzentrierte sich wieder auf sein Experiment. Er hatte ein Messer an einen Bindfaden gebunden und beobachtete nun, wie es sich drehte und drehte...

Als Weber an jenem Abend nach Hause ging, wurde er von einem Unbekannten überfallen und in den Fluss geworfen. Niemand fand jemals den Grund dafür heraus.

Wer sich in die Angelegenheiten von Zauberern einmischt, muss mit sehr unangenehmen Konsequenzen rechnen, insbesondere dann, wenn sie Bananen mögen und ein langes rostbraunes Fell haben. Manchmal reißt ihnen der Geduldsfaden...

Auch andere gingen an jenem Abend nach Hause.

»Bestimmt denkt sie demnächst über sich, das Leben und ihre Stellung darin nach«, sagte Oma Wetterwachs, als die beiden Hexen durch aromatische Luft schlenderten.

»Sie ist jetzt *Königin*«, erwiderte Nanny Ogg. »Ein ziemlich hoher Posten. Fast so hoch wie der von Hexen.«

»Ja, aber... man sollte sich vor Protzerei hüten«, mahnte Oma Wetterwachs. »Wir sind Königinnen und anderen Leuten gegenüber im

Vorteil, doch wir bleiben bescheiden und *spielen uns nicht auf.* Nimm mich als Beispiel. Bin mein ganzes Leben lang bescheiden gewesen.«

»Bei dir kann man schon fast von Schüchternheit reden«, warf Nanny Ogg ein. »Ich sage den Leuten dauernd: Wo auch immer ihr sucht – nirgends findet ihr eine Person, die demütiger und bescheidener ist als Esme Wetterwachs …«

»Kümmere mich immer um meine Angelegenheiten und mische mich nie in die von anderen Leuten ein …«

»Die meiste Zeit über bist du völlig unauffällig«, kommentierte Nanny. »Man muss genau hinsehen, um festzustellen, ob du einem überhaupt Gesellschaft leistest.«

»*Unterbrich* mich nicht dauernd, Gytha.«

»Entschuldigung.«

Eine Zeit lang gingen sie schweigend weiter. Es war ein warmer, trockener Abend. Vögel zwitscherten in den Bäumen.

»Ich finde die Vorstellung komisch, dass Magrat jetzt verheiratet ist und so«, sagte Nanny schließlich.

»Wie meinst du das?«

»Nun, du weißt schon. Verheiratet sein *und so.*« Nanny seufzte. »Ich habe ihr einige Tips gegeben. Zum Beispiel: Trag immer etwas im Bett. Hält das Interesse im Mann wach.«

»Du hast immer deinen Hut getragen.«

»Genau.«

Nanny winkte mit einem aufgespießten Würstchen. Sie versäumte es nie, private Vorräte anzulegen, wenn es irgendwo umsonst etwas zu essen gab.

»Das Festmahl hat gut geschmeckt, nicht wahr? Und meiner Ansicht nach hat Magrat hervorragend ausgesehen. Hat die ganze Zeit über gestrahlt.«

»*Meiner* Ansicht nach haben ihre Wangen geglüht – vor Verlegenheit und Nervosität.«

»Typisch für eine strahlende Braut.«

»In einem Punkt hast du Recht«, sagte Oma Wetterwachs, die einen Schritt vor Nanny ging. »Das Essen war gut. Ich habe noch nie ein so großes Angebot an frischem Gemüse gesehen.«

»Als ich Herrn Ogg heiratete, gab es bei unserer Hochzeit drei Dutzend Austern. Und sie haben überhaupt nicht gewirkt.«

»Außerdem finde ich es nett, dass wir eine Tüte mit einem Stück von der großen Torte bekommen haben«, meinte Oma.

»Ja, genau. Du weißt sicher, was man sagt. Wenn man ein bisschen davon unters Kopfkissen legt, so träumt man vom zukünftigen Ehem…« Nanny Oggs Zunge stolperte über sich selbst.

Sie schwieg und zeigte Anzeichen von Verlegenheit, was für ein Mitglied der Familie Ogg sehr ungewöhnlich war.

»Schon gut«, sagte Oma. »Ist nicht schlimm.«

»Entschuldige, Esme.«

»Alles geschieht irgendwo. Ich weiß es. Ich *weiß* es. Alles geschieht irgendwo. Was bedeutet: Letztendlich wird jeder Wunsch erfüllt.«

»Das ist gutes Kontinuinuinuum-Denken, Esme.«

»Der Kuchen schmeckt«, fuhr Oma Wetterwachs fort. »Aber im Augenblick… Tja, ich weiß nicht warum, aber… Ich glaube, ich… Was ich jetzt vertragen könnte, ist ein Bonbon.«

Das letzte Wort hing in der Abendluft, kam dem Echo eines Gewehrschusses gleich.

Nanny blieb stehen. Aus einem Reflex heraus tastete sie nach der Tasche, die für gewöhnlich eine Tüte mit staubigen Bonbons enthielt. Sie starrte auf Omas Hinterkopf, auf den Knoten aus grauem Haar unter dem Rand des hohen, spitzen Huts.

»Ein Bonbon?«, wiederholte sie.

»Ich nehme an, du hast dir inzwischen eine neue Tüte besorgt«, sagte Oma, ohne sich umzudrehen.

»Esme…«

»Willst du mir vielleicht etwas sagen, Gytha? In Hinsicht auf Tüten mit Bonbons?«

Oma Wetterwachs kehrte Nanny noch immer den Rücken zu.

Nanny blickte auf ihre Stiefel.

»Nein, Esme«, sagte sie kleinlaut.

»Ich wusste, dass du zum Langen Mann gehen würdest. Wie hast du dir Zugang verschafft?«

»Ich habe ein besonderes Hufeisen benutzt.«

Oma nickte. »Du hättest ihn nicht an der Sache beteiligen sollen, Gytha.«

»Ja, Esme.«

»Er ist genauso hinterlistig wie sie.«

»Ja, Esme.«

»Du begegnest mir jetzt mit präventiver Unterwürfigkeit.«

»Ja, Esme.«

Sie gingen weiter.

»Welchen Tanz haben dein Jason und die Männer getanzt, als sie betrunken waren?«, fragte Oma.

»Den Stock-und-Eimer-Tanz von Lancre, Esme.«

»Ist er erlaubt?«

»Nun, normalerweise sollten sie ihn nicht tanzen, wenn Frauen dabei sind«, sagte Nanny. »Sonst könnte man ihnen vielleicht sexuelle Belästigung vorwerfen. Obwohl: *Ich* habe mich von so etwas noch *nie* belästigt gefühlt.«

»Und dann dein Vers beim Empfang. Ich glaube, er hat Magrat ziemlich überrascht.«

»Vers?«

»Du hast ihn mit einigen Gesten untermalt.«

»Oh, *der* Vers.«

»Verence nahm ihn zum Anlass, sich einige Notizen auf seiner Serviette zu machen.«

Nanny griff in die unergründlichen Tiefen ihrer Kleidung und holte eine Flasche Sekt hervor, für die es eigentlich gar keinen Platz geben konnte.

»Ich glaube, Magrat war wirklich glücklich«, meinte sie. »Wie sie dort stand, am Leib die Hälfte eines völlig verschmutzten Hochzeitskleids und darunter eine rostige Rüstung... Weißt du, was sie zu mir gesagt hat?«

»Nein. Was denn?«

»Kennst du das alte Gemälde von der Königin Ynci? Du weißt schon, die Frau mit dem Mieder aus Eisen. Mit einer Vorliebe für Spitzen, Messer und Streitwagen? Nun, Magrat ist davon überzeugt, dass ihr Yncis Geist geholfen hat. Als sie die Rüstung anlegte... Nur dadurch wäre sie so mutig gewesen.«

»Na so was«, entgegnete Oma unverbindlich.

»Kann schon seltsam sein, die Welt«, murmelte Nanny.

Eine Zeit lang schwiegen die beiden Hexen.

»Du hast ihr also nicht gesagt, dass es nie eine Königin namens Ynci gegeben hat?«

»Nein.«

»Der alte König Lully hat sie erfunden, um der Geschichte von Lancre einen romantischen Hauch beizufügen. Legte großen Wert darauf. Ließ sogar eine entsprechende Rüstung konstruieren.«

»Ich weiß. Schließlich hat der Mann meiner Urgroßmutter das Ding angefertigt. Er benutzte dazu eine alte Badewanne und mehrere Töpfe.«

»Hältst du es für besser, Magrat nichts davon zu sagen?«

»Ja.«

Oma Wetterwachs nickte.

»Komisch«, sagte sie. »Magrat bleibt immer gleich, selbst wenn sie völlig anders ist.«

Nanny Ogg griff unter ihre Schürze und holte einen Holzlöffel hervor. Anschließend hob sie den Hut und nahm eine Schüssel mit Creme, Sahne und Wackelpeter vom Kopf.*

»Ich weiß beim besten Willen nicht, warum du dauernd Essen stibitzt«, sagte Oma Wetterwachs. »Du brauchtest Verence doch nur zu bitten, dann bekommst du jede Menge davon. Du weißt doch, dass er nichts mit Sahne anrührt.«

»So macht's mir aber mehr Spaß«, erwiderte Nanny. »Und ich habe ein wenig Spaß verdient.«

Es raschelte im Gebüsch, und das Einhorn trat auf den Weg.

Wahnsinn und Zorn brannten in ihm. Es befand sich in einer Welt, in der es keinen Platz für Geschöpfe seiner Art gab. Es suchte nach einer Möglichkeit, seiner Wut freien Lauf zu lassen. Etwa hundert Meter entfernt scharrte es mit den Hufen und senkte den Kopf.

»Hoppla«, sagte Nanny und ließ die Puddingschüssel fallen. »Komm. Zu dem Baum dort. *Komm.*«

Oma Wetterwachs schüttelte den Kopf.

»Nein. Diesmal laufe ich nicht weg. Vorher konnte sie nichts gegen mich ausrichten, und jetzt versucht sie's mit einem Tier, wie?«

»Sieh dir nur das *Horn* an!«

»Ich sehe es ziemlich deutlich«, sagte Oma.

Das Einhorn schnaubte und stürmte los. Nanny Ogg eilte zum nächsten Baum mit niedrigen Ästen und sprang nach oben…

Oma Wetterwachs verschränkte die Arme.

»Komm endlich, Esme!«

»Nein. Vorher habe ich nicht klar gedacht, aber jetzt ist das der Fall. Es gibt einige Dinge, vor denen ich nicht weglaufen muss.«

Das weiße Wesen sauste über den vom Wald gesäumten Weg: tausend Pfund Muskeln hinter einem dreißig Zentimeter langen Horn. Ein Schweif aus Dampf folgte ihm.

* Nanny Ogg interessierte sich für alles Essbare, wobei ihre Vorliebe Süßem und Fettigem galt.

»Esme!«

Die Kreis-Zeit ging zu Ende. Außerdem wusste Oma nun, warum es ihr zuvor so schwer gefallen war, konzentriert zu denken. Jetzt hörte sie nicht mehr jenes Flüstern, das von den Überlegungen vieler anderer Esme Wetterwachses in alternativen Universen stammte.

Einige von ihnen lebten vielleicht in Welten, in denen Elfen herrschten. Oder sie waren vor langer Zeit gestorben. Oder sie führten ein ihrer Meinung nach glückliches Leben. Oma Wetterwachs wünschte sich selten etwas, da sie Wünsche für sentimental hielt. Aber sie empfand nun vages Bedauern angesichts der Tatsache, dass sie ihre Selbst-Schwestern nie kennen lernen konnte.

Möglicherweise drohte manchen von ihnen der Tod, hier auf diesem Weg. Wie auch immer man handelte: Es bedeutete, dass Millionen von Ich-Äquivalenten in alternativen Kosmen anders agierten. Ja, einige von ihnen mochten sterben. Oma spürte ihr Ende – den Tod von Personen namens Esme Wetterwachs. Sie konnte ihre Schwestern nicht retten; so etwas ließen Schicksal und Zufall nicht zu.

Über eine Million Hügelhänge lief das Mädchen; auf einer Million Brücken traf die junge Frau eine Entscheidung; auf einer Million Wegen stand die alte Hexe…

Sie alle unterschieden sich voneinander. Und sie alle waren eins.

Oma sah ihre Pflicht darin, hier und jetzt sie selbst zu sein, und zwar mit ihrer ganzen Kraft.

Sie hob die Hand.

Einige Meter entfernt prallte das Einhorn an eine unsichtbare Wand. Es streckte die Beine, um zu bremsen, und Schmerzen ließen den Leib zucken, als das Geschöpf auf dem Rücken zu Oma rutschte.

»Gytha…«, sagte sie, während sich das Einhorn aufzurichten versuchte, »zieh die Strümpfe aus und knüpf sie für mich zu einem Halfter zusammen.«

»Esme…«

»Ja?«

»Ich habe gar keine Strümpfe an, Esme.«

»Was ist mit dem hübschen rotweißen Paar, das du am letzten Silvester von mir bekommen hast? Ich habe sie selbst gestrickt. Und du weißt doch, wie sehr ich das Stricken verabscheue.«

»Nun, es ist ein warmer Abend. Und ich mag es, wenn die Luft, äh, frei zirkulieren kann.«

»Die Fersen waren wirklich schwierig zu stricken.«

»Tut mir Leid, Esme.«

»Nun, sei wenigstens so gut, zu meiner Hütte zu laufen und jene Dinge zu holen, die sich in der untersten Kommodenschublade befinden.«

»Ja, Esme.«

»Sprich vorher mit deinem Jason und sag ihm, er soll in der Schmiede alles vorbereiten.«

Nanny Ogg starrte das Einhorn an, das mit den Beinen zappelte. Es steckte ganz offensichtlich in der Klemme: Es fürchtete sich vor Oma Wetterwachs, konnte jedoch nicht fliehen.

»Oh, Esme, du willst unseren Jason doch nicht etwa bitten...«

»Ich habe keineswegs vor, ihn um etwas zu *bitten.* Und auch an dich habe ich keine *Bitte* gerichtet.«

Oma Wetterwachs zog sich den Hut vom Kopf und warf ihn fort. Sie wandte den Blick nicht vom Einhorn ab, als sie nach dem eisengrauen Haarknoten tastete und einige ganz bestimmte Nadeln daraus löste.

Der Knoten verwandelte sich in eine silbrige Haarschlange, die bis zur Hüfte hinabreichte. Oma schüttelte einige Male den Kopf.

Nanny war vor Faszination wie gelähmt, als ihre alte Freundin einmal mehr die Hand hob und sich ein einzelnes Haar ausriss.

Oma Wetterwachs vollführte eine kompliziert anmutende Geste und formte eine Schlinge aus einem nahezu unsichtbaren Etwas. Sie ignorierte das hierhin und dorthin stoßende Horn, stülpte die Schlaufe über den Schädel des Wesens und zog.

Schlamm spritzte unter den unbeschlagenen Hufen des Einhorns, als es auf die Beine kam.

»Es wird sich losreißen«, prophezeite Nanny und trat so unauffällig wie möglich zum nächsten Baum.

»Ich könnte das Tier mit einer Spinnwebe halten, Gytha Ogg. Mit einer *Spinnwebe.* Geh jetzt. Du weißt, was du zu tun hast.«

»Ja, Esme.«

Das Einhorn warf den Kopf zurück und wieherte heulend.

Die halbe Stadt wartete, als Oma das Geschöpf nach Lancre führte – wenn man Nanny Ogg etwas erzählte, so war es nur eine Frage der Zeit, bis auch alle anderen es wussten.

Die Hufe des Tiers kratzten übers Kopfsteinpflaster, als es sich am Ende der unglaublich dünnen Leine hin und her wand, ohne sich befreien zu können.

Ab und zu trat es nach hoffnungslos Unvorsichtigen, die ihm zu nahe kamen.

Jason Ogg trug noch immer seine gute Kleidung und stand nervös in der offenen Tür seiner Schmiede. Heiße Luft flirrte überm Schornstein.

»Herr Schmied...«, sagte Oma Wetterwachs. »Ich habe Arbeit für dich.«

»Äh«, erwiderte Jason. »Das ist ein Einhorn. Äh.«

»Stimmt.«

Das Einhorn heulte, sah Jason an und rollte mit roten Augen, in denen Irrsinn loderte.

»Niemand hat jemals ein Einhorn beschlagen«, meinte Jason.

»Du solltest darin deine große Chance sehen«, sagte Oma.

Die Menge drängte näher, um alles zu sehen und zu hören. Gleichzeitig versuchten die Leute, einen sicheren Abstand zu den Hufen zu wahren.

Jason hob den Hammer und rieb sich damit das Kinn.

»Ich weiß nicht…«

»Hör mir gut zu, Jason Ogg.« Oma zog an dem Haar, als das Einhorn im Kreis schlitterte. »Du kannst *alles* beschlagen, ganz gleich, was man dir auch bringt. Aber diese Fähigkeit hat einen Preis, nicht wahr?«

Jason warf seiner Mutter einen panikerfüllten Blick zu. Nanny Ogg war anständig genug, zumindest verlegen zu *wirken.*

»Sie hat mir nichts davon erzählt«, sagte Oma, womit sie bewies: Sie konnte Nannys Gesichtsausdruck durch den eigenen Hinterkopf erkennen.

Sie beugte sich zu Jason vor, während hinter ihr das Einhorn trat und keuchte. »Der Preis für die Fähigkeit, alles beschlagen zu können… Er besteht darin, dass du alles beschlagen musst, was man dir bringt. Um der Beste zu sein, muss man sich immer bemühen, Bestes zu leisten. Du zahlst diesen Preis, ebenso wie ich.«

Das Einhorn trat mehrere Zentimeter Holz aus dem Türrahmen.

»Aber Eisen…«, murmelte Jason. »Und Nägel…«

»Ja?«

»Eisen tötet das Geschöpf. Wenn ich das Einhorn mit Eisen beschlage, bringe ich es um. Und das Auslöschen von Leben gehört nicht dazu. Ich habe nie etwas getötet. Bei der Ameise dauerte die Arbeit viele Stunden lang, und sie hat nichts gespürt. Ich möchte einem Geschöpf, das mir nichts getan hat, keine Schmerzen zufügen.«

»Hast du die Sachen aus der Kommode geholt, Gytha?«

»Ja, Esme.«

»Bring sie her. Und du, Jason… Schür das Feuer in der Esse.«

»Aber wenn ich das Einhorn mit Eisen beschlage…«

»Habe ich von Eisen gesprochen?«

Dreißig Zentimeter neben Jasons Kopf schlug das Horn ein Loch in die Wand.

Der Schmied gab nach.

»Du musst mit hereinkommen, um das Tier ruhig zu halten«, sagte er. »Ich habe noch nie einen solchen Hengst beschlagen, ohne dass sich mindestens zwei Männer und ein Junge daran festklammerten.«

»Das Einhorn wird keinen Widerstand leisten«, stellte Oma Wetterwachs fest. »Es muss mir gehorchen.«

»Es hat den alten Pirsch ermordet«, ließ sich Nanny Ogg vernehmen. »Ich hätte keine Bedenken, es dafür zu töten.«

»Schäm dich«, sagte Oma. »Es ist ein Tier. Tiere können niemanden ermorden. Dazu sind nur höher entwickelte Lebensformen im Stande. Die Befähigung zum Mord unterscheidet uns von den Tieren. Gib mir den Sack.«

Sie zog das schnaubende Wesen in die Schmiede, und einige Bürger beeilten sich, das große Tor zu schließen. Wenige Sekunden später bohrte sich ein Huf durchs Holz.

Ridcully eilte herbei, den Riemen einer großen Armbrust um die Schulter geschlungen.

»Angeblich hat man hier das Einhorn gesehen.«

Ein weiterer Teil der Tür zersplitterte.

»Befindet es sich da drin?«

Nanny nickte.

»Esme hat es vom Wald bis hierher gezogen«, sagte sie.

»Aber es ist ein gefährliches wildes Tier!«

Nanny Ogg rieb sich die Nase. »Ja, stimmt. Wie dem auch sei: Esme weist alle notwendigen Qualifikationen auf. Wenn's darum geht, Einhörner zu zähmen, meine ich. Mit Hexerei hat das nichts zu tun.«

»Wie meinst du das?«

»Ich dachte, *gewisse* Dinge in Hinsicht auf das Einfangen von Einhörnern seien *allen* Leuten bekannt«, sagte Nanny in einem bedeutungsvollen Tonfall. »Es müssen bestimmte Voraussetzungen erfüllt sein, wenn du mir diesen diskreten Hinweis gestattest. Esme *konnte* damals schneller laufen als du, nicht wahr? Ließ sich nie von einem Mann einholen.«

Ridcully starrte Nanny mit offenem Mund an.

»*Ich* hingegen...«, fuhr Jasons Mutter fort. »Falle dauernd über die erste Baumwurzel. Selbst dort, wo's überhaupt keine gibt.«

»Soll das heißen, sie hat nie... Ich meine, nachdem ich Lancre verließ...«

»Du brauchst deshalb kein Mitleid mit ihr zu haben«, sagte Nanny. »In unserem Alter spielen solche Dinge ohnehin keine Rolle mehr. Vermutlich hätte Esme überhaupt keinen Gedanken daran vergeudet, wenn du nicht zurückgekehrt wärst.« Ihr fiel plötzlich etwas ein. »Hast du Casanunda irgendwo gesehen?«

»Hallo, meine kleine Rosenknospe«, erklang eine fröhliche und hoffnungsvolle Stimme.

Nanny drehte sich nicht um.

»Du erscheinst immer dort, wo man nicht hinsieht«, kommentierte sie.

»Bin dafür berühmt, Frau Ogg.«

In der Schmiede herrschte Stille. Nach einer Weile ertönte ein Hämmern, das nur von Jasons Hammer stammen konnte.

»Was machen sie da drin?«, fragte Ridcully.

»Etwas, das ein Einhorn veranlasst, nicht mehr auszuschlagen«, antwortete Nanny.

»Was war in dem Sack, Frau Ogg?«, erkundigte sich Casanunda.

»Das, was ich holen sollte«, entgegnete Nanny. »Das alte Teeservice aus Silber. Ein Erbstück der Familie. Ich habe es nur zweimal gesehen – das zweite Mal vorhin, als ich es im Sack verstaute. Ich schätze, Esme hat es nie benutzt. Das Milchkännchen ist wie eine seltsame Kuh geformt.«

Inzwischen hatten sich noch mehr Leute vor der Schmiede eingefunden. Die Menge füllte den ganzen Platz.

Das Hämmern hörte auf. Jasons ruhige Stimme erklang:

»Wir kommen jetzt raus.«

»Sie kommen jetzt raus«, sagte Nanny.

»Was hat sie gesagt?«

»Sie meinte, sie kommen jetzt raus.«

»Sie kommen jetzt raus!«

Die Menge wich zurück. Und die Tür schwang auf.

Oma Wetterwachs trat nach draußen und führte das Einhorn. Das Tier ging ruhig und sanft; die Muskeln unter dem weißen Fell bewegten sich wie Frösche in Öl. Die Hufe *klapperten* auf dem Kopfsteinpflaster. Ridcully bemerkte, dass sie glänzten.

Gehorsam folgte das Geschöpf der Hexe zur Mitte des Platzes. Dort gab Oma es frei und klopfte ihm auf die Hinterbacke.

Das Einhorn wieherte leise, drehte sich um und galoppierte über die Straße in Richtung Wald …

Nanny Ogg erschien hinter Oma Wetterwachs und sah dem Tier ebenfalls hinterher.

»Silberne Hufeisen?«, murmelte sie. »Halten bestimmt nicht sehr lange.«

»Und silberne Nägel. Halten lange genug.« Oma sprach zur Welt im Großen und Ganzen. »*Sie* bekommt das Einhorn nie zurück, selbst wenn sie tausend Jahre lang ruft.«

»Ein Einhorn zu beschlagen …« Nanny schüttelte den Kopf. »Auf so eine Idee konntest nur du kommen, Esme.«

»Ich habe mein ganzes Leben damit verbracht«, sagte Oma.

Inzwischen war das Einhorn nur noch ein weißer Fleck in der Heidelandschaft. Schließlich verschwand es im Zwielicht des Abends.

Nanny Ogg seufzte und brach damit einen subtilen Bann.

»Das wär's also.«

»Ja.«

»Gehst du zum Tanz im Schloss?«

»Was ist mit dir?«

»Nun … Herr Casanunda hat mich gebeten, ihm den Langen Mann zu zeigen. Du weißt schon. Mit allem Drum und Dran. Wahrscheinlich liegt's an seiner Zwergennatur. Leute wie er sind immer sehr an Erdarbeiten und dergleichen interessiert.«

»Ich kann einfach nicht genug davon bekommen«, bestätigte Casanunda.

Oma verdrehte die Augen.

»Denk daran, wie alt du bist, Gytha«, mahnte Oma Wetterwachs.

»Oh, das ist ganz einfach«, erwiderte Nanny. »Das eigentliche Problem besteht darin, vorübergehend zu *vergessen,* wie alt ich bin. Übrigens: Du hast meine Frage noch nicht beantwortet.«

Zur großen Überraschung von Nanny Ogg, Ridcully und vermutlich auch aller anderen hakte sich Oma Wetterwachs beim Erzkanzler ein.

»Herr Ridcully und ich machen einen Spaziergang zur Brücke.«

»Tatsächlich?«, brachte Ridcully verblüfft hervor.

»Oh, wie *nett.*«

»Gytha Ogg, wenn du mich auch weiterhin so ansiehst, verpasse ich dir eine Ohrfeige, die du so schnell nicht vergisst.«

»Entschuldige, Esme«, sagte Nanny.

»Na schön.«

»Ich nehme an, ihr wollt über die alten Zeiten sprechen«, meinte Nanny Ogg.

»Vielleicht über die alten Zeiten. Vielleicht auch über andere.«

Das Einhorn erreichte den Wald und lief weiter.

Unten floss der Lancrefluss vorbei. Niemand überquerte das gleiche Wasser zweimal, nicht einmal auf einer Brücke.

Ridcully ließ einen Stein fallen. Mit einem leisen *Plop* verschwand er im Fluss.

»Es klappt immer«, sagte Oma Wetterwachs. »Irgendwo. Dein junger Zauberer weiß das – er versteckt sein Wissen nur hinter komischen Worten. Er könnte sehr klug sein, wenn er endlich das sähe, was sich direkt vor seinen Augen befindet.«

»Er möchte eine Zeit lang hier bleiben«, brummte Ridcully bedrückt. »Offenbar faszinieren ihn die Steine. Kann ihn wohl kaum zur Rückkehr nach Ankh-Morpork zwingen, oder? Außerdem genießt er das besondere Wohlwollen des Königs. Verence meinte, andere Könige vor ihm hätten auf die Dienste von Narren zurückgegriffen. Er will es mit einem Gelehrten versuchen und feststellen, ob das besser funktioniert.«

Oma lachte. »Und es dauerte nicht mehr lange, bis sich die junge Diamanda erholt hat«, sagte sie.

»Was soll das heißen?«

»Oh, nichts weiter. Das hat die Zukunft eben so an sich: Sie könnte alles Mögliche bringen.«

Oma Wetterwachs griff nach einem kleinen Stein und warf ihn in den Fluss. Er plumpste zusammen mit einem von Ridcully ausgewählten Exemplar ins Wasser. Ein dumpfes *Plopplop* ertönte.

Der Erzkanzler räusperte sich. »Glaubst du, dass sich irgendwo alles... richtig entwickelt hat?«

»Ja. Hier!«

Oma sah, wie Ridcully traurig die Schultern hängen ließ.

»Und auch dort«, fügte sie sanfter hinzu.

»Wie bitte?«

»Ich meine: In irgendeiner anderen Welt heiratete Mustrum Ridcully eine gewisse Esmeralda Wetterwachs, und sie lebten...« Oma biss die Zähne zusammen. »... glücklich und zufrieden. Mehr oder weniger. Soweit das möglich ist.«

»Woher willst du das wissen?«

»Ich habe die Erinnerungen der anderen Esme empfangen. Sie schien ihre Lebensumstände nicht zu bedauern. Und das ist umso bemerkenswerter, weil ich nicht leicht zufriedenzustellen bin.«

»Wie bringst du so etwas fertig?«

»Ich gebe mir *immer* Mühe, ganz gleich, womit ich mich beschäftige.«

»Erwähnte jene andere Esmeralda zufälligerweise …«

»Sie hat nichts erwähnt! Sie hat keine Ahnung von unserer Existenz! Hör auf zu fragen! Es genügt zu wissen, dass alles irgendwo geschieht, oder?«

Ridcully rang sich ein Lächeln ab.

»Ist das der einzige Trost, den du mir anzubieten hast?«

»Es ist der einzige existierende Trost. Er muss genügen.«

Wo endet die Geschichte?*

An einem Sommerabend: Paare schlendern hier und dort; purpurnes, seidenartiges Zwielicht verdichtet sich zwischen den Bäumen. Im Schloss ist das Fest beendet; dort hört man nur noch leises Lachen sowie das Bimmeln silberner Glöckchen. Und im Wald herrscht das Schweigen der Elfen.

* Als am nächsten Tag der Dramatiker Hwel mit der Schauspieltruppe eintraf, erzählte man ihm alles, und daraufhin schrieb er es nieder. Allerdings ließ er jene Dinge aus, die sich auf einer Bühne nicht realisieren ließen, die zu teure Spezialeffekte verursacht hätten oder die er für absurd hielt. Außerdem nannte er das Ergebnis seiner kreativen Bemühungen *Die Zähmung der Wühlmaus.* Seiner Ansicht nach lockte ein Titel wie *Dinge, die in einer Sommernacht geschahen* kein Publikum an.

Helle Barden

Deutsch von
Andreas Brandhorst

Korporal Karotte von der Stadtwache in Ankh-Morpork (Nachtschicht) nahm im Nachthemd Platz, griff nach dem Stift, kaute einige Sekunden lang darauf und schrieb dann:

»Liebe Muther und lieber Fater,
hoite habe ich eine große Überraschung denn man hat mich zum Korporal befördert!! Dadurch bekommige ich Fünf Ankh-Morpork-Dollar mehr im Mohnat und auch noch zwei Streifen zusätzlich. Und außerdem eine neue Dienstmarke aus Kupfer! Ich habe jetzt Große Ferantwortung!! Es liegt daran das wir neue Rekruten haben weil der Patrizier – ich habe euch ja schon geruhet mitzuteilen das er der Herrscher dieser Stadt ist – die Ansicht vertritt unsere Wache müsste die ettnische Schtruktur der Stadt widerschpiegeln ...«

Karotte zögerte, blickte aus dem kleinen, staubigen Schlafzimmerfenster und beobachtete, wie das letzte Licht des Tages über den Fluss kroch. Dann wandte er sich wieder dem Brief zu.

»... was ich nicht ganz verstehe aber ich glaube, es hat was mit der kosmetischen Fabrik des Zwerges Schnapptopf Donnerstoß zu tun. Und Hauptmann Mumm fon dem ich euch oft geschrieben, habe verlässt die Wache um zu heiraten und zu einem feinen Herrn zu werden. Ja und bestimmt wünschen wir ihm alles Gute immerhin hat er mich das gelehrt was ich weiß abgesehen von den Dingen die ich mir selbst beigebracht habe. Wir legen alle zusammen damit, er ein Überraschungsgeschenk bekommigt vielleicht eine der noien Uhren die auch ohne einen kleinen Dämon in ihrem Innern funkzionieren.

Und in die Rückseite könnten wir eingravieren: ›Eine Uhr von deinen alten Froinden in der Wache – damitte du nie vergisst was die Stunde geschlagen hat.‹ Das ist ein lustiges Wortspiel, vielleicht wegen der Heirat und so ich weiß es nicht genau. Auch wissen wir nicht wer der noie Hauptmann wird, Feldwebel Colon will den Abschied nehmen wenn er's sein muss. Und Korporal Nobbs …«

Erneut blickte Karotte aus dem Fenster. Falten bildeten sich auf seiner großen, ehrlichen Stirn, als er nach geeigneten Worten suchte, um etwas Positives über Nobbs zu sagen.

»… ist besser in seiner gegenwärtigen das heißt derzeitigen Pohsition aufgehoben und ich bin noch nicht lange genug bei der Wache. Ich schätze uns bleibet nichts anderes übrig als abzuwarten …«

Es begann, wie so viele Dinge, mit einem Todesfall. Und mit einer Bestattung an einem Frühlingsmorgen. Dunstschwaden strichen über den Boden, so dick, dass sie den Sarg verschluckten.

Eine kleine graue Promenadenmischung hockte auf einem nahen Erdhügel und sah gleichgültig zu. Sie war Wirt und Transportmittel für so viele Erreger von Hundekrankheiten, dass sie in einen Kokon aus Staub gehüllt zu sein schien.

Die älteren Frauen weinten. Edward d'Eath hingegen vergoss keine einzige Träne, und zwar aus drei Gründen: Erstens war er der älteste Sohn, der siebenunddreißigste Lord d'Eath, und für einen d'Eath gehörte es sich nicht, in aller Öffentlichkeit zu weinen. Zweitens hatte er gerade die Ausbildung zum Assassinen abgeschlossen – sein Diplom war noch so neu, dass es leise knisterte –, und Assassinen weinten nicht bei Todesfällen; andernfalls müssten sie dauernd schluchzen. Und drittens war er von Ärger erfüllt. Mehr noch. In ihm brannte das Feuer des Zorns.

Sein Zorn galt verschiedenen Dingen: dem Umstand, dass er sich Geld für dieses billige Begräbnis leihen musste; dem Wetter; dem gewöhnlichen Friedhof; dem ständigen Hintergrundgeräusch der Stadt, das sich nicht einmal bei dieser Gelegenheit veränderte. Und der Geschichte. Sie sollte nicht auf diese Weise beschaffen sein.

Sie *hatte* nie auf diese Weise beschaffen sein sollen.

Edward blickte über den Fluss und beobachtete die düstere Silhouette des Palastes. Dabei verwandelte sich der Zorn in eine scharfe Linse.

Man hatte Edward zur Assassinengilde geschickt, weil sie die beste Schule für Leute war, deren soziale Stellung höher war als ihre Intelligenz. Als Narr hätte er vermutlich die Satire erfunden und gefährliche Witze über den Patrizier erzählt. Als Dieb* wäre er vielleicht in den Palast eingedrungen, um dem Patrizier etwas Wertvolles zu stehlen.

Doch er war bei den Assassinen in die Lehre gegangen ...

An jenem Nachmittag verkaufte er den Rest des einstigen Familienbesitzes und kehrte zur Gilde zurück, um dort am Kursus für Fortgeschrittene teilzunehmen.

Er bestand ihn mit Auszeichnung – das geschah zum ersten Mal in der Gildengeschichte. Seine Lehrer beschrieben ihn als jemanden, vor dem man sich besser in Acht nahm. Darüber hinaus hielten sie es für angemessen, einen sicheren Abstand zu wahren – in Edwards Nähe fühlten sich selbst Assassinen unbehaglich.

Auf dem Friedhof füllte ein einsamer Totengräber das Loch, in dem der verstorbene d'Eath ruhte.

Nach einer Weile wurde er sich seltsamer Gedanken in seinem Kopf bewusst. Sie lauteten etwa so:

Hast du vielleicht einen Knochen? Oh, entschuldige, wie taktlos von mir. Du hast Schinkenbrote in deinem Dingsbums, in deinem Mampfkasten. Eins davon könntest du eigentlich dem netten kleinen Hund da drüben geben.

Der Mann stützte sich auf die Schaufel und drehte den Kopf.

* Für einen *Gentleman* war es natürlich *völlig* ausgeschlossen, sich zum Dieb ausbilden zu lassen.

Die graue Promenadenmischung bedachte ihn mit einem durchdringenden Blick. »Wuff?«, bellte sie.

Edward d'Eath brauchte fünf Monate, um das zu finden, wonach er suchte. Das Problem war, dass er nicht genau wusste, wonach er Ausschau halten sollte. Nur eins war ihm klar: Er würde das Gesuchte sofort erkennen, wenn er es sah. Edward glaubte fest an das Schicksal. Das ist bei Leuten wie ihm oft der Fall.

Die Gildenbibliothek zählt zu den größten in der ganzen Stadt. Was bestimmte Themen anging, gab es keine größere – sie betrafen vor allem die bedauerliche Kürze des menschlichen Lebens sowie diverse Mittel, es noch kürzer zu gestalten.

In jener Bibliothek verbrachte Edward viel Zeit, meistens ganz oben auf einer Leiter, umgeben von Staub.

Er las alle bekannten Werke über Waffen. Auch in diesem Fall wusste er nicht genau, wonach er suchte. Er fand es schließlich in Form einer Anmerkung am Rand einer ansonsten ebenso langweiligen wie ungenauen Abhandlung über die Ballistik bei Armbrüsten. Sorgfältig schrieb er die Worte ab.

Edward saß auch lange Zeit über Geschichtsbüchern. Die Assassinengilde bestand zum größten Teil aus vornehmen Herren, und diese Leute betrachten die Geschichte in erster Linie als eine Art Effektenbuch. Die Gildenbibliothek enthielt viele historische Bücher, hinzu kam eine Galerie mit Bildern von Königen und Königinnen*. Edward d'Eath kannte ihre aristokratischen Gesichter bald besser als sein eigenes – er verbrachte dort seine Mittagspausen.

Später hieß es, dass Edward zu diesem Zeitpunkt unter schlechten Einfluss geriet. Doch das Geheimnis seiner Entwicklung war, dass er unter gar keinen externen Einfluss geriet – abgesehen von den vielen toten Königen. Er beeinflusste sich selbst.

* In vielen Fällen wiesen diskrete kleine Tafeln unter den Porträts darauf hin, wer die Majestät ermordet hatte. Immerhin war dies eine Galerie der *Assassinen*.

An dieser Stelle kommt es häufig zu Missverständnissen. Individuen haben nicht etwa automatisch eine Mitgliedskarte für die Menschheit – das trifft nur in biologischer Hinsicht zu. Sie müssen von der Brownschen Bewegung der Gesellschaft hin und her gestoßen werden: Dieses Prinzip erinnert die einzelnen Menschen ständig daran, dass sie ... nun, Menschen sind. In Edwards Fall kam seine Tendenz hinzu, sich spiralförmig nach innen zu bewegen – ein typisches Symptom.

Er ging nicht planvoll vor. Er reagierte nur wie viele andere Leute, die sich angegriffen fühlen: Er wich in eine Stellung zurück, die sich besser verteidigen ließ. In seinem Fall kam das einer Reise in die Vergangenheit gleich.

Und dann geschah etwas, das auf Edward so wirkte, als würde jemand, der sich mit alten Reptilien befasst, in seinem Goldfischteich einen Plesiosaurier entdecken.

An einem heißen Nachmittag, nachdem er mehrere Stunden in der Gesellschaft verblassten Ruhms verbracht hatte, trat er nach draußen in den hellen Sonnenschein. Und plötzlich sah er das Gesicht der Vergangenheit: Es schlenderte einfach so vorbei und nickte den anderen Leuten freundlich zu.

Edward konnte sich nicht beherrschen. »He, du!«, entfuhr es ihm. »Wer bist du?«

»Korporal Karotte«, erwiderte die Vergangenheit. »Von der Nachtwache. Du bist Herr d'Eath, nicht wahr? Kann ich dir irgendwie helfen?«

»Was? Nein! Nein. G-geh nur weiter deinen Aufgaben nach.«

Die Vergangenheit nickte, lächelte und schritt in die Zukunft.

Karotte wandte den Blick von der Wand ab.

»Ich habe drei Dollar für einen Ikonographkasten ausgegeben das ist ein Ding mit nem kleinen Dähmon drin. Er malt Bilder von Dingen und solche Apparate sind hier jetzt der große Schrei. Anbeiliegend findet ihr Bilder von meinigem Zimmer und den Froinden in der Wache, Nobby kann man leicht an der humorfollen Grimasse erkennen. Er ist wie ein roher Diamant, aber in seinem Innern ganz tief drin hat er eine gute Seele.«

Einmal mehr zögerte er. Karotte schrieb mindestens einmal pro Woche nach Hause – für Zwerge war die Familie sehr wichtig. Karotte maß zwar zwei Meter, aber er war als Zwerg aufgewachsen und hatte anschließend als Mensch noch einen Meter zugelegt. Das Literarische fiel ihm eher schwer, doch er bemühte sich.

»Das Wetter«, schrieb er langsam und sorgfältig, »ist auch weiterhin Sehr Heiß…«

Edward konnte es kaum fassen. Er überprüfte die Aufzeichnungen. Er blätterte in diversen Unterlagen. Er erkundigte sich und bekam Auskunft, weil man seine Fragen für harmlos hielt. Er entschloss sich zu einem kurzen Urlaub in den Spitzhornbergen, wo ihn weitere vorsichtige Fragen zu den Zwergenminen in der Nähe von Kupferkopf führten. Von dort aus gelangte er zu einer ganz normal wirkenden Lichtung in einem Buchenwald, wo er nach einigen Minuten geduldigen Grabens Spuren von Holzkohle fand.

Den ganzen Tag verbrachte er an diesem Ort. Als die Sonne unterging, schob er das welke Laub zurecht und war ganz sicher.

Ankh-Morpork hatte wieder einen König.

Und das war *richtig.* Das *Schicksal* hatte Edward diese Erkenntnis beschert, und zwar gerade zu dem Zeitpunkt, als ihm der *Plan* einfiel. Und es war auch *richtig,* dass das *Schicksal* dahinter steckte. Die *ruhmreiche* Vergangenheit würde Ankh-Morpork von ihrer schändlichen Gegenwart *befreien.* Er hatte die *Mittel,* und er kannte auch den *Zweck.* Und so weiter… Edwards Überlegungen liefen häufig so ab.

Er dachte *kursiv.* Solche Leute muss man im Auge behalten.

Möglichst aus sicherer Entfernung.

»Mir hat euer Brief Gefallen in dem es hießet das Leute gekommen sind und nach mir gefragt haben. Es ist wirklich Erstaunlich, ich bin kaum Fünf Minuten Hier und schon berühmt.
Außerdem habe ich mich gefreut Sehr über die Nachricht vom neuen Stollen Nummer 7. Ich kann euch ruhig sagen dasse ich hier zwar zufrieden bin aber oft fermisse ich die gute alte Zeit zu Hause. Gelegentlich und manchmal gehe ich an meinem freien Tag in den Keller und haue mir mit dem Axtstiel auf den Kopf aber es ist nicht so wie daheim.
Ich hoffe es geht euch allen gut, mit freundlichen Grüßen und sehr hochachtungsvoll
Euer euch liebender Sohn, adoptiert
Karotte«

Er faltete den Brief, legte die Ikonographbilder dazu und schob alles in einen Umschlag, den er mit Wachs versiegelte und dann in die Hosentasche schob. Die Zwergenpost nach den Spitzhornbergen war recht zuverlässig. Immer mehr Zwerge arbeiteten in der Stadt, und ihre Gewissenhaftigkeit veranlasste sie, regelmäßig Geld nach Hause zu schicken. Daher die Sicherheit der Post: Sie wurde bewacht. Zwerge hängen sehr am Gold. Wenn ein Räuber »Geld oder Leben« fordert, sollte er besser einen Klappstuhl, genug zu essen und ein Buch dabeihaben – um sich die Zeit zu vertreiben, während die Zwerge debattieren.

Karotte wusch sich das Gesicht, zog das Lederwams an, streifte das Kettenhemd über, fügte den Brustharnisch hinzu und klemmte sich den Helm unter den Arm. Dann trat er fröhlich nach draußen, um sich dem zu stellen, was die Zukunft bringen mochte.

Dies war ein anderer Raum an einem anderen Ort.

Er bot nicht viel Platz, und der Putz bröckelte von den Wänden. Die Decke hing durch wie die Matratze eines Bettes, in dem ein besonders dicker Mann lag. Die Einrichtung verstärkte das Gefühl der Enge.

Es waren alte, gute Möbel, doch hier wirkten sie fehl am Platz. Sie gehörten in große, hallende Säle, wo sie keine Platzangst hervorriefen. Stühle aus dunklem Eichenholz. Lange Anrichten. Sogar eine Rüstung stand in dem Zimmer. Es gab kaum genug Platz für die sechs Personen an dem großen Tisch. Der Tisch schien gerade so in die Kammer zu passen.

Irgendwo in den Schatten tickte eine Uhr.

Die schweren Samtvorhänge waren zugezogen, obgleich es noch Tag war. Eine Kerze in der Laterna magica sorgte dafür, dass es immer wärmer und stickiger wurde.

Das einzige Licht im Zimmer stammte von der Leinwand. Derzeit zeigte sie ein recht gutes Profilbild von Korporal Karotte Eisengießersohn.

Ein kleines, aber sehr exklusives Publikum betrachtete das Bild. Dabei zeigten die Zuschauer den leeren Gesichtsausdruck von Gästen, die folgende Ansicht vertreten: Zwar ist der Gastgeber nicht zurechnungsfähig, aber er hat gerade erst eine Mahlzeit serviert, und es wäre unhöflich, sofort zu gehen.

Nach einer Weile räusperte sich jemand. »Nun? Ich habe ihn in der Stadt gesehen. Er ist nur ein Wächter, Edward.«

»Natürlich. Dieser Umstand ist bedeutsam. Eine bescheidene Stellung im Leben. Entspricht alles dem klassischen M-uster.« Edward d'Eath gab ein Zeichen. Es klickte, als ein weiterer Bildträger in den Projektionsschlitz geschoben wurde. »Das hier ist das Abbild eines alten P-orträts. König P-paragore. Das nächste...« *Klick.* »...zeigt König Veltrick III. Stammt ebenfalls von einem Porträt. Das ist Königin Alguinna IV. Achtet auf das Kinn. Das nächste Bild...« *Klick.* »...p-räsentiert einen Taler aus der Amtszeit von Wubbeldorn des Bewusstlosen. Ich weise erneut auf das Kinn und den Körperbau hin. Dies ist...« *Klick.* »...das umgedrehte Bild einer Vase mit Blumen drin. Rittersporn, nehme ich an. Welche Erklärung gibt es dafür?«

»Äh, entschuldige bitte, Herr Edward. Ich hatte noch einige unbemalte Bildträger, und die Dämonen waren nicht müde, und...«

»Das nächste Bild, bitte. Dann kannst du gehen.«

»Ja, Herr Edward.«

»Melde dich beim diensthabenden Folterer.«

»Ja, Herr Edward.«

Klick!

»Dies ist eine eindrucksvolle Aufnahme vom Busen der Königin Coanna. Gut gemacht, Bl-enkin.«

»Danke, Herr Edward.«

»Schade, dass man so wenig vom Gesicht sieht. Andernfalls hätten wir die Ähnlichkeit vielleicht erkennen können. Du darfst jetzt gehen, Bl-enkin.«

»Ja, Herr Edward.«

»Ein bisschen von den Ohren, d-enke ich.«

»Ja, Herr Edward.«

Der Diener schloss respektvoll die Tür, schritt dann zur Küche und schüttelte traurig den Kopf. Schon seit vielen Jahren konnten sich die d'Eaths keinen Familienfolterer mehr leisten. Er musste sehen, was sich mit einem Küchenmesser anstellen ließ, um dem Jungen eine Enttäuschung zu ersparen.

Die Besucher warteten darauf, dass der Gastgeber das Wort ergriff. Edward schien weiterhin schweigen zu wollen. Obwohl man bei ihm nie ganz sicher sein konnte. Wenn er aufgeregt war, litt er nicht etwa an einem Sprachfehler, sondern an falsch platzierten Pausen. Dann schien es, als schalte das Gehirn den Mund vorübergehend ab.

Schließlich sagte jemand: »Na schön. Worauf willst du hinaus?«

»Ist das nicht offensichtlich? Ihr habt die Ähnlichkeit ge-sehen.«

»Oh, ich bitte dich…«

Edward d'Eath zog ein Lederfutteral zu sich heran und löste die Riemen.

»Aber, aber der Junge wurde von Zwergen großgezogen. Sie fanden ihn als Säugling im Wald der Spitzhornberge. Einige W-agen und Karren brannten. Leichen lagen herum. Ganz of-fensichtlich das Ergebnis eines Überfalls. In den Trümmern entdeckten die Zwerge ein Schwert. Er besitzt es jetzt. Es ist sehr *alt.* Und es wird nie stumpf.«

»Und wenn schon. Es gibt viele Schwerter. *Und* Wetzsteine.«

»Dieses besondere Exemplar war in einem der auseinander gebrochenen Wagen versteckt. Seltsam. Wenn man in einem Gebiet unterwegs ist, wo man mit Rä-ubern rechnen muss... Dann hält man die Schwerter doch griffbereit und versteckt sie nicht, oder? Ja, und der Junge wächst auf, und... und das Schicksal sorgt dafür, dass er mit dem Schwert nach Ankh-Morpork kommt, wo er sich seinen Lebensunterhalt als Wächter in der Nachtwache verdient. Es ist kaum zu glauben!«

»Trotzdem...«

Edward hob die Hand und entnahm dem Futteral ein kleines Paket.

»Ich habe na-chgeforscht und jenen Ort gefunden, an dem damals der Überfall stattfand. Eine sehr genaue Untersuchung des Bodens förderte mehrere alte N-ägel, einige Kupfermünzen und, in einem Bett aus Holzkohle, *dies* hier zutage...«

Die Besucher reckten die Hälse.

»Sieht wie ein Ring aus.«

»Es *ist* ein Ring. Hat sich v-erfärbt – sonst hätte ihn vermutlich längst jemand gefunden. Ich habe ihn t-eilweise gereinigt. Man kann die Inschrift erkennen. Nun, *hier* haben wir eine ill-ustrierte Aufstellung der königlichen Juwelen von Ankh aus dem Jahr AM 907, der Regierungszeit von König Tyrril.Darf ich e-ure Aufmerksamkeit auf den kleinen Hochzeitsring links u-nten richten? Der Künstler hat auch die Inschrift gezeichnet.«

Die Besucher sahen genau hin, verglichen und brauchten einige Minuten, um sich zu überzeugen. Es mangelte ihnen nicht an Argwohn. Sie waren die Nachkommen von Leuten, für die Misstrauen und Paranoia überlebenswichtig gewesen waren.

Anders ausgedrückt: Sie waren Aristokraten. Jeder und jede von ihnen kannte den Namen seines oder ihres Ururgroßvaters und wusste auch, an welcher peinlichen Krankheit er gestorben war.

Sie hatten gerade eine nicht besonders gute Mahlzeit eingenommen, dazu jedoch sehr alten und guten Wein getrunken. In diesem kleinen

Zimmer saßen sie vor allem deshalb, weil sie Edwards Vater gekannt hatten. Und weil die d'Eaths eine alte, ehrwürdige Familie waren – die inzwischen allerdings sehr geschrumpft war.

»Aus all diesen Dingen lässt sich nur ein Schluss ziehen«, verkündete Edward stolz. »Wir haben einen König!«

Die übrigen Anwesenden vermieden es, sich anzusehen.

»Ich habe damit gerechnet, dass ihr euch f-reut.«

Einige stille Sekunden verstrichen quälend langsam, bevor Lord Rust beschloss, für das Publikum zu sprechen. In seinen blauen Augen schimmerte kein Mitleid – Anteilnahme gehörte nicht zu den erforderlichen Eigenschaften, um zu überleben. Doch manchmal konnte man ein wenig Höflichkeit riskieren.

»Edward...«, sagte Lord Rust. »Der letzte König starb vor Jahrhunderten.«

»Er wurde von V-errätern hingerichtet!«

»Selbst wenn man heute noch einen Nachkommen finden könnte... Das königliche Blut dürfte inzwischen ziemlich verwässert sein, nicht wahr?«

»Königliches B-lut *kann* überhaupt nicht v-erwässern!«

Oh, dachte Lord Rust. Er ist einer von *der* Sorte. Der junge Edward glaubt, ein König brauche nur die Hand aufzulegen, um Skrofeln zu heilen – als käme das Königliche einer Schwefelsalbe gleich. Der junge Edward glaubt, kein See aus Blut sei groß und tief genug, um mit der Absicht hindurchzuwaten, einen rechtmäßigen König auf den Thron zu setzen. Er hält *jede* Tat für gerechtfertigt, um eine Krone zu verteidigen. Mit anderen Worten: Er ist ein Romantiker.

Lord Rust war kein Romantiker. Die Rusts hatten sich den postmonarchischen Jahrhunderten in Ankh-Morpork angepasst, indem sie kauften, verkauften, vermieteten, verpachteten, Kontakte knüpften und sich so verhielten, wie sich Aristokraten immer verhalten haben: Sie stellten die Segel richtig und überlebten.

»Nun, vielleicht«, räumte er ein im sanften Tonfall eines Mannes, der jemanden zu überzeugen versucht, dass ein Sprung in die Tiefe keinen Sinn hat. »Allerdings müssen wir uns fragen: *Braucht* Ankh-Morpork überhaupt noch einen König?«

Edward sah ihn an, als hätte er gerade den Verstand verloren.

»Ob Ankh-Morpork einen König *braucht?* Unsere Stadt ächzt unter dem Joch des T-yrannen!«

»Oh. Du meinst Vetinari.«

»Siehst du denn nicht, was er mit dieser Stadt anstellt?«

»Nun, er *ist* ein kleiner, unsympathischer Emporkömmling«, sagte Lady Selachii. »Aber von einer *Schreckens*herrschaft kann keine Rede sein. Zumindest nicht in dem Sinne.«

»Eins muss man ihm lassen«, fügte Viscount Skater hinzu. »Die Stadt funktioniert. – Mehr oder weniger.«

»Die Straßen sind sicherer als zur Regierungszeit des Verrückten Lord Schnappüber«, sagte Lady Selachii.

»Si-cherer?!«, ereiferte sich Edward. »Vetinari hat die Diebesgilde zugelassen!«

»Ja, ja, natürlich, sehr verwerflich, völlig klar. Andererseits braucht man nur eine kleine jährliche Gebühr zu bezahlen und muss keinen Diebstahl mehr befürchten ...«

Lord Rust nickte. »Vetinari steht auf dem Standpunkt: Wenn man schon Kriminalität nicht vermeiden kann, sollte man sie wenigstens organisieren.«

»Die Jungs von den Gilden akzeptieren ihn, weil sie mit jedem anderen schlimmer dran wären«, spekulierte Viscount Skater. »Wir hatten einige ziemlich üble Burschen. Ich denke da nur an den Mörderischen Lord Winder.«

»Der Wahnsinnige Lord Harmoni«, sagte Lord Mohnflatter. »Oder der Lachende Lord Skapula«, meinte Lady Selachii. »Hatte einen sehr eigentümlichen Sinn für Humor.«

»Nun, was Vetinari betrifft ...«, begann Lord Rust. »Irgendetwas an ihm ...«

»Ja«, ließ sich Viscount Skater vernehmen. »Er scheint zu wissen, was man denkt, *bevor* man es denkt. Das gefällt mir nicht.«

»Es ist allgemein bekannt, dass die Assassinen das Honorar für *ihn* auf eine Million Dollar festgesetzt haben«, sagte Lady Selachii. »Soviel würde sein Tod kosten.«

»Wahrscheinlich wäre es weitaus teurer, dafür zu sorgen, dass er auch tot bleibt«, murmelte Lord Rust.

»Meine Güte! Was ist mit Stolz und Ehre passiert?« Die Besucher zuckten zusammen, als der letzte Lord d'Eath aufsprang.

»Was ist nur in euch gefahren? Wer von euch musste nicht erleben, dass der Familienname seit den Königen an Bedeutung verlor? Wisst ihr denn nicht mehr, wer eure Ahnen gewesen sind?« Edward marschierte um den Tisch herum, und die Sitzenden mussten den Kopf von einer Seite zur anderen drehen, um ihn nicht aus den Augen zu verlieren. Er hob den Zeigefinger wie eine Lanze.

»Du, Lord Rust! Einer deiner V-orfahren wurde zum Baron ernannt, weil er ganz allein siebenunddreißig Klatschianer umbrachte, nur mit einer N-adel. Das stimmt doch, oder?«

»Ja, aber …«

»Und du, Lord Mohnflatter! Der erste Herzog führte sechshundert Männer in eine ruhmreiche und e-pische Niederlage bei der Schlacht von Quirm! Bedeutet das denn gar n-ichts? Und du, Lord Venturii, und du, Sir George … Ihr wohnt in Ankh, in euren alten Häusern, mit euren alten Namen und dem alten Geld. Während Gilden – *Gilden!* Krethi und Plethi! Einfache Handwerker! Gewöhnliche Kaufleute! –, während solche *Gilden* die Geschicke der Stadt lenken!«

Mit zwei langen Schritten erreichte er den Bücherschrank, griff nach einem dicken Wälzer und warf ihn auf den Tisch, wo das Ding Lord Rusts Glas umstieß.

»Twurps A-delsverzeichnis!«, rief Edward. »Wir alle stehen da drin. Wir *sind* praktisch das Buch. Aber der Patrizier hat euch in seinen Bann geschlagen! Ich versichere euch: Er ist ein sterbliches Wesen aus Fleisch und Blut! Niemand unternimmt etwas gegen ihn, weil die Leute fürchten, sich dadurch in Schwierigkeiten zu bringen! Himmel und h-herrje!«

Die Besucher schwiegen niedergeschlagen. Es war die Wahrheit – wenn man es aus dieser Perspektive sah. Und sie von einem aufgeblasenen jungen Mann mit sonderbar glänzenden Augen zu hören... das ließ sie nicht besser klingen.

»Ja, ja, die gute alte Zeit«, sagte Viscount Skater. »Überall Türme und Fahnen und Ritter und so. Frauen mit spitzen Hüten. Junge Männer, die Rüstungen trugen und aufeinander eindroschen und was weiß ich. Tja, der Fortschritt. Hat uns geradewegs in die Zukunft gebracht...«

»Es war ein goldenes Zeitalter«, behauptete Edward.

Bei den Göttern, dachte Lord Rust. Er ist wirklich davon *überzeugt*.

»Ach, mein Junge«, sagte Lady Selachii, »einige Ähnlichkeiten und dann ein Ring... Das muss nicht viel heißen.«

»Mein Kindermädchen hat mir erzählt, ein wahrer König sei im Stande, ein Schwert aus dem Stein zu ziehen«, meinte Viscount Skater.

»Ha, und außerdem kennt er auch noch ein wirkungsvolles Mittel gegen Haarausfall«, kommentierte Lord Rust. »Das ist doch nur eine Legende. Mit der *Wirklichkeit* hat so etwas nichts zu tun. Wie dem auch sei: Diese Geschichte erschien mir immer ein wenig seltsam. Was soll so schwierig daran sein, ein Schwert aus einem Stein zu ziehen? Die eigentliche Arbeit ist doch schon geleistet worden. Man sollte sich nützlich machen und den Mann finden, der die Klinge in den Stein *hinein*geschoben hat.«

Erleichtertes Gelächter erklang. Und genau daran erinnerte sich Edward später. Die Besprechung endete mit Gelächter. Die Besucher lachten nicht direkt über ihn, aber er gehörte zu den Leuten, die das Lachen immer persönlich nahmen.

Zehn Minuten später war Edward d'Eath allein.

Oh, seine Gäste waren so *nett* gewesen. Der Fortschritt... Ha! Er hatte mehr von ihnen erwartet. Viel mehr. Er hatte zu hoffen gewagt, dass sie sich von ihm führen ließen. Er selbst, an der Spitze eines großen Heeres...

Blenkin kam mit einem respektvollen Schlurfen herein.

»Ich habe deine Gäste verabschiedet, Herr Edward«, sagte er.

»Danke, Blenkin. Du kannst jetzt den Tisch abräumen.«

»Ja, Herr Edward.«

»Was ist mit der Ehre passiert, Blenkin?«

»Ich weiß es nicht, Herr Edward. Ich habe sie nicht genommen.«

»Sie wollten mir nicht zuhören.«

»Nein, Herr.«

»Sie wollten mir nicht einmal z-uhören.«

Edward nahm am Kamin Platz und blätterte in einer zerknitterten Ausgabe von Schenkelbeißers *Die Thronfolge von Ankh-Morpork.* Tote Könige und Königinnen sahen ihn vorwurfsvoll an.

An dieser Stelle hätte die ganze Sache beendet sein können. In gewisser Weise war das auch der Fall: In Millionen von Universen *ging* sie hier zu Ende. Edward d'Eath wurde älter, und seine Besessenheit verwandelte sich in einen lebensfremden, auf Bücher, Ärmelschoner und Pantoffel fixierten Wahnsinn. Er entwickelte sich zu einem Spezialisten für das Königtum, doch kaum jemand erfuhr etwas davon, da er nur selten seine Zimmer verließ. Korporal Karotte wurde zum Feldwebel Karotte und starb schließlich im reifen Alter von siebzig Jahren bei einem recht eigenartigen Zwischenfall, in den ein Ameisenbär verwickelt war.

In einer Million Universen fielen die Obergefreiten Knuddel und Detritus nicht ins Loch. In einer Million Universen fand Mumm nicht die Flöte. (In einem sehr seltsamen, theoretisch jedoch möglichen Universum wurde das Wachhaus in Pastellfarben neu gestrichen, und zwar von einem außer Rand und Band geratenen Wirbelwind, der auch die Türklinke reparierte und einige andere Arbeiten erledigte.) In einer Million Universen versagte die Wache.

In einer Million Universen war dies ein sehr kurzes Buch.

Mit der *Thronfolge von Ankh-Morpork* auf den Knien schlief Edward ein und träumte von glorreichen Kämpfen. Das Wort »glorreich« nahm in Edwards Vokabular einen ähnlich zentralen Platz ein wie »Ehre«.

Wenn Verräter und unehrenhafte Männer die Wahrheit nicht erkennen wollten, so musste er, Edward d'Eath, zum Finger des Schicksals werden.

Manchmal achtet das Schicksal allerdings nicht darauf, wohin es mit dem Finger deutet.

Hauptmann Mumm von der Stadtwache in Ankh-Morpork (Nachtschicht) saß im zugigen Vorzimmer der Audienzkammer des Patriziers. Er trug seinen besten Mantel und hatte den Brustharnisch poliert. Der Helm ruhte auf seinen Knien.

Mit unbewegter Miene starrte er an die Wand.

Eigentlich sollte ich glücklich sein, dachte er. Und er war es auch. In gewisser Weise. Ja, kein Zweifel. Er freute sich.

In einigen Tagen heiratete er.

Dann würde er kein Wächter mehr sein.

Dann wurde er ein vornehmer Herr, der nicht mehr arbeiten musste.

Er holte die kupferne Dienstmarke hervor und rieb sie geistesabwesend am Mantelsaum. Dann hob er sie ins Licht. Hier und dort hatte sich etwas Patina gebildet, aber man konnte ganz deutlich lesen: AMSW Nr. 177. Manchmal fragte er sich, wie viele Wächter vor ihm diese Marke besessen hatten.

Nun, bald würde sie jemand anders bekommen.

Dies ist Ankh-Morpork, »Stätte der tausend Überraschungen«, wie es in einer Broschüre der Kaufmannsgilde heißt. Was ist dem noch hinzuzufügen? Es ist ein wild wuchernder Ort mit einer Million Bewohnern, die größte Stadt auf der Scheibenwelt. Sie erstreckt sich auf beiden Seiten des Flusses Ankh, der so schlammig ist, dass er mit dem Grund nach oben zu fließen scheint.

Besucher fragen: Wie kann eine so große Stadt existieren? Was *erhält* sie am Leben? Und angesichts des Flusses, den man kauen kann: Woher kommt das Trinkwasser? Was ist die Grundlage der urbanen

Ökonomie? Und wieso *funktioniert* sie, den Gesetzen der Wahrscheinlichkeit zum Trotz?

Eigentlich stellen Besucher solche Fragen nicht sehr häufig. In vielen Fällen fragen sie nur: »Wo geht's, du weißt schon… äh… äh, zu den, na ja, den jungen Frauen?«

Aber wenn jemand zumindest eine Zeit lang mit dem Gehirn dachte, kamen ihm derartige Fragen in den Sinn.

Der Patrizier von Ankh-Morpork lehnte sich auf dem schmucklosen Stuhl zurück und lächelte wie ein viel beschäftigter Mann, der am Ende eines arbeitsreichen Tages folgenden Eintrag in seinem Terminkalender findet: 19.00 Uhr bis 19.05 Uhr: fröhlich, entspannt und allgemein nett sein.

»Nun, ich habe deinen Brief natürlich sehr bedauert, Hauptmann…«

»Ja, Herr«, sagte Mumm. Sein Gesichtsausdruck blieb so hölzern wie eine Möbelfabrik.

»*Bitte,* nimm Platz, Hauptmann.«

»Ja, Herr.« Mumm blieb stehen. Es war eine Frage des Stolzes.

»Ich verstehe natürlich. Die Ländereien der Familie Käsedick sollen ziemlich groß sein. Bestimmt kann Lady Käsedick ein wenig Hilfe gebrauchen.«

»Herr?« Wenn Hauptmann Mumm vor dem Herrscher von Ankh-Morpork stand, konzentrierte er seinen Blick immer auf eine Stelle, etwa dreißig Zentimeter über und fünfzehn Zentimeter links vom Kopf des Patriziers.

»Du wirst sehr reich sein, Hauptmann.«

»Ja, Herr.«

»Ich hoffe, du hast gründlich darüber nachgedacht. Mit dem Reichtum kommt auch neue Verantwortung.«

»Ja, Herr.«

Lord Vetinari merkte, dass die Konversation eher auf einen Monolog hinauslief. Er blätterte in den Unterlagen auf dem Schreibtisch.

»Ich muss jemanden finden, der dich als Kommandanten der Nachtwache ersetzt«, verkündete der Patrizier.»Hast du irgendwelche Vorschläge, Hauptmann?«

Mumm stieg aus den Wolken herab, in die sich sein Selbst zurückgezogen hatte. Jetzt ging es um die *Pflicht,* um die Arbeit der Wache.

»Nun, Fred Colon kommt nicht in Frage. Er ist kaum dafür geschaffen, mehr zu sein als ein Feldwebel ...«

Feldwebel Colon von der Stadtwache in Ankh-Morpork (Nachtschicht) musterte die strahlenden Mienen der neuen Rekruten.

Er seufzte und erinnerte sich an seinen ersten Tag. Der alte Feldwebel Knüppler. Welch ein Kerl! Zunge wie eine Peitsche! Ach, wenn der alte Knabe *dies* erlebt hätte ...

Was war das hier? Die angemessene Repräsentation einzelner Volksgruppen oder so. Das »Bündnis gegen die Verunglimpfung von Siliziumleben« hatte sich beim Patrizier beschwert, und jetzt ...

»Versuch es noch einmal, Obergefreiter Detritus«, sagte Colon. »Der Trick ist, die Hand dicht überm Ohr anzuhalten. Steh jetzt auf und salutiere erneut. Äh, Obergefreiter Knuddel?«

»Hier!«

»Wo?«

»Direkt vor dir, Feldwebel.«

Colon senkte den Kopf und wich einen Schritt zurück. Unter der weiten Wölbung seines stattlichen Bauchs kam ein nach oben gerichtetes Gesicht zum Vorschein. Es gehörte dem Obergefreiten Knuddel und präsentierte neben einem Lächeln, das intelligent wirken sollte, auch ein Glasauge.

»Oh. Ja.«

»Ich bin größer, als ich aussehe.«

Lieber Himmel, dachte Colon müde. Wenn man sie addiert und dann durch zwei teilt, hat man zwei normale Männer. Allerdings wollen normale Männer nicht zur Wache. Ein Troll und ein Zwerg. Und es kommt noch schlimmer ...

Mumm trommelte mit den Fingern auf den Tisch.

»Nein, Colon halte ich kaum für geeignet«, sagte er. »Er ist nicht mehr so jung wie früher. Wird Zeit, dass er im Wachhaus bleibt und sich um den Papierkram kümmert. Außerdem hat er schon genug am Hals.«

»Und am Bauch«, fügte der Patrizier hinzu.

»Ich meine, er hat mit den neuen Rekruten zu tun«, betonte Mumm. »Weißt du noch, Herr?«

Ich meine die Rekruten, die du uns praktisch aufgezwungen hast, dachte er in einer stillen, heimlichen Ecke seines Kopfes. Natürlich wurden sie nicht der *Tag*wache zugeteilt. Und die Palastwache lehnte sie ab. Also schickte man sie zur Nachtwache. Die ist ohnehin ein Witz, und dort sieht sie niemand. Zumindest niemand, der irgendeine Rolle spielt.

Mumm hatte nur deshalb nachgegeben, weil sich bald jemand anders um dieses Problem kümmern musste.

Er war keineswegs ein Speziesist. Aber die Wache brauchte vor allem *Männer.*

»Was ist mit Korporal Nobbs?«, fragte der Patrizier.

»Nobby?«

Sie stellten sich Korporal Nobbs vor.

»Nein.«

»Nein.«

»Nun, dann wäre da noch Korporal Karotte«, sagte Lord Vetinari. »Ein viel versprechender junger Mann. Hat sich bereits einige Verdienste erworben.«

»Das ... stimmt«, erwiderte Mumm.

»Ergibt sich hier vielleicht die Gelegenheit zu einer neuerlichen Beförderung? Was meinst du? Ich lege großen Wert auf deinen Rat.«

Mumm malte in Gedanken ein Bild von Korporal Karotte ...

»Dies hier ist das mittwärtige Tor«, sagte Karotte. »Für die ganze Stadt. Und wir schützen es.«

»Vor wem?«, fragte Obergefreite Angua, die ebenfalls zu den neuen Rekruten gehörte.

»Oh, du weißt schon. Vor Barbarenhorden, kriegerischen Stämmen, Räuberbanden und so weiter.«

»Was? Nur *wir*?«

»Wir? O nein.« Karotte lachte. »Das wäre ziemlich dumm. Wenn wir solche Angreifer kommen sehen, läuten wir die Glocke, und zwar möglichst laut.«

»Was passiert dann?«

»Nun, die Feldwebel Colon und Nobby kommen sofort, wenn sie das Läuten hören.«

Obergefreite Angua beobachtete den dunstigen Horizont.

Sie lächelte.

Karotte errötete.

Obergefreite Angua hatte das Salutieren auf Anhieb gelernt. Ihre Uniform war erst vollständig, wenn jemand einen *Brust*harnisch zum Waffenschmied brachte und den alten Remitt darauf hinwies, dass er *hier* und *hier* ordentliche Beulen klopfen sollte. Eine geeignete Kopfbedeckung gab es nicht: Kein Helm konnte eine solche Masse aus aschblondem Haar unter sich verbergen. Aber solche Dinge brauchte Angua sicher gar nicht, vermutete Karotte. Die Leute würden bei ihr Schlange stehen, um sich festnehmen zu lassen.

»Was machen wir jetzt?«, fragte sie.

»Ich schlage vor, wir kehren zum Wachhaus zurück«, sagte Karotte. »Dort liest Feldwebel Colon den Abendbericht vor.«

Auch das Gehen beherrschte Angua vorzüglich; die spezielle Fortbewegungsweise der Wächter auf Patrouille: Man hob die Füße dabei so wenig wie möglich vom Boden, um Kraft zu sparen, ging praktisch aus den Hüften heraus. Auf diese Weise konnte man stundenlang laufen, ohne zu ermüden. Der Obergefreite Detritus brauchte noch eine Weile, bis er richtiges Patrouillengehen lernte. Zuerst musste er aufhören, sich beim Salutieren bewusstlos zu schlagen.

»Feldwebel Colon«, wiederholte Angua. »Das ist der Dicke?«

»Ja.«

»Warum hält er sich einen Affen?«

»Oh«, sagte Karotte. »Ich glaube, du meinst Korporal Nobbs.«

»Er ist ein Mensch? Sein Gesicht sieht aus wie ein Puzzle, das jemand falsch zusammengesetzt hat!«

»Der arme Kerl hat das eine oder andere Furunkel. Er stellt die sonderbarsten Dinge damit an. Achte darauf, dass du nie zwischen ihn und einen Spiegel gerätst.«

Sie begegneten nur wenigen Passanten. Die meisten Leute blieben in den Häusern – es war zu heiß, selbst für einen Sommer in Ankh-Morpork. Jeder einzelne Stein schien Hitze auszustrahlen. Der Fluss wälzte sich träge in seinem Bett wie ein Student gegen elf Uhr morgens. Wer nicht unbedingt unterwegs sein musste, hockte im Keller und wartete auf den Abend.

Karotte schritt durch die Straßen, als gehörten sie ihm, und auf seiner Stirn glänzte ein Film aus ehrlichem Schweiß. Ab und zu erwiderte er einen Gruß. Alle kannten ihn. Es war auch kaum möglich, ihn zu übersehen: Es gab sonst niemanden, der zwei Meter groß war und rotes Haar hatte. Außerdem war er ständig in eine Aura unerschütterlicher Zuversicht gehüllt.

»Im Wachhaus habe ich jemanden mit einem granitenen Gesicht gesehen«, sagte Angua, als sie dem Verlauf des Breiten Weges folgten. »Wer war das?«

»Das muss der Troll Detritus gewesen sein«, antwortete Karotte. »Früher nahm er es mit den Gesetzen nicht ganz so genau. Aber jetzt, da er sich um Rubins Gunst bemüht, hält er es für angebracht...«

»Nein, ich meine den *Mann*«, warf Angua ein, die noch nicht wusste, dass Karotte Schwierigkeiten mit Metaphern hatte. »Seine Miene... Er schien sehr niedergeschlagen zu sein.«

»Oh, du sprichst von Hauptmann Mumm. Soweit ich weiß, ist er von niemandem geschlagen worden. Und in einigen Tagen verlässt er die Wache und heiratet.«

»Er scheint sich kaum darüber zu freuen«, kommentierte Angua.

»Keine Ahnung.«

»Und ich glaube, die neuen Rekruten gefallen ihm nicht.«

Eine weitere Eigenschaft von Korporal Karotte war, dass er nicht lügen konnte.

»Nun, er hat wenig übrig für Trolle«, sagte er. »Er schwieg den ganzen Tag, als er erfuhr, dass wir einen Troll-Rekruten in unsere Truppe aufnehmen mussten. Und dann durfte natürlich auch ein Zwerg nicht fehlen – andernfalls hätte es Probleme gegeben. Ich bin ein Zwerg, aber das glauben mir die hiesigen Zwerge nicht.«

»Ach?« Angua musterte ihn.

»Meine Mutter bekam mich durch Adoption.«

»Oh. Nun, ich bin weder Troll noch Zwerg«, sagte Angua zuckersüß.

»Nein, aber du bist eine F…«

Angua blieb stehen. »*Das* ist der Grund, nicht wahr? Meine Güte, leben wir nun im Jahrhundert des Flughunds oder nicht? Denkt der Hauptmann wirklich so überholt?«

»Er ist in seinen Gewohnheiten festgefahren.«

»Wohl eher erstarrt.«

»Der Patrizier meinte, wir müssten auch die Minoritäten in der Stadt repräsentieren«, sagte Karotte.

»Minoritäten!«

»Tut mir Leid. Wie dem auch sei: Am Ende der Woche zieht sich Mumm in den Ruhestand zurück und…«

Auf der anderen Straßenseite krachte es. Karotte und Angua drehten sich um und sahen jemanden aus einer Taverne stürmen und davonsprinten. Ein dicker Mann mit Schürze folgte ihm, zumindest einige Schritte weit.

»Haltet ihn! Haltet ihn! Ein Dieb ohne Lizenz!«

»Ah«, machte Karotte. Zusammen mit Angua überquerte er die Straße und näherte sich dem Dicken, der jetzt nicht mehr lief, sondern watschelte.

»Morgen, Herr Flanell«, sagte er. »Ärger gehabt?«

»Der Kerl hat sieben Dollar stibitzt, ohne mir die Diebeslizenz zu zeigen!«, beschwerte sich Herr Flanell. »Unternimm was dagegen! Immerhin zahle ich pünktlich die Steuern!«

»Gleich beginnt eine wilde Verfolgungsjagd, keine Sorge«, erwiderte Karotte ruhig und holte ein Notizbuch hervor. »Sieben Dollar wurden gestohlen?«

»Mindestens vierzehn.«

Flanell richtete den Blick auf Angua, blinzelte und sah genauer hin – eine typisch männliche Reaktion.

»Warum trägt sie einen Helm?«

»Sie ist ein neuer Rekrut, Herr Flanell.«

Angua lächelte, und Flanell trat einen Schritt zurück. »Aber sie ist eine ...«

»Man muss mit der Zeit gehen«, sagte Karotte und steckte das Notizbuch weg.

Flanell besann sich wieder auf das Geschäftliche.

»Von achtzehn Dollar musste ich Abschied nehmen, wahrscheinlich für immer«, sagte er scharf.

»Oh, *nil desperandum,* Herr Flanell, *nil desperandum*«, entgegnete Karotte fröhlich. »Komm, Obergefreite Angua. Setzen wir die Ermittlungen fort.«

Er schlenderte los, und Flanell starrte den beiden Wächtern mit offenem Mund nach.

»Vergesst meine fünfundzwanzig Dollar nicht!«, rief er ihnen nach.

»Wie sollen wir den Dieb einholen, wenn wir nicht rennen?«, fragte Angua.

»Ich kenne eine viel einfachere Methode.« Karotte trat in eine Gasse, die so schmal war, dass sie nur für einen aufmerksamen Beobachter zu erkennen war. Zwischen zwei feuchten, moosbewachsenen Wänden setzten sie ihren Weg durch eine Welt des Zwielichts fort.

»Eine interessante Sache«, meinte er nach einer Weile. »Bestimmt wissen nicht viele Leute, dass man vom Breiten Weg aus die Zephirstraße erreichen kann. Wenn man jemanden danach fragt, so bekommt man folgende Auskunft: Es ist unmöglich, von hier zur anderen Seite der Hemdgasse zu gelangen. Aber das lässt sich durchaus bewerkstelligen. Man geht einfach über die Mormiusstraße, zwängt sich *hier* an den Pfählen vorbei in den Darmkollerpfad – nicht übel, diese Dinger, sehr stabiles Eisen –, und schon ist man in der Weilandgasse …«

Am Ende der Gasse blieb er stehen und lauschte eine Zeit lang.

»Worauf wartest du?«, fragte Angua.

Jemand kam ziemlich schnell näher und schnaufte dabei hingebungsvoll. Karotte lehnte sich an die Wand und streckte einen Arm in die Zephirstraße. Ein dumpfes Pochen erklang, Karottes Arm rückte nicht einen Zentimeter zur Seite. Genauso gut hätte der Dieb gegen einen massiven Balken laufen können.

Sie blickten auf den Bewusstlosen hinab. Silbermünzen rollten über das Kopfsteinpflaster.

»Oje, oje, oje«, sagte Karotte. »Armer alter Hierundheute. Er hat mir *versprochen,* endlich damit aufzuhören. Na ja …«

Er griff nach einem Bein.

»Wie viel Geld ist es?«, fragte er.

»Sieht nach drei Dollar aus«, antwortete Angua.

»Gut. Die exakte Summe.«

»Nein, der Ladeninhaber sprach von …«

»Komm. Kehren wir zum Wachhaus zurück. Hierundheute kann sich freuen. Dies ist sein Glückstag.«

»Warum soll heute sein Glückstag sein?«, fragte Angua. »Wir haben ihn doch geschnappt, oder?«

»Ja. *Wir.* Wenn ihn die Diebesgilde vor uns erwischt hätte – sie hätte ihn nicht annähernd so freundlich behandelt.«

Hierundheutes Kopf hüpfte von Kopfstein zu Kopfstein.

»Klaut drei Dollar und rennt dann direkt nach Hause.« Karotte seufzte erneut. »Typisch für ihn. Er ist der schlimmste Dieb auf der ganzen Welt.«

»Eben hast du doch gesagt, dass die Gilde …«

»Wenn du länger hier bist, verstehst du allmählich, wie alles läuft«, sagte Karotte. Hierundheutes Kopf stieß an die Bordsteinkante. »Man braucht eine Weile, um alles zu durchschauen. Und dann gelangt man zu einer erstaunlichen Erkenntnis: Es funktioniert. Ich wünschte, dem wäre nicht so, aber es funktioniert tatsächlich.«

Während Hierundheute auf dem Weg zum Wachhaus eine Gehirnerschütterung erlitt, kam ein Clown ums Leben.

Er wanderte durch die Gasse und fühlte sich völlig sicher, weil er bereits die Jahresgebühr an die Diebesgilde entrichtet hatte. Plötzlich trat vor ihm eine dunkle Gestalt aus den Schatten.

»Beano?«

»Oh, hallo ... Bist du das, Edward?«

Die Gestalt zögerte.

»Ich wollte gerade zur Gilde zurück«, sagte Beano.

Die dunkle Gestalt nickte.

»Ist alles in Ordnung mit dir?«, fragte der Clown.

»Es tut mir sehr L-eid«, lautete die Antwort. »Es geschieht zum Wohle der Stadt. Es ist nichts P-ersönliches.«

Mit einem Schritt war die Gestalt hinter dem Clown. Etwas knackte, und dessen inneres Universum schien sich einfach auszuschalten.

Der Clown setzte sich auf.

»Au«, sagte er. »Das tat w ...«

Er unterbrach sich, als er merkte, dass das gar nicht stimmte – er fühlte gar keine Schmerzen.

Edward d'Eath sah entsetzt auf ihn hinunter.

»Oh ... Ich wollte nicht so fest zuschlagen! Ich wollte dich nur vorübergehend ins Reich der Träume schicken.«

»Warum musstest du mich überhaupt schlagen?«

Und dann begriff Beano, dass Edward durch ihn hindurchsah, dass seine Worte gar nicht *ihm* galten.

Er blickte zu Boden und erlebte jenes spezielle Empfinden, das nur gerade verstorbene Personen kennen lernen: Erschrocken erkannte er, wer dort vor ihm auf dem Pflaster lag, und er fragte sich, mit wessen Augen er sah.

HALLIHALLO.

Beano hob den Kopf – oder das, was er für seinen Kopf hielt.

»Wer ist da?«

TOD.

»Tod wer?«

Die Luft war plötzlich frostig. Edward klopfte dem Clown verzweifelt auf die Wangen – beziehungsweise auf das, was bis eben seine Wangen gewesen waren.

KÖNNEN WIR NOCH EINMAL VON VORN ANFANGEN? MIT SOLCHEN DINGEN KOMME ICH OFFENBAR NICHT SEHR GUT ZURECHT.

»Wie bitte?«, erwiderte Beano.

»Es tut mir so L-eid!«, stöhnte Edward. »Ich wollte nur das Beste!«

Beano beobachtete, wie der Mörder seinen... äh..., *den* Leichnam fortzog.

»Es war nichts Persönliches«, sagte er. »Das hat er extra betont. Wie beruhigend. Es hätte mir ganz und gar nicht gefallen, aus *persönlichen* Gründen umgebracht zu werden.«

ES IST NUR... MAN HAT MIR NAHE GELEGT, FREUNDLICHER UND UMGÄNGLICHER ZU SEIN.

»Ich meine, *warum*? Bis eben dachte ich, zwischen Edward und mir sei alles in bester Ordnung. In meinem Job findet man schwer Freunde. Das gilt sicher auch für dich.«

ES DEN LEUTEN SCHONEND BEIBRINGEN UND SO...

»Im einen Augenblick gehe ich gemütlich durch die Gasse, und im nächsten bin ich tot. Warum?«

SIEH DIE SACHE EINMAL SO: DU BIST NUR... DIMENSIONELL BENACHTEILIGT.

Beanos Phantom drehte sich zu Tod um.

»Wovon redest du da?«

DU BIST TOT.

»Ja, ich weiß.« Beano entspannte sich und hörte auf, Gedanken an die immer unwichtiger werdende Welt zu vergeuden. Diese Reaktion erlebte Tod oft, nach der ersten Phase der Verwirrung. Das Schlimmste war bereits geschehen … mit ein wenig Glück.

WENN DU MIR JETZT BITTE FOLGEN WÜRDEST…

»Erwarten mich Sahnetorten und Pappnasen? Muss ich *jonglieren* oder weite Flatterhosen tragen?«

NEIN.

Den größten Teil seines kurzen Lebens hatte Beano als Clown verbracht. Unter der dicken Schminkschicht verzog sich sein Gesicht nun zu einem grimmigen Lächeln.

»Was auch immer jetzt vor mir liegt: Es *gefällt* mir.«

Mumms Audienz beim Patrizier endete wie alle Begegnungen dieser Art: Der Gast geht mit dem zwar vagen, aber doch recht beharrlichen Gefühl, dass er dem Tod nur knapp entronnen ist.

Der Hauptmann beschloss, seine Verlobte zu besuchen. Er wusste, wo er sie finden konnte.

Das Schild über dem großen Tor in der Morphischen Straße verkündete: »Hier gibt es Drachen.«

Die Messingtafel neben dem Tor teilte mit: »Ankh-Morporks Sonnenscheinheim für kranke Drachen.«

Darüber hing ein kleiner, hohler und mitleiderweckend aussehender Drache aus Pappmaché mit einer Sammelbüchse in den Klauen. Mehrere Ketten verbanden die Büchse alles andere als diskret mit der Mauer, zudem trug sie den Hinweis: *Lasst nicht zu, dass meine Flamme erlischt.*

An diesem Ort verbrachte Lady Sybil Käsedick den größten Teil ihrer Zeit.

Mumm wusste inzwischen, dass sie die reichste Frau in Ankh-Morpork war. Selbst wenn man das Vermögen aller anderen Frauen in der Stadt zusammennahm und die Protestschreie überhörte: Sybil Käsedicks Reichtum ging weit darüber hinaus.

Nach Ansicht der Leute stand eine seltsame Heirat bevor. Den sozial Höhergestellten begegnete Mumm mit kaum verhohlener Verachtung – die Frauen bereiteten ihm Kopfschmerzen, und die Männer ließen es in seinen Fäusten kribbeln. Und Lady Sybil Käsedick war die letzte Überlebende einer der ältesten Familien von Ankh. Das Schicksal hatte sie zusammengeführt wie Zweige in einem Strudel. Jetzt blieb ihnen nichts anderes übrig, als sich dem Unvermeidlichen zu fügen...

Als kleiner Junge hatte Sam Mumm geglaubt, die Reichen äßen von goldenen Tellern und wohnten in Häusern aus Marmor.

Jetzt wusste er: *Sehr* reiche Leute leisteten sich den Luxus, arm zu sein. Sybil Käsedick lebte in jener Art von Armut, die nur den Reichsten der Reichen zur Verfügung stand. Einer solchen Armut näherte man sich von der anderen Seite. Nur begüterte Frauen kauften seidene Kleider mit Spitzen und Perlen; Lady Käsedick war so reich, dass sie es sich erlaubte, in Gummistiefeln herumzulaufen und einen Tweedrock von ihrer Mutter zu tragen. Sie war so reich, dass sie es sich leisten konnte, allein von Keksen und Käsebroten zu leben. Sie war so reich, dass sie mit drei Zimmern vorlieb nahm, obwohl die Villa vierunddreißig Räume bot. In den übrigen Kammern standen, von Staubtüchern bedeckt, sehr teure und sehr *alte* Möbel.

Mumm vermutete, dass die Reichsten der Reichen deshalb so unerhört reich waren, weil sie weitaus weniger Geld ausgaben als andere Leute.

Man nehme zum Beispiel Stiefel. Mumm verdiente achtunddreißig Ankh-Morpork-Dollar im Monat, plus Spesen. Wirklich gute Lederstiefel kosteten etwa fünfzig Dollar das Paar. *Erschwingliche* Stiefel hingegen kosteten nur rund zehn Dollar. Etwa ein Jahr lang leisteten sie gute Dienste, dann war die Pappsohle so dünn, dass man sich selbst bei leichtem Nieselregen nasse Füße holte. Solche Stiefel hatte Mumm immer benutzt. Er trug sie so lange, bis er durch die hauchdünnen Sohlen die charakteristischen Merkmale des Kopfsteinpflasters spürte und so selbst in einer nebligen Nacht feststellen konnte, wo er sich befand.

Gute Stiefel hingegen hielten jahrelang. Wenn man fünfzig Dollar für ein Paar Stiefel ausgab, waren auch noch in zehn Jahren trockene

Füße garantiert. Ein armer Teufel hingegen, der sich mit billigem Schuhwerk begnügen musste, gab in der gleichen Zeit hundert Dollar für einfache Stiefel aus *und hatte trotzdem nasse Füße.*

So lautete Hauptmann Samuel Mumms Stiefeltheorie über die sozialökonomische Ungerechtigkeit.

Es lief auf Folgendes hinaus: Sybil Käsedick wurde nur selten mit der Notwendigkeit konfrontiert, etwas anzuschaffen. In der Villa gab es zahlreiche alte Möbel, die ihre Vorfahren gekauft hatten und die nie abnutzten. Dutzende von Schatullen enthielten kostbaren Schmuck – das Zeug schien sich im Lauf der Jahrhunderte von ganz allein angesammelt zu haben. Im Weinkeller unter dem Gebäude hätten sich Speläologen mit Begeisterung betrunken, um anschließend den ebenso langen wie komplizierten Rückweg vergessen zu haben.

Lady Sybil Käsedick lebte glücklich und zufrieden, indem sie etwa halb so viel Geld ausgab wie Mumm. Doch bei ihren Drachen sparte sie nicht.

Das Sonnenscheinheim hatte besonders dicke Wände und ein besonders leichtes Dach – die architektonischen Eigenheiten von Fabriken, in denen man Feuerwerkskörper herstellte.

Der Grund: Sumpfdrachen sind normalerweise chronisch krank. Und chronisch kranke Sumpfdrachen neigen dazu, sich mehr oder weniger gleichmäßig auf Wänden, Boden und Decke eines Raums zu verteilen. Sumpfdrachen sind wie ein achtlos gewarteter und gefährlich instabiler Reaktor, der dicht – *sehr* dicht – vor einer Explosion steht.

Dass Sumpfdrachen gerne mit einem lauten Krachen explodieren, wenn sie zornig, aufgeregt, erschrocken oder schlicht gelangweilt sind, ist für Biologen eine Überlebenseigenschaft*. Die Botschaft lautet: Wenn du Drachen frisst, holst du dir Blähungen, die dich auseinander reißen werden.

Ganz vorsichtig öffnete Mumm die Tür, und Drachengeruch wehte

* Damit ist die Spezies gemeint. Für den einzelnen Drachen, dessen Fetzen in der Landschaft verteilt sind, sieht die Sache ganz anders aus.

ihm entgegen. Selbst nach den Maßstäben von Ankh-Morpork war es ein ungewöhnliches Aroma. Es erinnerte Mumm an einen Teich, der jahrelang alchimistische Abfälle aufgenommen hatte und dann ausgetrocknet war.

Kleine Drachen heulten und quiekten in den Pferchen, die sich rechts und links vom Gang erstreckten. Flammen züngelten aus aufgeregten Mäulern und versengten ihm die Haare an den nackten Schienbeinen.

Er fand Sybil Käsedick bei einigen in Kniehosen gekleideten jungen Frauen, die ihr bei der Verwaltung des Sonnenscheinheims halfen. Für gewöhnlich hießen die Assistentinnen Sara oder Emma, und für Mumm sahen sie alle gleich aus. Derzeit rangen sie mit einem wütenden Sack. Lady Käsedick sah auf, als sich der Hauptmann näherte.

»Ah, da ist Sam«, sagte sie. »Halt das hier, sei so nett.«

Sie drückten Mumm den Sack in die Arme. Eine Sekunde später fuhr unten eine Klaue hindurch, und Krallen kratzten über den Brustharnisch des Hauptmanns, versuchten vergeblich, ihm die Eingeweide aus dem Leib zu reißen. Oben schob sich ein Kopf mit spitzen Ohren aus dem Beutel, und zwei rot glühende Augen richteten sich auf Mumm. Der Rachen klappte auf, offenbarte zahllose scharfe Zähne und einen stinkenden Atem.

Triumphierend packte Lady Käsedick den Unterkiefer und stopfte ihren Arm bis zum Ellenbogen ins Drachenmaul.

»Hab dich!« Sie wandte sich an Mumm, dem es noch nicht gelungen war, die Starre des Schocks abzustreifen. »Der kleine Teufel hat sich geweigert, seine Kalksteintablette zu nehmen. Schluck jetzt. Du sollst *schlucken!* Na bitte. Braver Junge. Du kannst ihn loslassen.«

Der Sack glitt aus Mumms Händen.

»Ein schlimmer Fall von flammenloser Kolik«, erklärte Lady Käsedick. »Ich hoffe, er hat das Medikament noch rechtzeitig bekommen…«

Der Sumpfdrache zerfetzte den Sack, sah sich um und suchte nach etwas Brennbarem. Alle duckten sich.

Das Geschöpf verdrehte die Augen. Dann rülpste es.

Die Kalksteintablette prallte mit einem deutlich vernehmbaren *Ping* von der gegenüberliegenden Wand ab.

»In Deckung!«

Die Helferinnen hechteten hinter einen Wassertrog. Mumm und Lady Käsedick warfen sich hinter einen großen Schlackehaufen.

Der Drache rülpste noch einmal und wirkte verwirrt.

Dann explodierte er.

Sie standen auf, als sich die Qualmwolken verzogen. Traurig schauten sie zu dem Krater.

Lady Käsedick zog ein Tuch aus der Tasche ihres ledernen Overalls und putzte sich die Nase.

»Dummer kleiner Kerl«, sagte sie. »Na ja. Wie geht's dir, Sam? Hast du mit Havelock gesprochen?«

Mumm nickte. Er würde sich nie daran gewöhnen, dass der Patrizier von Ankh-Morpork auch einen Vornamen hatte – und dass ihn jemand damit ansprach.

»Ich habe über das Essen für morgen Abend nachgedacht«, brachte er verzweifelt hervor. »Weißt du, ich glaube nicht, dass ich ...«

»Oh, ich bitte dich«, unterbrach ihn Lady Käsedick. »Bestimmt gefällt's dir. Es wird Zeit, dass du die richtigen Leute kennen lernst. Das sollte dir klar sein.«

Mumm nickte kummervoll.

»Um acht Uhr erwarte ich dich beim Haus«, fügte Sybil hinzu. »Und mach nicht so ein Gesicht. Der Empfang wird dir *enorm* nützen. Es muss ein Ende haben, dass du nachts durch feuchte Straßen latschst. Jetzt bekommst du endlich Gelegenheit, es zu etwas zu bringen.«

Mumm wollte antworten, dass er es *mochte,* nachts durch feuchte Straßen zu latschen, aber solche Hinweise waren zwecklos. Sie entsprachen nicht der Wahrheit. Eigentlich fand er gar keinen Gefallen daran, Nacht für Nacht auf Streife zu gehen. Es war reine Angewohnheit: Er konnte sich nicht daran erinnern, die Nächte jemals anders verbracht zu haben. Er brachte seiner Dienstmarke die gleichen Gefühle entgegen wie der eigenen Nase: Er liebte oder hasste sie nicht – es war einfach seine Dienstmarke.

»Sei pünktlich«, sagte Lady Käsedick. »Bestimmt vergnügst du dich prächtig. Hast du ein Taschentuch?«

Mumm geriet in Panik.

»Wie bitte?«

»Gib's mir.« Sie hielt es ihm dicht vor den Mund. »Spuck«, befahl sie.

Sybil wischte dem Hauptmann einen Fleck von der Wange. Eine der austauschbaren Emmas lachte leise; Lady Käsedick überhörte es.

»So«, sagte sie. »Schon besser. Geh jetzt und sorg dafür, dass die Straßen sicher sind für uns alle. Und wenn du dich wirklich nützlich machen willst... such Chubby.«

»Chubby?«

»Er ist gestern Abend aus seinem Pferch entkommen.«

»Ein Drache?«

Mumm stöhnte und holte eine billige Zigarre hervor. Sumpfdrachen wurden immer mehr zum Problem in der Stadt. Lady Käsedick war deshalb sehr verärgert. Die Leute kauften Drachen als fünfzehn Zentimeter lange Jungtiere und fanden es schick, sie als Feueranzünder und dergleichen zu verwenden. Aber wenn sie Möbel in Asche verwandelten und mit ihren Ausscheidungen Löcher in Teppich, Boden und Kellerdecke hinterließen... dann setzte man sie einfach irgendwo aus.

»Wir haben ihn von einem Schmied in der Leichten Straße gerettet«, erklärte Sybil. »Ich habe ihm gesagt: Guter Mann, warum verwendest du keine Esse wie alle anderen Schmiede? Armer kleiner Kerl. Der Drache, meine ich.«

»Chubby«, brummte Mumm. »Hast du Feuer?«

»Er hat ein blaues Halsband«, sagte Lady Käsedick.

»In Ordnung.«

»Er folgt dir so brav wie ein Lamm, wenn er glaubt, dass du einen Holzkohlekeks für ihn hast.«

»Na schön.« Mumm klopfte seine Taschen ab.

»Bei dieser Hitze sind sie alle ein wenig nervös.«

Mumm griff in einen Pferch und griff ein kleines Jungtier, das aufgeregt mit den Flügeln schlug. Es spie eine kleine blaue Flamme und entzündete damit die Zigarre des Hauptmanns.

»Bitte, hör damit auf, Sam.«

»Entschuldige.«

»Wenn du Karotte und den *netten* Korporal Nobbs bitten würdest, nach Chubby Ausschau zu halten...«

Lady Käsedick hatte zwar Augen im Kopf, aber aus irgendeinem Grund hielt sie Nobbs für eine Art sympathischen Schlingel. Dieses Phänomen verwirrte Mumm nach wie vor. Vielleicht lag es daran, dass sich Gegensätze anzogen. Die Käsedicks waren hochgeboren, höher noch als die nächsten Berge. Und Nobbs... ihn hatte man wegen Schubsens disqualifiziert und aus der Gattung Homo sapiens verbannt.

Gekleidet in altes Leder und ein rostiges Kettenhemd, schritt Mumm durch die Stadt, den Helm wie am Kopf festgeschraubt. Durch die dünnen Stiefelsohlen empfing er eine Botschaft, die ihm mitteilte, dass er sich nun in der Hektarstraße befand. Wenn man ihn so sah, konnte man kaum glauben, dass er bald die reichste Frau von Ankh-Morpork heiratete.

Chubby war kein glücklicher Drache.

Er vermisste die Schmiede. Dort hatte es ihm gefallen, weil er soviel Kohle fressen durfte, wie er wollte. Und der Schmied war eigentlich nicht besonders unfreundlich gewesen. Chubby hatte nicht viel vom Leben verlangt und es bekommen.

Dann kam eine große Frau und sperrte ihn in einen Pferch. Er erinnerte sich an andere Drachen in der Nähe – er legte keinen Wert auf Drachengesellschaft. Außerdem bekam er Kohle, die nicht besonders gut schmeckte.

Er freute sich zunächst, als ihn jemand mitten in der Nacht aus dem Pferch holte. Vielleicht durfte er jetzt zum Schmied zurück.

Doch nach einer Weile schwanden seine Hoffnungen auf eine Rückkehr. Er wurde in einer Kiste hin und her gestoßen. Zorn wuchs in ihm …

Feldwebel Colon fächelte sich mit dem Heftbrett Luft zu und richtete dann einen strengen Blick auf die versammelten Wächter.

Er hüstelte.

»Na schön«, sagte er. »Setzt euch.«

»Wir sitzen bereits, Fred«, erwiderte Korporal Nobbs.

»Es heißt Feldwebel, auch für dich, Nobby«, beharrte Feldwebel Colon.

»Warum müssen wir uns überhaupt setzen? Daran sind wir gar nicht gewöhnt. Ich komme mir komisch vor, wenn ich mich setze und zuhöre, wie du …«

»Wir sind jetzt mehr, deshalb müssen wir alles richtig machen«, erklärte Feldwebel Colon. »Also gut! Ähem. In Ordnung. Heute heißen wir folgende Personen in der Wache willkommen: den Obergefreiten Detritus – *nicht salutieren!* –, den Obergefreiten Knuddel und den … äh …, die Obergefreite Angua. Wir hoffen, dass ihr lange … Was hast du da, Knuddel?«

»Was meinst du?«, fragte Knuddel unschuldig.

»Mir ist gerade aufgefallen, dass du mit einer doppelschneidigen Wurfaxt ausgerüstet bist, Obergefreiter, obwohl man dich deutlich auf die Vorschriften hingewiesen hat.«

»Und wenn es eine kulturelle Waffe ist, Feldwebel?«, entgegnete Knuddel hoffnungsvoll.

»Lass sie in deinem kulturellen Spind. Die Bewaffnung von Wächtern besteht aus einem Schwert, kurz, und einem Schlagstock, mittellang.«

Detritus ist die einzige Ausnahme, fügte Colon in Gedanken hinzu. Erstens sah in der riesigen Hand des Trolls selbst das größte Schwert wie ein Zahnstocher aus. Und zweitens galt es zu vermeiden, dass ein Mitglied der Wache sich beim Salutieren die eigene Hand ans Ohr nagelte. Nein, Detritus bekam nur einen Schlagstock. Besser einen Knüppel. Vielleicht erschlug er sich damit.

Trolle und Zwerge! Zwerge und Trolle! Colon fand, dass er so etwas nicht verdiente, nicht ausgerechnet jetzt! Und es kam noch schlimmer.

Er hüstelte erneut. Seine Stimme wurde beim Ablesen vom Heftbrett zum Singsang eines Mannes, der öffentliche Ansprachen in der Schule gelernt hatte.

»In Ordnung«, wiederholte er ein wenig unsicher. »Na schön. Hier steht...«

»Feldwebel?«

»Was ist denn jetzt schon wie... Oh, du bist's, Korporal Karotte. Ja?«

»Vergisst du nicht etwas, Feldwebel?«, fragte Karotte.

»Keine Ahnung«, erwiderte Colon vorsichtig. »Glaubst du?«

»Die Rekruten, Feldwebel«, fügte Karotte hinzu. »Sie müssen etwas *ablegen,* nicht wahr?«

Feldwebel Colon rieb sich die Nase. Ablegen? Sie hatten vor allem Dinge genommen und den Empfang quittiert, wie es die Vorschriften verlangten: ein Hemd (Ketten), ein Helm (Eisen und Kupfer), ein Brustharnisch (Eisen; abgesehen von der Obergefreiten Angua, die eine Sonderanfertigung benötigte, und vom Obergefreiten Detritus, dessen Rüstungsteil von einem Kriegselefanten stammte – man hatte es in aller Eile seinen Bedürfnissen angepasst), ein Schlagstock (Eichenholz), eine für den Notfall bestimmte Pike oder Hellebarde, eine Armbrust, eine Sanduhr, ein Kurzschwert (abgesehen vom Obergefreiten Detritus) und eine Dienstmarke (Kupfer, Nachtwache).

»Ich glaube, die Rekruten müssen nichts ablegen«, sagte Colon schließlich. »Niemand von ihnen hat zu viel bekommen. Und alle haben unterschrieben. Selbst für Detritus hat jemand ein Kreuz gemalt.«

»Ich meine den Eid, Feldwebel.«

»Oh. Äh. Ist er Pflicht?«

»Ja, Feldwebel. So verlangt es das Gesetz.«

Feldwebel Colon wirkte verwirrt und verlegen. Vielleicht hatte Karotte Recht, und es gab tatsächlich ein Gesetz, das von Rekruten verlangte, einen Eid abzulegen. Mit solchen Dingen war Karotte gut vertraut. Er kannte die Gesetze von Ankh-Morpork auswendig. Colon wusste nur, dass er selbst bei der Aufnahme in die Wache keinen Eid geleistet hatte. Und Nobby... Wenn der irgendetwas geschworen hatte, dann vermutlich so etwas wie: »Hiermit schließe ich mich diesem verlausten Soldatenhaufen an.«

»Äh, ja«, sagte Colon. »Ihr alle müsst den Eid ablegen, und... äh... Korporal Karotte zeigt euch, worauf es dabei ankommt. Äh, Korporal Karotte... Hast du den Eid geleistet, als du zu uns gekommen bist?«

»Ja, Feldwebel. Niemand forderte mich dazu auf, deshalb habe ich ihn für mich selbst abgelegt.«

»Ach? Gut. Lass die Rekruten schwören.«

Karotte stand auf und nahm den Helm ab. Er strich sein Haar glatt und hob dann die rechte Hand.

»Hebt ebenfalls die rechte Hand«, sagte er. »Äh... Damit meine ich die Hand, die der Obergefreiten Angua am nächsten ist, Obergefreiter Detritus. Sprecht mir nach...« Karotte schloss die Augen, und einige Sekunden lang bewegten sich seine Lippen stumm, als läse er etwas auf der Innenseite des Kopfes.

»›Ich Komma Klammer auf Name des Rekruten Klammer zu Komma...‹«

Er nickte der Gruppe zu. »Sagt es.«

Mehrere Stimmen wiederholten die Worte. Angua versuchte, nicht zu lachen.

»›...schwöre feierlich bei Klammer auf Gottheit des Rekruten Klammer zu...‹«

Angua wagte es nicht, Karotte anzusehen.

»›...die Gesetze und Verordnungen der Stadt Ankh-Morpork zu hüten Komma dem öffentlichen Wohl zu dienen und die Untertanen Seiner Strich Ihrer Klammer auf Unzutreffendes streichen Klammer zu Majestät Klammer auf regierender Monarch Klammer zu schützen...‹«

Angua bemühte sich, ihren Blick auf einen Punkt hinter Karottes Ohr zu richten. Es fiel ihr sehr schwer, sich zu beherrschen, nicht zuletzt deshalb, weil Detritus den anderen Stimmen immer einige Dutzend Worte hinterherhinkte.

»›...ohne Furcht Komma Begünstigung Komma oder Rücksicht auf persönliche Sicherheit Semikolon Übeltäter zu verfolgen und Unschuldige vor Schaden zu bewahren Komma das eigene Leben nötigenfalls besagter Pflicht zu opfern Komma so wahr mir Klammer auf zuvor erwähnte Gottheit Klammer zu helfe Punkt mögen die Götter den König Strich Königin Klammer auf Unzutreffendes streichen Klammer zu Punkt schützen.‹«

Angua brachte die letzten Worte dankbar hinter sich, und dann sah sie Karotte ins Gesicht. Tränen rannen ihm über die Wangen.

»Äh, gut, das wär's, danke«, sagte Feldwebel Colon nach einer Weile.

»*...Un-schul-dige vor Schaden zu be-wah-ren Komma...*«

»Lass dir ruhig Zeit, Obergefreiter Detritus.«

Der Feldwebel räusperte sich und blickte wieder auf sein Heftbrett.

»Nun, Würger Hoskins ist einmal mehr aus der Haft entlassen worden, und deshalb rate ich euch allen, auf der Hut zu sein. Ihr wisst ja, wie er ist, wenn er einen über den Durst getrunken hat. Außerdem hat der Troll Kohlenfresse gestern Abend vier Männer zusammengeschlagen...«

»*...nöt-igen-falls besag-ter Pflicht zu opfern Komma...*«

»Wo steckt Hauptmann Mumm?«, fragte Nobby. »Eigentlich sollte er sich um diese Sache kümmern.«

»Hauptmann Mumm muss... gewisse Dinge erledigen«, erwiderte Feldwebel Colon. »Es... ist bestimmt nicht leicht, bald ein Zivilist zu sein. Nun gut.« Erneut konsultierte er das Heftbrett und wandte sich dann wieder an die Rekruten. Ein toller Haufen...

Seine Lippen bewegten sich, als er zählte. Zwischen Nobby und dem Obergefreiten Knuddel hockte ein kleiner, zerlumpter Mann. Bart und Haar bildeten eine so zerzauste und verfilzte Masse, dass der Bursche aussah wie ein Frettchen, das aus einem Busch starrte.

»... zuvor er-wähnte Gott-heit Klam-mer zu ...«

»O nein«, ächzte Colon. »Was machst du denn bei uns, Hierundheute? Danke, Detritus – *nicht salutieren!* –, du kannst dich jetzt setzen.«

»Herr Karotte hat mich hergebracht«, lautete die Antwort.

»Schutzhaft, Feldwebel«, erklärte Karotte.

»Schon wieder?« Colon nahm das Schlüsselbund vom Haken neben der Tür und warf es dem Dieb zu. »Zelle drei. Nimm die Schlüssel ruhig mit. Wir rufen, wenn wir sie brauchen.«

»Bist 'n echter Kumpel, Herr Colon«, sagte Hierundheute und ging die Treppe zu den Zellen hinunter.

Colon schüttelte den Kopf.

»Der schlimmste Dieb auf der ganzen Welt«, kommentierte er.

»Er sieht gar nicht so geschickt aus«, wandte Angua ein.

»Er ist der *schlimmste* Dieb«, betonte Colon. »Damit meine ich das Gegenteil von ›gut‹.«

»Wisst ihr noch, wie er nach Würdentracht aufbrach, um den Göttern das Geheimnis des Feuers zu stehlen?«, fragte Nobby.

»Und ich sagte zu ihm: ›Aber wir *haben* das Feuer schon, Hierundheute, seit Tausenden von Jahren‹«, ließ sich Karotte vernehmen. »Woraufhin *er* sagte: ›Umso besser. Dann hat es zusätzlichen Wert als Antiquität*.‹«

»Armer Kerl«, brummte Feldwebel Colon. »Na schön. Was haben wir sonst no ... Ja, Karotte?«

»Die Rekruten müssen den so genannten Königsshilling nehmen.«

»Natürlich. Ja. Genau.« Colon griff in die Tasche und holte drei paillettengroße Ankh-Morpork-Dollar hervor, mit dem Goldgehalt

* Langfinger-Mazda, erster Dieb der Scheibenwelt, stahl den Göttern das Feuer. Aber er fand keinen Hehler dafür, weil die Beute zu heiß war.**

** An diesem Geschäft verbrannte er sich die Finger.

von Meerwasser. Er warf sie nacheinander den neuen Wächtern zu.

»Das ist der Königsshilling«, sagte er mit einem kurzen Seitenblick auf Karotte. »Fragt mich bloß nicht nach dem Grund. Man bekommt ihn, wenn man Mitglied der Wache wird. Die Vorschriften, wisst ihr. Vermutlich beweist das Ding, dass ihr zur Wache gehört.« Zwei oder drei Sekunden lang zeigte sich Verlegenheit auf den Zügen des Feldwebels. »Na ja. In Ordnung. Ach, noch etwas. Ein paar Fel…« Er unterbrach sich gerade noch rechtzeitig. »Ich meine, einige Trolle wollen die Kurze Straße hinuntermarschieren. Obergefreiter Detritus – *nicht salutieren!* Gut. Was hat es damit auf sich?«

»Es sein Troll-Neujahr«, sagte Detritus.

»Ach, tatsächlich? Tja, ich schätze, solche Dinge müssen wir nun berücksichtigen. Außerdem findet eine Versammlung der Staubfres… der Zwerge statt.«

»Zum Gedenken an die Schlacht vom Koomtal«, erläuterte Obergefreiter Knuddel. »Dabei errangen wir den Sieg über die Trolle.« Er grinste selbstgefällig – so weit das unter dem wuchernden Bart erkennbar war.

»Aus einem feigen Hinterhalt ihr angegriffen habt«, brummte Detritus und bedachte den Zwerg mit einem finsteren Blick.

»Was?«, entfuhr es Knuddel. »Ihr Trolle wart es, die…«

»Ruhe«, sagte Colon. »Hier steht… Hier steht, die Zwerge wollen die Kurze Straße *hinauf*marschieren.« Er sah genauer hin. »Stimmt das?«

»Die Trolle marschieren in die eine Richtung, und die Zwerge in die andere?«, vergewisserte sich Karotte.

»*Das* dürfte eine interessante Parade werden«, prophezeite Nobby.

»Ist damit was nicht in Ordnung?«, erkundigte sich Angua.

Karotte gestikulierte vage. »Meine Güte. Eine Katastrophe bahnt sich an. Wir müssen etwas dagegen unternehmen.«

»Zwerge und Trolle vertragen sich so gut wie Katz und Maus«, sagte Nobby. »Wobei es schwer fällt, die Katze von der Maus zu unterscheiden.«

Feldwebel Colons normalerweise rote Gesichtsfarbe verblasste nun zu einem hellen Rosarot. Er schnallte das Schwert an den Gürtel und griff nach dem Schlagstock.

»Denkt daran«, mahnte er. »Seid vorsichtig da draußen.«

»Ja«, murmelte Nobby. »Wir sollten vorsichtig sein und hier drin bleiben.«

Um zu verstehen, warum Zwerge und Trolle sich nicht mögen, muss man ein ganzes Stück in die Vergangenheit zurückkehren.

Sie unterscheiden sich wie Tag und Nacht oder wie Käse und Kreide. Das zweite Beispiel verdeutlicht den Sachverhalt noch besser. Käse ist eine organische Substanz (die außerdem ein wenig riecht), Kreide nicht. Zwerge verdienen sich ihren Lebensunterhalt, indem sie Felsen, die wertvolle Mineralien enthalten, zertrümmern. Und die auf Silizium basierende Lebensform, die man »Trolle« nennt, besteht im Großen und Ganzen aus Felsen, die wertvolle Mineralien enthalten. In der Wildnis verbringen sie den größten Teil des Tages damit, tief zu schlafen, und dieser Zustand ist gefährlich für Felsen mit wertvollen Mineralien, wenn Zwerge in der Nähe sind. Die Zwerge verabscheuen Trolle aus folgendem Grund: Hat man ein viel versprechendes Flöz mit wertvollen Mineralien gefunden, wünscht man nicht, dass die Felsen plötzlich aufstehen und einem den Arm abreißen, nur weil man ihnen die Spitzhacke ins Ohr gebohrt hat.

Eine permanente Fehde verband die beiden Völker, und wie jede gute Fehde benötigte sie keinen Grund für ihre weitere Existenz. Es genügte, dass sie schon immer existiert hatte*. Zwerge hassten Trolle, weil Trolle Zwerge hassten, und umgekehrt.

Die Wache wartete in der Dreilampengasse, etwa in halber Höhe der Kurzen Straße. Feuerwerkskörper knatterten in der Ferne – die

* In der Militärgeschichte der Scheibenwelt ist die Schlacht vom Koomtal das einzige Beispiel für einen Kampf, bei dem beide Seiten einander auflauerten.

Zwerge wollten damit böse Geister vertreiben. Trolle hingegen mochten Knaller und dergleichen, weil sie gut schmeckten.

»Warum lassen wir sie nicht einfach gegeneinander kämpfen und verhaften dann die Verlierer?«, grummelte Korporal Nobbs. »Mit dieser Taktik hatten wir bisher stets Erfolg.«

»Der Patrizier mag keinen ethnischen Konflikt«, erwiderte Feldwebel Colon betrübt. »Er wird deswegen sogar sarkastisch.«

Dann fiel ihm etwas ein, das seine Stimmung ein wenig besserte.

»Hast du eine Idee, Karotte?«, fragte er.

Ihm fiel noch mehr ein. Karotte war nicht nur sehr zuverlässig, sondern auch einfach und unkompliziert.

»Korporal Karotte?«

»Ja, Feldwebel?«

»Bring die Sache in Ordnung.«

Karotte spähte um die Ecke und beobachtete die marschierenden Gruppen. Zwerge und Trolle hatten sich schon gesehen.

»Zu Befehl, Feldwebel«, sagte er. »Obergefreiter Knuddel und Obergefreiter Detritus – *nicht salutieren!* –, ihr begleitet mich.«

»Ihr dürft ihn nicht gehen lassen!«, brachte Angua hervor. »Dort erwartet ihn der sichere Tod!«

»Hat ein bemerkenswertes Pflichtbewusstsein, der Junge«, sagte Korporal Nobbs. Er holte einen Zigarettenstummel hinter dem Ohr hervor und riss ein Streichholz an der Stiefelsohle an.

»Keine Sorge, Fräulein«, meinte Colon. »Er ...«

»Obergefreite«, unterbrach Angua den Feldwebel.

»Wie bitte?«

»Es heißt ›Obergefreite‹, nicht ›Fräulein‹. Karotte hat mich darauf hingewiesen, dass ich während des Dienstes kein Geschlecht habe.«

Nobbs erlitt einen Hustenanfall, und Colon sagte hastig: »Ich wollte auf Folgendes hinaus, *Obergefreite:* Der junge Karotte hat Krisma. Und zwar jede Menge.«

»Krisma?«

»Ja. Jede Menge.«

Die dauernden Erschütterungen hörten auf. Chubby war inzwischen sauer. Echt sauer.

Etwas raschelte. Das Sackleinen wich beiseite, und plötzlich sah Chubby einen anderen männlichen Drachen.

Er schien wütend zu sein.

Chubby reagierte instinktiv.

Karotte blieb mitten auf der Straße stehen und verschränkte die Arme. Die beiden neuen Rekruten verharrten dicht hinter ihm und versuchten, die beiden heranmarschierenden Armeen im Auge zu behalten.

Colon hielt Karotte für einfach und unkompliziert. Diesen Eindruck machte er auf viele Leute. Und er täuschte nicht.

Doch man sollte nicht den Fehler machen, dies mit Dummheit zu verwechseln.

Dumm war Karotte eigentlich nicht. Er war direkt, ehrlich, gutmütig und in jeder Hinsicht ehrenhaft. In Ankh-Morpork hieß so etwas normalerweise »Dummheit«, und unter gewöhnlichen Umständen hätte er damit die Überlebenschance einer Qualle in einem Hochofen. Aber es gab noch einige andere Faktoren. Zum Beispiel sein Schlag, den inzwischen selbst Trolle fürchteten. Und die bemerkenswerte Tatsache, dass Karotte auf eine geradezu übernatürliche Weise sympathisch war. Er kam gut mit Leuten zurecht, auch dann, wenn er sie verhaftete. Und er hatte ein ausgezeichnetes Namensgedächtnis.

Den größten Teil seines jungen Lebens hatte er in einem kleinen Zwergendorf verbracht, wo man kaum neue Gesichter sah. Doch dann fand er sich plötzlich in einer Großstadt wieder, was irgendwelche Talente in ihm zum Anlass nahmen, sich zu entfalten.

Und sie entfalteten sich nach wie vor.

Er winkte den Zwergen fröhlich zu.

»Morgen, Herr Schenkeldick! Morgen, Herr Starkimarm!«

Er drehte sich um und winkte dem ersten Troll zu. Mit einem dumpfen »Bumm« ging ein Knaller los.

»Morgen, Herr Bauxit!«

Er wölbte die Hände trichterförmig vor dem Mund.

»Wenn ihr bitte stehen bleiben und mir zuhören würdet…!«, rief er.

Die beiden Gruppen verharrten tatsächlich, wobei es weiter hinten zu einigen Kollisionen und einem allgemeinen Gedränge kam. Die vorderen Reihen rührten sich nicht von der Stelle: Niemand wollte riskieren, über Karotte hinwegzutrampeln. Er hätte es kaum zugelassen.

Wenn Karotte einen Fehler hatte, dann den, gewissen Details in der Umgebung keine Beachtung zu schenken, wenn seine Aufmerksamkeit wichtigeren Dingen galt. Deshalb überhörte er die beiden, hinter seinem Rücken flüsternden Stimmen.

»Ha! Und ob es ein Hinterhalt war! Und deine Mutter ist bestimmt eine verdammte…«

»Nun gut, meine Herren«, begann Karotte in einem freundlichen, an die Vernunft appellierenden Ton. »Ich bin sicher, dass die hier zur Schau gestellte Aggressivität überhaupt nicht nötig ist…«

»…ihr euch im Hinterhalt gelegen habt! Ich es wissen von meinem Urgroßvater. Er bei Koom dabei. Er hat mir erzählt!«

»…in unserer schönen Stadt, an einem so herrlichen Tag. Ich wende mich an euch als Bürger von Ankh-Morpork…«

»Ach ja? Weißt du überhaupt, wer dein Vater ist?«

»…verlange ich natürlich nicht von euch, dass ihr auf eure ethnischen Traditionen verzichtet. Ich bitte nur darum, dass ihr euch ein Beispiel nehmt an meinen beiden Kollegen hier, die ihre kulturellen Differenzen überwunden haben, um…«

»Ich dir einschlagen Kopf, du blöder Zwerg!«

»…dem Wohle dieser Stadt…«

»…könnte ich es selbst dann mit dir aufnehmen, wenn man mir eine Hand auf den Rücken bindet!«

»…zu dienen, deren Dienstmarke…«

»…bekommen du Gelegenheit, mir zu zeigen! Ich dir binden BEIDE Hände auf Rücken!«

»... sie voller Stolz tragen.«

»Aargh!«

»Auuuh!«

Karotte merkte, dass ihm niemand mehr zuhörte. Er drehte sich um.

Obergefreiter Knuddel hing mit dem Kopf nach unten, und Obergefreiter Detritus versuchte gerade, ihn in den Boden zu rammen. Doch Obergefreiter Knuddel nutzte seine Position, indem er die Arme um Obergefreiter Detritus' Knie schlang und seine Zähne möglichst tief in Obergefreiter Detritus' Wade bohrte.

Die beiden Gruppen beobachteten das Geschehen fasziniert.

»Wir sollten etwas unternehmen«, sagte Angua im Versteck der anderen Wächter.

»Nuuun ...«, erwiderte Feldwebel Colon langsam. »Ist immer sehr kompliziert und heikel, das Ethnische.«

»Man könnte dabei leicht ins Fettnäpfchen treten«, fügte Korporal Nobbs hinzu. »Typische Ethniker sind sehr sensibel.«

»Sensibel? Sie versuchen, sich gegenseitig *umzubringen*!«

»Dabei geht es um Kultur«, sagte Feldwebel Colon kummervoll. »Und wir dürfen nicht versuchen, ihnen unsere Kultur aufzuzwingen. Das wäre Speziesismus.«

Unterdessen lief Korporal Karottes Gesicht rot an.

»Wenn er einen von ihnen anrührt, während all die Freunde zusehen ...«, sagte Nobby. »Dann laufen wir alle so schnell wie möglich weg.«

Auf Karottes Hand zeichneten sich deutlich Adern und Sehnen ab. Er stemmte die Hände in die Hüften und donnerte:

»Obergefreiter Detritus – salutieren!«

Sie hatten es stundenlang geübt. Detritus' Gehirn brauchte eine Weile, um sich an ein neues Konzept zu gewöhnen, doch dann hielt es daran fest.

Der Troll salutierte.

Und dabei hatte er die Hand voller Zwerg.

Detritus salutierte und hielt seine Finger um Knuddel geschlossen. Der wesentlich kleinere Obergefreite wurde emporgerissen, und...

Zwei Helme stießen gegeneinander, und das Krachen hallte laut von den Hauswänden wider. Mit einem Poltern fielen zwei Körper zu Boden.

Karotte stieß sie mit der Sandale an. Dann drehte er sich um, schritt den Zwergen entgegen und bebte vor Zorn.

In der Gasse biss Feldwebel Colon voller Furcht in den Rand seines Helms.

»Ihr habt *Waffen,* nicht wahr?«, knurrte Karotte und wandte sich damit an die hundert Zwerge. »Gebt es zu! Wenn ihr die Waffen nicht sofort fallen lasst, dann verhafte ich die ganze Parade, und ich meine wirklich die *ganze* Parade! Es ist mir ernst damit!«

Die vorn stehenden Zwerge traten einen Schritt zurück. Hier und dort klirrte es, als Objekte aus Metall auf dem Boden landeten.

»*Alle* Waffen«, sagte Karotte drohend. »Das gilt auch für den Zwerg mit dem schwarzen Bart, der sich gerade hinter Herrn Schinkenwurf versteckt. Ich *sehe* dich, Herr Starkimarm! Lass das Ding fallen. Niemand findet dein Verhalten lustig!«

»Er wird sterben, nicht wahr?«, hauchte Angua.

»Komische Sache«, erwiderte Nobby. »Wenn *wir* so etwas versuchen würden, müssten wir damit rechnen, in Stücke gehauen zu werden. Aber bei ihm scheint's zu klappen.«

»Krisma«, sagte Feldwebel Colon, der sich nun an die Wand lehnte, weil ihm die Knie zitterten.

»Meinst du vielleicht Charisma?«, fragte Angua.

»Ja. So was in der Art.«

»Wie bringt er das fertig?«

»Keine Ahnung«, entgegnete Nobby. »Weil ihn alle nett finden?«

Karotte drehte sich zu den hämisch grinsenden Trollen um.

»Was euch betrifft...«, sagte er. »Heute Abend führt mich der Streifengang auch zum Steinbruchweg, und wehe, wenn es dort irgendwelche Probleme gibt, klar?«

Große Füße scharrten, und ein wortloses Murmeln erklang.

Karotte wölbte die Hand hinter seinem Ohr.

»Ich habe euch nicht verstanden.«

Das Murmeln schwoll an zu einem Brummen, metamorphierte zu einer Tokkata für hundert widerstrebende Stimmen: »Ja, Korporal Karotte.«

»Gut. Geht jetzt. Seid brav. Ich möchte nicht, dass sich dieser Unsinn wiederholt.«

Karotte klopfte sich den Staub von den Händen und lächelte freundlich. Die Trolle wirkten verwirrt. Rein theoretisch war Karotte nur ein dünner Film aus zerriebenem Fleisch auf dem Pflaster. Aber aus irgendeinem Grund konnte diese Theorie nicht in die Praxis umgesetzt werden.

»Er hat hundert Trolle aufgefordert, ›brav‹ zu sein«, sagte Angua. »Einige von ihnen sind gerade erst aus den Bergen gekommen. Anderen wächst *Moos* auf dem Rücken!«

»Das Intelligenteste an einem Troll«, bemerkte Feldwebel Colon.

Und dann explodierte die Welt.

Die Wächter hatten das Wachhaus verlassen, bevor Hauptmann Mumm zum Pseudopolisplatz zurückkehrte. Er stapfte die Treppe zu seinem Büro hoch, setzte sich dort auf einen knarrenden Stuhl und starrte an die Wand.

Er *wollte* die Nachtwache verlassen. Kein Zweifel.

Konnte man so etwas vielleicht Leben nennen? Nein, *Leben* gewiss nicht.

Zu nachtschlafender Zeit arbeiten. Nie sicher sein, wie die Gesetze in einer so pragmatischen Stadt am nächsten Tag beschaffen waren. Kein nennenswertes Privatleben. Schlechtes Essen, das man hinunterschlingen musste, wenn sich eine Gelegenheit dazu bot. Er hatte sich sogar dazu hinreißen lassen, Treibe-mich-selbst-in-den-Ruin Schnappers Würstchen-in-Brötchen zu probieren. Es schien entweder zu regnen oder sehr heiß zu sein. Freunde gab es keine, abgesehen von den

Kollegen – sie waren die einzigen Personen, die in derselben Welt lebten.

Und in einigen Tagen sollte sich alles ändern. Dann saß Mumm, wie es Feldwebel Colon ausgedrückt hatte, »an der Futterkrippe«. Dann brauchte er nur noch seine Mahlzeiten einzunehmen und den Dienern Anweisungen zu geben.

Manchmal erinnerte er sich an den alten Feldwebel Keppel. Er hatte die Wache kommandiert, als Mumm Rekrut gewesen war. Kurze Zeit später zog er sich in den Ruhestand zurück. Damals legten sie alle zusammen und kauften ihm eine jener billigen Uhren, die ein paar Jahre lang gingen – bis sich der Dämon darin in Luft auflöste.

Eine dämliche Idee, dachte Mumm schwermütig und starrte weiterhin an die Wand. Jemand verlässt den aktiven Dienst, gibt Marke, Sanduhr und Glocke zurück... Und was schenkt man ihm? Eine Uhr.

Am nächsten Tag kam Keppel trotzdem zur Arbeit, mit der Uhr, um die Neuen in alles einzuweihen. Und um einige liegen gebliebene Dinge zu erledigen, haha. Um den jungen Kerlen zu zeigen, wie man Schwierigkeiten mied, haha. Einen Monat später brachte er die Kohle, fegte, machte Botengänge und half beim Schreiben der Berichte. Fünf Jahre später war er immer noch da. Und auch nach sechs Jahren, als ein Wächter besonders früh eintraf und ihn auf dem Boden fand...

Es stellte sich heraus, dass niemand – *niemand* – wusste, wo er wohnte oder ob es eine Frau Keppel gab. Mumm erinnerte sich: Sie legten erneut zusammen, um ihn zu beerdigen. Und bei der Bestattung waren nur Wächter zugegen...

Das schien bei Bestattungen von Wächtern immer der Fall zu sein.

Inzwischen hatte sich die Situation natürlich verändert. Feldwebel Colon war seit vielen Jahren glücklich verheiratet – vielleicht deswegen, weil sich die Kontakte zwischen Ehemann und Gattin auf ein Minimum beschränkten: Wegen ihres unterschiedlichen Berufslebens begegneten sie sich nur selten, meistens an der Haustür. Aber Frau Colon hinterließ ihrem Mann anständige Mahlzeiten in der Küche, und sicher verbarg sich noch mehr hinter der Beziehung. Sie hatten

Kinder, was darauf hindeutete, dass sie nicht immer im Stande gewesen waren, sich aus dem Weg zu gehen. Der junge Karotte musste die Frauen mit einem Stock abwehren. Und Korporal Nobbs... vermutlich arrangierte er sich irgendwie. Es hieß, er hätte den Körper eines Fünfundzwanzigjährigen; allerdings wusste niemand, wo er ihn versteckte.

Nun, jeder hatte jemanden, bei Nobbs vielleicht gegen den Willen der betreffenden Personen.

Und Hauptmann Mumm? Wie sieht's bei dir aus? Liegt dir wirklich etwas an ihr? Denk mal nicht an Liebe, denn das ist ein riskantes Wort für Leute über vierzig. Hast du vielleicht Angst, allein als Greis zu sterben und aus Mitleid begraben zu werden, von jungen Burschen, die dich nur als alten Knacker kannten, als jemanden, der Kaffee holte und über den man hinter seinem Rücken dumme Witze riss?

Das wollte Mumm vermeiden. Und jetzt bot ihm das Schicksal ein Märchen an.

Er hatte natürlich gewusst, dass Lady Käsedick reich war. Doch es war eine Überraschung für ihn gewesen, von Herrn Tagscheu zu einem Gespräch geladen zu werden.

Herr Tagscheu fungierte seit langer Zeit als Familienanwalt der Käsedicks. Schon seit Jahrhunderten. Er war ein Vampir.

Mumm mochte keine Vampire. Im nüchternen Zustand neigten Zwerge dazu, die Gesetze zu achten, und selbst Trolle machten kaum Schwierigkeiten, solange man sie im Auge behielt. Doch Untote weckten profundes Unbehagen in Mumm. Gegen das Prinzip »Leben und leben lassen« hatte er nichts einzuwenden, aber in diesem besonderen Fall gab es da logische Probleme...

Herr Tagscheu erwies sich als sehr dünn und sehr blass. Er brauchte eine halbe Ewigkeit, um auf den Kern der Sache zu kommen, und als es schließlich so weit war, fühlte sich Mumm auf seinem Stuhl wie festgenagelt.

»*Wie* viel?«

»Äh. Nun, wenn ich alle Bestandteile des Vermögens berücksichtige, auch die Bauernhöfe, unbebauten Grundstücke und magisch beeinflussten Immobilien unweit der Unsichtbaren Universität... Der jährliche Ertrag beläuft sich etwa auf sieben Millionen Ankh-Morpork-Dollar. Ja, ich halte sieben Millionen für eine recht exakte Schätzung.«

»Und das gehört alles *mir*?«

»Sobald du Lady Sybil geheiratet hast. In ihrem letzten Brief wies sie mich an, dir vollen Zugang zu allen Konten und dergleichen zu gewähren.«

Der Untote beobachtete Mumm mit seltsam glänzenden Augen.

»Etwa ein Zehntel von Ankh gehört Lady Sybil«, sagte der Vampir langsam. »Hinzu kommen ausgedehnte Besitztümer in Morpork, plus weite Ländereien außerhalb der Stadt...«

»Aber... aber... es ist unser *gemeinsames* Eigentum...«

»In dieser Hinsicht hat sich Lady Sybil sehr klar ausgedrückt. Sie überschreibt ihren ganzen Besitz dem Ehemann. Offenbar hat sie da recht... altmodische Vorstellungen.« Tagscheu schob ein Dokument über den Schreibtisch. Mumm nahm es entgegen, entfaltete es und las.

»Falls du vor ihr stirbst, geht alles wieder in den Besitz der Lady über«, erklärte der Anwalt. »Als Erben kämen auch eventuelle Söhne und Töchter in Frage.«

Selbst an dieser Stelle schwieg Mumm. Er spürte nur, wie seine Kinnlade nach unten klappte und ihm irgendetwas das Gehirn verkleisterte.

Tagscheus Stimme erklang wie aus weiter Ferne, als er fortfuhr: »Lady Sybil mag nicht mehr die Jüngste sein, aber sie ist eine gesunde Frau, und es gibt keinen Grund...«

Den Rest der Besprechung überstand Mumm, indem er auf Automatik umschaltete.

Selbst jetzt noch fiel es ihm schwer, darüber nachzudenken. Wenn er es versuchte, drifteten seine Gedanken fort. Sie glitten in eine bestimmte Richtung, wie immer, wenn die Welt zu viel für ihn wurde.

Mumm zog die Schublade des Schreibtischs auf und starrte auf eine glänzende Flasche Jimkin Bärdrückers Sehr Guten Whisky. Er wusste gar nicht mehr, wie sie in die Schublade gelangt war. Irgendwie hatte er es nie geschafft, sie verschwinden zu lassen.

Wenn du damit wieder anfängst, schaffst du es nicht bis zur Pensionierung, warnte er sich selbst. Bleib bei den Zigarren.

Er schloss die Schublade, lehnte sich zurück und holte eine halb gerauchte Zigarette hervor.

Vielleicht konnte es sich die Wache gar nicht leisten, ihn zu verlieren. Politik. Ha! Wächter wie Keppel würden sich im Grab umdrehen, wenn sie von den neuen Rekruten erfuhren...

Und die Welt explodierte.

Das Fenster zerbarst. Glassplitter bohrten sich auf der anderen Seite des Zimmers in die Wand; eine Scherbe schnitt in Mumms Ohr.

Er warf sich zu Boden und rollte unter den Schreibtisch.

Jetzt war das Maß voll! Die verdammten Alchimisten hatten ihr Gildenhaus zum letzten Mal in die Luft gejagt, wenn es nach Mumm ging.

Doch als er über den Fenstersims blickte, sah er auf der anderen Seite des Flusses eine Rauchwolke über dem Gebäude der Assassinengilde...

Die übrigen Wächter eilten über die Filigranstraße, als Mumm den Eingang des Gildenhauses erreichte. Zwei in Schwarz gekleidete Assassinen versperrten ihm den Weg. Sie blieben höflich, gaben jedoch zu erkennen, dass Unhöflichkeit zu den Optionen für die nahe Zukunft gehörte. Hinter dem Tor erklangen die typischen Geräusche hastiger Schritte.

»Seht ihr diese Dienstmarke?«, fragte Mumm. »Seht ihr sie?«

»Und wenn schon«, erwiderte ein Assassine. »Dies ist Gildengelände.«

»Im Namen des Gesetzes – lasst uns eintreten!«, donnerte Mumm.

Der Assassine lächelte nervös. »Das Gesetz sagt, dass hier bei uns allein die Regeln der Gilde gelten.«

Mumm bedachte ihn mit einem finsteren Blick. Unglücklicherweise hatte er Recht. Die Gesetze von Ankh-Morpork reichten – wenn überhaupt – bis zu den Eingangstüren der Gildenhäuser, weiter nicht. Die Gilden hatten ihre eigenen Vorschriften. Die Gilden …

Der Hauptmann unterbrach seine Überlegungen.

Hinter ihm bückte sich Obergefreite Angua und griff nach einem Glassplitter.

Dann scharrte sie mit dem Fuß in dem Durcheinander auf dem Boden.

Kurze Zeit später begegnete sie dem Blick einer kleinen, unscheinbaren Promenadenmischung, die unter einem Karren hockte und sie aufmerksam beobachtete. Der Hund sah aus wie akuter Mundgeruch mit feuchter Nase.

»Wuff, wuff«, sagte der Köter gelangweilt. »Wuff, wuff, wuff. Knurr, knurr.«

Er lief in eine Gasse. Angua sah sich kurz um, bevor sie ihm folgte. Die anderen Wächter standen bei Mumm, der sehr still geworden war.

»Hol das Oberhaupt der Assassinen«, sagte er. »Und zwar *sofort.*«

Der junge Assassine versuchte, spöttisch zu lächeln.

»Ha!«, erwiderte er. »*Mich* beeindruckt deine Uniform überhaupt nicht.«

Mumm senkte den Kopf, betrachtete seinen verbeulten Brustharnisch und das recht abgenutzte Kettenhemd.

»Ja«, brummte er. »Dies ist keine sehr beeindruckende Uniform. Tut mir Leid. Vortreten, Korporal Karotte und Obergefreiter Detritus.«

Der Assassine merkte, wie es plötzlich finster wurde. Irgendetwas blockierte das Sonnenlicht.

»Nun«, erklang Hauptmann Mumms Stimme hinter der Eklipse, »ich schätze, *dies* sind beeindruckende Uniformen, nicht wahr?«

Der Assassine nickte langsam. Die Situation bekam einen ganz neuen Aspekt. Für gewöhnlich hielten sich jenseits der Gildenmauern nie Wächter auf. Warum auch? Und *normale* Wächter waren ohnehin kein Problem. In seiner perfekt geschneiderten, schwarzen Kleidung steckten mindestens achtzehn Vorrichtungen, die das Töten von Personen erleichterten, doch jetzt wurde ihm klar: Obergefreiter Detritus verfügte am Ende seiner Arme über zwei Dinge, die dem gleichen Zweck dienten. Er musste sie nicht extra hervorholen.

»Ich... äh... gehe jetzt und hole das Gildenoberhaupt, in Ordnung?«, fragte er.

Karotte beugte sich vor.

»Das ist *sehr* freundlich von dir«, erwiderte er ernst.

Angua beobachtete den Hund. Und der Hund beobachtete Angua.

Sie ging in die Hocke, als sich das Tier hingebungsvoll am Ohr kratzte.

Mit einem raschen Blick vergewisserte sie sich, dass niemand in der Nähe weilte. Dann bellte sie eine Frage.

»Spar dir die Mühe«, sagte der Hund.

»Du kannst *sprechen*?«

»Ach, das erfordert nicht viel Intelligenz«, lautete die Antwort. »Und man muss auch nicht besonders gescheit sein, um zu erkennen, was *du* bist.«

Panik huschte über Anguas Gesicht.

»Woran zeigt es sich?«

»Am *Geruch,* Teuerste. Hast du denn nichts gelernt? Ich habe dich schon aus einer Entfernung von anderthalb Kilometern gerochen und dachte mir: Oh-ho, jetzt ist eine von *ihnen* in der Wache.«

Angua hob den Zeigefinger.

»Wenn du es jemandem verrätst...«

Der Hund wirkte noch etwas kummervoller als vorher.

»Niemand würde mir zuhören«, sagte er.

»Warum?«

»Weil alle davon überzeugt sind, dass Hunde nicht sprechen können. O ja, die Leute *hören* mich, aber in den meisten Fällen glauben sie, dass es ihre eigenen Gedanken sind.« Der kleine Hund seufzte. »Glaub mir, ich weiß, wovon ich rede. Ich habe Bücher gelesen. Besser gesagt: gekaut.«

Wieder kratzte er sich am Ohr. »Mir scheint, wir könnten uns gegenseitig helfen...«

»Wie denn?«

»Nun, was hältst du davon, wenn du mir ein Steak besorgst? Mindestens ein Pfund schwer und schön zart. Steaks haben eine sehr positive Wirkung auf mein Gedächtnis. Sie sorgen dafür, dass ich mich an alles erinnere.«

Angua runzelte die Stirn.

»Das Wort ›Erpressung‹ mögen die Leute nicht«, sagte sie.

»Es gibt noch andere Wörter, die sie nicht mögen«, erwiderte der Hund. »Nimm mich zum Beispiel. Ich leide an chronischer Intelligenz. Was kann ein Hund damit anfangen? Habe ich vielleicht darum gebeten? Nein. Ich habe nur ein gemütliches Plätzchen für die Nacht gesucht, zufälligerweise in der Nähe der Unsichtbaren Universität, besser gesagt: unweit des Forschungstraktes für hochenergetische Magie. Niemand wies mich darauf hin, dass dort die Thaumaturgie leckt. Tja, als ich am nächsten Morgen die Augen öffnete, zischte und sprudelte es wie Sekt in meinem Kopf, und ich überraschte mich beim Denken. Oh, hallo, dachte ich, da seid ihr wieder, abstrakte Vorstellungen und intellektuelle Entwicklung... Was kann ich schon damit anfangen, hm? Als es zum letzten Mal geschah, lief es darauf hinaus, dass ich die ganze Welt vor irgendwelchen schrecklichen Dingsbumsdingern aus den Kerkerdimensionen retten musste, und hat mir vielleicht jemand dafür gedankt? ›Liebes Hündchen, möchtest du einen Knochen?‹ Har, har.« Das Tier hob eine abgewetzte Pfote. »Ich heiße Gaspode. Praktisch jede Woche passiert mir so was. Abgesehen davon bin ich ein ganz normaler Hund.«

Angua gab auf, griff nach der von Motten zerfressenen Pfote und schüttelte sie behutsam.

»Mein Name ist Angua. Und du weißt, was ich bin.«

»Hab's schon vergessen«, sagte Gaspode.

Hauptmann Mumm betrachtete die Trümmer auf dem Hof. Sie lagen vor einem großen Loch in einer der Erdgeschosskammern. Alle Fenster waren geborsten, und zahllose Glassplitter lagen auf dem Boden. Glas von einem Spiegel. Assassinen standen zwar in dem Ruf, sehr eitel zu sein, aber normalerweise befanden sich Spiegel in einem Zimmer. Diese Fragmente sollten eigentlich in einem Raum liegen, nicht hier draußen.

Mumm sah, wie sich Obergefreiter Knuddel bückte und nach einigen Rollen griff, die mit einem halb verbrannten Seil verschnürt waren.

Ein Stück Pappe lag in dem Durcheinander.

Die Haare auf Mumms Handrücken prickelten.

Er nahm einen charakteristischen Geruch wahr.

Er war bereit zuzugeben, dass er kein besonders guter Polizist war – aber wahrscheinlich wäre ihm das erspart geblieben, da andere Leute darauf hingewiesen hätten. Zu seinen Charaktereigenschaften gehörte eine sture Entschlossenheit, die gewisse wichtige Personen als unangenehm empfanden. Und was gewisse wichtige Personen als unangenehm empfanden, konnte unmöglich Teil der Eigenschaften eines guten Polizisten sein. Wie dem auch sei: Mumm hatte Instinkte entwickelt. Ohne gute Instinkte konnte man auf den Straßen von Ankh-Morpork nicht überleben. Der Dschungel verändert sich auf subtile Weise, wenn ein Jäger eindringt, und eine solche Veränderung spürte Mumm nun in der Stadt.

Etwas geschah, etwas *Falsches,* aber er wusste nicht genau, wo er danach suchen sollte. Er bückte sich, um das Stück Pappe aufzuheben...

»Was geht hier vor?«

Mumm neigte den Oberkörper wieder nach oben, drehte sich jedoch nicht um.

»Feldwebel Colon, bitte kehre mit Nobby und Detritus zum Wachhaus zurück«, sagte er. »Korporal Karotte und Obergefreiter Knuddel – ihr bleibt bei mir.«

»Zu Be*fähl*!«, erwiderte Feldwebel Colon, stampfte mit dem Fuß auf und salutierte zackig, um die Assassinen zu verärgern. Mumm erwiderte den Gruß.

Dann drehte er sich um.

»Ah, Professor Kreuz«, sagte er.

Das Oberhaupt der Assassinengilde war kalkweiß im Gesicht – ein deutliches Zeichen seines Zorns. Die Blässe kontrastierte seine schwarze Kleidung.

»Niemand hat euch gerufen!«, zischte Kreuz. »Wer gibt dir das Recht, dich an diesem Ort aufzuhalten, Wächter? Wieso schreitest du durch die Gegend, als wäre das hier dein persönliches Eigentum?«

Mumm zögerte und juchzte innerlich. Er genoss diesen Augenblick. Er hätte ihn gern genommen und in ein großes Buch gelegt, um ihn gelegentlich hervorzuholen und sich an alle Einzelheiten zu erinnern.

Er griff in den Brustharnisch und hielt zwei Sekunden später einen Brief von Anwalt Tagscheu in der Hand.

»Wenn du den wesentlichen Grund erfahren möchtest...«, erwiderte er. »Hier gehört mir *tatsächlich* alles.«

Man kann jemanden beschreiben, indem man die Dinge aufzählt, die der Betreffende verabscheut. Hauptmann Mumm verabscheute eine Menge. Assassinen standen fast ganz oben auf der Liste, sofort hinter Königen und Untoten.

Er musste sich allerdings eingestehen, dass sich Professor Kreuz sehr schnell von der Überraschung erholte. Er explodierte nicht, als er den Brief las; er erhob keine Einwände, behauptete nicht einmal, dass es sich um eine Fälschung handelte. Er faltete ihn einfach zusammen, gab ihn zurück und sagte kühl: »Ich verstehe. Grundbesitz, nicht wahr? Auch die Gebäude?«

»In der Tat. Würdest du mir jetzt bitte sagen, was hier passiert ist?«

Mumm sah einige andere hochrangige Assassinen durch das Loch in der Wand auf den Hof treten. Sie schienen in den Trümmern nach etwas zu suchen.

Professor Kreuz zögerte zwei oder drei Sekunden lang.

»Feuerwerkskörper«, sagte er.

»Folgendes ist geschehen«, sagte Gaspode. »Jemand hat einen Drachen in eine Kiste gestopft und diese an die Wand des Gildengebäudes gestellt. Dann versteckte sich der Bursche hinter einer Statue, zog an einem Strick und... Bumm!«

»Bumm?«

»Genau. Unser Freund springt durch das Loch, kommt kurze Zeit später wieder zum Vorschein und rennt über den Hof. Von einem Augenblick zum anderen wimmelt's überall von Assassinen, und er ist mitten unter ihnen. Wem fällt schon ein schwarz gekleideter Mann unter schwarz gekleideten Männern auf?«

»Ist er noch immer da?«

»Woher soll ich das wissen? An schwarzen Kapuzenmänteln herrscht da drüben kein Mangel...«

»Wieso hast du das alles gesehen?«

»Oh, am Mittwochabend mache ich immer einen Abstecher zur Assassinengilde. Verschiedenes vom Grill, verstehst du?« Gaspode seufzte, als er die Verwirrung in Anguas Gesicht sah. »Am Mittwochabend brät der Koch immer dies und das – ›Verschiedenes vom Grill‹. Und stets bleibt die Blutwurst übrig. Ich gehe zur Küche, und dort spielt sich alles so ab: Wuff-wuff, bettel, bettel, o sieh nur den Hund, sitzt dort ganz brav, scheint jedes Wort zu verstehen, der Köter, mal sehen, was wir für ihn haben...«

Verlegen senkte er den Kopf.

»Stolz ist eine Sache, Wurst eine ganz andere«, fügte er hinzu.

»Feuerwerkskörper?«, wiederholte Mumm.

Professor Kreuz wirkte wie jemand, der im sturmgepeitschten Meer die Hände nach einem vorbeitreibenden Baumstamm ausstreckt.

»Ja. Feuerwerkskörper. Zum Anlass des... äh... Gründungstags. Leider hat jemand ein brennendes Streichholz weggeworfen, wodurch die Böller alle auf einmal hochgingen.« Professor Kreuz lächelte plötzlich. »Tja, mein lieber Hauptmann Mumm...« Er klatschte in die Hände. »Ich weiß deine Besorgnis natürlich zu schätzen, aber...«

»Die Feuerwerkskörper lagerten in dem Zimmer dort drüben?«, fragte Mumm.

»Ja, doch das spielt eigentlich keine Rolle ...«

Mumm trat an das Loch in der Wand und blickte in den Raum. Zwei Assassinen sahen zu Kreuz hinüber und tasteten unauffällig nach bestimmten Stellen an ihrer schwarzen Kleidung.

Das Oberhaupt der Gilde schüttelte den Kopf. Seine Vorsicht mochte etwas damit zu tun haben, dass Karotte die rechte Hand aufs Schwertheft legte. Vielleicht lag es auch einfach am Ehrenkodex der Assassinen: Sie hielten es für unehrenhaft, jemanden zu töten, ohne dafür bezahlt zu werden.

»Das scheint eine Art... Museum zu sein«, sagte Mumm. »Denkwürdigkeiten der Gilde und so?«

»Genau. Und so. Dies und das. Krimskrams. Du weißt schon: Dinge, die sich im Lauf der Zeit ansammeln.«

»Oh«, entgegnete Mumm. »Nun, ich glaube, hier ist alles in bester Ordnung. Entschuldige bitte, dass ich deine Zeit in Anspruch genommen habe, Professor. Ich hoffe, du hattest deshalb keine Unannehmlichkeiten.«

»Natürlich nicht! Es war mir eine Freude, dich zu beruhigen.«

Mit sanftem Nachdruck geleitete man die Wächter zum Tor.

»An eurer Stelle würde ich das Glas wegräumen«, sagte Mumm und sah sich noch einmal auf dem Platz um. »An den vielen Scherben könnte sich jemand verletzen. Und ich möchte nicht, dass jemand von euch zu Schaden kommt.«

»Wir schaffen hier sofort Ordnung, Hauptmann«, versprach Professor Kreuz.

»Gut, gut. Herzlichen Dank.« Im Tor verharrte Mumm noch einmal und schlug sich mit der flachen Hand an die Stirn. »Oh, meine Güte, seit einiger Zeit ist mein Gedächtnis wie ein Sieb ... Du hast von einem Diebstahl gesprochen. Was wurde gestohlen?«

In der Miene des Gildenoberhaupts rührte sich kein Muskel.

»Ich habe nichts als gestohlen gemeldet, Hauptmann.«

Mumm starrte ihn einige Sekunden lang an.

»Ach? Oh. Entschuldigung. Es liegt am Stress, nehme ich an. Zu viel Arbeit. Bis dann.«

Dicht hinter ihm fiel die große Tür ins Schloss.

»Also gut«, sagte Mumm.

»Hauptmann, was ...«, begann Karotte. Mumm hob die Hand.

»Das wär's dann wohl«, sagte er etwas lauter als nötig. »Es besteht kein Anlass zur Sorge. Kehren wir zum Wachhaus zurück. Wo ist Obergefreite Wiehießsienoch?«

»Hier, Hauptmann«, sagte Angua und kam aus einer nahen Gasse.

»Hast dich versteckt, wie? Und was ist *das*?«

»Wuff-wuff, jaul-jaul.«

»Ein kleiner Hund, Hauptmann.«

»Meine Güte.«

Das Läuten der großen, korrodierten Inhumierungsglocke hallte durch den Gebäudekomplex der Assassinengilde. In Schwarz gekleidete Gestalten erschienen aus allen Richtungen, und in ihrer Hast, den Hof zu erreichen, stießen sie sich gegenseitig beiseite.

Vor dem Büro von Professor Kreuz versammelte sich der Gildenrat. Der Stellvertreter des Oberhaupts, Herr Witwenmacher, klopfte zaghaft an die Tür.

»Herein.«

Die Räte kamen der Aufforderung nach.

Kreuz' Büro war der größte Raum im ganzen Gildenhaus. Besuchern erschien es immer falsch, dass es bei der Gilde so viele große und helle Zimmer gab. Dadurch wirkte das ganze Anwesen wie ein vornehmer Club und nicht wie ein Ort, an dem tagtäglich der Tod geplant wurde.

Fröhliche Jagdbilder hingen an den Wänden, doch wenn man genau hinsah, erkannte man, dass nicht etwa Füchse oder Hirsche die Beute waren. Kupferstiche, Radierungen und einige neumodische ikonographische Bilder präsentierten die Gilde: lange Reihen von lächelnden

Gesichtern über schwarzen Kutten. Die jüngsten Assassinen saßen vorn im Schneidersitz, und einer von ihnen schnitt eine Grimasse*.

Vor der einen Wand erstreckte sich ein langer Mahagonitisch, an dem sich die Ältesten der Gilde einmal pro Woche versammelten. Die andere Seite des Raums enthielt Kreuz' private Bibliothek und eine kleine Werkbank. Darüber hing ein Arzneischrank mit Hunderten von kleinen Schubladen. Die Schilder darauf waren im Assassinencode beschriftet, aber Fremde wären ohnehin nicht auf den Gedanken gekommen, hier nach einem Mittel gegen Kopfschmerzen zu suchen.

Vier Säulen aus schwarzem Granit stützten die Decke. Hineingemeißelt waren die Namen berühmter Assassinen aus vergangenen Epochen. Kreuz' Schreibtisch stand so, dass die Säulen genau an den vier Ecken aufragten. Dort wartete das Gildenoberhaupt und sah den Neuankömmlingen entgegen.

»Ich möchte, dass ein Anwesenheitsappell durchgeführt wird«, sagte er scharf. »Hat jemand das Gelände verlassen?«

»Nein, Herr.«

»Wie kannst du da so sicher sein?«

»Die Wächter auf den Dächern in der Filigranstraße haben niemanden gesehen, der die Gilde betrat oder verließ.«

»Wer beobachtet die Wächter?«

»Sie beobachten sich gegenseitig, Herr.«

»Na schön. Hört gut zu. Ich möchte, dass alles in Ordnung gebracht wird. Falls jemand aus irgendwelchen Gründen das Gelände verlassen muss, wird er begleitet, klar? Niemand geht allein irgendwohin. Außerdem veranlasse ich hiermit eine gründliche Durchsuchung des Gebäudes. Habt ihr verstanden?«

»Wonach soll gesucht werden, Professor?«

»Nach allem, das... versteckt ist. Wenn ihr etwas findet und nicht wisst, was es damit auf sich hat, benachrichtigt sofort den Rat. Und rührt das Ding nicht an.«

* So einer fehlt nie.

»Aber Professor, im Gildenhaus sind zahllose Dinge versteckt...«

»*Dieses* versteckte Ding ist anders als alle anderen versteckten Dinge, kapiert?«

»Nein, Herr.«

»Gut. Und kein Wort davon zu den blöden Wächtern. Du, Junge... bring mir meinen Hut.« Professor Kreuz seufzte. »Ich schätze, ich muss dem Patrizier Bescheid geben.«

»Tut mir Leid, Herr.«

Der Hauptmann schwieg, bis sie die Messingbrücke überquert hatten.

»Nun, Korporal Karotte«, sagte er, »ich habe dich mehrmals darauf hingewiesen, wie wichtig das Beobachten ist, nicht wahr?«

»Ja, Hauptmann. Deinen diesbezüglichen Bemerkungen habe ich immer große Beachtung geschenkt.«

»Na schön. Was hast du also beobachtet?«

»Ein Spiegel ging zu Bruch. Alle wissen, dass Assassinen Spiegel mögen. Aber wenn jener Raum eine Art Museum ist... Wieso befand sich dort ein Spiegel?«

»Bitte, Herr.«

»Wer hat das gesagt?«

»Ich. Hier unten. Ich bin's, Obergefreiter Knuddel.«

»Oh, ja. Ja?«

»Ich kenne mich ein bisschen mit Feuerwerkskörpern aus. Wenn sie abbrennen oder explodieren, entsteht ein ganz besonderer Geruch. Der fehlte bei der Gilde. Dort hat's ganz anders gestunken.«

»Gut... gerochen, Knuddel.«

»Und dort lag ein halb verbranntes Seil mit Rollen dran.«

»Ich habe Drachen gerochen«, sagte Mumm.

»Im Ernst, Hauptmann?«

»Ja.« Mumm verzog das Gesicht. Wer etwas Zeit in der Gesellschaft von Lady Käsedick verbrachte, fand schnell heraus, wie Drachen rochen. Wenn der erstaunte Besucher beim Essen plötzlich einen schuppigen Kopf auf dem eigenen Schoß vorfand, versuchte er, die

Ruhe zu bewahren und ihm den einen oder anderen Leckerbissen zu geben – in der Hoffnung, dass der Sumpfdrache keinen Schluckauf bekam.

»In dem Zimmer stand ein gläserner Behälter«, fuhr Mumm fort. »Er wurde zertrümmert. Ha! Um etwas zu stehlen. Draußen auf dem Hof lag ein Stück Pappe, aber jemand ließ es verschwinden, als ich mit dem alten Kreuz sprach. Hundert Dollar gäbe ich, um zu erfahren, was darauf geschrieben stand.«

»Warum, Hauptmann?«, fragte Karotte.

»Weil der verdammte Kreuz etwas verheimlicht.«

»Ich weiß, wodurch das Loch in der Wand entstanden sein könnte«, warf Angua ein.

»Ach?«

»Durch einen explodierenden Drachen.«

Während der nächsten Schritte herrschte verblüfftes Schweigen.

»Das wäre möglich, Hauptmann«, sagte der loyale Karotte. »Manchmal platzen die kleinen Teufel schon auseinander, wenn sie sich nur erschrecken.«

»Ein Drache«, murmelte Mumm. »Wie kommst du darauf, Obergefreite Angua?«

Angua zögerte. Die Antwort »Ein Hund hat's mir erzählt« hielt sie nicht für besonders klug. Darunter konnte ihre Karriere beim Militär leiden.

»Weibliche Intuition?«, erwiderte sie vorsichtig.

»Nun«, sagte Mumm, »gibt dir die Intuition vielleicht auch einen Hinweis, was gestohlen wurde?«

Angua zuckte mit den Schultern, und Karotte beobachtete interessiert, wie sich dabei ihre Brust bewegte.

»Ein Gegenstand, den die Assassinen an einem Ort aufbewahrten, wo sie ihn ständig betrachten konnten?«, spekulierte sie.

»O *ja*.« Mumm nickte. »Und gleich behauptest du noch, der Hund hätte alles gesehen, wie?«

»Wuff?«

Edward d'Eath zog die Vorhänge zu, verriegelte die Tür und lehnte sich dagegen. Es war so leicht gewesen!

Das Bündel lag auf dem Tisch: dünn, etwa hundertzwanzig Zentimeter lang.

Edward packte das Objekt aus und starrte voller Ehrfurcht darauf hinab.

Es sah genauso aus wie auf der Zeichnung. Typisch für den Mann ... Dutzende detaillierter Diagramme von Armbrüsten, und dies am Rand, als wäre es völlig unwichtig.

Ein einfaches Prinzip steckte dahinter. Warum war der Gegenstand überhaupt versteckt worden? Vielleicht deshalb, weil sich die Leute davor fürchteten. Der Macht begegneten sie immer mit Furcht. Sie weckte Unbehagen in ihnen.

Edward griff nach dem Objekt, hielt es eine Zeit lang fest und stellte fest, dass es sich gut an Schulter und Arm schmiegte.

Du gehörst mir.

Und das war das Ende von Edward d'Eath, mehr oder weniger. Er starb nicht etwa, zumindest nicht sofort, aber etwas anderes nahm seinen Platz ein, etwas, das nicht mehr dachte wie ein Mensch.

Es war fast Mittag. Feldwebel Colon hatte die neuen Rekruten zum Schießstand bei Indeckung geführt.

Mumm und Karotte gingen Streife.

Der Hauptmann spürte, wie es in ihm brodelte. Etwas kratzte an seinen verrosteten, aber noch funktionierenden Instinkten und versuchte, seine Aufmerksamkeit zu gewinnen. Alles in ihm drängte danach, sich zu bewegen. Diesmal fiel es Karotte schwer, nicht den Anschluss zu verlieren.

In der Straße vor dem Gildenhaus begegneten sie drei Assassinenlehrlingen, die noch immer damit beschäftigt waren, die Trümmer zu beseitigen.

»Assassinen am helllichten Tag«, knurrte Mumm. »Bin überrascht, dass sie nicht zu Staub zerfallen.«

»Du verwechselst sie mit Vampiren«, erwiderte Karotte.

»Ha! Du hast Recht. Assassinen und Diebe mit Lizenzen und verdammte Vampire! Ach, einst war dies eine großartige Stadt, Junge.«

Ganz unbewusst fielen sie in den Patrouillenschritt.

»Als es noch Könige gab, Hauptmann?«

»Könige? Könige? Lieber Himmel, nein!«

Zwei Assassinen drehten sich verwirrt um.

»Wenn du's genau wissen willst…«, sagte Mumm. »Ein Monarch ist ein absoluter Herrscher. Gewissermaßen der Ober-Honcho…«

»Es sei denn, es handelt sich um eine Königin«, warf Karotte ein.

Mumm durchbohrte ihn mit einem finsteren Blick, bevor er nickte.

»In Ordnung: die Ober-Honchette…«

»Was natürlich nur gilt, wenn sie eine junge Frau ist. Allerdings neigen Königinnen dazu, älter zu sein. In dem Fall wäre es eine… Honcharina? Nein, diese Bezeichnung passt nur auf eine sehr junge Prinzessin. Nein… äh… Es müsste Honchesa heißen, glaube ich.«

Mumm zögerte. Es ist die besondere Atmosphäre in dieser Stadt, dachte er. Hätte der Schöpfer in Ankh-Morpork gesagt: »Es werde Licht!«, wäre er von den Bürgern sofort mit der Frage »In welcher Farbe?« unterbrochen worden.

»Der oberste Herrscher, einverstanden?«, schlug der Hauptmann vor und setzte sich wieder in Bewegung.

»Einverstanden.«

»Das ist doch nicht richtig, oder? Ich meine, ein einzelner Mann entscheidet über Leben und Tod.«

»Nun, wenn es ein guter Mann ist…«, begann Karotte.

»Was? *Was?* Na schön. Lass uns einmal annehmen, der oberste Herrscher beabsichtigt, sich an gute, ehrenwerte Prinzipien zu halten. Aber gilt das auch für seinen Stellvertreter? Das solltest du besser hoffen. Denn er ist *ebenfalls* der oberste Herrscher, im Namen des Königs. Und der ganze Rest des Hofes… muss sich ebenfalls aus guten Leuten zusammensetzen. Gehört auch nur ein schlechter Mann dazu, ist das Resultat Bestechung und Vetternwirtschaft.«

»Der Patrizier ist ein oberster Herrscher«, meinte Karotte. Er nickte einem Troll zu. »Guten Tag, Herr Karfunkel.«

»Aber er trägt weder eine Krone, noch sitzt er auf einem Thron«, sagte Mumm. »Er teilt seinen Untertanen auch nicht mit, es sei *richtig*, dass er regiert. Ich hasse den Kerl, doch eins muss man ihm lassen: Er ist ehrlich. So ehrlich wie ein Korkenzieher.«

»Trotzdem, ein guter Mann als König...«

»Ja? Und dann? Königliches vergiftet das Bewusstsein, Junge. Ehrliche Männer fangen an, sich zu verbeugen, nur weil der Großvater von irgendjemandem mehr Burschen umgebracht hat als ihrer. Hör mir gut zu! Vielleicht hatten wir mal gute Könige! Aber Königen folgen weitere Könige! Und früher oder später – meistens früher – führt diese Entwicklung zu Großvätern, die mehr Leute umgebracht haben als andere. Und damit nicht genug. Sie hacken Königinnen den Kopf ab und kämpfen dauernd gegen die Vettern! Jahrhundertelang ging das so. Bis jemand aufstand und sagte: ›Wir wollen keine Könige mehr!‹ Daraufhin erhoben wir uns alle, um die verdammten Adligen zu vertreiben, und wir zerrten den König vom Thron, und wir brachten ihn zum Hier-gibt's-alles-Platz, und dort enthaupteten wir ihn, jawohl. Wurde auch höchste Zeit!«

»Donnerwetter«, sagte Karotte. »Wer war es?«

»Wen meinst du?«

»Den Mann, der aufstand und sagte: ›Wir wollen keine Könige mehr!‹«

Die Passanten starrten sie groß an, und Mumms Gesichtsfarbe wandelte sich: Aus dem Rot des Zorns wurde das Rot der Verlegenheit. Doch eigentlich gab es dabei keinen nennenswerten Unterschied.

»Oh. Er war damals Kommandant der Stadtwache«, murmelte Mumm. »Sie nannten ihn ›Altes Steingesicht‹.«

»Hab' nie von ihm gehört«, sagte Karotte.

»Nun... äh... in den Geschichtsbüchern wird er kaum erwähnt«, erklärte Mumm. »Manchmal gibt es einen Bürgerkrieg, und nachher beschließt man, so zu tun, als wäre überhaupt nichts geschehen.

Manchmal müssen gewisse Leute eine gewisse Pflicht erfüllen, um anschließend vergessen zu werden. Altes Steingesicht schwang die Axt. Niemand sonst war dazu bereit. Immerhin war es ein königlicher Hals. Könige sind etwas *Besonderes.*« Der Hauptmann verlieh diesem Wort einen verächtlichen Klang. »Dieser Meinung waren die Leute selbst dann noch, nachdem sie die privaten Gemächer gesehen und dort... aufgeräumt hatten. In der Welt aber wollte niemand Ordnung schaffen. Bis auf Steingesicht. Er nahm die Axt, verfluchte alle und erledigte das, was erledigt werden musste.«

»Wie hieß der König?«, fragte Karotte.

»Lorenzo der Nette«, antwortete Mumm leise.

»Im Palastmuseum habe ich Bilder von ihm gesehen. Ein dicker alter Mann. Umgeben von vielen Kindern.«

»O ja«, sagte Mumm langsam. »Kinder mochte er sehr.«

Karotte winkte einigen Zwergen zu.

»Von dieser Sache höre ich jetzt zum ersten Mal. Bisher dachte ich, es sei zu einer heimtückischen Rebellion gekommen.«

Der Hauptmann zuckte mit den Schultern. »Man muss die Geschichtsbücher schon sehr aufmerksam lesen, wenn man die Wahrheit erfahren will.«

»Und das war das Ende der Könige von Ankh-Morpork?«

»Ich glaube, ein Sohn überlebte. Und einige verrückte Verwandte. Man verbannte sie. Für Majestäten soll das schrecklich sein. Warum eigentlich?, frage ich mich.«

»Nun, *dir* gefällt die Stadt, nicht wahr?«

»Ja«, bestätigte Mumm. »Aber wenn ich die Wahl hätte zwischen Verbannung und einem abgehackten Kopf, so würde ich nicht zögern, die Koffer zu packen. Es ist gut, dass es keine Könige mehr gibt. Andererseits... die Stadt funktionierte.«

»Das ist nach wie vor der Fall«, sagte Karotte.

Sie kamen an der Assassinengilde vorbei, und kurz darauf erreichten sie die hohen, düsteren Mauern der Narrengilde an der anderen Ecke des Blocks.

»Nein, sie existiert nur. Ich meine, sieh dir nur das da oben an.«

Karotte hob gehorsam den Blick.

Wo sich der Breite Weg und die Alchimistenstraße trafen, stand ein vertrautes Gebäude. Die Fassade hatte viele Verzierungen, doch die meisten verbargen sich unter einer dicken Patina aus Schmutz. Oben nisteten Steinfiguren.

Die vom Zahn der Zeit angenagte Inschrift über dem Portikus lautete:

WEDER REGEN NOCH SCHNEE ODER SONST ETWAS KANN ABHALTIGEN DIESE BOTEN VON IHRE PFLICHT.

Früher mochte das tatsächlich der Fall gewesen sein, doch vor kurzer Zeit hatte jemand ein Schild mit folgenden Worten hinzugefügt:

ABGESEHEN FON:
Felsen
Trollen mit Stökken
Allen Arten fon Drachen
Frau Kuchen
Grossigen grünen Dingen mit Zähnen
Schwarzen Hunden mit orangschfarbenen Brauen
Spanielregen
Nebel
Frau Kuchen

»Oh«, sagte Karotte. »Die königliche Post.«

»Das Postamt«, korrigierte Mumm. »Von meinem Großvater weiß ich: Einst konnte man hier einen Brief aufgeben und sicher sein, dass er innerhalb eines Monats zugestellt wurde. Man brauchte ihn keinem Zwerg zu geben, in der Hoffnung, dass der kleine Mistkerl ihn nicht verspeist ...«

Mumm unterbrach sich.

»Äh. Entschuldige. Ich wollte dich nicht beleidigen.«

»Oh, keine Sorge«, erwiderte Karotte fröhlich.

»Eigentlich habe ich nichts gegen Zwerge. Man muss lange suchen, bevor man geschicktere, gesetzestreuere, fleißigere …«

»… kleine Mistkerle findet?«

»Ja. Nein!«

Sie setzten den Weg im Patrouillenschritt fort.

»Jene Frau Kuchen …«, sagte Karotte nach einer Weile. »Scheint sehr willensstark zu sein, wie?«

»Und ob«, erwiderte Mumm.

Etwas knirschte unter Karottes großer Sandale.

»Noch mehr Glas«, stellte er fest. »Selbst hier, ein ganzes Stück von der Assassinengilde entfernt.«

»Explodierende Drachen! Das Mädchen hat vielleicht Phantasie …«

»Wuff-wuff«, erklang eine Stimme hinter ihnen.

»Der blöde Hund ist uns gefolgt«, sagte Mumm.

»Er bellt die Mauer an«, meinte Karotte.

Gaspode bedachte sie mit einem kühlen Blick.

»Wuff-wuff, meine Güte, jaul-jaul«, sagte er. »Seid ihr blind oder was?«

Normale Leute hörten keine Worte von Gaspode, weil gewöhnliche Hunde *nicht sprechen.* Das ist eine allgemein bekannte Tatsache. Dieses Wissen ist ein integraler Bestandteil der intellektuell-organischen Struktur, wie andere allgemein bekannte Tatsachen. Sie haben Vorrang gegenüber allen Informationen, die von den Sinnen übermittelt werden. Aus gutem Grund: Wenn die Leute ständig darauf achten würden, was um sie herum geschieht, brächte niemand mehr etwas zustande.*

Außerdem spricht die überwiegende Mehrheit der Hunde wirklich nicht. Die sprechenden Exemplare sind nur ein statistischer Fehler, den man getrost ignorieren kann.

* Das ist eine wichtige Überlebenseigenschaft der Menschen.

Gaspode hatte inzwischen herausgefunden, dass man ihn auf einem unterbewussten Niveau hörte. Am vergangenen Tag hatte ihn zum Beispiel jemand getreten und dann nach einigen Schritten gedacht: Ich bin doch ein echter Mistkerl.

»Da oben ist etwas«, sagte Karotte. »Sieh nur… An der Steinfigur hängt was Blaues.«

»Wuff-wuff, *wuff!* Wollt ihr euch das Ding nun aus der Nähe ansehen oder nicht?«

Mumm kletterte auf Karottes Schultern und streckte die Hände an der Wand hoch, doch er erreichte den blauen Streifen nicht.

Die Steinfigur drehte ein Auge in seine Richtung.

»Wenn du bitte so freundlich wärst…«, sagte Mumm. »Es hängt an deinem Ohr.«

Stein schabte über Stein, als die Figur eine Hand hob und das Etwas von seinem Ohr löste.

»Danke.«

»Keine Urfache.«

Mumm kehrte auf den Boden zurück.

»Diese Steinfiguren gefallen dir, nicht wahr, Hauptmann?«, fragte Karotte, als sie fortgingen.

»Ja. Es sind natürlich Trolle – eine Subspezies –, aber sie bleiben unter sich, erscheinen nur selten unterhalb des ersten Stocks und verüben keine Verbrechen, von denen jemand etwas erfährt. Solche Leute mag ich.«

Er sah sich den blauen Streifen an.

Das Ding erwies sich als der Rest eines Halsbands. Unter dem Ruß zeichnete sich das Wort »Chubby« ab.

»Meine Güte!«, brachte Mumm hervor. »Es ist tatsächlich ein Drache explodiert!«

An dieser Stelle soll der gefährlichste Mann der Scheibenwelt vorgestellt werden.

Nie hat er einem lebenden Geschöpf ein Leid zugefügt. Ein paar sind von ihm seziert worden, aber erst nach ihrem Tod*. Bei diesen Gelegenheiten staunte er, wie gut alles zusammenpasste, was er umso bemerkenswerter fand, weil nur ungelernte Arbeit dahinter steckte. Mehrere Jahre lang blieb er in einem großen, luftigen Zimmer, was ihn jedoch kaum belastete: Die meiste Zeit verbrachte er ohnehin im eigenen Kopf. Bestimmte Personen lassen sich nicht einsperren.

Er hatte herausgefunden, dass eine Stunde Gymnastik pro Tag gesunden Appetit schuf und die Verdauung förderte. Derzeit saß er auf einem von ihm selbst erfundenen Apparat.

Die Vorrichtung bestand aus einem Sattel über einer Tretkurbel, die über eine Kette ein hölzernes Rad antrieb. Ein metallener Ständer hielt es über dem Boden. Ein zweites Holzrad vor dem Sattel konnte mittels einer Steuerstange gedreht werden. Das zweite Rad und die Stange hatte der Mann hinzugefügt, um den Apparat leichter hin und her schieben zu können. Außerdem ergab es eine hübsche Symmetrie.

Er nannte seine Erfindung »Das-Rad-mit-Pedalen-drehen-und-noch-ein-Rad-Maschine«.

Lord Vetinari arbeitete ebenfalls.

Normalerweise saß er im Rechteckigen Büro oder auf dem einfachen Holzstuhl am unteren Ende der Treppe im Palast. Dahinter führten Stufen zu einem prunkvollen und verstaubten Thron empor. Es war der Thron von Ankh-Morpork, und er bestand zum größten Teil aus Gold. Vetinari hatte nie davon geträumt, dort Platz zu nehmen.

Es herrschte gutes Wetter, und deshalb arbeitete er im Garten.

Für viele Besucher in Ankh-Morpork war es eine große Überraschung, dass der Palast des Patriziers von ausgedehnten Gartenanlagen umgeben war.

Der Patrizier gehörte sicher nicht zu den gärtnerisch veranlagten

* Er war ein früher freidenkender Wissenschaftler und glaubte nicht, dass Menschen ihre Existenz irgendwelchen Göttern verdankten. Das Sezieren lebender Personen war in erster Linie Priestern vorbehalten: Sie glaubten fest daran, dass Menschen von einem Gott erschaffen worden waren, und wollten deshalb Sein Werk aus der Nähe betrachten.

Personen. Aber einige seiner Vorgänger hatten solche Neigungen entfaltet, und Lord Vetinari veränderte oder zerstörte nie etwas, wenn es keinen zwingenden Grund dafür gab. Er behielt sowohl den kleinen Zoo als auch den Rennpferdstall. Darüber hinaus akzeptierte er, dass die Gärten ganz offensichtlich von historischem Interesse waren.

Sie verdankten ihre Existenz dem Absolut Bekloppten Johnson.

Viele Landschaftsgestalter sind in die Geschichte eingegangen und haben ein sehr substantielles Verhältnis in Form von Parkanlagen, die sie mit fast göttlichem Weitblick entworfen hatten, hinterlassen. Sie schufen Seen, Hügel und Wälder, ermöglichten es zukünftigen Generationen, die erhabene Pracht einer vom Menschen unterworfenen Natur zu bewundern. Einige der besten Künstler waren: der Fähige Braun, der Weise Schmitt, der Intuitive Wolfgang von Torfschaufel...

In Ankh-Morpork war der Absolut Bekloppte Johnson tätig gewesen.

Der Absolut Bekloppte »Derzeit sieht's noch nicht besonders toll aus, aber warte nur fünfhundert Jahre« Johnson. Der Absolut Bekloppte »Ich habe bei den Plänen nicht oben und unten verwechselt; das muss später passiert sein« Johnson. Der Absolut Bekloppte Johnson: Er ließ zweitausend Tonnen Erde herbeischaffen, um vor der Villa von Quirm einen künstlichen Hügel zu errichten. Seine Erklärung lautete: »Es würde mich in den Wahnsinn treiben, von morgens bis abends nichts anderes zu sehen als ein paar Bäume und in der Ferne die Berge.«

Die Palastgärten von Ankh-Morpork galten als Höhepunkt seiner Karriere – falls eine solche Bezeichnung überhaupt angemessen war. Zum Beispiel der Forellenteich: Er war hundertfünfzig Meter lang, und einer der geringfügigen Schreibfehler – ein charakteristisches Merkmal von Johnsons Entwürfen – beschränkte die Breite auf einen Zoll. Der Teich war die Heimat einer Forelle, die sich kaum über einen Mangel an Gemütlichkeit beklagen konnte, solange sie nicht versuchte, sich umzudrehen. Zu Anfang hatte es auch einen Zierbrunnen gegeben: Als man ihn das erste Mal ausprobierte, ächzte er etwa fünf Minuten, um schließlich einen kleinen steinernen Engel dreihundert Meter hoch zu schleudern.

Und dann das Hoho. Ein Hoho ist wie ein Haha, nur tiefer. Was es mit einem Haha auf sich hat? Es ist ein verborgener Graben, der Grundbesitzern einen weiten Blick über ihr Land gestattet, ohne dass sie dabei durch die Präsenz von Vieh oder irgendwelchen armen Leuten auf dem Rasen gestört werden. Der launische Planungsstift des Absolut Bekloppten Johnson sorgte für einen fünfzehn Meter tiefen Graben, dem bereits drei Gärtner zum Opfer gefallen waren.

Und das Labyrinth... Es war so klein, dass sich die Leute bei der *Suche* danach verirrten.

Doch der Patrizier fand auf eine stille Art und Weise Gefallen an den Gärten. Er hatte seine eigenen Ansichten über die Mentalität der meisten Menschen, und der Park bestätigte ihn in seiner Meinung.

Rechts und links von seinem Stuhl stapelte sich Papier. Bedienstete fügten neue Blätter hinzu und trugen welche fort. Es waren besondere Bedienstete, und sie nahmen besondere Aufgaben wahr. Alle Arten von Informationen strömten in den Palast, doch an einem Ort kam alles zusammen wie Spinnfäden im Zentrum eines Netzes.

Viele Herrscher – gute, schlechte und in vielen Fällen tote – wussten, was geschehen war. Einige wenige fanden mit viel Mühe heraus, was vorging. Lord Vetinari glaubte, dass es sowohl den einen als auch den anderen an Ehrgeiz fehlte.

»Ja, Professor Kreuz«, sagte er, ohne aufzusehen.

Wie stellt er das nur an? dachte Kreuz verblüfft. Ich habe nicht das geringste Geräusch gemacht...

»Äh, Havelock...«, begann er.

»Möchtest du mir etwas mitteilen, Professor?«

»Es ist... weg.«

»Ja. Und zweifellos sucht ihr danach. In Ordnung. Ich wünsche dir noch einen guten Tag.«

Der Patrizier drehte nicht einmal den Kopf, geschweige denn, dass er die Frage stellte, was »weg« war. Er weiß Bescheid, dachte das Oberhaupt der Assassinengilde. Wieso kann man ihm nie etwas sagen, das er noch nicht weiß?

Lord Vetinari legte ein Blatt Papier beiseite und nahm ein anderes.

»Du bist immer noch da, Professor Kreuz.«

»Ich versichere dir, dass wir …«

»Oh, da bin ich sicher. Völlig klar. Allerdings beschäftigt mich in diesem Zusammenhang eine Frage.«

»Herr?«

»Wieso befand sich der gestohlene Gegenstand im Gildenhaus? Wenn ich mich recht entsinne, habe ich die Anweisung erteilt, ihn zu zerstören.«

Kreuz hatte gehofft, dass ihm diese Frage erspart blieb. Sie berührte einen wunden Punkt.

»Äh. Wir … das heißt, mein *Vorgänger* hielt es für eine gute Idee, das Objekt als warnendes Beispiel aufzubewahren.«

Der Patrizier sah auf und lächelte.

»Prächtig!«, erwiderte er. »Ich bin immer davon überzeugt gewesen, dass Beispiele eine große Wirkung haben. Damit meine ich auch Beispiele wie ›ein Exempel statuieren‹. Nun, du bist bestimmt in der Lage, das Problem schnell zu lösen, ohne dass sich weitere Schwierigkeiten ergeben.«

»Gewiss, Herr«, sagte der Assassine kummervoll. »Aber …«

Es wurde Mittag.

Der Mittag in Ankh-Morpork dauerte eine Weile, denn die genaue Uhrzeit – zwölf Uhr – musste per Mehrheitsbeschluss festgestellt werden. Als erste Glocke läutete für gewöhnliche die der Lehrergilde; sie reagierte damit auf die Gebete der Gildenmitglieder. Anschließend löste die Wasseruhr auf dem Tempel der Geringen Götter einen großen Bronzegong aus. Die schwarze Glocke im Tempel des Schicksals schlug einmal, und zwar ganz unerwartet. Unmittelbar darauf klimperte das Carillon der Narrengilde, und das Läuten der anderen Gilden gesellte sich hinzu. Es entstand ein akustisches Durcheinander, in dem sich keine der Glocken mehr voneinander unterscheiden ließen. Mit Ausnahme der magischen Oktironglocke im Turm der Unsichtbaren Universität. Der klöppellose alte Tom schuf zwölf laute Stillen, die alles übertönten.

Zum Schluss erklang die Glocke der Assassinengilde.

Neben dem Patrizier summte eine Sonnenuhr zweimal und fiel dann um.

»Was wolltest du sagen?«, fragte Lord Vetinari.

»Hauptmann Mumm«, brachte Kreuz hervor. »Er stellt Ermittlungen an.«

»Natürlich. Das ist seine Pflicht.«

»Tatsächlich? Ich verlange von dir, dass du ihm den Befehl gibst, sich nicht mit dieser Angelegenheit zu befassen.«

Die Worte hallten durch den Park. Einige Tauben erschraken und flogen hoch.

»Du … *verlangst*?«, fragte der Patrizier freundlich.

Professor Kreuz trat einen Schritt zurück, Verzweiflung zitterte in ihm. »Er steht in deinen Diensten«, sagte er. »Warum sollte es ihm erlaubt sein, sich in Dinge einzumischen, die ihn nichts angehen?«

»Er glaubt, nicht mir zu dienen, sondern dem Gesetz«, erwiderte der Patrizier.

»Er ist ein Wichtigtuer und ein arroganter Emporkömmling!«

»Meine Güte. Ich sehe mich außerstande, deine intensiven Gefühle zu teilen. Aber ich nehme den Hauptmann an die Kandare, wenn du solchen Wert darauf legst.«

»Danke.«

»Schon gut. Und jetzt möchte ich dich nicht länger aufhalten.«

Der Patrizier winkte vage, und Professor Kreuz ging in die entsprechende Richtung.

Lord Vetinari nahm weitere Blätter zur Hand und sah nicht auf, als in der Ferne ein gedämpfter Schrei erklang. Er griff nach einer kleinen silbernen Glocke und läutete kurz.

Ein Bediensteter eilte herbei.

»Hol die Leiter, Drumknott«, sagte er. »Professor Kreuz scheint ins Hoho gefallen zu sein.«

Die Hintertür der Werkstatt öffnete sich mit einem leisen Knarren. Bjorn Hammerhock warf einen kurzen Blick nach draußen, um festzustellen, ob jemand seine Dienste in Anspruch nehmen wollte.

Er schauderte und schloss die Tür.

»Ist windig geworden«, sagte er zu der anderen anwesenden Person. »Nun, vielleicht lässt dadurch die Hitze nach.«

Die Decke der Werkstatt schwebte nur anderthalb Meter über dem Boden. Für einen Zwerg genügte das völlig.

AU, sagte eine Stimme, die niemand hörte.

Hammerhock betrachtete den auf der Werkbank festgeklemmten Gegenstand und griff nach einem Schraubenzieher.

AU.

»Erstaunlich«, murmelte der Zwerg. »Wenn man diese Röhre in den Lauf schiebt... Ich *glaube,* dann bewegen sich die sechs Kammern. Ja, dann gleitet eine von ihnen vor... vor die Feueröffnung. So weit scheint alles klar zu sein. Was den Auslöser betrifft... Eigentlich ist der Mechanismus nur eine Art Zunderbüchse. Die Feder – *hier* – ist durchgerostet. Ich kann sie leicht ersetzen.« Er sah auf. »Weißt du, dies ist ein sehr interessanter Apparat. Die Chemikalien in den Röhren... Ein ganz *einfaches* Prinzip. Was stellt das Objekt dar? Vielleicht das Werkzeug eines Clowns? Möglicherweise die neue Version eines lustigen Stocks?«

Er suchte in einer Dose mit Abfällen aus Metall, fand ein geeignetes Stück und nahm die Feile zur Hand.

»Später würde ich gern die eine oder andere Zeichnung davon anfertigen«, fügte er hinzu.

Etwa dreißig Sekunden später knallte es, und eine Rauchwolke stieg auf.

Bjorn Hammerhock erhob sich und schüttelte den Kopf.

»Na, so was«, brachte er hervor. »Das hätte böse enden können.«

Er versuchte, den Rauch fortzufächern, und griff dann erneut nach der Feile.

Seine Hand fuhr hindurch.

ÄHEM.

Bjorn versuchte es noch einmal.

Die Feile war ebenso substanzlos wie der Rauch.

»Wie?«

ÄHEM.

Der Eigentümer des seltsamen Objekts wirkte entsetzt, sein Blick galt etwas auf dem Boden. Bjorn sah nach unten.

»Oh«, sagte er. Eine Erkenntnis, die bisher am Rande des Bewusstseins gewartet hatte, schob sich nun in den Mittelpunkt der Aufmerksamkeit. Dies war ein Aspekt des Todes: Wenn es einen selbst traf, gehörte man zu den Ersten, die davon erfuhren.

Der Besucher nahm den Apparat von der Werkbank und verstaute ihn hastig in einem Stoffbeutel. Dann sah er sich rasch um und zerrte die Leiche des Herrn Hammerhock durch die Tür zum Fluss.

Kurz darauf platschte es – so weit man beim Ankh von einem Platschen sprechen konnte.

»Lieber Himmel«, sagte Bjorn. »Ich kann überhaupt nicht schwimmen.«

DAS IST JETZT KEIN PROBLEM MEHR, erwiderte Tod.

Bjorn musterte ihn.

»Du bist viel kleiner, als ich dachte.«

DAS SCHEINT NUR SO, WEIL ICH VOR DIR KNIE, HERR HAMMERHOCK.

»Das verdammte Ding hat mich umgebracht!«

JA.

»So was passiert mir zum ersten Mal.«

ES IST ÜBERHAUPT ZUM ERSTEN MAL GESCHEHEN. ABER VERMUTLICH NICHT ZUM LETZTEN MAL.

Tod stand auf; Knochen knackten und klickten. Er stieß nicht mit dem Kopf an die Decke, weil die Decke nicht mehr existierte. Die letzten Konturen des Zimmers verflüchtigten sich.

Es gab auch Zwergengötter. Zwerge waren keine von Natur aus religiöse Spezies, aber sie lebten in einer Welt, die mit einstürzenden Stollen und Grubengas drohte. Unter solchen Umständen brauchte man Götter als übernatürliches Äquivalent für Helme. Und wenn man sich mit einem vier Kilo schweren Hammer auf die Finger haut, ist es eine große Erleichterung, richtig fluchen zu können. Nur besonders hartgesottene Atheisten bringen es fertig, mit unter die Achsel geklemmter Hand umherzuhüpfen und dabei zu schreien: »Oh, ihr verfluchten Zufälligen-Fluktuationen-im-Raum-Zeit-Kontinuum!« Oder: »Aaargh, du verdammtes Primitives-und-unzeitgemäßes-Konzept-an-das-nur-Dummköpfe-glauben!«

Bjorn vergeudete keine Zeit mit Fragen. Wenn man tot war, bekamen gewisse Dinge eine neue Bedeutung.

»Ich glaube an die Reinkarnation«, sagte er.

ICH WEISS.

»Ich habe versucht, ein gutes Leben zu führen. Hilft das?«

DAS HÄNGT NICHT VON MIR AB. Tod hüstelte. ABER DA DU AN DIE REINKARNATION GLAUBST... WAHRSCHEINLICH WIRST DU WIEDERGEBJORN.

Er wartete.

»Verstehe«, murmelte Bjorn schließlich. Zwerge sind für ihren Humor bekannt. Man sagt zum Beispiel: »Die kleinen Mistkerle haben nicht den geringsten Sinn für Humor.«

ÄH. HAST DU IN MEINER BEMERKUNG ETWAS LUSTIGES ENTDECKT?

»Oh, nein. Nein, ich glaube nicht.«

ES WAR EIN WORTSPIEL. BJORN – WIEDERGEBJORN.

»Ja?«

IST DIR DAS AUFGEFALLEN?

»Nicht sofort.«

OH.

»Tut mir Leid.«

MAN HAT MICH AUFGEFORDERT, ALLES ETWAS FRÖHLICHER ZU GESTALTEN.

»Wiedergebjorn.«

JA.

»Ich denke darüber nach.«

DANKE.

»Also gut«, sagte Feldwebel Colon. »Dies hier, Männer, ist euer Schlagstock. Manche Leute bezeichnen ihn auch als Knüttel oder Prügel.« Er legte eine kurze Pause ein und versuchte, sich an seine Zeit beim Militär zu erinnern. Nach einigen Sekunden strahlte er.

»Hund von jetzt an seid ihr hunzertrennlich!«, rief er. »Ihr werdet damit hessen. Ihr werdet damit hschlafen. Ihr …«

»Entschuldigung.«

»Wer hat das gesagt?«

»Hier unten. Ich bin's, Obergefreiter Knuddel.«

»Ah. Nun, was willst du?«

»Wie essen wir damit, Feldwebel?«

Colons aufgedrehter Machismo verlor abrupt an Schwung. Er brachte dem Obergefreiten Knuddel ausgeprägtes Misstrauen entgegen. Er argwöhnte, dass der Obergefreite ein Unruhestifter war.

»Was?«

»Benutzen wir ihn als Messer oder als Gabel? Oder sollen wir ihn durchbrechen, um mit Stäbchen zu essen?«

»Wovon redest du da?«

»Entschuldigung, Feldwebel.«

»Was *ist* denn, Obergefreite Angua?«

»Wie sollen wir damit schlafen?«

»Nun, ich … äh … *Korporal Nobbs, hör sofort auf zu lachen!*« Colon rückte seinen Brustharnisch zurecht und beschloss, eine neue rhetorische Richtung einzuschlagen.

»Nuuun, hier haben wir eine große Puppe, auch Marionette hoder Bildnis genannt.« Er deutete auf ein mehr oder weniger humanoides Etwas aus Leder und Stroh. Es war an einem Pfahl befestigt. »Sein Spitzname ist Harthur, an ihm können wir den Umgang mit Hwaffen üben. Vortreten, Obergefreite Angua. Sag mir, Obergefreite: Könntest du einen Mann umbringen?«

»Wie viel Zeit habe ich dafür?«

Es kam zu einer kurzen Verzögerung, weil man Nobbs wieder hochhelfen musste. Mehrere Hände klopften ihm auf den Rücken, bis er sich einigermaßen beruhigt hatte.

»Nun gut«, brummte Colon. »Man hält den Schlagstock *so*. Auf den Befehl *eins* hin nähert man sich Harthur, und bei *zwei* gibt man ihm eins auf die Rübe.« Er wandte sich an Angua. »Hund*eins*... Hund*zwei.*«

Der Schlagstock prallte an Arthurs Helm ab.

»Gut. Nur ein Fehler. Hat ihn jemand bemerkt?«

Die Rekruten schüttelten den Kopf.

»Von *hinten*«, sagte Feldwebel Colon. »Man schlägt von *hinten* zu. Hat doch keinen Sinn, ein Risiko einzugehen, oder? Versuch du's, Obergefreiter Knuddel.«

»Aber...«

»Na los.«

Sie beobachteten ihn.

»Vielleicht sollten wir ihm einen Stuhl besorgen«, schlug Angua nach peinlichen fünfzehn Sekunden vor.

Detritus kicherte.

»Er zu *klein* für Wächter«, knirschte der Troll.

Obergefreiter Knuddel hörte auf, auf und ab zu springen.

»Tut mir Leid, Feldwebel«, sagte er. »Zwerge gehen ganz anders vor.«

»Aber so gehen *Wächter* vor«, betonte Feldwebel Colon. »Na schön. Obergefreiter Detritus – *nicht salutieren!* –, jetzt bist du dran.«

Detritus hielt den Schlagstock zwischen... zwischen Daumen und Zeigefinger, so weit diese Bezeichnungen bei ihm zutrafen. Er rammte das Ding auf Arthurs Helm und starrte dann nachdenklich auf den Stumpf des Stocks hinab. Anschließend ballte er etwas, das hier in

Ermangelung eines besseren Wortes »Faust« genannt werden soll, schlug zu und trieb Arthurs Pfahl einen Meter tief in den Boden.

»Jetzt der Zwerg kann noch einmal versuchen«, kommentierte er.

Es folgten weitere peinliche Sekunden, bis sich Feldwebel Colon räusperte.

»Nun, wir können wohl davon ausgehen, dass er diese Ausbildungsstufe hinter sich gebracht hat«, sagte er. »Schreib auf, Korporal Nobbs: Dem Obergefreiten Detritus – *nicht salutieren!* – wird ein Dollar von seinem Sold abgezogen, wegen Verlust des Schlagstocks. Außerdem soll man dem Gegner später noch Fragen stellen können.«

Er betrachtete die Reste von Arthur.

»Wenden wir uns nun der feinen Kunst des Bogenschießens zu«, brummte er.

Nur ein Streifen Leder war von Chubby übrig, und Lady Sybil Käsedick blickte darauf hinab.

»Wer sollte einem armen kleinen Drachen so etwas antun?«, fragte sie.

»Wir versuchen, es herauszufinden«, erwiderte Mumm. »Es wäre denkbar, dass man ihn in unmittelbarer Nähe einer Mauer festband und dort... zur Explosion brachte.«

Karotte beugte sich über die Wand eines Pferchs.

»Kutschikutschi-ku«, sagte er. Eine freundliche Flamme versengte ihm die Brauen.

»Ich meine, er war völlig zahm und ganz sanft«, fuhr Lady Käsedick fort. »Hätte nicht einmal einer Fliege etwas zuleide tun können.«

»Wie bringt man einen männlichen Sumpfdrachen zum Explodieren?«, fragte Mumm. »Indem man ihn tritt?«

»Dadurch verliert man höchstens das Bein«, entgegnete Sybil.

»Gibt es keine andere Möglichkeit, bei der man unverletzt bleibt?«

»Nein, eigentlich nicht. Einfacher wär's, dafür zu sorgen, dass sich der Drache selbst zur Explosion bringt. Wirklich, Sam, mir erscheint das alles absurd...«

»Ich frage dich, weil ich Bescheid wissen muss.«

»Nun... Um diese Jahreszeit kämpfen die männlichen Drachen. Sie... äh... plustern sich auf, verstehst du? Imponiergehabe und so. Deshalb halte ich sie getrennt voneinander.«

Mumm schüttelte den Kopf. »Chubby war allein.«

Hinter ihm beugte sich Karotte über den nächsten Pferch, in dem ein birnenförmiger, männlicher Drache ein Auge öffnete und ihn anstarrte.

»Achwasbistdudochfüreinlieberkerl«, sagte er. »Bestimmt habe ich irgendwo ein Stück Kohle für dich.«

Der Drache öffnete auch das andere Auge, blinzelte und war plötzlich hellwach. Er legte die Ohren an. Er blähte die Nüstern. Er entfaltete die Flügel. Er holte tief Luft. Säuren gurgelten in seinem Bauch, als sich diverse Ventile öffneten. Seine Brust dehnte sich...

Mumm prallte in Brusthöhe gegen Karotte und riss ihn zu Boden.

Im Pferch blinzelte der Drache erneut. Seltsam: Der Gegner war verschwunden. Er hatte ihn in die Flucht geschlagen!

Er entspannte sich wieder und spie eine große Flamme.

Mumm nahm die Hände vom Kopf und rollte zur Seite.

»Warum hast du mich umgestoßen, Hauptmann?«, fragte Karotte. »Es bestand doch gar keine Gefahr...«

»Der Bursche da drin wollte einen Drachen angreifen!«, rief Mumm. »Und zwar einen, der nicht zurückwich!«

Er stemmte sich hoch und klopfte auf Karottes Brustharnisch.

»Du hast das Ding auf Hochglanz poliert«, stellte er fest. »Der Drache hat sich darin gesehen.«

»Oh, *das* meinst du«, ließ sich Lady Sybil vernehmen. »Jeder weiß, dass man Spiegel besser von Sumpfdrachen fernhält...«

»Spiegel«, wiederholte Karotte. »He, die vielen Glassplitter auf dem Boden...«

»Ja«, bestätigte Mumm. »Jemand zeigte Chubby einen Spiegel.«

»Der arme Kerl hat versucht, sich selbst zu besiegen«, sagte Karotte. »Und das ist ihm auch gelungen.«

»Wir haben es hier mit jemandem zu tun, der nicht ganz richtig im Kopf ist«, meinte Mumm.

»Ach du meine Güte! Im Ernst?«

»Ja.«

»Aber... Das kann unmöglich stimmen. Nobby war doch die ganze Zeit über bei uns.«

»Ich spreche *nicht* von Nobby«, sagte Mumm hart. »Was immer er mit einem Drachen anstellen würde – er brächte ihn sicher nicht zur Explosion. Mein Junge, auf dieser Welt gibt es seltsamere Leute als Korporal Nobbs.«

Auf Karottes Gesicht rangen Faszination und Entsetzen miteinander.

»Potzblitz«, erwiderte er.

Feldwebel Colon blickte über den Schießstand, nahm den Helm ab und wischte sich Schweiß von der Stirn.

»Äh, Obergefreite Angua sollte auf weitere Übungen mit dem Langbogen verzichten, bis sie... äh... sich dabei nicht mehr selbst im Weg ist.«

»Entschuldigung, Feldwebel.«

Sie drehten sich zu Detritus um, der verlegen hinter einem Haufen zerbrochener Langbögen stand. Armbrüste kamen für ihn nicht in Frage – in den gewaltigen Händen des Trolls wirkten sie wie Haarnadeln. Der Langbogen musste in seinen Pranken eigentlich eine tödliche Waffe sein. Doch er hatte noch nicht gelernt, die Sehne im richtigen Augenblick loszulassen.

Detritus zuckte mit den Schultern.

»Tut mir Leid«, sagte er. »Bögen keine Trollwaffe sind.«

»Ha!«, entfuhr es Colon. »Und was dich betrifft, Obergefreiter Knuddel...«

»Ich komme einfach nicht mit dem Zielen zurecht, Feldwebel.«

»Ich dachte, Zwerge sind berühmt für ihr Kampfgeschick!«

»Ja, stimmt«, erwiderte Knuddel. »Aber auf anderem Gebiet.«

»Hinterhalt«, brummte Detritus.

Wenn ein Troll murmelt, hallt die Stimme selbst von weit entfernten Hauswänden wider.

Knuddel schnaufte. »Du verdammter Troll! Ich zeige dir, was …«

»Nun«, sagte Colon rasch, »ich schätze, wir sollten diesen Teil der Ausbildung beenden. Ihr müsst eben … irgendwie zurechtkommen, wenn's ernst wird.«

Er seufzte. Feldwebel Colon war kein boshafter Mann, aber er hatte den größten Teil seines Lebens als Soldat und Wächter verbracht, und nun fühlte er sich ausgenutzt. Allein das veranlasste ihn zu den nächsten Bemerkungen.

»Ich weiß nicht. Ich weiß es wirklich nicht. Dauernd streitet ihr euch und zerbrecht die eigenen Waffen … Ich meine, hat das alles einen Sinn? Es ist jetzt fast Mittag. Nehmt euch einige Stunden frei und kehrt heute Abend zurück. Wenn ihr glaubt, es sei die Mühe wert.«

Mit einem leisen *Boing!* ging Knuddels Armbrust los. Der Bolzen raste dicht an Korporal Nobbs' Ohr vorbei und blieb im Schlamm des Flusses stecken.

»Entschuldigung«, sagte Knuddel.

»Ts, ts«, erwiderte Feldwebel Colon.

Das war das Schlimmste. Wenn er den Zwerg wenigstens ordentlich verflucht hätte. Aber er schien nicht zu glauben, dass Knuddel auch nur ein Schimpfwort verdiente.

Er drehte sich um und verließ den Pseudopolisplatz.

Die Rekruten hörten einige letzte, gebrummte Worte.

»Was er gesagt?«, fragte Detritus.

»Tolle *Männer*«, schnaubte Angua und lief rot an.

Knuddel spuckte auf den Boden – sein Speichel brauchte keinen weiten Weg zurückzulegen. Anschließend griff er unter die Jacke und vollbrachte das gleiche Wunder wie ein Zauberkünstler, der ein Kaninchen der Größe 10 aus einem Hut der Größe 5 zieht: Er hielt plötzlich eine geradezu riesige, doppelschneidige Streitaxt in den Händen. Und damit lief er los.

Als er das jungfräuliche Ziel erreichte, war er kaum mehr als ein Schemen. Es knackte, und einen Sekundenbruchteil später explodierte die Puppe wie ein nuklearer Heuhaufen.

Die anderen beiden Rekruten traten näher und betrachteten das Ergebnis, während Spreu zu Boden rieselte.

»Ja, gut«, sagte Angua nach einer Weile. »Aber der Feldwebel sagte, man sollte den Leuten später noch Fragen stellen können.«

»Er hat nicht darauf hingewiesen, dass die Leute auch in der Lage sein müssen, die Fragen zu beantworten«, erwiderte Knuddel grimmig.

»Obergefreiter Knuddel, dir abgezogen wird ein Dollar vom Sold wegen Ziel zerstören«, sagte Detritus, der wegen der Langbögen bereits mit elf Dollar in der Kreide stand.

»›Wenn ihr glaubt, es sei die Mühe wert!‹«, wiederholte Knuddel und ließ die Axt unter der Jacke verschwinden. »Und dann das mit den Männern ... Speziesist!«

»Ich glaube, er hat es nicht so gemeint«, spekulierte Angua.

»Ha, du hast leicht reden«, entgegnete Knuddel.

»Wieso?«

»Du bist ein Mensch«, knirschte Detritus.

Angua war klug genug, darüber einige Sekunden nachzudenken.

»Ich bin eine Frau«, sagte sie.

»Wo ist da der Unterschied?«

»Nun ...« Angua beschloss, das Thema zu wechseln. »Ich schlage vor, wir trinken was zusammen.«

Die kurze Phase von Kameradschaft ging abrupt zu Ende.

»Ich soll mit einem Troll trinken?«

»Ich mit einem Zwerg trinken?«

»Na schön«, sagte Angua. »Wie wär's, wenn *ihr* beide etwas mit *mir* trinkt?«

Sie nahm den Helm ab und schüttelte ihr Haar. Weibliche Trolle haben keine Haare; auf ihrem Kopf wachsen höchstens einige Flechten. Und weibliche Zwerge zeichnen sich durch ihre seidenweichen Bärte aus. Aber vielleicht ließ der Anblick von Anguas Haar in Troll und

Zwerg eine kosmische Männlichkeit erwachen, die auf gemeinsame Vorfahren zurückging.

»Bisher hatte ich kaum Gelegenheit, mich in der Stadt umzusehen«, fuhr Angua fort. »Doch ich glaube, es gibt ein geeignetes Lokal in der Schimmerstraße.«

Das bedeutete, sie mussten den Fluss überqueren. Das bedeutete, zwei von ihnen mussten die Passanten darauf hinweisen, dass sie *nicht* mit mindestens einem der anderen beiden zusammen waren. Das bedeutete, dass sie sich immer wieder argwöhnisch umsahen.

Dadurch bemerkte Knuddel den Zwerg im Wasser.

Wenn man die Brühe »Wasser« nennen durfte.

Wenn man noch von einem »Zwerg« sprechen konnte.

Sie starrten darauf hinab.

»Das aussehen wie der Zwerg, der Waffen in der Raureifstraße herstellt«, sagte Detritus schließlich.

»Bjorn Hammerhock?«, fragte Knuddel.

»Ja, so er heißen.«

»Es sieht ein *bisschen* danach aus«, meinte Knuddel. Seine Stimme klang kühl, fast monoton. »Aber nicht *genau*.«

»Wie meinst du das?«, erkundigte sich Angua.

»Herr Hammerhock hatte kein so großes Loch in der Brust«, antwortete Knuddel.

Schläft er nie?, dachte Mumm. Ruht der Kerl nie aus? Gibt es hier nirgendwo ein Zimmer, in dem ein schwarzes Nachthemd hängt?

Er klopfte an die Tür des Rechteckigen Büros.

»Ah, Hauptmann«, sagte der Patrizier und sah von einigen Unterlagen auf. »Du hast dich beeilt. Sehr lobenswert.«

»Wie bitte?«

»Meine Nachricht hat dich doch erreicht, oder?«

»Nein, Herr. Ich war… beschäftigt.«

»Ach. Und womit, wenn ich fragen darf?«

»Es geschah ein Mord, Herr. Das Opfer ist Herr Hammerhock, eine wichtige Persönlichkeit der hiesigen Zwergengemeinschaft. Man brachte ihn mit einer... speziellen Waffe um und warf ihn dann in den Fluss. Wir haben ihn vor kurzer Zeit aus dem... äh... Wasser geholt, und ich wollte seiner Frau Bescheid geben. Sie wohnt in der Sirupstraße, glaube ich. Und da ich hier vorbeikam...«

»Ein sehr bedauerlicher Zwischenfall.«

»Insbesondere für Herrn Hammerhock«, sagte Mumm.

Der Patrizier lehnte sich zurück und musterte den Hauptmann.

»Auf welche Weise kam er ums Leben?«

»Ich weiß es nicht genau. Nie zuvor habe ich etwas Derartiges gesehen. Er hatte ein großes Loch in der Brust. Wie dem auch sei: Ich werde herausfinden, was passiert ist.«

»Hmm. Habe ich erwähnt, dass ich heute Morgen Besuch erhielt? Von Professor Kreuz?«

»Nein, Herr.«

»Er war sehr... besorgt.«

»Ja, Herr.«

»Ich glaube, du hast ihn beunruhigt.«

»Herr?«

Der Patrizier traf eine Entscheidung und beugte sich vor.

»Hauptmann Mumm...«

»Herr?«

»Ich weiß, dass du dich übermorgen in den Ruhestand zurückziehst und deshalb ein wenig... nervös bist. Aber solange du noch Verantwortung für die Nachtwache trägst, möchte ich dich bitten, zwei Anweisungen zu befolgen.«

»Herr?«

»Du wirst *alle* Ermittlungen wegen des Diebstahls bei der Assassinengilde einstellen. Hast du verstanden? Dafür ist allein die Gilde zuständig.«

»Herr.« Mumms Gesicht blieb völlig ausdruckslos.

»Ich nehme an, das unausgesprochene Wort in deinem Satz war ein *Ja,* Hauptmann.«

»Herr.«

»Genau wie in diesem Fall, hoffe ich. Was den beklagenswerten Tod des Herrn Hammerhock betrifft... Die Leiche wurde erst vor kurzer Zeit gefunden?«

»Ja, Herr.«

»Dann bist du dafür nicht zuständig, Hauptmann.«

»Herr?«

»Die Tagwache kümmert sich darum.«

»Wir haben nie die Zuständigkeiten bei Tag und Nacht unterschieden.«

»Trotzdem: Unter den gegenwärtigen Umständen beauftrage ich Hauptmann Schrulle, Nachforschungen anzustellen – falls welche notwendig sind.«

Falls welche notwendig sind, wiederholte Mumm in Gedanken. Jemand hat ein großes Loch in der Brust, aber das ist ganz normal. Stammt wahrscheinlich von einem Meteoriten oder so.

Er atmete tief durch und beugte sich ebenfalls vor.

»Mayonnaise Schrulle könnte nicht mal seinen eigenen Hintern mit Hilfe eines Atlanten finden! Und er hat keine Ahnung, wie man mit Zwergen redet! Er nennt sie Staubfresser! Meine Männer haben die Leiche gefunden! Und deshalb sind *wir* für den Fall zuständig!«

Der Blick des Patriziers glitt zu Mumms Händen auf dem Schreibtisch. Der Hauptmann zog sie schnell zurück, als wäre der Tisch plötzlich glühend heiß.

»Du leitest die *Nacht*wache, Hauptmann. Du bist allein für die dunklen Stunden zuständig.«

»Wir haben es hier mit Zwergen zu tun! Wenn wir die Sache nicht richtig anfassen, nehmen sie das Gesetz in die eigene Hand! Was in den meisten Fällen bedeutet, dass sie den nächsten Troll einen Kopf kürzer machen! Und du willst diese Angelegenheit *Schrulle* überlassen?«

»Ich habe dir einen Befehl gegeben, Hauptmann.«

»Aber...«

»Du darfst jetzt gehen.«

»Du kannst doch nicht...«

»Ich sagte, du darfst *gehen,* Hauptmann Mumm!«

»Herr.«

Mumm salutierte, drehte sich um und verließ den Raum. Er schloss die Tür so leise, dass sie kaum klickte.

Der Patrizier hörte, wie er draußen gegen die Wand schlug. Mumm wusste das nicht, aber die Wände außerhalb des Rechteckigen Büros hatten Dellen an mehreren Stellen – sie gaben Auskunft über seine Empfindungen zu dem betreffenden Zeitpunkt.

Diesmal klang es, als seien die Dienste eines Stukkateurs notwendig.

Lord Vetinari gestattete sich ein humorloses Lächeln.

Die Stadt *funktionierte.* Sie war ein sich selbst regulierender Mechanismus aus Gilden. Die unerbittlichen Gesetze des Eigeninteresses schufen feste Verbindungen. Und es *klappte.* Im Großen und Ganzen. Meistens. Für gewöhnlich.

Doch wenn ein Wächter seine Nase in Dinge steckte, die ihn nichts angingen, bestand die Gefahr, dass alles aus den Fugen geriet.

Normalerweise.

Mumm schien derzeit in der richtigen Stimmung zu sein. Vielleicht führten die Anweisungen zum gewünschten Ergebnis...

Eine solche Kneipe gibt es in jeder Stadt. In ihr lassen sich Polizisten voll laufen.

In den fröhlicheren Tavernen von Ankh-Morpork tranken die Wächter nur selten, wenn sie nicht im Dienst waren. Zu leicht konnte dort etwas geschehen, das sie in den Dienst zurückbrachte*. Aus diesem Grund besuchten sie meistens den *Eimer* in der Schimmerstraße. Es war eine kleine Schenke mit niedriger Decke, und die Prä-

* Zum Beispiel Selbstmord. Mord war in Ankh-Morpork ein weitgehend unbekanntes Phänomen, aber es mangelte nicht an Selbstmorden. Nachts in den Schatten durch abgelegene Gassen zu wandern, kam einem Selbstmord gleich. In einer Zwergenbar einen Kurzen verlangen – Selbstmord. Einen Troll fragen, ob er nur Steine im Kopf habe – Selbstmord. Man konnte auf viele verschiedene Arten Selbstmord begehen, wenn man nicht aufpasste.

senz von Wächtern hielt andere Gäste fern. Doch deshalb machte sich der Wirt Herr Käse keine Sorgen. Niemand trinkt soviel wie ein Polizist, der zu viel gesehen hat.

Karotte zählte das Geld auf die Theke.

»Drei Bier, eine Milch, eine Schwefellimo mit Phosphorsäure ...«

»Mit Papierschirm drin«, sagte Detritus.

»... und einen extra gewürzten Superbecher à la Zweideutigkeit mit Zitronensaft.«

»Mit Fruchtsalat«, fügte Nobbs hinzu.

»Wuff?«

»Und eine Schale mit Bier«, sagte Angua.

»Der kleine Hund scheint an dir zu hängen«, bemerkte Karotte.

»Ja«, erwiderte Angua. »Kann mir das gar nicht erklären.«

Der Wirt brachte die Getränke. Sie starrten auf die Gläser hinab. Sie tranken.

Herr Käse kannte sich mit Polizisten aus, schenkte stumm nach und füllte auch Detritus' isolierten Becher.

Sie starrten auf die Gläser hinab. Sie tranken.

»Wisst ihr ...«, sagte Colon nach einer Weile. »Was mich nervt – was mich *wirklich* nervt –, ist der Umstand, dass man ihn ins Wasser geworfen hat. Ich meine, ohne ihn zu beschweren. Einfach so. Als spielte es überhaupt keine Rolle, ob er gefunden wird oder nicht. Versteht ihr?«

»*Mich* nervt, dass ein *Zwerg* ermordet wurde«, grummelte Knuddel.

»Und *mich* nervt, dass ein Mord geschah«, ließ sich Karotte vernehmen.

Herr Käse brachte Nachschub. Sie starrten auf die Gläser hinab. Sie tranken.

Die gedrückte Stimmung hatte folgenden Grund: Allen gegenteiligen Indizien zum Trotz wurde in Ankh-Morpork nur selten jemand ermordet. Natürlich gingen die Assassinen ihrer Arbeit nach. Dazu kamen die verschiedenen unabsichtlichen Selbstmorde. Außerdem gab es den traditionellen Familienkrach am Samstagabend, die billige Alternative zu einer Scheidung. Das alles gehörte zur täglichen und nächtlichen Routine der Stadt, aber in allen Fällen gab es *Gründe,* so unvernünftig sie auch sein mochten.

»Herr Hammerhock war ein wichtiges Mitglied der Zwergengemeinschaft«, sagte Karotte. »Und ein guter Bürger. Er machte nicht dauernd Schwierigkeiten wie Herr Starkimarm.«

»Er hat eine Werkstatt in der Raureifstraße«, meinte Nobby.

»Er *hatte* eine«, verbesserte Feldwebel Colon.

Sie starrten auf die Gläser hinab. Sie tranken.

»Was ich gern wissen möchte...«, sagte Angua. »Wer hat ihm das Loch in der Brust beschert?«

»Hab' so was nie zuvor gesehen«, murmelte Colon.

»Sollte nicht jemand Frau Hammerhock Bescheid geben?«, fragte Angua.

»Das hat Hauptmann Mumm übernommen«, erwiderte Karotte. »Er wollte es von niemand anderem verlangen.«

»Besser er als ich«, sagte Colon mit Nachdruck. »Um nichts in der Welt möchte ich eine solche Pflicht übernehmen. Wenn die kleinen Mistkerle wütend sind, können sie verdammt unangenehm werden.«

Alle nickten, auch der kleine Mistkerl und der große, adoptierte kleine Mistkerl.

Sie starrten auf die Gläser hinab. Sie tranken.

»Sollten wir nicht versuchen, den Schuldigen zu finden?«, fragte Angua.

»Warum?«, erwiderte Nobby.

Anguas Mund klappte mehrmals auf und zu. Schließlich sagte sie: »Damit sich so etwas nicht wiederholt?«

»Ein Assassine steckt nicht dahinter, oder?«, vermutete Knuddel.

»Nein«, antwortete Karotte. »Assassinen hinterlassen immer eine Nachricht. So will es das Gesetz.«

Sie starrten auf die Gläser hinab. Sie tranken.

»Was für eine Stadt«, kommentierte Angua.

»Und seltsamerweise funktioniert alles«, sagte Karotte. »Damals,

als ich neu war in der Wache, war ich so dumm, das Oberhaupt der Diebesgilde wegen Diebstahls zu verhaften.«

»Warum auch nicht?«, entgegnete Angua.

»Habe deshalb ganz schön Schwierigkeiten bekommen«, fügte Karotte hinzu.

»Hier in Ankh-Morpork sind Diebe *organisiert*«, erläuterte Colon. »Ich meine, dadurch wird alles *offiziell*. Den Dieben ist eine gewisse Anzahl an Diebstählen gestattet. Eigentlich stehlen sie gar nicht mehr viel. Wenn man ihnen eine jährliche Gebühr zahlt, bekommt man eine Quittung und wird in Ruhe gelassen. Das erspart beiden Seiten Mühe.«

»Und alle Diebe sind Mitglied der Gilde?«, fragte Angua.

»Oh, *ja*«, bestätigte Karotte. »Ohne eine Gildengenehmigung kann in Ankh-Morpork nichts gestohlen werden. Es sei denn, man hat spezielles Talent.«

»Ach? Was für ein Talent?«, erkundigte sich Angua neugierig.

»Nun, man müsste überleben können, mit dem Kopf nach unten an einem Tor hängend und die Ohren an den Knien festgenagelt«, sagte Karotte.

Einige Sekunden lang war es still.

»Das ist schrecklich«, erwiderte Angua.

»Ja, ich weiß. Es ist schrecklich – aber es funktioniert. Alles. Die Gilden, das organisierte Verbrechen und der ganze Rest. Es scheint tatsächlich zu funktionieren.«

»Herr Hammerhock dürfte da etwas anderer Ansicht sein«, warf Feldwebel Colon ein.

Sie starrten auf die Gläser hinab. Langsam wie eine große Eiche, die den ersten Schritt zur Wiederauferstehung in Form zahlreicher *Rettet-die-Bäume*-Flugblätter unternahm, neigte sich Detritus nach hinten und stürzte mit dem Becher in der Hand zu Boden. Seine Haltung veränderte sich um neunzig Grad, doch abgesehen davon bewegte er sich nicht.

»Der Schwefel«, sagte Knuddel, ohne sich umzudrehen. »Steigt ihnen sofort zu Kopf.«

Karotte schlug mit der Faust auf die Theke. »Wir sollten etwas unternehmen!«

»Wir könnten uns seine Stiefel schnappen«, schlug Nobby vor.

»Ich spreche von Herrn Hammerhock.«

»Oh, ja«, sagte Nobbs. »Jetzt klingst du wie der alte Mummy. Wenn wir uns wegen jeder Leiche in dieser Stadt aufregen würden...«

»Diesmal liegt die Sache anders!«, erwiderte Karotte scharf. »Normalerweise handelt es sich nur um... äh... um Selbstmord oder Auseinandersetzungen zwischen den Gilden oder so. Aber diesmal war das Opfer ein Zwerg. Eine Stütze der Gesellschaft! Er brachte den ganzen Tag damit zu, Schwerter, Äxte, Grabwaffen, Armbrüste und Folterinstrumente herzustellen. Und plötzlich liegt er im Fluss, mit einem großen Loch in der Brust! Es ist unsere Pflicht, etwas zu unternehmen.«

»Hast du dir was in die Milch geschüttet?«, fragte Colon. »Sollen sich die Zwerge selbst darum kümmern. Es ist wie mit dem Steinbruchweg: Stecke deine Nase nicht dorthin, wo sie jemand abreißen und aufessen kann.«

»Wir sind die *Stadt*wache«, betonte Karotte. »Wir sind nicht nur für die Teile von Ankh-Morpork zuständig, die größer sind als hundertzwanzig Zentimeter und aus Fleisch bestehen!«

»Ein Zwerg kommt als Täter nicht in Frage.« Knuddel schwankte ein wenig. »Und auch kein Troll.« Er versuchte, sich an die Nase zu klopfen, verfehlte jedoch das Ziel. »Weil der Leiche weder Arme noch Beine fehlen.«

»Hauptmann Mumm verzichtet bestimmt nicht darauf, Ermittlungen anzustellen«, sagte Karotte.

»Hauptmann Mumm lernt gerade, bald ein Zivilist zu sein«, meinte Nobby.

»Nun, wenn ihr meine Ansicht hören wollt...«, begann Colon und stand auf.

Er hüpfte. Er sprang auf einem Bein umher. Seine Lippen bewegten sich, und schließlich gelang es ihm, zwei Wörter zu formulieren.

»Mein Fuß!«

»Was ist damit?«

»Etwas steckt darin!«

Colon hüpfte nach hinten, griff nach seiner Sandale und stolperte über Detritus.

»In dieser Stadt kann man auf die erstaunlichsten Dinge treten«, sagte Karotte.

»An deiner Sandalensohle hängt etwas«, bemerkte Angua. »Nun halt doch endlich still.«

Sie zog ihren Dolch.

»Ein Stück Pappe oder so. Mit einer Reißzwecke. Wer weiß, woher das Ding stammt. Wahrscheinlich hat es eine Weile gedauert, bis sich die Spitze der Reißzwecke ganz durch die Sohle gebohrt hat.«

»Ein Stück Pappe?«, wiederholte Karotte.

»Und darauf steht etwas…« Mit dem Messer schabte Angua den Schmutz fort.

GFÄHR

»Was bedeutet das?«, fragte sie.

»Keine Ahnung«, sagte Nobby. »Vielleicht soll es darauf hinweisen, dass etwas gefährlich ist, zum Beispiel die Reißzwecke. Oder wir sehen hier die Visitenkarte von Herrn Gfähr. Was weiß ich? Ich schlage vor, wir genehmigen uns noch eine Runde…«

Karotte nahm das Stück Pappe und drehte es nachdenklich hin und her.

»Werft die Reißzwecke nicht weg«, erklang Knuddels Stimme. »Fünf von den Dingern kosten einen Groschen. Mein Vetter Gimick stellt sie her.«

»Dies hier ist wichtig«, sagte Karotte. »Der Hauptmann sollte davon erfahren. Ich glaube, er hat nach dieser Pappe gesucht.«

»Was soll daran wichtig sein?«, fragte Feldwebel Colon. »Es ist nur ein Stück Pappe. Mit einer verdammten Reißzwecke, die mir in den Fuß gestochen hat.«

»Ich weiß nicht, welche Bedeutung sich dahinter verbirgt«, erwiderte Karotte. »Wie dem auch sei: Wir müssen den Hauptmann informieren.«

»Sag du's ihm«, meinte Colon. »Sicher weilt er jetzt bei Ihrer Ladyschaft.«

»Um dort zu lernen, ein feiner Herr zu sein«, fügte Nobby hinzu.

»Na schön, ich teile es ihm mit.« Karotte schien ein wenig verärgert zu sein.

Angua sah durch das schmutzige Fenster. Bald ging der Mond auf. Das war das Problem mit Städten: Man musste immer damit rechnen, dass der Mond hinter einem Turm oder so lauerte.

»Ich gehe jetzt besser heim«, sagte die junge Frau.

»Ich begleite dich«, bot sich Karotte an. »Ich muss ohnehin dem Hauptmann Bericht erstatten.«

»Ich möchte nicht, dass du wegen mir einen Umweg machen musst.«

»Das würde mich sogar freuen.«

Angua sah den Ernst in Karottes Miene.

»Es liegt mir fern, dir Umstände zu machen«, sagte sie.

»Schon gut. Ich wandere gern. Das hilft mir beim Nachdenken.«

Angua lächelte trotz ihrer Verzweiflung.

Sie verließen die Taverne und traten in den nicht mehr ganz so heißen Abend. Karotte ging instinktiv im Patrouillenschritt.

»Dies ist eine sehr alte Straße«, sagte er. »Unter ihr soll ein Bach fließen. Das habe ich irgendwo gelesen.«

»Wanderst du wirklich gern?«, fragte Angua, die neben Karotte ging.

»Ja. Hier gibt es viele interessante Gassen und historische Bauwerke. An meinen freien Tagen streife ich häufig umher.«

Angua musterte den jungen Mann. Lieber Himmel, dachte sie.

»Warum bist du zur Wache gegangen?«, fragte sie.

»Mein Vater meinte, sie würde einen Mann aus mir machen.«

»Das scheint geklappt zu haben.«

»Ja. Es gibt keine bessere Arbeit.«

»Wirklich nicht?«

»Nein. Weißt du, was ›Polizist‹ bedeutet?«

Angua hob und senkte die Schultern. »Keine Ahnung.«

»Nun, *polis* ist ein altes Wort für Stadt, und deshalb bedeutet ›Polizist‹ in etwa ›Mann der Stadt‹.«

»Ja?«

»Ich hab's in einem Buch gelesen. Mann der Stadt.«

Angua beobachtete Karotte von der Seite. Sein Gesicht schien im Schein der Fackel an der nächsten Straßenecke zu glühen. Aber dazu kam noch ein innerer Glanz.

Karotte war *stolz*. Angua erinnerte sich an den Eid.

Bei allen Göttern, er ist *stolz* darauf, ein Wächter zu sein...

»Und du?«, fragte er. »Warum hast du dich der Wache angeschlossen?«

»Ich? Oh. Nun, ich mag es, mehr oder weniger regelmäßig zu essen und unter einem Dach zu schlafen. Außerdem hatte ich keine besonders große Auswahl. Entweder Wächterin oder – ha! – Näherin*.«

»Kannst du nicht gut nähen?«

Anguas argwöhnischer Blick ermittelte ehrliche Unschuld.

»Leider nein«, erwiderte sie. »Und dann sah ich das Plakat: ›Die Stadtwache brauchet Männer! Sei ein Manne in der Stadtwache!‹ Da dachte ich mir: Versuch's einfach mal; du hast nichts zu verlieren.«

Angua wartete auf eine Reaktion, die auch prompt kam.

»Der Text stammt von Feldwebel Colon«, erklärte Karotte. »Er denkt immer sehr direkt.«

Er schnüffelte.

»Riechst du das?«, fragte er. »Hier stinkt's wie... wie ein alter Aborteppich.«

* Eine Umfrage der Kaufmannsgilde unter den Geschäftsleuten im Hafenbereich von Morpork hatte unter anderem folgendes interessante Ergebnis: Insgesamt 987 Frauen gaben als Beruf »Näherin« an. Erstaunlicherweise fehlte es den meisten von ihnen an Nadeln.

»Oh, herzlichen Dank«, erklang eine leise Stimme irgendwo in der Dunkelheit. »Danke vielmals. Das ist sehr Dingsbums... nett. Ein alter Aborttteppich. O ja.«

»Ich rieche nichts«, log Angua.

»Lügnerin«, sagte die Stimme.

»Und ich höre auch nichts.«

Seine Stiefel teilten Hauptmann Mumm mit, dass er sich nun in der Teekuchenstraße befand. Er setzte automatisch einen Fuß vor den anderen, in Gedanken weilte er ganz woanders. Mindestens ein Teil seines Bewusstseins schwamm in Jimkin Bärdrückers bestem Nektar.

Wenn sie nur nicht so *höflich* gewesen wären! In seinem Leben hatte er mehrere Dinge gesehen, die seitdem einen festen Platz in seinem Gedächtnis behaupteten, obgleich er sie vergessen wollte. Ganz oben auf der Liste hatte bisher der Anblick von Mandeln im Maul eines riesigen Drachen gestanden, der tief Luft holte, um einen bestimmten Wächter in einen kleinen Haufen unreiner Holzkohle zu verwandeln. Manchmal, in grässlichen Alpträumen, sah er das Licht der Flamme tief im Rachen... Doch jene Bilder wurden jetzt von Erinnerungen an unbewegte Zwergenmienen verdrängt, die ihn höflich ansahen. Seine Lippen hatten sich bewegt und Worte geformt, doch er hatte gespürt, wie sie in eine unauslotbar tiefe Grube fielen.

Was konnte er schon sagen? »Tut mir Leid, er ist tot – daran lässt sich leider nichts ändern. Unsere schlechtesten Leute arbeiten an dem Fall.« Etwas in der Art?

Das Haus des verstorbenen Bjorn Hammerhock war voller Zwerge gewesen – voller schweigender, stumm starrender und *höflicher* Zwerge. Es hatte sich bereits herumgesprochen. Mit welchen Neuigkeiten Mumm auch kam, seine Zuhörer wussten längst Bescheid. Viele Zwerge führten Waffen mit sich. Der Hauptmann erkannte Herrn Starkimarm, der oft und gerne Reden über sein Lieblingsthema hielt: Immer wieder regte er an, alle Trolle in kleine Stücke zu schlagen und diese anschließend für den Straßenbau zu verwenden. Diesmal aber blieb er stumm. Gab nicht einen einzigen Ton von sich, der Bursche. Saß nur da, in eine Aura der Selbstgefälligkeit gehüllt. Die allgemeine Atmosphäre kam einer höflichen Drohung gleich: Wir hören dir zu. Und dann entscheiden wir so, wie wir es für richtig halten.

Mumm war nicht einmal sicher gewesen, wer von ihnen Frau Hammerhock war. Für ihn sahen alle Zwerge gleich aus. Als man ihm die Witwe vorstellte – mit Helm und Bart –, bekam er von ihr einige unverbindliche Antworten. Nein, sie hatte die Werkstatt abgeschlossen und den Schlüssel verlegt. Danke.

Er wollte möglichst diskret darauf hinweisen, dass die Wache einen Marsch zum Steinbruchweg missbilligen würde (vermutlich aus sicherer Entfernung). Doch er brachte es einfach nicht fertig, eine solche Mahnung zu formulieren. Deshalb blieben folgende Worte unausgesprochen: »Nehmt das Gesetz nicht in eure eigenen Hände. Die Wache ist dem Verbrecher dicht auf den Fersen.« Die bittere Wahrheit war, dass es nicht den geringsten Hinweis auf die Identität des Übeltäters gab. Mumm fragte auch nicht: »Hatte dein Mann Feinde, Frau Hammerhock? Sicher, jemand hat ein ziemlich großes Loch in seiner Brust hinterlassen. Aber hatte er *sonst* noch Feinde?«

Mit möglichst viel Würde (davon war nicht viel übrig) verabschiedete er sich schließlich und führte dann einen kurzen inneren Kampf, den sein Gewissen verlor: Er nahm die Flasche mit Bärdrückers Leckertropfen und wanderte durch die Nacht.

Karotte und Angua erreichten das Ende der Schimmerstraße.

»Wo wohnst du?«, fragte der junge Mann.

»Dort drüben.« Angua streckte kurz den Arm aus.

»In der Ulmenstraße? Etwa bei *Frau Kuchen*?«

»Ich habe ein sauberes Zimmer gesucht, das nur wenig Miete kostet. Ist mit Frau Kuchens Pension irgendetwas nicht in Ordnung?«

»Nun, ich meine, Frau Kuchen ist … eine liebenswürdige Frau, gegen die niemand etwas haben kann, aber … nun, dir ist sicher aufgefallen …«

»Was?«

»Nun, sie ist… äh… nicht sehr… *wählerisch*…«

»Ich fürchte, ich kann dir nicht ganz folgen.«

»Ich nehme an, du bist den anderen Mietern begegnet. Wohnt Reg Schuh noch bei Frau Kuchen?«

»Oh«, sagte Angua. »Du meinst den Zombie.«

»Und auf dem Dachboden haust ein Banshee.«

»Herr Ixolit. Ja.«

»Dann wäre da noch Frau Drull.«

»Die Ghulin. Aber sie ist inzwischen im Ruhestand. Sie sorgt jetzt bei Kindergeburtstagen für Speisen und Getränke.«

»Ich meine, erscheint dir die Pension nicht ein wenig seltsam?«

»Die Miete ist nicht zu hoch, und es ist kein Ungeziefer in den Betten.«

»Weil nie jemand in ihnen schläft.«

»Ich musste nehmen, was ich *kriegen* konnte!«

»Entschuldigung. Ich weiß, wie das ist. Mir ging's ähnlich, als ich nach Ankh-Morpork kam. Nun, ich rate dir, möglichst bald nach einer Unterkunft zu suchen, die… äh… für eine junge Frau wie dich besser geeignet ist. Wenn du verstehst, was ich meine.«

»Nein, ich verstehe *nicht*, was du meinst. Herr Schuh wollte sogar mein Gepäck nach oben tragen. Wenig später musste ich ihm seine Arme bringen. Der arme Kerl. Dauernd fällt irgendetwas von ihm ab.«

»Aber Herr Schuh und die anderen… Sie sind nicht wie wir«, sagte Karotte verzweifelt. »Versteh mich nicht falsch. Ich meine… Zwerge? Einige meiner besten Freunde sind Zwerge. Sogar meine *Eltern* sind Zwerge. Und Trolle? Ich habe überhaupt keine Probleme mit Trollen. Sie sind das Salz der Erde, im wahrsten Sinne des Wortes. Wundervolle Burschen unter ihrer dicken Kruste. Aber Untote… Ich wünsche mir nur, dass sie dorthin zurückkehren, woher sie kommen, das ist alles.«

»Die meisten kamen von hier.«

»Sie gefallen mir einfach nicht. Tut mir Leid.«

»Ich muss jetzt gehen«, sagte Angua kühl. Sie verharrte im dunklen Zugang zu einer Gasse.

»Äh, ja, gut«, erwiderte Karotte. »Wann sehen wir uns wieder?«

»Morgen. Wir sind beide bei der Wache, erinnerst du dich?«

»Und wenn wir dienstfrei haben? Vielleicht könnten wir dann...«

»Es wird jetzt höchste Zeit für mich!«

Angua drehte sich um und lief. Der Hof des Monds zeichnete sich bereits über den Dächern der Unsichtbaren Universität ab.

»Na schön, gut, bis morgen also!«, rief Karotte ihr nach.

Angua fühlte, wie die Welt um sie herum erbebte, als sie durch die Schatten wankte. Sie hätte nicht so lange warten dürfen!

Sie stolperte auf eine Querstraße, begegnete dort mehreren erstaunten Passanten und setzte ihren Weg zur nächsten dunklen Gasse fort. Instinktiv tastete sie nach ihrer Kleidung, die sich immer mehr wie ein Fremdkörper anfühlte.

Ein gewisser Bundo Prung sah sie. Er war erst vor kurzer Zeit aus der Diebesgilde verstoßen worden, weil er zu viel Begeisterung gezeigt und sich für Straßenräuber ungebührlich verhalten hatte. Eine hilflose Frau, allein in einer dunklen Gasse... davon fühlte er sich nicht überfordert.

Er sah sich um und folgte ihr.

Daran schloss sich für fünf Sekunden Stille an. Dann verließ Bundo die Gasse ziemlich schnell. Er rannte bis zum Kai, wo gerade ein Schiff ablegte. Bundo sprintete über die Laufplanke, während diese an Bord gezogen wurde. Er wurde zu einem Seemann und starb drei Jahre später, als ihm in einem fernen Land ein Gürteltier auf den Kopf fiel. Nie erzählte er jemandem, was er in der Gasse gesehen hatte. Aber gelegentlich schrie er, wenn er einen Hund sah.

Angua kam kurze Zeit später zum Vorschein und lief auf vier Beinen fort.

Lady Sybil Käsedick öffnete die Tür und schnupperte.

»Samuel Mumm! Du bist betrunken!«

»Noch nicht, aber hoffentlich bald«, erwiderte Mumm fröhlich.

»Und du hast noch immer deine Uniform an!«

Mumm sah an sich hinunter und hob dann wieder den Kopf.

»Stimmt!«, sagte er gut gelaunt.

»Die ersten Gäste können jeden Augenblick eintreffen. Geh in dein Zimmer. Willikins hat ein Bad vorbereitet und einen Anzug für dich bereitgelegt. Na los …«

»Ausgezeichnet!«

Mumm badete in lauwarmem Wasser und blieb dabei in rosaroten alkoholischen Dunst gehüllt. Nach einer Weile trocknete er sich so gut wie möglich ab und betrachtete den Anzug auf dem Bett.

Der beste Schneider in der ganzen Stadt hatte ihn angefertigt. Es mangelte Sybil Käsedick nicht an Großzügigkeit; sie war stets bestrebt, alles zu geben.

Der Anzug war in blauen und violetten Farbtönen gehalten, Spitzen zierten Ärmel und Kragen. Er war der letzte Schrei der aktuellen Mode. Sybil Käsedick wollte, dass Mumm einen Platz in der feinen Gesellschaft von Ankh-Morpork bekam. Sie hatte es nie gesagt, aber Mumm vermutete Folgendes: Wahrscheinlich glaubte sie, er sei zu schade für den Wachdienst.

Mit einer Mischung aus Benommenheit und Verwirrung starrte er auf das Kleidungsstück. Er hatte nie einen Anzug getragen. Als Kind wurden Lumpen irgendwie an ihm befestigt, und später gab es die aus Leder und Kettenhemd bestehende Uniform der Wache: bequeme und praktische Kleidung.

Zu dem Anzug gehörte auch ein Hut. Mit Perlen dran.

Mumm hatte nie eine Kopfbedeckung benutzt, die nicht aus Metall bestand.

Die Schuhe waren lang und spitz.

Im Sommer hatte er immer Sandalen getragen, im Winter die traditionellen billigen Stiefel.

Hauptmann Mumm schaffte es gerade so, ein Offizier zu sein. Er wusste nicht, wie man zu einem feinen Herrn wurde. Nun, der Anzug schien der erste Schritt zu sein …

Die Gäste trafen ein. Er hörte das Knirschen von Kutschenrädern auf dem Kies, gelegentlich auch ein rhythmisches Klatschen von den Füßen der Sänftenträger.

Er sah aus dem Fenster. Die Teekuchenstraße lag höher als der größte Teil von Morpork und bot ein prächtiges Panorama – wenn man an solchen Dingen Gefallen fand. Der Palast des Patriziers war ein dunkler Schemen inmitten von Schatten; ganz oben schimmerte Licht in einem Fenster. Wenn er dort zuerst hinsah und dann den Blick nach unten und gleichzeitig in die Breite gleiten ließ, offenbarte sich ihm eine Finsternis, die immer schwärzer zu werden schien – besonders in den Teilen der Stadt, wo man keine Kerzen anzündete, weil man dadurch gute Nahrung vergeudet hätte. Im Bereich des Steinbruchwegs glühte rötlicher Fackelschein. Das war verständlich: Immerhin feierten die Trolle Neujahr. Ein vager Glanz hing über der Unsichtbaren Universität, genauer: über den Dächern des Forschungstrakts für hochenergetische Magie. Mumm hätte am liebsten alle Zauberer verhaftet, allein aufgrund des Verdachts, dass sie zu schlau waren. Weitere Lichter zeigten sich bei der Ankertaugasse und in der Glatten Straße. Leute wie Hauptmann Schrulle nannten diese Gegend das *Vergnügungs*viertel …

»Samuel!«

Mumm versuchte, die Krawatte zurechtzurücken.

Er war mit Trollen, Zwergen und Drachen fertig geworden, doch jetzt bekam er es mit einer neuen Spezies zu tun: mit den Reichen.

Nachher fiel es Angua immer schwer, sich zu erinnern, wie sie die Welt »in jenem anderen Zustand« wahrnahm – so hatte es ihre Mutter immer ausgedrückt.

Zum Beispiel entsann sie sich daran, Gerüche zu sehen. Die Straßen und Gebäude … natürlich existierten sie nach wie vor, aber hauptsächlich als grauer Hintergrund, vor dem sich Geräusche und Gerüche in Linien aus… buntem Feuer und in Wolken aus… aus farbigem Rauch abzeichneten.

Genau das war das Problem. Es gab keine geeigneten Worte, mit denen Angua nachher beschreiben konnte, was sie gehört und gerochen hatte. Wenn man eine Zeit lang eine völlig neue, achte Farbe betrachtet hatte und man danach einer auf sieben Farben beschränkten Welt ihre Beschaffenheit schildern sollte… dann konnte man nur von einem »grünlichen Purpur« oder dergleichen sprechen. Erfahrungen sind für jede Spezies individuell. Wenn man sie zwischen den Gattungen austauscht, verlieren sie an Bedeutung.

Manchmal (aber nicht sehr oft) hielt es Angua für einen glücklichen Umstand, dass sie beide Welten erleben konnte. Außerdem waren während der ersten zwanzig Minuten nach der Veränderung *alle* Sinne verstärkt, weshalb die Welt in jedem Wahrnehmungsspektrum wie ein Regenbogen schimmerte. Diese Phase entschädigte in gewisser Weise für den Rest.

Es gab verschiedene Werwölfe. Manche mussten sich nur einmal pro Stunde rasieren und die Ohren unter einem Hut verstecken. Sie blieben fast normale Leute.

Aber Angua konnte sie trotzdem erkennen. Werwölfe identifizierten andere Werwölfe selbst dann, wenn es in ihrer Nähe von Menschen und anderen Spezies wimmelte. Es lag vor allem an den Augen. Natürlich gab es noch andere Hinweise. Werwölfe lebten meist allein und scheuten den Kontakt mit Tieren. Sie benutzten viel Parfüm und Rasierwasser und waren sehr pingelig mit dem Essen. Darüber hinaus führten sie Tagebücher, in denen die Mondphasen rot markiert waren.

Die Werwölfe auf dem Land hatten es besonders schwer. Sie waren sofort schuld, wenn irgendwo ein Huhn fehlte. Das Leben in der Stadt sei viel besser, hieß es unter ihnen.

Es war zumindest… überwältigend.

Angua sah verschiedene Stunden der Ulmenstraße zur selben Zeit. Die Furcht des Straßenräubers war eine verblassende orangefarbene

Linie, Karottes Fährte eine sich ausdehnende hellgrüne Wolke: Hier und dort deuteten besondere Schattierungen auf Besorgnis hin; andere Farbtöne kündeten von altem Leder und Brustharnischpolitur. Weitere Spuren führten kreuz und quer durch die Straße. Einige von ihnen waren ganz deutlich; andere lösten sich allmählich auf.

Eine roch wie ein alter Aborttеppich.

»He du, Hündin«, ertönte eine Stimme hinter Angua.

Sie drehte den Kopf. Auch mit Hundeaugen betrachtet, sah Gaspode nicht besser aus. Es gab nur einen nennenswerten Unterschied: Eine Wolke aus bunten Gerüchen umgab ihn.

»Oh. Du bist's.«

»Genau«, sagte Gaspode und kratzte sich hingebungsvoll. Dann bedachte er Angua mit einem hoffnungsvollen Blick. »Wenn ich dich etwas fragen darf, ich meine, wir sollten's gleich hinter uns bringen, es gehört einfach dazu, Hunde sind nun mal so… äh… dürfte ich vielleicht mal schnüffeln, du weißt schon, wo…«

»Nein.«

»Wie gesagt, war nur 'ne Frage. Nichts für ungut.«

Angua rümpfte die Schnauze.

»Wie kommt es, dass du so riechst? Ich meine, du hast schon schlimm gerochen, als ich ein Mensch war, aber jetzt…«

Gaspode hob stolz den Kopf.

»Toll, nicht wahr?«, erwiderte er. »Es kam nicht von selbst, weißt du. Ich musste hart daran arbeiten. Wenn du ein richtiger Hund wärst… dann würde mein… äh… Duft dich wie ein besonders verlockendes Aftershave anziehen. Übrigens solltest du dir ein Halsband zulegen, Teuerste. Alle lassen dich in Ruhe, wenn du ein Halsband trägst.«

»Danke.«

Gaspode zögerte.

»Äh… du reißt doch keine Herzen aus, oder?«

»Nur, wenn ich will«, betonte Angua.

»Oh, gut, gut«, sagte Gaspode hastig. »Wohin gehst du?«

Er watschelte krummbeinig neben Angua her.

»Ich möchte ein bisschen bei Hammerhocks Werkstatt herumschnüffeln. Und ich habe dich nicht gebeten, mich zu begleiten.«

»Oh, keine Sorge, derzeit hab ich nichts anderes zu tun«, erwiderte Gaspode. »Die Abfälle von Hargas Rippenstube werden erst gegen Mitternacht nach draußen gebracht.«

»Hast du gar kein Zuhause?«, fragte Angua, als sie an einer Imbissbude vorbeiliefen.

»Ein Zuhause? Ich? Ja. Natürlich. Lachende Kinder, große Küche, drei Mahlzeiten pro Tag, nebenan eine Katze zum Jagen, eigene Decke, warmer Platz am Kamin, ach, er ist einer von der sentimentalen Sorte, aber wir mögen ihn ettzehtra. Kein Problem. Weißt du, ich bin nur gern unterwegs«, sagte Gaspode.

»Wie ich sehe, trägst *du* kein Halsband.«

»Ist abgefallen.«

»Ach?«

»Wegen der vielen Rheinkiesel daran. Sie waren zu schwer.«

»Kann ich mir denken.«

»Ich habe jede Menge Freiheiten«, meinte Gaspode.

»Das sehe ich.«

»Manchmal kehre ich... äh... tagelang nicht heim.«

»Im Ernst?«

»Sogar wochenlang.«

»Natürlich.«

»Aber *wenn* ich dann heimkehre, freuen sich alle sehr«, brummte Gaspode.

»Du hast doch erzählt, dass du bei der Unsichtbaren Universität schläfst«, sagte Angua, als sie die Raureifstraße erreichten.

Ein oder zwei Sekunden lang wirkte Gaspode ratlos, doch er fasste sich schnell.

»Ja, genau«, entgegnete er. »Nu-un, du weißt ja, wie das ist mit Familien. Die Kinder wollen einen dauernd streicheln und hochheben. Geben einem ständig Kekse und was weiß ich. Das kann einem ganz schön auf die Nerven gehen. Deshalb ziehe ich mich oft zur Universität zurück, um dort in aller Ruhe zu schlummern.«

»Klar.«

»Sogar noch öfter als oft.«

»Ja?«

Gaspode jaulte leise.

»Du solltest vorsichtig sein. Eine junge Hündin wie du könnte in dieser Stadt erhebliche Probleme bekommen.«

Sie verharrten am hölzernen Pier hinter Hammerhocks Werkstatt.

»Wie...«, begann Angua unschlüssig.

Verschiedene Gerüche wehten ihr entgegen, doch einer davon war so scharf wie eine Säge.

»Feuerwerkskörper?«

»Und Furcht«, fügte Gaspode hinzu. »Jede Menge Furcht.«

Er beschnüffelte die Planken. »Menschliche Furcht, nicht die eines Zwergs. Zwergenfurcht kann man leicht erkennen. Es liegt an der Ernährung. Zu viel Rattenfleisch, weißt du. Puh! Es muss enorme Angst gewesen sein, wenn sie immer noch so stark riecht.«

»Ich wittere einen männlichen Menschen und einen Zwerg«, sagte Angua.

»Ja. Einen toten Zwerg.«

Gaspodes schrumpelige Schnauze strich an der Tür entlang; er schnüffelte lautstark.

»Hier ist noch mehr«, sagte er. »Aber durch den nahen Fluss lassen sich die Gerüche kaum auseinander halten. Öl und... Fett und... sonst noch was und... wohin gehst du?«

Gaspode lief hinter Angua her, die in Richtung Raureifstraße zurückging, die Schnauze dicht am Boden.

»Ich folge der Fährte.«

»Wieso denn? Er wird dir nicht dafür danken.«

»Wer?«

»Dein junger Mann.«

Angua blieb so plötzlich stehen, dass Gaspode gegen sie stieß.

»Meinst du Korporal Karotte? Er ist nicht mein junger Mann!«

»Ach, wirklich nicht? Ich bin ein Hund, erinnerst du dich? Mit einem guten Riecher. Und Gerüche lügen nicht. Es sind diese Pheromondinger. Die sexuelle Alchimie und so.«

»Ich kenne ihn doch erst seit ein paar Nächten.«

»Na bitte!«

»Was soll das heißen?«

»Oh, nichts, nichts. Alles in bester Ordnung. Äh...«

»*Natürlich* ist alles in bester Ordnung!«

»Ja, na schön. Es wäre selbst dann in Ordnung, wenn etwas nicht in Ordnung wäre. Ich meine, alle mögen Korporal Karotte.«

»Ja, das stimmt«, bestätigte Angua. Ihr Nackenfell glättete sich wieder. »Er ist sehr... nett.«

»Selbst der Große Fido hat Karotte nur dann in die Hand gebissen, als er versuchte, ihn zu streicheln.«

»Der Große Fido?«

»Chefbeller der Hundegilde.«

»Hunde haben eine Gilde? *Hunde?* Das glaubst du doch selbst nicht...«

»Im Ernst. Die Hundegilde bestimmt, wer an welchem Ort als Erster Abfalleimer plündern darf. Sie verteilt Plätze zum Dösen im Sonnenschein, entscheidet über Bellpflichten, Paarungsrechte, Jaulquoten... die ganze Schose.«

»Hundegilde«, wiederholte Angua. Es klang skeptisch und sarkastisch. »Meine Güte.«

»Versuch mal, in der falschen Straße eine Ratte zu jagen... Anschließend kämst du bestimmt nicht mehr auf den Gedanken, mich Lügner zu nennen. Kannst von Glück sagen, dass ich in der Nähe bin. Erspart dir eine Menge Unannehmlichkeiten. Ein Hund, der nicht Mitglied der Hundegilde ist, könnte in dieser Stadt in erhebliche Schwierigkeiten geraten.« Gaspode holte tief Luft. »Du kannst froh sein, dass du mir begegnet bist.«

»Ich nehme an, du bist ein... hohes Tier in der Hundegilde.«

»Ich gehöre nicht zu den Mitgliedern«, erwiderte Gaspode selbstgefällig.

»Und wie überlebst du?«

»Bin flink auf den Pfoten. Außerdem lässt mich der Große Fido in Ruhe, weil ich die Macht habe.«

»Welche Macht?«

»Nun, begnügen wir uns mit folgender Feststellung: Der Große Fido ist ein Freund von mir.«

»In die Hand eines Mannes zu beißen, der einen streicheln möchte... Das ist nicht sehr freundlich.«

»Ach, glaubst du? Vom letzten Burschen, der das versucht hat, haben wir nur den Gürtel wieder gefunden.«

»Tatsächlich?«

»Und zwar in einem Baum.«

»Wo sind wir jetzt?«

»Hier sind überhaupt keine Bäume in der Nähe. Äh, wie bitte?«

Gaspode schnüffelte. Seine Nase hatte einen ähnlichen Orientierungssinn entwickelt wie Hauptmann Mumms Stiefel.

»Wir sind hier in der Nähe der Teekuchenstraße«, sagte er.

»Die Fährte wird immer undeutlicher. Sie verliert sich in zu vielen anderen Dingen.«

Angua schnupperte eine Zeit lang. Jemand hatte diesen Ort aufgesucht, aber auch andere Personen. Der scharfe Geruch war zwar noch da, aber nur noch ein Hauch in einem Durcheinander aus zahllosen Düften.

Nach einer Weile empfing sie eine Aromabotschaft, die andeutete, dass sich ihr ein ganzer Berg Seife näherte. Als Frau hatte sie diesen Geruch eher unterbewusst zur Kenntnis genommen. Jetzt schien er ihre ganze Wahrnehmungswelt zu füllen.

Korporal Karotte wanderte nachdenklich über die Straße. Er achtete nicht darauf, wohin er ging; das brauchte er auch gar nicht: Die Leute wichen beiseite, wenn er sich näherte.

Zum ersten Mal sah ihn Angua mit *diesen* Augen. Bei allen Göttern!

Wieso merkten es die Menschen nicht? Er schritt durch Ankh-Morpork wie ein Tiger durch hohes Gras, wie ein mittländischer Bär durch hohen Schnee. Er trug die Umgebung wie eine zweite Haut...

Gaspode sah zur Seite. Angua saß auf den Hinterläufen und starrte.

»Dir hängt die Zunge raus«, sagte er.

»Was? Wie? Na und? Ist doch ganz normal. Ich hechele.«

»Har, har.«

Karotte bemerkte sie und blieb stehen.

»Ach, das ist doch die kleine Promenadenmischung«, sagte er.

»Wuff, wuff«, erwiderte Gaspode, und sein verräterischer Schwanz schwang von einer Seite zur anderen.

»Wie ich sehe, hast *du* eine Freundin gefunden.« Karotte klopfte ihm auf den Kopf und wischte sich dann instinktiv die Hand ab.

»Oh, und was für eine prächtige Hündin, jawohl«, fuhr er fort. »Ein Wolfshund aus den Spitzhornbergen, wenn ich mich nicht irre.« Er streichelte Angua geistesabwesend freundlich. »Aber ich muss jetzt weiter.«

»Wuff, jaul, gib dem Hündchen einen Keks«, sagte Gaspode.

Karotte richtete sich auf und suchte in seinen Taschen. »Ich glaube, ich habe irgendwo einen Keks. Seltsam, man könnte meinen, du verstehst jedes Wort...«

Gaspode machte Männchen und fing den Keks mühelos.

»Wuff, wuff.« Wedel, wedel.

Karotte runzelte die Stirn und sah mit der gleichen Verwirrung auf Gaspode hinunter wie die meisten Leute, die ein »Wuff« von ihm hörten und kein richtiges Bellen. Einige Sekunden später nickte er Angua zu, setzte den Weg über die Teekuchenstraße fort und ging in Richtung Lady Käsedicks Haus.

Gaspode ließ sich den Keks geräuschvoll schmecken. »Da geht ein sehr netter Junge. Er mag einfach und schlicht sein, aber er ist sehr sympathisch.«

»Einfach und schlicht, ja«, sagte Angua. »Das fiel mir sofort auf. Er ist einfach. Und alles andere hier ist sehr kompliziert.«

»Vor einer Weile hat er dir schöne Augen gemacht«, erwiderte Gaspode. »Was nicht heißen soll, dass ich was gegen schöne Augen habe. Ich mag sie sogar sehr gern, wenn sie frisch sind.«

»Du bist abscheulich.«

»Ja, aber wenigstens habe ich den ganzen Monat über die gleiche Gestalt, wenn du mir diese Bemerkung gestattest.«

»Du forderst einen ordentlichen Biss heraus.«

»Oh, ja«, stöhnte Gaspode. »Ja, beiß mich. Oooh. Jetzt krieg ich's *wirklich* mit der Angst zu tun. Ich meine, denk mal darüber nach. Ich habe so viele Hundekrankheiten, dass ich nur deshalb noch lebe, weil die verschiedenen Bakterien dauernd gegeneinander kämpfen. Ich leide sogar an der Wollfäule, die sonst nur schwangere Schafe heimsucht. Na los. Beiß mich. Verändere mein Leben. Dann muss ich demnächst bei Vollmond damit rechnen, dass mir Haare und gelbe Zähne wachsen und ich auf allen vieren durch die Gegend laufe. Das wäre eine völlig neue und ungewohnte Situation für mich. Da fällt mir ein... Das mit den Haaren hat einen gewissen Reiz. Habe in der letzten Zeit die eine oder andere lichte Stelle bekommen. Wenn du dort nicht richtig zubeißen, sondern nur ein wenig knabbern würdest...«

»Sei still. Karotte meinte, dass *du* eine Freundin gefunden hast. Das klang so, als...«

»Schon ein kurzes Lecken würde mir genügen.«

»Klappe.«

»Die allgemeine Unzufriedenheit ist allein Lord Vetinaris Schuld«, sagte der Herzog von Eorle. »Der Mann hat keinen Stil! Wegen ihm leben wir nun in einer Stadt, in der Kaufleute ebenso viel Einfluss haben wie Barone. Er hat sogar zugelassen, dass sich die *Klempner* in einer Gilde zusammenschließen! Meiner bescheidenen Meinung nach ist das gegen die Natur.«

»Es wäre nicht so schlimm, wenn er ein gesellschaftliches Beispiel gäbe«, verkündete Lady Omnius.

»Oder wenn er endlich beschlösse, richtig zu regieren«, fügte Lady Selachii hinzu. »Aber er lässt den Leuten praktisch alles durchgehen.«

»Ich gebe zu, die alten Könige entsprachen nicht unbedingt unseren Vorstellungen, zumindest nicht die letzten«, sagte der Herzog von Eorle. »Aber meiner bescheidenen Meinung nach symbolisierten sie wenigstens etwas. Damals hatten wir eine anständige Stadt. Die Leute waren respektvoll und kannten ihren Platz in der Gesellschaft. Sie arbeiteten, anstatt dauernd auf der faulen Haut zu liegen. Wir öffneten die Tore nicht jedem Pöbel. Und wir hatten das Gesetz. Das stimmt doch, Hauptmann?«

Hauptmann Samuel Mumm blickte aus gläsernen Augen am linken Ohr des Sprechers vorbei.

Zigarrenrauch hing dick und fast reglos in der Luft. Mumm wurde sich vage bewusst, dass er mehrere Stunden damit verbracht hatte, zu viel zu essen, noch dazu in der Gesellschaft von Leuten, die er nicht mochte.

Er sehnte sich nach dem Geruch feuchter Straßen und dem Gefühl von Kopfsteinen unter dünnen Sohlen. Ein Tablett voll mit der Verdauung förderlichen Getränken schwebte um den Tisch herum, doch Mumm hatte bisher darauf verzichtet, nach einem der Gläser zu greifen – um Sybil nicht zu verärgern. Sie war bemüht, ihren Unwillen nicht zu zeigen, womit sie die latente Gereiztheit des Hauptmanns stimulierte.

Die Wirkung von Bärdrückers Leckertropfen ließ immer mehr nach, und Mumm verabscheute es, nüchtern zu sein – dann wurde er nachdenklich. Einer der ihn bedrängenden Gedanken teilte Folgendes mit: Es gibt überhaupt keine »bescheidene Meinung«.

Er hatte kaum Erfahrung mit den Reichen und Mächtigen. Das galt auch für seine Kollegen. Nicht, dass die Reichen und Mächtigen etwa weniger dazu neigten, die Gesetze zu brechen. Von Reichen und Mächtigen verübte Verbrechen befanden sich vielmehr so weit über dem normalen Niveau der Kriminalität, dass Männer mit billigen Stiefeln und rostenden Kettenhemden nichts damit zu tun bekamen. Zum

Beispiel war es völlig legal, hundert Baracken in den Slums zu besitzen; doch wer in ihnen wohnte, machte sich dadurch fast strafbar. Es verstieß nicht gegen das Gesetz, ein Assassine zu sein – die Gilde ließ darüber nichts verlauten –, aber ein wichtiger Qualifikationsfaktor für die Mitgliedschaft war die Abstammung aus einer »feinen Familie«. Wenn man genug Geld hatte, verübte man keine Verbrechen mehr, höchstens amüsante kleine »Jugendsünden«.

»Ganz gleich, wohin man schaut: Überall hochnäsige Zwerge, arrogante Trolle und respektlose Bürger«, sagte Lady Selachii. »Inzwischen leben in Ankh-Morpork mehr Zwerge als in manchen ihrer eigenen Städte – oder wie sie ihre Löcher nennen.«

»Was meinst du, Hauptmann?«, fragte der Herzog von Eorle.

»Hmm?« Mumm nahm eine Weintraube und drehte sie langsam hin und her.

»Was hältst du von dem gegenwärtigen ethnischen Problem in der Stadt?«

»Haben wir eins?«

»Nun... denk nur an den Steinbruchweg! Dort wird jeden Abend gekämpft!«

»Und die Kerle haben überhaupt keinen Sinn für Religion!«

Mumm betrachtete die Weintraube. Am liebsten hätte er folgende Antwort gegeben: Natürlich kämpfen sie. Schließlich sind es *Trolle*. Sie hauen sich gegenseitig Knüppel auf den Schädel – weil sich Trolle vor allem mit Körpersprache verständigen und... äh... gern brüllen. Nur der Mistkerl Chrysopras macht manchmal Probleme, indem er Menschen nachäfft und zu schnell lernt. Und was die Religion betrifft: Trollgötter schwangen bereits ihre Keulen, als wir erst noch lernen mussten, dass man Steine nicht essen kann.

Dies alles wollte Mumm sagen, doch die Erinnerung an den toten Zwerg weckte etwas Gemeines in ihm.

Er legte die Traube auf das Tablett zurück.

»Stimmt haargenau«, schwadronierte er. »Meiner Ansicht nach sollte man die gottlosen Mistkerle aus der Stadt verjagen.«

Es wurde still.

»Sie haben es nicht anders verdient«, bekräftigte Mumm.

»Genau!«, entfuhr es Lady Omnius. Mumm vermutete, dass ihr Vorname Sara lautete. »Es sind kaum mehr als Tiere.«

»Ist euch aufgefallen, wie groß ihre Köpfe sind?«, fragte Mumm. »Sie bestehen fast nur aus Fels. Das Gehirn ist lächerlich winzig.«

»Und dann die Moral«, meinte der Herzog von Eorle.

Zustimmendes Murmeln erhob sich. Mumm griff nach seinem Glas.

»Willikins, ich glaube nicht, dass Hauptmann Mumm Wein möchte«, sagte Lady Käsedick.

»Falsch!«, rief Mumm fröhlich. »Da wir gerade beim Thema sind… Was ist mit den Zwergen?«

»Ich weiß nicht, ob es sonst jemandem aufgefallen ist…«, begann Lord Eorle. »Aber mir scheint, heute gibt es nicht mehr so viele Hunde wie früher.«

Mumm starrte stumm. Das stimmte. Es trieben sich tatsächlich nicht mehr so viele Hunde in der Stadt herum. Zusammen mit Karotte hatte er einige Zwergentavernen besucht und wusste daher, dass Zwerge tatsächlich Hunde aßen – aber nur, wenn sie keine Ratten bekommen konnten. Und selbst wenn zehntausend Zwerge rund um die Uhr Messer und Gabel schwangen: Das in Ankh-Morpork ansässige Rattenvolk wurde dadurch kaum dezimiert. Dieses Thema sprachen die Zwerge häufig in Briefen an ihre Verwandten daheim an: Kommt alle und bringt den Ketchup mit.

»Habt ihr bemerkt, wie klein ihre Köpfe sind?«, brachte Mumm hervor. »Eine sehr geringe kopfliche Kapazität. Das ist messbar.«

»Und nie sieht man die Frauen der Zwerge«, sagte Lady Omnius. »Ich finde das sehr… verdächtig. Ihr wisst ja, was man über Zwerge munkelt«, fügte sie düster hinzu.

Mumm seufzte. Zwergenfrauen sah man praktisch die ganze Zeit über – sie sahen nur genauso aus wie Zwergenmänner. Gab es *tatsächlich* jemanden, der das nicht wusste?

»Schlaue kleine Mistkerle«, kommentierte Lady Selachii. »Raffinierte Burschen.«

Mumm schüttelte den Kopf. »Was ich so erstaunlich finde: Wie können Zwerge einerseits dumm sein – und andererseits so schlau und raffiniert?«

Nur der Hauptmann sah den bösen Blick, den ihm Lady Käsedick zuwarf. Lord Eorle drückte seine Zigarre aus.

»Sie kommen einfach hierher und übernehmen alles. Sie schuften selbst dann, wenn ehrliche Leute im Bett liegen sollten. Das ist einfach nicht normal.«

Mumm verglich diese Bemerkung mit der anderen über Arbeit und »auf der faulen Haut liegen«.

»Nun, einer von ihnen schuftet jetzt nicht mehr«, sagte Lady Omnius. »Meine Magd hat mir erzählt, dass man heute Morgen einen Zwerg im Fluss gefunden hat. Wahrscheinlich das Opfer eines Stammeskriegs oder so.«

»Na, das ist wenigstens ein Anfang.« Lord Eorle lachte. »Obwohl ein Zwerg mehr oder weniger sicher gar nicht auffällt.«

Mumm lächelte strahlend. Eine Weinflasche stand in unmittelbarer Nähe, trotz Willikins' taktvoller Versuche, sie zu entfernen. Ihr Hals schien ihn zu bitten, seine Hand darum zu schließen…

Er fühlte einen Blick auf sich ruhen und sah über den Tisch. Ihm gegenüber saß jemand, der ihn aufmerksam beobachtet und dessen letzter Diskussionsbeitrag gelautet hatte: »Würdest du mir bitte das Salz reichen, Hauptmann?« Sein Gesicht wies keine besonderen Merkmale auf, nur der Glanz in seinen Augen verriet amüsierte Gelassenheit. Es war Professor Kreuz. Mumm hatte den unangenehmen Eindruck, dass er seine Gedanken las.

»Samuel!«

Mumms Hand zögerte auf halbem Weg zur Weinflasche. Willikins stand neben ihrer Ladyschaft.

»Ein junger Mann hat an die Tür geklopft und nach dir gefragt«, sagte Lady Käsedick. »Korporal Karotte.«

»Oh, wie aufregend!«, platzte Lord Eorle heraus. »Ist er gekommen, um dich zu verhaften? Hahaha.«

»Ha«, antwortete Mumm.

Lord Eorle stieß den neben ihm sitzenden Mann an.

»Vermutlich wurde irgendwo ein Verbrechen begangen«, sagte er.

»Ja«, pflichtete ihm Mumm bei. »Und zwar ganz in der Nähe.«

Man führte Karotte herein. Er hatte respektvoll den Helm abgenommen und ihn unter den Arm geklemmt.

Er sah die versammelten Gäste Ihrer Ladyschaft, befeuchtete sich nervös die Lippen und salutierte. Alle sahen ihn an. Es war schwierig, Karotte keine Beachtung zu schenken, wenn er in einem Zimmer stand. Es gab größere Leute in der Stadt. Er *ragte* nicht in dem Sinne auf. Aber er wirkte wie ein besonderer Magnet, der nicht Eisen anzog, sondern die allgemeine Aufmerksamkeit. Korporal Karottes Präsenz drängte alles andere in den Hintergrund.

»Rühren, Korporal«, sagte Mumm. »Was liegt an?« Gerade noch rechtzeitig fiel ihm ein, dass Karotte mit Metaphern und gewissen umgangssprachlichen Ausdrücken Probleme hatte. »Ich meine: Aus welchem Grund bist du hier?«

»Ich möchte dir etwas zeigen, Hauptmann. Ich glaube, es stammt von der Assass…«

»Wir besprechen die Angelegenheiten besser draußen«, warf Mumm hastig ein. Professor Kreuz zuckte nicht einmal mit der Wimper.

Lord Eorle hob den Kopf. »Nun, ich bin beeindruckt. Bisher habe ich euch Wächter nicht für besonders tüchtig gehalten, aber jetzt sehe ich, dass ihr dauernd im Dienst seid. Ihr haltet ständig nach verbrecherischen Seelen Ausschau, wie?«

»Ja«, erwiderte Mumm. »Und manchmal braucht man gar nicht lange zu suchen.«

Die kühlere Luft im rustikalen Flur empfand er als große Erleichterung. Er lehnte sich an die Wand und las, was auf dem Stück Pappe geschrieben stand.

»›Gfähr‹?«

»Du hast doch etwas auf dem Hof gesehen…«, begann Karotte.

»Was soll das bedeuten?«

»Vielleicht gab es bei den Assassinen etwas Gefährliches«, spekulierte Karotte. »Es würde mich nicht wundern. Ich meine, immerhin ist es die *Assassinen*gilde. Möglicherweise haben sie irgendetwas mit diesem Hinweis markiert: ›Nicht berühren – gefährlich‹. Solche Schilder hängen manchmal in Museen.«

»Nein, das kann ich mir kaum vorst… Was weißt du von Museen?«

»Oh, gelegentlich besuche ich welche an meinem freien Tag«, sagte Karotte. »Die in der Universität. Und einmal hat mir Lord Vetinari erlaubt, mich im Palast umzusehen. Und die Ausstellungsräume der Gilden darf ich betreten, wenn ich freundlich darum bitte. Und dann das Zwergenmuseum in der Raureifstraße…«

»Ein Zwergenmuseum?«, wiederholte Mumm erstaunt. Er war mindestens tausendmal durch die Raureifstraße gegangen, ohne so etwas zu bemerken.

»Ja, Hauptmann. Unweit der Kreiselgasse.«

»Ach? Und was kann man dort bewundern?«

»Viele interessante Beispiele von Zwergenbrot, Hauptmann.«

Mumm dachte einige Sekunden darüber nach. »Das ist derzeit nicht wichtig«, entschied er schließlich. »Ich glaube, dies hier ist falsch geschrieben.«

»Ich weiß nicht…« Karotte warf einen Blick auf die Pappe. »Da steht ›Gfähr‹, und zwar genau richtig geschrieben.«

»Ich meine, *normalerweise* schreibt man das Wort anders.«

Mumm drehte die Pappe hin und her.

»Nur ein Narr käme auf den Gedanken, bei der Assassinengilde einzubrechen«, sagte er.

»Ja, Hauptmann.«

Der Zorn in Mumm löste sich immer mehr auf und wich… nein, nicht *Aufregung.* Er suchte nach einem besseren Wort, und kurze Zeit später fiel es ihm ein: *Sinn.* Er erkannte jetzt wieder einen Sinn.

Er wusste noch immer nicht, worum es ging, aber *es* war in Reichweite. Wenn er die Hand danach ausstreckte …

»Samuel Mumm, was geht hier vor?«

Lady Käsedick schloss die Tür des Speisesaals.

»Ich habe dich beobachtet«, sagte sie. »Du bist sehr unhöflich gewesen, Sam.«

»Ich habe versucht, freundlich zu sein.«

»Lord Eorle ist ein alter Freund.«

»Tatsächlich?«

»Nun, ich kenne ihn schon seit langer Zeit. Und eigentlich kann ich ihn nicht ausstehen. Aber du hast ihn ziemlich albern und dumm aussehen lassen.«

»Er hat sich selbst lächerlich gemacht. Ich bin ihm nur dabei behilflich gewesen.«

»Ich habe von dir unhöfliche Bemerkungen über Zwerge und Trolle gehört.«

»Das ist etwas anderes. Dazu bin ich *berechtigt.* Aber dieser Idiot würde einen Troll nicht einmal dann erkennen, wenn er diesem unter die Füße gerät.«

»Oh, er müsste eigentlich einen Troll erkennen, der über ihn hinwegmarschiert«, meinte Karotte. »Einige Trolle wiegen bis zu …«

»Was ist überhaupt so wichtig?«, fragte Lady Käsedick.

»Wir … suchen nach dem Mörder von Chubby«, antwortete Mumm.

Sofort hellte sich Lady Käsedicks Gesichtsausdruck auf.

»Das ist natürlich etwas anderes. Diese Leute sollte man öffentlich auspeitschen.«

Warum habe ich das gesagt? überlegte Mumm. Vielleicht deshalb, weil es stimmt? Das … Gfähr … verschwindet, und kurz darauf stirbt ein Zwerg an einem ziemlich großen Loch in der Brust. Das eine hängt mit dem anderen zusammen. Man muss nur die Verbindung finden …

»Begleitest du mich zu Hammerhocks Werkstatt, Karotte?«

»Ja, Hauptmann. Warum?«

»Ich möchte mich dort umsehen. Und diesmal in Begleitung eines Zwerges.«

Und damit nicht genug, fügte er in Gedanken hinzu. Mein Begleiter ist Korporal Karotte. Und den finden *alle* sympathisch.

Mumm lauschte stumm dem für ihn unverständlichen Gespräch auf zwergisch. Karotte schien sich allmählich durchzusetzen, aber es war knapp. Der Clan gab nicht etwa nach, weil er Vernunft annahm oder sich dem Gesetz beugte, sondern weil Karotte um einen Gefallen bat.

Schließlich wandte sich der Korporal halb um. Er saß auf einem Zwergenstuhl, was bedeutete, dass seine Knie den Kopf rahmten.

»Weißt du, die Werkstatt eines Zwergs ist sehr wichtig.«

»Ja«, sagte Mumm. »Ich verstehe.«

»Und ... äh ... du bist ein Großer.«

»Wie bitte?«

»Ein Großer. Du bist größer als ein Zwerg.«

»Oh.«

»Das Innere einer Zwergenwerkstatt ist wie ... wie das Innere seiner Kleidung, wenn du verstehst, was ich meine. Die Zwerge hier ... sie haben gesagt, dass du dich in der Werkstatt umsehen darfst, solange ich bei dir bin. Aber du sollst nichts anrühren. Sie sind nicht sehr glücklich darüber.«

Ein Zwerg – vielleicht Frau Hammerhock – holte ein Schlüsselbund hervor.

»Ich bin mit Zwergen immer gut zurechtgekommen«, sagte Mumm.

»Sie sind alles andere als begeistert, Hauptmann. Ähm. Sie glauben, wir bringen nichts zustande.«

»Wir geben uns alle Mühe!«

»Vielleicht hätte ich mich etwas klarer ausdrücken sollen. Sie halten uns nicht etwa für unfähig oder so. Derartige Annahmen liegen ihnen fern. Sie bezweifeln nur, dass unsere Ermittlungen Ergebnisse erzielen dürfen.«

»Au!«

»Tut mir Leid, Hauptmann«, sagte Karotte, der wie ein umgedrehtes L ging. »Nach dir. Und stoß nicht mit dem Kopf an...«

»Au!«

»Du solltest dich besser setzen und es mir überlassen, mich hier umzusehen.«

Die Werkstatt war lang und niedrig und hatte am gegenüberliegenden Ende eine Tür. Eine große Werkbank stand unter einem Oberlicht... Hinzu kamen eine kleine Schmiede, ein Werkzeuggestell... und ein Loch.

Etwa einen halben Meter über dem Boden hatte sich ein Putzbrocken aus der Wand gelöst, und die Steine darunter waren gesplittert. Risse gingen wie Strahlen von dem Loch aus.

Mumm rieb sich den Nasenrücken. Er hatte heute keine Zeit gefunden, auszuruhen und zu schlafen. Das war ein weiteres seiner zukünftigen Probleme: Er musste lernen, im Dunkeln zu schlafen. Er konnte sich nicht erinnern, wann er zum letzten Mal des Nachts unter die Bettdecke gekrochen war.

Er schnupperte.

»Hier riecht's nach Feuerwerkskörpern«, stellte er fest.

»Vielleicht liegt das an der Schmiede«, sagte Karotte. »Außerdem haben Trolle und Zwerge überall in der Stadt mit Böllern herumgespielt.«

Mumm nickte.

»Na schön«, brummte er. »Was sehen wir hier?«

»Jemand hat ziemlich fest an die Wand geklopft«, erwiderte Karotte.

»Das könnte zu jedem beliebigen Zeitpunkt geschehen sein«, meinte Mumm.

»Nein, Hauptmann. Der Putz liegt noch auf dem Boden, und Zwerge halten ihre Werkstätten immer sauber.«

»Tatsächlich?«

Mumm bemerkte einige Waffen auf der Werkbank, die meisten von ihnen erst halb fertig gestellt. Er griff nach einer Armbrust.

»Herr Hammerhock hat ausgezeichnete Arbeit geleistet. Offenbar kannte er sich gut mit Mechanismen und so aus.«

»Er genoss einen hervorragenden Ruf«, sagte Karotte. Vorsichtig betastete er die anderen Gegenstände auf der Werkbank. »Er galt als sehr geschickt. In seiner Freizeit konstruierte er Spieldosen. Er konnte einer mechanischen Herausforderung nie widerstehen. Äh. Wonach suchen wir hier eigentlich, Hauptmann?«

»Keine Ahnung. He, *das* ist wirklich beeindruckend…«

Mumm deutete auf eine Kriegsaxt, die so schwer war, dass er sie kaum heben konnte. Komplexe Muster schmückten die Klinge. Dieses Objekt war ganz offensichtlich das Ergebnis mehrerer Wochen Arbeit.

»Scheint nicht gerade für den alltäglichen Einsatz bestimmt zu sein.«

»O nein«, sagte Karotte. »Das ist eine Grabwaffe.«

»Damit kann man jemanden ohne Zweifel ins Grab bringen.«

»Ich meine, sie dient als Grabbeilage. Jeder Zwerg wird mit einer Waffe bestattet. Sie soll ihn in das… Leben nach dem Leben begleiten.«

»Diese Axt ist ein Kunstwerk! Ihre Schneide – aargh.« Mumm saugte an seinem Finger. »Rasiermesserscharf, die Schneide.«

Karotte wirkte überrascht. »Natürlich. Für den toten Zwerg wäre es kaum von Vorteil, wenn er ihnen mit einer schlechten Waffe gegenübertreten muss.«

»Wem gegenübertreten?«

»Irgendwelchen Halunken, denen er bei seinen Streifzügen im Jenseits begegnet«, entgegnete Karotte ein wenig unbeholfen.

»Ah.« Mumm zögerte. Dieses Thema bereitete ihm ein gewisses Unbehagen.

»Es ist eine uralte Tradition«, erklärte Karotte.

»Ich dachte, Zwerge glauben nicht an Teufel und Dämonen und so.«

»Stimmt. Aber wir sind nicht sicher, ob… *sie* davon wissen.«

»Oh.«

Mumm legte die Axt beiseite und griff nach einem etwa zwanzig Zentimeter großen Ritter. Ein Schlüssel steckte in seinem Rücken. Er drehte ihn – und ließ die Figur fast fallen, als sich ihre Beine plötzlich bewegten. Mumm stellte den kleinen Ritter auf den Boden, und der marschierte steifbeinig los und schwang dabei das Schwert.

»Bewegt sich wie Colon, nicht wahr?«, bemerkte der Hauptmann. »Ein Aufziehmechanismus!«

»Das ist zur Zeit groß im Kommen«, sagte Karotte. »Mit solchen Dingen kannte sich Herr Hammerhock aus.«

Mumm nickte. »Nun, wir suchen etwas, das sich nicht an diesem Ort befinden sollte. Beziehungsweise nach etwas, das zwar hier sein sollte, aber durch Abwesenheit auffällt. Fehlt irgendetwas?«

»Schwer zu sagen. Es ist nicht hier.«

»Was?«

»Das Fehlende«, antwortete Karotte pflichtbewusst.

»Ich meine etwas, das sich nicht hier befindet, obgleich man es an einem solchen Ort erwartet«, sagte Mumm geduldig.

»Herr Hammerhock hat – *hatte* – die üblichen Werkzeuge. Erstklassige Qualität. Eigentlich schade.«

»Was ist schade?«

»Sie werden alle eingeschmolzen.«

Mumm starrte auf das Gestell mit den Hämmern und Feilen.

»Warum denn? Kann sie nicht jemand anders weiterverwenden?«

»Man soll die *Werkzeuge* eines anderen Zwergs benutzen?« Karottes Miene zeigte deutlichen Abscheu – ebenso gut hätte man ihm anbieten können, Korporal Nobbs' Unterwäsche zu tragen. »O nein, ausgeschlossen. Sie sind... ein Teil von ihm. Ich meine, wenn sie jemand anders verwendet, nachdem er jahrelang damit gearbeitet hat... bäh!«

»Im Ernst?«

Der mechanische Soldat marschierte unter die Werkbank.

»Es wäre falsch«, sagte Karotte. »Falsch und... eklig.«

»Oh.« Mumm richtete sich auf.

»Hauptmann...«

»Au!«

»...stoß nicht mit dem Kopf an. Tut mir Leid.«

Mumm rieb sich die schmerzende Stelle, mit der anderen Hand befühlte er das Loch in der Wand.

»Da... steckt was drin«, sagte er. »Gib mir einen Meißel.«

Stille folgte.

»Ich brauche einen Meißel. Und wenn du dich dann besser fühlst: Wir versuchen herauszufinden, wer Herrn Hammerhock umgebracht hat. Nun?«

Widerstrebend nahm Karotte einen Gegenstand aus dem Werkzeuggestell.

»Das ist Herrn Hammerhocks Meißel«, sagte er vorwurfsvoll.

»Korporal Karotte, würdest du bitte für ein paar Sekunden aufhören, ein Zwerg zu sein? Du bist ein Wächter! Gib mir jetzt den verdammten Meißel! Wir haben nicht den ganzen Tag Zeit! Danke!«

Mumm bohrte in dem Loch. Kurze Zeit später fiel ihm eine kleine, unregelmäßig geformte Scheibe aus Blei in die Hand.

»Vielleicht ein Katapult?«, vermutete Karotte.

»Dafür ist hier drin nicht genug Platz«, sagte Mumm. »Wie konnte sich das Ding nur so tief in die Wand hineinbohren?«

Er steckte die Scheibe in die Tasche.

»Ich schätze, das wär's«, sagte er und richtete sich wieder auf. »Wir sollten... Au! Bitte hol den kleinen Ritter unter der Werkbank hervor. Ich möchte nicht, dass man uns später vorwirft, wir hätten hier Unordnung geschaffen.«

Karotte streckte den Arm unter die Werkbank. Es raschelte.

»Hier liegt Papier, Hauptmann.«

Karottes Arm kam wieder zum Vorschein, seine Hand hielt ein vergilbtes Blatt. Mumm betrachtete es.

»Seltsam«, sagte er schließlich. »Es ist kein Zwergisch, soviel steht fest. Aber die Symbole... Ich habe sie schon einmal gesehen. Oder etwas Ähnliches.« Er reichte das Blatt Karotte. »Was kannst du damit anfangen?«

Der Korporal runzelte die Stirn. »Nun, ich könnte das Blatt zu einem Hut falten. Oder zu einem Schiffchen. Oder zu einer hübschen Blume ...«

»Ich meine die Symbole. Ergeben die Zeichen für dich einen Sinn?«

»Nein, eigentlich nicht, Hauptmann. Aber sie erscheinen mir vertraut. Vielleicht sind es ... alchimistische Schriftzeichen?«

»O nein!« Mumm schlug die Hände vors Gesicht. »Wenn die verdammten Alchimisten was damit zu tun haben ... O nein! Nicht die irren Chemikalienrührer! Assassinen kann ich gerade noch ertragen, aber diese Narren ... Nein! Bitte! Wie spät ist es?«

Karotte sah auf die Sanduhr an seinem Gürtel. »Etwa halb zwölf, Hauptmann.«

»Höchste Zeit für mich, an der Matratze zu horchen. Sollen die alchimistischen Idioten bis morgen warten. Übrigens könntest du mich mit dem Hinweis glücklich machen, dass dieses Blatt Hammerhock gehörte.«

»Das bezweifle ich, Hauptmann.«

»Ich auch. Komm. Wir nehmen die Hintertür.«

Karotte zwängte sich hindurch.

»Gib auf deinen Kopf acht, Hauptmann.«

Mumm verharrte in geduckter Stellung und sah zum Türrahmen.

»Nun, Korporal«, sagte er nach einer Weile, »ein Troll kommt als Täter nicht in Frage. Aus zwei Gründen: Erstens könnte ein Troll diese Tür nicht passieren; sie ist für Zwerge bestimmt.«

»Und der andere Grund?«

Mumm löste etwas von einem Splitter am niedrigen Türsturz.

»Zweitens haben Trolle keine Haare.«

Einige lange, rote Strähnen hatten sich an dem Splitter verfangen. Sie konnten nur von jemandem stammen, der größer war als ein Zwerg.

Mumm betrachtete sie. Eigentlich sahen die Strähnen aus wie Zwirn. Aber eine Spur war eine Spur.

Er schlug sie in ein Stück Papier ein, das er sich aus Karottes Notizbuch lieh, und gab das Beweismaterial anschließend dem Korporal.

»Hier. Bewahr das auf.«

Dann traten sie in die Nacht. Ein schmaler, hölzerner Laufsteg führte an den Mauern entlang. Jenseits davon erstreckte sich der Fluss.

Mumm straffte dankbar Schultern und Rücken.

»Die Sache gefällt mir nicht«, sagte er. »Ich fürchte, Unheil bahnt sich an.«

»Wo?«, fragte Karotte und sah sich um.

»Ich meine, es geschehen verborgene Dinge«, erklärte Mumm geduldig.

»Ja, Hauptmann.«

»Kehren wir zum Pseudopolisplatz zurück.«

Sie setzten den Weg zur Messingbrücke fort. Sie kamen nur langsam voran, weil Karotte unterwegs alle Passanten grüßte. Hartgesottene Rüpel, die von einem Wächter angesprochen wurden, antworteten meistens mit den Lauten für Symbole, die man in der obersten Reihe der Schreibmaschinentastatur findet. Doch auf Karotte reagierten sie nur mit einem harmlosen Murmeln, wenn er freundlich sagte: »Guten Abend, Quetscher! Heute Abend schon jemanden durch die Mangel gedreht?«

Sie hatten die Hälfte der Brücke hinter sich gebracht, als Mumm stehen blieb und sich eine Zigarre zwischen die Lippen schob. Das Streichholz riss er an einem der dekorativen Nilpferde an.

»Karotte?«

»Ja, Hauptmann?«

»Glaubst du, es gibt so etwas wie eine verbrecherische Seele?«

Man konnte förmlich hören, wie Karotte versuchte, den Sinn dieser Frage zu erfassen.

»Meinst du vielleicht... so wie bei Treibe-mich-selbst-in-den-Ruin Schnapper, Hauptmann?«

»Er ist kein Verbrecher.«

»Hast du mal eine seiner Pasteten probiert?«

»Ja, aber bei ihm gibt es nur geographische Diskrepanzen in der finanziellen Hemisphäre.«

»Wie bitte?«

»Ich meine, er vertritt nur eine andere Ansicht über den Platz von bestimmten Dingen. Zum Beispiel Geld. Er glaubt, es gehöre in seine Tasche. Nein, ich meine...« Mumm schloss die Augen, dachte an Zigarrenrauch, Getränke und lakonische Stimmen. Es gab Leute, die anderer Leute Geld nahmen. Ein klarer Fall von Diebstahl, in Ordnung. Aber es gab auch Leute, die anderen Leuten mit einem leichthin gesagten Wort das Menschliche nahmen. Wie nannte man solche Personen?

Nun, Mumm mochte keine Zwerge und Trolle. Aber er mochte praktisch kaum jemanden. Er hatte fast jeden Tag in der Gesellschaft von Zwergen und Trollen verbracht und sich dadurch das *Recht* erworben, sie nicht zu mögen. Und irgendwelche dicken Idioten hatten *nicht* dieses Recht, abfällige Bemerkungen über Zwerge und Trolle zu machen.

Er starrte ins Wasser. Der Ankh gurgelte und saugte an einem Brückenpfeiler direkt unter ihm. Baumstümpfe, Äste und Abfälle bildeten eine kleine Insel, auf der sogar Pilze wuchsen.

Mumm sehnte sich nach einer Flasche von Bärdrückers Feinstem. Die Perspektive auf die Welt änderte sich, durch den Boden eines Glases betrachtet.

Er sah etwas anderes.

Signaturlehre, dachte Mumm. So nannten es die Naturheilkundigen. Die Götter schienen den Pflanzen ein »Benutz-mich«-Schild mitgegeben zu haben. Gewächse eignen sich bestens als Heilmittel für jenen Körperteil, dessen Form sie haben. Zahnwurz für die Zähne, Milzwurz für die... Milz und so weiter. Es gibt sogar einen Pilz namens *Phallus impudicus,* dachte Mumm. Ich habe nicht die geringste Ahnung, was damit behandelt wird, aber Nobby isst gern Pilzomelettes. Entweder ist der Pilz die ideale Medizin für Hände oder...

Mumm seufzte.

»Hol einen Bootshaken, Korporal.«

Karotte sah ebenfalls nach unten.

»Links vom Baumstumpf.«

»O nein!«

»O doch. Hol ihn raus, und versuch, ihn zu identifizieren. Schreib anschließend einen Bericht für Feldwebel Colon.«

Es war die Leiche eines Clowns. Karotte kletterte hinunter und räumte den Schutt beiseite, woraufhin der ganze Körper zum Vorschein kam. Wasserfeste Schminke formte ein trauriges Lächeln auf seinem Gesicht.

»Er ist tot!«

»Erstaunlich, nicht wahr?«

Mumm sah auf den grinsenden Leichnam hinab. Keine Ermittlungen anstellen. Die Finger davon lassen. Sollen sich die Assassinen und der blöde Schrulle darum kümmern. So lautete die Anweisung des Patriziers.

»Korporal Karotte?«

»Hauptmann?«

Ich habe dir einen Befehl gegeben...

Na und? Für wen hält mich Vetinari eigentlich? Für eine Art... mechanischen Soldaten, den man aufzieht und der dann in eine ganz bestimmte Richtung läuft?

»Wir werden herausfinden, was sich hier abspielt!«

»Ja, Hauptmann!«

»Was auch immer geschieht: Wir finden es heraus.«

Der Ankh dürfte der einzige Fluss im ganzen Multiversum sein, auf dem Ermittler die Umrisse einer Leiche mit Kreide festhalten können.

»Lieber Feldw. Colon,

ich hoffe du bisset wohlauf. Das Wetter ist Gut. Dies ist eine Leiche die, wir gestern Abend aus dem Fluss geholet haben wir, wissen nicht um wen es sich handelt abgesehen davon dasse er Beano heißt und Mitglied der Narrengilde ist. Man hat ihn sehr geschlagigt auf den Hinterkopf und, er hat eine Zeit lang unter der Brücke gelegen er keinen Hübschen Anblick bietet nein. Hauptmann Mumm meint wir sollten Dinge herausfinden. Er glaubt es, gebet einen Zusammenhang mit der Ermordung fon Herrn Hammerhock. Er möchte das du mit den Narren redigst. Er sagt Und Zwar Sofort. In der Anlage findest du ein Stücke Papier. Hauptmann Mumm beauftragt dich es bei den Alchimisten auszuprobieren ...«

Feldwebel Colon unterbrach die Lektüre, um alle Alchimisten ausgiebig zu verfluchen.

»... denn es ist Rätselhaftiges Beweismaterial. Ich hoffe es, gehet dir wohl. Hochachtungsvoll und mit freundlichen Grüßen, Karotte Eisengießersohn, (Kpl.).«

Der Feldwebel kratzte sich am Kopf. Was bedeutete das alles?

Kurz nach dem Frühstück waren zwei ältere Witzbolde von der Narrengilde gekommen, um die Leiche zu holen. Leichen im Fluss ... so etwas war nicht ganz und gar ungewöhnlich. Allerdings starben Narren gewöhnlich nicht auf diese Weise. Konnte ein Clown irgendetwas besitzen, das es zu stehlen lohnte? War ein Clown irgendeine Gefahr?

Und was die Alchimisten anging: Colon wollte verdammt sein, wenn er ...

Doch er brauchte die Sache gar nicht selbst zu erledigen. Er musterte die Rekruten. Jetzt konnten sie sich endlich mal nützlich machen.

»Knuddel und Detritus – *nicht salutieren!* –, ich habe einen Auftrag für euch. Geht mit diesem Stück Papier zur Alchimistengilde. Fragt dort einen der Schwachköpfe, was er daraus machen kann.«

»Wo befindet sich die Alchimistengilde, Feldwebel?«, erkundigte sich Knuddel.

»In der Straße der Alchimisten«, antwortete Colon. »Zumindest derzeit. An eurer Stelle würde ich mich beeilen.«

Die Alchimistengilde lag der Spielergilde genau gegenüber. Meistens jedenfalls. Gelegentlich befand sie sich auch darüber oder darunter. Oder auf allen Seiten, in Form qualmender Trümmer.

Wenn man die Spieler fragte, warum sie in unmittelbarer Nähe einer Gilde wohnten, die alle drei oder vier Monate ihre Laboratorien in die Luft jagte, so antworteten sie: »Hast du nicht das Schild über dem Eingang gelesen?«

Ein Troll und ein Zwerg stapften durch die Straße der Alchimisten. Beabsichtigte Zufälle ließen sie immer wieder gegeneinander stoßen.

»Wenn du wirklich bist klug so sehr, warum du dann gegeben Papier *mir*?«

»Ha! Kannst du's lesen? Na?«

»Nein, ich das Lesen überlasse dir. So was man nennt De-leh-giehren.«

»Ha! Kannst nicht lesen! Kannst nicht zählen! Dummer Troll!«

»Ich nicht dumm!«

»Ha! Alle wissen, dass Trolle nicht bis vier zählen können!«*

»Rattenfresser!«

»Wie viele Finger zeige ich hier? Sag's mir, Herr Ich-bin-ja-so-klug-Steine-im-Kopf!«

»Viele«, schätzte Detritus.

»Har-har, nein, fünf. Am Zahltag erwarten dich *große* Schwierigkeiten. Feldwebel Colon denkt bestimmt: Der blöde Troll weiß ja gar nicht, wie viele Dollar ich ihm gebe! Ha! Woher wusstest du überhaupt, dass die Wache Rekruten suchte? Hat dir jemand das Plakat vorgelesen?«

»Und *du*? Dich jemand hat hochgehoben, damit du lesen konntest Plakat?«

* Trolle zählen auf diese Weise: eins, zwei, drei ... *viele*. Die meisten Leute schließen daraus, dass sie keine größeren Zahlen kennen, doch das ist ein Irrtum. Viele kann durchaus für eine Zahl stehen, zum Beispiel: eins, zwei, drei, viele; viele-eins, viele-zwei, viele-drei, viele viele; viele-viele-eins, viele-viele-zwei, viele-viele-drei, viele viele viele; viele-viele-viele-eins, viele-viele-viele-zwei, viele-viele-viele-drei, *EINE MENGE.*

Sie prallten gegen die Tür der Alchimistengilde.

»Ich anklopfe. Das *meine* Aufgabe!«

»Nein, ich klopfe an.«

Als Herr Sendivoge, Sekretär der Gilde, die Tür öffnete, sah er einen Zwerg, der am Klopfer hing und von einem Troll hin und her geschwungen wurde. Er rückte seinen Sturzhelm zurecht.

»Ja?«, fragte er.

Knuddel ließ los.

Detritus runzelte seine sehr massive Stirn.

»Äh. Was du machen könntest daraus, du Schwachkopf?«, fragte er.

Sendivoge starrte den Troll groß an und blickte dann auf den Zettel. Knuddel versuchte unterdessen, hinter den Troll zu gelangen, der den Eingang fast vollständig blockierte.

»Warum hast du ihn Schwachkopf genannt?«

»Feldwebel Colon gesagt haben...«

»Nun, ich könnte einen Hut daraus falten«, sagte Sendivoge. »Oder eine Figurenkette daraus schneiden, wenn ich eine Schere hätte...«

»Mein... äh... Kollege meinte Folgendes«, begann Knuddel. »Kannst du uns bei den Ermittlungen helfen und die seltsamen Sym bole auf diesem angeblichen Stück Papier entziffern? – Au, das tat weh!«

Sendivoge musterte die beiden Besucher.

»Seid ihr Wächter?«, fragte er.

»Ich bin Obergefreiter Knuddel.« Knuddel deutete nach oben. »Und das ist Obergefreiter Detritus, der diesen Rang eigentlich gar... *nicht salutier*... Oh.«

Nach einem dumpfen Pochen kippte Detritus zur Seite.

»Gehört wohl zum Selbstmorddezernat, wie?«, erkundigte sich der Alchimist.

»Er kommt gleich wieder zu sich«, sagte Knuddel. »Er kriegt's einfach nicht richtig hin zu salutieren. Du weißt ja, wie Trolle sind.«

Sendivoge zuckte mit den Schultern und sah wieder auf den Zettel.

»Die Zeichen wirken... vertraut«, sagte er. »Hab' sie schon mal irgendwo gesehen. Du bist ein Zwerg, nicht wahr?«

»Es ist die Nase, stimmt's?«, erwiderte Knuddel. »Sie verrät mich immer.«

»Nun, wir Alchimisten sind ständig bemüht, der Gemeinschaft einen Dienst zu erweisen«, meinte Sendivoge. »Komm herein.«

Knuddels mit stählernen Spitzen ausgestattete Stiefel traten Detritus ins Hier und Heute. Der Troll folgte ihnen und schwankte dabei wie ein Baum im Sturm.

»Warum trägst du einen Sturzhelm?«, fragte Knuddel, als sie durch den Flur schritten. Überall um sie herum hämmerte es – das Gildenhaus wurde praktisch permanent wieder aufgebaut.

Sendivoge rollte mit den Augen.

»Wegen der Kugeln«, entgegnete er. »Billardkugeln, um genau zu sein.«

»Ich kannte mal jemanden, der so unbeherrscht spielte«, kommentierte Knuddel.

»O nein. Herr Silberfisch spielt recht gut. Genau das ist das Problem.«

Knuddel sah erneut zum Sturzhelm hoch.

»Es liegt am Elfenbein, verstehst du?«

»Ah«, sagte Knuddel, der nicht verstand. »Elefanten?«

»Elfenbein *ohne* Elefanten. Umgewandeltes Elfenbein. Sehr viel versprechend. Könnte ein großer kommerzieller Erfolg werden.«

»Ich dachte, ihr arbeitet mit... äh... an Gold.«

»O ja«, sagte Sendivoge. »Mit Gold kennt sich dein Volk gut aus, nicht wahr?«

»Ja«, bestätigte Knuddel und dachte über die tiefere Bedeutung der beiden Worte »dein Volk« nach.

»Das mit dem Gold ist schwieriger, als wir zunächst annahmen«, meinte Sendivoge.

»Wie lange versucht ihr es schon?«

»Seit dreihundert Jahren.«

»Das ist *ziemlich* lange.«

»Aber an dem Elfenbein arbeiten wir erst seit einer Woche, und es zeichnen sich bereits Erfolge ab!«, versicherte der Alchimist rasch. »Eigentlich müssen wir nur noch einige unerwünschte Nebenwirkungen ausmerzen.«

Er öffnete eine Tür.

Dahinter erstreckte sich ein großer Raum, ausgestattet mit den üblichen schlecht gelüfteten Schmelzöfen, vielen blubbernden Tiegeln und einem ausgestopften Alligator. Dinge schwammen in Gläsern. Die Luft roch nach begrenzter Lebenserwartung.

Einige recht komplex anmutende Einrichtungsgegenstände waren beiseite gerückt worden, um Platz für einen Billardtisch zu schaffen. Sechs Alchimisten standen darum herum, und jeder von ihnen schien bereit für einen *schnellen* Sprint zu sein.

»Das ist der dritte in dieser Woche«, sagte Sendivoge kummervoll. Er nickte zu einer Gestalt hinüber, die sich über ein Queue beugte.

»Äh, Herr Silberfisch ...«, begann er.

»Ruhe!«, verkündete der Chefalchimist. »Es geht los!« Er spähte zur weißen Kugel.

Sendivoge blickte zur Spielstandanzeige.

»Einundzwanzig Punkte«, stellte er fest. »Meine Güte. Vielleicht fügen wir der Nitrozellulose ja jetzt die richtige Menge Kampfer hinzu ...«

Es klickte. Die Kugel rollte und prallte von der Bande ab ...

... und beschleunigte. Weißer Dampf entfuhr ihr, als sie dem Haufen aus unschuldigen roten Kugeln entgegenraste.

Silberfisch schüttelte den Kopf.

»Instabil«, sagte er. »Alle Mann *in Deckung*!«

Die Anwesenden duckten sich, mit Ausnahme der beiden Wächter. Einer von ihnen brauchte sich nicht zu ducken, weil sein Abstand zum Boden ohnehin gering war, der andere hinkte (beziehungsweise wankte) den Ereignissen einige Minuten hinterher.

Die schwarze Kugel hob ab, sauste auf einer Flamme an Detritus'

Gesicht vorbei, hinterließ dabei eine schwarze Rauchwolke und zertrümmerte ein Fenster. Die grüne Kugel verharrte an ihrem Platz, drehte sich jedoch immer schneller um die eigene Achse. Die übrigen Kugeln rasten hin und her, explodierten oder knallten an die Wände.

Eine rote Kugel traf Detritus zwischen den Augen, sprang wieder auf den Tisch, verschwand dort im mittleren Loch und detonierte.

Einige Sekunden lang war es still. Dann hustete jemand, und Silberfisch erschien in ölig wirkendem Rauch. Mit zitternder Hand hob er den Billardstock – beziehungsweise die qualmenden Reste davon – und schob die Spielstandanzeige ein Stück weiter.

»Eins«, sagte er. »Na schön. Zurück zum Schmelztiegel. Jemand soll einen neuen Billardtisch bestellen …«

»Entschuldigung …« Knuddel klopfte dem Alchimisten ans Knie.

»Wer ist da?«

»Hier unten!«

Silberfisch senkte den Kopf.

»Oh. Bist du ein Zwerg?«

Knuddel versuchte, ruhig zu bleiben.

»Bist du ein Riese?«, fragte er.

»Ich? Natürlich nicht!«

»Ah. Dann muss ich wohl ein Zwerg sein«, sagte Knuddel. »Und das hinter mir ist ein Troll.« Detritus versuchte, Haltung anzunehmen.

»Wir sind gekommen, um zu erfahren, was auf diesem Zettel geschrieben steht«, erklärte Knuddel.

»Ja«, fügte Detritus hinzu.

Silberfisch warf einen Blick auf das Papier.

»Oh«, sagte er sofort. »Das stammt offenbar von Leonard. Nun?«

»Leonard?«, wiederholte Knuddel. Er sah zu Detritus. »Schreib alles auf.«

»Leonard da Quirm«, meinte der Alchimist.

Knuddels Verwirrung löste sich dadurch nicht auf.

»Nie von ihm gehört?«, fragte Silberfisch.

»Nein, ich glaube nicht.«

»Ich dachte, alle kennen Leonard da Quirm. Ein Spinner. Und ein Genie.«

»War er ein Alchimist?«

Aufschreiben, aufschreiben... Detritus sah sich nach einem rußigen Holzstück und einer geeigneten Wand um.

»Leonard? Nein. Er gehörte zu keiner Gilde. Vielleicht gehörte er auch zu allen. Er kam ziemlich viel herum. Er bastelte und pfuschte, wenn du verstehst, was ich meine.«

»Nein, ich verstehe leider nicht.«

»Malte ein bisschen, baute Mechanismen und so. Beschäftigte sich gewissermaßen mit allen Dingen.«

Genügen auch würde Hammer und Meißel, dachte Detritus.

»Dies hier ist eine Formel für...« Silberfisch zögerte. »Nun, ich verrate damit kein Geheimnis. Es ist die Formel für etwas, das wir Pulver Nummer eins nennen. Schwefel, Salpeter und Holzkohle. Man benutzt es für Feuerwerkskörper. Jeder Narr könnte das Zeug mischen. Nur auf diesem Zettel sehen die Zeichen komisch aus, weil alles rückwärts geschrieben ist.«

»Das klingt wichtig«, flüsterte Knuddel dem Troll zu.

»So seltsam ist das auch wieder nicht«, sagte Silberfisch. »Zumindest nicht für Leonard. Er machte sich einen Spaß daraus, rückwärts zu schreiben. Ausgeklinkt, der Bursche. Und gleichzeitig clever. Habt ihr sein Porträt der Mona Ogg gesehen?«

»Ich glaube nicht.«

Silberfisch reichte den Zettel Detritus, der darauf hinabschielte, als wüsste er ganz genau, was dort geschrieben stand. Vielleicht ich kann benutzen das hier zum Schreiben, dachte er.

»Ihr Lächeln folgt einem durchs ganze Zimmer. Faszinierend. Manche Leute behaupten sogar, dass es sie bis nach draußen begleitete.«

»Ich glaube, wir sollten mit Herrn da Quirm reden«, sagte Knuddel.

»Ihr könnt durchaus mit ihm reden, oder es zumindest versuchen«, erwiderte Silberfisch. »Ich bezweifle allerdings, dass er im Stande ist, euch zuzuhören. Er verschwand vor einigen Jahren.«

…und wenn ich dann entdecken etwas, mit dem ich kann schreiben, muss ich nur noch finden jemand, der mir beibringt das Schreiben, dachte Detritus.

»Er verschwand?«, fragte Knuddel. »Wie?«

Silberfisch beugte sich ein wenig hinunter. »Wir glauben, dass er eine Möglichkeit fand, sich unsichtbar zu machen.«

»Im Ernst?«

»Weil ihn *niemand mehr gesehen hat*«, fügte Silberfisch in verschwörerischem Ton hinzu.

»Oh«, sagte Knuddel. »Nun, mit solchen Dingen kenne ich mich nicht besonders gut aus, aber wäre es nicht möglich, dass Herr da Quirm… einen Ort aufgesucht hat, wo ihn niemand sieht?«

»Das wäre untypisch für den alten Leonard. Er würde nicht einfach so weggehen. Aber er wäre im Stande, plötzlich zu verschwinden.«

»Ah.«

»Er war nicht ganz dicht, wenn du verstehst, was ich meine. Hatte zu viel Gehirn im Kopf. Kam auf die sonderbarsten Gedanken. Einmal hatte er die Idee, Zitronen Blitze zu entlocken! He, Sendivoge, erinnerst du dich an Leonard und seine Blitz-Zitronen?«

Sendivoge tippte sich mit dem Zeigefinger an die Schläfe. »Und ob. ›Wenn man Kupfer- und Zinkstangen in eine Zitrone steckt, bekommt man bald zahme Blitze.‹ Der Kerl war ein Idiot.«

»Nein, einen *Idioten* kann man ihn nicht nennen.« Silberfisch griff nach einer Billardkugel, die das Chaos wie durch ein Wunder überstanden hatte. »Seine Sinne waren nur so verdammt scharf, dass er sich dauernd daran schnitt. Blitze aus Zitronen! Welchen Sinn hat das? Und dann die ›Stimmen-am-Himmel-Maschine‹. Ich habe ihm gesagt: Leonard, wozu sind die Zauberer da, hm? Für solche Dinge haben wir die normale Magie. Blitz-Zitronen? Demnächst stehen wohl Leute mit Flügeln auf dem Programm. Und wisst ihr, was er geantwortet hat? Könnt ihr's euch vorstellen? Er antwortete: Komisch, dass du es erwähnst; ich habe erste Zeichnungen für ein entsprechendes Projekt angefertigt… Armer Irrer.«

Selbst Knuddel stimmte in das Gelächter ein.

»Habt ihr es versucht?«, fragte er anschließend.

»Was?«, erwiderte Silberfisch.

»Har, har, har«, grollte Detritus, dessen Synchronisation auch diesmal nicht stimmte.

»Metallstäbe in Zitronen zu stecken.«

»Sei kein Narr.«

»Was dies hier sein?«, fragte Detritus und hob den Zettel.

Sie betrachteten die seltsamen Zeichen.

»Die Symbole sind gar keine Symbole«, erklärte Silberfisch. »Leonard hatte eine Angewohnheit... Er kritzelte dauernd herum. Malte immer was an den Rand und so. Kritzel, kritzel, kritzel. Ich hab' ihm mal gesagt: He, man sollte dich eigentlich Herr Kritzel nennen.«

»Ich dachte, es sei was Alchimistisches«, sagte Knuddel. »Sieht aus wie eine Armbrust ohne Sehne. Und dann das Wort ›Rhäfgsad‹. Was mag es bedeuten?«

»Keine Ahnung. Klingt barbarisch. Wenn das alles ist, Wächter... Wir haben hier wichtige Forschungsarbeiten zu leisten.« Silberfisch warf die Billardkugel aus umgewandeltem Elfenbein in die Luft und fing sie wieder auf. »Hier sind nicht alle solche Tagträumer wie der arme alte Leonard.«

»Rhäfgsad«, murmelte Knuddel. Er drehte den Zettel hin und her. »D-a-s-g-f-ä-h-r...«

Die Kugel verfehlte Silberfischs Hand, und Knuddel gelang es gerade noch rechtzeitig, hinter Detritus zu springen.

»Ich bin schon mal hier gewesen«, sagte Feldwebel Colon, als er sich zusammen mit Nobby dem Eingang der Narrengilde näherte. »Bleib dicht neben der Wand, wenn ich den Klopfer betätige, in Ordnung?«

Das Ding war geformt wie zwei künstliche Brüste – amüsant fanden so etwas vor allem Rugbyspieler und andere Leute, deren Sinn für Humor man operativ entfernt hatte. Colon klopfte und sprang dann in Sicherheit.

Etwas pfiff und heulte. Es folgte lautes Hupen und eine klimpernde Melodie, die einmal sehr lustig gewesen sein musste. Im Anschluss daran schwang über dem Klopfer eine Klappe auf, und am Ende eines hölzernen Armes glitt eine Sahnetorte nach draußen. Der Arm drehte sich, und die Torte klatschte neben Colons Füßen auf den Boden.

»Es ist traurig, nicht wahr?«, bemerkte Nobby.

Die Tür öffnete sich etwa zwanzig Zentimeter weit. Ein kleiner Clown sah zum Feldwebel empor.

»Hallo, hallo, hallo«, sagte er. »Warum hat der Dicke an die Tür geklopft?«

»Keine Ahnung«, erwiderte Colon automatisch. »Warum *hat* der Dicke an die Tür geklopft?«

Sie starrten sich an, in der Pointe verheddert.

»Das habe ich *dich* gefragt«, sagte der Clown vorwurfsvoll. Seine Stimme klang deprimiert und hoffnungslos.

Feldwebel Colon beschloss, in der Sphäre der Vernunft zu bleiben.

»Ich bin Feldwebel Colon von der Nachtwache«, sagte er. »Das hier ist Korporal Nobbs. Wir sind hier, um mit jemandem über den Mann zu sprechen, der… im Fluss gefunden wurde.«

»Oh«, sagte der Clown. »Ja. Der arme Bruder Beano. Bitte kommt herein.«

Nobby wollte die Tür ganz aufdrücken, doch Colon hinderte ihn daran und deutete nach oben.

»Für gewöhnlich lauert ein Eimer mit weißer Tünche über der Tür«, sagte er.

»Tatsächlich?«, entgegnete der Clown. Er war klein und trug geradezu riesige Stiefel, die ihn wie ein großes L aussehen ließen. Auf seinem Gesicht klebte fleischfarbene Schminke, und über den Brauen bewirkten falsche Falten eine übertrieben gerunzelte Stirn. Sein rot gefärbtes Haar schien von einigen alten Mopps zu stammen. Dick war der Clown nicht, aber Reifen in der weiten Hose sollten ihn auf eine humorvolle Art übergewichtig erscheinen lassen. Durch einen Hosenträger aus besonders elastischem Gummi hüpfte die Hose bei jedem

Schritt auf und ab. Dies alles formte den Gesamteindruck eines bemitleidenswerten Hohlkopfes.

»Ja, tatsächlich«, sagte Colon.

»Bist du sicher?«

»Und ob.«

»Tut mir Leid.« Der Clown seufzte. »Ich weiß, dass es dumm ist, aber die Tradition verlangt es so. Wartet einen Augenblick.«

Eine Trittleiter wurde in Position gebracht, anschließend ertönte ein von Flüchen untermaltes Klappern.

»Jetzt könnt ihr hereinkommen.«

Der Clown führte die beiden Wächter durchs Pförtnerhaus. Alles blieb still, abgesehen vom rhythmischen Klatschen der großen Schuhe auf dem Kopfsteinpflaster. Nach einer Weile schien der junge Narr eine Idee zu haben.

»Ich weiß, es ist sehr unwahrscheinlich, aber möchte vielleicht jemand von euch an meinem Knopfloch schnuppern?«

»Nein.«

»Nein.«

»Dachte ich mir.« Der Clown seufzte erneut. »Es ist nicht leicht, wisst ihr. Das Leben eines Clowns, meine ich. Derzeit bin ich mit Pförtnerdienst bestraft.«

»Ach?«

»Ich hab' immer wieder vergessen, ob man draußen weinen und drinnen lachen muss oder umgekehrt. Ich bring's dauernd durcheinander.«

»Was Beano angeht ...«, begann Colon.

»Wir bestatten ihn gerade«, sagte der kleine Clown. »Deshalb hängt meine Hose auf Halbmast.«

Sie traten wieder ins Tageslicht.

Clowns und Narren standen auf dem Innenhof. Glöckchen läuteten. Sonnenschein schimmerte auf roten Nasen, funkelte gelegentlich in einem nervösen Wasserstrahl, der aus einem falschen Knopfloch spritzte.

Der Clown geleitete die Wächter zu einigen Narren.

»Herr Weißgesicht empfängt euch bestimmt, sobald die Zeremonie zu Ende ist«, sagte er. »Ich heiße übrigens Boffo.« Hoffnungsvoll streckte er die Hand aus.

»Schüttel sie nicht«, warnte Colon.

Boffo war sehr enttäuscht.

Mit Musik kam eine Prozession von Gildenmitgliedern aus der nahen Kapelle. An der Spitze watschelte ein Clown mit einer Urne.

»Das ist alles sehr ergreifend«, behauptete Boffo.

Auf einem Podium an der gegenüberliegenden Seite des Platzes stand ein besonders dicker Clown. Seine Aufmachung bestand aus der obligatorischen weiten Hose, enormen Hosenträgern, einer Fliege, die sich im Wind drehte, und einem Zylinder. Auf sein Gesicht war eine Kummermiene geschminkt. In der einen Hand hielt er einen Stock, an dem eine Blase befestigt war.

Der Clown mit der Urne erreichte das Podium, stieg die Treppe hoch und wartete.

Die Musik verklang.

Der Zylinder-Clown holte aus und hämmerte die Blase auf den Kopf des Urnenträgers: einmal, zweimal, dreimal...

Der Urnenträger trat vor, winkte mit der Perücke und griff mit der freien Hand nach dem breiten Hosenbund des Zylinder-Clowns. Betont würdevoll schüttete er den Inhalt der Urne – die Asche des verstorbenen Beano – in die Hose des anderen Clowns.

Das Publikum seufzte kollektiv. Wieder ertönte Musik, diesmal der bekannte »Idiotenmarsch«. Das Ende einer Posaune sauste an den Hinterkopf eines Clowns. Der Betreffende drehte sich um und holte aus, doch der erste Clown duckte sich rechtzeitig. Die Gestalt hinter ihm erhielt eine saftige Ohrfeige und fiel in die große Trommel.

Colon und Nobby wechselten einen Blick und schüttelten den Kopf.

Boffo holte ein großes, rot-weiß gemustertes Taschentuch hervor und putzte sich die Nase, wobei er es angeblich sehr lustig tuten ließ.

»Das klassische Ritual«, meinte er. »Beano hätte es sich auf diese Weise gewünscht.«

»Hast du eine Ahnung, wie es geschehen ist?«, fragte Colon.

»O ja. Bruder Grineldi hat die Urne mit dem alten Fußtrick ...«

»Ich meine, wie kam Beano ums Leben?«

»Ähm«, sagte Boffo. »Wir glauben, es war ein Unfall.«

»Ein Unfall«, wiederholte Colon monoton.

»Das stimmt. Davon geht Herr Weißgesicht aus.« Boffo sah kurz nach oben, und die beiden Wächter folgten seinem Blick. Die Dächer der Assassinengilde reichten an die der Narrengilde. Solche Nachbarn verärgerte man nicht, solange als Waffen nur Sahnetorten mit Zuckerguss zur Verfügung standen.

»Ja, davon geht Herr Weißgesicht aus«, sagte Boffo noch einmal und starrte auf seine großen Schuhe hinab.

Feldwebel Colon bevorzugte ein friedliches Leben, und die Stadt konnte durchaus auf den einen oder anderen Clown verzichten. Seiner Ansicht nach wurde Ankh-Morpork zu einem wesentlich besseren Ort, wenn die ganze Sippschaft von heute auf morgen verschwand. Und doch ... und doch ... Er wusste gar nicht, was seit einiger Zeit mit der Wache geschah. Vermutlich lag's an Karotte. Selbst der alte Mumm hatte sich an ihm angesteckt. Wir kümmern uns um alles, dachte Colon betrübt. Wir lassen überhaupt nichts mehr ruhen ...

»Vielleicht hat er einen Knüppel gereinigt, und dabei ging das Ding auf einmal los«, sagte Nobby. Er hatte sich ebenfalls infiziert.

»Niemand hatte etwas davon, Beano umzubringen«, erwiderte der Clown leise. »Er war immer freundlich und hatte keine Feinde.«

»Fast keine«, korrigierte Colon.

Die Bestattungszeremonie ging zu Ende. Die Narren, Witzbolde und Spaßvögel kehrten ins Gebäude zurück. In den Zugängen kam es zu erheblichem Gedränge. Es tutete immer wieder, und dauernd stolperten die Trottel. Der Anblick hätte einen glücklichen Mann an einem schönen Morgen im Frühling dazu bringen können, sich die Pulsadern aufzuschneiden.

»Ich weiß nur eins.« Boffo sprach jetzt noch leiser. »Als ich ihm gestern begegnete, sah er... seltsam aus. Ich rief seinen Namen, als er durchs Tor ging, und...«

»Was soll das heißen, seltsam?«, fragte Colon. Ich ermittle, dachte er in einem Anflug von Stolz. Die Leute helfen mir bei den Nachforschungen. Erstaunlich.

»Ich weiß nicht recht. Er wirkte irgendwie komisch. Nicht ganz wie er selbst...«

»Und das war gestern?«

»Ja. Morgens. Ich bin mir deshalb so sicher, weil die Torwache...«

»*Gestern* Morgen?«

»Das habe ich gesagt. Nun, wir waren alle ein wenig nervös nach dem Knall...«

»Bruder Boffo!«

»O nein...«, stöhnte der Clown.

Eine Gestalt schritt ihnen entgegen. Eine schreckliche Gestalt.

Es gab keine lustigen Clowns – sie sollten überhaupt nicht lustig sein. Die Leute lachten über Clowns, aber nur aus Nervosität. Wenn man Clowns beobachtet hatte, erschien einem anschließend alles besser. Genau darum ging's: Es war angenehm zu wissen, dass jemand noch ärmer dran war als man selbst. Es muss jemanden geben, dem es von allen am schlechtesten geht.

Aber selbst Clowns haben vor etwas Angst: vor dem Clown mit dem weißen Gesicht. Er wird nie von irgendwelchen Sahnetorten getroffen. Er trägt glänzend weiße Kleidung, und seine kalkweiße Miene bleibt immer völlig unbewegt. Er hat einen spitzen Hut, dünne Lippen und noch dünnere Brauen.

Herr Weißgesicht.

»Wer sind diese Herren?«, fragte er.

»Äh...«, begann Boffo.

»Wir sind von der Nachtwache«, stellte sich Colon vor und salutierte.

»Und warum seid ihr hier?«

»Wir ermitteln wegen des fatalen Todes des Clowns Beano«, sagte Colon.

»Ich glaube, dafür ist die Gilde zuständig, Feldwebel. Findest du nicht auch?«

»Nun, man fand ihn im …«

»Ich bin sicher, dass wir die Wache nicht damit belästigen müssen«, meinte Herr Weißgesicht.

Colon zögerte. Er hätte sogar eine Begegnung mit Professor Kreuz vorgezogen. Von den Assassinen *erwartete* man wenigstens, dass sie unangenehm waren. Außerdem unterschieden sich Clowns kaum von Pantomimen.

»Nun, es war ganz offensichtlich ein Unfall, nicht wahr?«, sagte er.

»In der Tat«, bestätigte der oberste Clown. »Bruder Boffo führt euch jetzt zur Tür. Und dann wird er sich bei mir melden. Hat er verstanden?«

»Ja, Herr Weißgesicht«, sagte Boffo.

»Was stellt er mit dir an?«, fragte Nobby, als sie zum Tor gingen.

»Wahrscheinlich hält er einen Hut mit weißer Tünche für mich bereit«, antwortete Boffo. »Und mit ein wenig Glück bekomme ich eine Torte ins Gesicht.«

Er öffnete die Tür.

»Viele von uns sind sehr verärgert«, flüsterte er. »Ich weiß gar nicht, warum die Mistkerle ungeschoren davonkommen sollen. Wir sollten zu den Assassinen gehen und es ihnen ordentlich zeigen.«

»Warum die Assassinen?«, fragte Colon. »Warum sollten sie einen Clown umbringen?«

Boffo schnitt eine schuldbewusste Miene. »Ich habe nichts gesagt.«

Colon sah ihn durchdringend an. »Eins steht fest, Herr Boffo: Hier tragen sich seltsame Dinge zu.«

Der Clown sah sich um, als rechnete er jeden Augenblick mit einer strafenden Sahnetorte.

»Seine Nase«, sagte er rasch. »Sucht seine Nase. Ach, seine arme Nase!«

Damit schloss sich die Tür.

Feldwebel Colon wandte sich an Nobbs.

»Hatte Beweisstück A eine Nase, Nobby?«

»Ja, Fred.«

»Was bedeuten dann die letzten Worte des Clowns?«

»Keine Ahnung.« Nobby kratzte sich an einem viel versprechenden Furunkel. »Vielleicht meinte er eine falsche Nase. Wie diese roten an Gummibändern, die so lustig sein sollen.« Nobby schnitt eine Grimasse. »Beano hatte keine.«

Colon klopfte noch einmal an die Tür und trat beiseite, um lustige Überraschungen zu vermeiden.

Die Klappe schwang auf.

»Ja?«, fragte Boffo leise.

»Meinst du seine falsche Nase?«, fragte Colon.

»Nein, seine richtige! Und jetzt verschwindet!«

Die Klappe schwang zu.

»Übergeschnappt«, sagte Nobby fest.

»Beano *hatte* eine richtige Nase«, entgegnete Colon. »Sah sie irgendwie falsch aus?«

»Nein. Sie hatte zwei Löcher an den richtigen Stellen.«

»Ich weiß nicht, was es mit den Nasen auf sich hat«, brummte Colon. »Aber entweder irrt sich Bruder Boffo, oder an dieser Geschichte ist irgendwas faul.«

»Zum Beispiel?«

»Du bist doch ein Berufssoldat, stimmt's, Nobby?«

»Ja, Fred.«

»Wie viele unehrenhafte Entlassungen hast du hinter dir?«

»Eine Menge«, antwortete Nobby stolz. »Ich bin jedoch immer wieder durch die Hintertür zurückgekommen.«

»Du bist auf vielen Schlachtfeldern gewesen, oder?«

»Auf Dutzenden.«

Feldwebel Colon nickte.

»Also hast du zahlreiche Leichen gesehen, wenn du dich … äh … um die Gefallenen gekümmert hast …«

Korporal Nobbs nickte ebenfalls. »Um die Gefallenen gekümmert« bedeutete, sie von Schmuck, Wertgegenständen und Stiefeln zu befreien. Auf so manchem fernen Schlachtfeld hatte ein tödlich verwundeter Gegner als Letztes gesehen, wie sich Korporal Nobbs mit Sack, Messer und Entschlossenheit näherte.

»Es wäre eine Schande, brauchbare Dinge einfach verkommen zu lassen«, sagte Nobby.

»Dir ist also aufgefallen, dass Tote im Lauf der Zeit … äh … toter werden«, sagte Feldwebel Colon.

»Toter als tot?«

»Du weißt schon, leichenartiger«, erklärte der gerichtsmedizinische Experte Colon.

»Meinst du steif und purpurn und so?«

»Genau.«

»Und dann weich und schleimig?«

»Ja, das genügt …«

»Das hat einen Vorteil: Man kriegt die Ringe leichter ab.«

»Ich möchte auf *Folgendes* hinaus, Nobby: Man kann feststellen, wie alt eine Leiche ist. Zum Beispiel der Clown. Wir haben ihn beide gesehen. Wie lang?«

»Oh, etwa eins siebzig, schätze ich. Mit den Schuhen lässt sich leider nichts anfangen. Zu weich.«

»Ich meine, wie lange ist er schon tot?«

»Zwei Tage. Das lässt sich ziemlich genau feststellen, weil …«

»Wie ist es dann möglich, dass Boffo ihn gestern Morgen gesehen hat?«

Die beiden Wächter schlenderten weiter.

»Wirklich, sonderbar«, sagte Nobby nach einer Weile.

»Ja. Ich schätze, das wird den Hauptmann interessieren.«

»War Beano vielleicht ein Zombie?«

»Das glaube ich kaum.«

»Konnte Zombies noch nie ausstehen«, brummte Nobby.

»Ach?«

»Es ist sehr schwierig, ihnen die Stiefel zu klauen.«

Feldwebel Colon nickte einem vorbeikommenden Bettler zu.

»Gehst du an deinen freien Abenden noch immer zum Volkstanz, Nobby?«

»Ja, Fred. In dieser Woche üben wir ›Süßen Flieder Sammeln‹. Dabei gibt's einen sehr schwierigen, doppelten Kreuzschritt.«

»Du bist ein vielseitiges Talent, Fred.«

»Ja«, bestätigte Nobby. »Und ich habe Phantasie. Mir fallen immer neue Möglichkeiten ein, Ringe von widerspenstigen Fingern zu lösen.«

»Ich meine, du bist eine bemerkenswerte Dichotomie.«

Nobby trat nach einem verwahrlosten Hund.

»Hast du wieder Bücher gelesen, Fred?«

»Ich muss meinen Geist auf Vordermann bringen, Nobby. Wegen der neuen Rekruten. Karottes Nase steckt dauernd in irgendwelchen Büchern, sobald sie Zeit dazu findet. Angua kennt Wörter, die ich im Lexikon nachschlagen muss. Und selbst der Winzling weiß mehr als ich. Das geht mir echt auf die Nerven. Leider muss ich zugeben, dass ich wirklich ein wenig unterbelichtet bin.«

»Du bist intelligenter als Detritus«, meinte Nobby.

»Das habe ich mir auch schon gesagt. Immer wieder erinnere ich mich daran: ›Fred, was auch passiert, du bist gescheiter als Detritus.‹ Doch dann füge ich hinzu: ›Fred, das gilt auch für *Hefe*.‹«

Er wandte sich vom Fenster ab.

Die verdammte Wache!

Der verfluchte Mumm! *Genau* der falsche Mann am falschen Ort. Warum lernten die Leute nicht aus der Geschichte! Der Verrat war praktisch in Mumms Genen verankert! Wie konnte eine Stadt richtig funktionieren, solange ein derartiger Mann herumschnüffelte? Er missbrauchte sein Amt. Die Aufgabe der Wächter war es, Anweisungen zu befolgen – und dafür zu sorgen, dass auch die Bürger gehorchten.

Jemand wie Mumm konnte die Dinge aus dem Gleichgewicht bringen. Nicht etwa, weil er über zu viel Intelligenz verfügte. Es gab keinen intelligenten Wächter. Intelligenz und Mitgliedschaft in der Wache schlossen sich gegenseitig aus. Aber der Zufall konnte Probleme verursachen.

Das Gfähr lag auf dem Tisch.

»Was soll ich mit Mumm machen?«

Töte ihn.

Angua erwachte. Es war fast Mittag, und sie lag in ihrem Bett in Frau Kuchens Pension. Jemand klopfte an die Tür.

»Mhm?«, fragte sie.

»Isch weiß nicht«, erklang eine Stimme in Höhe des Schlüssellochs. »Soll ich ihn fortschicken?«

Angua überlegte rasch. Die anderen Mieter hatten sie darauf hingewiesen. Sie wartete auf einen Hinweis.

»Oh, danke, Teuerste«, fügte die Stimme hinzu. »Isch hab's vergessen.«

Gespräche mit Frau Kuchen erforderten ein besonders hohes Maß an Aufmerksamkeit. Ihr Bewusstsein war nur nominell mit dem Gegenwärtigen verbunden.

Anders ausgedrückt: Frau Evadne Kuchen war ein Medium.

»Du hast wieder die Vorahnung eingeschaltet, Frau Kuchen«, sagte Angua. Sie schwang die Beine aus dem Bett und griff nach ihren Kleidungsstücken auf dem Stuhl.

»Wie bitte?«, fragte Frau Kuchen von der anderen Seite der Tür.

»Du hast gerade gesagt: ›Ich weiß nicht. Soll ich ihn fortschicken?‹, Frau Kuchen«, sagte Angua. Kleidung war eins der Probleme. Ein männlicher Werwolf brauchte nur eine kurze Hose und konnte dann behaupten, er hätte gerade sein Lauftraining absolviert.

»Na schön.« Frau Kuchen hüstelte. »Unten wartet ein junger Mann. Er möchte dich sprechen«, erklärte sie.

»Wer ist es?«, erkundigte sich Angua.

Einige Sekunden lang war es still.

»Ja, isch glaube, jetzt haben wir alles«, erwiderte Frau Kuchen. »Entschuldige bitte. Isch bekomme schreckliche Kopfschmerzen, wenn jemand die Konversationslücken nicht richtig füllt. Bist du schon menschlich, Teuerste?«*

»Du kannst hereinkommen, Frau Kuchen.«

Das Zimmer bot nicht viel, von braunen Farbtönen abgesehen: brauner Wachstuchboden, braune Wände, über dem braunen Bett das Bild eines braunen Hirschs, der in einer braunen Moorlandschaft von braunen Hunden gejagt wurde, vor dem Hintergrund eines ungeachtet meteorologischer Fakten braunen Himmels. Hinzu kam ein brauner Kleiderschrank. Wenn man sich einen Weg durch die vielen mysteriösen Mäntel** darin bahnte, gelangte man vielleicht in ein magisches Reich mit sprechenden Tieren und Kobolden und dergleichen. Aber vermutlich war es die Mühe nicht wert.

Frau Kuchen trat ein. Sie war klein und dick, glich ihren Mangel an Größe jedoch durch einen gewaltigen schwarzen Hut aus. Er lief nicht etwa spitz zu wie bei Hexen, sondern trug mehrere ausgestopfte Vögel, Wachsobst und andere dekorative Objekte, die alle schwarz waren. Angua mochte die Vermieterin. Die Zimmer waren sauber*** und kosteten nicht viel Miete. Außerdem hatte Frau Kuchen Verständnis für Leute, die ein ungewöhnliches Leben lebten und keinen Knoblauch mochten. Ihre Tochter war ein Werwolf, und deshalb wusste sie um den Nutzen von Erdgeschossfenstern und langen Türklinken, die auch Pfoten handhaben konnten.

»Er trägt ein Kettenhemd«, sagte Frau Kuchen. In einer Hand hielt sie einen Eimer mit Kies. »Und er hat Seife in den Ohren.«

»Oh. Äh. Gut.«

»Isch schicke ihn weg, wenn du möchtest«, bot sich Frau Kuchen an.

* Normalerweise fragen Hauswirtinnen: »Bist du salonfähig?«. Aber Frau Kuchen kannte ihre Mieter.

** Sie waren braun.

*** Und braun.

»Das mache isch immer, wenn hier die falschen Leute aufkreuzen. Damit meine ich insbesondere Burschen mit Pflöcken. Kann sie nicht ausstehen. Und ich mag's nicht, wenn Besucher mit brennenden Fackeln und Kruzifixen durch die Flure stapfen.«

»Ich glaube, ich weiß, wer es ist«, sagte Angua. »Ich kümmere mich um ihn.«

Sie knöpfte ihr Hemd zu.

»Schließ die Tür, wenn du das Haus verlässt!«, rief ihr Frau Kuchen nach, als Angua durch den Korridor eilte. »Isch wechsle jetzt die Erde in Herrn Winkings' Sarg. Leidet wieder an Rückenschmerzen, der arme Kerl.«

»Erde?«, wiederholte Angua. Sie warf einen Blick über ihre Schulter. »Sieht wie Kies aus.«

»Hat orthopädische Wirkung.«

Karotte stand respektvoll in der Tür, den Helm unterm Arm und Verlegenheit im Gesicht.

»Nun?«, fragte Angua nicht unhöflich.

»Äh. Guten Morgen. Ich dachte, du weißt schon, vielleicht, du hast noch nicht viel von der Stadt gesehen, ich meine. Ich könnte, wenn du möchtest, wenn du nichts dagegen hast, ich meine, wir haben beide dienstfrei, und ... ich könnte dir Ankh-Morpork zeigen ...«

Einige Sekunden lang glaubte Angua, etwas von Frau Kuchens Vorahnung habe auf sie abgefärbt. Verschiedene Zukunftsalternativen zeichneten sich vor ihrem inneren Auge ab.

»Ich habe noch nicht gefrühstückt«, sagte sie.

»Ich kenne ein Lokal, wo man ausgezeichnet frühstücken kann«, erwiderte Karotte sofort. »Gimlets Feinkostbude in der Ankertaugasse.«

»Es ist Mittag.«

»Für Mitglieder der Nachtwache genau die richtige Zeit zum Frühstücken.«

»Ich bin praktisch Vegetarierin.«

»Gimlet bietet auch Sojaratte an.«

Angua gab nach. »Ich hole meine Jacke.«

»Har, har«, erklang eine zynische Stimme.

Sie senkte den Kopf. Gaspode saß hinter Karotte und versuchte, spöttisch zu blicken, während er sich nahezu verzweifelt kratzte.

»In der vergangenen Nacht haben wir Katzen gejagt«, sagte Gaspode. »Du und ich. Verstehste? Das Schicksal hat uns zusammengeführt.«

»Geh *weg*.«

»Wie bitte?«, fragte Karotte.

»Ich meine den Hund.«

Karotte drehte sich um.

»Stört er dich? Ist doch ein lieber Kerl.«

»Wuff, wuff. Keks.«

Karotte klopfte automatisch auf seine Taschen.

»Siehst du?«, ließ sich Gaspode vernehmen. »Herr Simpel, stimmt's?«

»Sind Hunde in Zwergenlokalen erlaubt?«, fragte Angua.

»Nein«, sagte Karotte.

»Nur im Backofen«, meinte Gaspode.

»Ach?«, erwiderte Angua. »Klingt gut. Gehen wir.«

»Vegetarierin, wie?«, grummelte Gaspode und watschelte hinter ihnen her. »Meine Güte …«

»Sei still.«

»Was?«, fragte Karotte erstaunt.

»Ich habe nur laut gedacht.«

Mumms Kissen war kalt und hart. Er befühlte es vorsichtig. Das Kissen war kalt und hart, weil es ein Tisch war. Seine Wange schien daran festzukleben, und Mumm wollte gar nicht wissen, was dafür verantwortlich war. Er trug noch immer die Uniform.

Nach einer Weile gelang es ihm, ein Auge zu öffnen.

Er hatte in sein Notizbuch geschrieben und versucht, einen Sinn in den jüngsten Ereignissen zu erkennen. Dann war er eingeschlafen.

Wie spät mochte es sein? Er fand nicht die Kraft, einen Blick auf die Sanduhr am Gürtel zu werfen.

Gekritzelte Buchstaben weckten seine Aufmerksamkeit.

Von der Assassinengilde geschtolen: Gfähr. > Hammerhock ermordet. Geruch von Foierwerkskörpern. Bleiklumpen. Alchemische Symbole. 2te Leiche in Fluss. Ein Clown. Wo war seine rote Nase? Weg.

Mumm starrte auf seine eigene Handschrift.

Ich bin auf dem richtigen Weg, dachte er. Ich brauche mir keine Gedanken darüber zu machen, wohin der Weg führt; ich muss nur seinem Verlauf folgen. Es gibt immer ein Verbrechen, wenn man nur sorgfältig genug nachforscht. Und die Assassinen stecken irgendwie in dieser Sache drin.

Man gehe allen Hinweisen nach. Man überprüfe jedes Detail. Man sammle Indizien wie Mosaiksteine, um sie nach und nach zu einem einheitlichen Bild zusammenzusetzen.

Ich habe Hunger.

Mumm stand auf, wankte zum Waschbecken und betrachtete sich in dem gesprungenen Spiegel darüber.

Erinnerungen an die Ereignisse des vergangenen Tages tropften durch die klebrige Gaze seines Gedächtnisses. Einen zentralen Platz nahm Lord Vetinaris Gesicht ein. Zorn erwachte in Mumm, als er sich entsann. An die kühlen Worte des Patriziers, mit denen er den Hauptmann aufforderte, sich nicht um den Diebstahl bei der Assassinengilde …

Mumm beobachtete sein Spiegelbild …

Etwas streifte sein Ohr und zertrümmerte das Glas.

Der Hauptmann starrte auf das Loch im Putz, begrenzt von den Resten des Spiegelrahmens. Um ihn herum rieselten Glassplitter zu Boden.

Ein oder zwei Sekunden lang stand Mumm stocksteif.

Dann erkannten seine Beine, dass sich das Gehirn bereits an einem anderen Ort befand, woraufhin sie einknickten und den Körper zu Boden warfen.

Erneut klirrte es, und auf dem Schreibtisch platzte eine halb gefüllte Bärdrücker-Flasche. Mumm konnte sich nicht erinnern, sie gekauft zu haben.

Auf Händen und Knien kroch er zum Fenster und zog sich daneben hoch.

Bilder huschten durch seinen Geist: der tote Zwerg, das Loch in der Wand...

Ein Gedanke entstand im verlängerten Rücken und wuchs von dort ins Gehirn. Die Wände bestanden aus Latten und Gips und waren außerdem ziemlich alt. Wenn man sich *ein wenig* anstrengte, konnte man sie mit dem Finger durchstoßen. Ein Klumpen Metall...

Er ließ sich im selben Augenblick fallen, als es *Plock* machte und neben dem Fenster ein Loch in der Wand erschien. Eine Wolke aus Gipsstaub löste sich nur widerstrebend auf.

Mumms Armbrust lag in der Nähe. Er war kein Meisterschütze, aber wer konnte das schon von sich behaupten? Man zielte und drückte ab. Er griff nach der Waffe, rollte sich auf den Rücken, stemmte den Fuß gegen den Bügel und zog an der Sehne, bis der Spannmechanismus mit einem deutlich hörbaren Klicken einrastete.

Dann rollte er sich erneut herum, kam auf die Knie und schob einen Bolzen in die Rille.

Ein Katapult. Es gab keine andere Erklärung. Vielleicht so groß wie ein Troll. Der Schütze befand sich möglicherweise auf dem Dach des Opernhauses oder an einem anderen hohen Ort...

Vielleicht ließ er sich provozieren und ablenken... Mumm nahm den Helm ab und balancierte ihn auf einem zweiten Bolzen. Wenn er sich jetzt tief unters Fenster duckte und...

Er überlegte kurz und robbte dann in die hintere Zimmerecke. Dort lehnte eine Stange mit einem Haken am Ende. Einst hatte man mit ihr die längst festgerosteten oberen Fenster geöffnet.

Er hängte den Helm an das Hakenende der Stange, drückte sich so weit wie möglich vom Fenster entfernt an die Wand und hob dann die Stange, so dass der Helm einige Zentimeter über den Fenstersims ragte…

Plock.

Holzsplitter stoben dort vom Boden hoch, wo jemand gelegen hätte, der seinen Helm mit Hilfe eines relativ kurzen Bolzens gehoben hätte, um damit einen Schützen zu provozieren.

Mumm lächelte. Jemand versuchte, ihn umzubringen. Dadurch fühlte er sich so lebendig wie schon seit langem nicht mehr.

Der Unbekannte schien zudem nicht ganz so intelligent zu sein wie er. Eine wünschenswerte Eigenschaft für jeden Mörder.

Mumm ließ die Stange sinken, griff die Armbrust, sprang am Fenster vorbei und schoss dabei auf eine schemenhafte Gestalt auf dem Dach des Opernhauses – obgleich der Bolzen gar nicht so weit fliegen konnte. Er sprintete zur Tür und zerrte an der Klinke…

Etwas bohrte sich in den Rahmen, als die Tür endlich aufschwang.

Die Hintertreppe runter, durch den rückwärtigen Ausgang, übers Dach des Aborts, zum Hachsenweg, über die Stufen bei Zorgo dem Retrophrenologen*, in Zorgos Operationssaal und zum Fenster.

Zorgo und sein gegenwärtiger Patient musterten den Hauptmann neugierig.

Pugnants Dach war leer. Mumm drehte sich um und begegnete zwei verwirrten Blicken.

Mumm lächelte wie ein Irrer.

»Ich dachte…«, begann er und fuhr nach einer kurzen Pause fort:

* Es geht dabei um Folgendes: Wie jeder weiß, ist Phrenologie die Kunst, Charakter, Begabung und Fähigkeiten einer Kreatur zu beurteilen, indem man die Beulen und Mulden am Kopf deutet. Nach der in Ankh-Morpork gebräuchlichen Art von Logik ist es möglich, Charakter, Begabung und Fähigkeiten zu *beeinflussen,* indem man die richtigen Beulen und Mulden an den richtigen Stellen erzeugt. Man kann in einen Laden gehen und sich künstlerisches Temperament mit Tendenz zur Introspektion und einer Prise Hysterie bestellen. Anschließend bekommt man Schläge auf den Kopf – mit dem einen oder anderen Holzhammer. Die Sache hat einen Vorteil: Es werden Arbeitsplätze geschaffen, und das Geld bleibt im Umlauf.

»Auf dem Dach dort drüben habe ich einen interessanten Schmetterling gesehen.«

Troll und Patient sahen höflich an ihm vorbei.

»Aber ich habe mich geirrt«, sagte Mumm.

Er ging zur Tür.

»Entschuldigt bitte die Störung«, fügte er hinzu und verließ den Raum.

Zorgos Patient sah ihm interessiert nach.

»Hatte er nicht eine Armbrust?«, fragte er. »Ich wusste gar nicht, dass man Schmetterlinge auch mit Armbrüsten fangen kann.«

Zorgo rückte das Gitter auf dem kahlen Schädel des Patienten zurecht.

»Weiß nicht«, sagte er. »Vielleicht will er all die Stürme und so verhindern.« Er griff nach dem Holzhammer. »Nun, was soll es heute sein? Entschlossenheit?«

»Ja. Äh, nein. Vielleicht.«

»In Ordnung.« Zorgo zielte. »Es tut überhaupt nicht weh«, sagte er, und es klang wie die absolute Wahrheit.

Das Lokal war eine Art Gemeindezentrum und ein Treffpunkt für die Zwerge. Das Stimmengewirr verklang abrupt, als eine tief gebückte Angua eintrat. Karotte folgte ihr, woraufhin sich die vorherige Geräuschkulisse wieder erhob, begleitet von einem gelegentlichen Lachen. Karotte winkte den Versammelten fröhlich zu.

Anschließend schob er vorsichtig zwei Stühle beiseite. Man konnte aufrecht sitzen, wenn man auf dem Boden Platz nahm.

»Sehr … nett hier«, sagte Angua. »Ausgesprochen ethnisch.«

»Ich komme oft hierher«, sagte Karotte. »Das Essen ist gut, und es zahlt sich aus, sich umzuhören. Zwerge nennen es ›das Ohr am Boden haben‹.«

»Oh, das dürfte hier recht einfach sein«, entgegnete Angua und lachte.

»Wie bitte?«

»Ich meine, hier ist der Boden … viel … näher …«

Sie spürte, wie sich eine Grube öffnete, die mit jedem Wort größer wurde. Der akustische Pegel sank wieder.

»Äh.« Karotte sah die junge Frau ernst an. »Wie soll ich es dir erklären... Die hier anwesenden Personen sprechen zwar Zwergisch, aber sie verstehen auch die Sprache der Menschen.«

»Entschuldigung.«

Karotte lächelte, nickte dem Koch am Tresen zu und räusperte sich laut.

»Vielleicht habe ich irgendwo ein Hustenbonbon...«, begann Angua.

»Ich habe gerade das Frühstück bestellt«, erklärte Karotte.

»Kennst du die Speisekarte auswendig?«

»Ja. Sie ist auch an die Wand geschrieben.«

Angua drehte den Kopf und betrachtete etwas, das sie bisher für Kratzer gehalten hatte.

»Es ist Ogghamisch«, erklärte Karotte. »Eine uralte und poetische Runenschrift, deren Ursprünge sich im Dunst der Zeit verlieren. Angeblich wurde sie noch vor den Göttern erfunden.«

»Potzblitz. Und was bedeuten die Zeichen?«

Diesmal räusperte sich Karotte wirklich.

Sohse, Eier, Bohnen und Ratte: 12 c
Sohse, Ratte und gebackene Scheiben: 10 c
Frischkäse und Ratte: 9 c
Ratte mit Bohnen: 8 c
Ratte mit Ketchup: 7 c
Ratte: 4 c

»Warum kostet Ketchup fast soviel wie eine Portion Rattenfleisch?«, fragte Angua.

»Hast du mal versucht, Rattenfleisch ohne Ketchup zu essen?«, erwiderte Karotte. »Ich habe dir Zwergenbrot bestellt. Hast du das jemals probiert?«

»Nein.«

»Jeder sollte es zumindest ein einziges Mal versuchen«, sagte Karotte. Er dachte kurz nach. »Die meisten Leute tun es«, fügte er hinzu*.

Dreieinhalb Minuten nachdem er erwacht war, brachte Hauptmann Samuel Mumm von der Nachtwache die letzten Stufen zum Dach des Opernhauses hinter sich, schnappte hingebungsvoll nach Luft und trennte sich anschließend von seinem Mageninhalt.

Dann lehnte er sich an die Wand und winkte vage mit der Armbrust.

Außer ihm befand sich niemand auf dem Dach. Er sah nur Bleiplatten, die das Licht der Morgensonne tranken. Es war fast zu heiß, um sich zu bewegen.

Als es Mumm ein wenig besser ging, sah er sich bei den Schornsteinen und Oberlichtern um. Dutzende von Wegen führten nach unten, und es gab Hunderte von Versteckmöglichkeiten.

Von diesem Dach aus konnte er direkt in sein Zimmer sehen. Und auch in viele andere.

Ein Katapult? Nein...

Nun, wenigstens gab es Zeugen.

Er schritt zum Rand des Daches und beugte sich vor.

»Hallo, da unten«, sagte er und blinzelte. Das Opernhaus war sechs Stockwerke hoch – mindestens fünf Etagen zu viel für einen gerade entleerten Magen.

* Rattenfleisch mit Frischkäse ist nur eines der berühmten Scheibenwelt-Gerichte, die den Gaumen in der kosmopolitischen Stadt Ankh-Morpork kitzeln. In einer von der Kaufmannsgilde herausgegebenen Broschüre mit dem Titel *Willkommigt in Ankh-Morpork, Statte der tausend Überraschungen* heißt es dazu: »Zu dem überaussig reichhaltigen gastronomischen Angebot in Ankh-Morpork gehören auch Augenmus, Kleberwurst, Bratkartoffeln mit Schimmelsoße, Eintopf ›Allesrein‹, Schleimige Klöße, Blutsaugerbrei, Leckerknödel** und das berühmte Hachsenbrötchen, für das die besten Schweinshachsen verwendet werden. Es heisset nicht umsonst: ›Wer Ankh-Morpork kosten will, der beiße in ein Hachsenbrötchen.‹«

** Nicht zu verwechseln mit den Leckeren Knödeln aus dem Wiewunderland, die zum größten Teil aus Nierenpudding und frischem Obst bestehen. Die Leckerknödel von Ankh-Morpork zergehen einem wie die erlesensten Meringen auf der Zunge und liegen anschließend wie Bowlingkugeln aus Beton im Magen.

»Äh … könntest du bitte nach oben kommen?«, fragte er freundlich.

»Ie U Ünschst.«

Mumm wich zurück. Es knirschte, und kurz darauf schob sich eine Steinfigur über die Brüstung. Sie bewegte sich wie eine schlechte Spezialeffekt-Animation.

Der Hauptmann wusste nicht viel über diese Geschöpfe. Karotte hatte einmal voller Begeisterung darüber gesprochen: Es war eine Spezies von urbanen Trollen, die in einer symbiotischen Beziehung mit Dachrinnen lebten. Mit fast kindlichem Staunen wies der junge Mann bei jener Gelegenheit darauf hin, dass diese Trolle im Verlauf ihrer besonderen Evolution gelernt hatten, Regenwasser durch die Ohren aufzunehmen und es durch feine Siebe im Mund wieder abzugeben. Vermutlich waren sie die seltsamsten Wesen auf der ganzen Scheibenwelt*. Es gab kaum Vogelnester auf Gebäuden, die den urbanen Trollen als Lebensraum dienten, und Fledermäuse flogen in einem weiten Bogen um sie herum.

»Wie heißt du, Freund?«

»Arnies üer en Eien-Eg.«

Mumms Lippen bewegten sich stumm, als er die Laute hinzufügte, die ein permanent geöffneter Mund nicht formulierten konnte: Karnies-über-dem-Breiten-Weg. Die Identität einer solchen Steinfigur stand in Verbindung mit seinem üblichen Aufenthaltsort, so wie bei einer Napfschnecke.

»Na schön, Karnies«, sagte der Hauptmann. »Weißt du, wer ich bin?«

»Nee«, erwiderte der urbane Troll verdrießlich.

* Diese Annahme ist falsch. Mumm reiste nicht viel – obgleich er fast ständig unterwegs war. Er hatte nie von der Selbstmörderischen Drossel in Lancre gehört, auch nicht von der Beschattenden Deckspelze, die in nur zwei Dimensionen lebt und sich von Mathematikern ernährt. Ebenso wenig wusste er von der Existenz des Quantenwetter-Schmetterlings. Die seltsamste und vermutlich traurigste Spezies auf der Scheibenwelt dürfte der eremitische Elefant sein. Dieses Geschöpf hat nicht die dicke Haut seiner nahen Verwandten; es lebt in Hütten, zieht mit ihnen umher und dehnt sie während des eigenen Wachstums aus. Einem Reisenden in den Ebenen des Wiewunderlands kann es passieren, dass er morgens in einem Dorf aufwacht, das am vergangenen Abend noch nicht da war.

Mumm nickte verständnisvoll. Dieses Wesen hockt dauernd hier oben, bei jedem Wetter, nimmt Regenwasser durch die Ohren auf und lässt es durch den Mund entweichen. Solche Leute haben kein prall gefülltes Adressbuch. Selbst Wellhornschnecken kommen mehr herum.

»Ich bin Hauptmann Mumm von der Wache.«

Die Steinfigur neigte ihre Ohren nach oben.

»Oh. O ie Err Arotte?«

Mumm übersetzte mühsam und blinzelte.

»Du kennst Korporal Karotte?«

»Oh, a. Alle ennen Arotte.«

Mumm schnaubte leise. Ich bin hier aufgewachsen, dachte er. Aber wenn ich durch die Straßen gehe, fragen sich die Leute: »He, wer ist das?« Karotte ist erst seit ein paar Monaten hier, und *alle* kennen ihn. Und er kennt alle. Und alle *mögen* ihn. Ich könnte mich über ihn ärgern, wenn er nicht so sympathisch wäre.

»Du bist dauernd hier oben«, sagte Mumm. Diese Sache interessierte ihn, obgleich er sich lieber auf wichtigere Dinge besinnen sollte. »Wieso kennst du Arotte, ich meine: Karotte?«

»Anchal onnt er ierer un edet it ir.«

»Atächlich?«

»A.«

»Kam sonst noch jemand hier aufs Dach? Vor kurzer Zeit?«

»A.«

»Hast du ihn erkannt?«

»Oh. Keie Ahug er er ar. Ielte it Oierrerk. Ih ehe'e erunden is i O'oer-a'e.«

Er ist in Richtung Holofernesstraße verschwunden, dachte Mumm. Wer auch immer es gewesen sein mag: Ich kann ihn nicht mehr einholen.

»Er atte eie Ick«, fügte Karnies hinzu. »Eie Ick.«

»Einen was?«

»Oiererk. Oo oh! Ung! Ack? Unken! Oiererk!«

»Du meinst *Feuerwerk.*«

»A. As eie ich.«

»Der Bursche hatte also cinen Feuerwerksstab? Wie... eine Art Rakete?«

»Nee-eh! Keie Ake'e! Ei Ick, un er achte UNN!«

»Ein Feuerwerksstab, und er machte ›Bumm‹?«

»A.«

Mumm kratzte sich am Kopf. Klang ganz nach einem Zauberstab. Aber die knallten nicht – oder zumindest nur sehr selten.

»Nun... äh... danke«, sagte er. »Du bist sehr... ett un ilreich ge'esen.«

Er kehrte zur Treppe zurück.

Jemand hatte versucht, ihn umzubringen.

Und vom Patrizier war er angewiesen worden, alle Ermittlungen wegen des Diebstahls bei der Assassinengilde einzustellen. *Diebstahl* – dieses Wort hatte Lord Vetinari benutzt.

Obwohl Kreuz bestritten hat, dass etwas gestohlen wurde, dachte Mumm.

Und dann gibt es natürlich das Gesetz des Zufalls. Bei den polizeilichen Ermittlungen spielt es eine weitaus größere Rolle, als man aufgrund der narrativen Kausalität annehmen möchte. Auf jeden Mord, der aufgrund eines Fußabdrucks oder eines unachtsam weggeworfenen Zigarettenstummels aufgeklärt wird, kommen hundert Fälle, bei denen der Wind einige Blätter an die falsche Stelle wehte oder es in der Nacht zuvor nicht regnete. Viele Verbrechen werden nur deshalb nicht als ungelöst zu den Akten gelegt, weil genau zum richtigen Zeitpunkt ein Wagen anhält, weil jemand zu laut spricht und jemand anders genau hinhört. Oder weil jemand mit der richtigen Nationalität sich ohne Alibi nicht weiter als acht Kilometer vom Tatort entfernt aufhält...

Selbst Mumm wusste um die Macht des Zufalls.

Seine Sandale stieß gegen ein Objekt aus Metall.

»Und dies«, sagte Karotte, »ist der berühmte Triumphbogen, der an die Schlacht von Bröselhorn erinnert. Die haben wir gewonnen, glaube ich. Zu dem Bogen gehören über neunzig Statuen berühmter Soldaten. Er ist ein Wahrzeichen.«

»Man hätte den Buchhaltern ein Denkmal setzen sollen«, sagte eine Hundestimme. »Es war die erste Schlacht im Multiversum, bei der der Feind seine Waffen verkaufte.«

»Und wo ist der Bogen?«, fragte Angua. Sie ignorierte Gaspode nach wie vor.

»Äh, ja, da liegt das Problem«, erwiderte Karotte. »Entschuldige bitte, Herr Spärlich. Das ist Herr Spärlich, offizieller Hüter der Monumente. Nach einer überlieferten Tradition bekommt er einen Ankh-Morpork-Dollar pro Jahr und zu Silvester eine neue Weste.«

Er meinte offenbar einen Alten, der unmittelbar neben der Straßenkreuzung auf einem Stuhl saß. Seine Augen verbargen sich unter einem tief in die Stirn gezogenen Hut, den er nun nach oben schob.

»Guten Tag, Herr Karotte. Bestimmt möchtest du den Triumphbogen sehen.«

»Ja, bitte.« Karotte wandte sich an Angua. »Leider überließ man es dem Absolut Bekloppten Johnson, den Bogen zu entwerfen.«

Der Alte holte eine kleine Pappschachtel hervor und öffnete sie respektvoll.

»Wo ist er?«

»Hier«, sagte Karotte. »Hinter dem Stück Baumwolle.«

»Oh.«

»Ich fürchte, Herr Johnson hielt genaue Berechnungen für etwas, das anderen Leuten zustieß.«

Herr Spärlich schloss die Schachtel.

»Er schuf auch das Denkmal von Quirm, die Hängenden Gärten von Ankh und den Koloss von Morpork«, verkündete Karotte.

»Den Koloss von Morpork?«, wiederholte Angua.

Herr Spärlich hob einen dünnen Finger. »Warte«, sagte er. »Geh nicht weg.« Er beklopfte seine Taschen. »Ich habe ihn hier irgendwo.«

»Hat Johnson nie etwas Nützliches geschaffen?«

»Er hat einen Gewürzständer für den Verrückten Lord Schnappüber entworfen«, sagte Karotte, als sie fortschlenderten.

»Hat er's hingekriegt?«

»Nicht unbedingt. Aber es ist interessant: Vier Familien wohnen im Salzstreuer, und im Pfeffertopf wird Getreide aufbewahrt.«

Angua lächelte. Karotte wusste wirklich viele interessante Dinge über Ankh-Morpork zu erzählen. Die junge Frau spürte, wie die Fakten um sie herum immer mehr anschwollen und sie fast erdrückten. Mit Karotte durch eine Straße zu wandern, war so, als nähme man an drei Führungen gleichzeitig teil.

»Das hier ist die Bettlergilde«, sagte er. »Sie ist die älteste aller Gilden. Nur wenige Leute wissen das.«

»Tatsächlich?«

»Die meisten glauben, die Gilden der Narren und Assassinen seien älter. Aber das stimmt nicht. Die Institute der Narren und Assassinen gibt's erst seit recht kurzer Zeit. Doch die Bettlergilde ist bereits viele Jahrhunderte alt.«

»Im Ernst?«, erwiderte Angua müde. In der letzten Stunde hatte sie mehr über Ankh-Morpork erfahren, als eine normale, vernünftige Person wissen wollte. Sie ahnte, dass Karotte ihr den Hof machte. Doch er brachte ihr keine Blumen oder Pralinen; er bot ihr eine ganze Stadt als Geschenk dar.

Sie spürte sogar Eifersucht in ihr erwachen. Eifersucht auf eine Stadt! Bei den Göttern! dachte sie. Ich kenne ihn doch erst seit einigen Tagen.

Ankh-Morpork schien ein Teil von ihm zu sein. Sie rechnete fast damit, dass er jeden Augenblick ein Lied mit verdächtigen Reimen und Textpassagen singen würde wie zum Beispiel: »Meine Art von Stadt« oder »Ich möchte dazugehören«. Lieder, die Leute dazu veranlassen, spontan in den Straßen zu tanzen, mit einzustimmen und dem Sänger Äpfel zu reichen. In solchen Fällen zeigen gewöhnliche Mädchen plötzlich erstaunliches choreographisches Geschick. Alle sind fröhlich und vergessen, dass die Natur sie in Wirklichkeit mit einem bösen, gemeinen, egoistischen, hinterhältigen und rücksichtslosen Wesen ausgestattet hat. Wenn Karotte allerdings hier ein Lied gesungen hätte, wären die Leute *tatsächlich* bereit gewesen, mit einzustimmen. Selbst sonst völlig phlegmatische Markierungssteine hätten sich von Karotte dazu bewegen lassen, eine Rumba zu tanzen.

»Auf dem Haupthof gibt es einige sehr interessante Statuen«, sagte er. »Darunter ein Bildnis des Bettlergottes Jimi. Ich zeig's dir. Die Bettler haben bestimmt nichts dagegen.«

Er klopfte an die Tür.

»Das ist nicht nötig«, sagte Angua.

»Es macht mir keine Mühe...«

Die Tür öffnete sich.

Angua erzittete innerlich, als ihr ein sonderbarer Geruch in die Nase stieg...

Ein Bettler musterte Karotte und riss die Augen auf.

»Du bist der Gebeugte Michael, nicht wahr?«, fragte Karotte freundlich. Die Tür fiel wieder zu.

»Das war nicht sehr höflich«, stellte Karotte fest.

»Es stinkt, nich' wahr?«, erklang eine leise, spöttische Stimme hinter Angua. Zwar lag ihr immer noch nichts daran, Gaspode Aufmerksamkeit zu schenken, trotzdem nickte sie. Die Bettler verströmten eine Vielzahl verschiedener Gerüche, und der zweitstärkste kündete von Furcht. Der stärkste stammte von Blut. Bei diesem Geruch hätte Angua am liebsten geheult.

Stimmen murmelten hinter der Tür. Kurze Zeit später öffnete sie sich erneut.

Eine ganze Gruppe aus Bettlern stand auf der anderen Seite. Alle starrten Karotte an.

»Na schön«, sagte der Gebeugte Michael. »Wir geben auf. Wie hast du's herausgefunden?«

»Wie haben wir was herausge...«, begann Karotte. Anguas Ellenbogen traf seine Rippen.

»Hier wurde jemand getötet«, stellte sie fest.

»Wer ist das?«, fragte Gebeugter Michael.

»Obergefreite Angua gehört zur Wache«, sagte Karotte.

»Har, har«, kommentierte Gaspode.

»Eins muss ich zugeben«, brummte Gebeugter Michael. »Ihr werdet immer besser. Wir haben die Leiche erst vor wenigen Minuten entdeckt.«

Angua *spürte*, dass Karotte den Mund öffnen wollte, um zu fragen: »Welche Leiche?« Sie stieß ihn wieder an.

»Bringt uns zum Ermordeten«, sagte sie.

Wie sich herausstellte...

...war es eine Ermordete. Sie lag auf dem Boden eines Zimmers im obersten Stock, umgeben von Lumpen.

Angua kniete sich neben die Leiche. Diese Bezeichnung erschien ihr angemessen. Es war ein Leichnam, keine Person mehr. Eine Person hatte normalerweise mehr Kopf auf den Schultern.

»Warum?«, fragte sie. »Warum sollte jemand so etwas tun?«

Karotte sah zu den Bettlern, die sich in der Tür drängten.

»Wie heißt das Opfer?«

»Nimmer Niedlich«, antwortete Gebeugter Michael. »Sie war nur die Zofe der Königin Molly.«

Angua blickte zu Karotte.

»Königin?«

»Das Oberhaupt einer Bettlergemeinschaft wird manchmal König oder Königin genannt«, erklärte der junge Mann. Er atmete schwer.

Angua bedeckte die Leiche mit dem Samtmantel der Zofe.

»Nur die Zofe«, murmelte sie.

Mitten auf dem Boden lag der Rahmen eines großen Spiegels. Überall waren Glassplitter wie Pailletten verstreut.

Auch eine Fensterscheibe war zerbrochen. In einer kleinen Mulde am Boden lag ein Gegenstand aus Metall.

»Gebeugter Michael, ich brauche einen Nagel und eine Schnur«, sagte Karotte langsam und betonte jede einzelne Silbe. Sein Blick blieb dabei auf das Stück Metall gerichtet – er schien zu befürchten, dass es sich bewegte.

»Ich glaube nicht ...«, begann der Bettler.

Karotte sah weiter zu Boden, als er den Arm ausstreckte, Gebeugter Michael am Kragen packte und den Mann ohne sichtliche Mühe hochhob.

»Eine Schnur«, wiederholte er. »Und einen Nagel.«

»Ja, Korporal Karotte.«

»Die anderen können gehen«, fügte Angua hinzu.

Die Bettler sahen sie groß an.

»Ihr sollt gehen!«, rief Angua. Sie ballte die Fäuste. »Und starrt nicht so!«

Die Bettler eilten fort.

»Sie werden eine Weile brauchen, um den Faden zu besorgen«, sagte Karotte und strich einige Glassplitter beiseite. »Weil sie ihn sich erst erbetteln müssen.«

Er holte sein Messer hervor und bohrte vorsichtig im hölzernen Boden. Schließlich gelang es ihm, das Stück Metall aus der Diele zu lösen. Es war geplättet von seinem Flug durchs Fenster, den Spiegel und ins Holz des Bodens – ganz zu schweigen von Körperteilen der Verstorbenen, die nie dazu bestimmt gewesen waren, das Tageslicht zu sehen.

Er betrachtete das Metallstück von allen Seiten.

»Angua?«

»Ja?«

»Woher wusstest du, dass hier jemand getötet worden ist?«

»Ich ... hatte so eine Ahnung.«

Die Bettler kehrten zurück und waren so entnervt, dass gleich mehrere von ihnen die Schnur tragen wollten.

Karotte hämmerte den Nagel in den Fensterrahmen unter der zerbrochenen Scheibe und knotete den Faden daran. Dann stach er das Messer in die Mulde und band das andere Ende der Schnur daran fest.

Im Anschluss daran streckte er sich auf dem Boden aus und spähte an dem gespannten Faden entlang.

»Meine Güte.«

»Was ist?«

»Der Schütze muss auf dem Dach des Opernhauses gestanden haben.«

»Und?«

»Die Entfernung beträgt mindestens zweihundert Meter.«

»Ja?«

»Das Metallstück hat sich fast einen Zoll tief ins Eichenholz gebohrt.«

»Kanntest du die Zofe?«, erkundigte sich Angua. Ein Teil von ihr nahm diese Frage mit Verlegenheit zur Kenntnis.

»Nein, eigentlich nicht.«

»Ich dachte, du kennst alle Leute in dieser Stadt.«

»Ich habe Nimmer Niedlich nur hin und wieder gesehen. Ankh-Morpork ist voller Leute, die man hin und wieder sieht.«

»Warum brauchen Bettler Bedienstete?«

»Glaubst du etwa, mein Haar bringt sich von allein in diese Form?«

Eine Erscheinung zeigte sich in der Tür. Ihr Gesicht schien nur aus wunden Stellen zu bestehen. Und aus Warzen, die ihrerseits Warzen hatten, und *darauf* wuchsen Haare. Die Gestalt mochte weiblichen Geschlechts sein, aber angesichts der vielen Schichten aus Lumpen ließ sich das kaum feststellen. Das bereits erwähnte Haar schien seine Dauerwelle von einem Orkan erhalten zu haben – mit Sirup an den Fingern.

Die Erscheinung richtete sich auf.

»Oh. Korporal Karotte. Ich wusste nicht, dass du es bist.«

Ihre Stimme klang jetzt völlig normal, weder jammernd noch schmeichlerisch. Die Gestalt drehte sich um, holte mit ihrem Stock aus und traf etwas im Flur.

»Unartiger Sabbernder Siegfried! Du hättest mir sagen sollen, dass es Korporal Karotte ist!«

»Arrgh!«

Die Gestalt kam herein.

»Und wer ist deine Freundin, Herr Karotte?«

»Wenn ich vorstellen darf… Obergefreite Angua – Molly, Königin der Bettler.«

Diesmal erlebte Angua keine Überraschung, weil sie zur Wache gehörte. Königin Molly nickte ihr nur zu, grüßte sie wie eine arbeitende Frau eine andere. Die Gilde der Bettler war ein Arbeitgeber, der allen Angestellten die gleichen Chancen bot.

»Guten Tag. Du hast nicht zufällig zehntausend Dollar für eine kleine Villa übrig?«

»Nein.«

»Dachte ich mir.«

Königin Molly deutete auf die Leiche.

»Was ist dafür verantwortlich, Korporal?«

»Ich glaube, es steckt eine neue Art von Waffe dahinter.«

»Wir hörten, wie das Glas splitterte, und dann lag sie dort«, sagte Molly. »Warum sollte jemand meine Zofe umbringen?«

Karotte betrachtete den Samtmantel.

»Wessen Zimmer ist dies?«, fragte er.

»Meins. Hier kleide ich mich an.«

»Dann hatte es der Mörder nicht auf Nimmer Niedlich abgesehen, sondern auf dich, Molly. ›Einige in Lumpen, andere in Fetzen, und eine im samtenen Gewand.‹ So steht's in eurer Satzung. Die offizielle Garderobe des Oberhauptes der Bettlergilde. Vermutlich konnte deine Zofe der Versuchung nicht widerstehen – Nimmer Niedlich wollte sehen, wie *sie* mit dem Gewand aussieht. Die richtige Kleidung, aber die falsche Person.«

Molly hob die Hand zum Mund und riskierte damit eine mittelschwere Vergiftung.

»Die Assassinen?«

Karotte schüttelte den Kopf. »Nein, ich glaube nicht. Sie töten gern aus der Nähe. Sie legen großen Wert auf engen Kontakt zu ihren Kunden«, fügte er hinzu.

»Was soll ich jetzt machen?«

»Zunächst solltest du dafür sorgen, dass deine Zofe bestattet wird.« Erneut drehte Karotte das Stück Metall. Anschließend roch er daran.

»Feuerwerkskörper«, sagte er.

»Ja«, bestätigte Angua.

»Und was wollt *ihr* machen?«, fragte Königin Molly. »Ihr seid doch Wächter! Was geht hier vor? Und was gedenkt ihr dagegen zu unternehmen?«

Knuddel und Detritus patrouillierten durch die Fleißige Straße. Dort gab es viele Gerbereien, Ziegelöfen und Holzlager. Dieser Teil von Ankh-Morpork hatte nicht den Ruf, besonders schön oder interessant zu sein, und Knuddel argwöhnte, dass man sie gerade deshalb hierhergeschickt hatte, »um die Stadt besser kennen zu lernen«. Feldwebel Colon wollte sie aus dem Weg haben. Für ihn sah in ihrer Gegenwart alles unordentlich aus.

Stiefel klickten. Detritus' Knöchel knirschten über den Boden. Ansonsten blieb alles still.

Schließlich sagte Knuddel: »Ich möchte, dass du Folgendes weißt: Mir gefällt's ebenso wenig wie dir, dass ausgerechnet wir beide ein Streifenteam bilden.«

»Genau!«

»Aber wenn wir das Beste daraus machen wollen, müssen sich einige Dinge ändern, klar?«

»Zum Beispiel?«

»Zum Beispiel ist es lächerlich, dass du nicht einmal zählen kannst. Ich *weiß*, dass Trolle zählen können. Warum du nicht?«

»Kann zählen!«

»Wie viele Finger zeige ich dir?«

Detritus schielte auf Knuddels Hand.

»Zwei?«

»Na schön. Und wie viele sind es *jetzt*?«

»Zwei. Und noch einer.«

»Zwei und noch einer ergibt...?«

Panik erschien auf Detritus' Miene. Er wähnte sich plötzlich im Labyrinth der höheren Mathematik.

»Zwei und noch einer ergibt drei.«

»Zwei und noch einer ergibt drei.«

»Und jetzt?«

»Zwei und zwei.«

»Das sind *vier.*«

»V-vier.«

»Wie viele Finger sind's *diesmal*?«

Knuddel zeigte acht.

»Zweivier.«

Der Zwerg runzelte überrascht die Stirn. Er hatte eine andere Antwort erwartet, wie »viele« oder »eine Menge«.

»Was meinst du mit ›zweivier‹?«

»Zwei und zwei und zwei und zwei.«

Knuddel neigte den Kopf zur Seite.

»Hmm«, sagte er. »Na schön. *Normaler*weise nennt man zweivier *acht.*«

»Ackt.«

Knuddel bedachte Detritus mit einem kritischen Blick. »Weißt du... vielleicht bist du gar nicht so dumm, wie du aussiehst. Was ohnehin kaum möglich sein dürfte. Lass uns darüber nachdenken. Besser gesagt: Ich denke darüber nach, und du hilfst mir dabei, wenn du die richtigen Worte gelernt hast.«

Mumm knallte die Tür des Wachhauses hinter sich zu. Feldwebel Colon sah vom Schreibtisch auf und wirkte recht zufrieden.

»Was ist geschehen, Fred?«

Colon holte tief Luft.

»Interessante Dinge haben sich zugetragen, Hauptmann. Nobby und ich... wir haben *ermittelt.* Bei der Narrengilde. Es ist alles notiert. Ich meine, ich hab' alles aufgeschrieben. Hier. Ein richtiger Bericht.«

»Gut.«

»Ich meine, ich hab's *aufgeschrieben.* Mit Satzzeichen und allem.«

»Ausgezeichnet.«

»Kommas und Punkte und so.«

»Es wird mir bestimmt gefallen, Fred.«

»Und die... und Knuddel und Detritus haben ebenfalls Dinge herausgefunden. Auch Knuddel hat einen Bericht geschrieben. Er enthält allerdings nicht so viele Satzzeichen wie meiner.«

»Wie lange habe ich geschlafen?«

»Sechs Stunden.«

Mumm versuchte, in seinem Denken Platz für Neues zu schaffen. Es wollte ihm nicht recht gelingen.

»Ich muss mir den Magen füllen«, sagte er. »Mit Kaffee oder so. Dann sieht die Welt hoffentlich etwas besser aus.«

Wenn jemand in der Fleißigen Straße unterwegs gewesen wäre, hätte er einen Zwerg und einen Troll gesehen, die sich aufgeregt anschrien.

»Zwei-zweiunddreißig, und acht, und eins!«

»Na bitte! Aus wie vielen Ziegeln besteht der Stapel dort?«

Kurze Stille.

»Sechzehn, acht, vier und eins!«

»Denk daran, was ich dir über das Teilen durch acht-und-zwei gesagt habe.«

Diesmal längere Stille.

»Zwan-zig-neun?«

»Genau!«

»Genau!«

»Du schaffst es!«

»Ich es schaffen!«

»Es fällt dir nicht schwer, bis zwei zu zählen!«

»Es mir nicht fallen schwer, zu zählen bis zwei!«

»Und wenn du bis zwei zählen kannst, rückt jede Zahl in deine Reichweite!«

»Wenn ich kann bis zwei zählen, jede Zahl sein in meiner Reichweite!«

»Und dann liegt dir die Welt zu Füßen!«

»Und dann … da ich muss aufpassen, dass ich nicht treten auf Welt.«

Angua musste sich beeilen, um mit Karotte Schritt zu halten.

»Sollten wir uns nicht das Opernhaus vornehmen?«, fragte sie.

»Später. Wer auch immer auf dem Dach gewesen ist … Inzwischen hat er sich bestimmt aus dem Staub gemacht. Nein, wir müssen erst dem Hauptmann Bescheid geben.«

»Glaubst du, Nimmer Niedlich wurde von demselben Mörder umgebracht wie Herr Hammerhock?«

»Ja.«

»Das sein … neun Vögel.«

»Stimmt!«

»Und … eine Brücke.«

»Ja.«

»Und … vier-zehn Boote.«

»Genau.«

»Das sein … ein-tausend, drei-hundert, sech-zig, vier Ziegel.«

»Ja.«

»Das sein …«

»Ich schlage vor, du ruhst deinen Intellekt jetzt ein wenig aus. Wir sollten ihn nicht mit zu viel Zählen abnutzen …«

»Das sein … ein laufender Mann …«

»Was? Wo?«

Sham Hargas Kaffee war wie geschmolzenes Blei, aber eins musste man ihm zugestehen: Wenn man ihn getrunken hatte, erfüllte einen mit tiefer Erleichterung, dass der Becher endlich leer war.

»Der Kaffee hat scheußlich geschmeckt, Sham«, sagte Mumm.

»Gut«, erwiderte Harga.

»Ich meine, ich trinke nicht zum ersten Mal scheußlichen Kaffee, aber dieses Zeug schabt einem über die Zunge wie eine Säge. Wie lange hast du ihn gekocht?«

»Welches Datum haben wir heute?«, fragte Harga und putzte ein Glas. Er putzte dauernd Gläser. Niemand hatte je herausgefunden, was mit den sauberen Exemplaren passierte.

»Heute ist der fünfzehnte August.«

»Und welches Jahr?«

Sham Harga lächelte. Das heißt, er bewegte einige Muskeln im Bereich des Mundes. Schon seit vielen Jahren führte er erfolgreich ein Esslokal, indem er immer lächelte, nie Kredit gewährte und wusste, dass seine Gäste hauptsächlich zwischen vier Nahrungsgruppen wählen wollten: Zucker, Stärke, Fett und halb Verkohltes, das angenehm knirschte, wenn man darauf kaute.

»Ich möchte zwei Eier«, sagte Mumm. »Das Eigelb richtig hart, und das Weiße so zähflüssig wie Schleim. Und ich möchte Schinken mit viel Knorpel und hängenden Fettstreifen. Und gebratenes Brot, dessen Anblick schon die Arterien verstopft.«

»Schwierige Bestellung«, sagte Harga.

»Gestern hast du's hingekriegt. Und ich möchte noch mehr Kaffee. So schwarz wie eine mondlose Nacht.«

Harga hob überrascht die Brauen. Das sah dem Mumm, den er kannte, gar nicht ähnlich.

»Wie schwarz soll das sein?«, fragte er.

»Oh, hübsch ordentlich schwarz, denke ich.«

»Nicht unbedingt.«

»Wie?«

»In einer mondlosen Nacht leuchten mehr Sterne am Himmel, weil sie nicht vom Mond überstrahlt werden. Woraus folgt: Eine mondlose Nacht kann recht hell sein.«

Mumm seufzte.

»Wie wär's mit einer *bewölkten* mondlosen Nacht?«

Harga sah nachdenklich zur Kaffeekanne.

»Cumulus oder Cirronimbus?«

»Was? Ich verstehe nicht...«

»Cumuluswolken hängen tief und reflektieren die Lichter einer Stadt. Hinzu kommen eventuelle Eiskristalle, die in großen Höhen...«

»Eine mondlose Nacht«, sagte Mumm mit hohler Stimme. »Eine mondlose Nacht, die so schwarz ist wie der Kaffee dort drüben.«

»In Ordnung!«

»Und ein gefülltes Gebäckstück.« Mumm griff nach Hargas fleckiger Weste und zog ihn so nah zu sich heran, dass ihre Nasen fast aneinander stießen. »Ich meine Gebäck, das aus Mehl, Wasser, einem großen Ei, Zucker, etwas Hefe und Zimt besteht und mit Marmelade, Gelee oder Rattenfleisch gefüllt ist, je nach Spezies und persönlichem Geschmack. Hast du verstanden? Ich meine *Gebäck* und keine verdammte Metapher, ist das klar? So groß sind meine Ansprüche gar nicht. Ein *ganz normales* Stück Gebäck reicht mir, kapiert?«

»Ein Gebäckstück. Mit Füllung.«

»Ja.«

»Warum hast du das nicht gleich gesagt?«

Harga strich seine Weste glatt, warf Mumm einen beleidigten Blick zu und verschwand in der Küche.

»*Halt!* Im Namen des Gesetzes!«

»Wie Gesetz heißen?«

»Woher soll ich das wissen?«

»Warum wir verfolgen Mann?«

»Weil er wegläuft!«

Knuddel war erst seit wenigen Tagen bei der Wache, doch er hatte bereits ein wichtiges Prinzip erkannt: Wer sich auf der Straße befand, brach praktisch automatisch das eine oder andere Gesetz. Ein Polizist, der sich mit einem Zivilisten die Zeit vertreiben möchte, kann ihm zahlreiche Delikte zur Last legen: von »verdächtiges Verhalten« über »Behinderung« bis zu »unbefugter Aufenthalt und falsche(s)

Farbe/Form/Spezies/Geschlecht«. Wer *nicht* floh, obgleich sich Detritus mit ziemlich hoher Geschwindigkeit näherte, konnte aufgrund der Dummheitsverordnung von 1581 zur Rechenschaft gezogen werden, überlegte Knuddel. Doch die beiden Wächter verfolgten den Mann, weil er floh, und der Mann floh, weil ihn zwei Wächter verfolgten.

Mumm trank Kaffee und betrachtete das Objekt, das er auf dem Dach gefunden hatte.

Es sah aus wie eine kurze Panflöte mit sechs Noten, zwischen denen es überhaupt keinen Unterschied gab. Die einzelnen kurzen Röhren bestanden aus Stahl, und sie waren zusammengeschweißt. An der Seite befand sich ein Streifen aus gezacktem Metall wie ein flaches, glatt gehämmertes Zahnrad. Das ganze Ding roch nach Feuerwerkskörpern.

Mumm legte es behutsam neben den Teller.

Er las Feldwebel Colons Bericht. Offenbar hatte sich Fred Colon viel Zeit dafür genommen und häufig in einem Wörterbuch nachgesehen. Der Text lautete:

»Bericht von Fwbl. F. Colon. Ungef. 10 Uhr morgens, heute, 15. August, habige ich in Begleitung von Korporal, C. W. St. J. Nobbs, die Gilde der Narren und Witzbolde in der Gottesstraße besuchet, wo wir sprachen mit dem Clown Boffo, der meinte, Clown Beano, der *corpus derelicti,* sei definitief von ihm, Clown Boffo, gesehen worden, und zwar am vorherigen Morgen kurz nach der Explosion. (Das ist meiner Meinung nach völlig irre, weil der Bursche zum gefraglichen Zeitpunkt schon seit zwei Tagen tot war, Kpl. C. W. St. J. Nobbs stimmet mir dazu, woraus folgt, hier erzählt jemand Kwatsch, man traue nie jemandem, der sich seinen Lebensunterhalt verdienet, indem er dauernd auf den eigenen Arsch fällt.) Im Anschlusse daran sprachen wir mit Herrn Weißgesicht und er gab uns fast das *derriere velocite.* Wir gewwannen den Eindruck, damit meine ich mich selbst und Kpl. C. W. St. J. Nobbs, dass die Narren glauben, die Assassinen steckigen dahinter, aber den Grund kennen wir nicht. Außerdem hat uns der Clown Boffo aufgefordert, nach Beanos Nase zu suchen, aber er hatte eine Nase, als wir ihn hier sahen, und deshalb fragten wie Clown Boffo, meinst du eine falsche Nase aus Pappe oder so, und er antwortete, nein, ich meine eine richtige, und jetzt haut ab. Woraufhin wir hierher zurückkehrten.«

Nicht ohne Mühe fand Mumm heraus, was *derriere velocite* bedeutete. Die Sache mit der Nase erschien ihm wie ein Rätsel, das in einem Geheimnis oder in Colons Handschrift verborgen war, was auf dasselbe hinauslief. Warum sollten sie nach einer Nase suchen, die überhaupt nicht fehlte?

Der Hauptmann nahm sich Knuddels Bericht vor. Der Zwerg hatte die Buchstaben eher gemalt als geschrieben. Er schien eher an Runen gewöhnt zu sein. Und an Epen.

»Hauptmann Mumm, hiermit soll erzählt werden die Chronik von mir, Obergefreiter Knvddel. Strahlend war der Morgen und leicht vnsere Herzen, als wir vns begaben zvr Alchimistengilde, wo sich die Ereignisse so zvtrvgen, wie ich sie nvn besingen werde. Dazv gehören avch explodierende Kvgeln. Was betreffet die Mission, mit der wir beavftragt wvrden: Man teilte vns mit, dass der beiliegende Zettel (beiliegend) avfweist die Handschrift von Leonard da Qvirm, der vnter mysteriösen Vmständen verschwand. Die Schriftzeichen geben Avskvnft, wie man das so genannte Pvlver Nvmmer Eins herstellt, das man bei Feverwerkskörpern verwendet. Der Alchimist Herr Silberfisch gab zvr Avskvnft, dass alle Alchimisten über besagtes Pulver Bescheid wissen. Am Rande isset darüber hinavs eine Zeichnvng vom Gfähr, ich habe meinen Vetter Schnapptopf nach Leonard gefragt, er kennt ihn, weil er ihm Farbe verkavfte, vnd er – mein Vetter – erkannte die Handschrift ebenfalls vnd meinte, Leonard schrieb immer rückwärts, weil er ein Dschenie war. Ich habe selbiges hiermit kopiert.«

Mumm ließ die Blätter sinken und legte das Objekt aus Metall darauf.

Dann griff er in die Tasche und holte zwei Bleiklumpen hervor.

Der urbane Troll auf dem Dach hatte von einem Stock gesprochen.

Mumm betrachtete die Skizze. Sie zeigte etwas, das aussah wie der Schaft einer Armbrust mit einem Rohr darauf. Weitere Linien deuteten seltsame Mechanismen an. Hinzu kamen zwei der flötenartigen Gegenstände. Auf den ersten Blick wirkte alles wie sinnloses Gekritzel. Jemand – wahrscheinlich Leonard – hatte ein Buch über Feuerwerkskörper gelesen und dies an den Rand gemalt.

Feuerwerkskörper.

Feuerwerkskörper waren keine Waffen. Böller machten *Bumm.* Raketen stiegen auf – mehr oder weniger – und bohrten sich in den Himmel.

Hammerhock hatte als wahrer Könner in mechanischen Dingen gegolten. Im Gegensatz zur weit verbreiteten Ansicht war das keineswegs eine für Zwerge typische Eigenschaft. Sie verstanden sich auf den Umgang mit Metall, und sie stellten gute Schwerter und Schmuck her, aber wenn's um Zahnräder und Federn ging, zeichnete sich nicht jeder von ihnen durch technischen Sachverstand aus. Anders ausgedrückt: Hammerhock war die Ausnahme von der Regel.

Also …

Angenommen, es gab eine Waffe. Angenommen, sie unterschied sich von den herkömmlichen Waffen. Angenommen, sie war etwas Neues, etwas Erschreckendes …

Nein, ausgeschlossen. Entweder gab es sie bald überall, oder sie wurde zerstört. Sie endete bestimmt nicht im Museum der Assassinen. Was brachte man in Museen unter? Dinge, die nicht funktionierten, die aus der Vergangenheit stammten und nicht vergessen werden sollten. Hatte es einen Sinn, spezielle Feuerwerkskörper in einer Vitrine aufzubewahren, damit man sie ansehen und bestaunen konnte?

Die Tür war mit mehreren Schlössern gesichert gewesen. Das war kein Museum, das man einfach so betrat. Vielleicht musste man ein hochrangiger Assassine sein. Vielleicht wurde man irgendwann vom

Gildenoberhaupt in diese Kammer geführt, mitten in der Nacht. Vielleicht hielt er dort eine kurze Ansprache und…

Aus irgendeinem Grund schob sich an dieser Stelle das Gesicht des Patriziers vor Mumms inneres Auge.

Erneut hatte er das Gefühl, dass er ganz dicht vor einer wichtigen, fundamentalen Erkenntnis stand…

»Wohin jetzt? Wohin?«

Ein Durcheinander aus Gassen umgab sie. Knuddel lehnte an einer Wand und schnappte nach Luft.

»Dorthin!«, rief Detritus. »Zum Fischbeinweg!«

Er wankte wieder los und setzte die Verfolgung fort.

Mumm stellte den Kaffeebecher ab.

Wer auch immer mit Bleiklumpen auf ihn geschossen hatte, hatte trotz einer Entfernung von mehr als zweihundert Metern sehr genau zielen können. Außerdem waren die zeitlichen Abstände zwischen den einzelnen Schüssen zu kurz gewesen, als dass ein Bogenschütze Gelegenheit gehabt hätte, einen neuen Pfeil auf die Sehne zu setzen.

Mumm griff nach einer Flöte, die mit ziemlicher Sicherheit nicht musikalischen Zwecken diente. Sechs kleine Röhren, sechs Schüsse. Man konnte sich die Taschen damit voll packen. Man konnte damit schneller und über eine größere Entfernung hinweg schießen…

Eine neue Waffe. Eine neue *Art* von Waffe. Viel schneller als ein Bogen. Das würde den Assassinen nicht gefallen. Bestimmt nicht. Selbst den Bogen lehnten sie ab. Assassinen zogen es vor, aus nächster Nähe zu töten.

Und deshalb… verstauten sie das *Gfähr* an einem sicheren Ort. Allein die Götter wussten, wie sie überhaupt in den Besitz des Apparats gelangt waren. Nur einige wenige Assassinen mit sehr hohem Rang wussten Bescheid und gaben das Geheimnis weiter: *Hütet euch vor solchen Geräten…*

»Da unten! Er ist gelaufen in Tastgasse!«

»Nicht so schnell! Langsamer!«

»Wieso?«, fragte Detritus.

»Es ist eine Sackgasse.«

Die beiden Wächter blieben dankbar stehen.

Knuddel wusste, dass er gewissermaßen das Gehirn des Teams darstellte – auch wenn Detritus gerade die Ziegelsteine in der Mauer neben ihnen zählte und stolz strahlte.

Warum hatten sie jemanden durch die halbe Stadt gejagt? Weil er weglief. *Niemand* lief vor der Wache weg. Diebe zeigten einfach ihre Lizenzen. Ein Dieb ohne Lizenz fürchtete sich nicht vor der Wache, weil er seine ganze Furcht für die Diebesgilde brauchte. Assassinen achteten das Gesetz. Und ehrliche Bürger hatten keinen Grund, vor der Wache zu fliehen* – so etwas war im höchsten Maße verdächtig.

Der Ursprung des Namens »Tastgasse« verlor sich glücklicherweise im Nebel der Zeit, aber er konnte kaum treffender sein. Im Laufe der Zeit hatte sich die Gasse in eine Art Tunnel verwandelt, als die Häuser rechts und links aufgestockt worden waren – bis nur noch ein schmaler, mehrere Zentimeter breiter Streifen Himmel zu sehen war.

Hier herrschte ewiges Zwielicht, durch das man sich vorsichtig einen Weg tasten musste.

Knuddel blickte um die Ecke.

Klick. Klick.

Die Geräusche kamen aus der Dunkelheit.

»Detritus?«

»Ja?«

»Hat der Bursche eine Waffe?«

»Nur einen Stock. *Einen.*«

»Äh. Ich rieche Feuerwerkskörper.«

Knuddel zog sicherheitshalber seinen Kopf zurück.

* Das Axiom »Ehrliche Bürger haben nichts von der Polizei zu befürchten« wird derzeit von der Revisionskommission für Axiome geprüft.

Auch in Hammerhocks Werkstatt hatte es nach Feuerwerkskörpern gerochen. Und Herr Hammerhock war an einem großen Loch in der Brust gestorben. Namenvolles Entsetzen – das ist viel wirkungsvoller als namen*loses* – erfasste Knuddel. Ein solches Gefühl stellt sich ein, wenn man um hohe Einsätze pokert und die Gestalt auf der anderen Seite des Tisches plötzlich grinst, was einen daran erinnert, dass man nicht *alle* Regeln des Spiels kennt. Plötzlich kommt man zu dem alles andere als angenehmen Schluss, dass man sich glücklich schätzen kann, wenn man wenigstens das Hemd behält.

Andererseits... Knuddel stellte sich Feldwebel Colons Gesichtsausdruck vor. *Wir sind dem Mann bis zu einer Sackgasse gefolgt, Feldwebel, und dann haben wir seine Spur verloren...*

Er zog sein Schwert.

»Obergefreiter Detritus?«

»Ja, Obergefreiter Knuddel?«

»Folge mir.«

Warum? Das verdammte Ding bestand aus Metall. Zehn Minuten in einem heißen Schmelztiegel lösten das Problem. Einen so gefährlichen Gegenstand... Warum ließ man ihn nicht einfach verschwinden? Aus welchem Grund sollte man ihn behalten?

Es widersprach wohl der menschlichen Natur, so etwas zu zerstören. Manche Dinge waren viel zu faszinierend, um sie zu vergessen.

Mumm betrachtete das Objekt, das er zunächst für eine besonders exotische Panflöte gehalten hatte. Sechs kurze Röhren, zusammengeschweißt und am einen Ende versiegelt. Oben hatte jede Röhre ein kleines Loch...

Der Hauptmann griff nach einem der Bleiklumpen...

Die Tastgasse wand sich hin und her, aber es zweigten keine anderen Wege ab. Es gab nur eine Tür am Ende der Gasse; sie war groß und massiv.

»Wo sind wir?«, hauchte Knuddel.

»Keine Ahnung«, erwiderte Detritus. »Irgendwo im Bereich der Docks, ich nehmen an.«

Knuddel schob die Tür mit dem Schwert auf.

»Knuddel?«

»Ja?«

»Wir neun-und-siebzig Stufen hinter uns gebracht!«

»Schön.«

Kalte Luft strich an ihnen vorbei.

»Ein Fleischlager«, flüsterte Knuddel. »Jemand hat das Schloss geknackt.«

Er schlüpfte durch den Spalt und betrat einen hohen, düsteren Raum, der es nicht nur nach seinen Ausmaßen mit einem Tempel aufnehmen konnte. Hier und dort fiel mattes Licht durch hohe, eisverkrustete Fenster. Fleischkörper hingen an langen Gestellen, die bis zur Decke emporreichten.

Sie waren halb durchsichtig und so kalt, dass Knuddels Atem zu feinem Schnee kondensierte.

»Meine Güte«, sagte Detritus. »Ich glauben, dies das Zukunftsschweinlager in der Morporkstraße.«

»Was?«

»Ich hier mal gearbeitet«, erklärte Detritus. »Hab überall gearbeitet. Fort mit dir, du dummer Troll, du zu doof«, fügte er kummervoll hinzu.

»Gibt es einen anderen Ausgang?«

»Haupttor sich öffnen zur Morporkstraße. Aber monatelang niemand kommen hierher. Bis das Schweinefleisch existieren.«*

* Wahrscheinlich gibt es auf keiner anderen Welt im Multiversum Lager für Dinge, die nur *in potentia* existieren. Für die Entstehung des Zukunftsschweinlagers in Ankh-Morpork gibt es drei Gründe. Erstens: die recht strengen Grundsätze des Patriziers bezüglich grundloser Metaphern. Zweitens: die Engstirnigkeit der Bürger, die glauben, alles müsste irgendwo einen Platz haben. Drittens: das extrem dünne Realitätsgewebe in der Nähe von Ankh-Morpork. Daraus ergibt sich im Großen und Ganzen folgendes Resultat: Der Handel mit Zukunftsschweinefleisch – mit Schweinefleisch, *das es noch gar nicht gibt* – führte zum Bau von Lagerhäusern, damit es bis zu seiner Existenz aufbewahrt werden kann. Die extrem niedrigen Temperaturen entstehen aufgrund des Ungleichgewichts im temporalen Energiefluss.

Knuddel schauderte.

»Du bist hier drin!«, rief er. »Zeig dich! Hier ist die Wache!«

Eine dunkle Gestalt trat zwischen zwei Präschweinen hervor.

»Was wir jetzt machen?«, fragte Detritus.

Der Fremde hob einen Stock und hielt ihn wie eine Armbrust.

Es knallte. Etwas prallte an Knuddels Helm ab.

Eine steinerne Hand griff nach dem Kopf des Zwergs – Detritus schob seinen kleinen Kollegen hinter sich.

Die Gestalt näherte sich schnell und schoss dabei.

Detritus blinzelte. In seinem Brustharnisch waren fünf Löcher.

Der Laufende erreichte die Tür und warf sie hinter sich zu.

»Hauptmann Mumm?«

Mumm sah auf. Hauptmann Schrulle und zwei andere Männer von der Tagwache standen vor ihm.

»Ja?«

»Komm mit uns. Und gib mir dein Schwert.«

»Was?«

»Du hast mich verstanden, Hauptmann.«

»*Ich* bin's, Schrulle. Sam Mumm. Was soll der Unfug?«

»Das ist kein Unfug. Und meine Männer – *Männer*, hörst du? – sind mit Armbrüsten bewaffnet. Es wäre sehr dumm von dir, Widerstand zu leisten.«

»Oh. Bin ich verhaftet?«

»Wir verhaften dich nur dann, wenn du uns nicht begleitest ...«

Der Patrizier saß im Rechteckigen Büro und blickte aus dem Fenster. Eine Kakophonie aus vielen Glocken hatte gerade darauf hingewiesen, dass es fünf Uhr geworden war, und nun verklang das Läuten.

(Fortsetzung der Fußnote von S. 179) Das behaupten jedenfalls die Zauberer im Forschungstrakt für hochenergetische Magie. Sie tragen spitze Hüte und schmücken sich mit Titeln, woraus sich schließen lässt, dass sie wissen, wovon sie reden.

Mumm salutierte. Von hinten betrachtet, sah Vetinari aus wie ein Fleisch fressender Flamingo.

»Oh, Mumm«, sagte er, ohne sich umzudrehen. »Bitte, komm hierher. Und sag mir, was du siehst.«

Mumm verabscheute Ratespiele, trotzdem trat er an die Seite des Patriziers.

Vom Rechteckigen Büro aus konnte man die halbe Stadt überblicken – zumindest die Dächer und Türme. Mumms Phantasie besetzte die Türme mit Männern, die Gfähre hatten. Vetinari wäre ein leichtes Ziel gewesen.

»Was siehst du, Hauptmann?«

»Die Stadt Ankh-Morpork, Herr«, erwiderte Mumm und achtete darauf, dass sein Gesicht ausdruckslos blieb.

»An was denkst du dabei, Hauptmann?«

Mumm kratzte sich am Kopf. Wenn der Patrizier unbedingt ein Spiel mit ihm spielen wollte...

»Nun, Herr, als ich noch ein Kind war, hatten wir eine Kuh, und eines Tages wurde sie krank, und ich sollte den Stall in Ordnung bringen...«

»*Ich* denke dabei an eine Uhr«, sagte der Patrizier. »Große Räder, kleine Räder. Alles tickt. Die kleinen Räder drehen sich, die großen ebenfalls. Sie drehen sich alle unterschiedlich schnell. Der Apparat funktioniert. Darauf kommt's an. Denn wenn er plötzlich defekt wird...«

Abrupt drehte er sich um und kehrte mit raubtierartigem Gang zum Schreibtisch zurück.

»Manchmal gerät das eine oder andere Sandkorn zwischen die Räder, dann drehen sie sich nicht mehr richtig. Ein Sandkorn genügt.«

Vetinari sah auf und bedachte Mumm mit einem kühlen Lächeln.

»Das lasse ich nicht zu.«

Mumm starrte an die Wand.

»Wenn ich mich recht entsinne, habe ich dich aufgefordert, gewisse Dinge zu vergessen, Hauptmann.«

»Herr.«

»Was soll ich mit dir anfangen?«

»Ich weiß es nicht, Herr.«

Mumm blickte weiterhin zur Wand. Er wünschte sich, Karotte wäre zugegen. Der Junge mochte einfach und simpel sein, doch ab und zu bemerkte er gerade dadurch Dinge, die andere Leute übersahen. Außerdem übten seine einfachen, simplen Ideen einen großen Reiz aus. Zum Beispiel das mit den Polizisten. Während sie einmal in der Straße der Geringen Götter patrouillierten, hatte Karotte gefragt: »Weißt du, woher das Wort Polizist stammt, Hauptmann?« Mumm verneinte, worauf Karotte erläuterte: »Früher gebrauchte man das Wort ›Polis‹ für ›Stadt‹, und daher bedeutet ›Polizist‹ in etwa ›Mann der Stadt‹. Nur wenige Leute wissen das. Darüber hinaus beschreibt der Begriff auch das angemessene Verhalten einer Person, die *in* einer Stadt lebt. Mit anderen Worten: Ein Polizist sollte höflich und zuvorkommend sein.«

Mann der Stadt... Karotte steckte voller solcher Informationen. Zum Beispiel hatte Mumm immer geglaubt, dass die Wächter Uniformen trugen, damit die Bürger die Wächter erkannten. Doch in Wirklichkeit wurden die Wächter *von den Uniformen getragen.* Wenn jemand die entsprechende Kleidung überstreifte, so *wurde er jemand anders* – ein Polizist.

In seiner Freizeit las Karotte Bücher. Das fiel ihm nicht unbedingt leicht. Hätte man ihm den Zeigefinger abgeschnitten, wäre er in echte Schwierigkeiten geraten. Er las langsam, aber *ständig.* Und an seinen freien Tagen wanderte er durch die Stadt.

»Hauptmann?«

Mumm blinzelte.

»Herr?«

»Du hast keine Ahnung von dem empfindlichen Gleichgewicht der Dinge in Ankh-Morpork. Die Sache mit den Assassinen und dem Zwerg und dem Clown... Du hörst sofort auf zu ermitteln.«

»Nein, Herr. Unmöglich.«

»Gib mir deine Dienstmarke.«

Eigentlich hatte Mumm nie richtig darüber nachgedacht. Die Marke war ein Teil von ihm geworden, etwas, das man einfach hatte und dem man kaum Beachtung schenkte.

»Meine Dienstmarke?«

»Und dein Schwert.«

Langsam löste Mumm den Schwertgürtel. Seine Finger fühlten sich wie Bananen an – noch dazu wie Bananen, die ihm gar nicht gehörten.

»Und die Dienstmarke?«

»Äh. Nein. Die behalte ich.«

»Und warum?«

»Weil es meine Dienstmarke ist.«

»Du ziehst dich ohnehin bald in den Ruhestand zurück. Wenn du heiratest.«

»Ja.«

Ihre Blicke trafen sich.

»Wie viel bedeutet sie dir?«

Mumm zögerte und suchte vergeblich nach den richtigen Worten. Er hatte immer eine Dienstmarke besessen; er wusste gar nicht, ob er ohne sie zurechtkam.

»Na schön«, sagte Lord Vetinari schließlich. »Wenn ich mich recht entsinne, findet deine Hochzeit morgen Mittag statt.« Seine langen Finger griffen nach der Einladungskarte mit Goldrand auf dem Schreibtisch. »Ja. Behalt die Dienstmarke. Ich erlaube dir, dich ehrenvoll in den Ruhestand zurückzuziehen. Doch das Schwert behalte ich. Außerdem wird die Tagwache bald im Wachhaus eintreffen, um deine Leute zu entwaffnen. Die Nachtwache wird hiermit aufgelöst, Hauptmann Mumm. Vielleicht darf sie irgendwann in den Dienst zurückkehren, unter dem Befehl eines anderen Kommandanten – wenn und wann ich es für richtig halte. Bis dahin sind deine Männer beurlaubt.«

»Du willst die Tagwache schicken? Einen Haufen von …«

»Was hast du gesagt?«

»Nichts, Herr.«

»Und solltest du es noch einmal wagen, meine Anweisungen zu ignorieren … dann gehört deine Dienstmarke mir, klar?«

Knuddel öffnete die Augen. – »Lebst du?«, fragte Detritus.

Der Zwerg nahm vorsichtig den Helm ab. Auf der einen Seite zeigte sich eine Rille, und er hatte Kopfschmerzen.

»Alles deutet auf eine geringfügige Hautabschürfung hin«, sagte Detritus.

»Eine was? *Ooooh.*« Knuddel verzog das Gesicht. »Was ist mit dir?« Der Troll wirkte irgendwie seltsam. Er schien sich verändert zu haben – nicht nur wegen der Löcher.

»Nun, der Brustharnisch hat mir zumindest *etwas* genützt«, erwiderte Detritus. Er zog an den Riemen, und im Bereich des Gürtels kamen fünf Metallscheiben zum Vorschein. »Hätte er nicht einen Teil der Aufprallwucht absorbiert, hätte ich sicher tiefere Kratzer abbekommen.«

»Was ist mit dir geschehen? Warum sprichst du so?«

»Was meinst du?«

»Wo hast du das Ich-großer-Troll-Gerede versteckt?«

»Ich fürchte, ich verstehe nicht …«

Knuddel fröstelte und stampfte mit den Füßen.

»Lass uns von hier verschwinden.«

Sie eilten zur Tür. Sie war verschlossen.

»Kannst du sie aufbrechen?«, fragte der Zwerg.

»Nein. Hätte man dieses Lager nicht trollsicher gemacht, wäre es längst leer. Tut mir Leid.«

»Detritus?«

»Ja?«

»Stimmt was nicht? Dein Kopf dampft.«

»Ich fühle mich … äh …«

Detritus blinzelte. Eis klirrte leise. Seltsame Dinge geschahen hinter seiner Stirn.

Gedanken, die normalerweise ganz langsam durch sein Gehirn krochen, entfalteten plötzlich vibrierende Vitalität. Und es schienen immer mehr zu werden.

»Meine Güte«, sagte Detritus schließlich.

Diese Bemerkung war für einen Troll so untypisch, dass Knuddel die Kälte zumindest für einige Sekunden vergaß und seinen Kollegen groß anstarrte.

»Ich glaube, ich lerne gerade das Phänomen des Nachdenkens kennen«, sagte Detritus. »Und ich finde es sehr interessant.«

»Was bedeutet das alles?«

Mehr Eis knisterte und fiel zu Boden, als sich Detritus den Kopf rieb.

»Natürlich!«, entfuhr es ihm. Er hob einen ziemlich großen Zeigefinger. »Supraleitfähigkeit!«

»Wie bitte?«

»Mein Gehirn besteht aus unreinem Silizium, das Wärme schlecht ableitet. Die normalen Tagestemperaturen sind zu hoch, dadurch sinkt die mentale Elaborationsgeschwindigkeit. Wenn es noch heißer wird, schaltet sich das Hirn ganz ab, und der betreffende Troll erstarrt bis zum Einbruch der Nacht, doch wenn die Temperatur unter eine kritische Schwelle sinkt, nimmt die Verarbeitungsgeschwindigkeit des Gehirns zu, und der Troll denkt immer schneller und ...«

»Ich glaube, ich erfriere bald«, sagte Knuddel.

Detritus sah sich um.

»Dort oben sind verglaste Öffnungen in der Mauer«, stellte er fest.

»Zu hoch«, murmelte Knuddel, der immer mehr Mühe hatte, sich auf den Beinen zu halten. »Ich könnte sie nicht einmal dann erreichen, wenn ... wenn ich auf deine ... Schultern klettere ...«

»Oh, nach meinem Plan müssen wir etwas durch eine der Öffnungen werfen und auf diese Weise dafür sorgen, dass man uns hilft«, erwiderte der Troll.

»Welcher ... Plan?«

»Ich habe insgesamt dreiundzwanzig Pläne entwickelt, aber dieser führt mit einer Wahrscheinlichkeit von siebenundneunzig Prozent zum Erfolg«, sagte Detritus und strahlte.

»Du ... hast doch gar nichts ... zum Werfen«, wandte Knuddel ein.

»O doch.« Detritus hob den Zwerg hoch. »Keine Sorge. Ich kann die richtige Flugbahn genau berechnen. Wenn du draußen bist, brauchst du nur Hauptmann Mumm oder Karotte zu holen.«

Knuddels mühsam hervorgebrachte Proteste verklangen, als er durch die eiskalte Luft flog und zusammen mit der Fensterscheibe verschwand.

Detritus setzte sich. Das Leben war so einfach, wenn man genau darüber nachdachte. Und jetzt *dachte* er nach.

Er kalkulierte eine Wahrscheinlichkeit von sechsundsiebzig Prozent, dass seine Temperatur um mindestens sieben Grad sinken würde.

Herr Treibe-mich-selbst-in-den-Ruin Schnapper, Händler, Kaufmann, Spekulant und Allesverkäufer, hatte lange über ethnische Nahrungsmittel nachgedacht. Sie könnten eine natürliche Erweiterung seiner bisherigen Geschäfte sein. Der Verkauf von Würstchen-in-Brötchen lief nicht mehr, doch es gab Trolle und Zwerge mit Taschen voller Geld – oder wo auch immer Trolle ihre Münzen aufbewahrten. Geld im Besitz anderer Leute widersprach nach Schnappers Ansicht der natürlichen Ordnung der Dinge.

Die kulinarischen Bedürfnisse der Zwerge konnten relativ leicht befriedigt werden. Ratte-am-Stiel stellte Schnapper kaum vor Probleme, auch wenn es bedeutete, dass er den allgemeinen Qualitätsstandard seiner Lebensmittel anheben musste.

Was die Trolle betraf, suchte er Rat bei Chrysopras, der noch immer ein Troll war, aber kaum mehr als solcher zu erkennen war. Er lebte schon so lange in der Gesellschaft von Menschen, dass er einen Anzug trug und den zivilisierten Umgang gelernt hatte, zum Beispiel Erpressung und Geldverleih mit 300 Prozent Zinsen im Monat. Chrysopras mochte in einer Höhle über der Schneegrenze geboren sein, aber ihm genügten fünf Minuten in Ankh-Morpork, um sich anzupassen.

Schnapper hielt Chrysopras für seinen Freund; niemand stellte ihn sich gern als Feind vor.

Heute wollte Treibe-mich-selbst-in-den-Ruin den ersten Schritt auf geschäftliches Neuland wagen. Er schob seinen Imbisskarren durch schmale und breite Straßen und rief dabei immer wieder:

»Würstchen! Heiße Würstchen! Im Brötchen! *Fleisch*pasteten! Holt sie euch, solange sie noch warm sind!«

Damit wollte er sich nur in Stimmung bringen. Menschen wären höchstens nach einer zweiwöchigen Zwangsdiät bereit gewesen, etwas aus Schnappers Topf zu kaufen. Und selbst dann hätten sie es nur mit verbundenen Augen und verstopfter Nase hinuntergewürgt.

Er sah sich verschwörerisch um – es arbeiteten immer einige Trolle im Bereich der Docks – und nahm den Deckel von einem neuen Behälter.

Wie hieß das Zeug? Oh, ja…

»Dolomitische Konglomerate! Leckere dolomitische Konglomerate! Manganputzen! Holt sie euch, solange… äh… es noch Manganputzen sind!« Schnapper zögerte kurz und fügte dann hinzu: »Bimsstein! Bimsstein! Kalktuff! Nur ein Dollar! Gerösteter Kalkstein…«

Mehrere Trolle näherten sich neugierig.

»Du siehst… äh… hungrig aus«, sagte Schnapper zu dem kleinsten Troll und grinste breit. »Warum probierst du nicht unseren speziell gewürzten Schieferton-mit-Brötchen? Ist leckerer als nur lecker. Und erst das überaus köstliche Aufschwemmgestein!«

T.M.S.I.D.R. Schnapper hatte den einen oder anderen Charakterfehler, aber Speziesismus gehörte nicht zu seinen schlechten Eigenschaften. Er mochte jeden, der Geld hatte, ungeachtet Farbe und Form der Hand, die es ihm reichte. Schnapper glaubte an eine Welt, in der intelligente Wesen frei und hoch erhobenen Hauptes leben sowie ungehindert nach Zufriedenheit und Glück streben konnten. Wenn sie außerdem bereit waren, etwas aus seinen Imbisstöpfen zu kaufen – umso besser.

Der Troll hob argwöhnisch den oberen Teil eines Brötchens.

»Igitt!«, entfuhr es ihm. »Da überall drinstecken Ammoniten! Bäh!«

»Wie bitte?«, fragte Schnapper.

»Es sein alter, abgestandener Schiefer«, klagte der Troll.

»Im Gegenteil! Er ist ganz frisch! So wie ihn deine Mutter aus dem Felsgestein hämmerte!«

»Und dieser Granit überall enthalten Quarz«, brummte ein anderer Troll, der Schnapper weit überragte. »Quarz verstopfen Arterien.«

Er knallte den Stein aufs Tablett und wankte fort, gefolgt von den anderen Trollen. Gelegentlich sahen sie sich um und warfen Schnapper misstrauische Blicke zu.

»Alt und abgestanden?«, rief Treibe-mich-selbst-in-den-Ruin. »Alt – meinetwegen. Aber *abgestanden*? Es sind *Steine,* um Himmels willen!«

Er zuckte mit den Schultern. Na schön. Ein guter Geschäftsmann musste Verluste hinnehmen und sie in Grenzen halten.

Er schloss den für Trolle reservierten Behälter und öffnete einen anderen.

»Grubenspezialitäten! Grubenspezialitäten! Ratte! Ratte! Ratte-am-Stiel! Ratte-mit-Brötchen! Holt euch die Ratten, solange sie tot sind! Leckere...«

Weiter oben splitterte Glas, und kurz darauf landete Obergefreiter Knuddel mit dem Kopf voran im Topf.

»Nichts überstürzen«, sagte Schnapper. »Es ist genug da.«

»Hol mich hier raus«, ertönte Knuddels gedämpfte Stimme. »Oder reich mir den Ketchup.«

Schnapper zog an den Zwergenstiefeln. Eis klebte daran.

»Bist gerade erst aus den Bergen gekommen, wie?«

»Wo ist der Mann, der den Schlüssel für das Lager dort hat?«

»Wenn du keine Ratten magst, solltest du etwas anderes probieren, zum Beispiel...«

Wie durch Magie erschien Knuddels Axt in seiner Hand.

»Ich schneide dir die Knie ab«, kündigte er an.

»WendedichanGerhardtSockevonderFleischergilde.«

»In Ordnung.«

»BittenimmjetztdieAxtweg.«

Knuddel stürmte fort, seine Stiefel rutschten übers Kopfsteinpflaster.

Schnapper sah auf die Reste seines Karrens. Seine Lippen bewegten sich, als er rechnete.

»He!«, rief er. »Du schuldest mir ... Du schuldest mir das Geld für drei Ratten!«

Lord Vetinari spürte einen Anflug von Scham und Verlegenheit, als sich die Tür hinter Hauptmann Mumm schloss. Der Grund dafür blieb ihm ein Rätsel. Er war zwar ziemlich hart gewesen, aber die besondere Situation erforderte das.

Er nahm einen Schlüssel aus einem Schränkchen neben dem Schreibtisch, trat an die Wand heran und berührte eine Stelle, die sich nicht von anderen Stellen zu unterscheiden schien. Doch man brauchte dort nur ein wenig zu drücken, und eine verborgene Tür schwang an gut geölten Angeln auf.

Niemand kannte alle Wege und Geheimgänge im Palast. Es hieß, dass sich manche von ihnen nicht nur auf das Gebäude beschränkten. Außerdem gab es unter der Stadt viele Gewölbe. Jemand mit einer Spitzhacke und einem guten Orientierungssinn konnte jeden beliebigen Ort erreichen, indem er Löcher in vergessene Mauern schlug.

Lord Vetinari brachte mehrere schmale Treppen hinter sich, trat durch einen Korridor und gelangte schließlich zu einer Tür. Dort schob er den Schlüssel ins Schloss und drehte ihn. Das kleine Portal schwang an ebenfalls gut geölten Angeln auf.

Dahinter lag nicht unbedingt ein Verlies. Der Raum war groß, und durch hohe Fenster fiel genug Licht herein. Es roch nach Holzspänen und Leim.

»Achtung!«

Der Patrizier duckte sich.

Etwas Fledermausartiges summte über ihn hinweg, drehte mitten im Zimmer mehrere Kreise und platzte dann auseinander.

»Schade«, sagte jemand. »Tja, zurück zum Reißbrett. Guten Tag, Euer Lordschaft.«

»Guten Tag, Leonard«, sagte der Patrizier. »Was war das?«

»Ich nenne es ›Fluggerät-mit-schlagenden-Flügeln‹«, antwortete Leonard da Quirm und trat von der Startleiter herunter. »Es funktioniert mit Hilfe von eng zusammengewickelten Guttapercha-Bändern – allerdings nicht sehr gut, fürchte ich.«

Leonard da Quirm war kein sehr alter Mann. Er gehörte zu den Leuten, die schon mit dreißig weise aussahen und sechzig Jahre später immer noch den gleichen Eindruck erweckten. Er war auch nicht in dem Sinne kahlköpfig. Sein Kopf schien *durch* das Haar gewachsen zu sein und wölbte sich darüber wie ein hoher, kuppelförmiger Felsen über wucherndem Dschungel.

Dauernd rasen Inspirationen durchs Universum. Ihr Ziel ist der richtige Kopf zur richtigen Zeit. Wenn sie auf empfangsbereite Neuronen treffen, kommt es zu einer Kettenreaktion. Kurze Zeit später blinzelt jemand im Scheinwerferlicht eines Fernsehstudios und fragt sich verwirrt, wie er auf die Idee gekommen ist, Brot fertig geschnitten zu verkaufen.

Leonard da Quirm wusste über Inspirationen Bescheid. Eine seiner ersten Erfindungen war eine geerdete Schlafmütze aus Metall – er hoffte, damit vor den verdammten Ideen geschützt zu sein, die dauernd sein Bewusstsein quälten. Es klappte nur selten. Meistens fand er morgens nach dem Erwachen diverse nächtliche Notizen, zum Beispiel Zeichnungen neuer Waffen oder erste Entwürfe für Apfelschälmaschinen.

Der Familie da Quirm mangelte es nicht an Geld. Leonard hatte viele gute Schulen besucht. Dort saugte er Wissen auf, trotz seiner Angewohnheit, aus dem Fenster zu starren und Skizzen vom Flug der Vögel anzufertigen. Er gehörte zu jenen unglücklichen Individuen, deren Schicksal es ist, von der Welt und allem Existierenden fasziniert zu sein, die den Dingen ständig auf den Grund gehen wollen, ob es ihnen passte oder nicht...

Leonard übte seinerseits Faszination aus, zum Beispiel auf Lord Vetinari, was den Umstand erklärte, dass er noch lebte. Wenn man etwas Einzigartiges zerstörte, ging es für immer verloren. Davor schreckte selbst jemand wie der Patrizier zurück.

Leonard war der ideale Gefangene. Wenn man ihm genug Holz, Draht, Farbe sowie Papier und Stifte gab, war er die ganze Zeit über brav.

Lord Vetinari schob einige Zeichnungen beiseite und setzte sich.

»Die sind ausgezeichnet«, sagte er. »Was stellen sie dar?«

»Karikaturen«, erwiderte Leonard.

»Die von dem Jungen, dessen Drachen in einem Baum steckt, ist gut«, stellte der Patrizier fest.

»Danke. Soll ich uns Tee kochen? Ich bekomme nur selten Besuch, abgesehen von dem Mann, der die Türangeln ölt.«

»Ich bin gekommen, um ...«

Der Patrizier unterbrach sich und deutete auf eine andere Zeichnung.

»Da klebt ein Stück gelbes Papier dran«, sagte er. Misstrauen erwachte in ihm. Er zog daran. Das Papier löste sich von der Zeichnung – und blieb an seinen Fingern kleben. Leonards krakelige Handschrift hatte es mit folgender Botschaft versehen: ».neppalk uz tniehcs sE: reipapzitoN«

»Darauf bin ich echt stolz«, sagte Leonard. »Ich nenne es ›Praktische-Zettel-um-Notizen-zu-schreiben-die-Dinger-kleben-fest-aber-man-kann-sie-wieder-lösen‹.«

Der Patrizier betrachtete den gelben Zettel.

»Woraus besteht der Klebstoff?«

»Aus gekochten Nacktschnecken.«

Lord Vetinari zog den Zettel von seiner Hand ab, woraufhin er an der anderen festklebte.

»Bist du deswegen hier?«, fragte Leonard.

»Nein«, erwiderte der Patrizier. »Ich bin gekommen, um mit dir über das Gfähr zu sprechen.«

»Oh, die Sache tut mir sehr Leid.«

»Ich fürchte, das Objekt ist... abhanden gekommen.«

»Meine Güte. Ich dachte, du hättest es verschwinden lassen.«

»Ich habe es den Assassinen gegeben, damit sie es zerstören. Immerhin sind sie stolz auf die künstlerische Qualität ihrer Arbeit. Die Vorstellung, dass *jeder* über eine solche Macht verfügen könnte, müsste sie eigentlich zutiefst entsetzen. Aber die verdammten Narren haben das Ding behalten. Sie glaubten, es sicher einschließen zu können. Und jetzt ist es weg.«

»Sie haben es nicht zerstört?«

»Nein, offenbar nicht.«

»Ebenso wenig wie du. Ich frage mich, warum.«

»Ich... kenne den Grund nicht. Kannst du dir das vorstellen?«

»Ich hätte es nie konstruieren dürfen. Es ist nur die Anwendung schlichter Prinzipien: Ballistik, einfache Aerodynamik, chemische Kraft. Die Legierung war ein Problem, genauso der gezogene Lauf. Dafür musste ich ein kompliziertes Werkzeug herstellen. Milch? Zucker?«

»Nein, danke.«

»Ich nehme an, man sucht danach, oder?«

»Die Assassinen halten Ausschau. Aber sie werden das Gfähr nicht finden. Weil sie falsch denken.« Der Patrizier griff nach einigen Skizzen des menschlichen Skeletts. Sie stimmten in allen Einzelheiten.

»Oje.«

»Deshalb vertraue ich auf die Wache.«

»Wohl besonders auf Hauptmann Mumm, den du schon einmal erwähnt hast.«

Lord Vetinari fand stets großen Gefallen an seinen Gesprächen mit Leonard. Der Erfinder sprach von der Stadt, als wäre sie eine ganz andere Welt.

»Ja.«

»Hoffentlich hast du ihm die große Bedeutung dieser Aufgabe klargemacht.«

»In gewisser Weise. Ich habe ihm *zweimal* verboten, Ermittlungen anzustellen.«

Leonard nickte. »Aha. Ich verstehe. Und ich hoffe, es klappt alles. – Es wäre vermutlich besser gewesen, wenn ich das Gerät wieder demontiert hätte, aber es erschien mir so ... *natürlich.* Ich hatte den Eindruck, dass ich nur etwas zusammensetzte, das bereits existierte. Manchmal frage ich mich, woher die Idee überhaupt kam. Das Gfähr auseinander zu nehmen ... aus irgendeinem Grund sah ich darin fast ein Sakrileg. Ebenso gut hätte ich versuchen können, eine Person ... äh ... aus dem Verkehr zu ziehen. Möchtest du einen Keks?«

»Manchmal ist es notwendig, die eine oder andere Person aus dem Verkehr zu ziehen«, sagte Lord Vetinari.

»Ansichtssache«, entgegnete Leonard da Quirm höflich.

»Du hast eben von ›Sakrileg‹ gesprochen«, fuhr der Patrizier fort. »Normalerweise sind daran doch auch Götter beteiligt, nicht wahr?«

»Habe ich wirklich das Wort ›Sakrileg‹ benutzt? Ich kann mir kaum vorstellen, dass es einen Gott der Gfähre gibt.«

»Das fällt auch mir schwer.«

Lord Vetinari rutschte ein wenig zur Seite und griff hinter sich.

»Was ist das?«, erkundigte er sich.

»Oh, ich habe es schon gesucht«, erwiderte Leonard. »Es ist ein Modell meiner Dreht-sich-in-die-Luft-Maschine.«*

Lord Vetinari bewegte den kleinen Rotor.

»Würde der Apparat funktionieren?«

»Ja«, sagte Leonard sofort. Dann seufzte er. »Vorausgesetzt, man findet einen Mann, der so stark ist wie zehn Männer und der die Kurbel in einer Minute tausendmal drehen kann.«

Der Patrizier entspannte sich. Dadurch wurde auf eine subtile Weise deutlich, dass er sich vorher ein wenig versteift hatte.

* Inzwischen dürfte Folgendes klar geworden sein: Leonard da Quirm war zwar das größte technische Genie aller Zeiten, aber er teilte Detritus' intellektuelles Niveau, wenn er angemessene Namen für seine Erfindungen suchte.

»Jetzt läuft also ein Mann mit einem Gfähr in der Stadt herum«, sagte er. »Er hat es einmal erfolgreich verwendet, und fast wäre es ihm auch ein zweites Mal gelungen, seine Absichten zu verwirklichen. Könnte jemand anders das Gfähr noch einmal erfinden?«

»Nein«, antwortete Leonard. »Ich bin ein Genie.« Es war nur eine Feststellung; Anmaßung lag dem Erfinder fern.

»Verstehe. Aber wie viel Genialität ist *nach* der Erfindung des Gfährs erforderlich, um ein zweites Exemplar herzustellen?«

»Das Ziehen des Laufs erfordert erhebliches technisches Geschick. Die Ladevorrichtung für das Geschoßmagazin muss gut ausbalanciert sein, und das Ende des Laufs ...« Leonard sah den Ausdruck auf dem Gesicht des Patriziers und zuckte mit den Schultern. »Nur ein sehr cleverer Bursche wäre im Stande, ein zweites Exemplar zu bauen.«

»In dieser Stadt wimmelt's von cleveren Burschen«, sagte Lord Vetinari. »Damit meine ich nicht nur Menschen, sondern auch Zwerge und all die anderen.«

»Das tut mir alles sehr Leid.«

»Die Leute denken nie nach.«

»In der Tat.«

Der Patrizier lehnte sich zurück und sah zu den Fenstern empor.

»Sie eröffnen einen Dreimal Glücklichen FischImbiss an der Stelle, wo sich einst die Mauern des alten Tempels in der Unheilsstraße erhoben. Und welchen Zeitpunkt wählen die Idioten? Den Abend der Wintersonnenwende. Und zufälligerweise auch noch bei Vollmond.«

»Tja, so sind die Leute eben.«

»Ich habe nie herausgefunden, was mit Herrn Hong passiert ist.«

»Armer Kerl.«

»Und dann die Zauberer. Pfuschen dauernd herum. Nehmen sich nie Zeit, gründlich nachzudenken, bevor sie nach einem Streifen der Realität greifen und versuchsweise daran ziehen.«

»Schockierend.«

»Und die Alchimisten. Ihre Vorstellung von Bürgerpflicht ist es, Dinge zu mischen und abzuwarten, was passiert.«

»Die Explosionen höre ich selbst hier unten.«

»Und dann kommt jemand wie du …«

»Es tut mir schrecklich Leid.«

Lord Vetinari drehte das Modell der Flugmaschine hin und her.

»Du träumst vom Fliegen«, sagte er.

»O ja. Dann wären die Menschen wirklich frei. In der Luft, wo es keine Grenzen gibt. Es könnte keinen Krieg mehr geben, weil der Himmel endlos ist. Wenn wir die Möglichkeit hätten, aufzusteigen und zu fliegen, fänden wir wahres Glück.«

Vetinari drehte den kleinen Apparat noch immer in seinen Händen.

»Ja«, sagte er leise. »Vielleicht stimmt das.«

»Ich hab's mit einem Aufziehmechanismus versucht, aber das funktionierte nicht.«

»Oh.«

»Wie sehr man sie auch spannt: Die Kraft von Federn ist begrenzt.«

»O ja«, erwiderte der Patrizier. »Ich verstehe. Wenn man eine Feder in der einen Richtung aufzieht, setzt sie ihre Kraft in der anderen frei. Und manchmal muss man die Feder fester als sonst aufziehen, wodurch man riskiert, dass sie bricht.«

Vetinaris Gesichtsausdruck veränderte sich.

»Meine Güte«, sagte er.

»Bitte?«, fragte Leonard.

»Er hat nicht an die Wand geklopft. Vielleicht bin ich diesmal zu weit gegangen.«

Detritus saß im Fleischlager und dampfte. Er verspürte Appetit, aber nicht nach etwas Essbarem, sondern nach neuen Dingen, über die es nachzudenken lohnte. Mit sinkender Temperatur nahm die Effizienz seines Gehirns immer mehr zu. Und es brauchte Dinge, mit denen es sich beschäftigen konnte.

Er berechnete die Anzahl der Ziegelsteine in der nächsten Mauer und wechselte dabei mehrmals die Basis des Zählsystems: zwei, zehn und schließlich sechzehn. Die Zahlen formten sich von ganz allein und marschierten stolz an seinem inneren Auge vorbei. Detritus entdeckte Division und Multiplikation. Er erfand für sich persönlich die Algebra, die ihn ein oder zwei Minuten lang ablenkte. Dann lichtete sich der Nebel aus Zahlen, und als er den Blick hob, offenbarten sich ihm die funkelnden, fernen Berge des Infinitesimalkalküls.

Trolle lebten in hohen, felsigen und vor allem *kalten* Regionen. Ihre Siliziumgehirne waren an niedrige Temperaturen gewöhnt. Tief unten im Flachland war es immer warm, und dadurch wurden sie … dumm. Es brachen keineswegs dumme Trolle nach Ankh-Morpork auf, im Gegenteil: Solche Entscheidungen reiften in den klügeren Exemplaren. Doch die Stadt *machte* sie dumm.

Detritus galt selbst nach den Maßstäben der Trolle in Ankh-Morpork als debil. Eine Laune der Evolution hatte sein Gehirn für den Einsatz bei einer Temperatur vorgesehen, die in der Stadt nicht einmal während eines besonders kalten Winters herrschte.

Jetzt war die Idealtemperatur für Detritus' Hirn fast erreicht. Leider hatte die Evolution vergessen, den Rest seines Körpers entsprechend anzupassen: Während Detritus immer schneller und besser dachte, näherte sich ihm der Tod.

Ein Teil seines Bewusstseins befasste sich mit diesem Problem. Seine Rettung war sehr wahrscheinlich. Was bedeutete, dass man ihn von diesem Ort fortbrachte. Was bedeutete, dass er wieder dumm wurde. Das war so sicher wie $10^{-3} (M_e/M_p) \alpha^6 \alpha^G - \frac{1}{2} N \approx 10 N$.

Deshalb hielt er es für angemessen, das Beste aus seiner Situation zu machen.

Er kehrte in eine Welt aus Zahlen zurück, die so komplex waren, dass sie nur vorübergehend Bedeutung hatten. Und der Zeitpunkt des Erfrierens rückte immer näher.

Schnapper erreichte die Fleischergilde kurz nach Knuddel. Die große rote Tür war aufgebrochen worden; hinter der Schwelle saß ein kleiner Fleischer und rieb sich die Nase.

»Wohin ist er gegangen?«

»Er is' gelaufen. Un' zwar dorthin.«

Im großen Saal der Gilde wankte der Meisterfleischer Gerhardt Socke im Kreis. Knuddels Stiefel ruhten auf seiner Brust. Der Zwerg hing an der Weste des Mannes wie ein Segler, der im Sturm laviert. Er schwang die Axt dicht vor Sockes Gesicht.

»Gib ihn mir, jetzt sofort! Sonst zwinge ich dich, deine eigene Nase zu essen!«

Einige Fleischerlehrlinge versuchten, nicht im Weg zu sein.

»Aber…«

»Widersprich mir nicht! Ich bin ein Wächter!«

»Aber du…«

»Ich gebe dir eine letzte Chance: Rück ihn endlich raus!«

Socke schloss die Augen.

»*Was willst du?*«

Die Zuschauer warteten gespannt.

»Ah«, sagte Knuddel. »Ahaha. Habe ich das nicht gesagt?«

»Nein!«

»Ich bin ziemlich sicher, dass ich dir einen Hinweis gegeben habe.«

»Das wäre mir bestimmt aufgefallen.«

»Na schön. Ich brauche den Schlüssel für das Zukunftsschweinlager, wenn du's unbedingt wissen willst.« Knuddel sprang zu Boden.

»Warum?«

Die Axt erschien wieder vor Sockes Nase.

»War nur eine Frage«, sagte Socke hastig. Verzweiflung zitterte in seiner leisen Stimme.

»Ein Mann der Wache erfriert dort«, erklärte Knuddel.

Es hatte sich Publikum eingefunden, als es ihnen schließlich gelang, die große Tür zu öffnen. Eisklumpen fielen auf den Boden und brachen klirrend auseinander. Kalte Luft strömte aus dem Gebäude.

Raureif bedeckte den Boden und die vielen Fleischkörper bei ihrer Reise rückwärts durch die Zeit. Er bedeckte auch einen detritusförmigen Haufen in der Mitte des großen Raums.

Sie trugen ihn nach draußen in den Sonnenschein.

»Ist es normal, dass in seinen Augen ein solches Licht flackert?«, fragte Schnapper.

»Hörst du mich?«, rief Knuddel. »Detritus?«

Der Troll blinzelte. In der Wärme löste sich das Eis von ihm.

Er spürte das Ende eines wundervollen Universums aus Zahlen nahen. Die steigende Temperatur wirkte auf seine Gedanken wie ein Flammenwerfer auf Schnee.

»Sag was!«, drängte Knuddel.

Türme aus Intellekt brachen zusammen, als das Feuer durch Detritus' Gehirn toste.

»He, seht euch *das* an«, entfuhr es einem Lehrling.

Zahlen zierten die Innenwände des Lagers. In den Raureif waren Gleichungen gekratzt, die mindestens so komplex wirkten wie neurale Netze. An einer Stelle der Berechnung hatte der Mathematiker statt Zahlen Buchstaben benutzt. Und dann hatten auch keine Buchstaben mehr genügt: Käfigartige Klammern umschlossen Ausdrücke, die für normale Mathematiker das darstellten, was eine Stadt für eine Landkarte war.

Die Formeln wurden einfacher, als sie sich dem Ziel näherten, doch ihre Schlichtheit barg eine spartanische, herrliche Komplexität.

Knuddel starrte sie groß an und wusste: Selbst nach einem hundert Jahre währenden, *intensiven* Studium wäre er nicht im Stande, dies zu verstehen.

In der wärmeren Luft verflüchtigte sich der Raureif allmählich.

Die Gleichungen schrumpften, als sie sich der Stelle näherten, wo der Troll gesessen hatte. Schließlich beschränkten sie sich auf einige wenige Ausdrücke, die schimmerten und wie etwas Lebendiges pulsierten: Mathematik ohne Zahlen, so rein wie Blitze.

Am Ende der langen Rechnung erkannte Knuddel ein einfaches Symbol: =.

»Ist gleich was?«, fragte er. »Gleich was?«

Der Raureif setzte seine Metamorphose fort und wurde zu Wasser.

Knuddel kehrte nach draußen zurück. Detritus hockte inzwischen in einer Pfütze, menschliche Zuschauer umringten ihn.

»Hat jemand von euch eine Decke für ihn?«, fragte der Zwerg.

»Hä?«, machte ein dicker Mann. »Wer würde eine Decke noch benutzen, nachdem sie auf einem Troll gelegen hat?«

»O ja, natürlich, völlig klar«, erwiderte Knuddel. Er sah zu den fünf Löchern in Detritus' Brustharnisch. Für einen Zwerg befanden sie sich etwa in Kopfhöhe. »Könntest du bitte mal hierher kommen?«

Der Mann sah zu seinen Freunden, grinste und schlenderte näher.

»Ich nehme an, du siehst diese Löcher im Brustharnisch, nicht wahr?«, fragte Knuddel.

T.M.S.I.D.R. Schnapper wusste, wie man überlebte. Nagetiere und Insekten erkennen schon an ersten, kaum merklichen Vibrationen, dass ein schweres Erdbeben bevorsteht. Auf ähnliche Weise witterte Schnapper Probleme in den Straßen der Stadt. Knuddel war zu nett. Wenn ein Zwerg jemandem so freundlich begegnete, war eine Gemeinheit zu erwarten.

»Ich... äh... kümmere mich wieder ums Geschäft«, sagte Treibe-mich-selbst-in-den-Ruin und wich zurück.

»Ich habe natürlich nichts gegen *Zwerge*«, versicherte der Dicke unterdessen. »Ich meine, Zwerge sind wie richtige Leute. So sehe ich das. Kleinere Menschen, in gewisser Weise. Aber Trolle... Trolle sind eben *anders,* nich' wahr?«

»Entschuldigung, Entschuldigung, Platz da, Platz da«, sagte Schnapper. Mit seinem Imbisswagen erreichte er eine Geschwindigkeit, für die man normalerweise ein Düsentriebwerk brauchte.

»Du hast da einen hübschen Mantel«, stellte Knuddel fest.

Schnappers Wagen sauste auf einem Rad um die Ecke.

»Ja, wirklich ein *hübscher* Mantel«, fuhr Knuddel fort. »Weißt du, was man mit einem solchen Mantel machen könnte?«

Der Mann runzelte die Stirn.

»Zieh den Mantel aus, und gib ihn dem Troll«, sagte Knuddel.

»Na, so was! Du kleiner...«

Der Dicke packte den Zwerg am Kragen und zerrte ihn hoch.

Knuddels Hand bewegte sich sehr schnell. Metall kratzte.

Einige Sekunden lang verharrten Mensch und Zwerg absolut reglos. Dadurch boten sie einen interessanten Anblick.

Knuddels Kopf war auf einer Höhe mit dem Gesicht des Mannes. Interessiert beobachtete er, wie dessen Augen zu tränen begannen.

»Lass mich runter«, sagte Knuddel. »Ganz langsam. Ich kriege Zuckungen, wenn ich erschrecke.«

Der Arm des Dicken sank in Zeitlupe herab.

»Jetzt zieh den Mantel aus… gut so. Gib ihn mir. *Sehr* freundlich.«

»Deine Axt…«, brachte der Mann leise hervor.

»Axt? Welche Axt? *Meine* Axt?« Knuddel senkte den Blick. »Meine Güte. Wusste gar nicht, dass ich sie ausgerechnet dorthin gehalten habe. Tja, die Welt ist voller Überraschungen.«

Der Mann versuchte, auf Zehenspitzen zu stehen. Noch mehr Tränen lösten sich aus seinen Augen.

»Diese Axt hat einen sehr interessanten Aspekt«, dozierte Knuddel. »Es ist eine Wurfaxt. Drei Jahre hintereinander habe ich die Kupferkopf-Meisterschaft im Werfen von Wurfäxten gewonnen. Ich zog diese Axt und traf eine Sekunde später einen *kleinen* Zweig in einer Entfernung von dreißig Metern. Hinter mir. *Und* ich hatte eine Gallenkolik an jenem Tag.«

Er trat zurück. Der Mann sank dankbar auf die Füße.

Knuddel legte den Mantel um die Schultern des Trolls.

»Komm, steh auf. Lass uns heimkehren.«

Detritus stemmte sich hoch.

»Wie viele Finger zeige ich dir?«, fragte Knuddel.

Der Troll sah aufmerksam hin.

»Zwei und noch einen?«, erwiderte er unsicher.

»Das genügt«, sagte der Zwerg. »Fürs Erste.«

Herr Käse blickte über die Theke auf Hauptmann Mumm. Der *Eimer* war an hingebungsvolle Trinker gewöhnt, die nicht nur fröhlich soffen, sondern den Alkohol mit der ernsten Entschlossenheit von Leuten, die der Nüchternheit für immer entkommen wollten, in sich hineinkippten. Das hier aber war neu und besorgniserregend. Der Wirt befürchtete, dass sich ein Todesfall anbahnte.

Niemand sonst befand sich in der Kneipe. Er hängte die Schürze an einen Haken und eilte zum Wachhaus. Am Eingang stieß er fast gegen Karotte und Angua.

»Oh, ich bin ja so froh, dass ich dir begegne, Korporal Karotte«, sagte der Wirt. »Du solltest besser mitkommen. Es geht um Hauptmann Mumm.«

»Was ist mit ihm passiert?«

»Keine Ahnung. Er hat ziemlich viel getrunken.«

»Ich dachte, er rührt das Zeug nicht mehr an!«

»Er scheint es sich anders überlegt zu haben«, erwiderte der Wirt kummervoll.

In der Nähe des Steinbruchwegs spielte sich folgende Szene ab.

»Wohin wir gehen?«

»Ich will dafür sorgen, dass dich jemand untersucht.«

»Keine Zwergendoktor!«

»Hier gibt's bestimmt jemanden, der weiß, wie man dich mit schnell trocknendem Zement oder so behandelt. Ist es normal, dass du so sehr … äh … nässt?«

»Nicht wissen. Ich haben nie zuvor genässt. Wohin wir gehen?«

»Keine Ahnung. Bin noch nie in dieser Gegend gewesen.«

Die »Gegend« erstreckte sich auf der Windseite eines Stadtviertels mit mehreren Viehhöfen und Schlachthäusern. Hier wollte niemand wohnen, abgesehen von Trollen, die organische Gerüche aller Art ebenso wahrnahmen wie Menschen den Duft von Granit. Darüber erzählte man sich diesen Witz: Die Trolle leben in der Nähe der Viehhöfe? Und der Geruch? Oh, dem Vieh macht er nichts aus …

Der Pointe fehlte natürlich jeder Sinn. Trolle rochen nur für andere Trolle.

Die Gebäude schienen aus einzelnen Steinplatten zusammengesetzt worden zu sein. Man hatte sie zunächst für Menschen errichtet und dann für Trolle angepasst: den Zugang mit einigen Tritten verbreitert und die Fenster verschlossen.

»Ugh«, sagte Detritus.

»Komm schon, Großer«, schnaufte Knuddel und zog den Troll, wie Schlepper einen besonders großen Tanker ziehen.

»Obergefreiter Knuddel?«

»Ja?«

»Du sein ein Zwerg. Dies hier Steinbruchweg. Wenn man dich entdeckt hier, dann wir geraten in erhebliche Schwierigkeiten.«

»Wir sind Stadtwächter.«

»Chrysopras sich scheren einen Koprolith darum.«

Knuddel blickte sich um.

»Wie sehen bei euch die Ärzte aus?«

Ein Trollgesicht erschien in einer Tür. Dann noch eins. Und noch eins.

Was Knuddel eben noch für einen Schutthaufen gehalten hatte, stellte sich plötzlich als Troll heraus.

Überall wimmelte es von Trollen.

Ich bin ein Wächter, dachte Knuddel. Darauf weist Feldwebel Colon immer wieder hin. Er fordert mich dauernd auf, kein Zwerg mehr zu sein, sondern ein Wächter. Ich habe eine Dienstmarke in der Form eines Schilds. Ich repräsentiere die Stadtwache. Die Dienstmarke beweist es.

Wenn sie nur größer wäre.

Mumm saß stumm und reglos an einem Ecktisch im *Eimer*. Vor ihm lagen einige Zettel und Metallobjekte, aber er starrte auf seine Faust hinab. Sie ruhte auf dem Tisch, so fest geballt, dass die Knöchel weiß hervortraten.

»Hauptmann?«, fragte Karotte und winkte vor Mumms Augen. Keine Reaktion.

»Wie viel hat er getrunken?«

»Zwei Schlückchen Whisky, mehr nicht.«

»Das dürfte keine solche Wirkung auf ihn haben, nicht einmal auf nüchternen Magen«, sagte Karotte.

Angua deutete auf einen Flaschenhals, der aus Mumms Tasche ragte.

»Ich glaube, er hat sich den Magen mit Alkohol gefüllt, bevor er hierher kam.«

»Hauptmann?«, wiederholte Karotte.

»Was hält er da in der Hand?«, fragte Angua.

»Ich weiß es nicht. Meine Güte, es ist schlimmer als jemals zuvor. Komm. Nimm du die Sachen. Ich nehme den Hauptmann.«

»Er hat die Zeche noch nicht bezahlt«, sagte Herr Käse.

Angua und Karotte sahen ihn an.

»Auf Kosten des Hauses«, fügte der Wirt hinzu.

Um Knuddel herum ragten Mauern aus Trollen empor – es gab keinen besseren Ausdruck, um diesen Anblick zu beschreiben. Derzeit beschränkten sich die steinernen Geschöpfe darauf, überrascht zu sein, wie Hunde, die gerade beobachtet hatten, wie eine Katze in den Zwinger schlenderte. Aber wenn sie zu dem Schluss gelangten, dass der Zwerg tatsächlich existierte ... Von dem Moment an währte Knuddels Existenz nicht mehr lange.

Schließlich fragte jemand: »Wer er sein?«

»Er ein Wächter, wie ich«, antwortete Detritus.

»Er ein Zwerg.«

»Er ein Wächter.«

»Er verdammt frech, einfach so kommen hierher.« Ein Trollfinger stieß in Knuddels Rücken. Die übrigen Trolle schoben sich erwartungsvoll näher.

»Ich zählen bis zehn«, sagte Detritus. »Wer dann nicht fort sein, das sehr bedauern.«

»Du Detritus«, erwiderte ein besonders großer und breiter Troll. »Alle wissen, dass du bist dumm. Hast beschlossen, Stadtwächter zu werden, weil du dumm bist. Du so dumm, dass du gar nicht zählen kannst bis …«

Wumm.

»Eins«, sagte Detritus. »Zwei. Drei. Fier. Äh. Fünf. Sechs …«

Der liegende Troll sah verblüfft auf.

»Das sein Detritus, und er *zählt.*«

Etwas zischte leise, eine Axt prallte dicht neben Detritus' Kopf von der Wand ab.

Zwerge kamen über die Straße, in eine Aura aus finsterer Entschlossenheit gehüllt. Die Trolle wankten auseinander.

Knuddel lief seinen Artgenossen entgegen.

»Was ist in euch gefahren?«, rief er. »Seid ihr verrückt geworden?«

Einer der Zwerge richtete einen zitternden Zeigefinger auf Detritus.

»Wer ist *das*?«

»Ein Wächter.«

»Sieht wie ein Troll aus. Den schnappen wir uns!«

Knuddel trat einen Schritt zurück und holte die Axt hervor.

»Ich kenne dich, Starkimarm«, brummte er. »Was hat das zu bedeuten?«

»Das fragst du noch, *Wächter*?«, erwiderte Starkimarm. »Von der Wache wissen wir, dass ein Troll Bjorn Hammerhock umgebracht hat. Man hat den Troll bereits gefunden!«

»Nein, unmöglich, ich …«

Hinter Knuddel ertönte ein Geräusch. Die Trolle kehrten angemessen bewaffnet zurück. Detritus drehte sich zu ihnen um und machte eine mahnende Geste.

»Wenn sich bewegt jemand von euch, ich wieder anfangen zu zählen«, drohte er.

»Ein Mensch hat Hammerhock ermordet«, sagte Knuddel. »Hauptmann Mumm glaubt …«

»Die Wache hat den Troll verhaftet«, knurrte ein Zwerg. »Verdammte Felsen!«

»Staubfresser!«

»Monolithen!«

»Rattenverschlinger!«

»Ha, ich erst seit kurzer Zeit in der Wache, und schon ich genug haben von euch dummen Trollen«, sagte Detritus. »Was glaubt ihr, Menschen sagen, hm? Sie sagen, Trolle sein ethnisch, nicht wissen, wie man sich benimmt in große Stadt, laufen herum und schwingen Keulen und schlagen zu, wenn ihnen kommt jemand kreuzquer.«

»Wir sind Wächter«, betonte Knuddel. »Unsere Aufgabe besteht darin, den Frieden zu sichern.«

»Gut«, entgegnete Starkimarm. »Sichert den Frieden woanders, bis wir hier fertig sind.«

»Dies nicht sein das Koomtal«, knirschte Detritus.

»Stimmt!«, rief ein weiter hinten stehender Zwerg. »Diesmal können wir euch sehen!«

Vom einen Ende der Straße her näherten sich die Trolle, vom anderen kamen die Zwerge.

»Was würde Korporal Karotte in einer solchen Situation unternehmen?«, flüsterte Knuddel.

»Er sagen, ihr unartige Leute, das mich ärgern, seid wieder brav.«

»Und dann gingen die ›unartigen Leute‹ fort?«

»Ja.«

»Was passiert, wenn wir es mit dieser Taktik versuchen?«

»Dann bald wir im Rinnstein suchen müssen unseren Kopf.«

»Ich fürchte, du hast Recht.«

»Du sehen die Gasse dort? Ist eine hübsche Gasse. Sie sagen: Hallo, ihr den anderen 256+64+8+2+1 zu 1 unterlegen. Stattet ab mir Besuch.«

Eine Keule prallte an Detritus' Helm ab.

»Los!«

Die beiden Wächter sprinteten in die Gasse. Die beiden Heere sahen ihnen nach, vergaßen vorübergehend ihre Differenzen und nahmen die Verfolgung auf.

»Wohin führen Gasse?«

»Sie führt weg von den Leuten, die hinter uns her sind.«

»Mir *gefallen* die Gasse.«

Die Verfolger versuchten, einen Zugang zu passieren, der gerade genug Platz bot für einen Troll. Während sie schoben und drängelten, wurde ihnen plötzlich klar, dass sich der Feind in unmittelbarer Nähe befand. Daraufhin kam es zu einem hauptsächlich mit Fäusten und Ellenbogen geführten Kampf auf dem *schmalsten* Schlachtfeld der Militärgeschichte.

Knuddel hob die Hand, damit Detritus stehen blieb. Anschließend spähte er um eine Ecke.

»Ich glaube, es droht keine Gefahr mehr«, sagte er. »Wir müssen jetzt nur noch das Ende der Gasse erreichen und dann zum Wachhaus zurückkehren, in Ordnung?«

Knuddel drehte sich um, doch von dem Troll war nichts mehr zu sehen. Er trat einen Schritt vor – und verschwand vorübergehend aus der Welt der Menschen.

»O nein«, stöhnte Feldwebel Colon. »Er wollte das Zeug nicht mehr anrühren! Seht nur! Eine ganze Flasche hat er in sich hineingeschüttet!«

»Was ist es?«, fragte Nobby. »Bärdrückers Leckertropfen?«

»Ich glaube nicht. Immerhin atmet er noch. Komm, hilf mir.«

Die Nachtwache hatte sich eingefunden. Hauptmann Mumm saß im Wachhaus auf dem Boden.

Angua griff nach der Flasche und betrachtete das Etikett.

»T.M.S.I.D.R. Schnappers echter und einziger Nassbergtau«, las sie. »Er wird sterben! Hier steht: ›Alkoholgehalt hundertfünfzig Prozent.‹«

»Das ist kein Todesurteil, sondern nur Schnappers Reklame«, sagte Nobby. »Seine Prozentzahlen sind immer ziemlich groß.«

»Warum hat der Hauptmann sein Schwert nicht dabei?«, fragte Angua.

Mumm öffnete die Augen und sah in Nobbys besorgte Miene.

»Aaargh!«, brachte er hervor. »Dasch Schwert? Habsch weggeben! Hurra!«

»Wie bitte?«, erwiderte Colon.

»Esch gibt keine Wache mehr! Allesch weg …«

»Ich glaube, er ist betrunken«, sagte Karotte.

»Betrunken? Ich scholl betrunken schein? Du würdescht nicht wagen, so etwasch zu behaupten, wenn ich nüchtern wäre!«

»Besorgt ihm Kaffee«, schlug Angua vor.

»Ich glaube, *unser* Kaffee hilft nicht mehr«, meinte Colon. »Nobby, lauf zur Dicken Sally in der Quetschbauchgasse. Hol einen Krug mit dem besonderen klatschianischen Zeug. Aber pass auf: keinen Metallkrug.«

Mumm blinzelte, als sie ihm auf einen Stuhl halfen.

»Allesch weg«, sagte er. »Bäng, bäng!«

»Lady Käsedick wird sehr ungehalten sein«, spekulierte Nobby. »Er hat ihr versprochen, nie mehr zu trinken.«

»Hauptmann Mumm?«, fragte Karotte.

»Mhm?«

»Wie viele Finger zeige ich dir?«

»Mhm?«

»Na schön. Wie viele Hände siehst du?«

»Vier?«

»Meine Güte, so habe ich ihn seit Jahren nicht mehr erlebt«, sagte Colon. »Versuchen wir's mal anders. *Noch was zu trinken, Hauptmann*?«

»Er braucht jetzt sicher nicht noch mehr Alko …«

»Lass nur. Ich weiß, worauf es jetzt ankommt. Noch ein Gläschen, Hauptmann Mumm?«

»Mhm?«

»Na, so was.« Colon trat zurück. »Er war immer in der Lage, mit einem lauten, deutlichen ›Ja‹ zu antworten. Ich fürchte, die Sache ist sehr ernst. Bringen wir ihn auf sein Zimmer.«

»Ich trage den armen Kerl«, bot sich Karotte an. Mühelos hob er Mumm hoch und legte ihn sich über die Schulter.

»Es gefällt mir gar nicht, ihn so zu sehen«, sagte Angua, als sie Karotte in den Flur und die Treppe hoch folgte.

»Er trinkt nur, wenn er deprimiert ist.«

»Warum sollte er deprimiert sein?«

»Manchmal wird er depressiv, weil er nichts zu trinken hat.«

Das Wachhaus am Pseudopolisplatz hatte einst als eine Familienresidenz der Käsedicks gedient. Jetzt war der erste Stock das mehr oder weniger improvisierte Quartier der Wache. Karotte hatte dort ein Zimmer. Nobby wohnte bereits im vierten Raum: Er zog immer dann um, wenn es schwierig wurde, den Boden wieder zu finden. Auch Mumm hatte eine Kammer für sich.

Allerdings gelang es selbst einem Häftling, seine Persönlichkeit in gewisser Weise auf die Zelle zu übertragen. Doch hier hatte Angua den Eindruck, ein Zimmer zu sehen, in dem nie jemand gewohnt hatte.

»Das hier ist sein Zuhause?«, vergewisserte sie sich. »Meine Güte!«

»Was hast du erwartet?«

»Ich weiß nicht. Etwas. *Irgend*etwas. Aber das hier ist... *nichts*.«

Angua sah ein schmuckloses eisernes Bettgestell. Federn und Matratzen hatten so sehr nachgegeben, dass eine deutlich ausgeprägte Mulde den Benutzer sofort zwang, die Position eines Schlafenden einzunehmen. Hinzu kamen ein gesprungener Spiegel, darunter ein Waschbecken, auf dem ein Rasiermesser lag, sorgfältig mittwärts ausgerichtet – offenbar teilte Hauptmann Mumm den Volksglauben, dass dadurch die Klinge scharf blieb –, ein brauner Holzstuhl mit gebrochener Sitzfläche und eine kleine Truhe. Das war alles.

»Ich hätte wenigstens mit einem Bettvorleger gerechnet«, sagte Angua. »Oder mit einem Bild an der Wand.«

Karotte legte Mumm aufs Bett, wo er sofort in die richtige Position rutschte.

»Was ist mit deinem Zimmer?«, fragte die junge Frau. »Hast du dort etwas Persönliches?«

»Ja. Ein Schnittdiagramm vom fünften Stollen daheim. Der hat sehr interessante Gesteinsschichten. Ich habe dabei geholfen, den Stollen anzulegen. Außerdem habe ich Bücher und andere Sachen. Eigentlich hält sich der Hauptmann hier nur selten auf. Er ist die meiste Zeit über unterwegs.«

»Aber hier gibt es nicht einmal eine Kerze!«

»Er hat mal gesagt, dass er den Weg zum Bett auch im Dunkeln findet.«

»Und kein einziger Ziergegenstand!«

»Unter dem Bett liegt ein großes Stück Pappe«, meinte Karotte. »Er hat's in der Filigranstraße gefunden. Ich erinnere mich daran. Bei der Gelegenheit sagte er: ›Daraus lassen sich Sohlen anfertigen, die mindestens einen Monat halten.‹ Er hat sich sehr darüber gefreut.«

»Er kann sich nicht einmal ordentliche Stiefel leisten?«

»Ich glaube doch. Lady Sybil hat ihm mehrmals angeboten, ihm so viele neue Stiefel zu kaufen, wie er möchte, aber dieses Angebot schien ihn fast zu beleidigen. Offenbar wollte er sein Schuhwerk möglichst lange verwenden.«

»Aber auch du kannst dir Stiefel kaufen, obwohl du weniger verdienst. *Und* du schickst noch Geld nach Hause. Wahrscheinlich versäuft der Idiot alles.«

»Das bezweifle ich. Seit Monaten hat er nichts mehr getrunken. Lady Sybil hat ihn dazu gebracht, auf Zigarren umzusteigen.«

Mumm schnarchte laut.

»Kann man so jemanden bewundern?«

»Er ist ein guter Mann«, erwiderte Karotte.

Mit dem Fuß hob Angua den Deckel der kleinen Holztruhe.

»Das solltest du besser lassen«, mahnte der junge Mann.

»Ich werfe nur einen Blick hinein«, sagte Angua. »Das ist doch nicht verboten, oder?«

»Nach dem 1467 erlassenen Gesetz zur Regelung der Privatsphäre…«

»Da liegen nur alte Stiefel und solche Sachen drin. Und Papier.«

Angua bückte sich und griff nach etwas, das wohl ein Buch sein sollte. Es war ein Bündel unterschiedlich großer Blätter, die zwischen zwei Pappdeckeln steckten.

»Das gehört dem Hauptmann ...«

Angua öffnete das Buch und las einige Zeilen. Ihre Augen wurden immer größer.

»Sieh dir das an! Kein Wunder, dass er kein Geld hat.«

»Was meinst du?«

»Er gibt seinen Sold für Frauen aus! Ist das zu fassen? Sieh dir diese Einträge an. Vier in einer Woche!«

Karotte sah seiner Kollegin über die Schulter, während Mumm weiterschnarchte.

In der krakeligen Handschrift des Hauptmanns offenbarte das Buch folgende Liste:

Frau Schenkel, Zimperlichgasse: 5 $
Frau Hurtig, Sirupstraße: 4 $
Frau Kastanie, Kohlkrautgasse: 4 $
Annabel Curry, Tölpelpflaster: 2 $

»Mit Annabel Curry kann nicht viel los gewesen sein«, sagte Angua. »Sie hat nur zwei Dollar bekommen.«

Die Temperatur im Zimmer schien plötzlich zu sinken.

»Da hast du Recht«, erwiderte Karotte langsam. »Immerhin ist Annabel erst neun Jahre alt.« Mit der einen Hand griff er nach Anguas Arm, mit der anderen zog er ihr das Buch aus den Fingern.

»He, lass los!«

»Feldwebel!«, rief Karotte über die Schulter. »Würdest du bitte mal kommen?«

Angua versuchte, sich loszureißen. Aber Karottes Hand war ein Schraubstock.

Die Treppenstufen knirschten unter Colons Schritten, und kurz darauf öffnete sich die Tür.

Er hielt einen kleinen Becher mit einer Zange.

»Nobby hat den Kaffee gebr...«, begann er und brach dann ab.

Karotte bedachte die junge Frau mit einem strengen Blick. »Feldwebel, Obergefreite Angua würde gern über Frau Schenkel Bescheid wissen.«

»Die Witwe des alten Laufviel Schenkel? Wohnt in der Zimperlichgasse.«

»Und Frau Hurtig?«

»Die in der Sirupstraße? Ist Wäscherin geworden.« Feldwebel Colon musterte die beiden jungen Leute und versuchte, ein Gefühl für die Situation zu bekommen.

»Und Frau Kastanie?«

»Die Witwe von Feldwebel Kastanie. Verkauft Kohle in...«

»Und Annabel Curry?«

»Sie besucht noch immer die Barmherzigkeitsschule der Gehässigen Schwestern des siebenhändigen Sek.« Colon sah Angua an und lächelte nervös – er hatte noch immer keinen Schimmer, was dies alles zu bedeuten hatte. »Sie ist die Tochter von Korporal Curry, aber das war vor deiner Zeit...«

Angua musterte Karotte; dessen Gesicht blieb ausdruckslos.

»Die Witwen von Wächtern?«, erkundigte sie sich.

Karotte nickte. »Und eine Waise.«

»Ist ein hartes Leben«, sagte Colon. »Witwen bekommen keine Pension.«

Wieder huschte sein Blick zwischen Angua und Karotte hin und her.

»Stimmt was nicht?«, fragte er.

Karotte ließ die junge Frau los, legte das Buch in die Truhe und schloss den Deckel.

»Alles in Ordnung«, sagte er.

»Es tut mir L...«, begann Angua. Karotte ignorierte sie und nickte dem Feldwebel zu.

»Gib ihm den Kaffee.«

»Aber... vierzehn Dollar... das ist fast der halbe Sold!«

Karotte griff nach Mumms schlaffem Arm und versuchte, die immer noch geballte Faust zu öffnen – vergeblich. Der Hauptmann schlief zwar tief und fest, aber seine Hand blieb wie im Krampf geschlossen.

»Ich meine, der *halbe* Sold!«

»Was er da wohl so verzweifelt festhält?«, murmelte Karotte. »Vielleicht gibt es uns einen Hinweis.«

Er nahm den Kaffee und zog Mumm am Kragen hoch.

»Trink das, Hauptmann«, sagte er. »Dann sieht alles viel… klarer aus.«

Klatschianischer Kaffee wirkt ernüchternder als der überraschende Besuch von Steuerfahndern. Kaffeeliebhaber verzichten nie auf die Vorsichtsmaßnahme, ordentlich betrunken zu sein, bevor sie von dieser ganz speziellen Spezialität kosten. Klatschianischer Kaffee macht nicht nur nüchtern. Er bringt einen *auf die andere Seite der Nüchternheit,* wo das menschliche Bewusstsein nie weilen sollte. Nach Nobbys und Colons Ansicht war Samuel Mumm normalerweise zwei Drinks im Minus und brauchte einen ordentlichen Doppelten, um richtig nüchtern zu werden.

»Langsam… langsam…« Karotte ließ einige Tropfen zwischen Mumms Lippen fallen.

Angua nahm einen neuen Anlauf. »Als ich vorhin sagte…«

»Schon gut.« Karotte drehte sich nicht einmal um.

»Ich wollte nur…«

»Schon *gut.*«

Mumm öffnete die Augen, erblickte die Welt und schrie.

»Nobby!«, rief Colon.

»Ja, Feldwebel?«

»Was hast du besorgt? Heiße Rote Wüste oder Ringelberg Pur?«

»Rote Wüste, Feldwebel. Weil…«

»Darauf hättest du gleich hinweisen sollen.« Colon blickte in das von Entsetzen geprägte Gesicht des Hauptmanns. »Hol ein halbes Glas Bärdrückers Leckertropfen. Wir haben ihn zu weit auf die andere Seite geschickt.«

Das Glas wurde geholt und sein Inhalt als Medizin verabreicht. Mumm entspannte sich, als die Flüssigkeit ihre Wirkung entfaltete.

Die bisher zur Faust geballte Hand öffnete sich.

»Bei allen Göttern«, ächzte Angua. »Gibt es hier Verbandszeug?«

Der Himmel war eine kleine weiße Scheibe weit oben.

»Meine Güte, wo sind wir hier, Partner?«, fragte Knuddel.

»In Höhle.«

»Unter Ankh-Morpork gibt es keine Höhlen. Die Stadt wurde auf Lehm errichtet.«

Knuddel war etwa drei Meter tief gefallen und auf Detritus' Kopf gelandet, was den Aufprall ein wenig gemildert hatte. Der Troll hatte auf dem Boden gesessen, umgeben von verfaultem Holz, in … in einer Höhle. Das war Knuddels erster Eindruck. Als sich seine Augen ans Halbdunkel gewöhnt hatten, revidierte er ihn. Sie schienen in einem von Steinen gesäumten Tunnel zu sein.

»Ich nichts getan«, sagte Detritus. »Ich einfach nur gestanden, dann plötzlich alles saust nach oben.«

Knuddel griff in den Schlamm und hob ein Stück Holz hoch. Es war sehr dick – und sehr morsch.

»Wir sind durch etwas in etwas gefallen«, sagte er und strich mit der Hand über die gewölbte Tunnelwand. »Das nenne ich gute Maurerarbeit. Wirklich gut.«

»Wie können wir verlassen diesen Ort?«

Es gab keine Möglichkeit, nach oben zu klettern. Die Decke wölbte sich ein ganzes Stück über Detritus' Kopf.

»Indem wir dem Verlauf dieses Tunnels folgen, schätze ich«, erwiderte Knuddel.

Er atmete die feuchte Luft mehrmals tief ein und schnupperte. Unter Tage haben Zwerge einen guten Orientierungssinn.

»Hier entlang«, sagte er und ging los.

»Knuddel?«

»Ja?«

»Niemand jemals darauf hingewiesen hat, dass es gibt Tunnel unter der Stadt.«

»Ja. Und?«

»Daher kein Ausgang. Weg hinaus bedeutet auch Weg hinein, und wenn niemand hiervon wissen, so deshalb, weil gibt nicht Zugang.«

»Aber dieser Tunnel führt *irgendwohin.*«

»Ja.«

Mehr oder weniger trockener, schwarzer Schlamm bildete einen Pfad im Tunnel. Von den Wänden tropfte Schleim, was darauf hindeutete, dass vor nicht allzu langer Zeit Wasser den Tunnel gefüllt hatte. Hier und dort wuchsen große Fladen Schimmelpilze, von denen ein mattes Glühen ausging.*

Knuddel fühlte, wie alle Sorgen von ihm abfielen, als er durch die Düsternis stapfte. *Im* Boden fühlten sich Zwerge immer besser als darüber.

»Wir finden bestimmt einen Ausweg«, sagte er.

»Ja.«

»Nun ... wie bist du zur Wache gekommen?«

»Meine Freundin Rubin sagen, wenn du willst heiraten, so musste du haben richtigen Dschob, ich nicht heiraten Troll, von dem Leute meinen, er sein so dumm wie ... wie ... wie ein Troll.« Detritus' Stimme hallte durch die Dunkelheit. »Und du?«

»Ich habe mich gelangweilt. Arbeitete früher für meinen Schwager Beharrlich. Er verdient eine Menge Geld, indem er Zwergenrestaurants mit so genannten Glücksratten beliefert. Du weißt schon: Ratten mit kleinen Zetteln drin, auf denen die Zukunft geschrieben steht.« Knuddel seufzte. »Meiner Ansicht nach ist das keine richtige Arbeit für Zwerge.«

* Das Glühen war nicht notwendig. Knuddel gehörte zu einem Volk, das unterirdisches Ambiente bevorzugte, und was Detritus anging: Als nachtaktive Geschöpfe konnten Trolle selbst im Dunkeln gut sehen. Doch in geheimnisvollen Höhlen und Tunneln gibt es immer matt glühende Schimmelpilze, schimmernde Kristalle oder zumindest ein geisterhaftes Leuchten – nur für den Fall, dass ein menschlicher Held kommt und ein wenig Licht braucht. Seltsam, aber wahr.

»Klingt nicht wie anstrengende Tätigkeit.«

»Es fiel mir nicht leicht, dafür zu sorgen, dass die Ratten die verdammten Zettel schluckten.«

Knuddel blieb stehen. Eine Veränderung in der Luft verriet einen größeren Tunnel weiter vorn. Der Schlamm bildete nun eine dicke Schicht auf dem Boden, in der Mitte floss ein wenig Wasser. Ratten trippelten durch die Dunkelheit – zumindest hoffte der Zwerg, dass die Geräusche von Ratten stammten. Er glaubte, sogar durch den Filter des Erdreichs den dumpfen Pulsschlag der Stadt zu hören.

»Hier ist es wie in einem Tempel«, sagte er, und seine Stimme bewirkte Echos in der dunklen Ferne.

»Ich sehen Schrift an Wand«, verkündete Detritus.

Knuddel betrachtete die tief in den Stein gemeißelten Symbole.

»›VIA CLOACA‹«, las er. »Hm. ›Via‹ ist ein altes Wort für Straße oder so. Und ›Cloaca‹ bedeutet ...«

Er starrte in die Finsternis.

»Wir sind in der Kanalisation«, sagte er schließlich.

»Kanali-was?«, fragte Detritus.

Knuddel zögerte kurz. »Wo deponieren Trolle ihre ... Abfälle?«

»Auf Straße«, antwortete Detritus. »Wegen Hügiene.«

»Dies ist eine unterirdische Straße für ... Abfälle persönlicher Art«, erklärte Knuddel. »Ich wusste gar nicht, dass es in Ankh-Morpork so etwas gibt.«

»Vielleicht auch Ankh-Morpork nichts wissen davon«, vermutete Detritus.

»Mag sein. Dieser Ort ist *alt.* Wir sind hier sozusagen tief im Bauch der Stadt.«

»In Ankh-Morpork selbst Scheiße haben eine Straße allein«, staunte Detritus. »Wahrhaftig Land der unbegrenzten Möglichkeiten.«

»Hier steht noch mehr geschrieben«, sagte Knuddel und strich Schleim beiseite.

»Cirone IV me fabricat«, las der Zwerg laut. »Er war einer der frühen Könige, nicht wahr? He, verstehst du, was das bedeutet?«

»Seit gestern niemand mehr hier gewesen«, entgegnete Detritus.

»Nein! Dieser Tunnel ist mehr als zweitausend Jahre alt. Wer weiß, wann hier zum letzten Mal jemand durchgegangen ist?«

»Gestern«, sagte der Troll.

»Gestern? Was hat gestern damit zu tun?«

»Fußspuren noch frisch«, meinte Detritus.

Er deutete in eine bestimmte Richtung.

Jemand hatte deutliche Spuren im Schlamm hinterlassen.

»Wie lange bist du schon in der Stadt?«, fragte Knuddel. Trotz der Dunkelheit glaubte er plötzlich, auf einem Präsentierteller zu stehen.

»Neun Jahre. Das die Anzahl der Jahre ich schon leben in Ankh-Morpork. Neun«, betonte Detritus stolz. »Es sein eine von vielen Zahlen, die … ich kann zählen.«

»Hast du jemals von Tunneln unter der Stadt gehört?«

»Nein.«

»Aber *jemand* weiß darüber Bescheid.«

»Ja.«

»Was machen wir jetzt?«

Eigentlich erübrigte sich diese Frage. Sie hatten einen Mann bis zum Zukunftsschweinlager verfolgt und dafür fast mit dem Leben bezahlt. Kurz darauf gerieten sie in einen kleinen Krieg und wären beinah ums Leben gekommen. Jetzt steckten sie in einem mysteriösen Tunnel, in dem es frische Fußspuren gab. Knuddel stellte sich vor, wie Korporal Karotte oder Feldwebel Colon fragte: »Und was habt ihr dann unternommen?« Die hypothetische Antwort »Wir kehrten zurück« brachte ihn schon jetzt in Verlegenheit.

»Die Fußabdrücke führen *dorthin*«, sagte der Zwerg. »Und dann wieder hierher. Aber bei der zweiten Spur sind die Mulden nicht ganz so tief, und sie ragen teilweise in die ersten Abdrücke hinein. Der Unbekannte war also *schwerer*, als er *dorthin* ging, stimmt's?«

»Stimmt«, pflichtete Detritus dem Zwerg bei.

»Und das bedeutet?«

»Er unterwegs Gewicht verloren?«

»Er trug etwas. Und er ließ es weiter vorn zurück.«

Sie starrten in die Dunkelheit.

»Wir jetzt gehen und herausfinden, was es sein?«, fragte der Troll.

»Ich denke schon. Wie fühlst du dich?«

»Ganz gut.«

Sie gehörten zu zwei Spezies, wie sie unterschiedlicher kaum sein konnten, doch jetzt teilten sie eine gemeinsame Vorstellung: Mündungsfeuer und durch den Tunnel rasende Bleiklumpen.

»Er kam zurück«, sagte Knuddel.

»Ja«, bestätigte Detritus.

Wieder spähten sie in die Finsternis.

»Bisher war's kein besonders angenehmer Tag für uns«, meinte Knuddel.

»Das die Wahrheit.«

»Ich möchte dich noch etwas fragen, für den Fall, dass ich später keine Gelegenheit mehr dazu habe. Was ist im Zukunftsschweinlager passiert? Du hast soviel gerechnet und mathematische Formeln an die Wand geschrieben.«

»Ich... weiß nicht mehr. Ich habe... alles gesehen.«

»Gesehen? Was?«

»Alles. Absolut alles. Alle Zahlen. Und ich sie zählen konnte.«

»Worauf lief die Berechnung hinaus? Was gehört hinter das Gleichheitszeichen?«

»Keine Ahnung. Was ist Gleichheitszeichen?«

Sie setzten den Weg fort, um festzustellen, was die Zukunft für sie bereithielt.

Nach einer Weile führte die Spur in einen schmaleren Tunnel, in dem der Troll kaum mehr aufrecht stehen konnte. Dann ging's nicht mehr weiter. Ein großer Stein hatte sich aus der Decke gelöst, und nachgerutschtes Geröll verstopfte den Tunnel wie ein Pfropfen. Doch das spielte keine Rolle, denn das, was die beiden Wächter suchten, lag vor der Barriere.

»Meine Güte«, kommentierte Detritus.

»Ja«, sagte Knuddel und sah sich um.

»Weißt du«, sagte er dann, »für gewöhnlich sind diese Tunnel voller Wasser. Sie verlaufen ein ganzes Stück unter dem normalen Pegel des Flusses.«

Er sah auf das Ding hinab. Es bot keinen hübschen Anblick.

»Das dürfte weitere Probleme geben«, meinte Knuddel.

»Seine Dienstmarke«, stellte Karotte fest. »Bei den Göttern. Er hält sie so fest umklammert, dass sich ihre Kanten in die Hand gebohrt haben.«

Es heißt, dass Ankh-Morpork auf Lehm errichtet wurde, doch genau genommen steht ein großer Teil der Stadt auf Ankh-Morpork. Die Metropole wuchs, wurde niedergebrannt und wieder aufgebaut, wuchs noch mehr, verschlammte bei einer Überflutung und wurde erneut wieder aufgebaut. Und so weiter. Ihre Fundamente bestehen aus alten Kellern und längst vergessenen Straßen, aus den Fossilien und Kehrichthaufen früherer Städte.

Dort saßen sie nun, Troll und Zwerg.

»Was wir machen jetzt?«

»Wir sollten den … Fund hier lassen und Korporal Karotte holen. Er weiß bestimmt, was es zu unternehmen gilt.«

Über die Schulter hinweg blickte Detritus zu dem erbärmlichen Etwas.

»Mir das nicht gefallen«, sagte er. »Es nicht richtig, zu lassen hier.«

»Ja. Stimmt schon. Du hast Recht. Aber du bist ein Troll, und ich bin ein Zwerg. Wie würden die Leute wohl reagieren, wenn wir damit durch die Straßen gehen?«

»Wir in *große* Schwierigkeiten kommen.«

»Und ob. Komm. Folgen wir den Fußspuren zurück.«

»Was ist, wenn Fund weg, wenn wir später wieder aufsuchen diesen Ort?«, fragte Detritus, durch den Tunnel wankend.

»Wie sollte er verschwinden? Wir folgen jetzt den Spuren des Unbekannten, der *es* hierher brachte. Wenn er zurückkehrt, begegnen wir ihm.«

»Oh, gut. Danke für Hinweis.«

Mumm saß auf der Bettkante, während ihm Angua die Hand verband.

»Hauptmann *Schrulle*?«, brachte Karotte hervor. »Aber er ist... keine gute Wahl.«

»Wir nennen ihn Mayonnaise Schrulle«, meinte Colon. »Ein Angeber und Aufschneider.«

»Oh, ich verstehe«, sagte Angua. »Er ist reich, arrogant und ölig, nicht wahr?«

»Und er riecht immer ein wenig nach Eiern«, fügte Karotte hinzu.

»Trägt Federn am Helm«, brummte Colon. »In seinem Brustharnisch kann man sich spiegeln.«

»Karotte hat ebenfalls einen von der Sorte«, sagte Angua.

»Ja, aber da gibt es einen wichtigen Unterschied«, sagte Colon. »Karotte poliert seinen Brustharnisch, weil... weil er ihn sauber mag. Schrulles Ding glänzt nur deshalb, weil er angeben will.«

»Er hat den Fall gelöst«, ließ sich Nobby vernehmen. »Hab' davon gehört, als ich den Kaffee holte. Kohlenfresse wurde verhaftet. Der Troll, der Aborte reinigt. Jemand sah ihn unweit der Raureifstraße, kurz vor der Ermordung des Zwergs.«

»Aber er ist *groß*«, wandte Karotte ein. »Er kann unmöglich die Tür passiert haben.«

»Er hat ein Motiv«, sagte Nobby.

»Ja?«

»Hammerhock war ein Zwerg.«

»Das ist kein Motiv.«

»Für einen Troll schon. Aber selbst wenn er nichts mit Hammerhocks Tod zu tun haben sollte – irgendetwas hat er bestimmt angestellt. Es gibt jede Menge Beweise gegen ihn.«

»Zum Beispiel?«, fragte Angua.

»Er ist ein Troll.«

»Das dürfte kaum ein Beweis sein.«

»Für Hauptmann Schrulle schon«, erwiderte der Feldwebel.

»*Etwas* hat Kohlenfresse zweifellos verbrochen«, betonte Nobby noch einmal.

Damit teilte er die Ansicht des Patriziers über Kriminalität und gerechte Strafe. Verbrechen mussten bestraft werden. Wenn dabei die tatsächlich verantwortliche Person zur Rechenschaft gezogen wurde, musste man das als glücklichen Zufall betrachten. Aber praktisch eignete sich jeder beliebige Verbrecher. Und da niemand völlig frei war von Schuld, wurde mit einer Verurteilung im *Großen und Ganzen* der Gerechtigkeit Genüge getan.

»Kohlenfresse ist ein übler Bursche«, sagte Colon. »Ein Kumpel von Chrysopras.«

»Ja, aber er kann Bjorn nicht umgebracht haben«, meinte Karotte. »Und was ist mit der Bettlerin?«

Mumm blickte zu Boden.

»Was hältst *du* davon, Hauptmann?«, fragte Karotte.

Mumm zuckte mit den Schultern.

»Wen kümmert's?«, erwiderte er.

»Dich«, sagte Karotte sofort. »Du hast immer Anteil genommen. Wir dürfen nicht zulassen, dass …«

»Jetzt hör mal …« Mumm sprach ganz leise. »Selbst wenn wir den Burschen finden, der Hammerhock, Beano und die Bettlerin umgebracht hat – es macht überhaupt keinen Unterschied. Weil alles verkommen und verfault ist.«

»Was ist verkommen und verfault, Hauptmann?«, erkundigte sich Colon.

»Alles. Genauso gut könnte man versuchen, mit einem Sieb Wasser aus einem Brunnen zu schöpfen. Überlassen wir es den Assassinen, die Sache zu regeln. Oder den Dieben. Von mir aus auch den Ratten. Was soll's? Wir sind nicht die richtigen Leute dafür. Wir hätten uns damit begnügen sollen, die Glocken zu läuten und ›Alles ist gut!‹ zu rufen.«

»Aber es ist nicht alles gut, Hauptmann«, gab Karotte zu bedenken.

»Und wenn schon. Hat das jemals eine Rolle gespielt?«

»Meine Güte«, hauchte Angua. »Vielleicht hat er zu viel von dem Kaffee bekommen...«

»Morgen ziehe ich mich in den Ruhestand zurück«, fuhr Mumm fort. »Nach fünfundzwanzig Jahren auf der Straße...«

Nobby grinste, klappte den Mund auf... und schloss ihn wieder, als ihm Colon warnend den Arm auf den Rücken drehte, wobei er sich sonderbarerweise gar nicht zu bewegen schien.

»Und wozu das alles? Ist es mir gelungen, etwas *Gutes* zu bewirken? Ich habe nur die Sohlen vieler Stiefel durchgelaufen. In Ankh-Morpork gibt es keinen Platz für Polizisten und Wächter! Wer schert sich hier darum, was richtig ist und was falsch? Assassinen und Diebe, Trolle und Zwerge! Ebenso gut könnten wir uns wieder einen König zulegen!«

Die restlichen Mitglieder der Nachtwache standen stumm da und sahen verlegen zu Boden.

Schließlich sagte Karotte: »Es ist besser, eine Kerze zu entzünden, als die Dunkelheit zu verfluchen, Hauptmann. So heißt es jedenfalls.«

»Was?« Mumm erlitt einen jähen Wutanfall. »Wer behauptet so etwas? Wann ist das jemals wahr gewesen? Nie! Solche Weisheiten stammen von Leuten ohne Macht und Einfluss. Sie sagen so etwas, damit alles weniger schlimm aussieht. Aber es sind nur *Worte.* Und Worte allein nützen nichts...«

Jemand hämmerte an die Tür.

»Das wird Schrulle sein«, sagte Mumm. »Ihr müsst ihm eure Waffen geben. Die Nachtwache wird vorübergehend aufgelöst. Damit keine Wächter mehr durch die Gegend laufen und Probleme schaffen. Lass ihn eintreten, Karotte.«

»Aber...«, begann der junge Mann.

»Ich habe dir einen Befehl erteilt. Für andere Dinge tauge ich vielleicht nicht mehr viel, doch ich bin nach wie vor im Stande, dir einen Befehl zu geben. Und hiermit erteile ich dir einen: Mach auf!«

Sechs Angehörige der Tagwache begleiteten Schrulle. Sie trugen

Armbrüste. Da sie eine nicht sehr angenehme Pflicht erfüllten, die sich gegen Kollegen richtete, hielten sie die Waffen ein wenig gesenkt. Und da sie keine Idioten waren, hatten sie die Sicherungsbolzen gelöst.

Eigentlich war Schrulle kein *schlechter* Kerl. Allerdings zeichnete er sich durch einen eklatanten Mangel an Phantasie aus. Er bekam es jeden Tag mit jenen Unerquicklichkeiten zu tun, die Flecken auf der Seele mit ihnen konfrontierter Menschen hinterlassen*. Viele Leute stecken in einem Beruf, der sie zumindest leicht überfordert. Es gibt unterschiedliche Reaktionen auf eine derartige Situation. Manchmal sind die betreffenden Leute verunsichert oder nett; gelegentlich sind sie wie Schrulle. Mayonnaise Schrulle vertrat folgenden Standpunkt: Es spielt keine Rolle, ob man Recht hat oder nicht; wichtig ist nur, entschlossen und energisch aufzutreten. Eigentlich existierte in Ankh-Morpork keine Rassendiskriminierung in dem Sinne. Wenn Zwerge und Trolle in der Nähe wohnen, spielt die Hautfarbe von Menschen keine Rolle mehr. Schrulle hingegen sprach das Wort »Neger« voller Genuss mit zwei »g« und einem »i« aus.

Er trug einen mit Federn geschmückten Helm.

»Komm herein, komm herein«, sagte Mumm. »Wir haben ohnehin nichts zu tun.«

»Hauptmann Mumm ...«

»Schon gut. Wir wissen Bescheid. Gebt ihm eure Waffen. Das ist ein Befehl, Karotte. Ein Dienstschwert, eine Pike oder Hellebarde, einen Schlagstock oder Knüppel, eine Armbrust. Stimmt's, Feldwebel Colon?«

»Ja, Hauptmann.«

Karotte zögerte nur kurz.

»Na schön«, sagte er. »Mein Dienstschwert liegt dort im Regal.«

»Und was ist das da an deinem Gürtel?«

Karotte gab eine nichtverbale Antwort: Er verlagerte das Gewicht und spannte deutlich sichtbar die Muskeln.

* So wie die Deutsche Bahn.

»Das Dienstschwert, in Ordnung«, sagte Schrulle. Er gehörte zu den Leuten, die sofort vor einem stärkeren Gegner zurückwichen, einen Schwächeren jedoch gnadenlos angriffen. »Wo ist der Staubfresser?«, fragte er. »Und der Felsen?«

»Oh«, erwiderte Mumm. »Du meinst die Repräsentanten von zwei anderen intelligenten Spezies, die in Ankh-Morpork zu Hause sind. Oder anders ausgedrückt: Deine Worte beziehen sich auf zwei Mitbürger, die sich uns angeschlossen haben, um für Recht und Ordnung zu sorgen.«

»Ich meine euren Zwerg«, sagte Schrulle. »Und den Troll.«

»Ich habe nicht die geringste Ahnung, wo sie sich derzeit aufhalten«, entgegnete Mumm. Angua glaubte fast, dass er wieder betrunken war. Entfaltete Verzweiflung bei ihm eine ähnliche Wirkung wie Alkohol?

»Wir wissen es ebenfalls nicht«, ließ sich Colon vernehmen. »Haben sich schon seit Stunden nicht mehr blicken lassen.«

»Wahrscheinlich prügeln sie sich im Steinbruchweg wie alle anderen«, sagte Schrulle. »Solchen Burschen kann man nicht trauen. Das sollte euch eigentlich klar sein.«

Angua fand Worte wie »Staubfresser« und »Felsen« ziemlich beleidigend, aber sie wurden zu Komplimenten, wenn jemand wie Schrulle von »solchen Burschen« sprach. Erschrocken stellte sie fest, wie ihr Blick zur Halsschlagader des Mannes glitt.

»Im Steinbruchweg gibt es eine Prügelei?«, fragte Karotte. »Warum?«

Schrulle zuckte mit den Achseln.

»Wer weiß das schon.«

»Lasst mich mal nachdenken«, sagte Mumm. »Vielleicht steht sie im Zusammenhang mit einer ungerechtfertigten Verhaftung. Vielleicht haben einige der aggressiveren Zwerge nur auf einen Vorwand gewartet, um die Trolle anzugreifen. Was meinst *du*, Schrulle?«

»*Ich* denke *nicht* nach, Mumm.«

»Ausgezeichnet. Die Stadt braucht mehr Männer deines Formats.« Mumm stand auf.

»Ich gehe jetzt«, sagte er. »Wir sehen uns morgen. Falls wir dann noch leben.«

Hinter ihm fiel die Tür laut ins Schloss.

Es war ein *riesiger* Saal – seine Größe reichte an die eines Stadtplatzes heran. In einem Abstand von mehreren Metern stützten Säulen die Decke. Viele Tunnel gingen von dem Saal aus, manchmal waren ihre Öffnungen nicht einmal in Bodenhöhe. Wasser tropfte oder rann aus ihnen, kam von kleinen Quellen oder unterirdischen Bächen.

Das ergab ein Problem: Das über den Steinboden fließende Wasser hatte die Fußspuren verschwinden lassen.

Ein breiter Tunnel, in dem sich Hügel aus Schutt und Schlamm gebildet hatten, führte in die Richtung, die Knuddel für die richtige hielt.

Er war fast zufrieden. Die Gerüche beschränkten sich auf eine allgemeine Muffigkeit. Und nach der Hitze in Ankh-Morpork empfand Knuddel die Kühle hier unten als sehr angenehm.

»Ich habe große Zwergensäle in den Bergen gesehen«, sagte er. »Aber dies ist was anderes.« Seine Stimme hallte von den Wänden wider.

»O ja«, bestätigte Detritus. »Es muss was anderes sein. Immerhin ist es kein Zwergensaal.«

»Siehst du irgendeinen Weg nach oben?«

»Nein.«

»Vielleicht sind wir schon an mehreren Tunneln vorbeigekommen, die emporführen, ohne es zu merken.«

»Das wäre durchaus möglich«, räumte der Troll ein.

»Detritus?«

»Ja?«

»Hier unten im Kühlen scheinst du wieder intelligenter zu werden.«

»Im Ernst?«

»Hast du vielleicht eine Idee?«

»Wie wär's mit… graben?«, schlug der Troll vor.

Hier und dort lagen Steine in den Tunneln. Es waren nicht viele, denn diese Anlage war offenbar sorgfältig gebaut. Aber immerhin...

»Wir haben keine Schaufel«, wandte Knuddel ein.

Detritus nickte.

»Gib mir deinen Brustharnisch«, sagte er.

Er lehnte ihn an die Wand und hämmerte einige Male mit der Faust darauf. Anschließend gab er Knuddel einen ungefähr schaufelförmigen Gegenstand zurück.

»Es ist ein langer Weg nach oben«, meinte Knuddel skeptisch.

»Aber wir kennen ihn«, erwiderte Detritus. »Entweder wir graben – oder wir essen Ratten für den Rest unseres Lebens.«

Knuddel zögerte. Die Vorstellung übte einen gewissen Reiz aus...

»Ohne Ketchup«, fügte der Troll hinzu.

»Ich glaube, ich habe da hinten einen heruntergefallenen Stein gesehen«, sagte der Zwerg.

Hauptmann Schrulle sah sich im Wachraum um, als würde er dem Zimmer damit eine Ehre erweisen.

»Nicht schlecht«, sagte er. »Ich glaube, wir ziehen hier ein. Ist besser als unser Quartier in der Nähe des Palastes.«

»Aber *wir* wohnen hier«, erwiderte Feldwebel Colon.

»Ihr müsst eben ein wenig zusammenrücken«, erwiderte Hauptmann Schrulle.

Er sah zu Angua. Ihr starrer Blick sägte immer mehr an seinen Nerven.

»Außerdem wird es einige Veränderungen geben«, fügte er hinzu. Hinter ihm öffnete sich die Tür einen Spalt, und ein kleiner, nicht sehr angenehm riechender Hund schlurfte herein.

»Lord Vetinari hat noch keinen neuen Kommandeur für die Nachtwache bestimmt«, sagte Karotte.

»Ach?«, schnaufte Schrulle. »Nun, *mir* scheint, dass dafür wohl kaum jemand von *euch* in Frage kommt. Ich halte es für viel wahrscheinlicher, dass die beiden Wachen zusammengelegt werden. Mir scheint, hier wird zu viel geschlampt. Mir scheint, die Truppe könnte mehr Disziplin vertragen.«

Erneut sah er Angua an. Ihr Blick schien ihn zu durchbohren.

»Mir scheint ...« Schrulle unterbrach sich kurz, als er den Hund bemerkte. »Na so was!«, entfuhr es ihm. »Hunde im Wachhaus!« Er gab Gaspode einen Tritt und lächelte, als der Hund winselnd unter den Tisch lief.

»Was ist mit der Bettlerin Nimmer Niedlich?«, fragte Angua. »Sie wurde nicht von einem Troll umgebracht. Ebenso wenig der Clown.«

»Ihr seht die Sache zu eng«, behauptete Schrulle. »Es geht hier um die Situation im Allgemeinen.«

»Den Herrn Hauptmann juckt's am Hintern«, erklang eine leise Stimme unter dem Tisch, die nur Angua bewusst wahrnahm.

»Was hat es denn mit der allgemeinen Situation auf sich?«, fragte Feldwebel Colon.

»Sie betrifft die ganze Stadt«, sagte Schrulle und trat unruhig vom einen Bein aufs andere.

»Es juckt noch stärker«, suggerierte die Stimme unterm Tisch.

»Ist alles in Ordnung mit dir, Hauptmann?«, erkundigte sich Angua.

Schrulle schnitt eine Grimasse.

»Kitzel-kitzel«, ertönte die Stimme. »Wie gern er sich jetzt kratzen würde ...«

»Ich meine, einige Dinge sind wichtig, andere nicht«, erklärte Schrulle. »Aargh!«

»Bitte?«

»Kitzel-kitzel, juck-juck.«

»Ich kann nicht den ganzen Tag hier bleiben und mit euch schwatzen«, sagte Schrulle. »Melde dich. Morgen Nachmittag. Bei. Mir.«

»Juck-juck-*juck*!«

»Und keeehrt!«

Die Tagwächter eilten hinaus, und Schrulle hüpfte ihnen hinterher, wobei er seinen Allerwertesten verzweifelt von einer Seite zur anderen drehte.

»Er schien es plötzlich sehr eilig zu haben«, stellte Karotte fest.

»Ja«, pflichtete ihm Angua bei. »Warum nur?«

Sie sahen sich an.

»Sollte das tatsächlich das Ende der Nachtwache sein?«, fragte Karotte.

In der Bibliothek der Unsichtbaren Universität ist es für gewöhnlich sehr still. Hier und dort ertönt das Geräusch schlurfender Schritte, verursacht von Zauberern, die an den Regalen entlangwandern. Gelegentlich wird die akademische Stille von einem Hustenanfall unterbrochen. Es kann auch geschehen, dass in der Ferne ein schnell verhallender Schrei erklingt, ausgestoßen von einem magischen Studenten, der die alten thematurgischen Bücher nicht mit der notwendigen Vorsicht behandelt hat.

Man denke an Orang-Utans.

In allen mit ihrer Existenz geehrten Welten argwöhnt man, dass sie sprechen können und nur deshalb stumm bleiben, damit sie nicht von den Menschen zur Arbeit gezwungen werden, womöglich beim Fernsehen. Die Wahrheit lautet: Orang-Utans können tatsächlich sprechen. Allerdings reden sie ausschließlich in Orang Utan. Und die Menschen hören in Verwirrung zu.

Für eine bessere Kommunikation hatte der Bibliothekar der Unsichtbaren Universität unilateral beschlossen, ein Wörterbuch der Sprachen Orang-Utan/Menschlich zu schreiben. Schon seit drei Monaten mühte er sich. Die Arbeit fiel ihm nicht leicht. Bisher war er nur bis »Ugh«* gekommen.

Derzeit weilte er im Archiv und genoss die dort herrschende Kühle.

Plötzlich sang jemand.

Ein Mensch hätte jetzt vielleicht darauf hingewiesen, dass er seinen

* Was Folgendes bedeuten kann: »Entschuldige bitte, du hängst an *meinem* Gummiring, herzlichen Dank.« Oder: »Für *dich* ist es vielleicht nur vitale Biomasse, die den Planeten mit Sauerstoff versorgt, aber ich bin darin zu Hause.« Oder: »Ich bin sicher, dass es hier eben noch einen Regenwald gab.«

Ohren nicht traute. Orang-Utans sind da viel vernünftiger: Wenn man nicht mal den eigenen Ohren trauen kann, welchen dann?

Jemand sang, und zwar im Boden. Besser gesagt: Jemand versuchte zu singen.

Die chthonischen Stimmen klangen etwa so:

»Dlog, glod, Dlog, glod ...«

»Jetzt hör mal, du ... Troll! Das Lied ist doch ganz einfach! Es heißt ›Gold, Gold, Gold, Gold‹.«

»Gold, Gold, Gold, Gold ...«

»Nein! Das ist die *zweite* Strophe!«

Ein anderes Geräusch deutete darauf hin, dass in regelmäßigen Abständen Erde bewegt wurde.

Der Bibliothekar überlegte eine Zeit lang. Ein Zwerg und ein Troll. Er zog beide Spezies den Menschen vor. Beide lasen nicht viel. Natürlich sprach sich der Bibliothekar im Allgemeinen sehr fürs Lesen aus, aber Leser im Besonderen gingen ihm auf die Nerven. Er sah etwas ... *Frevlerisches* darin, wenn irgendwelche Leute Bücher aus den Regalen nahmen und die niedergeschriebenen Worte durch Lesen abnutzten. Ihm gefielen Personen, die Bücher liebten und respektierten. Dieser Respekt kam seiner Meinung nach am besten dadurch zum Ausdruck, dass man die Bücher in den Regalen ließ.

Die dumpfen Stimmen schienen näher zu kommen.

»Gold, Gold, Gold ...«

»Jetzt singst du den Refrain!«

Es gab allerdings auch Regeln des Anstands bezüglich des Betretens einer Bibliothek.

Der Bibliothekar watschelte zu den Regalen und griff nach dem von Buckeltulpe verfassten Werk »Wie man Insekten tötet«, das erbauliche zweitausend Seiten umfasste.

Benommenheit umhüllte Mumm, als er durch die Teekuchenstraße ging. Er spürte, dass ein innerer Mumm gewissermaßen aus vollem Halse schrie, doch er schenkte ihm keine Beachtung.

In Ankh-Morpork konnte man kein guter Polizist sein und gleichzeitig bei Verstand bleiben. Ein guter Polizist beziehungsweise Wächter nahm *Anteil* – in Ankh-Morpork konnte man genauso gut eine Dose Fleisch in unmittelbarer Nähe eines Schwarms Piranhas öffnen.

Jeder wurde auf seine eigene Art damit fertig. Colon dachte nie darüber nach, und Nobby machte sich deshalb keine Sorgen. Die Rekruten waren noch nicht lange genug dabei, als dass es sie belasten würde, und Karotte… er blieb immer er selbst.

Hunderte von Personen starben jeden Tag in der Stadt, oft durch Selbstmord. Was spielten einige mehr oder weniger schon für eine Rolle?

Der innere Mumm hämmerte mit den Fäusten an die Wände.

Einige Kutschen standen vor der Käsedick-Villa; überall wimmelte es von diversen weiblichen Verwandten und austauschbaren Emmas. Sie buken und kochten und putzten. Mumm schritt durch die allgemeine Hektik, und kaum jemand beachtete ihn.

Er fand Sybil im Drachenstall. Wie üblich trug sie Stiefel und Schutzkleidung. Sie mistete aus, völlig unberührt vom kontrollierten Chaos im großen Gebäude.

Die Lady sah auf, als sich die Tür hinter Mumm schloss.

»Oh, da bist du ja«, stellte sie fest. »Ich habe erst später mit dir gerechnet. Ich konnte das Durcheinander nicht ertragen und bin deshalb hierher gekommen. Aber ich muss mich bald umziehen…«

Sie unterbrach sich, als sie Mumms Gesichtsausdruck bemerkte. »Was ist los?«

»Ich kehre nicht zurück«, verkündete der Hauptmann.

»Tatsächlich? Letzte Woche hast du gesagt, du wolltest bis zum Schluss bei der Truppe bleiben.«

Sybil hörte alles. Und sie vergaß nur selten etwas.

Sie klopfte Mumm auf die Hand.

»Ich bin froh, dass du's hinter dir hast«, sagte sie.

Korporal Nobbs stürmte ins Wachhaus und warf die Tür hinter sich zu.

»Nun?«, fragte Karotte.

»Es sieht nicht besonders gut aus«, berichtete Nobby. »Angeblich planen die Trolle einen Protestmarsch zum Palast, um Kohlenfresses Freilassung zu verlangen. Hier und dort treiben sich Gruppen von Zwergen und Trollen herum. Sie sind auf Stunk aus. *Und* Bettler. Nimmer Niedlich war sehr beliebt. Dazu kommen Leute von den Gilden.« Nobbs atmete tief durch und fügte bedeutungsvoll hinzu: »Die Stadt gleicht einem Fass mit Pulver Nummer eins.«

»Was haltet ihr davon, wenn wir unser Quartier in die Ebene außerhalb von Ankh-Morpork verlegen?«, fragte Colon.

»Wieso denn?«

»Wenn heute Nacht jemand ein Streichholz an der falschen Stelle anzündet, bleibt nicht viel von der Stadt übrig«, brummte der Feldwebel kummervoll. »Normalerweise genügt es, die Tore zu schließen, aber diesmal hat der Fluss zu wenig Wasser.«

»Ihr flutet die Stadt, nur um Brände zu löschen?«, vergewisserte sich Angua.

»Ja.«

»Und noch etwas«, sagte Nobby. »Die Leute haben Dinge nach mir geworfen.«

Karotte hatte an die Wand gestarrt. Jetzt holte er ein kleines, zerknittertes Buch hervor und blätterte darin.

»Kam es zufälligerweise zu einem unwiederbringlichen Verlust von Recht und Ordnung?«, fragte er. Seine Stimme schien aus der Ferne zu kommen.

»Ja«, bestätigte Colon. »Recht und Ordnung gingen vor etwa fünfhundert Jahren verloren. Daraus hat sich ein für Ankh-Morpork typischer Zustand ergeben.«

»Ist der Zustand derzeit noch typischer als sonst? Das ist sehr wichtig.« Karotte blätterte erneut.

»Wenn man Dinge nach mir wirft…«, sagte Nobby. »Das lässt sich nur durch einen allgemeinen Zusammenbruch von Recht und Ordnung erklären.«

Einige Sekunden lang herrschte erwartungsvolle Stille.

»Damit kommen wir nicht durch«, sagte Colon schließlich.

»Einige der Dinge haben mich sogar *getroffen*«, betonte Nobby.

»Warum sollte man überhaupt etwas nach dir werfen?«, fragte Angua.

»Weil ich ein Wächter bin«, antwortete Nobbs. »Die Zwerge sind wegen Herrn Hammerhock sauer auf die Wache, und den Trollen gefallen wir nicht, weil Kohlenfresse verhaftet wurde. Die anderen Leute möchten uns eine Abreibung verpassen, weil es ihnen nicht gefällt, wenn zornige Zwerge und Trolle durch die Stadt ziehen.«

Jemand hämmerte an die Tür.

»Vermutlich hat sich draußen eine wütende Menge eingefunden«, sagte Nobby.

Karotte öffnete.

»Ich sehe keine wütende Menge«, verkündete er.

»Ugh.«

»Es ist ein Orang-Utan. Er trägt einen bewusstlosen Zwerg, und ein Troll folgt ihm. Außerdem scheint er nicht gerade bester Laune zu sein.«

Willikins, Lady Käsedicks Diener, hatte für Mumm ein Bad vorberei tet. Ha! Morgen würde er auch *sein* Diener sein.

Und das Bad war nicht etwa eins der üblichen Sitzbäder, eine alte, verbeulte Wanne, die man vor den Kamin zog. O nein. In der Käsedick-Villa wurde das Regenwasser vom Dach in einer großen Zisterne gesammelt und gleichzeitig eventuelle Tauben herausgefiltert. Das Wasser wurde von einem uralten Geysir* erhitzt und anschließend durch knackende Bleirohre zu geradezu riesigen Messinghähnen geleitet, aus denen es in eine emaillierte Wanne strömte. Daneben lagen ver-

* Dieser heizte den Boiler.

schiedene Badeutensilien auf einem flauschigen Handtuch bereit: eine große Schrubbürste, drei Sorten Seife und ein Luffaschwamm.

Willikins stand geduldig neben der Wanne wie ein lauwarmer Handtuchständer.

»Ja?«, fragte Mumm.

»Der Herr... ich meine den Vater Ihrer Ladyschaft... ließ sich immer den Rücken von mir schrubben«, erklärte Willikins.

»Ich schlage vor, du hilfst dem alten Geysir, den Boiler zu heizen«, sagte Mumm fest.

Als er allein war, zwängte er sich aus dem Brustharnisch und warf ihn in eine Ecke. Dem folgten Kettenhemd, Helm, Geldbeutel sowie andere Gegenstände aus Leder und Baumwolle, die sich normalerweise zwischen einem Wächter und dem Rest der Welt befanden.

Dann sank er – zunächst widerstrebend – ins warme Wasser.

»Seife versuchen«, sagte Detritus. »Mit Seife bestimmt klappen.«

»Halt endlich still«, sagte Karotte.

»Du reißt mir den Kopf ab!«

»Na los, ihm einseifen den Kopf.«

»Seif dich selbst ein!«

Mit einem *Flupp* löste sich der Helm des Zwergs.

Knuddels Gesicht kam zum Vorschein. Er blinzelte im Licht, sah den Bibliothekar und knurrte.

»Er hat mir auf den Kopf gehauen!«

»Ugh.«

»Er meint, ihr seid durch den Boden gekommen«, übersetzte Karotte.

»Das ist noch lange kein Grund, mir auf den *Kopf* zu hauen.«

»Einige der Dinge, die durch den Boden der Unsichtbaren Universität kommen, haben nicht einmal einen Kopf«, sagte Karotte.

»Ugh!«

»Oder sie sind mit Dutzenden von Köpfen ausgestattet. Warum habt ihr euch überhaupt in den Boden gegraben?«

»Wir wollten uns nicht *hinein*graben, sondern wieder *heraus…*«

Karotte hörte aufmerksam zu und unterbrach den Zwerg nur zweimal.

»Auf euch *geschossen*?«

»Fünfmal«, sagte Detritus fröhlich. »Muss melden Beschädigung meines Brustharnischs, aber nicht des Rückens, weil zum Glück dazwischenkam mein Körper und so bewahrte Stadteigentum im Wert von drei Dollar vor noch mehr Schaden.«

Karotte hörte erneut zu.

»Kanalisation?«, fragte er nach einer Weile.

»Es ist fast, als gäbe es unter der Stadt noch eine andere. Jemand hat Kronen und so in die Wände gemeißelt.«

In Karottes Augen funkelte es. »Diese Anlage stammt aus der Zeit, als wir noch Könige hatten! Später wurde die Stadt so oft wieder aufgebaut, dass die unterirdischen Tunnel und Gewölbe in Vergessenheit gerieten…«

»Äh«, sagte Knuddel. »Es gibt noch mehr da unten. Wir haben… etwas gefunden.«

»Was denn?«

»Etwas Schlimmes.«

»Es dir bestimmt nicht gefallen«, meinte Detritus. »Es sein schlimm, schlimm, schlimm. Sogar noch schlimmer.«

»Wir hielten es für besser, das Ding dort unten zu lassen«, fügte Knuddel hinzu. »Weil es… äh… Beweismaterial ist. Du solltest es dir ansehen.«

»Es schaffen viel Unruhe«, sagte der Troll. Er fand allmählich Gefallen an der Sache.

»Was ist es?«

»Wenn wir dir antworten jetzt, dann du sagen: Ihr dummen ethnischen Leute wollt mich wohl nehmen auf Arm, was?«, erwiderte Detritus.

»Kommt mit und seht es euch an«, schlug Knuddel vor.

Feldwebel Colon musterte die übrigen Angehörigen der Wache.

»Meinst du uns alle?«, fragte er nervös. »Äh. Sollte nicht jemand hier bleiben? Für den Fall, dass was passiert?«

»Dass *wo* was passiert?«, entgegnete Angua. »Hier oben? Oder unten in den Tunneln?«

»Ich begleite die Obergefreiten Knuddel und Detritus«, sagte Karotte. »Sonst braucht niemand mitzukommen.«

»Aber es könnte gefährlich werden!«, wandte Angua ein.

»Ja«, bestätigte Karotte. »Das könnte es tatsächlich – wenn ich der Person begegne, die auf Wächter schießt.«

Hauptmann Mumm hob das Bein, und mit dem großen Zeh drehte er den Warmwasserhahn auf.

Jemand klopfte respektvoll an die Tür, dann kam Willikins respektvoll herein. »Hat der Herr einen Wunsch?«

Mumm überlegte.

»Lady Käsedick meint, du möchtest bestimmt keinen Alkohol«, sagte Willikins, der die Gedanken des Badenden zu lesen schien.

»Meint sie das?«

»Ja, Herr. Aber ich habe hier eine gute Zigarre für dich.«

Er verzog das Gesicht, als Mumm das eine Ende abbiss und es über den Rand der Badewanne spuckte. Pflichtbewusst holte der alte Diener Streichhölzer hervor und riss eins an.

»Danke, Willikins. Wie lautet dein Vorname?«

»Welcher Vorname, Herr?«

»Oh. Schon gut. In Ordnung. Du kannst jetzt gehen, Willikins.«

»Ja, Herr.«

Mumm sank ins warme Wasser zurück. Seine innere Stimme war nach wie vor da, aber er versuchte, ihr keine Beachtung zu schenken. Sie sagte gerade: Um diese Zeit patrouillierst du normalerweise in der Straße der Geringen Götter, nicht weit von der Stelle der Stadtmauer entfernt, wo du dir im Windschatten eine Zigarette drehen kannst.

Er sang aus vollem Hals, um das Flüstern in seinem Innern zu übertönen.

Zum ersten Mal seit Jahrtausenden hallten menschliche und … fast menschliche Stimmen durch die Kanalisation unter der Stadt.

»Hai-hi …«

»… hai-ho …«

»Ugh ugh ugh ugh ugh …«

»Ihr alle *dumm*!«

»Ich kann nicht anders. Es liegt an dem Fastzwergenblut in meinen Adern. In Stollen singen wir immer. Das ist Teil unseres Wesens.«

»Na schön. Aber warum *er* singen? Er sein Affe.«

»Aber einer von der geselligen Sorte.«

Sie hatten Fackeln mitgebracht. Schatten tanzten zwischen den Säulen und huschten durch die Tunnel. Welche Gefahren auch in der Finsternis lauern mochten – Karotte gab sich ganz der Freude über diese besondere Entdeckungsreise hin.

»Es ist wirklich erstaunlich! Die Via Cloaca wird in einigen alten Büchern erwähnt, aber als Straße, die längst nicht mehr existiert. Hier ist erstklassige Arbeit geleistet worden. Welch ein Glück, dass der Pegel des Flusses so niedrig ist. Normalerweise scheint hier alles voller Wasser zu sein.«

»Genau das habe ich gesagt«, meinte Knuddel. »›Hier ist normalerweise alles voller Wasser‹ – das waren meine Worte.«

Wachsam und argwöhnisch beobachtete er die tanzenden Schatten. Sie bildeten seltsame Formen an der gegenüberliegenden Wand: sonderbare zweibeinige Geschöpfe, unheimliche, geisterhafte Erscheinungen …

Karotte seufzte.

»Hör mit den Schattenspielen auf, Detritus.«

»Ugh.«

»Was hat er gesagt?«

»Versuch mal ›missgestaltetes Kaninchen‹, das ist meine Lieblingsfigur«, übersetzte Karotte.

Ratten trippelten in der Dunkelheit. Knuddel sah sich um. Er sah immer wieder jemanden vor sich, der eine Art Stange hob, zielte …

Sie waren kurz besorgt und verwirrt, als Knuddel auf den nassen Steinen die Spur verlor, doch nahe bei einer von Schimmelpilzen bedeckten Wand fand er sie wieder. Kurz darauf entdeckte er ein bestimmtes Rohr: Darunter hatte er ein Zeichen ins Mauerwerk geritzt.

»Da vorn«, sagte er und reichte Karotte die Fackel.

Der junge Mann ging allein weiter.

Knuddel und seine beiden Begleiter hörten Schritte, gefolgt von einem überraschten Pfiff. Eine Zeit lang war es still.

Schließlich kehrte Karotte zurück.

»Meine Güte«, sagte er. »Wisst ihr, wer das ist?«

»Nun, alles deutet darauf hin ...«, begann Knuddel.

»Alles deutet darauf hin, dass es weitere Probleme geben wird«, meinte Karotte.

»Verstehst du jetzt, warum wir mit leeren Händen zurückgekehrt sind?«, fragte Knuddel. »Unter den gegenwärtigen Umständen wäre es sicher nicht sehr ratsam, die Leiche eines Menschen durch Ankh-Morpork zu tragen. Erst recht nicht diese.«

»Ein Teil davon ich ebenfalls gedacht«, behauptete Detritus.

»Ja.« Karotte nickte. »Das leuchtet mir ein. Ich glaube, wir ... wir lassen den Leichnam zunächst dort liegen und kommen später noch einmal hierher – mit einem Sack. Und noch etwas: Sprecht mit niemandem darüber.«

»Abgesehen natürlich vom Feldwebel und den anderen«, sagte Knuddel.

»Nein. Nicht einmal mit ihnen dürft ihr darüber reden. Es würde sie nur ... nervös machen.«

»Zu Befehl, Korporal Karotte.«

»Wir haben es hier mit jemandem zu tun, der nicht ganz richtig im Kopf ist.«

Dem Zwerg ging ein unterirdisches Licht auf.

»Oh«, sagte er. »Du hast Korporal Nobbs in Verdacht?«

»Ich fürchte, hinter dieser Sache steckt jemand, der noch weniger richtig im Kopf ist als Korporal Nobbs.« Karotte sah zu der Halle mit den vielen Säulen. »Hast du eine Ahnung, wo wir hier sind, Knuddel?«

»Vielleicht unterm Palast.«

»Das vermute ich ebenfalls. Die Tunnel führen in alle Richtungen...«

Karottes besorgte Gedanken verloren sich in einem mentalen Labyrinth.

Selbst bei der derzeitigen Dürre gab es Wasser in der Kanalisation. Es stammte aus Quellen – oder sickerte von oben herab. Überall tropfte und plätscherte es. Die Hitze in der Stadt war hier nur mehr eine Erinnerung.

Es hätte ein recht angenehmer Ort sein können – ohne die Leiche eines Menschen, der bemerkenswerte Ähnlichkeit mit dem Clown Beano hatte.

Mumm trocknete sich ab. Willikins hatte ihm einen Bademantel mit Brokat an den Ärmeln bereitgelegt. Er streifte ihn über und ging ins Ankleidezimmer.

Auch daran musste er sich erst noch gewöhnen. Die Reichen verfügten über Zimmer, die allein dazu dienten, sich anzuziehen. Außerdem trugen sie spezielle Kleidung, in der sie die Ankleidezimmer aufsuchten.

Frische Kleider warteten auf ihn. An diesem Abend war es etwas Flottes in Rot und Gelb...

Etwa um diese Zeit hast du immer in der Sirupminenstraße patrouilliert...

Dazu kam ein Hut. Ein Hut mit einer Feder.

Mumm zog sich an – beziehungsweise um – und setzte sogar den Hut auf. Er wirkte gefasst und normal. Aber er vermied es, in den Spiegel zu sehen.

Die Wächter saßen um den großen Tisch im Wachraum und gaben sich ganz ihrem Kummer hin. Sie hatten auf gewisse Weise zum ersten Mal dienstfrei: Nie zuvor war *niemand* von ihnen im Dienst gewesen.

»Habt ihr Lust, Karten zu spielen?«, fragte Nobby munter. Er zog ein schmieriges Spiel aus irgendeinem ekligen Winkel seiner Uniform.

»Erst gestern hast du unseren ganzen Sold gewonnen«, erwiderte Feldwebel Colon.

»Jetzt gebe ich euch die Chance, ihn zurückzugewinnen.«

»Wenn ich mich recht entsinne, hattest du in der entscheidenden Runde fünf Könige.«

Nobby mischte.

»Eigentlich komisch«, sagte er. »Wohin man auch sieht: Überall Könige.«

»In deinen Ärmeln bestimmt.«

»Nein, ich meine zum Beispiel die Königsstraße in Ankh. Und Könige in Kartenspielen. Und den Königsshilling, den jeder Rekrut bekommt. Überall gibt es Könige, nur nicht auf dem goldenen Thron im Palast. Ich sage euch: Wenn wir einen König hätten, ginge es in der Stadt nicht drunter und drüber.«

Karotte blickte an die Decke. Konzentrationsfalten bildeten tiefe Täler auf seiner Stirn. Detritus zählte mit den Fingern.

»Na *klar*«, brummte Feldwebel Colon. »Ein halber Liter Bier würde nur ein paar Ankh-Morpork-Cent kosten, und die Bäume würden wieder blühen. Wenn sich in dieser Stadt jemand den Zeh stößt, heißt es immer: Mit einem König wäre das nicht passiert. Weißt du, was Mumm von solchem Gerede hielt? Noch weniger als nichts.«

»Die Leute gehorchen einem König«, sagte Nobby.

»Nach Mumms Ansicht ist das genau das Problem«, entgegnete Colon. »Eine ähnliche Meinung hat er über Magie. Wenn's darum geht, fährt er regelrecht aus der Haut.«

»Wie man bekommt König?«, erkundigte sich Detritus.

»Indem man einen Felsen aufsägt oder so«, antwortete Colon.

»Ha! Das sein Antisiliziunismus!«

»Nein, jemand *zieht* ein Schwert aus einem Stein«, sagte Nobby.

»Woher weiß er denn, dass eins *darin* steckt?«, fragte Colon.

»Weil ein Teil davon herausragt?«

»Aber dann kann praktisch jeder danach greifen! Eins steht fest: In *dieser* Stadt bliebe das Schwert nicht lange im Stein stecken.«

»Nur der *rechtmäßige* König kann es herausziehen«, sagte Nobby.

»Oh«, kommentierte Colon. »Natürlich. Ich *verstehe.* Es hat also jemand entschieden, wer der rechtmäßige König ist, *bevor* er das Schwert aus dem Stein zieht. Scheint eine abgekartete Sache zu sein. Vermutlich ist der Stein hohl, und ein Zwerg hockt darin und hält das Schwert mit einer Zange fest, bis der richtige Bursche daran zieht…«

Eine Fliege summte am Fenster, flog dann im Zickzack durchs Zimmer und ließ sich auf einem Balken nieder. Knuddels lässig geworfene Axt traf sie dort genau in der Mitte.

»Du hast die falsche Einstellung, Fred«, sagte Nobby. »Ich wäre gern ein Ritter in funkelnder Rüstung. So wird man vom König belohnt, wenn man etwas Gutes geleistet hat. Er schlägt einen zum Ritter.«

»Der fleckige Brustharnisch eines Mitglieds der Nachtwache dürfte viel eher dein *Métier* sein«, ließ sich Colon vernehmen. Stolz sah er sich um, ob jemand den kleinen, schiefen Strich überm »e« bemerkt hatte. »Nee. Ich halte nichts davon, jemandem zu huldigen, nur weil er ein Schwert aus einem Stein gezogen hat. Das macht einen nicht zu einem König. Der Mann, der die Klinge *hinein*gestoßen hat, verdient es schon eher, gekrönt zu werden.«

»Ja«, murmelte Nobby. »Ein solcher Mann hätte echt was auf dem Kasten.«

Angua gähnte.

Dingding dang dingding dang…

»Was ist denn das?«, fragte Colon.

Karottes Stuhl neigte sich abrupt nach vorn. Der junge Mann kramte in einer Tasche, holte einen Samtbeutel hervor und drehte ihn um. Heraus rutschte eine etwa acht Zentimeter große, gelbe Scheibe, die wie eine Muschelschale aufklappte, als Karotte auf die eine Seite drückte.

Die Wächter beugten sich interessiert vor.

»Soll das eine Uhr sein?«, fragte Angua.

»Eine Taschenuhr«, erwiderte Karotte.

»Ist ziemlich groß.«

»Wegen der Mechanik. Es muss Platz genug geben für viele kleine Räder und Stangen. In den üblichen Taschenuhren sitzen nur kleine Dämonen. Ihre Lebenserwartung ist begrenzt, außerdem zählen sie die Minuten und Stunden nie genau...«

Dingding dang dingding dang dingding dang...

»Eine Melodie!«, staunte Angua.

»Sie erklingt jede Stunde«, sagte Karotte. »Das gehört zum Mechanismus.«

Ding. Ding. Ding.

»Und danach wird die Stunde geschlagen«, fügte Karotte hinzu.

»Das kostet doch nur Zeit«, meinte Feldwebel Colon. »Wenn man wissen will, wie spät es ist, muss man sich erst eine Melodie anhören.«

»Mein Vetter Jorgen konstruiert solche Taschenuhren«, sagte Knuddel. »Sie messen die Zeit viel genauer als Dämonen, Wasseruhren oder Kerzen. Oder die großen Pendeldinger.«

»Außer vielen kleinen Zahnrädern steckt auch eine Feder drin«, sagte Karotte.

Knuddel zog ein Vergrößerungsglas aus dem Bart und betrachtete die Uhr aufmerksam. »Der wichtigste Bestandteil des Mechanismus ist ein Dingsbums, das dauernd hin und her schwingt. Es verhindert, dass sich die Rädchen zu schnell drehen.«

»Und woher weiß das Dingsbums, wann sie sich zu schnell drehen?«, fragte Angua.

»Das ist eingebaut«, sagte Knuddel. »Ich kenne die Funktionsweise nur in groben Zügen. Oh, hier ist eine Inschrift...«

Er las sie laut vor.

»›Eine Uhr von deinigen alten Froinden in der Wache – damit du immer weißt, was die Stunde geschlagen habet.‹«

»Das ist ein Wortspiel«, erläuterte Karotte.

Verlegenes Schweigen folgte.

»Äh. Ich dachte, dass auch die neuen Rekruten ein paar Dollar beisteuern«, sagte Karotte schließlich und errötete. »Ich meine… ihr könnt einen eigenen Beitrag leisten. Wenn ihr wollt. Äh. Bestimmt wärt ihr seine Freunde *geworden.* Wenn ihr Gelegenheit bekommen hättet, ihn besser kennen zu lernen.«

Die anderen Wächter wechselten stumme Blicke.

Er könnte Heere anführen, dachte Angua. Ja, das könnte er wirklich. Manche Personen haben ganze Nationen allein mit ihren Visionen zu Großartigem inspiriert. Dazu wäre auch Karotte im Stande. Er träumt nicht etwa von marschierenden Soldaten, der Weltherrschaft oder einem tausendjährigen Reich. Nein, er glaubt, dass alle Leute im Grunde ihres Wesens anständig sind. Er glaubt so fest daran, dass seine Überzeugung wie eine Flamme brennt, die größer ist als er selbst. Er hat einen Traum, der uns alle einschließt, und dadurch verändert sich die Welt um ihn herum. Das Seltsame daran ist, dass ihn niemand enttäuschen will. Er hat eine besondere Art von Magie.

»Das Gold reibt sich ab«, sagte Knuddel. »Aber sonst ist es eine sehr gute Uhr«, versicherte er rasch.

»Ich wollte sie dem Hauptmann heute Abend geben«, meinte Karotte. »Und ich habe gehofft, dass wir anschließend gemeinsam losziehen, um… das eine oder andere Gläschen zu trinken.«

»Das ist keine gute Idee«, erwiderte Angua.

»Warten wir bis morgen«, schlug Colon vor. »Bei der Hochzeit bilden wir die Ehrenwache. So verlangt's die Tradition. Wir heben unsere Schwerter und formen damit einen Bogen.«

»Wir haben nur noch ein Schwert«, stellte Karotte niedergeschlagen fest.

Alle blickten zu Boden.

»Es ist nicht fair«, sagte Angua. »Es ist mir ziemlich gleich, wer den

Assassinen was gestohlen hat, aber ich finde es richtig, dass der Hauptmann den Mörder von Herrn Hammerhock finden wollte. Außerdem schert sich niemand um Nimmer Niedlich.«

»Ich gern wissen, wer hat geschossen auf mich«, knarrte Detritus.

»Es ist mir ein Rätsel, warum jemand so dumm sein sollte, den Assassinen etwas zu stehlen«, sagte Karotte. »Darauf hat auch Hauptmann Mumm hingewiesen. Er meint, nur ein Narr bricht ausgerechnet bei den Assassinen ein.«

Wieder blickten die Wächter zu Boden.

»Narr?«, wiederholte Detritus. »Wie Witzbolde und Clowns?«

»Der Hauptmann meinte nicht Narren, die Mützen mit Glöckchen tragen«, erwiderte Karotte in freundlichem und geduldigem Ton. »Er meinte, nur ein Idiot käme auf den Gedanken...«

Er unterbrach sich und sah an die Decke.

»Donnerwetter«, hauchte er. »Ist es tatsächlich *so* einfach?«

»Was soll einfach sein?«, fragte Angua.

Jemand hämmerte an die Tür. Es war ein unmissverständlicher Hinweis darauf, dass die Tür entweder von innen geöffnet oder von außen aufgebrochen werden würde.

Ein Wächter wankte herein. Die Hälfte seiner Uniform fehlte, und er hatte ein blaues Auge. Trotzdem erkannten sie Skully Langmarsch von der Tagwache.

Colon stützte ihn.

»Bist du in einen Kampf geraten?«

Skully hob den Kopf, sah Detritus und wimmerte.

»Die Mistkerle haben das Wachhaus angegriffen!«

»Wer?«

»Sie!«

Karotte klopfte ihm auf die Schulter.

»Das ist kein Troll, sondern Obergefreiter Detritus – *nicht salutieren*«, sagte er. »Trolle haben die Tagwache angegriffen?«

»Sie schmeißen mit Kopfsteinen!«

»Man kann nicht trauen ihnen«, brummte Detritus.

»Wem kann man nicht trauen?«, fragte Skully.

»Trollen. Die Burschen zu allem fähig.« Detritus sprach mit der Überzeugung eines Trolls, der eine Dienstmarke besaß. »Man sie ständig muss im Auge behalten.«

»Was ist mit Schrulle?«, fragte Karotte.

»Keine Ahnung! Ihr müsst *irgendetwas* unternehmen!«

»Wir sind offiziell vom Dienst suspendiert«, sagte Colon.

»Komm mir doch nicht damit!«

»Da fällt mir etwas ein.« Karotte strahlte, holte einen Bleistiftstummel hervor und kritzelte ein Häkchen in sein schwarzes Notizbuch. »Hast du noch immer das kleine Haus in der Leichten Straße, Feldwebel Langmarsch?«

»Wie? Was? Ja! Was ist damit?«

»Sollte es deiner Meinung nach mehr als einen Cent Miete im Monat einbringen?«

Langmarsch starrte ihn aus dem noch funktionierenden Auge an.

»Bist du übergeschnappt oder was?«

Karotte lächelte weiterhin. »Nein, ich glaube nicht, Feldwebel Langmarsch. Bitte beantworte meine Frage. Ist die Miete mehr wert als einen Cent pro Monat?«

»In der Stadt sind Zwergengruppen unterwegs, die nach jemandem suchen, über den sie herfallen können – und du erkundigst dich nach Mieten?«

»Mehr als einen Cent oder nicht?«

»Sei doch nicht dumm! Ein solches Haus bringt mindestens fünf Dollar im Monat!«

»Ah.« Karotte schrieb wieder etwas in sein Notizbuch. »Die Inflation, nehme ich an. Vermutlich gibt es auch einen Kochtopf in dem Gebäude ... Nun, Feldwebel Langmarsch, besitzt du mindestens zweieinhalb Morgen Land und mehr als eine halbe Kuh?«

»Na schön.« Der Tagwächter seufzte. »Es ist ein Scherz, den ich nicht verstehe, oder?«

»Ich glaube, die Frage des Besitzstandes kann in diesem Fall außer

Acht gelassen werden«, sagte Karotte. »In den Vorschriften heißt es, bei einer Person von Stand und Rang brauchen die Vermögensverhältnisse nicht berücksichtigt zu werden. Nun zum letzten Punkt: Kam es deiner Ansicht nach in der Stadt zu einem unwiederbringlichen Verlust von Recht und Ordnung?«

»Die Leute haben Schnappers Imbisswagen umgekippt und ihn gezwungen, zwei seiner eigenen Würstchen zu essen!«

»Meine Güte!«, entfuhr es Colon.

»Ohne Senf!«

»Ich schätze, die Antwort ist ein klares Ja«, sagte Karotte. Er malte noch ein Häkchen auf die Seite und schloss das Notizbuch.

»Wir sollten jetzt aufbrechen«, fügte er hinzu.

»Man hat uns angewiesen ...«, begann Colon.

Karotte holte tief Luft. »Nach den Gesetzen und Verordnungen der Städte Ankh und Morpork sind alle Bürger bei einem unwiederbringlichen Verlust von Recht und Ordnung befugt, sich auf Geheiß eines Wachoffiziers in Stand und Rang zu einer Miliz zusammenzuschließen, um die Stadt zu verteidigen.«

»Was bedeutet das?«, fragte Angua.

»Miliz ...«, murmelte Feldwebel Colon.

»He, einen Augenblick, das geht nicht!«, rief Langmarsch. »So ein Unsinn!«

»Das entsprechende Gesetz gilt nach wie vor«, betonte Karotte. »Es wurde nicht außer Kraft gesetzt.«

»Wir hatten nie eine Miliz! Wir haben nie eine gebraucht!«

»Bis jetzt.«

»Jetzt hört mal«, schnaufte Langmarsch. »Begleitet mich zum Palast. Ihr gehört zur Wache ...«

»Und als Wächter nehmen wir die Aufgabe wahr, die Stadt zu verteidigen«, sagte Karotte.

Leute strömten am Wachhaus vorbei. Karotte hielt einige von ihnen an, indem er einfach die Hand ausstreckte.

»Herr Brodel, nicht wahr?«, grüßte er einen Mann. »Wie läuft das Lebensmittelgeschäft?«

»Hast du nichts davon gehört?«, fragte Herr Brodel. Rote Flecken der Aufregung zeigten sich auf seinen Wangen. »Die Trolle haben den Palast in Brand gesteckt!«

Karotte blickte über den Breiten Weg zum Palast, dessen dunkle Mauern im matten Licht des zu Ende gehenden Tages aufragten. Nirgends leckten Flammenzungen daran.

»Erstaunlich«, sagte Karotte.

»Und die Zwerge schlagen überall Fenster ein!«, ereiferte sich der Lebensmittelhändler. »Niemand ist mehr seines Lebens sicher.«

»Man kann ihnen nicht trauen«, sagte Knuddel.

Brodel starrte ihn groß an. »Du bist ein Zwerg, nicht wahr?«

»Es ist verblüffend.« Knuddel schüttelte verwundert den Kopf. »Woran merkt man das?«

»Ich muss jetzt weiter! Kann nicht zulassen, dass Frau Brodel von den kleinen Teufeln geschändet wird! Ihr wisst ja, was man über Zwerge munkelt!«

Die Wächter sahen dem Paar nach, als es sich wieder zu der Menge gesellte.

»Nun, *ich* habe keine Ahnung«, knurrte Knuddel. »Was munkelt man über Zwerge?«

Karotte wandte sich einem Mann zu, der einen Imbisswagen schob.

»Entschuldige bitte, Herr«, sagte er. »Würdest du mir bitte erklären, was hier los ist?«

»Und weißt du vielleicht, was man über Zwerge munkelt?«, erklang eine Stimme hinter Karotte.

»Das ist kein Herr, sondern Schnapper«, meinte Colon. »Und seht euch nur seine Gesichtsfarbe an!«

»Sollten Wangen so glänzen?«, fragte Detritus.

»Fühle mich gut, fühle mich gut!«, behauptete Schnapper. »Ha! Verstehe überhaupt nicht, was die Leute an meinen Würstchen auszusetzen haben!«

»Was geschieht in der Stadt, Schnapper?«, fragte Colon.

»Ich habe gehört...«, begann Treibe-mich-selbst-in-den-Ruin Schnapper. Er lief grün an.

»*Was* hast du gehört?«, drängte Karotte. »Und von *wem*?«

»Von *ihnen* hab' ich's gehört«, antwortete Schnapper. »Du weißt schon. Von den Leuten. Von *allen.* Es heißt, jemand fiel den Trollen bei den Tollen Schwestern zum Opfer, und die Zwerge haben die Immer-geöffnet-Töpferei des Trolls Kreidig in einen Trümmerhaufen verwandelt und außerdem die Messingbrücke zum Einsturz gebracht.«

Karotte deutete in eine bestimmte Richtung.

»Du bist gerade über die Messingbrücke gekommen«, stellte er fest.

»Äh, ja«, bestätigte Schnapper. »Nun, das erzählt man sich jedenfalls.«

»Oh, ich verstehe.« Karotte straffte die Schultern.

»Haben die Leute auch darüber gesprochen, was man so über Zwerge munkelt?«, fragte Knuddel.

»Ich glaube, wir sollten mit der Tagwache über Kohlenfresses Verhaftung reden«, sagte Karotte.

»Wir haben keine Waffen«, gab Colon zu bedenken.

»Ich bin sicher, dass Kohlenfresse überhaupt nichts mit Hammerhocks Tod zu tun hat«, fuhr Karotte fort. »Wir sind mit der Wahrheit bewaffnet. Was kann uns dann gefährlich werden?«

»Zum Beispiel ein Armbrustbolzen«, entgegnete Feldwebel Colon. »Die Dinger hinterlassen gleich zwei Löcher im Kopf: eins in der Augenhöhle und das andere im Hinterkopf.«

»Na schön, Feldwebel«, sagte Karotte. »Wo kriegen wir *zusätzliche* Waffen her?«

Das Arsenal ragte als düstere Masse vor dem Abendrot auf.

Eigentlich seltsam, dass es in Ankh-Morpork ein Arsenal gab – immerhin besiegte die Stadt ihre Feinde durch Täuschung, Bestechung und Integration. Feldwebel Colon drückte es folgendermaßen aus:

Hatte man den Gegner erst einmal auf friedliche Weise entwaffnet, musste man den ganzen Kram irgendwo aufbewahren.

Karotte klopfte an die Tür. Nach einer Weile ertönte das Geräusch von Schritten, und eine kleine Klappe wurde geöffnet. »Ja?«, fragte jemand mit unüberhörbarem Misstrauen.

»Ich bin Korporal Karotte von der Stadtmiliz.«

»Nie davon gehört. Verschwinde.«

Die Klappe schloss sich wieder. Karotte hörte Nobby leise kichern.

Er klopfte erneut an die Tür.

»Ja?«

»Ich bin Korporal Karotte...« Die Klappe bewegte sich, doch Karotte rammte seinen Schlagstock in die Öffnung. »Ich bin gekommen, um Waffen für meine Männer zu holen.«

»Ach? Und wo ist die Genehmigung?«

»Wie bitte? Aber ich...«

Der Schlagstock wurde zurückgestoßen, und die Klappe schloss sich erneut.

»Tschuldigung.« Korporal Nobbs schob sich vorbei. »Lass es mich mal versuchen. Mit solchen Sachen kenne ich mich aus.«

Mit seinen Stahlspitzen an den Stiefeln trat er an die Tür. Sie waren sehr gefürchtet, besonders von Leuten, die auf dem Boden lagen und sich nicht wehren konnen.

Klappe auf. »Ich habe gesagt, du sollst verschw...«

»Revisoren«, ertönte Nobbys scharfe Stimme.

Es war einige Sekunden still.

»Was?«

»Wir kommen wegen einer Bestandsaufnahme.«

»Wo ist die Genehmi...«

»Ach? Unsere Genehmigung willst du sehen?« Nobby lachte höhnisch. »Ha! Sicher willst du nur Zeit schinden. Damit deine Kumpel durch den Hinterausgang schlüpfen können, um die ans Leihhaus verhökerten Sachen zurückzuholen, wie?«

»Ich wollte keineswegs...«

»Oder probieren deine Komplizen gerade den Tausendschwertertrick, hm? Fünfzig aufeinander gestapelte Kisten. Und in den unteren vierzig sind nur Steine.«

»Ich ...«

»Wie heißt du?«

»Ich ...«

»Mach sofort die Tür auf!«

Die Klappe wurde geschlossen, anschließend deuteten charakteristische Geräusche darauf hin, dass jemand Riegel beiseite schob – jemand, der nicht gerne die Tür öffnete. Und der gleich einige Fragen stellen würde.

»Hast du einen Zettel dabei, Fred? Schnell!«

»Ja, aber ...«, erwiderte Feldwebel Colon.

»Ich brauche *irgendeinen* Zettel! Und zwar *sofort*!«

Colon kramte in der Tasche und reichte Nobby die letzte Quittung vom Lebensmittelhändler. Eine Sekunde später schwang das kleine Portal auf. Nobby trat energisch vor und ließ den Mann auf der anderen Seite des Zugangs hastig zurückweichen.

»Lauf nicht weg!«, rief er. »Es scheint alles in Ordnung zu sein ...«

»Ich wollte gar nicht weg ...«

»... BISHER!«

Karottes Blick glitt durch einen großen Raum mit komplexen Schatten. Abgesehen von dem Mann, der dicker war als Colon, befanden sich noch zwei Trolle an diesem Ort. Sie arbeiteten an einem großen Schleifstein. Das Arsenal schien bisher von den jüngsten Ereignissen in der Stadt verschont geblieben zu sein. Vielleicht wegen der dicken Mauern des Gebäudes.

»Also gut, keine Panik, lasst einfach alles stehen und liegen. Ich bin Korporal Nobbs vom Stadtamt für Inspektion, Revision ...« Er hob den Zettel vor die Augen des Mannes und wedelte so schnell damit, dass nicht einmal der flinkste Leser irgendwelche Buchstaben erkennen konnte. Nobby suchte etwa eine halbe Sekunde nach einem geeigneten Ende für den begonnenen Satz. »... und dem Büro ... für

Kontrolle… und inspizierende Revision. Wie viele Personen arbeiten hier?«

»Nur ich…«

Nobby deutete auf die beiden Trolle.

»Was ist mit ihnen?«

Der Mann spuckte auf den Boden.

»Deine Frage bezog sich auf *Personen*.«

Reflexartig hob Karotte die Hand und presste sie auf Detritus' Brustharnisch.

»Na schön«, sagte Nobby. »Mal sehen, was wir hier haben…« Er ging so schnell an den Regalen und Gestellen entlang, dass sich die anderen beeilen mussten, um mit ihm Schritt zu halten. »Was ist das hier?«

»Äh…«

»Du weißt es nicht, wie?«

»Doch, doch. Es ist…«

»Eine mit drei Sehnen und verstärkter Winde ausgestattete, zweitausend Pfund starke, fahrbare Sturmarmbrust?«

»Ja.«

»Und dies hier? Eine klatschianische Repetierarmbrust mit spezieller Spannvorrichtung und ausziehbarem Bajonett?«

»Äh. Ja.«

Nobby betrachtete das Ding kurz und legte es dann beiseite.

Die übrigen Wächter staunten. Ihr Kollege Nobbs war immer nur mit einem Messer bewaffnet gewesen.

»Hast du hier eine herschebianische Zwölfschussarmbrust mit Fallspeisung?«, fragte er.

»Wie bitte? Hier gibt es nur das, was du siehst.«

Nobby griff nach einer für die Jagd bestimmten Armbrust. Auf seinen dünnen Armen zeichneten sich deutlich die Sehnen ab, als er den Hebel spannte.

»Die Bolzen für dieses Ding sind vermutlich verscherbelt worden, wie?«

»Sie liegen hier!«

Nobby nahm einen und schob ihn in die dafür vorgesehene Öffnung. Dann peilte er über den Schaft – und drehte sich um.

»Ich *mag* dieses Arsenal«, sagte Nobby. »Wir nehmen alles.«

Der Mann sah von der anderen Seite durch das Visier und bemerkte das Glitzern in Nobbys Augen. Zu Anguas großer Überraschung fiel er nicht in Ohnmacht.

»Das kleine Ding erschreckt mich nicht«, sagte er.

»Es erschreckt dich nicht?«, vergewisserte sich Nobby. »O nein. Natürlich nicht. Ist wirklich eine recht kleine Armbrust. Eine so kleine Armbrust kann einen Mann wie dich nicht beeindrucken. Eine wesentlich größere Armbrust ist nötig, um einen Mann wie dich zu erschrecken.«

Angua hätte einen Monatssold gegeben, um das Gesicht des Quartiermeisters zu sehen. Sie beobachtete, wie Detritus die Sturmarmbrust nahm, sie mit einer Hand und einem kaum hörbaren Ächzen spannte und dann vortrat. Sie stellte sich vor, wie der Mann die Augen verdrehte, als er kühles Metall im heißen Nacken spürte.

»Nun, das *hinter* dir ist eine *große* Armbrust«, sagte Nobby.

Der fast zwei Meter lange Bolzen war nicht in dem Sinne scharf. Er sollte Türen und Tore durchschlagen; für Chirurgie war er nicht bestimmt.

»Darf ich drücken jetzt den Auslöser?«, knirschte Detritus ins Ohr des Mannes.

»Du wagst es nicht, diese Waffe hier drin abzuschießen! Sie ist dazu bestimmt, Festungen zu erobern. Sie würde ein großes Loch in die Wand reißen!«

»*Nachdem* sie dich getroffen hat«, meinte Nobby.

»Wofür das hier sein?«, fragte Detritus.

»Jetzt hör mal...«

»Ich hoffe, das Ding ist gut gepflegt worden«, sagte Nobbs. »Häufig leiden die Sicherungsbügel an der Ermüdung des Materials.«

»Sicherungsbügel?«, wiederholte Detritus verwirrt. »Was das sein?«

Es wurde still.

Karotte nahm seine Stimme an einem fernen Ort wahr.

»Korporal Nobbs?«

»Ja?«

»Ich übernehme jetzt, wenn du nichts dagegen hast.«

Behutsam drückte er die Sturmarmbrust beiseite. Doch der Witz über *Personen* hatte Detritus ganz und gar nicht gefallen, weshalb die Waffe wieder zurückschwang.

»Ich mag es nicht, jemanden zu etwas zu zwingen«, sagte Karotte. »Wir sind nicht gekommen, um diesen armen Mann unter Druck zu setzen. Er arbeitet wie wir für die Stadt. Es ist nicht richtig, ihm Angst einzujagen. Warum richten wir nicht eine höfliche Frage an ihn?«

»Ist das dein Ernst?«, fragte Nobby.

Karotte klopfte dem Quartiermeister auf die Schulter.

»Dürfen wir uns einige Waffen nehmen?«, fragte er.

»Was?«

»Erlaubst du uns, einige Waffen auszuleihen? Für einen offiziellen Zweck?«

Der Arsenalverwalter wusste nicht, was er davon halten sollte.

»Ich kann eine … äh … freie Entscheidung treffen?«

»Ja. Wir legen großen Wert auf die Zustimmung der Bürger. Wenn du dich außerstande siehst, auf unser Anliegen einzugehen, so genügt ein entsprechender Hinweis.«

Der Quartiermeister schwieg zunächst, als er an die Sturmarmbrust hinter seinem Kopf dachte. Er hörte bereits den Ruf: »Feuer!«

»Äh«, sagte er schließlich. »Na gut. In Ordnung. Nehmt euch, was ihr wollt.«

»Ausgezeichnet. Feldwebel Colon gibt dir eine Quittung, die bestätigt, dass du uns die Waffen aus freiem Willen überlassen hast.«

»Aus freiem Willen?«

»Die Entscheidung liegt ganz bei dir.«

Das Gesicht des Mannes verzog sich zu einer Grimasse, als er mühsam überlegte.

»Ich schätze ...«

»Ja?«

»Ich schätze, es gibt nichts dagegen einzuwenden, wenn ihr euch ein paar Waffen nehmt.«

»Gut. Hast du eine Karre für uns?«

»Und weißt auch, was man über Zwerge munkelt?«, fragte Knuddel.

Angua sah bestätigt, dass Karotte überhaupt keinen Sinn für Ironie hatte. Er meinte jedes Wort ernst. Wenn es der Mann abgelehnt hätte, ihnen Waffen zu überlassen ... wäre Karotte wahrscheinlich bereit gewesen, mit leeren Händen zu gehen. Doch das Wort *wahrscheinlich* verhieß keine absolute Gewissheit.

Nobby eilte durch einen langen Gang. Gelegentlich quiekte er voller Entzücken, wenn er einen interessanten Kriegshammer oder eine besonders gefährliche Gleve fand. Er versuchte, mehrere Waffen gleichzeitig zu halten. Kurz darauf ließ er alles fallen und näherte sich einem bestimmten Gestell.

»*Donner*wetter! Ein klatschianischer Flammenwerfer! Das ist schon mehr mein Meteor!«

Er kramte im Halbdunkel und kam dann mit einer Art Tonne auf kleinen, quietschenden Rädern hervor. Der Apparat hatte mehrere Henkel, große Lederbeutel und eine Düse an der Vorderseite. Er sah aus wie ein zu groß geratener Kessel.

»Sogar das Leder ist eingefettet!«

»Was ist das?«, fragte Karotte.

»*Und* es ist noch Öl im Tank!« Nobby griff nach einem Hebel und pumpte. »Angeblich ist dieses Ding in acht Ländern verboten worden. Und die Oberhäupter von drei Religionen haben damit gedroht, jeden Soldaten zu exkommunizieren, der eine solche Waffe verwendet!* Hat jemand ein Streichholz?«

* Fünf andere hielten den klatschianischen Flammenwerfer für eine heilige Waffe. Sie wiesen ausdrücklich darauf hin, dass man ihn gegen Ungläubige, Ketzer, Gnostiker und Leute, die während der Predigt zappelten, einsetzen sollte.

»Hier«, sagte Karotte. »Aber was …«

»Passt auf!«

Nobby zündete ein Streichholz, hielt es an das vorn aus der Tonne ragende Rohr und zog einen anderen Hebel.

Nach einer Weile gelang es ihnen, alle Flammen zu ersticken.

»Muss erst noch richtig eingestellt werden«, sagte Nobby und wischte sich Ruß von den Wangen.

»Nein«, sagte Karotte. Für den Rest seines Lebens würde er sich an einen Flammenstrahl erinnern, der ihm auf dem Weg zur gegenüberliegenden Wand die Wangen versengte.

»Aber …«

»Nein. Das Ding ist viel zu gefährlich.«

»Es *soll* gefährlich sein …«

»Ich meine, es könnte jemanden verletzen.«

»Oh.« Nobby nickte langsam. »Darauf hättest du hinweisen sollen. Wir suchen Waffen, die niemanden verletzen.«

»Korporal Nobbs«, sagte Feldwebel Colon. Er war der Flamme noch näher gewesen als Karotte.

»Ja, Feldwebel?«

»Du hast Korporal Karotte gehört. Keine heidnischen Waffen. Woher kennst du diese Dinge überhaupt?«

»Aus meiner Zeit beim Militär.«

»Tatsächlich?«, fragte Karotte.

»Habe damals besondere Pflichten erfüllt. Hatte eine Menge Verantwortung.«

»Welche Pflichten hast du erfüllt?«

»Die des Quartiermeisters, Herr«, sagte Nobby und salutierte zackig.

»*Du* bist Quartiermeister gewesen?«, brachte Karotte erstaunt hervor. »In wessen Armee?«

»In der Armee des Herzogs von Pseudopolis, Herr.«

»Aber Pseudopolis hat alle Kriege verloren!«

»Äh … nun …«

»Wem hast du die Waffen verkauft?«

»Das ist Verleumdung, jawohl! Sie wurden nur lange poliert und geschärft.«

»Nobby, wie viel Zeit verbrachten die Waffen beim Polieren und Klingenschärfen? Eine grobe Schätzung genügt mir.«

»Eine grobe Schätzung? Oh. Etwa hundert Prozent. Mehr oder weniger, Herr.«

»Nobby?«

»Herr?«

»Du brauchst mich nicht ›Herr‹ zu nennen.«

»Ja, Herr.«

Letztendlich blieb Knuddel seiner Axt treu, fügte ihr allerdings zwei weitere hinzu. Feldwebel Colon wählte eine Pike, denn bei einer solchen Waffe spielte sich der Kampf am anderen Ende ab, also ein ganzes Stück entfernt. Obergefreite Angua nahm ohne große Begeisterung ein Kurzschwert, und Korporal Nobbs...

Korporal Nobbs verwandelte sich in ein Stachelschwein aus Klingen, Spitzen und stachelbewehrten Kugeln am Ende von Ketten.

»Bist du ganz sicher, Nobby?«, fragte Karotte. »Möchtest du wirklich nichts davon hier lassen?«

»Die Wahl ist so schwer, Herr.«

Detritus blieb bei der großen Sturmarmbrust.

»Mehr nimmst du nicht mit, Detritus?«

»Doch. Ich auch nehmen Feuerstein und Moräne, Herr!«

Die beiden Trolle, die bisher im Arsenal gearbeitet hatten, standen nun hinter Detritus.

»Ich sie haben vereidigt. Mit Trollschwur.«

Feuerstein salutierte eher dilettantisch.

»Er damit gedroht uns einschlagen *Goohuloog*-Köpfe, wenn wir uns nicht anschließen der Wache und gefälligst gehorchen, Herr«, sagte er.

»Sehr alter Trollschwur«, fügte Detritus hinzu. »Sehr berühmt und traditionell.«

»Einer von ihnen könnte den klatschianischen Flammenwerfer tragen …«, begann Nobbs hoffnungsvoll.

»*Nein,* Nobby. Äh … willkommen in der Wache, Männer.«

»Korporal Karotte?«

»Ja, Knuddel?«

»Das ist nicht fair. Es sind Trolle.«

»Wir brauchen jeden Mann, den wir bekommen können, Knuddel.« Karotte trat zurück. »Die Leute sollen nicht glauben, dass wir Ärger suchen.«

»Mit unserer derzeitigen Aufmachung brauchen wir nicht lange danach Ausschau zu halten«, murmelte Colon bedrückt.

»Darf ich etwas fragen, *Herr*?«, ließ sich Angua vernehmen.

»Ich höre, Obergefreite Angua.«

»Wer ist der Feind?«

»Wenn wir so durch die Gegend laufen, begegnen wir nur Feinden«, brummte Feldwebel Colon.

»Wir wollen keine Feinde, sondern Informationen«, erwiderte Karotte. »Unsere beste Waffe ist die Wahrheit. Wir beginnen bei der Narrengilde. Dort stellen wir fest, warum Bruder Beano das Gfähr gestohlen hat.«

»Hat er das Gfähr gestohlen?«

»Ich glaube schon.«

»Aber er starb vor dem Diebstahl!«, wandte Colon ein.

»Ja«, bestätigte Karotte. »Ich weiß.«

»So was nenne ich ein gutes Alibi«, fügte der Feldwebel hinzu.

Die Truppe bezog Aufstellung und marschierte los – nachdem sich die Trolle darauf geeinigt hatten, was der linke Fuß war und was der rechte. Nobby blickte mehrmals über die Schulter und sah traurig zum Flammenwerfer.

Manchmal ist es besser, einen Flammenwerfer anzuzünden, als die Dunkelheit zu verfluchen.

Zehn Minuten später bahnten sich die Wächter einen Weg durch die Menge und erreichten den Gildenbezirk.

»Seht ihr?«, fragte Karotte.

»Sie grenzen aneinander«, sagte Nobby. »Na und? Es ist eine Wand dazwischen.«

»Aber vielleicht nicht überall«, erwiderte Karotte. »Das finden wir bald heraus.«

»Haben wir dafür Zeit?«, erkundigte sich Angua. »Wir wollten doch zur Tagwache.«

»Zuerst müssen wir hier etwas feststellen«, sagte Karotte. »Die Narren haben mir nicht die *Wahrheit* gesagt.«

»Augenblick, Augenblick«, erklang Colons Stimme. »Jetzt geht die Sache ein wenig zu weit. Ich möchte nicht, dass wir jemanden töten. Zufälligerweise bin ich Feldwebel, falls das jemanden interessiert. Hast du verstanden, Karotte? Und auch du, Nobby! Es wird weder mit Armbrüsten geschossen noch mit Schwertern herumgefuchtelt. Es ist schon schlimm genug, wenn wir Gildengelände betreten. Aber wenn wir dort jemanden verletzen oder gar ins Jenseits befördern, bekommen wir echte Schwierigkeiten. Dann beschränkt sich Lord Vetinari nicht mehr darauf, sarkastisch zu werden. Dann wird er vielleicht ...« Colon schluckte. »... *ironisch.* Mit anderen Worten: Ich habe euch gerade einen Befehl erteilt. Was hast du eigentlich vor, Karotte?«

»Ich möchte, dass mir die Leute Auskunft geben.«

»Nun, falls sie dazu nicht bereit sind, wird keineswegs Gebrauch von den Waffen gemacht«, sagte Colon. »Du kannst Fragen stellen, einverstanden. Aber wenn Herr Weißgesicht auf stur schaltet, lassen wir ihn in Ruhe. Bei Narren läuft es mir kalt den Rücken runter, und er ist der schlimmste von allen. Weißgesicht, meine ich. Wenn er nicht antworten will, gehen wir friedlich, und dann lässt du dir was anderes einfallen. Wie ich schon sagte: Das ist ein Befehl. Habe ich mich klar genug ausgedrückt? Es ist ein Befehl.«

»Wenn er meine Fragen nicht beantwortet, gehe ich friedlich«, entgegnete Karotte. »Alles klar.«

»Hoffentlich.«

Karotte klopfte an die Tür der Narrengilde, fing die zum Vorschein kommende Sahnetorte auf und rammte sie zurück. Anschließend trat er so fest gegen das Portal, dass es sich fast zehn Zentimeter weit nach innen beulte.

Dahinter erklang ein dumpfes »Au!«.

Die Tür öffnete sich noch weiter und gab den Blick frei auf einen kleinen, von Tünche und Sahne bedeckten Clown.

»Das war nicht nötig«, klagte er.

»Ich wollte uns nur in Stimmung bringen. Ich bin Korporal Karotte, und dies ist die Bürgermiliz von Ankh-Morpork. Wir lachen gern, weißt du.«

»'tschuldigung...«

»Abgesehen vom Obergefreiten Knuddel. Der Obergefreite Detritus lachte ebenfalls gern, allerdings erst ein paar Minuten später. Wir sind gekommen, um mit Herrn Weißgesicht zu sprechen.«

Die Haare des Clowns richteten sich auf. Wasser spritzte aus seinem Knopfloch.

»Ha-habt ihr einen Termin?«

»Keine Ahnung«, sagte Karotte. »Haben wir einen Termin?«

»Ich habe eine Eisenkugel mit Spitzen«, meinte Nobby.

»Das ist ein Morgenstern.«

»Tatsächlich?«

»Ja«, sagte Karotte. »Ein Termin bedeutet nicht, jemanden zu terminieren. Es ist vielmehr eine Verabredung. Morgensterne hingegen werden eingesetzt, um Schädel zu zertrümmern. Man darf das eine nicht mit dem anderen verwechseln, Herr...« Er hob fragend die Brauen.

»Boffo«, antwortete der Clown. »Aber...«

»Wenn du jetzt bitte Herrn Weißgesicht mitteilen würdest, dass wir hier einen Morgenstern haben... Oh, wie dumm von mir. Ich meine natürlich, dass wir zwar keinen Termin haben, aber trotzdem mit ihm reden möchten. Herzlichen Dank für deine Bemühungen.«

Der Clown eilte fort.

»Na bitte«, sagte Karotte. »Bist du zufrieden, Feldwebel?«

»Wahrscheinlich wird Lord Vetinari sogar *satirisch*«, brummte Colon verdrießlich.

Nach einer Weile holte Obergefreiter Knuddel einen Schraubenzieher hervor und untersuchte die an der Tür festgeschraubte Tortenwerfmaschine. Die anderen Wächter scharrten mit den Füßen, bis auf Nobby, der immer wieder irgendwelche Dinge fallen ließ.

Schließlich kehrte Boffo in Begleitung von zwei muskulösen Witzbolden zurück, die ganz offensichtlich nicht zum Scherzen aufgelegt waren.

»Herr Weißgesicht meint, es gebe überhaupt keine Bürgermiliz«, sagte der kleine Clown. »Aber Herr Weißgesicht meint auch, wenn es wirklich wichtig sei, sei er bereit, einige von euch zu empfangen. Doch weder die Trolle noch den Zwerg. Wir haben gehört, dass Banden aus Trollen und Zwergen die ganze Stadt terrorisieren.«

»So es heißen«, sagte Detritus und nickte.

»Weißt du, was man über Zwerge...«, begann Knuddel. Nobby brachte ihn mit einem Stoß in die Rippen zum Schweigen.

»Du und ich, Feldwebel?«, fragte Karotte. »Und auch du, Obergefreite Angua.«

»O Mann«, stöhnte Colon leise.

Sie folgten Karotte ins triste Gebäude, gingen mit dem jungen Korporal durch düstere Korridore zum Büro des Gildenoberhaupts. Herr Weißgesicht stand mitten im Zimmer. Ein anderer Witzbold versuchte gerade, zusätzliche Pailletten an seinen Mantel zu nähen.

»Nun?«

»Guten Abend«, sagte Karotte.

»Eins steht fest«, brummte Weißgesicht. »Lord Vetinari wird von diesem Vorfall erfahren.«

»Ja«, erwiderte Karotte. »Ich erstatte ihm Bericht.«

»Es ist mir ein Rätsel, warum ihr mich stört, obwohl es in der Stadt drunter und drüber geht.«

»Darum kümmern wir uns später. Hauptmann Mumm hat mich mehrmals darauf hingewiesen, dass es große und kleine Verbrechen gibt. Manchmal wirken die kleinen Verbrechen sehr groß, und die großen sind kaum zu erkennen. Es ist wichtig, zwischen ihnen zu unterscheiden.«

Sie musterten sich gegenseitig.

»Also?«, fragte Herr Weißgesicht scharf.

»Ich möchte von dir wissen, was vorgestern Abend in diesem Gildenhaus geschah«, sagte Karotte.

Das Gildenoberhaupt sah ihn groß an.

»Und wenn ich keine Auskunft gebe?«

Karotte holte tief Luft. »Dann bleibt mir zu meinem *großen* Bedauern nichts anderes übrig, als dem Befehl zu gehorchen, den ich auf dem Weg hierher bekam.«

Er wandte sich an Colon. »Das stimmt doch, Feldwebel?«

»Was? Wie? Oh, ja...«

»Es behagt mir ganz und gar nicht«, fügte Karotte hinzu. »Aber wenn ich keine Wahl habe...«

Herrn Weißgesichts Blicke durchbohrten Karotte und Colon.

»Dies ist Gildenterritorium! Du hast kein Recht, hier...«

»Davon weiß ich nichts«, sagte Karotte. »Ich bin nur ein einfacher Korporal. Bisher habe ich allen Befehlen gehorcht, und ich betone noch einmal: Auch in diesem Fall werde ich mich voll und ganz an meine Anweisungen halten.«

»Jetzt hör mal...«

Karotte schob sich ein wenig näher.

»Wenn's dich tröstet: Wahrscheinlich schäme ich mich später dafür.«

Weißgesicht starrte in Karottes Augen, und wie alle anderen sah er darin nur Wahrheit.

»Wenn ich rufe...« Unter der Schminke lief Weißgesicht rot an. »...dann wimmelt's hier wenige Sekunden später von meinen Leuten.«

»Das macht es mir nur leichter, dem Befehl zu gehorchen«, gab Karotte zurück.

Herr Weißgesicht war stolz auf seine Fähigkeit, Charakter und Wesen von Personen beurteilen zu können. In Karottes Gesicht sah er nichts als absolute Aufrichtigkeit. Er betastete einen Federkiel und warf ihn dann wütend zu Boden.

»Verflixt!«, entfuhr es ihm. »Wie hast du es herausgefunden? Wer hat dir davon erzählt?«

»Niemand«, sagte Karotte. »Doch es gibt keine andere Erklärung. Jede Gilde verfügt nur über einen Eingang, aber die Häuser stehen Rücken an Rücken. Ein Loch in der Wand genügt.«

»Ich versichere dir, dass wir nichts davon wussten«, meinte Weißgesicht.

Feldwebel Colon konnte es kaum fassen. Er hatte Spieler mit schlechten Karten bluffen sehen, aber hier bluffte jemand *ohne* Karten.

»Zunächst hielten wir die Sache für einen Scherz«, fuhr Weißgesicht fort. »Wir dachten, der junge Beano hätte humorvolle Absichten. Wir glaubten es, bis man ihn tot fand. Und dann …«

Die übrigen Wächter lümmelten sich auf dem Hof.

»Korporal Nobbs?«

»Ja, Obergefreiter Knuddel?«

»Was *munkelt* man über Zwerge?«

»Du willst mich wohl auf den Arm nehmen«, entgegnete Nobby. »Das weiß *jeder*, der sich auch nur *ein wenig* mit Zwergen auskennt.«

Knuddel hüstelte.

»Nur die Zwerge nicht«, sagte er.

»Was soll das heißen?«

»Niemand hat *uns* gesagt, was man über Zwerge munkelt«, meinte Knuddel.

»Nun … äh.« Nobby zögerte. »Vielleicht dachten die Leute, dass ihr's längst wisst.«

»Ich habe keine Ahnung.«

»Oh, na *schön.*« Er sah kurz zu den Trollen, beugte sich dann zu Knuddel und flüsterte dort, wo er das Ohr vermutete.

Der Zwerg nickte.

»Und das ist alles?«

»Ja. Äh. Stimmt es?«

»Was? O ja. Natürlich. Das liegt in der Natur von Zwergen. Einige haben natürlich mehr als andere.«

»Das ist überall so«, sagte Nobby.

»Ich selbst habe mehr als achtundsiebzig Dollar gespart.«

»*Nein!* Ich meine... nein. Ich meinte nicht, ›gut ausgestattet‹ mit Geld. Ich meine...« Nobby flüsterte erneut. Knuddels Miene veränderte sich nicht.

Nobbs hob und senkte die Brauen. »Stimmt's?«

»Woher soll ich wissen, wie viel bei Menschen üblich ist?«

Nobby gab auf. »An einer Sache kann wenigstens kein Zweifel bestehen«, sagte er. »Ihr Zwerge liebt Gold, nicht wahr?«

»So ein Unsinn – natürlich nicht.«

»Ach?«

»Das behaupten wir nur, um ins Bett zu kommen.«

Es war im Zimmer eines Clowns. Colon hatte sich schon öfter gefragt, wie es im Heim eines Clowns aussah, und nun stellte er fest, dass nichts fehlte: Der übergroße Schuhspanner war ebenso vorhanden wie die extra breite Hosenpresse, ein von Kerzen gesäumter Spiegel und riesige Schminkstifte. Dazu ein Bett, das nur aus einer Decke auf dem Boden zu bestehen schien. Dieser Eindruck täuschte keineswegs. Clowns und Narren wurden von Anfang an dazu erzogen, auf Komfort zu verzichten. Humor war eine sehr ernste Angelegenheit...

In der Wand war ein Loch, groß genug, dass ein Mensch hindurchpasste. Daneben waren Ziegelsteine aufgetürmt.

Dunkelheit lauerte auf der anderen Seite.

Karotte schob Kopf und Schultern durch die Öffnung. Colon versuchte ihn zurückzuziehen.

»Das solltest du besser lassen, Junge. Wer weiß, welche schrecklichen Dinge jenseits dieser Wand auf dich warten?«

»Ich wollte es gerade herausfinden.«

»Vielleicht ist dort eine Folterkammer. Oder ein Verlies. Oder eine Schlangengrube. Oder was weiß ich.«

»Es ist ein Schülerzimmer, Feldwebel.«

»Na bitte.«

Karotte trat durch das Loch, und seine Geräusche deuteten an, dass er auf der anderen Seite in Bewegung blieb. Die Finsternis der Assassinenkammer umhüllte ihn – eine Dunkelheit, die weniger düster anmutete als das freudlose Zwielicht im Raum des Clowns.

Kurz darauf erschien Karotte wieder an der Öffnung.

»Hier hat sich schon seit einer ganzen Weile niemand mehr aufgehalten«, sagte er. »Eine dicke Staubschicht bedeckt den Boden. Fußspuren zeichnen sich darin ab. Die Tür ist geschlossen und verriegelt. Von dieser Seite.«

Der junge Mann kehrte ins Narrenzimmer zurück.

»Ich möchte sicher sein, dass ich alles richtig verstehe«, sagte er zu Herrn Weißgesicht. »Beano machte ein Loch in die Wand zur Assasinengilde. Dann brach er auf, um den Drachen explodieren zu lassen? Wie kam er ums Leben? Wer brachte ihn um?«

»Bestimmt die Assassinen«, sagte Herr Weißgesicht. »Es wäre ihr gutes Recht gewesen. Unbefugtes Eindringen in ein Gildenhaus ist ein schweres Verbrechen.«

»Hat jemand Beano nach der Explosion gesehen?«, erkundigte sich Karotte.

»Ja. Boffo hatte Wachdienst und erinnert sich genau daran, dass Beano hinausging.«

»Ist er ganz sicher, dass es wirklich Beano war?«

Herr Weißgesicht blinzelte.

»Natürlich.«

»Wieso?«

»Wieso? Er hat ihn erkannt. Ist doch klar. So identifiziert man

Personen. Man sieht sie an und sagt: Das ist der oder die. An-se-hen und er-ken-nen«, betonte das Gildenoberhaupt. »Es war Beano, kein Zweifel. Boffo meint, er habe sehr besorgt gewirkt.«

»Ah. Gut. Ich habe keine weiteren Fragen. Das heißt, noch eine: Hatte Beano Freunde bei den Assassinen?«

»Das ist durchaus möglich. Besuche sind bei uns nicht verboten.«

Karotte sah den Oberclown einige Sekunden an. Dann lächelte er.

»Na schön. Das wär's dann wohl.«

»Wenn er doch nur bei *originellen* Dingen geblieben wäre«, sagte Weißgesicht.

»Zum Beispiel bei Sahnetorten?«, fragte Feldwebel Colon. »Oder bei einem Eimer Tünche über der Tür?«

»Genau.«

»Wir gehen jetzt besser.« Karotte wandte sich noch einmal an Weißgesicht. »Ich nehme an, du möchtest keine Anzeige gegen die Assassinengilde erstatten, oder?«

Herr Weißgesicht gab sich alle Mühe, erschrocken auszusehen, doch das ist nicht leicht, wenn man sich ein breites Grinsen auf den Mund gemalt hat.

»Was? Nein! Ich meine... wenn ein Assassine in unsere Gilde eingedrungen wäre und etwas gestohlen hätte... dann könnte uns niemand etwas vorwerfen, wenn wir...«

»Wenn ihr ihm Marmelade aufs Hemd kippt?«, fragte Angua.

»Oder ihm einen Quietschbeutel auf den Kopf haut?«, fügte Colon hinzu.

»Vielleicht.«

»Nun, über solche Dinge haben allein die Gilden zu befinden«, sagte Karotte. »Ich glaube, wir können jetzt gehen, Feldwebel. Hier gibt's für uns nichts mehr zu tun. Bitte, entschuldige die Störung, Herr Weißgesicht. Das muss alles sehr schwer für dich gewesen sein.«

Dem Gildenoberhaupt war die Erleichterung deutlich anzusehen.

»Oh, schon gut. Hat mich sehr gefreut, euch helfen zu können. Ihr tut doch nur eure Pflicht.«

Er führte Karotte, Colon und Angua die Treppe hinunter und auf den Hof, wo sich die anderen inzwischen rege unterhielten. Es klirrte und knirschte, als die Wächter Haltung annahmen.

»Nun...«, sagte Karotte, als sich das Tor vor ihnen öffnete. »Wenn ich noch eine letzte Bitte an dich richten dürfte, Herr Weißgesicht.«

»Natürlich.«

»Ich möchte nicht frech oder dreist erscheinen, aber ich war schon immer sehr an Gildenbräuchen interessiert. Wenn mir jemand euer Museum zeigen könnte...«

»Wie bitte?«

»Das Clown-Museum.«

»Oh, du meinst den Saal der Gesichter. Das ist kein Museum. Natürlich kannst du den Saal besuchen. Dort gibt es keine Geheimnisse. Schreib's auf, Boffo. Wir sind jederzeit bereit, dir den Saal zu zeigen, Korporal.«

»Herzlichen Dank, Herr Weißgesicht.«

»Jederzeit...«

»Nun, mein Dienst ist gerade zu Ende«, sagte Karotte. »Und da ich schon einmal hier bin...«

»Du kannst doch nicht deinen Dienst beenden, während...«, begann Colon. Er beendete den Satz mit einem überraschten »Au«.

»Wie bitte, Feldwebel?«

»Du hast mich getreten!«

»Ich bin dir versehentlich auf die Sandale getreten, Feldwebel. Tut mir Leid.«

Colon versuchte, im Gesicht des jungen Mannes irgendeine verborgene Botschaft zu erkennen. An den schlichten und einfachen Karotte hatte er sich gewöhnt. Aber der komplizierte Karotte... Es musste genauso entnervend sein, wenn man von einer Ente überfallen wurde.

»Nun... äh... wir gehen jetzt, in Ordnung?«, schlug er vor.

»Ja«, erwiderte Karotte und zwinkerte mehrmals. »Jetzt ist alles *klar.* Und ich habe jetzt dienstfrei und sehe mir den Saal an.«

Er spähte zu den Dächern empor.

»Oh, gut, freut mich sehr, dass alles *klar* ist«, entgegnete Colon. »Dann können wir ja gehen. Nicht wahr, Nobby?«

»Oh… äh… ja, wir können gehen, weil alles *klar* ist«, sagte Nobby. »Hast du gehört, Knuddel?«

»Dass jetzt alles *klar* ist?«, vergewisserte sich der Zwerg. »Ja. Es bedeutet, dass wir gehen können. Meinst du nicht auch, Detritus?«

Detritus stützte sich mit den Fingerknöcheln auf dem Boden ab und starrte ins Leere: die typische Haltung eines Trolls, der auf den nächsten Gedanken wartet.

Die Silben seines Namens sorgten dafür, dass ein Neuron widerstrebend aktiv wurde.

»Was?«, brummte Detritus.

»Es ist alles *klar*.«

»Was sein klar?«

»Alles. Du weißt schon. Herrn Hammerhocks Tod und der ganze Rest.«

»Tatsächlich sein klar?«

»Ja!«

»Oh.«

Detritus dachte eine Zeit lang darüber nach und kehrte in die Apathie zurück.

Bis ein weiteres Neuron aktiv wurde.

»Gut«, sagte er.

Knuddel beobachtete ihn einige Sekunden.

»Das wär's«, murmelte er schließlich. »Mehr hören wir nicht von ihm.«

»Ihr seht mich bald wieder«, versprach Karotte der Truppe. »Können wir jetzt mit der Tour beginnen, Herr Weißgesicht?«

»Meinetwegen«, erwiderte der Oberclown. »Schaden kann es nicht. Zeig Korporal Karotte den Saal, Boffo.«

»Sehr wohl«, erwiderte der kleine Clown.

»Als Clown hat man sicher einen tollen Job«, spekulierte Karotte.

»Hat man das?«

»Ich meine, ist sicher sehr lustig.«

Boffo lächelte schief.

»Nun... manchmal hat es auch seine guten Seiten, ein Clown zu sein.«

»Davon bin ich überzeugt.«

»Hast du oft Wachdienst?«, fragte Karotte im Plauderton, als sie durchs Gebäude der Narrengilde schlenderten.

»Ha!«, antwortete Boffo. »Praktisch die ganze Zeit über.«

»Nun, sein Freund, der Assassine... wann kam er zu Besuch?«

»Du weißt davon?«

Karotte nickte. »Ja.«

»Vor etwa zehn Tagen«, sagte Boffo. »Wir müssen hier entlang, am Tortenwurfstand vorbei.«

»Er hatte Beanos Namen vergessen, wusste jedoch, wo sich seine Kammer befand«, fuhr Karotte fort. »Auch an die Zimmernummer erinnerte er sich nicht, dennoch kannte er den Weg.«

»Stimmt«, bestätigte Boffo. »Ich nehme an, Herr Weißgesicht hat dir alles erzählt.«

»Ich habe mit Herrn Weißgesicht gesprochen«, sagte Karotte.

Angua verstand allmählich, wie Karotte Auskünfte einholte: Er fragte, ohne Fragen zu stellen. Er teilte den Leuten einfach mit, was er dachte oder vermutete, und seine Gesprächspartner füllten die Lücken bei dem Versuch, rhetorisch nicht den Anschluss zu verlieren. Außerdem ließ er sich nie zu einer direkten Lüge hinreißen.

Boffo öffnete eine Tür und zündete umständlich Kerzen an.

»Da sind wir. Ich bin für diesen Raum zuständig – wenn ich nicht gerade am blöden Tor Wache halten muss.«

»Bei den Göttern!«, hauchte Angua. »Wie schrecklich.«

»Ich finde es sehr interessant«, sagte Karotte.

»Es ist historisch«, erläuterte Boffo.

»Die vielen kleinen Köpfe...«

Zahllose Clownsgesichter bildeten lange Reihen in den Regalen. Es sah aus, als hätten Kopfjäger plötzlich einen bizarren Sinn für Humor entwickelt und den Wunsch, die Welt zu verbessern.

»Eier«, sagte Karotte. »Gewöhnliche Hühnereier. Man nimmt ein Hühnerei, bohrt an beiden Enden ein Loch hinein und bläst das Ei aus. Im Anschluss daran malt ein Clown seine Schminkmaske auf das Ei; dadurch wird sie offiziell. Niemand sonst darf sie benutzen. Dieser Punkt ist sehr wichtig. Einige Gesichter sind schon seit Generationen im Besitz einer Familie. Das Gesicht eines Clowns kann sehr wertvoll sein. Stimmt's, Boffo?«

Der Clown starrte ihn an.

»Woher weißt du das alles?«

»Hab's in einem Buch gelesen.«

Angua griff nach einem alten Ei. Auf einem kleinen Schild daran standen zehn oder mehr Namen. Alle waren durchgestrichen, bis auf den letzten. Die verstrichene Zeit hatte die Tinte der ersten Namen in einen blassen Schatten verwandelt. Vorsichtig stellte Angua das Ei ins Regal zurück und wischte sich unbewusst die Hände an der Uniform ab.

»Was passiert, wenn ein Clown das Gesicht eines anderen Clowns kopiert?«, fragte sie.

»Wir vergleichen alle neuen Eier mit denen, die bereits in den Regalen stehen«, erklärte Boffo. »Übereinstimmungen sind nicht gestattet.«

Sie wanderten durch die Gänge zwischen den vielen Gesichtern. Angua glaubte, das Quatschen von Millionen mit Sahnetorten gefüllten Hosen zu hören, die Echos von tausend Tröten. Sie sah eine Million grinsender Mienen, die eigentlich nicht lächelten. Etwa auf halbem Weg durch den Saal gelangten sie zu einem Alkoven. Er enthielt einen Tisch, einen Stuhl, ein Regal mit alten Mappen und eine Werkbank mit verkrusteten Farbtöpfen, buntem Rosshaar, Pailletten und anderen für das Bemalen von Eiern erforderlichen Utensilien. Karotte griff nach einem Bündel Rosshaar und drehte es nachdenklich hin und her.

»Angenommen…«, sagte er, »angenommen, ein Clown mit eigenem Gesicht möchte das Gesicht eines anderen Clowns benutzen.«

»Wie bitte?«, erwiderte Boffo.

»Angenommen, jemand verwendet die Schminke eines anderen Clowns«, sagte Angua.

»Oh, das passiert immer wieder«, sagte Boffo. »Die Leute leihen sich oft Klatsche von den Kollegen aus.«

»Klatsche?«, wiederholte Angua.

»Schminke«, übersetzte Karotte. »Nein, Boffo, ich meine: Könnte sich ein Clown so zurechtmachen, dass er wie ein anderer Clown aussieht?«

Tiefe Falten bildeten sich auf Boffos Stirn, als er versuchte, eine für ihn absurde Frage mit Sinn zu füllen.

»Bitte?«

»Wo ist Beanos Ei, Boffo?«

»Hier auf dem Tisch«, antwortete der kleine Clown. »Seht es euch ruhig an.«

Er zeigte ein Ei mit einer knollenförmigen Nase und rotem Haar. Karotte hob es ins Licht und holte einige rote Strähnen hervor.

»Aber...« Angua suchte nach den richtigen Worten, damit Boffo verstand. »Könntest du nicht morgens aufwachen und dich so schminken, dass du wie ein anderer Clown aussiehst?«

Einige Sekunden lang sah Boffo sie stumm an. Sein Make-up schuf eine starre Maske des Kummers, deshalb veränderte sich sein Gesichtsausdruck kaum. Trotzdem spürte Angua plötzlich eine besondere Kühle, als hätte sie dem kleinen Clown vorgeschlagen, mit einem Huhn intim zu werden.

»Wie sollte ich dazu im Stande sein?«, erwiderte Boffo. »Dann wäre ich nicht mehr ich selbst.«

»Könnte jemand anders so etwas tun?«

Wasser spritzte aus Boffos Knopfloch.

»Solches Gerede brauche ich mir nicht anzuhören!«

»Bedeutet das, dass kein Clown jemals auf den Gedanken käme, das Gesicht eines anderen Clowns zu benutzen?«, vergewisserte sich Karotte.

»Geht das schon wieder los?«

»Und wenn ein junger Clown durch Zufall…«

»Wir sind anständige Leute, klar?«

»Entschuldigung«, sagte Karotte. »Ich glaube, ich verstehe jetzt. Als wir den armen Beano fanden, fehlte ihm die Perücke; vielleicht hat sie ihm der Fluss vom Kopf gerissen. Aber seine Nase… Du hast Feldwebel Colon gesagt, jemand hätte seine Nase genommen, seine *richtige* Nase.« Im ruhigen, freundlichen Ton eines Mannes, der mit einem Einfaltspinsel redet, fügte der Korporal hinzu: »Würdest du uns bitte deine *richtige* Nase zeigen, Boffo?«

Der Clown hob die Hand zu seiner großen roten Nase.

»Aber das ist…«, begann Angua.

»…seine *richtige* Nase«, beendete Karotte den Satz. »Danke.«

Boffo beruhigte sich ein wenig.

»Ihr solltet jetzt besser gehen«, sagte er. »Solche Sachen gefallen mir nicht. Sie regen mich auf.«

»Entschuldigung«, sagte Karotte noch einmal. »Weißt du, ich habe eine Idee. Zunächst war alles nur eine Vermutung, doch inzwischen bin ich ziemlich sicher. Ich glaube, ich kenne den Täter. Doch ich musste die Eier sehen, um Gewissheit zu erlangen.«

»Behauptest du etwa, ein anderer Clown hätte Beano umgebracht?«, fragte Boffo empört. »In dem Fall wäre ich gezwungen…«

»Nein«, erwiderte Karotte. »Der Täter ist kein Clown in dem Sinne. Aber ich kann dir sein Gesicht zeigen.«

Er nahm etwas aus dem Durcheinander auf dem Tisch. Anschließend wandte er sich zu Boffo um und öffnete die Hand. Er stand mit dem Rücken zu Angua, und sie konnte nicht erkennen, was er dem Clown zeigte. Boffo gab einen erstickten Schrei von sich und rannte durch den langen Gang, vorbei an Regalen mit Gesichtern. Seine großen Schuhe quietschten und klackten auf den steinernen Fliesen.

»Danke«, sagte Karotte. »Du warst mir eine große Hilfe.«

Er schloss die Hand wieder und sah seine Begleiterin an.

»Komm. Wir sollten diesen Ort besser verlassen. Ich fürchte, in einigen Minuten sind wir hier nicht mehr sehr beliebt.«

»Was hast du ihm gezeigt?«, fragte Angua, als sie in einer Mischung aus Würde und Hast zum Tor zurückkehrten. »Du bist hierher gekommen, um etwas zu finden, stimmt's? Es ging dir gar nicht darum, das Museum der Clowns zu sehen …«

»Oh, ich habe mich tatsächlich dafür interessiert«, entgegnete Karotte. »Ein guter Wächter sollte immer aufgeschlossen für neue Erfahrungen sein.«

Sie erreichten das Tor, ohne dass strafende Torten aus der Dunkelheit flogen.

Draußen auf der Straße lehnte sich Angua an die Mauer. Die Luft roch hier angenehmer, so weit man das von der Luft in Ankh-Morpork behaupten konnte. Außerhalb der Gilde lachten die Leute auch, ohne dafür bezahlt zu werden.

»Ich weiß noch immer nicht, was Boffo so sehr entsetzt hat«, sagte Angua.

»Ich habe ihm einen Mörder gezeigt«, erklärte Karotte. »Und es tut mir Leid. Mit einer solchen Reaktion habe ich nicht gerechnet. Ich schätze, die Leute sind derzeit ein wenig gereizt. Es ist wie mit Zwergen und ihren Werkzeugen. Alle denken auf ihre eigene Art und Weise.«

»Du hast das Gesicht des Mörders im Saal gefunden?«

»Ja.«

Karotte öffnete die Hand.

Sie enthielt ein unbemaltes Ei.

»Er sieht so aus«, meinte der junge Mann.

»Er hat kein *Gesicht*?«

»Jetzt denkst du wie ein Clown«, erwiderte Karotte. »Ich mit meinem schlichten Gemüt sehe die Sache folgendermaßen. Jemand aus der Assassinengilde wollte kommen und gehen, ohne aufzufallen. Er stellte fest, dass eine ziemlich dünne Wand die beiden Gilden voneinander trennte. Er hatte dort ein Zimmer und brauchte nur herauszufinden, wer auf der anderen Seite wohnte. Später brachte er Beano um und nahm ihm die Perücke und die Nase ab – die *richtige* Nase. Das entspricht der Denkweise der Clowns. Die Schminke war sicher nicht das Problem; die kann man sich überall besorgen. In der Maske von Beano betrat er die Gilde und machte dort ein Loch in die Wand. Im Anschluss daran schlenderte er in der Aufmachung eines Assassinen zum Hof vor dem Museum. Er nahm sich das… Gfähr und kehrte hierher zurück. Erneut kletterte er durch das Loch, zog sich um und verließ die Gilde als Beano. Und dann kam jemand, um *ihn* umzubringen.«

»Boffo meinte, Beano hätte besorgt gewirkt«, sagte Angua.

»Das finde ich seltsam, denn man muss einen Clown aus unmittelbarer Nähe betrachten, um seinen tatsächlichen Gesichtsausdruck zu erkennen. Aber vermutlich fällt er einem eher auf, wenn die Schminke nicht ganz perfekt ist. Wenn sie zum Beispiel von jemandem aufgetragen wurde, der sich damit nicht besonders gut auskennt. Aber noch wichtiger ist folgender Punkt: Wenn ein anderer Clown beobachtete, wie Beanos Gesicht durchs Tor ging, dann hat er gesehen, wie die *Person* Beano die Gilde verließ. Für Clowns ist es unvorstellbar, dass jemand anders sein Gesicht benutzt. Ohne Schminke existiert ein Clown überhaupt nicht. Clowns benutzen die Gesichter ihrer Kollegen ebenso wenig wie Zwerge die Werkzeuge eines anderen Zwergs.«

»Klingt riskant«, kommentierte Angua.

»Oh, es war riskant. Sehr sogar.«

»Karotte? Was willst du jetzt unternehmen?«

»Wir sollten in Erfahrung bringen, wessen Zimmer sich auf der anderen Seite des Loches befindet. Vielleicht gehört es Beanos Freund.«

»Wir sollen der Assassinengilde einen Besuch abstatten? Nur wir beide?«

»Äh. Guter Hinweis.«

Karotte wirkte so niedergeschlagen, dass Angua nachgab.

»Wie spät ist es?«, fragte sie.

Behutsam holte der junge Mann die für Hauptmann Mumm bestimmte Uhr hervor.

»Es ist …«

Abing, abong, abong, bong … bing … bing …

Sie warteten geduldig, bis der Lärm aufhörte.

»Viertel vor sieben«, sagte Karotte. »Sie geht absolut genau. Ich habe sie nach der großen Sonnenuhr in der Unsichtbaren Universität gestellt.«

Angua sah zum Himmel hoch.

»Na schön«, meinte sie. »Ich glaube, ich kann's herausfinden. Überlass die Sache mir.«

»Wie willst du vorgehen?«

»Äh, nun … ich … äh … ziehe die Uniform aus und behaupte, die Schwester einer Köchin oder so zu sein …«

Karotte wirkte skeptisch.

»Und du glaubst, das klappt?«

»Hast du eine bessere Idee?«

»Derzeit leider nicht.«

»Na also. Ich … äh … Du kehrst am besten zu den anderen zurück. Ich … besorge mir andere Kleidung.«

Angua brauchte sich nicht umzusehen, um festzustellen, woher das leise spöttische Lachen kam. Gaspode neigte dazu, ganz plötzlich zu erscheinen, so unerwartet wie eine Wolke Methan in einem vollen Zimmer. Seine Präsenz hatte wie besagte Wolke die unangenehme Tendenz, den ganzen zur Verfügung stehenden Raum auszufüllen.

»Wo willst du dir hier andere Kleidung besorgen?«, fragte Karotte.

»Ein guter Wächter kann jederzeit improvisieren«, erwiderte Angua.

»Der kleine Hund schnauft dauernd«, sagte Karotte. »Warum folgt er uns immerzu?«

»Ich habe nicht die geringste Ahnung.«

»Er hat dir etwas mitgebracht.«

Angua riskierte einen kurzen Blick. Gaspode hielt – mit viel Mühe – einen großen Knochen im Maul. Das Ding war länger als er selbst, und es schien von *etwas* zu stammen, das in einer Teergrube gestorben war. Es hatte grüne Patina angesetzt, und an einigen Stellen klebten Fellfetzen.

»Wie nett«, sagte sie kühl. Und zu Karotte: »Geh nur. Ich finde schon eine Möglichkeit, mich in der Assassinengilde umzusehen.«

»Wenn du wirklich glaubst…«, entgegnete Karotte widerstrebend.

»Ja.«

Als er außer Sicht war, eilte Angua zur nächsten Gasse. Es blieben nur noch wenige Minuten, bis der Mond aufging.

Feldwebel Colon salutierte, als ein nachdenklich die Stirn runzelnder Karotte zur Truppe aufschloss.

»Können wir jetzt heimkehren?«, fragte er.

»Was? Warum?«

»Es ist doch alles klar, oder?«

»Das habe ich nur gesagt, damit kein Verdacht entsteht«, sagte Karotte.

»Ah, sehr schlau«, erwiderte der Feldwebel rasch. »Genau das dachte ich mir. Er sagt das nur, um keinen Verdacht aufkommen zu lassen, dachte ich.«

»Es treibt sich noch immer ein Mörder in der Stadt herum. Oder etwas Schlimmeres.«

Karotte musterte die Wächter der Reihe nach. Eine seltsame Gruppe.

»Ich glaube, wir müssen zunächst die Angelegenheit mit der Tagwache klären«, sagte er.

»Äh«, erwiderte Colon. »Es heißt, dort sei das Chaos besonders… äh… chaotisch.«

»Dann ist es unsere Aufgabe, Ordnung zu schaffen.«

Colon biss sich auf die Lippe. Er war nicht in dem Sinne ein Feigling. Im vergangenen Jahr hatte er auf einem Dach gestanden und Pfeile auf einen Drachen geschossen, der ihm mit weit geöffnetem Rachen entgegenraste. Nachher musste er allerdings die Unterhose wechseln. Aber im Vergleich zum aktuellen Geschehen waren diese Ereignisse harmlos gewesen. Vielleicht nicht unbedingt *harmlos*, aber *unkompliziert.* Ein Drache war eine problemlos einschätzbare Gefahr. Wenn er einem mit weit aufgerissenem Rachen entgegenraste, konnte man die eigene Situation kaum falsch beurteilen. Dann wusste man genau, worüber man sich Sorgen machen musste. Sicher, ein Drache war Anlass genug, sich *große* Sorgen zu machen, aber wenigstens verwirrte er niemanden mit irgendwelchen Geheimnissen und Rätseln.

»Wir sollen alles in Ordnung bringen?«, fragte er.

»Ja.«

»Oh. Gut. Gefällt mir sehr. Bin begeistert.«

Der Stinkende Alte Ron genoss hohes Ansehen in der Bettlergilde. Er war ein so genannter Brummler, und noch dazu ein guter. Er schlurfte hinter Passanten her und brummelte in einer ganz persönlichen Sprache, bis man ihm Geld gab, damit er aufhörte. Man hielt ihn für verrückt, aber das stimmte nicht, zumindest nicht ganz. Seine Kontakte mit der Realität fanden auf einem kosmischen Niveau statt, deshalb fiel es ihm schwer, sich auf kleine Dinge zu besinnen, wie zum Beispiel andere Personen, Wände und Seife. Gegenüber noch kleineren Dingen, zum Beispiel Münzen, war er allerdings besonders aufmerksam.

Aufgrund seiner speziellen Veranlagung überraschte es ihn kaum, als eine attraktive junge Frau an ihm vorbeieilte und sich auszog. So etwas geschah im Kopf des Alten Ron dauernd.

Er beobachtete, was anschließend passierte.

Kurze Zeit später sprang ein schlanker, goldbrauner Leib fort.

»Ich hab's ihnen *gesagt*! Ich hab's ihnen *gesagt*! Ich hab's ihnen *gesagt*!«, stieß der Stinkende Alte Ron hervor. »Das falsche Ende einer Lumpensammlertrompete soll'n sie bekommen, jawohl! Bei den Göttern und Dämonen! Potzblitz und Donnerwetter! *Gesagt* hab ich's ihnen!«

Als Angua wieder zum Vorschein kam, wackelte bei Gaspode etwas, das sein Schwanz sein musste. Zumindest befand sich das Ding am richtigen Ende.

»Haft dich umgefogen, wie?«, fragte er. Der Knochen machte seine Stimme undeutlich. »Gut. Aufgefeichnet. Ich hab dir daf hier mitgebracht…«

Er ließ den Knochen auf das Kopfsteinpflaster fallen. Für Anguas Wolfsaugen sah er nicht besser aus.

»Was soll ich damit?«, fragte sie.

»Steckt voll nahrhaftem Knochenmark«, sagte Gaspode vorwurfsvoll.

»Und wenn schon«, erwiderte Angua. »Erklär mir lieber, wie ich in die Assassinengilde reinkomme.«

»Und nachher könnten wir es uns bei den Misthaufen in der Fleißigen Straße gemütlich machen«, schlug Gaspode vor. Sein Stummelschwanz klopfte unaufhörlich auf den Boden. »Dort gibt's Ratten, bei deren Anblick… Oh, schon gut, vergiss es«, sagte er hastig, als es in Anguas Augen blitzte.

Er seufzte.

»Es gibt da einen Abfluss neben der Küche«, fügte er hinzu.

»Groß genug für einen Menschen?«

»Nicht einmal ein Zwerg könnte sich hindurchzwängen. Aber es ist ohnehin nicht die Mühe wert. Heute stehen Spaghetti auf der Speisekarte. Und Spaghetti enthalten nur wenig Knochen…«

»Komm.«

Gaspode watschelte los.

»Es war ein guter Knochen«, murmelte er. »Nur ein bisschen grün. Ha! Ich wette, Schokoladenkekse von Herrn Dickerbrocken würdest du nicht ablehnen.«

Unwillkürlich zog er den Kopf ein, als sich Angua abrupt zu ihm umdrehte.

»Was hast du gesagt?«

»Nichts! Nichts!«

Gaspode folgte dem Wolfshund und winselte leise.

Auch Angua war alles andere als glücklich. Das Leben brachte gewisse Probleme mit sich, wenn einem bei Vollmond Haare und Reißzähne wuchsen. Aus einigen unliebsamen Erfahrungen hatte sie erkannt, dass Männer es nicht mochten, wenn ihre Partnerin plötzlich ein Fell bekam. Deshalb hatte sie sich geschworen, nie wieder enge Beziehungen zu knüpfen.

Was Gaspode betraf … Er fand sich mit einem Leben ohne Liebe ab. Seine praktischen Erfahrungen beschränkten sich auf einen ahnungslosen Chihuahua und eine kurze Episode mit dem Bein eines Postboten.

Das Pulver Nummer eins rutschte durch das gefaltete Papier in das kleine Metallrohr. Verfluchter Mumm! Wer hätte gedacht, dass er sich die Mühe machte, aufs Dach des Opernhauses zu klettern? Er hatte dort oben ein Schussmagazin verloren. Aber ihm standen noch drei andere zur Verfügung. Ein Beutel mit Pulver Nummer eins und einige Kenntnisse über Bleigießen – mehr brauchte man nicht, um die Stadt zu beherrschen …

Das Gfähr lag auf dem Tisch. Ein bläulicher Glanz ging von dem Metall aus, fast ein *Glitzern.* Natürlich lag es am Öl. Man musste glauben, dass es allein am Öl lag. Immerhin war es ein Objekt aus Metall und nichts Lebendiges.

Und doch …

Und doch …

»Es heißt, es war nur ein Bettlermädchen …«

Na und? Sie bot ein Ziel. Mich trifft keine Schuld. Du bist dafür verantwortlich. Ich bin nur das Gfähr. Gfähre töten niemanden. Personen bringen andere Personen um.

»Du hast Hammerhock ermordet! Der Junge meinte, du hättest von ganz allein geschossen! Und er hat dich repariert!«

Erwartest du Dankbarkeit? Er hätte ein zweites Gfähr gebaut.

»War das ein Grund, ihn zu töten?«

Natürlich. Das verstehst du nicht.

War die Stimme in seinem Kopf? Oder kam sie vom Gfähr? Er wusste es nicht. Edward hatte von einer Stimme gesprochen, von einer Stimme, die einem alles versprach…

Es fiel Angua leicht, in die Gilde hineinzukommen, obwohl es auf den Straßen in der Nähe von zornigen Bürgern wimmelte. Und als sie erst einmal im Gebäude war… Einige Assassinen – insbesondere jene, die aus adeligen Familien stammten, wo Hunde mit langem Fell die gleiche Rolle spielten wie bei anderen Leuten Teppiche – hielten sich hier edle Tiere, und Angua passte da gut ins Bild. Immerhin war sie reinrassig. Als sie durch die Flure lief, zog sie nur bewundernde, keine argwöhnischen Blicke auf sich.

Es war auch nicht schwer, den richtigen Korridor zu finden. Sie hatte sich bei der Gilde nebenan einen Überblick verschafft und zählte nun die Etagen und Fenster. Außerdem brauchte sie ihren visuellen Orientierungssinn gar nicht in Anspruch zu nehmen – Feuerwerksgeruch wies ihr den Weg.

Im betreffenden Flur drängten sich Assassinen vor der aufgebrochenen Tür. Angua blickte um die Ecke und sah einen sehr wütenden Professor Kreuz.

»Herr Runter?«

Ein weißhaariger Assassine nahm Haltung an.

»Ja?«

»Ich möchte, dass er gefunden wird!«

»Ja, Herr…«

»Und ich möchte noch mehr! Er soll inhumiert werden! Auf eine Sehr Unangenehme Art! Das Honorar dafür setze ich hiermit auf zehntausend Ankh-Morpork-Dollar fest – und ich bezahle es aus meiner eigenen Tasche, verstanden? Ohne Gildensteuer.«

Mehrere Assassinen lösten sich aus der Menge und schlenderten wie beiläufig fort. Zehntausend unversteuerte Dollar übten einen gewissen Reiz aus…

Runter wand sich voller Unbehagen. »Professor, ich denke…«

»Du denkst? Du wirst nicht dafür bezahlt zu denken! Weiß der Himmel, wohin der Idiot verschwunden ist! Das ganze Gildenhaus durchsuchen – so lautete mein Befehl. Warum hat niemand die Tür aufgebrochen?«

»Es tut mir sehr Leid, Professor. Edward verließ uns vor einigen Wochen, und ich dachte nicht…«

»Du hast nicht *gedacht*? Wofür wirst du bezahlt?«

»Ich habe ihn noch nie so sauer gesehen«, sagte Gaspode.

Hinter dem Chef der Assassinengilde hüstelte jemand. Herr Weißgesicht war in den Flur getreten.

»Ah, ich glaube, wir sollten die Angelegenheit in meinem Büro besprechen«, meinte Professor Kreuz.

»Ich bedaure das alles sehr…«

»Du brauchst dir keine Vorwürfe zu machen. Der kleine… Teufel hat dafür gesorgt, dass wir beide wie Narren dastehen. Oh… das meine ich natürlich nicht persönlich. Herr Runter, die Narren und Assassinen werden das Loch bewachen, bis morgen die Steinmetze mit der Arbeit beginnen. *Niemand* darf die Öffnung passieren, verstanden?«

»Ja.«

»Gut.«

»Das ist Herr Runter«, sagte Gaspode, als Professor Kreuz und der Oberclown durch den Flur schritten. »Die Nummer zwei in der Assassinenhierarchie.« Er kratzte sich am Ohr. »Er würde Kreuz kaltblütig aus dem Weg räumen, wenn das nicht gegen die Vorschriften verstieße.«

Angua setzte sich wieder in Bewegung. Runter wischte sich gerade die Stirn ab und senkte den Blick.

»Hallo. Du bist neu hier.« Er sah Gaspode. »Und der Köter ist wieder da.«

»Wuff, wuff«, sagte Gaspode, und sein Stummelschwanz klopfte auf den Boden. »Von ihm kann man sich ein Pfefferminzbonbon erhoffen, wenn er in der richtigen Stimmung ist«, teilte er Angua mit. »In diesem Jahr hat er fünfzehn Personen vergiftet. Mit Gift kann er fast ebenso gut umgehen wie der alte Kreuz.«

»Musstest du unbedingt darauf hinweisen?«, entgegnete Angua, während ihr Runter den Kopf tätschelte.

»Oh, Assassinen töten nur, wenn sie dafür bezahlt werden. Beruhigend, nicht wahr?«

Jetzt konnte Angua die Tür sehen. In einer metallenen Halterung steckte ein Pappschild mit einem Namen.

Edward d'Eath.

»Edward d'Eath«, sagte sie.

»Den Namen höre ich nicht zum ersten Mal«, erwiderte Gaspode. »Adlige Familie. Wohnte früher in der Königsstraße. War mal so reich wie Krösus.«

»Wer ist Krösus?«

»Irgendein Ausländer, der 'ne Menge Geld hat.«

»Oh.«

»Sein Urgroßvater hatte immer viel Durst, und der Großvater jagte allem nach, das einen Rock trug, obgleich er manchmal selbst Röcke anzog und so. Mit Vater d'Eath war so weit alles in Ordnung, ich meine, er trank nur Wasser und hielt sich auch ansonsten zurück. Trotzdem verlor er den Rest des Familienvermögens – weil er Mühe hatte, den Unterschied zwischen einer Eins und einer Elf zu erkennen.«

»Wie verliert man dadurch Geld?«

»Die finanziellen Verluste können sogar erheblich sein, wenn man trotz einer solchen Schwäche mit bestimmten Leuten Leg-Herrn-Zwiebel-Rein spielt.«

Werwolf und Hund liefen langsam durch den Flur.

»Was weißt du über den jungen Edward?«, fragte Angua.

»Nicht viel. Das Haus wurde vor kurzer Zeit verkauft, um die Schulden der Familie zu bezahlen. Edward habe ich schon seit einer ganzen Weile nicht mehr gesehen.«

»Du bist wirklich gut informiert«, kommentierte Angua.

»Ich komme herum. Und niemand achtet auf Hunde.« Gaspode rümpfte die Nase – das Ding sah aus wie eine verschrumpelte Trüffel. »Meine Güte. Hier stinkt's nach Gfähr, nicht wahr?«

»Ja. Der Geruch ist irgendwie seltsam.«

»Was meinst du?«

»Etwas scheint damit nicht zu stimmen.«

Es gab noch weitere Gerüche: ungewaschene Socken, andere Hunde, Herrn Weißgesichts Schminke, das Essen vom vergangenen Tag – ein großes olfaktorisches Durcheinander. Doch der Feuerwerksgeruch, den Angua inzwischen automatisch mit dem Gfähr assoziierte, überlagerte den Rest und brannte wie Säure in der Nase.

»Was stimmt damit nicht?«

»Keine Ahnung. Vielleicht liegt's am besonderen Aroma des Gfährs…«

Gaspode zuckte mit den schmalen Schultern. »Es befand sich jahrelang an diesem Ort. Dadurch hat es einen Geruchsschatten hinterlassen.«

»Na schön. In Ordnung. Wir haben jetzt einen Namen. Vielleicht kann Karotte etwas damit anfangen…«

Angua lief die Treppe hinunter.

»Entschuldige bitte…«, sagte Gaspode.

»Ja?«

»Wie verwandelst du dich zurück in eine Frau?«

»Nun, ich verlasse den Mondschein und… konzentriere mich. Bisher hat's immer geklappt.«

»So einfach ist das?«

»Bei Vollmond kann ich mich sogar tagsüber… verändern, wenn ich will. Doch wenn ich dem Mondschein ausgesetzt bin, bleibt mir keine Wahl.«

»Ach? Und was ist mit Knoblauch?«

»Ist lecker, wenn man ihn in der richtigen Menge den richtigen Speisen hinzufügt.«

»Wirkt er nicht abschreckend auf dich?«

»Ich bin ein Werwolf, kein Vampir. Du solltest nicht alles glauben, was du über uns liest. Wir sind auch nur Menschen – die meiste Zeit über.«

Sie verließen die Gilde und erreichten kurze Zeit später eine Gasse, der es an zwei Dingen mangelte: Anguas Uniform fehlte, und vom Stinkenden Alten Ron war weit und breit nichts mehr zu sehen.

»Mist.«

Sie blickten auf leeren Dreck hinab.

»Hast du andere Sachen?«, fragte Gaspode.

»Ja, in der Ulmenstraße. Aber es ist... äh... zivile Kleidung. Dies war meine einzige Uniform.«

»Musst du als Mensch unbedingt etwas anziehen?«

»Ja.«

»Warum? Ich dachte, eine nackte Frau wäre überall und in jeder Gesellschaft zu Hause. Damit möchte ich niemandem zu nahe treten.«

»Ich bin lieber angezogen.«

Gaspode beschnüffelte den Boden.

»Komm«, seufzte er. »Wir sollten den Stinkenden Alten Ron besser einholen, bevor er mit deinem Kettenhemd eine Flasche Bärdrücker bezahlt.«

Angua sah sich um. Der Geruch des Alten Ron hatte praktisch Substanz.

»Na schön. Beeilen wir uns.«

Knoblauch und dergleichen? Man brauchte keine blöden Kräuter, um das Leben problematisch zu gestalten. Es genügte, wenn man einmal im Monat mit zwei zusätzlichen Beinen und vier zusätzlichen Brustwarzen zurechtkommen musste.

Vor dem Palast des Patriziers und vor der Assassinengilde wimmelte es von Leuten. Es waren auch viele Bettler zugegen, und sie sahen scheußlich aus. Scheußliches Aussehen gehört gewissermaßen zum Handwerkszeug eines Bettlers, doch hier sahen die Bettler noch scheußlicher aus als sonst.

Die Milizionäre marschierten um eine Ecke.

»Das sind Hunderte!«, staunte Colon. »Und jede Menge Trolle stehen vor dem Haus der Tagwache. Dadurch sinkt die durchschnittliche Intelligenz der Demonstranten.«

Karotte bedachte ihn mit einem strengen Blick.

»War nur ein Scherz«, sagte Colon rasch.

»Na schön. Folgt mir.«

Das Stimmengewirr verklang, als die Miliz erneut marschierte, schlurfte und wankte.

Zwei besonders große Trolle versperrten ihr den Weg zum Wachhaus. Die Menge wartete gespannt.

Gleich wirft jemand mit etwas, dachte Colon. Dann sind wir alle erledigt.

Er hob den Kopf. Oben an den Regenrinnen erschienen wie in Zeitlupe steinerne Figuren. Alle rechneten mit einem Kampf, und niemand wollte ihn verpassen.

Karotte nickte den beiden Trollen vor der Miliz zu.

Flechten wuchsen auf ihnen, stellte Colon fest.

»Ihr seid Flussspat und Bauxit, nicht wahr?«, fragte Karotte.

Flussspat nickte stumm. Bauxit war etwas hartnäckiger und starrte nur.

»Nach Burschen wie euch habe ich gesucht«, meinte Karotte.

Colon griff nach seinem Helm mit der gleichen Verzweiflung wie eine Napfschnecke der Größe 10, die versucht, in ein Schneckenhaus der Größe 1 zu schlüpfen. Bauxit war eine Lawine mit Füßen.

»Ihr seid eingezogen«, verkündete Karotte.

Colon spähte unter dem Rand seines Helms hervor.

»Holt euch eure Waffen bei Korporal Nobbs ab. Obergefreiter Detritus vereidigt euch.« Karotte trat zurück. »Willkommen in der Bürgerwache. Und denkt daran: Jeder Obergefreite hat den Stab eines Feldmarschalls in seinem Rucksack.«

Die Trolle rührten sich nicht von der Stelle.

»Will nich' sein in Wache«, sagte Bauxit.

»Oh, ihr seht aus wie gutes Offiziersmaterial.«

»He, ihr könnt sie nicht in die Wache aufnehmen!«, rief ein Zwerg aus der Menge.

»Hallo, Herr Starkimarm«, erwiderte Karotte. »Freut mich, dass auch die Oberhäupter lokaler Gemeinschaften zugegen sind. Warum können diese beiden Personen nicht Mitglied der Wache werden?«

Alle Trolle lauschten. Starkimarm merkte, dass er plötzlich im Mittelpunkt der allgemeinen Aufmerksamkeit stand. Er zögerte.

»Äh ... ihr habt nur einen Zwerg«, sagte er schließlich.

»Ich bin ebenfalls ein Zwerg«, sagte Karotte. »Wenn auch nur ein adoptierter.«

Starkimarm wirkte ein wenig nervös. Politisch eingestellte Zwerge konnten sich kaum daran gewöhnen, dass Karotte unbedingt zu ihnen gehören wollte.

»Du bist recht groß«, wandte er ein.

»Was hat denn Größe damit zu tun?«, fragte Karotte.

»Äh ... viel«, erwiderte Starkimarm.

»Guter Hinweis«, meinte Karotte. »Ja, ein guter Hinweis.« Mit erneuertem Interesse sah er in die Menge. »In Ordnung. Wir brauchen einige ehrliche, gesetzestreue Zwerge. Du dort!«

»Wer, ich?«, fragte ein unvorsichtiger Zwerg.

»Hast du Vorstrafen?«

»Ich habe mir nie irgendwelche Strafen ausgeliehen, wenn du das meinst.«

»Gut. Außerdem nehme ich ... euch beide ... und auch dich. Vier Zwerge, einverstanden? Jetzt gibt es keinen Grund mehr zur Klage, oder?«

»Will nich' sein in Wache«, wiederholte Bauxit, doch ein Hauch von Unsicherheit schwang in seiner Stimme.

»Ihr Trolle jetzt nicht könnt nehmen Abschied«, verkündete Detritus. »Sonst zu viele Zwerge. So es sein mit *Zahlen*.«

»Ich werde kein Wächter!«, sagte einer der ausgewählten Zwerge.

»Ach?«, erwiderte Knuddel. »Bist wohl nicht Manns genug, wie?«

»Was? Ich bin ebenso gut wie irgendein blöder Troll!«

»Das wäre also geklärt«, sagte Karotte und rieb sich die Hände. »Oberobergefreiter Knuddel?«

»Herr?«

»He«, brummte Detritus. »Wieso er plötzlich sein ein zusätzlicher Ober?«

»Weil er sich um die Zwergenrekruten kümmert«, erklärte Karotte. »Und du bist von jetzt an für die rekrutierten Trolle verantwortlich, Oberobergefreiter Detritus.«

»Ich Oberobergefreiter und soll kümmern mich um Troll-Rekruten?«

»Ja. Wenn du nun bitte zur Seite treten würdest, Obergefreiter Bauxit...«

Hinter Karotte holte Detritus tief und stolz Luft.

»Will nich'...«

»Obergefreiter Bauxit! Du schrecklicher großer Troll! Du gerade stehen! Und jetzt sofort salutieren! Korporal Karotte aus dem Weg gehen! Ihr beiden Trolle, ihr hierher kommen undzwarfix! Aaains zwei und drei vier! In der Wache ihr jetzt seid! Aaargh, ich es nicht glauben kann, obwohl meine Augen es sehen! Woher du kommst, Bauxit?«

»Vom Schnittenberg, aber...«

»Vom Schnittenberg? Vom *Schnittenberg*? Nur...« Detritus starrte einige Sekunden lang auf seine Finger und ließ seine Hände dann schnell hinterm Rücken verschwinden. »Nur zwei Dinge kommen vom Schnittenberg! Felsen und... und... und...« Er nahm das erste Wort, das sich ihm anbot. »Und noch mehr Felsen! Was du *bist*, Bauxit?«

»Was geht hier vor?«

Die Tür des Wachhauses wurde geöffnet, und Hauptmann Schrulle trat mit gezogenem Schwert nach draußen.

»Ihr beide schreckliche Trolle! Ihr jetzt sofort heben Hand und wiederholen Trollschwur...«

»Ah, Hauptmann«, sagte Karotte. »Ich glaube, wir haben etwas zu besprechen.«

»Du hast dich gerade in *große* Schwierigkeiten gebracht, Korporal Karotte«, knurrte Schrulle. »Für wen hältst du dich eigentlich?«

»...alle Anweisungen befolgen...«

»Will nich' sein in ...«

Bamm.

»...alle Anweisungen befolgen...«

»Nun, ich bin ein Mann am Ort des Geschehens«, erwiderte Karotte fröhlich.

»Na schön, Mann am Ort des Geschehens, ich bin hier der ranghöchste Offizier, und deshalb ...«

»Da sprichst du einen interessanten Punkt an.« Karotte holte sein schwarzes Notizbuch hervor. »Hiermit enthebe ich dich deines Kommandos.«

»...sonst mir wird eingeschlagen Goohuloog-Kopf.«

»...sonst mir wird eingeschlagen Goohuloog-Kopf.«

»Was? Bist du übergeschnappt?«

»Nein. Aber ich glaube, du bist es. Was bedeutet, dass bestimmte Vorschriften zur Anwendung kommen.«

»Wo sind deine Befugnisse?« Schrulle starrte auf die Menge. »Ha! Ich nehme an, du willst auf diese Meute hier verweisen.«

Karotte wirkte schockiert.

»Natürlich nicht. Meine Befugnisse sind deutlich in den Gesetzen und Verordnungen der Städte Ankh und Morpork beschrieben. Ich beziehe mich auf geltendes Recht. Bitte, sag mir, was dem Häftling Kohlenfresse zur Last gelegt wird.«

»Meinst du den verdammten Troll? Er ist ein Troll!«

»Und?«

Schrulle sah sich um.

»Ich muss dir doch nicht hier vor allen Leuten sagen ...«

»Doch, genau das musst du. Deshalb spricht man in diesem Zusammenhang von ›Beweisen‹. Das heißt soviel wie *sichtbar machen.*«

»Jetzt hör mal...« Schrulle beugte sich zu Karotte vor. »Er ist ein *Troll. Irgendetwas* hat er bestimmt angestellt. Kein Troll taugt etwas.«

Karotte lächelte.

Colon kannte dieses Lächeln inzwischen. Wenn Karotte auf diese Weise lächelte, wurde sein Gesicht wächsern und schien von innen heraus zu leuchten.

»Und deshalb hast du ihn eingesperrt?«

»Ja!«

»Oh. Natürlich. Jetzt verstehe ich.«

Karotte wandte sich ab.

»Ich weiß beim besten Willen nicht, was dir in den Sinn...«, begann Schrulle.

Man sah kaum, wie sich Karotte bewegte. Er wurde zu einem Schemen, und ein seltsames Geräusch erklang – wie ein Steak, das jemand auf ein Bratblech klatscht. Einen Sekundenbruchteil später lag der Hauptmann auf dem Boden.

Zwei Angehörige der Tagwache erschienen vorsichtig in der Tür des Wachhauses.

Ein Rasseln zog ihre Aufmerksamkeit auf sich. Nobby ließ den Morgenstern an der Kette schwingen. Allerdings war die mit Stacheln besetzte Kugel eine sehr schwere mit Stacheln besetzte Kugel, und Nobby unterschied sich von Zwergen in erster Linie durch die Spezies, nicht durch die Größe. Das führte dazu, dass er und der Morgenstern sich gegenseitig umkreisten. Wenn er losließ, wurde irgendetwas entweder von der Kugel oder von einem nicht explodierenden Korporal Nobbs getroffen. Das eine war ebenso unangenehm wie das andere.

»Lass den Morgenstern sinken, Nobby«, flüsterte Colon. »Ich glaube, wir haben hier alles überstanden...«

»Ich kann nicht loslassen, Fred!«

Karotte saugte an seinen Fingerknöcheln.

»Fällt das in die Kategorie ›minimale Gewalt‹, Feldwebel?«, fragte er und schien ernsthaft besorgt zu sein.

»Fred! Fred! Was mache ich bloß?«

Die Zentrifugalkraft beschleunigte Nobby. Wenn man eine mit Stacheln bewehrte Kugel an einer Kette schwingt, ist es das Vernünftigste, in Bewegung zu bleiben. Wer unter solchen Bedingungen stehen bleibt, erlebt die ebenso kurze wie aufschlussreiche Demonstration einer Spirale.

»Atmet er noch?«, fragte Colon.

»Ja. Ich habe ihn nur ins Reich der Träume geschickt.«

»Scheint tatsächlich minimal zu sein«, urteilte der Feldwebel großzügig.

»Freeeddd!«

Karotte streckte geistesabwesend die Hand aus, als der Morgenstern vorbeisauste. Er riss ihn zur Wand, wo die Kugel stecken blieb.

»Ihr im Wachhaus«, sagte er. »Kommt raus.«

Fünf Männer traten nach draußen und verharrten unsicher beim reglosen Hauptmann.

»Gut. Und jetzt holt Kohlenfresse.«

»Äh. Er ist nicht besonders gut gelaunt, Korporal Karotte.«

»Weil er an den Boden gekettet wurde«, erklärte ein anderer Tagwächter.

»Ich nehme an, dann verbessert sich seine Stimmung gleich«, erwiderte Karotte. »Weil ihr die Ketten jetzt lösen werdet.« Voller Unbehagen scharrten die Männer mit den Füßen und erinnerten sich vermutlich an ein altes Sprichwort, das gut zur derzeitigen Situation passte*. Karotte nickte. »Ich fordere euch nicht auf, den Dienst zu quittieren. Aber es wäre sicher keine schlechte Idee, wenn ihr eine Zeit lang Urlaub macht.«

»Quirm soll um diese Jahreszeit sehr schön sein«, meinte Feldwebel Colon. »Dort gibt's eine Blumenuhr.«

»Äh... da du es schon erwähnst... es wird ohnehin Zeit, dass ich meine Grippe nehme«, entgegnete ein Wächter.

* Es lautet: »Wer einen Troll an den Boden kettet und die günstige Gelegenheit nutzt, ihn zu treten, sollte besser nicht zugegen sein, wenn die Ketten gelöst werden.«

»Wenn du noch länger hierbleibst, könnten sich der Grippe andere Krankheiten hinzugesellen«, mahnte Karotte.

Die Tagwächter eilten so schnell fort, wie es Ehre und Würde erlaubten. Die Menge schenkte ihnen kaum Beachtung. Sie fand es viel interessanter, Karotte zu beobachten.

»Na schön«, sagte er nun. »Detritus, nimm dir einige Männer und hol den Gefangenen.«

»Ich sehe nicht ein, warum ...«, begann ein Zwerg.

»Du still sein, schrecklicher Mann«, brummte der machttrunkene Detritus.

Von einem Augenblick zum anderen herrschte völlig Stille.

Man hätte die Klinge einer Guillotine fallen hören können.

In der Menge griffen unterschiedlich große Hände nach verborgenen Waffen.

Alle sahen Karotte an.

Das war das Seltsame daran, erinnerte sich Colon später. Alle Blicke richteten sich auf Karotte.

Gaspode beschnüffelte einen Laternenpfahl.

»Ah. Der dreibeinige Schepp ist erneut krank gewesen, wie ich rieche«, sagte er. »Und Schnösel-Willi hält sich wieder in der Stadt auf.«

Für Hunde sind gut platzierte Laternenpfähle wie die Gesellschaftsrubrik in der Zeitung.

»Wo sind wir?«, fragte Angua. Es fiel ihr schwer, die Fährte des Stinkenden Alten Ron weiterhin zu erkennen, weil es hier viele andere Gerüche gab.

»Irgendwo in den Schatten«, erwiderte Gaspode. »Die Schätzchengasse riecht so.« Er schnüffelte erneut, diesmal am Boden. »Aha, hier ist die Spur wieder. Sie ...«

»Hallo, Gaspode ...«

Die Stimme war tief und heiser, und ihr Flüstern klang, als hätte jemand Sand hineingestreut.

»Wer ist deine Freundin, Gaspode?«

Jemand kicherte spöttisch.

»Oh«, erwiderte Gaspode. »Äh. Hallo, Kumpel.«

Zwei Hunde näherten sich. Sie waren riesig und gehörten zu keiner klar identifizierbaren Rasse. Einer von ihnen war pechschwarz und sah aus wie eine Kreuzung zwischen einem Bullterrier und einem Fleischwolf. Der andere wirkte wie ein Hund, der den Namen »Schlächter« trug. Aufgrund der sehr langen Reißzähne schien es, als betrachte er die Welt durch ein Gitter. Dazu hatte er krumme Beine – obwohl es sehr dumm oder sogar fatal gewesen wäre, ihn darauf anzusprechen.

Gaspodes Schwanz vibrierte nervös.

»Das sind meine Freunde, der Schwarze Roger und ...«

»Schlächter?«, vermutete Angua.

»Woher weißt du das?«

»Hab' nur geraten.«

Die beiden großen Hunde blieben rechts und links von ihnen stehen.

»Na so was«, sagte der Schwarze Roger. »Wen haben wir denn hier?«

»Sie heißt Angua«, erwiderte Gaspode. »Und sie ist ein ...«

»Wolfshund«, sagte Angua.

Die beiden Hunde schlichen um sie herum.

»Weiß der Große Fido von ihr?«, fragte der Schwarze Roger.

»Ich wollte gerade ...«, begann Gaspode.

»Du wolltest uns bestimmt begleiten«, unterbrach ihn der Schwarze Roger. »Heute Abend findet eine Gildenversammlung statt.«

»Klar, natürlich«, erwiderte Gaspode hastig. »Kein Problem.«

Ich könnte mit ihnen fertig werden, dachte Angua. Aber nicht mit beiden gleichzeitig.

Ein Werwolf verfügt über genug Kieferkraft, um jemandem in ein, zwei Sekunden die Halsschlagader zu zerfetzen. Anguas Vater hatte sich besonders gut darauf verstanden und diesen Trick recht häufig angewendet, worüber sich ihre Mutter besonders ärgerte, wenn er sein diesbezügliches Geschick unmittelbar vor den Mahlzeiten bewies.

Was die Tochter betraf… Als überzeugte Vegetarierin konnte sie sich nie dazu durchringen, von dieser Möglichkeit Gebrauch zu machen.

»Hallo«, knurrte Schlächter an ihrem Ohr.

»Keine Sorge«, stöhnte Gaspode. »Der Große Fido und ich… Wir stehen so zueinander.«

»Was versuchst du da? Willst du Krallen überkreuzen? Ich wusste gar nicht, dass Hunde so was können.«

»Können sie auch nicht«, erwiderte Gaspode kläglich.

Andere Hunde kamen aus der Finsternis, als man sie durch Gassen führte, die eigentlich nur noch Spalten zwischen Mauern waren. Schließlich gelangten sie zu einem freien Bereich, der in erster Linie dazu diente, die Gebäude in der Nähe mit Tageslicht zu versorgen. In einer Ecke lag eine Tonne mit einer zerrissenen Decke darin. Daneben und davor warteten Hunde erwartungsvoll. Einige von ihnen hatten nur ein Auge oder ein Ohr. Niemandem mangelte es an Narben. Und alle verfügten über lange, spitze Zähne.

»Wartet hier«, sagte der Schwarze Roger.

»Versucht nicht wegzulaufen«, zischte Schlächter. »Sonst könnte es passieren, dass euch jemand die Eingeweide aus dem Leib reißt.«

Angua senkte den Kopf, bis er sich auf einer Höhe mit Gaspodes befand. Der kleine Hund zitterte.

»In welche Situation hast du mich gebracht?«, fragte sie leise. »Dies ist die Hundegilde, nicht wahr? Und sie besteht aus Streunern?«

»Pscht! Sag das bloß nicht! Das sind keine Streuner.« Gaspode sah sich um. »Die Gilde besteht nicht aus *irgendwelchen* Hunden. Nein. Diese Hunde hier sind…« Er senkte die Stimme. »…böse gewesen.«

»Böse?«

»Ja. Böse Hunde. Du weißt schon. Ungezogener Bursche! Willst du wieder den Pantoffel spüren?« Bei Gaspode klang es wie eine schreckliche Litanei. »Alle Hunde, die du hier siehst… Jeder einzelne von ihnen ist von zu Hause abgehauen. Sie sind ihren Eigentümern entwischt.«

»Das ist alles?«

»Ob das alles ist? *Alles?* Ja. Natürlich. Du bist kein Hund in dem Sinne. Deshalb kannst du das kaum verstehen. Du weißt nicht, wie es ist. Aber der Große Fido... hat es ihnen erklärt. Streift eure Würgeketten ab, sagt er. Beißt in die Hand, die euch füttert. Steht auf und heult. Er gibt ihnen Stolz«, betonte Gaspode mit einer Mischung aus Furcht und Faszination. »Ja, er erklärt ihnen alles. Und wenn ein Hund nicht mit ganzem Herzen nach Freiheit strebt, dann ist er bald ein toter Hund. In der vergangenen Woche hat er einen Dobermann umgebracht, und zwar nur deshalb, weil er mit dem Schwanz wedelte, als ein Mensch vorbeikam.«

Angua sah zu einigen der größeren Hunde, die ungepflegt und auf eine sonderbare Art *unhündisch* erschienen. Sie bemerkte einen kleinen, zierlichen weißen Pudel, dessen Fell noch immer den letzten Trimm verriet, und einen Schoßhund, an dem die Überbleibsel eines karierten Jäckchens hingen. Die Tiere liefen nicht etwa bellend und jaulend umher. Sie standen stumm und still, strahlten eine Entschlossenheit aus, die Angua schon einmal gesehen hatte, allerdings nicht bei Hunden.

Gaspode zitterte immer heftiger. Angua näherte sich dem Pudel, der ein glitzerndes Halsband trug – der Glanz verlor sich fast in seinem schmutzverkrusteten Fell.

»Ist der Große Fido eine Art Wolf oder so?«, fragte sie.

»Im Grunde ihres Wesens sind alle Hunde Wölfe«, antwortete der Pudel. »Aber die Manipulationen der Menschen haben viele von uns auf grausame und zynische Weise von unserer wahren Bestimmung getrennt.«

Es klang wie ein Zitat. »Hat das der Große Fido gesagt?«, spekulierte Angua.

Der Pudel drehte den Kopf, und zum ersten Mal sah sie seine Augen. In ihnen brannte das rote Feuer der Hölle. Ein Geschöpf mit solchen Augen konnte jedes andere Geschöpf töten, denn Wahnsinn – wahrer Wahnsinn – ist im Stande, eine Faust durch dickes Holz zu rammen.

»Ja«, erwiderte der Große Fido.

Einst war er ein normaler Hund gewesen. Er hatte gebellt, sich auf den Rücken gerollt und fortgeworfene Gegenstände zurückgeholt. Er erinnerte sich ans Gassigehen, jeden Abend um die gleiche Zeit.

Als *es* geschah, kam es nicht wie ein Lichtblitz oder dergleichen. Er lag in seinem Körbchen, wie sonst auch, und dachte an seinen Namen, der außen am Korb stand. Er dachte an die Decke, in die »Fido« eingestickt war, und an den Fressnapf mit der Aufschrift »Fido«. Er grübelte auch über das Halsband nach, das ebenfalls den Namen »Fido« trug. Irgendwann machte es tief in ihm *Klick*, woraufhin er die Decke fraß, sein Herrchen anfiel und anschließend durchs Küchenfenster floh. Draußen stand ein Labradorhund, mindestens viermal so groß wie Fido, und lachte über das Halsband. Dreißig Sekunden später machte er sich winselnd auf und davon.

So begann alles.

Die Hundehierarchie war eine einfache Angelegenheit. Fido brauchte nur zu fragen, meistens mit relativ undeutlicher Stimme, weil er das Bein eines Rivalen zwischen den Zähnen hatte. Schon nach kurzer Zeit fand er den Anführer der größten Meute von wilden Hunden in der Stadt. Die Leute – beziehungsweise Hunde – sprachen noch immer über den Kampf zwischen Fido und dem Bellenden Irren Arthur, einem Rottweiler, der nur ein Auge und permanent schlechte Laune hatte. Die meisten Tiere kämpfen nicht um Leben und Tod, sondern nur um Sieg und Niederlage. Und Fido ließ sich einfach nicht besiegen. Im Kampf wurde er zu einem hin und her huschenden Schemen mit Halsband. Er biss sich so lange an Teilen des Bellenden Irren Arthur fest, bis dieser schließlich aufgab. Und dann, zu seinem großen Erstaunen, hatte ihn Fido getötet. Die Determination des Pudels war ebenso rätselhaft wie unerschütterlich. Selbst wenn man ihn fünf Minuten lang mit einem Sandstrahler bearbeitete – was von ihm übrig blieb, würde nicht kapitulieren und jede Möglichkeit zu einem neuen Angriff nutzen.

Denn der Große Fido hatte einen Traum.

»Gibt es ein Problem?«, fragte Karotte.

»Der *Troll* hat einen *Zwerg* beleidigt«, sagte der Zwerg Starkimarm.

»Ich habe gehört, dass Oberobergefreiter Detritus dem Obergefreiten … Hrolf Pyjama einen Befehl erteilt hat«, erwiderte Karotte. »Gibt es daran etwas auszusetzen?«

»Er ist ein *Troll*!«

»Und?«

»Er hat einen Zwerg beleidigt!«

»Nun, er hat sich militärisch ausgedrückt«, erklärte Feldwebel Colon.

»Dieser verdammte Troll hat mir heute das Leben gerettet!«, rief Knuddel.

»Weshalb?«

»Weshalb? *Weshalb?* Weil es mein Leben ist, *deshalb.* Und zufälligerweise hänge ich daran.«

»Ich meine …«

»Sei still, Abba Starkimarm! Was weißt du schon von diesen Dingen? Immerhin bist du nur ein Zivilist! Wie kann man nur so dumm sein?«

Ein Schatten manifestierte sich in der Tür. Um Kohlenfresse zu beschreiben, musste man von Breite statt von Größe sprechen. Er wirkte wie eine massive, verwitterte Felswand, in der rote, argwöhnisch blickende Augen glühten.

»Ihr habt ihn freigelassen!«, stöhnte ein Zwerg.

»Weil es keinen Grund gibt, ihn gefangen zu halten«, erläuterte Karotte. »Wer auch immer Herrn Hammerhock umgebracht hat: Er war klein genug, um eine Zwergentür zu passieren. Ein Troll von diesen Ausmaßen hätte das nie geschafft.«

»Aber alle wissen, dass er ein *böser* Troll ist!«, rief Starkimarm.

»Ich nie nichts getan«, sagte Kohlenfresse.

»Wir können ihn jetzt nicht gehen lassen«, flüsterte Colon. »Die Zwerge fallen bestimmt über ihn her.«

»Ich nie nichts getan.«

»Guter Hinweis, Feldwebel. Oberobergefreiter Detritus?«

»Herr?«

»Nimm ihn als Freiwilligen in die Wache auf.«

»Ich nie nichts getan.«

»Das ist ausgeschlossen!«, empörte sich ein Zwerg.

»Will nich' sein in keiner Wache«, grollte Kohlenfresse.

Karotte beugte sich zu ihm vor. »Da drüben stehen Hunderte von Zwergen«, sagte er leise. »Mit großen Äxten.«

Kohlenfresse blinzelte.

»Will sein in Wache.«

»Vereidige ihn, Oberobergefreiter.«

»Bitte um Erlaubnis, einen weiteren Zwerg aufzunehmen, Herr. Wegen der gleichen Anzahl.«

»Meinetwegen, Oberobergefreiter Knuddel.«

Karotte nahm den Helm ab und wischte sich Schweiß von der Stirn.

»Ich glaube, das wär's dann wohl«, sagte er.

Die Menge starrte ihn an.

Er lächelte.

»Niemand braucht hier zu bleiben«, verkündete er. »Ihr dürft alle gehen.«

»Ich nie nichts getan.«

»Ja, aber, hör mal...«, erwiderte Starkimarm. »Wenn Kohlenfresse den alten Hammerhock nicht umgebracht hat – wer dann?«

»Ich nie nichts getan.«

»Wir ermitteln nach wie vor.«

»Du weißt nicht, wer der Mörder ist?«

»Ich finde es bald heraus.«

»Ach? Und *wann,* bitteschön, weißt du, wer Hammerhock getötet hat?«

»Morgen.«

Der Zwerg zögerte.

»Oh«, sagte er widerstrebend. »Ah. Morgen. Nun... hoffentlich kannst du uns morgen *wirklich* den Namen des Schuldigen nennen.«

»Ja«, entgegnete Karotte schlicht.

Die Leute gingen auseinander. Besser gesagt, die Abstände zwischen den einzelnen Individuen vergrößerten sich ein wenig. Ob Trolle, Zwerge oder Menschen: Die Bürger von Ankh-Morpork kehrten nie heim, solange das Straßentheater noch nicht zu Ende war.

Oberobergefreiter Detritus' Brust war vor Stolz so sehr angeschwollen, dass seine Fingerknöchel kaum den Boden berührten, als er die Truppe inspizierte.

»Jetzt gut zuhören, ihr schrecklichen Trolle!«

Er wartete, während die nächsten Gedanken ihre Plätze einnahmen.

»Ihr jetzt richtig gut zuhören, jawohl!«, fuhr Detritus fort. »Ihr in der Wache! Das sein Dschob mit guten Schohnßen. Ich erst seit zehn Minuten dabei, und schon man mich befördert! Außerdem man bekommt hier ordentliche Bildung für nachher gute Arbeit als Zivilist.

Dies sein eure Keule mit Nagel drin. Ihr damit essen. Ihr damit schlafen. Wenn Detritus sagen *springen*, dann ihr antworten … welche Farbe! Wir hierbei benutzen Zahlen. Und ich kenne jede Menge Zahlen!«

»Ich nie nichts getan.«

»Du da, Kohlenfresse, du bald klüger werden. Du den Knüppel eines Feldmarschalls im Rucksack hast!«

»Ich auch nie nichts genommen.«

»Du dich sofort hinlegen und machen zwei-und-dreißig Liegestützen! Nein! Du machen vier-und-sechzig!«

Feldwebel Colon rieb sich den Nasenrücken. Wir leben noch, dachte er. Ein Troll hat einen Zwerg vor vielen anderen Zwergen beleidigt. Kohlenfresse, ich meine *Kohlenfresse* … im Vergleich zu ihm ist Detritus ein lieber netter Kerl. Und jetzt ist Kohlenfresse nicht nur frei, sondern auch ein Mitglied der Wache. Karotte hat Mayonnaise Schrulle seines Amtes enthoben und versprochen, bis morgen den Mörder zu finden. Und es ist bereits Abend. Und trotz allem leben wir noch.

Korporal Karotte muss verrückt sein.

Hör sich einer die Hunde an. Die Hitze – alle sind gereizt und nervös.

Angua vernahm das Heulen der Hunde und dachte an Wölfe.

Einige Male war sie mit einem Rudel unterwegs gewesen und wusste deshalb über Wölfe Bescheid. Diese Hunde waren *keine* Wölfe. Wölfe liebten den Frieden und das Unkomplizierte. Als Angua jetzt darüber nachdachte... Der Anführer hatte ähnliche Wesenszüge gehabt wie Karotte. Der junge Korporal passte in die Stadt wie das Rudeloberhaupt in den Wald.

Hunde waren intelligenter als Wölfe. Wölfe *brauchten* keine Intelligenz. Ihnen standen andere Dinge zur Verfügung. Aber Hunde hatten Intelligenz von den Menschen erhalten. Ob es ihnen gefiel oder nicht. Darüber hinaus waren sie gemeiner und hinterhältiger als Wölfe. Auch diese Eigenschaft stammte von den Menschen.

Fido hingegen verwandelte den Haufen Streuner in etwas, das Unwissende für ein Wolfsrudel hielten: in eine pelzbesetzte Tötungsmaschine.

Angua sah sich um.

Große Hunde, kleine Hunde, dicke Hunde, dürre Hunde. Sie alle lauschten mit glänzenden Augen, während der Pudel sprach.

Über Schicksal.

Über Disziplin.

Über die natürliche Überlegenheit der Spezies Hund.

Über Wölfe. Doch die Vorstellungen, die sich der Große Fido von Wölfen machte, unterschieden sich von der Angua bekannten Realität. Die Wölfe in den Träumen des Großen Fido waren größer, wilder und klüger. Er beschrieb sie als Könige des Waldes, als Schrecken der Nacht. Ihre Namen lauteten Schnellbeiß und Silberrücken. Sie stellten etwas dar, das sich jeder Hund wünschte.

Der Große Fido hatte Angua akzeptiert. Sie sah einem Wolf sehr ähnlich, wie er meinte.

Wie gebannt hörten die versammelten Hunde einem kleinen weißen

Pudel zu, der nervös furzte, während er seine Rede fortsetzte, und behauptete, Hunde seien nach ihrer Natur eigentlich größer. Angua hätte am liebsten laut gelacht; sie blieb nur deshalb stumm, weil sie wusste, dass sie kaum mit dem Leben davongekommen wäre.

Sie beobachtete, was mit einer kleinen, rattenartigen Promenadenmischung geschah, die von einigen Terriern zur Mitte des freien Bereichs gezerrt wurde. Ihr wurde vorgeworfen, einen weggeworfenen Stock geholt zu haben. Die Strafe... Nicht einmal Wölfe taten sich so etwas an. Bei Wölfen gab es keine Verhaltensregeln. Das war auch gar nicht nötig. Wölfe brauchten keine Vorschriften, die richtiges Wolfsein betrafen.

Nach der Exekution kehrte Angua zu Gaspode zurück, der in einer Ecke hockte und versuchte, möglichst unauffällig zu sein.

»Verfolgen sie uns, wenn wir jetzt verschwinden?«, fragte sie.

»Das glaube ich nicht. Die Versammlung ist vorbei.«

»Gut. Dann komm.«

Sie schlenderten in eine Gasse – und liefen los, als sie sicher sein konnten, dass niemand auf sie achtete.

»Meine Güte«, sagte Angua, als mehrere Straßen zwischen ihnen und der Meute lagen. »Er ist wahnsinnig, nicht wahr?«

»Nein«, widersprach Gaspode. »Wahnsinn bedeutet Schaum vorm Mund. Der Große Fido ist vollkommen ausgerastet. Und das bedeutet Schaum im Gehirn.«

»All der Unsinn über Wölfe...«

»Ich nehme an, jeder Hund hat das Recht, ein wenig zu träumen«, erwiderte Gaspode.

»Aber Wölfe sind ganz anders! Sie haben keine Namen!«

»Jeder hat einen *Namen.*«

»Wölfe nicht. Warum auch? Sie wissen, wer sie sind, und sie wissen auch, aus wem der Rest des Rudels besteht. Sie erkennen sich mit... den Sinnen. Geruch, Gefühl, Gehör. Wölfe haben nicht einmal ein Wort für Wölfe! Bei ihnen ist das ganz anders. Namen sind eine Erfindung der Menschen!«

»Hunde haben Namen«, meinte Gaspode. »*Ich* habe einen. Er lautet Gaspode. Ja, das ist mein Name«, fügte er leise und ein wenig verlegen hinzu.

»Nun, ich kann's nicht erklären«, entgegnete Angua. »Aber Wölfe haben keine Namen.«

Der Mond stand hoch an einem Himmel, der so schwarz war wie ein Becher mit nicht sehr schwarzem Kaffee.

Sein Licht verwandelte die Stadt in ein Netz aus Linien und Schatten.

Der Kunstturm hatte einst die Mitte der Stadt markiert, aber Städte wandern langsam, und jetzt befand sich das Zentrum von Ankh-Morpork einige hundert Meter entfernt. Doch der Turm dominierte die Metropole nach wie vor. Dunkel ragte er in den Abendhimmel und versuchte, schwärzer auszusehen, als es gewöhnliche Schatten zuließen.

Das leise *Klicken* von Metall auf Gestein erklang. Wer in unmittelbarer Nähe des Turms stand und in die richtige Richtung sah, konnte erkennen, dass ein Fleck aus besonders finsterer Finsternis der Spitze des Turms entgegenstrebte.

Für einen Sekundenbruchteil spiegelte sich der Mondschein in einem langen, dünnen Metallrohr, das sich die Gestalt an einem Riemen über die Schulter gehängt hatte. Unmittelbar darauf verschwanden Metallrohr und Gestalt wieder in der Dunkelheit.

Die Fenster waren geschlossen und verriegelt.

»Sie hat sie immer offen gelassen«, winselte Angua.

»Heute Abend nicht«, stellte Gaspode fest. »Wahrscheinlich dachte sie, dass sich zu viele seltsame Leute herumtreiben.«

»Aber sie kennt seltsame Leute«, wandte Angua ein. »Die meisten von ihnen wohnen in ihrem Haus!«

»Ich schätze, du musst dich in einen Menschen zurückverwandeln und die Scheibe einschlagen.«

»Unmöglich! Dann wäre ich nackt!«

»Das bist du jetzt auch, oder?«

»Jetzt bin ich ein Wolf! Und für einen Wolf sieht das mit der Nacktheit ganz anders aus.«

»Ich habe nie Kleidung getragen oder irgendeinen Gedanken daran verschwendet.«

»Das Wachhaus«, murmelte Angua. »Dort gibt es bestimmt etwas. Ein Kettenhemd. Oder ein Laken. Und die Tür schließt nicht richtig. Komm.«

Sie lief durch die Straße, und Gaspode folgte ihr schnaufend.

Jemand sang.

»Meine Güte!«, entfuhr es Gaspode. »Sieh dir das an.«

Vier Wächter stapften vorbei. Zwei Trolle und zwei Zwerge. Gaspode erkannte Detritus.

»Zack-zack! Ihr seid die schrecklichsten Rekruten ich je hatte! Hoch mit Füße!«

»Ich nie nichts getan.«

»Jetzt du tun zum ersten Mal etwas in deinem schrecklichen Leben, Obergefreiter Kohlenfresse! Du sein Mann der Wache!«

Die Truppe verschwand hinter einer Ecke.

»Was ist hier los?«, fragte Angua.

»Keine Ahnung. Ich könnte mehr herausfinden, wenn einer von ihnen stehen bleibt und pinkelt.«

Am Wachhaus auf dem Pseudopolisplatz hatte sich eine kleine Menge eingefunden, ebenfalls Wächter, wie es schien. Feldwebel Colon stand im flackernden Schein einer Öllampe, kritzelte etwas auf sein Heftbrett und sprach mit jemandem, der einen langen Schnurrbart hatte.

»Und wie heißt du?«

»SILAS! LÄSTIGVIEL!«

»Bist früher Ausrufer gewesen, nicht wahr?«

»DAS STIMMT!«

»Na schön. Gebt ihm den Königsshilling. Oberobergefreiter Knuddel? Einer für deine Gruppe.«

»WER IST OBEROBERGEFREITER KNUDDEL?«, fragte Lästigviel.

»Hier unten.«

Der Mann senkte den Kopf.

»ABER DU BIST! EIN ZWERG! ICH HABE NIE...«

»Nimm gefälligst Haltung an, wenn du mit einem vorvorgesetzten Offizier sprichst!«, donnerte Knuddel.

»In der Wache gibt es keine Zwerge, Trolle oder Menschen«, erklärte Colon. »Nur Wächter. Verstehst du? Das meint jedenfalls Korporal Karotte. Wenn du dich lieber Oberobergefreiter Detritus' Gruppe anschließen möchtest...«

»ICH *MAG*... ZWERGE«, versicherte Lästigviel hastig. »HABE SIE IMMER GEMOCHT: OBWOHL ES IN DER WACHE NATÜRLICH KEINE GIBT«, fügte er nach kaum merklichem Zögern hinzu.

»Du lernst schnell«, sagte Knuddel. »Könntest es bei uns weit bringen. Vielleicht findest du eines Tages den Knopf eines Feldmarschalls in deiner Hosentasche. Keeehrt Maaarsch! Und im Laaaufschritt, zack-zack...«

»Das ist der fünfte Freiwillige«, sagte Colon zu Korporal Nobbs, als Knuddel und sein neuer Rekrut in der Dunkelheit verschwanden. »Selbst der Dekan der Unsichtbaren Universität wollte Wächter werden. Erstaunlich.«

Angua sah zu Gaspode, der mit den Achseln zuckte.

»Detritus sorgt dafür, dass seine Jungs spuren«, stellte Colon fest. »Nach zehn Minuten sind sie wie... wie Knete unter seinen Fäusten. Das wundert mich nicht. Ich meine, bei *solchen* Fäusten... Der Bursche erinnert mich an meinen Ausbilder beim Heer.«

»Ein harter Bursche?«, fragte Nobbs und zündete eine Zigarette an.

»Ein harter Bursche? *Hart?* Potzblitz! Dreizehn Wochen des Elends mussten wir überstehen! Jeden Morgen fünfzehn Kilometer laufen. Fast immer steckten wir bis zum Hals im Schlamm. Und die ganze Zeit über verfluchte uns der Kerl. Ließ sich immer neue

Schimpfwörter einfallen. Einmal musste ich die Latrine mit 'ner Zahnbürste reinigen. Dauerte die ganze Nacht. Morgens schwang er einen Stock mit Dornen, um uns zu wecken. Er ließ uns nach seiner Pfeife tanzen. Wir hassten den verdammten Kerl und hätten es ihm am liebsten heimgezahlt, aber dazu brachte niemand von uns den Mut auf. Drei Monate lang machte er uns das Leben zur Hölle. Doch bei der Abschlussfeier, als wir in Uniform Aufstellung bezogen und sahen, was aus uns geworden war, richtige Soldaten und so... Nun, ich will ganz offen sein.« Die Hunde beobachteten, wie Colon sich etwas aus dem Auge wischte, das eine Träne sein mochte. »Tonker Haurein, Hoggy Kartoffel und ich... Wir haben dem Burschen anschließend in einer Gasse aufgelauert und ihn windelweich geschlagen. Meine Fingerknöchel schmerzten drei Tage lang.« Colon putzte sich die Nase. »Ach, das waren noch Zeiten. Möchtest du ein Bonbon, Nobby?«

»Ja, gern, Fred.«

»Gib dem kleinen Hund auch einen«, sagte Gaspode. Colon gab ihm tatsächlich einen und wunderte sich darüber.

»Siehst du?« Gaspode zermalmte den Bonbon zwischen seinen grässlichen Zähnen. »Es klappt praktisch immer. Toll, nicht wahr?«

»Du solltest besser aufpassen«, riet ihm Angua. »Wenn der Große Fido dahinter kommt...«

»Oh, von dem habe ich nichts zu befürchten. Es wird es nicht wagen, etwas gegen mich zu unternehmen. Weil ich die Macht habe.« Gaspode kratzte sich eifrig am Ohr. »Hör mal, niemand zwingt dich, ins Wachhaus zurückzukehren. Wir könnten...«

»Nein.«

»Die Geschichte meines Lebens«, verkündete Gaspode. »Da ist Gaspode. Gebt ihm einen Tritt.«

»Ich dachte, du bist jederzeit bei deiner großen, glücklichen Familie willkommen«, erwiderte Angua und schob die Tür auf.

»Wie? Oh. Ja, natürlich«, sagte Gaspode hastig. »Nun, mir gefällt meine... äh... Unabhängigkeit. Aber im Prinzip hast du Recht. Eine große, glückliche Familie wartet auf mich.«

Angua sprang die Treppe hoch und drückte mit der Pfote die Klinke der nächsten Tür.

Es war Karottes Zimmer. Sein Geruch – das farbliche Äquivalent war eine Mischung aus Goldgelb und Rosarot.

An der einen Wand hing ein Bild, das eine Zwergenmine zeigte. An der anderen bemerkte Angua ein weiteres Blatt Papier: Viele sorgfältige Bleistiftstriche formten eine Karte der Stadt; bestimmte Stellen waren nachträglich geändert worden.

Vor dem Fenster stand ein kleiner Tisch – genau der richtige Platz, um möglichst viel Licht zu bekommen und Kerzen zu sparen. Papier lag darauf, und Stifte steckten in einem kleinen Topf. Vor dem Tisch stand ein alter Stuhl. Unter einem Bein lag ein Stück Pappe, damit er nicht wackelte.

Das war's auch schon, abgesehen von einer Truhe mit Kleidungsstücken. Angua fühlte sich an Mumms Zimmer erinnert. Dieser Ort diente nur zum Schlafen; niemand *wohnte* hier.

Sie fragte sich, ob Wächter wirklich einmal ganz und gar dienstfrei hatten. Es fiel ihr sehr schwer, sich Feldwebel Colon in ziviler Kleidung vorzustellen. Wenn man Mitglied der Wache wurde, war man es *rund um die Uhr.* Für die Stadt war das ein gutes Geschäft, da sie nicht etwa für vierundzwanzig Stunden bezahlte, sondern nur für zehn.

»Na schön«, sagte Angua. »Ich nehme mir ein Laken. Schließ die Augen.«

»Warum?«, fragte Gaspode.

»Anstandshalber.«

Gaspode schwieg einige Sekunden. »Oh, natürlich. Völlig klar. Ich verstehe. Es gehört sich nicht, dass ich eine nackte Frau sehe. Das könnte mich auf dumme Gedanken bringen. *Lieber* Himmel!«

»Du weißt, was ich meine.«

»Nein, das kann ich nicht behaupten. Ich weiß es *nicht.* Kleidung war für mich als Hund nie etwas, das man als ein dingsda Dingsbums bezeichnen könnte.« Gaspode kratzte sich einmal mehr am Ohr. »Das sind gleich zwei metasyntaktische Variablen. Entschuldige.«

»Bei dir ist das etwas anderes. Du weißt, wer ich bin. Außerdem sind Hunde von Natur aus nackt.«

»Menschen ebenfalls.«

Angua verwandelte sich.

Gaspode legte die Ohren an und winselte.

Angua streckte sich.

»Weißt du, was besonders unangenehm ist?«, fragte sie. »Die Haare. Nachher kriege ich kaum die Knoten raus. Und dann die schmutzigen Füße...«

Sie zog ein Laken vom Bett und improvisierte daraus eine Art Toga.

»Na bitte«, sagte sie. »Auf der Straße sieht man täglich Leute, die schlechter gekleidet sind. Gaspode?«

»Ja?«

»Du kannst die Augen jetzt wieder öffnen.«

Gaspode blinzelte. Angua in der einen oder der anderen Gestalt zu sehen – kein Problem. Doch die Phase dazwischen, wenn das morphische Signal die Reise zwar begonnen, den Bestimmungsort aber noch nicht erreicht hatte... So etwas sollte man besser nicht mit vollem Magen beobachten.

»Ich dachte, du rollst knurrend und heulend auf dem Boden umher...«

Die Fähigkeit, im Dunkeln sehen zu können, verflüchtigte sich nicht sofort, und Angua nutzte sie, um ihr Spiegelbild zu betrachten.

»Warum?«

»Die Veränderung... tut sie weh?«

»Es ist, wie mit dem ganzen Körper zu niesen. Man sollte eigentlich meinen, dass Karotte einen Kamm hat, nicht wahr? Ich meine, *jeder* hat einen Kamm.«

»Wie ein... besonders starkes Niesen?«

»Ich gäbe mich auch mit einer Kleiderbürste zufrieden.«

Gaspode und Angua erstarrten, als sich die Tür knarrend öffnete.

Karotte kam herein. In der Finsternis merkte er gar nicht, dass sich jemand im Zimmer befand. Flackerndes Licht erglühte, und es roch nach Schwefel, als der junge Mann ein Streichholz entzündete und die Flamme an einen Kerzendocht hielt.

Er nahm den Helm ab und sackte in sich zusammen, als wäre ihm plötzlich ein schweres Gewicht von den Schultern genommen.

»Es ergibt keinen Sinn«, sagte er.

»Was ergibt keinen Sinn?«, fragte Angua.

Karotte drehte sich ruckartig um.

»Was machst du hier?«

»Man hat deine Uniform gestohlen, während du bei den Assassinen Informationen gesammelt hast«, murmelte Gaspode.

»Jemand hat meine Uniform gestohlen«, sagte Angua. »Während ich bei den Assassinen gewesen bin, um dort Informationen zu sammeln.« Karotte starrte sie immer noch an. »Ein alter Mann war in der Nähe«, fügte sie hinzu. »Er brummte dauernd vor sich hin...«

»In einer Sprache, die nur er selbst versteht?«

»Ich glaube schon.«

»Der Stinkende Alte Ron.« Karotte seufzte. »Wahrscheinlich hat er die Uniform gegen was Hochprozentiges eingetauscht. Aber ich weiß, wo er wohnt. Erinnere mich daran, mit ihm zu reden, sobald ich Zeit habe.«

»Frag Angua besser nicht, was sie trug, als sie bei den Assassinen war«, sagte Gaspode, der unters Bett gekrochen war.

»Sei still!«, zischte Angua.

»Wie bitte?«, fragte Karotte.

»Ich habe mehr über das Zimmer herausgefunden«, meinte die junge Frau. »Es war die Unterkunft eines gewissen...«

»Edward d'Eath?« Karotte setzte sich aufs Bett, und die alten Federn sangen *Klong-kloing-klong.*

»Woher weißt du das?«

»Ich glaube, d'Eath hat das Gewehr gestohlen. Vermutlich brachte er auch Beano um. Aber... Assassinen töten nicht, ohne dafür bezahlt zu werden. Es ist schlimmer als mit Zwergen und ihren Werkzeugen. Auch schlimmer als Clowns und ihre Gesichter. Professor Kreuz soll außer sich sein. Er lässt den Jungen überall in der Stadt von seinen Assassinen suchen.«

»Oh. Gut. Ich möchte nicht in Edwards Haut stecken, wenn sie ihn finden.«

»Ich möchte nicht einmal *jetzt* in seiner Haut stecken. Weil es die Haut einer Leiche ist.«

»Ach? Haben die Assassinen ihn bereits gefunden?«

»Nein. Jemand anders. Und anschließend fanden ihn Knuddel und Detritus. Alles deutet darauf hin, dass Edward schon seit einigen Tagen tot ist. Und *das* ergibt einfach keinen Sinn. Ich habe die Beano-Schminke fortgewischt und ihm auch die rote Nase abgenommen – an der Identität des Toten gibt es keinen Zweifel. Außerdem bestand die Perücke aus dem roten Haar, das ich bei Hammerhock gefunden habe.«

»Aber ... jemand hat auf Detritus geschossen. *Und* das Bettlermädchen umgebracht.«

»Ja.«

Angua setzte sich ebenfalls aufs Bett.

»Edward kann's nicht gewesen sein ...«

»Ha!« Karotte legte den Brustharnisch beiseite und streifte das Kettenhemd ab.

»Also suchen wir jemand anderen. Einen dritten Mann.«

»Und es gibt nicht den geringsten Hinweis. Irgendwo in der Stadt treibt sich jemand mit dem Gfähr herum! *Irgendwo!* Und ich bin müde!«

Das *Kloing* der Federn wiederholte sich, als Karotte aufstand und zum Tisch wankte. Dort nahm er Platz, griff nach einem Stift, spitzte ihn mit seinem Schwert an, überlegte kurz und begann zu schreiben.

Angua beobachtete ihn stumm. Unter dem Kettenhemd trug Karotte ein kurzärmeliges Lederwams. Ein Muttermal zierte den linken Oberarm – es sah aus wie eine Krone.

»Notierst du alles, so wie Hauptmann Mumm?«, fragte sie nach einer Weile.

»Nein.«

»Was schreibst du dann?«

»Einen Brief an meine Eltern.«

»Im Ernst?«

»Ich schreibe ihnen immer. Das habe ich versprochen. Außerdem hilft es mir beim Nachdenken. Wenn ich über etwas nachdenke, setze ich mich hin und schreibe einen Brief. Mein Vater gibt mir viele nützliche Ratschläge.«

Ein kleiner Kasten aus Holz stand auf dem Tisch; er enthielt Briefe. Karottes Vater hatte die Angewohnheit, die Briefe seines Adoptivsohns auf der Rückseite desselben Papiers zu beantworten – tief in einer Zwergenmine bekommt man kaum Papier.

»Nützliche Ratschläge?«, wiederholte Angua. »Welcher Art?«

»Die meisten betreffen die Arbeit in den Bergwerken. Wie man richtig gräbt und richtig abstützt. In Stollen darf man sich keine Fehler erlauben.«

Die Spitze des Stifts kratzte übers Blatt.

Die Tür stand noch immer einen Spalt offen, doch jemand klopfte recht zaghaft an. Damit wies der Betreffende taktvoll darauf hin, dass er Karotte in Gesellschaft einer spärlich bekleideten Frau sah und eigentlich gar nicht gehört werden wollte.

Feldwebel Colon hüstelte. Er ließ leisen Spott darin mitschwingen.

»Ja, Feldwebel?«, fragte Karotte, ohne sich umzudrehen.

»Hast du weitere Anweisungen, Herr?«

»Stell Patrouillengruppen zusammen, Feldwebel. Jeder müssen mindestens ein Mensch, ein Troll und ein Zwerg angehören.«

»Ja, Herr. Was ist die Aufgabe der Gruppen?«

»Sie sollen gesehen werden, Feldwebel.«

»In Ordnung, Herr. Herr? Wir haben einen neuen Freiwilligen. Heißt Bleich. Kommt aus der Ulmenstraße. Eigentlich ist er ein Vampir, aber er arbeitet im Schlachthaus, und deshalb ...«

»Dank ihm für seine Bereitschaft, und schick ihn heim, Feldwebel.«

Colon sah zu Angua.

»Ja, Herr, in Ordnung«, sagte er widerstrebend. »Weißt du, eigentlich gibt es mit ihm gar keine Probleme, er braucht nur zusätzliche Homogoblins im Blut…«

»Nein!«

»Na schön. Ich… äh… sage ihm also, dass er nach Hause gehen soll.«

Colon schloss die Tür. Sie knarrte *spöttisch.*

»Man nennt dich ›Herr‹«, meinte Angua. »Ist dir das aufgefallen?«

»Ja. Und es ist nicht richtig. Es wäre besser, wenn die Leute für sich selbst denken würden. Diesen Standpunkt vertritt Hauptmann Mumm. Das Problem mit den Leuten ist, dass sie nur dann für sich selbst denken, wenn man sie dazu auffordert. Wie schreibst du ›Eventualität‹?«

»Ich würde darauf verzichten, ein solches Wort zu schreiben.«

»Gut.« Karotte drehte sich noch immer nicht um. »Ich schätze, wir können die Ruhe in der Stadt auch für den Rest der Nacht gewährleisten. Alle sind zur Vernunft gekommen.«

Nein, das sind sie nicht, widersprach Angua in Gedanken. Sie haben dich gesehen. Und das ist wie Hypnose.

Die Leute versuchen, deiner Vision gerecht zu werden. Du träumst wie der Große Fido. Doch es gibt einen wichtigen Unterschied: Fido träumt einen Alptraum, und du träumst für alle. Du bist wirklich davon überzeugt, dass jeder von Natur aus gut ist. Und die Leute glauben es ebenfalls, solange sie in deiner Nähe sind.

Draußen erklang rhythmisches Knirschen. Detritus' Truppe drehte eine weitere Runde.

Angua gab sich einen inneren Ruck. Früher oder später musste er Bescheid wissen.

»Karotte?«

»Hmm?«

»Weißt du, warum Knuddel, der Troll und ich zur Wache kamen?«

»Ja, natürlich. Ihr repräsentiert Minderheiten: ein Troll, ein Zwerg und eine Frau.«

»Oh.« Angua zögerte. Draußen schien noch immer der Mond. Sie konnte Karotte alles sagen, anschließend hinauslaufen, sich *verwandeln* und bis zum Morgengrauen ein ganzes Stück von der Stadt entfernt sein. Mit der Flucht aus Städten hatte sie Erfahrung.

»Die Sache ist ein wenig anders«, sagte sie. »Weißt du, es gibt viele Untote in der Stadt, und der Patrizier meinte ...«

»Gib ihr einen Kuss«, warf der unterm Bett liegende Gaspode ein.

Angua erstarrte. In Karottes Gesicht zeigte sich die typische Verwirrung eines Mannes, der etwas gehört hat, das sein Gehirn für unmöglich hält. Seine Wangen röteten sich.

»Gaspode«, entfuhr es Angua auf Hundisch.

»Keine Sorge, ich kenne mich aus mit solchen Dingen«, lautete die Antwort. »Ein Mann, eine Frau. Es ist praktisch Schicksal.«

»Ich muss jetzt gehen«, sagte Angua.

»Äh. Bitte bleib ...«

»Nimm sie in die Arme«, ließ sich Gaspode vernehmen.

Es geht nicht gut, fuhr es Angua durch den Sinn. Es kann nicht gut gehen. Werwölfe brauchen die Gesellschaft anderer Werwölfe, weil nur sie verstehen ...

Da sie aber ohnehin weglaufen musste ...

Sie hob die Hand.

»Einen Augenblick«, sagte sie, griff unters Bett und packte Gaspode im Genick.

»Du brauchst mich!«, winselte der Hund, als Angua ihn zur Tür trug. »Er hat doch überhaupt keine Ahnung. Seine Vorstellung von Vergnügen besteht darin, dir den Koloss von Morpork zu zeigen. Lass mich ...«

Die Tür fiel ins Schloss, und Angua lehnte sich dagegen.

Vermutlich endet es genauso wie in Pseudopolis und Quirm und ...

»Angua?«, fragte Karotte.

Sie drehte sich um.

»Sag nichts«, kam sie ihm zuvor. »Dann klappt's vielleicht.«

Nach einer Weile quietschten die Federn des Bettes.

Noch etwas später bewegte sich die Scheibenwelt für Korporal Karotte.

Und sie wollte gar nicht wieder zur Ruhe kommen.

Korporal Karotte erwachte gegen vier Uhr, zu jener geheimen Stunde, die nur den Bewohnern der Nacht bekannt ist: Verbrechern, Polizisten und anderen Außenseitern. Er drehte sich auf seiner Hälfte des schmalen Bettes um und starrte an die Wand.

Es lag zweifellos ein *sehr* interessantes Erlebnis hinter ihm.

Er verdiente es tatsächlich, als schlicht und einfach beschrieben zu werden, doch das durfte man nicht mit Dummheit verwechseln: Er kannte die *mechanischen* Aspekte dieser Angelegenheit. Er hatte verschiedene junge Damen kennen gelernt und mit ihnen weite, gesunde Spaziergänge zu den vielen Sehenswürdigkeiten der Stadt unternommen – seltsamerweise erlahmte das Interesse seiner Begleiterinnen regelmäßig nach einer gewissen Zeit. Er hatte auch im Bereich der Bordelle patrouilliert, der bald einen neuen Namen bekommen sollte: Frau Palm und die Gilde der Näherinnen wollten ihn vom Patrizier in »Straße käuflicher Zuneigung« umbenennen lassen. Bisher war er nicht im Stande gewesen, zwischen den ihm dort bekannten Frauen und sich selbst eine direkte Beziehung, welcher Art auch immer, zu erkennen.

Jetzt sah die Sache anders aus.

Karotte überlegte, ob er seinen Eltern darüber schreiben sollte. Er entschied sich schließlich dagegen. Mit an Sicherheit grenzender Wahrscheinlichkeit wussten sie über diese Dinge Bescheid.

Er schlüpfte aus dem Bett. Wegen der zugezogenen Vorhänge war es drückend heiß im Zimmer.

Hinter ihm rutschte Angua in die Mulde, die sein Körper hinterlassen hatte.

Er hob beide Hände und schob energisch die Vorhänge beiseite. Das weiße Licht des Vollmonds perlte herein.

Hinter ihm seufzte Angua im Schlaf.

Gewitterwolken schwebten über der Ebene. Karotte beobachtete, wie Blitze aus ihnen herabzuckten, und er roch Regen. Doch die Luft in der Stadt blieb unbewegt und schwül. Angesichts des bevorstehenden Unwetters schien sie noch heißer zu sein.

Vorn ragte der Kunstturm auf. Karotte sah ihn jeden Tag. Er dominierte die halbe Stadt.

Hinter ihm machte das Bett *Kloing.*

»Ich glaube, wir …«, begann Karotte und drehte sich um.

Er nahm nicht mehr wahr, dass sich der Mondschein oben auf dem Kunstturm in einem metallenen Objekt spiegelte.

Feldwebel Colon saß auf der Bank vor dem Wachhaus, um ein wenig kühlere Luft zu atmen.

Drinnen klopfte und pochte es immer wieder. Vor zehn Minuten war Knuddel gekommen, mit Werkzeugen, zwei Helmen und jeder Menge Entschlossenheit im Gesicht. Colon hatte nicht die geringste Ahnung, woran der kleine Kerl arbeitete.

Erneut zählte er und hakte dabei die Namen auf der Liste ab.

Kein Zweifel. Inzwischen bestand die Nachtwache aus fast zwanzig Personen. Es mochten sogar noch mehr sein. Detritus war inzwischen richtig in Schwung und hatte weitere Rekruten vereidigt: zwei Menschen, einen Troll und die Holzpuppe vor Korkensockes Kleidungsladen.* Wenn es so weiterging, konnten sie bald wieder die alten Wachhäuser an den Haupttoren besetzen, wie in der guten alten Zeit.

Er konnte sich nicht mehr daran *erinnern,* wann die Nachtwache zuletzt zwanzig Mann stark gewesen war.

* Lange nach den hier geschilderten Ereignissen in Ankh-Morpork wurde daraus ein Volkslied, dessen Melodie manchmal gepfiffen und gelegentlich (falsch) gesungen wurde. Der Text lautete:

›U-und als ich über den Unteren Breiten Weg ging,
Kam der Rekrutierungstrupp dahergestapft, packte die Leute am Kragen und drohte damit, ihnen die Goohuloog-Köpfe einzuschlagen, wenn sie sich nicht freiwillig für die Wache meldeten.
Deshalb beschloss ich, den Weg durch die Pfirsichblütenstraße fortzusetzen, und dabei sang ich Tu-rah-li und so weiter.‹

Das Lied war nie besonders beliebt.

Es erwies sich als gute Idee. So blieb die Situation immerhin unter Kontrolle. Aber am nächsten Morgen würde der Patrizier davon erfahren, und bestimmt versäumte er es nicht, den ranghöchsten Offizier zu sich zu bestellen.

Feldwebel Colon wusste nicht genau, wer derzeit der ranghöchste Offizier war. Irgendetwas teilte ihm mit, dass es Hauptmann Mumm sein sollte, oder aber – aus welchen Gründen auch immer – Korporal Karotte. Doch der Hauptmann glänzte durch Abwesenheit, und der Korporal blieb ein Korporal. Dieser Umstand erklärte Feldwebel Colons wachsendes Unbehagen. Wenn der Patrizier am kommenden Morgen nach dem ranghöchsten Offizier schickte, so befürchtete Fred Colon, dass *er* sich ironische Fragen in der Art von »Ach, und wer soll den Sold der neuen Rekruten bezahlen?« anhören musste.

Ein anderes Problem kam hinzu: Ihnen gingen allmählich die Ränge aus. Es gab nur vier Ränge unter dem des Feldwebels. Nobby wollte nicht, dass noch jemand zum Korporal befördert wurde, und deshalb gab es an manchen Stellen erhebliches Gedrängel auf der Karriereleiter. Außerdem hatten es sich einige Wächter in den Kopf gesetzt, dass man befördert wurde, wenn man weitere Wächter rekrutierte. Detritus war dabei so erfolgreich, dass er sicher bald zum Oberobergeneralmajor aufstieg.

Wie seltsam, dass Karotte noch immer nur …

Colon blickte auf, als er das Klirren von Glas hörte. Ein goldbrauner Schemen raste durch ein weiter oben gelegenes Fenster, landete im Schatten und floh, bevor der Feldwebel erkennen konnte, was das gewesen war.

Die Tür des Wachhauses schwang auf, und Karotte trat mit dem Schwert in der Hand nach draußen.

»Wohin ist es gelaufen? Wohin?«

»Keine Ahnung. Was war's überhaupt?«

Karotte zögerte.

»Ich bin mir nicht sicher.«

»Karotte?«

»Feldwebel?«

»Du solltest dir was anziehen, Junge.«

Karotte starrte in die Dunkelheit.

»Ich habe mich umgedreht, und ganz plötzlich sah ich...«

Er blickte auf das Schwert hinab und schien es erst jetzt richtig zur Kenntnis zu nehmen.

»Oh, verdammt!«, stöhnte er.

Rasch kehrte er in sein Zimmer zurück und griff dort nach seiner Hose. Als er sie anzog, durchfuhr ihn ein Gedanke, so klar wie klares Eis.

Du bist doch wirklich ein Blödmann. Hast ganz automatisch das Schwert gezückt. Wie dumm von dir! Jetzt ist sie weggelaufen, und wahrscheinlich siehst du sie nie wieder!

Er drehte sich um. Ein kleiner grauer Hund stand in der Tür und beobachtete ihn aufmerksam.

Nach einem solchen Schock verwandelt sie sich vielleicht nie zurück, fuhren die Gedanken fort. Was spielt es für eine Rolle, dass sie ein Werwolf ist? Bis vor kurzem hat es dich überhaupt nicht gestört, oder? Wenn du übrigens irgendwelche Kekse hast, kannst du sie dem kleinen grauen Hund in der Tür geben. Allerdings stehen die Chancen dafür, dass du derzeit Kekse bei dir hast, ziemlich schlecht, denn in nicht existierenden Taschen lassen sie sich wohl kaum verstauen. Wie dem auch sei: Du hast die Sache ganz schön vermasselt.

...dachte Karotte.

»Wuff, wuff«, sagte der Hund.

Karotte runzelte die Stirn.

»Die Worte stammen von dir, nicht wahr?« Er deutete mit dem Schwert auf die Promenadenmischung.

»Von mir?«, erwiderte Gaspode. »Hunde können nicht sprechen. Ich muss es wissen – ich *bin* einer.«

»Sag mir sofort, wo sie hingelaufen ist! Sonst...«

»Sonst was?« Gaspode seufzte. »Weißt du, was die erste Erinnerung in meinem Leben ist? Die allererste? Man hat mich in den Fluss geworfen. In einem Sack. Mit einem Backstein. Mich. Ich meine, ich habe richtig niedlich gewatschelt. Und ich hatte ein lustig umgeknicktes Ohr. *Und* ich bin flauschig gewesen. Der Sack landete im Ankh, besser gesagt, darauf. Ich konnte ans Ufer *gehen.* Aber so begann es, und später wurde es nicht besser. Ich meine, ich bin *in* dem Sack ans Ufer gegangen und habe den Backstein hinter mir hergezogen. Drei Tage brauchte ich, um mich durch das Leinen zu kauen. Na los. Droh mir ruhig.«

»Bitte?«, fragte Karotte.

Gaspode kratzte sich am Ohr.

»Vielleicht könnte ich ihrer Fährte folgen«, räumte er ein. »Mit dem richtigen Ansporn.«

Er wackelte erwartungsvoll mit den Ohren.

»Wenn du sie findest, erfülle ich dir jeden Wunsch«, sagte Karotte.

»Oh, ich verstehe. *Wenn.* Ja. Schön und gut, das *Wenn.* Aber wie wär's mit einem Vorschuss? Sieh dir nur diese Pfoten an. Sie sind völlig abgenutzt. Und diese Nase hier riecht nicht von allein. Sie ist ein Präzisionsinstrument.«

»Wenn du nicht sofort mit der Suche beginnst, sorge ich persönlich dafür, dass du…« Karotte zögerte. Noch nie in seinem Leben war er grausam zu einem Tier gewesen.

»…überlasse ich die Angelegenheit Korporal Nobbs«, beendete er den Satz.

»Das nenne ich den richtigen Ansporn«, kommentierte Gaspode bitter.

Er drückte seine schrumpelige Schnauze an den Boden. Das war eigentlich gar nicht nötig; Anguas Geruch hing wie ein Regenbogen in der Luft.

»Du kannst wirklich sprechen?«, fragte Karotte.

Gaspode rollte mit den Augen.

»Natürlich nicht«, antwortete er.

Die Gestalt erreichte das Ende des Turms.

Überall in der Stadt brannten Lampen und Kerzen. Zehntausend kleine, an den Boden gebundene Sterne erstreckten sich tief unten, und er konnte jeden einzelnen von ihnen auslöschen. Er hatte die Macht eines Gottes.

Es war erstaunlich, wie viele Geräusche man hier oben hören konnte. Auch dadurch fühlte man sich wie ein Gott. Er vernahm das Bellen von Hunden und sogar die Stimmen von Menschen. Gelegentlich übertönte eine die anderen und reckte sich dem Nachthimmel entgegen.

Dies war Macht. Jene andere Macht, die ihm dort unten gehörte, die es ihm erlaubte, Anweisungen zu erteilen … Sie gehörte in die Sphäre der Menschen. Diese Macht war etwas anderes. Sie gebührte den Göttern.

Er hob das Gfähr, schob ein Schussmagazin in die Halterung und zielte auf verschiedene Lichter. Er wählte sie ganz nach Belieben aus.

Er hätte nicht zulassen sollen, dass das Gfähr die Bettlerin erschoss. Der Plan verlangte etwas ganz anderes. Gildenoberhäupter – so sah es die Strategie des armen kleinen Edward vor. Zuerst die Gildenoberhäupter. Man nehme der Stadt die Anführer und stürze sie dadurch ins Chaos. Im Anschluss daran wende man sich an den ahnungslosen jungen Mann und sage zu ihm: Regiere – das Schicksal hat dich dazu bestimmt.

Diese Denkweise war eine *alte* Krankheit. Man bekam sie von Kronen und törichten Geschichten. Man glaubte – ha! – an irgendeine Gabe, die für das Amt des Königs qualifizierte. Zum Beispiel die Sache mit dem Schwert und dem Stein. Lächerlich! Das Gfähr war viel magischer.

Er legte sich hin, strich zärtlich über das Gfähr und wartete.

Ein neuer Tag begann.

»Ich nie nichts getan«, sagte Kohlenfresse im Schlaf und drehte sich auf die andere Seite.

Detritus schlug ihn mit der Keule.

»Aufgestanden, Soldaten! Nicht dauernd liegen auf faulem Stein! Es sein ein weiterer herrlicher Tag in der Wache! Obergefreiter Kohlenfresse, auf die Beine mit dir, du schrecklicher kleiner Mann!«

Zwanzig Minuten später inspizierte ein müder Feldwebel Colon die Truppe. Zusammengesunken hockten die Wächter auf den Sitzbänken, nur Oberobergefreiter Detritus saß kerzengerade, in eine Aura aus offizieller und erwartungsvoller Hilfsbereitschaft gehüllt.

»In Ordnung, Männer«, begann Colon. »Ihr ...«

»Ihr Männer jetzt gut zuhören!«, donnerte Detritus.

»Danke, Oberobergefreiter Detritus«, sagte Colon und seufzte innerlich. »Hauptmann Mumm heiratet heute, und wir nehmen als Ehrenwache an der Zeremonie teil. Das war früher immer so, wenn ein Wächter heiratete. Ich möchte also, dass Helme und Brustharnische blitzsauber sind. Alles soll hübsch glänzen. Nirgends darf auch nur der kleinste Schmutzfleck zu sehen sein ... Wo ist Korporal Nobbs?«

Mit einem *Boing* prallte die salutierende Hand des Oberobergefreiten Detritus von seinem neuen Helm ab.

»Schon seit Stunden verschwunden sein!«, berichtete er.

Colon rollte mit den Augen.

»Einige von euch sollen heute ... Wo ist Obergefreite Angua?«

Boing. »Seit gestern Abend niemand mehr sie gesehen hat.«

»Na schön. Wir haben die Nacht überstanden; irgendwie bringen wir auch den Tag rum. Korporal Karotte meinte, wir sollten einen guten Eindruck machen.«

Boing. »Jawohl!«

»Oberobergefreiter Detritus?«

»Ja?«

»Was hast du da auf dem Kopf?«

Boing. »Oberobergefreiter Knuddel das gebaut für mich. Es sein besonderer mechanischer Denkhelm.«

Knuddel hüstelte. »Diese großen Teile hier sind Kühlrippen, siehst du? Ich habe sie schwarz gestrichen, damit sie die Wärme leichter abgeben. Von meinem Vetter habe ich einen aufziehbaren Mechanismus bekommen, und dieser Ventilator hier bläst kühlende Luft über...« Er unterbrach sich, als er Colons Gesichtsausdruck bemerkte.

»Daran hast du die ganze Nacht gearbeitet?«

»Ja. Weil ich glaube, dass Trollgehirne zu h...«

Der Feldwebel brachte ihn mit einem Wink zum Schweigen.

»Wir haben jetzt also einen aufziehbaren Soldaten«, brummte Colon. »Meine Güte, wir sind wirklich eine tolle Truppe.«

Gaspode war in geographische Verlegenheit geraten. Er wusste vage, wo er sich befand. Sein gegenwärtiger Aufenthaltsort lag irgendwo hinter den Schatten, in einem Labyrinth aus Hafenbecken, Kaianlagen und Viehhöfen. Zwar glaubte er, dass die ganze Stadt ihm gehörte, doch in diesem Revier fühlte er sich fremd. Die Ratten hier konnten es von der Größe her mit ihm aufnehmen, und seine Gestalt erinnerte zumindest grob an die eines Terriers – zum Glück verwechselten ihn die Ratten mit einem. Inzwischen war er schon von zwei Pferden getreten und fast von einem Karren überfahren worden. Und er hatte die Fährte verloren. Vor allem deshalb, weil Angua nicht verfolgt werden wollte. Ihre Spur führte einmal in diese und dann in jene Richtung. Sie hatte Dutzende von Dächern und mehrmals den Fluss überquert. Werwölfe waren gut auf der Flucht – immerhin stammten die lebenden Exemplare von Vorfahren ab, denen es gelungen war, zornigen Mengen zu entkommen. Wer sich von aufgebrachten Leuten einholen ließ, hatte keine Gelegenheit mehr, Nachkommen zu zeugen – und in den meisten Fällen auch kein Grab.

Einige Male endete die Spur an Mauern oder an Hütten mit niedrigen Dächern. Dann schlurfte Gaspode hin und her, bis er sie wieder fand.

Wirre Gedanken zogen durch sein schizophrenes Hunde-Selbst.

»Kluger Hund brachte Rettung«, murmelte er. »Braves Hündchen, sagen alle. Aber ich bin gar nicht brav. Ich mache das nur, weil man mich dazu zwingt. Die Wundernase. Ich wollte es überhaupt nicht. Du Wirst Einen Leckeren Knochen Bekommen. Ich bin nur Treibgut auf dem Meer des Lebens. Braves Hündchen … Halt die Klappe.«

Die Sonne kroch am Firmament empor. Weiter unten kroch Gaspode durch die Stadt.

Willikins zog die Vorhänge beiseite, und heller Sonnenschein strömte herein. Mumm stöhnte und setzte sich langsam im zerwühlten Bett auf.

»Lieber Himmel«, brachte er hervor. »Wie spät ist es?«

»Fast neun Uhr morgens, Herr«, antwortete der Diener.

»Neun Uhr *morgens*? Und um solche Zeit soll ich *aufstehen*? Normalerweise krieche ich erst aus den Federn, wenn der Nachmittag alt geworden ist.«

»Aber jetzt braucht der Herr nicht mehr zu arbeiten, Herr.«

Mumm sah auf das Durcheinander aus Decken und Laken. Einige hatten sich ihm um die Beine gewickelt.

Dann fiel ihm der Traum ein.

Er war durch die Stadt gewandert.

Eigentlich war es nicht in dem Sinne ein Traum, eher eine Erinnerung – schließlich wanderte er jede Nacht durch Ankh-Morpork. Etwas in ihm gab nicht auf. Ein Teil seines Ichs lernte, Zivilist zu sein, doch ein älterer Aspekt seines Wesens marschierte – nein, *patrouillierte* – in einem anderen Takt. Jetzt wusste er, warum ihm die Stadt im Traum so sonderbar leer erschienen war.

»Möchte sich der Herr selbst rasieren, oder soll ich das für ihn erledigen?«

»Ich werde nervös, wenn mir jemand Klingen vors Gesicht hält«, sagte Mumm. »Aber wenn du so freundlich wärst, das Pferd vor den Wagen zu spannen … Dann versuche ich, mich ins Bad zu begeben.«

»Sehr lustig, Herr.«

Mumm badete noch einmal – der Reiz des Neuen. Gewisse Hintergrundgeräusche deuteten darauf hin, dass die allgemeinen Aktivitäten in der Villa nun in die kritische Phase eintraten: Der Zeitpunkt H wie

Hochzeit stand unmittelbar bevor. Lady Sybil widmete den diesbezüglichen Vorbereitungen die gleiche Aufmerksamkeit wie dem Bemühen, Sumpfdrachen durch selektive Zucht von Schlappohren zu befreien. Sechs Köche arbeiteten seit drei Tagen in der Küche, brieten dort einen ganzen Ochsen und stellten erstaunliche Dinge mit exotischen Früchten an. Bisher hatte sich Samuel Mumm unter einer besonders guten Mahlzeit Fleisch ohne Sehnen und Knorpel vorgestellt. Die *Haute cuisine* waren für ihn aufgespießte Käsestücke, deren Stäbchen in einer Pampelmuse steckten.

Er ahnte, dass angehende Bräutigame am Hochzeitsmorgen nicht ihre mutmaßliche Braut sehen durften – dadurch sollten sie vermutlich an der Flucht gehindert werden. Mumm bedauerte das. Er hätte gern mit jemandem gesprochen. Wenn er mit jemandem sprechen konnte, ergab vielleicht alles einen Sinn.

Er griff nach der Rasierklinge, starrte in den Spiegel und erblickte das Gesicht von Hauptmann Samuel Mumm.

Colon salutierte und sah Karotte groß an.

»Ist alles in Ordnung mit dir? Du scheinst recht müde zu sein.«

Diverse Glocken in der Stadt wiesen mehr oder weniger synchron darauf hin, dass es zehn Uhr geworden war. Karotte wandte sich vom Fenster ab.

»Ich bin unterwegs gewesen und habe gesucht«, erwiderte er.

»Heute Morgen haben wir schon drei neue Rekruten bekommen«, sagte Colon. Die betreffenden Personen hatten darum gebeten, sich »Herrn Karottes Truppe« anschließen zu dürfen – das beunruhigte den Feldwebel ein wenig.

»Gut.«

»Detritus kümmert sich um die Grundausbildung«, fuhr Colon fort. »Es klappt gut. Nachdem er die Leute eine Stunde lang angeschrien hat, befolgen sie alle meine Anweisungen.«

»Ich möchte, dass möglichst viele Wächter auf den Dächern zwischen dem Palast und der Universität postiert werden«, sagte Karotte.

»Dort treiben sich bereits Assassinen herum«, entgegnete Colon. »Und die Diebesgilde hat einige ihrer Mitglieder auf die Dächer geschickt.«

»Es sind Diebe und Assassinen. Wir sind Wächter. Schick auch jemanden zum Kunstturm...«

»Herr?«

»Ja, Feldwebel?«

»Wir haben uns beraten, die Jungs und ich. Und... nun...«

»Ja?«

»Es würde uns allen viel Mühe ersparen, wenn wir die Zauberer bitten...«

»Hauptmann Mumm hat den Einsatz von Magie immer abgelehnt.«

»Aber...«

»Nein. Keine Zauberei, Feldwebel.«

»Ja, Herr.«

»Ist mit der Ehrenwache alles klar?«

»Ja, Herr. Brustharnische, Helme und der ganze Rest: alles blitzblank, Herr.«

»Tatsächlich?«

»Ja, Herr. Blitzblanke Burstharnische sind sehr wichtig. Weil der Feind darin sein Spiegelbild sieht und so sehr erschrickt, dass er flieht.«

»Gut.«

»Äh. Korporal Nobbs scheint verschwunden zu sein, Herr.«

»Ist das ein Problem?«

»Eigentlich nicht, Herr. Es bedeutet, dass die Ehrenwache etwas besser aussieht.«

»Ich habe ihn mit einer Sonderaufgabe beauftragt.«

»Obergefreite Angua ist ebenfalls nicht da.«

»Feldwebel?«

Colon versteifte sich unwillkürlich. Draußen verklang das Läuten der Glocken.

»Wusstest *du*, dass sie ein Werwolf ist?«

»Äh... Hauptmann Mumm deutete es an, Herr...«

»Auf welche Weise?«

Colon trat einen Schritt zurück.

»Mit folgenden Worten, Herr: ›Sie ist ein verdammter Werwolf, Fred. Es gefällt mir genauso wenig wie dir, aber Vetinari besteht darauf, dass auch ein Untoter zur Wache gehört. Tja, ein Werwolf ist immer noch besser als ein Vampir oder ein Zombie.‹ So lautete der diskrete Hinweis des Hauptmanns, Herr.«

»Ich *verstehe*.«

»Äh. Es tut mir Leid, Herr.«

»Nun, bringen wir den Tag hinter uns, Fred. Das wäre alles…«

…Abing, abing, a-bing-bong…

»Wir haben vergessen, dem Hauptmann die Uhr zu geben«, sagte Karotte und zog sie aus der Tasche. »Vielleicht denkt er jetzt, wir scheren uns nicht um ihn. Vermutlich freute er sich darauf, eine Uhr zu bekommen. Immerhin ist das eine Tradition der Wache.«

»Einige ereignisreiche Tage liegen hinter uns, Herr. Wir können dem Hauptmann die Uhr nach der Trauung geben.«

Karotte schob sie in die Tasche zurück.

»Ja, du hast Recht. Und jetzt… an die Arbeit, Feldwebel.«

Korporal Nobbs stapfte durch die Dunkelheit unter der Stadt. Inzwischen hatten sich seine Augen an die Düsternis gewöhnt. Er sehnte sich nach einer Zigarette, aber Karotte hatte ihm ausdrücklich verboten, an diesem Ort zu rauchen. Er sollte einen Sack nehmen, der Spur folgen und die Leiche holen. Ohne ihr eventuelle Wertgegenstände wie Schmuck abzunehmen.

Der Große Saal der Unsichtbaren Universität füllte sich allmählich.

Mumm hatte darauf bestanden, diesbezüglich lehnte er jeden Kompromiss ab. Er war kein Atheist in dem Sinn – Atheismus konnte recht gefährlich sein auf einer Welt, die mehrere tausend Götter kannte. Doch er mochte die heiligen Entitäten nicht besonders, und die Tatsache, dass er nun heiratete, ging sie seiner Meinung nach nichts an. Aus diesem Grund hatte er es abgelehnt, sich in einer Kapelle oder Kirche trauen zu lassen. Der Große Saal hier wirkte dem Anlass angemessen kathedralenartig. Die Präsenz von Göttern war nicht erforderlich, aber falls doch welche kamen, sollten sie sich wenigstens zu Hause fühlen.

Mumm suchte den Saal schon sehr früh auf, denn es gibt nichts Überflüssigeres auf der Welt als einen Bräutigam kurz vor der Hochzeit. Austauschbare Emmas hatten das Haus übernommen.

Einige Platzanweiser walteten bereits ihres Amtes und fragten die Leute, auf welcher Seite sie standen.

Es waren auch mehrere Zauberer zugegen. Bei solchen Anlässen gehörten sie automatisch zu den Eingeladenen; sie nahmen nicht nur an der eigentlichen Zeremonie teil, sondern vor allem an dem Festschmaus. Ein gebratener Ochse genügte vermutlich nicht.

Mumm begegnete der Magie mit ausgeprägtem Misstrauen, aber er mochte die Zauberer. Sie verursachten keine Probleme. Zumindest keine Probleme, die in *seinen* Zuständigkeitsbereich fielen. Zugegeben, dann und wann schufen sie Risse im Raum-Zeit-Kontinuum oder steuerten das Kanu der Realität zu weit in die Stromschnellen des Chaos. Doch sie brachen nie das *Gesetz.*

»Guten Morgen, Erzkanzler«, sagte er.

Erzkanzler Mustrum Ridcully, Oberhaupt aller Zauberer in Ankh-Morpork (sofern sie sich daran erinnerten), nickte fröhlich.

»Guten Morgen, Hauptmann«, erwiderte er. »Du hast dir einen schönen Tag ausgesucht.«

»Hahaha, einen schönen Tag hast du dir ausgesucht!«, schrillte der Quästor.

»Meine Güte«, brummte Ridcully. »Er ist schon wieder daneben. Ich kann das überhaupt nicht verstehen. Hat jemand getrocknete Froschpillen dabei?«

Mustrum Ridcully war von der Natur dazu bestimmt, im Freien zu leben und alles zu jagen, was sich im Gebüsch bewegte. Es war ihm ein Rätsel, warum der Quästor – den die Natur dazu bestimmt hatte, irgendwo in einem Zimmer zu sitzen und Zahlen zu addieren – zu derartiger Nervosität neigte. Ridcully versuchte immer wieder, ihn »auf Vordermann« zu bringen, wie er es nannte. Zu den therapeutischen Methoden des Erzkanzlers gehörte es zum Beispiel, dem Quästor irgendwo aufzulauern und ganz plötzlich mit der Maske von Willi Vampir vor dem Gesicht hinter Türen hervorzuspringen. Aber selbst damit war es ihm bisher nicht gelungen, den Quästor zu kurieren.

Die Trauungszeremonie sollte vom Dekan durchgeführt werden, der dafür sorgfältige Vorbereitungen getroffen hatte. Für die standesamtliche Heirat gab es in Ankh-Morpork kein traditionelles Ritual. Man beschränkte sich dabei auf Bemerkungen wie: »Na schön, wenn ihr unbedingt wollt...«

Der Dekan wandte sich Mumm zu und strahlte.

»Wir haben die Orgel extra geputzt«, sagte er.

»Hahaha, Orgel!«, kommentierte der Quästor.

»Es ist eine besonders große und eindrucksvolle Orgel...« Ridcully winkte zwei jüngere Zauberer zu sich. »Bringt den Quästor fort und sorgt dafür, dass er sich ein wenig hinlegt. Ich glaube, er hat wieder Fleisch gegessen.«

Am anderen Ende des Großen Saals zischte es, dann erklang ein ersticktes Quieken. Mumm sah zu einer Anordnung geradezu monströser Pfeifen hoch.

»Acht Schüler bedienen die Blasebälge«, sagte Ridcully, während dumpfes Schnaufen ertönte. »Das Ding hat drei Tastaturen und hundert zusätzliche Knöpfe, darunter zwölf mit einem ›?‹.«

»Es scheint unmöglich von einem einzelnen Menschen gespielt werden zu können«, erwiderte Mumm höflich.

»Nun, wir hatten da ein wenig Glück...«

Neue Geräusche hallten so laut durch den Saal, dass die Hörnerven sicherheitshalber abschalteten. Als sich die Ohren jenseits der Schmerzschwelle reaktivierten, vernahm Mumm die verzerrte Anfangsmelodie von Fondels »Hochzeitsmarsch«. Sie wurde mit unüberhörbarer Begeisterung von jemandem gespielt, der gerade entdeckt hatte, dass die Orgel nicht nur über drei Tastaturen verfügte, sondern auch über faszinierende akustische Spezialeffekte, von »Blähungen« bis hin zu »spaßiges Gackern«. Gelegentlich schallte ein anerkennendes »Ugh!« durch den Lärm.

Mumm hockte unter einem Tisch und rief Ridcully zu: »Bemerkenswert! Wer hat die Orgel konstruiert?«

»Auf dem Deckel steht ›A. B. Johnson‹!«

Ein wimmerndes Heulen kletterte die Tonleiter herab, darauf erklang ein Leierkasten. Dann war es wieder still.

»Zwanzig Minuten lang haben die Schüler Luft in die Druckkammern gepumpt.« Ridcully erhob sich und klopfte Staub vom Mantel. »Pass mit Vox Dei auf, in Ordnung?«

»Ugh!«

Der Erzkanzler sah Mumm an, dessen Gesicht die für werdende Ehemänner typische wächserne Grimasse zeigte. Inzwischen hielten sich schon recht viele Personen im Saal auf.

»Ich bin kein Fachmann für solche Dinge«, sagte er. »Aber hast du den Ring dabei?«

»Ja.«

»Wer ist der Brautvater?«

»Sybils Onkel Wirrenhaus. Er ist ein bisschen plemplem, aber sie bestand darauf.«

»Und der Brautführer?«

»Was?«

»Der Brautführer. Du weißt schon. Er reicht dir den Ring und muss die Braut heiraten, wenn du wegläufst. Der Dekan hat sich darüber informiert, nicht wahr, Dekan?«

»O ja«, bestätigte der Dekan, der den vergangenen Tag damit verbracht hatte, Lady Deirdre Wagens Etikettenbuch zu lesen. »Sobald sie hier erschienen ist, *muss* die Braut *jemanden* heiraten. Unverheiratete Bräute dürfen nicht einfach so durch die Gegend laufen, weil sie eine Gefahr für die Gesellschaft darstellen.«

»Den Brautführer habe ich völlig vergessen!«, entfuhr es Mumm.

Der Bibliothekar saß noch immer an der Orgel und wartete darauf, dass sich die Druckkammern wieder mit Luft füllten. Jetzt drehte er sich hoffnungsvoll um.

»Ugh?«

»Besorg dir einen«, sagte Ridcully. »Du hast noch reichlich Zeit. Mindestens eine halbe Stunde.«

»So einfach ist das nicht! Brautführer wachsen wohl kaum auf Bäumen.«

»Uugh?«

»Wer käme in Frage?«

»Uugh!«

Der Bibliothekar wollte gern Brautführer sein. Als Brautführer durfte man die Braut küssen, und sie durfte nicht weglaufen. Deshalb war er sehr enttäuscht, dass Mumm ihn ignorierte.

Oberobergefreiter Knuddel stieg die Stufen im Kunstturm hinauf und brummte leise vor sich hin. Eigentlich hatte er keinen Grund, sich zu beschweren. Sie hatten das Los entscheiden lassen, denn Karotte war der Ansicht, dass man von den Männern nichts verlangen durfte, zu dem man nicht selbst bereit war. Knuddel zog dabei den Kürzeren – er musste auf das höchste Gebäude. Das bedeutete: Wenn's unten in der Stadt Remmidemmi gab, fand das ohne ihn statt.

Er achtete nicht auf das dünne Seil, das von der Falltür weiter oben herabhing. Selbst wenn er es bemerkt hätte... Es war doch nur ein Seil...

Gaspode spähte in die Schatten.

Irgendwo in der Dunkelheit knurrte es. Gewöhnliche Hunde knurrten nicht auf diese Weise. Höhlenmenschen hatten solche Geräusche gehört.

Gaspode setzte sich. Sein Stummelschwanz zitterte unsicher.

»Ich wusste, dass ich dich früher oder später finden würde«, meinte er. »Auf meine Nase ist eben Verlass. Ein Präzisionsinstrument, wie ich schon sagte.«

Das Knurren wiederholte sich. Gaspode winselte leise.

»Du fragst dich sicher, warum ich dir gefolgt bin«, fuhr er fort. »Nun, wenn du's wissen willst, wenn du's *ganz genau* wissen willst...«

Wer ein solches Knurren hörte, bekam kaum Gelegenheit, später davon zu erzählen.

»Äh, ich habe den Eindruck, dass du derzeit nicht sprechen möchtest«, sagte Gaspode. »Aber wenn du wirklich wissen willst, warum ich dir gefolgt bin... Man hat mich darum... äh... gebeten. Oh, jetzt denkst du sicher: Was, Gaspode gehorcht einem *Menschen*?«

Gaspode warf einen Blick über die Schulter – als könnte sich hinter ihm etwas Schlimmeres befinden als vor ihm.

»Das ist eben der Mist, wenn man ein Hund ist«, sagte er. »Und das will der Große Fido einfach nicht begreifen. Du hast die Hunde der Gilde gesehen. Du hast sie heulen gehört. O ja, Tod den Menschen und so. Klingt alles ganz nett. Doch was verbirgt sich dahinter? *Furcht.* Furcht vor der Stimme, die ›böser Hund‹ sagt. Sie dringt nicht nur von außen an die Ohren, sie erklingt auch im Innern, kommt direkt aus den Knochen. Weil der Mensch den Hund geschaffen hat. Ich weiß es. Es wäre mir lieber, wenn dem nicht so wäre, aber leider kann ich mich keinen Illusionen hingeben. Dieses Wissen macht die Macht aus. Ich habe Bücher gelesen... und sogar gekaut.«

Die Dunkelheit schwieg.

»Du bist zur selben Zeit ein Wolf und ein Mensch. Schwierige Sache. Eine Art Dichotomie. Du wirst dadurch in gewisser Weise zu einem Hund. Denn Hunde sind zur einen Hälfte Wolf und zur anderen Mensch. In dieser Beziehung hattest du vollkommen Recht. Wir haben sogar Namen. Ha! Unser Körper sagt dies, unser Kopf sagt das. Als Hund führt man ein wahres Hundeleben. Und ich wette, du kannst nicht einmal vor ihm weglaufen. Zumindest nicht auf Dauer. Er ist dein Herr.«

Die Dunkelheit schwieg noch etwas mehr. Gaspode glaubte, Bewegungen zu hören.

»Er möchte, dass du zurückkehrst. Wenn er dich findet. Dann spricht er zu dir, und du musst ihm gehorchen. Aber wenn du aus eigenem Antrieb zu ihm zurückgehst, ist es *deine* Entscheidung. Dann wärst du glücklicher – als Mensch. Ich meine, was kann ich dir schon bieten, abgesehen von Ratten und Flöhen? Eigentlich ist es gar kein so großes Problem. Du musst nur sechs oder sieben Nächte pro Monat daheim bleiben …«

Angua heulte.

Die wenigen Haare, die noch auf Gaspodes Nacken wuchsen, richteten sich auf. Er versuchte, sich daran zu erinnern, zu welchem Körperteil die Hauptschlagader gehörte.

»Ich möchte nicht dort hineingehen, um dich zu holen«, sagte er. Wahrheit sprach aus jedem einzelnen Wort.

»Aber … aber … mir bleibt keine Wahl«, fügte er mit zitternder Stimme hinzu. »Ich *muss* zu dir kommen, um dich zu holen. Weil ein Hund zu gehorchen hat. Verdammter Mist.«

Gaspode dachte einige Sekunden nach und seufzte.

»Jetzt fällt's mir wieder ein«, murmelte er. »Die Hauptschlagader liegt im Hals.«

Mumm trat in den Sonnenschein. Besser gesagt: Er trat dorthin, wo bis vor kurzer Zeit Sonnenschein gewesen war. Jetzt glitten Wolken über den Himmel, und weitere zogen heran.

»Detritus?«

Boing. »Ja, Hauptmann Mumm, *Herr*!«

»Wer sind all diese Leute?«

»Wächter, Herr.«

Mit wachsender Verwunderung musterte Mumm die verschiedenen Mitglieder der Wache.

»Wer bist du?«

»Obergefreiter Hrolf Pyjama, Herr.«

»Und d … *Kohlenfresse*?«

»Ich nie nichts getan.«

»Ich nie nichts getan, *Herr*!«, donnerte Detritus.

»*Kohlenfresse*? Und du bist in der *Wache*?«

Boing. »Korporal Karotte meint, in jedem ein guter Kern steckt, auch wenn er manchmal sehr verborgen«, sagte er.

»Und was ist deine Aufgabe, Detritus?«

Boing. »Bin Spezialist für Bergwerke im Kopf. Grabe tiefe mentale Stollen, um zu finden Flöz mit manchmal mehr verborgenem guten Kern.«

Mumm kratzte sich an der Schläfe.

»Das war ein Scherz, nicht wahr?«, spekulierte er.

»Es ist neuer Helm, den Knuddel für mich gebaut, Herr. Ha! Jetzt Leute können nicht mehr sagen, da geht dummer Troll. Jetzt sie sagen: Was das doch sein für ein gut aussehender militärischer Troll, er bereits Oberobergefreiter, hat eine große Zukunft hinter sich; Schicksal bei ihm steht geschrieben überall wie mit Schrift.«

Mumm verarbeitete diesen Vortrag, während Detritus stolz strahlte.

»Und wo ist Feldwebel Colon?«

»Hier, Hauptmann.«

»Ich brauche einen Brautführer, Fred.«

»Ja, Herr. Ich hole Korporal Karotte. Er überprüft die Dächer...«

»Fred! Ich kenne dich seit mehr als zwanzig Jahren! Du brauchst nur hier zu stehen. Darin bist du *gut*, Fred.«

Karotte näherte sich im Laufschritt.

»Entschuldige bitte, dass ich so spät komme, Hauptmann. Äh. Eigentlich sollte dies eine Überraschung sein...«

»Wie bitte? *Was* sollte eine Überraschung sein?«

Karotte griff in die Tasche. »Nun, Hauptmann... im Namen der Wache, das heißt, im Namen des größten Teils der Wache...«

»Einen Augenblick«, sagte Colon. »Da kommt Seine Exzellenz.«

Klappernde Hufe und rasselndes Zaumzeug kündigten Lord Vetinaris Kutsche an.

Karotte warf einen kurzen Blick in die entsprechende Richtung. Dann sah er noch einmal hin. Sein Blick wanderte nach oben.

Metall glänzte auf dem Dach des Kunstturms.

»Wer ist auf dem Turm, Feldwebel?«, fragte Karotte.

»Knuddel, Herr.«

»Oh. Gut.« Er räusperte sich. »Nun, Hauptmann ... Wir haben zusammengelegt und ...« Er zögerte. »Oberobergefreiter Knuddel?«

»Ja. Auf ihn ist Verlass.«

Die Kutsche des Patriziers hatte den Hiergibtsalles-Platz fast erreicht. Karotte sah eine dürre, schwarze Gestalt auf dem Rücksitz.

Erneut sah er an der grauen Masse des Turms empor.

Er lief los.

»Was ist denn?«, fragte Colon. Mumm setzte sich ebenfalls in Bewegung.

Detritus' Fingerknöchel knallten auf den Boden, als er sich in die Position eines Trollsprinters brachte.

Und dann spürte es auch Colon: ein seltsames Prickeln, als hätte ihm jemand aufs nackte Gehirn gepustet.

»Oh, Mist«, stöhnte er leise.

Krallen kratzten über das Pflaster.

»Er hat sein Schwert gezogen!«

»Was hast du denn erwartet? Im einen Augenblick wähnt sich der Junge im siebten Himmel, sieht das Leben aus einem ganz neuen Blickwinkel, erkennt, dass es noch schönere Dinge gibt als Spaziergänge. Dann dreht er sich um und sieht ... einen Wolf. Du hättest ihm vielleicht einen Hinweis geben sollen, etwa: Um diese Zeit des Monats wachsen mir immer Haare. Du kannst es ihm wohl kaum vorwerfen, dass er überrascht war.«

Gaspode stand auf. »Kommst du nun mit? Oder zwingst du mich, von dir fürchterlich zugerichtet zu werden?«

Lord Vetinari erhob sich, als er einige Wächter sah, die ihm entgegeneilten. Aus diesem Grund traf ihn der erste Schuss in den Oberschenkel und nicht in die Brust.

Dann erreichte Karotte die Tür der Kutsche und warf sich auf den Patrizier. Deshalb traf ihn der nächste Schuss.

Ein goldbrauner Leib schob sich langsam aus der Dunkelheit.

Gaspodes Anspannung ließ nach.

»Ich kann nicht zurück«, sagte Angua. »Ich …«

Sie erstarrte. Ihre Ohren zuckten.

»Was?«

»Er ist verletzt!«

Angua sauste davon.

»He, warte auf mich!«, bellte Gaspode. »Dort geht's in die Schatten!«

Der dritte Schuss riss ein Stück aus Detritus, der gegen die Kutsche prallte und sie umstieß. Dadurch lösten sich mehrere Riemen, und die Pferde galoppierten davon. Der Kutscher verglich seine gegenwärtigen Arbeitsbedingungen mit der Bezahlung. Das Ergebnis ließ ihn in der Menge der Schaulustigen verschwinden.

Mumm warf sich hinter der umgestürzten Kutsche zu Boden. Ein vierter Bleiklumpen prallte von den Kopfsteinen dicht neben seinem Arm ab.

»Detritus?«

»Hauptmann?«

»Wie geht es dir?«

»Ich nässe ein wenig.«

Der fünfte Schuss traf das Kutschenrad über Mumms Kopf, so dass es sich drehte.

»Karotte?«

»Glatt durch die Schulter, Hauptmann.«

Mumm stemmte sich auf den Ellenbogen hoch. »Guten Morgen, Euer Exzellenz«, sagte er und kam sich vor wie ein Irrer. Er sank zurück und holte eine krumme Zigarre hervor. »Hast du Feuer?«

Der Patrizier öffnete die Augen.

»Ah, Hauptmann Mumm. Und was geschieht jetzt?«

Mumm lächelte. Eigentlich komisch, dachte er. Ich fühle mich erst dann richtig lebendig, wenn jemand versucht, mich umzubringen. Dann merke ich, dass der Himmel blau ist. Derzeit kann man ihn beim besten Willen nicht blau nennen – dort oben schweben jede Menge Wolken. Aber ich bemerke sie.

»Wir warten noch einen Schuss ab«, sagte er. »Dann rennen wir los und suchen uns bessere Deckung.«

»Offenbar... verliere ich ziemlich viel Blut«, meinte Lord Vetinari.

»Wer hätte gedacht, dass du überhaupt welches hast«, kommentierte Mumm mit der unverblümten Offenheit eines Mannes, der nur geringe Überlebenschancen sieht. »Was ist mit dir, Karotte?«

»Ich kann die Hand bewegen. Es... tut verdammt weh, aber... du siehst schlimmer aus.«

Mumm blickte an sich hinunter.

Überall klebte Blut an seiner Jacke.

»Irgendein Steinsplitter muss mich getroffen haben«, sagte er. »Hab's nicht mal gespürt.«

Er konzentrierte sich auf das Bild des Gfährs.

Sechs kleine Röhren hintereinander angebracht. Jede gefüllt mit Blei und Pulver Nummer eins. Man schob das Ding in das Gfähr wie den Bolzen in die Armbrust. Mumm fragte sich, wie lange es dauerte, den Schussapparat zu wechseln...

Wie dem auch sei: Wir haben den Burschen jetzt, wo wir ihn wollten! Es gibt nur eine Möglichkeit, den Turm zu verlassen!

Ja, wir sitzen hier unten fest, während uns der Kerl mit Bleiklumpen bedroht, aber wir haben ihn genau dort, wo wir ihn wollten!

Gaspode schnaufte und furzte nervös, als er durch die Schatten hastete. Das Herz rutschte ihm noch tiefer, als er mehrere Hunde wahrnahm.

Er kroch durch einen Wald aus Beinen.

Angua steckte in einem Kreis aus Zähnen.

Das Bellen verklang. Zwei massige Hunde wichen beiseite, und der Große Fido trat vor.

»Was wir hier haben, ist also gar kein Hund«, sagte er. »Vielleicht ein Spion? Der Feind lauert überall. An *jedem* Ort. Er mag wie ein Hund aussehen, aber tief in seinem Innern ist er etwas ganz anderes. Was hast du hier gemacht?«

Angua knurrte.

Lieber Himmel! fuhr es Gaspode durch den Sinn. Mit ein paar von ihnen könnte sie fertig werden, aber der Rest… Dies sind *Straßenhunde*.

Er zwängte sich an einigen muskulösen Körpern vorbei in den Kreis. Der Große Fido sah ihn mit seinen roten Augen an.

»Und auch Gaspode ist hier«, sagte der Pudel. »Hätte ich mir denken können.«

»Lass sie in Ruhe«, brummte Gaspode.

»Ach?«, erwiderte der Große Fido spöttisch. »Willst du für sie kämpfen? Gegen uns alle?«

»Ich habe die Macht«, warnte Gaspode. »Das weißt du. Und ich werde nicht zögern, sie einzusetzen.«

»Wir haben keine Zeit für diesen Unsinn!«, knurrte Angua.

»Du wagst es nicht«, zischte der Große Fido.

»Du wirst es erleben.«

»Alle Hundepfoten werden sich gegen dich erheben…«

»Ich habe die Macht. Zurück mit euch.«

»Welche Macht?«, fragte Schlächter. Er sabberte.

»Der Große Fido weiß Bescheid«, entgegnete Gaspode. »Er *kennt sich aus.* Angua und ich gehen jetzt, ganz ruhig und friedlich.«

Die Hunde sahen den Großen Fido an.

»Packt sie«, sagte er.

Angua bleckte die Zähne.

Die Hunde zögerten.

»Wolfskiefer sind viermal so stark wie die eines Hundes«, dozierte Gaspode. »Und das gilt für einen *gewöhnlichen* Wolf…«

»Was ist los mit euch?«, fragte der Große Fido scharf. »Ihr seid das Rudel! Keine Gnade! *Packt sie!*«

Aber ein Rudel Wölfe reagierte anders. Angua hatte es erklärt. Ein Rudel bestand aus unabhängigen, freien Individuen. Es sprang nicht, weil man es dazu aufforderte. Ein Rudel sprang nur dann, wenn alle Individuen eine entsprechende Entscheidung trafen.

Zwei große Hunde duckten sich…

Angua drehte den Kopf von einer Seite zur anderen, bereit für den ersten Angriff…

Irgendwo kratzten Krallen über den Boden.

Gaspode holte tief Luft und brachte seine Schnauze in die richtige Position.

Die Hunde sprangen.

»SITZ!«, sagte Gaspode auf menschlich.

Der Befehl hallte mehrmals von den Wänden der Gasse wider, und fünfzig Prozent der Tiere gehorchten. Der Gehorsam wirkte vor allem auf den rückwärtigen Teil des Körpers: Mitten im Sprung merkten die Hunde, dass ihnen plötzlich die Hinterbeine einknickten…

»BÖSER HUND!«

…gefolgt von tiefer Scham, die dazu führte, dass sich die Tiere duckten. Während des Fluges ist das nicht besonders günstig.

Gaspode sah zu Angua, um die herum es verdutzte Hunde regnete.

»Glaubst du mir nun, dass ich die Macht habe?«, fragte er. *»Lauf!«*

Hunde sind nicht wie Katzen, die Menschen nur solange tolerieren, bis jemand einen Dosenöffner erfindet, den man auch mit den Pfoten bedienen kann. Menschen erschufen Hunde. Sie nahmen Wölfe und gaben ihnen menschliche Dinge: unnötige Intelligenz, Namen, den Wunsch, an einen ganz bestimmten Ort – und *jemandem* – zu gehören, einen bohrenden Minderwertigkeitskomplex. Alle Hunde geben sich Wolfsträumen hin und träumen davon, ihren Schöpfer zu beißen. Tief in seinem Herzen weiß jeder Hund, dass er ein *böser Hund* ist…

Das wütende Bellen des Großen Fido brach den Bann.

»Packt sie!«

Angua raste über das Kopfsteinpflaster. Am anderen Ende der Gasse stand ein Karren, dahinter ragte eine Mauer auf.

»Nicht dorthin!«, jaulte Gaspode.

Die Hunde folgten ihnen. Angua sprang auf den Karren.

»Ich kann nicht da rauf!«, klagte Gaspode. »Nicht mit meinem kranken Bein!«

Angua kam wieder herunter, hob die kleine graue Promenadenmischung am Genick hoch, sprang erneut auf den Wagen und von dort auf das Dach eines Schuppens. Ein Satz auf einen Sims – einige Schindeln lösten sich, rutschten und fielen in die Gasse –, dann ein Haus...

»Mir ist schlecht!«

»Fei ftill!«

Angua lief über das Dach, hechtete auf der anderen Seite über die Gasse hinweg und landete auf einem uralten Strohdach.

»Aargh!«

»Fei ftill!«

Die Hunde folgten ihnen immer noch. In den Schatten waren die Gassen nicht sehr breit.

Eine weitere schmale Straße huschte unter ihnen vorbei.

Gaspode schwang im Maul des Werwolfs hin und her.

»Sie sind noch immer hinter uns!«

Er wimmerte, als Angua die Muskeln spannte.

»O nein! Nicht die Sirupzechenallee!«

Auf eine jähe Beschleunigung folgte eine kurze Phase der Ruhe. Gaspode kniff die Augen zu...

Angua landete. Einige Sekunden lang suchten ihre Pfoten auf dem nassen Dach vergeblich nach Halt. Schiefertafeln zerbrachen unten auf den Kopfsteinen, und dann hastete der Werwolf zum Dachfirst empor.

»Du kannst mich jetzt absetzen«, sagte Gaspode. »Ich meine, jetzt sofort! He, da kommen sie!«

Die ersten Hunde erreichten das Dach auf der anderen Seite, sahen die breite Lücke und versuchten, rechtzeitig zu bremsen. Ihre Krallen kratzten über den Schiefer.

Angua drehte sich um und schnappte nach Luft. Sie hatte den Atem angehalten – aus Furcht, dass ihr Gaspode in die Lunge geriet.

Der Große Fido bellte zornig.

»Feiglinge! Es sind nicht einmal sechs Meter! Eine Kleinigkeit für einen Wolf!«

Die Hunde starrten auf die Leere zwischen den beiden Dächern. Gelegentlich hat ein Hund das Recht, sich zu fragen: Zu welcher Spezies gehöre ich?

»Es ist ganz einfach! Ich zeige es euch! Passt auf!«

Der Große Fido nahm Anlauf, sauste los und... sprang.

Seine Flugbahn ließ sich kaum als Kurve bezeichnen. Der kleine Pudel raste in den nur von Luft gefüllten Raum. Seine Antriebsenergie rührte weniger von seinen Muskeln her als von seiner brennenden Seele.

Seine Vorderpfoten berührten Schiefer, tasteten ohne Halt hin und her. Der Große Fido rutschte zurück, über den Rand des Daches...

...und blieb dort hängen.

Er blickte nach oben, zu dem Hund, der ihn fest hielt.

»Gaspode? Bist du das?«

»Ja«, lautete die mit vollem Mund gegebene Antwort.

Der Pudel schien kaum etwas zu wiegen, doch Gaspode auch nicht. Er hatte nach dem Pudel geschnappt und versuchte jetzt, sich irgendwo abzustützen, aber das Dach war viel zu glatt. Er schlitterte über die Schieferplatten, bis er mit den Vorderpfoten in der Regenrinne hängen blieb, die langsam nachgab.

Deutlich sah Gaspode die Straße drei Stockwerke unter sich.

»Oh, *Mist!*«, kommentierte er die Situation.

Jemand hielt ihn am Schwanz fest.

»Laff ihn lof«, sagte Angua undeutlich.

Gaspode versuchte, den Kopf zu schütteln.

»Hör auf fu fappeln!«, wies er den Pudel an. »Braver Hund, Retter in der Not! Tapferer Hund, Retter auf dem Dach! Nein!«

Die Regenrinne knirschte und knackte.

Es ist so weit, dachte Gaspode. Hier findet mein trauriges Leben ein trauriges Ende...

Der Große Fido wand sich hin und her.

»Woran hältst du mich fest?«

»Am Halsband«, presste Gaspode zwischen den Zähnen hervor.

»Was? Verdammtes Ding!«

Der Pudel zappelte noch heftiger und trat nach leerer Luft.

»Hör endlich auf damit, du Blödmann!«, knurrte Gaspode. »Wenn du fo weitermachft, ftürfen wir beide in die Tiefe.« Auf dem Dach gegenüber starrten die Hunde voller Entsetzen.

Erneut quietschte die Regenrinne.

Anguas Krallen hinterließen weiße Linien auf dem Schiefer.

Der Große Fido strampelte, krümmte sich zusammen und streckte sich wieder, kämpfte gegen den Griff des Halsbands.

Das schließlich riss.

»Frei!«

Und er fiel.

Gaspode wurde jäh nach hinten gerissen. Etwas höher auf dem Dach ließ das Zerren an seinem Stummelschwanz nach, und er schaffte es aus eigener Kraft zum First. Dort verharrte er und schnaufte hingebungsvoll.

Angua sprang über die nächste Gasse hinweg, bevor sich der rote Schleier vor Gaspodes Augen auflöste.

Der spuckte das Halsband des Großen Fido aus. Es rutschte die Schieferplatten hinunter und über den Dachrand.

»Oh, danke!«, rief er. »Herzlichen Dank! Ja, lass mich ruhig allein! Obwohl ich ein krankes Bein habe! Mach dir nur keine Sorgen um mich! Wenn ich Glück habe, stürze ich in den Tod, bevor ich verhungere. Das ist die Geschichte meines Lebens! Du und ich, Mädchen! Wir hätten es zusammen geschafft!«

Er drehte sich um und sah hinüber zu den Hunden jenseits der Leere.

»Ihr da!«, bellte er. »Verschwindet! Kehrt heim! BÖSER HUND!«

Vorsichtig trippelte er über die andere Seite des Daches. Auch dort gab es eine Gasse – und keine Möglichkeit, nach unten zu klettern.

Gaspode setzte den Weg über die Schieferplatten fort, bis er das nächste Gebäude erreichte. Auch dort entdeckte er keine Treppe, aber eine Etage weiter unten einen Balkon.

»Spielerisches Denken«, murmelte er. »Darauf kommt's an. Ein Wolf, ein ganz normaler Wolf springt. Und wenn er nicht springen kann, sitzt er fest. Mir dagegen steht überlegene Intelligenz zur Verfügung. Ich kann die Situation sorgfältig analysieren und dann mit Hilfe rationaler Gedanken eine Lösung finden.«

Gaspode stieß eine Steinfigur neben der Regenrinne an.

»At ill't u?«

»Wenn du mir nicht da runter zu dem Balkon hilfst, pinkel ich dir ins Ohr.«

GROSSER FIDO?

»Ja?«

BEI FUSS.

Es entstanden zwei Theorien über den Tod des Großen Fido.

Die erste basierte auf den Beobachtungen von Gaspode. Sie ging davon aus, dass die sterblichen Überreste des Pudels vom Stinkenden Alten Ron gefunden und an einen Kürschner verkauft wurden. Es dauerte nicht lange, bis der Große Fido in die Welt zurückkehrte – in Form von Ohrwärmern und flauschigen Handschuhen.

An die zweite Theorie – man könnte sie gewissermaßen als Wunschwahrheit bezeichnen – glaubten alle anderen Hunde. Angeblich überlebte er den Sturz, floh aus der Stadt und erreichte die Berge, wo er kurze Zeit später ein Wolfsrudel anführte, das abgelegene Bauernhöfe überfiel. Diese Theorie machte es erträglicher, in Misthaufen zu wühlen und an Hintertüren zu warten, in der Hoffnung auf den einen oder anderen Bissen. Immerhin vertrieb man sich so nur die Zeit, bis der Große Fido zurückkehrte.

Sein Halsband wurde an einem geheimen Ort aufbewahrt, und die Hunde besuchten es regelmäßig – bis sie es vergaßen.

Feldwebel Colon schob die Tür mit der Pike auf.

Vor langer Zeit hatte es im Kunstturm einmal Etagen gegeben. Jetzt war er hohl bis ganz nach oben. Durch die alten Schießscharten schoben sich goldene Lichtbalken. Staubflocken funkelten darin.

Einer von ihnen schien auf etwas, das bis vor kurzer Zeit Oberobergefreiter Knuddel gewesen war.

Colon stieß den Körper behutsam an. Er rührte sich nicht. Wer sich in einem solchen Zustand befand, *sollte* sich auch gar nicht bewegen. Eine Axt mit gesplittertem Schaft lag neben ihm.

»O nein«, hauchte der Feldwebel.

Ein dünnes Seil – von der Art, wie es Assassinen verwendeten – hing von der Falltür ganz oben herab. Es erzitterte immer wieder. Colon hob den Blick und zog sein Schwert.

Er konnte bis ganz nach oben sehen und wusste daher, dass sich niemand an dem Seil festhielt. Das bedeutete …

Er drehte sich nicht um, was ihm das Leben rettete.

Colon warf sich zu Boden, gleichzeitig krachte hinter ihm das Gfähr. Nachher schwor er, deutlich gespürt zu haben, wie der Bleiklumpen dicht über seinen Kopf hinwegraste.

Eine Gestalt trat aus dem Rauch und schlug hart zu, bevor sie durch die Tür in den Regen entkam.

OBEROBERGEFREITER KNUDDEL?

Knuddel erhob sich und starrte auf sein leibliches Selbst herab.

»Oh«, sagte er. »Nach den ersten dreißig Metern kamen mir Zweifel, ob ich den Sturz überleben würde.«

DIE ZWEIFEL WAREN BERECHTIGT.

Die unwirkliche Welt der Lebenden löste sich bereits auf. Knuddel betrachtete das, was von seiner Axt übrig geblieben war. Sie schien ihn weitaus mehr zu beunruhigen als die Überreste eines Zwergs namens Knuddel.

»Die Axt stammt von meinem Vater«, brummte er. »Sieh nur, was aus ihr geworden ist. Damit blamiert man sich im Jenseits!«

Begräbt man euch etwa mit Waffen?

»Weißt du das nicht? Du bist doch der Tod, oder?«

Das muss nicht unbedingt heissen, dass ich über alle Beisetzungstraditionen Bescheid weiss. Für gewöhnlich begegne ich den Leuten, bevor man sie begräbt. Von den Personen, die ich erst nach ihrem Begräbnis besuche... sind die meisten ziemlich nervös und abgeneigt, gewisse Dinge zu erklären.

Knuddel verschränkte die Arme.

»Ohne ordentliches Begräbnis lehne ich es ab, ins Jenseits zu wechseln«, sagte er fest. »Meine gequälte Seele wird in Pein über die Welt wandeln.«

Sie muss es nicht.

»Aber sie kann, wenn sie will«, erwiderte der Geist von Knuddel scharf.

»Detritus! Du hast jetzt keine Zeit zu nässen! Zum Turm! Und nimm einige Männer mit!«

Mumm hatte sich den Patrizier über die Schulter gelegt und erreichte nun die Tür des Großen Saals, dicht gefolgt vom wankenden Karotte. Die Zauberer drängten sich vor dem Portal. Erste große Regentropfen zischten leise auf den heißen Steinen.

Ridcully rollte die Ärmel hoch.

»Heiliger Strohsack! Was ist mit seinem Bein passiert?«

»Das hat er dem Gfähr zu verdanken! Kümmere dich um ihn. Und auch um Korporal Karotte!«

»Nicht nötig«, sagte Lord Vetinari. Er lächelte und versuchte aufzustehen. »Es ist nur eine Fleischwun...«

Sein Bein gab unter ihm nach.

Mumm blinzelte. Damit hatte er nicht gerechnet. Der Patrizier war nie überrascht und wusste immer eine Antwort. Mumm ahnte, dass die Geschichte außer Rand und Band geriet, hin und her zappelte...

»Wir werden damit fertig«, meinte Karotte. »Ich habe Wächter auf die Dächer geschickt und...«

»Sei still! Du bleibst hier – das ist ein Befehl!« Mumm griff in die Tasche, holte seine Dienstmarke hervor und steckte sie an seine zerrissene Jacke. »He, du… Pyjama! Ich brauche ein Schwert!«

Pyjama wirkte missmutig.

»Ich nehme nur Befehle von Korporal Karotte entgegen…«

»Gib mir sofort ein Schwert, du schrecklicher kleiner Mann! In Ordnung! Danke! Und jetzt zum Tu…«

Eine große Gestalt erschien in der Tür.

Detritus kam herein.

Mumm und die anderen sahen, was er in den Armen hielt.

Vorsichtig legte er es auf eine Sitzbank, schlurfte dann fort und hockte sich in einer Ecke nieder. Während die anderen auf die sterblichen Überreste des Oberobergefreiten Knuddel starrten, nahm der Troll den Kühlhelm ab und drehte ihn hin und her.

»Er lag auf dem Boden«, sagte Feldwebel Colon. Er lehnte am Türrahmen. »Er muss von ganz oben heruntergefallen sein. Und es war noch jemand im Turm. Er hat sich an einem Seil herabgehangelt und mir eins auf den Kopf verpasst.«

»Es ist nicht richtig, für nur einen Königsshilling zu sterben«, murmelte Karotte.

Das mit dem Drachen war besser, dachte Mumm. Er tötete, aber er blieb ein Drache. Er suchte einen anderen Ort auf, doch es war ganz klar: Der Drache ist ein Drache. Er konnte nicht einfach über die Mauer springen und jemand anders werden. Man wusste immer, gegen was man kämpfte. Man brauchte nicht…

»Was hat Knuddel da in der Hand?«, fragte er und begriff erst jetzt, dass er eine ganze Zeit lang darauf hinabgesehen hatte, ohne es zur Kenntnis zu nehmen.

Er zog daran und sah einen schwarzen Stoffstreifen.

»Assassinen tragen so etwas«, stellte Feldwebel Colon fest.

»Und viele andere Leute«, warf Ridcully ein. »Schwarz ist schwarz.«

»Ja«, bestätigte Mumm. »Auf dieser Grundlage etwas zu unternehmen, wäre sicher übereilt. Dafür könnte ich vom Dienst suspendiert werden.«

Er winkte mit dem Streifen vor Vetinaris Augen.

»Überall Assassinen«, sagte er. »Und sie *wachen.* Aber offenbar haben sie nichts bemerkt. Du hast ihnen das verdammte Gfähr gegeben, weil du glaubtest, bei ihnen wäre es besonders gut aufgehoben. Wieso bist du nie auf den Gedanken kommen, es der Wache zu überlassen?«

»Sollten wir nicht die Verfolgung aufnehmen, Korporal Karotte?«, fragte Pyjama.

»Wen willst du verfolgen?«, erwiderte Mumm. »Und wohin? Der Unbekannte hat den alten Fred niedergeschlagen und sich dann aus dem Staub gemacht. Vielleicht ist er um die nächste Ecke gelaufen, um das Gfähr über eine Mauer zu werfen. Wie sollen wir ihn dann identifizieren? Wir wissen nicht, wer für diese ganze Sache verantwortlich ist.«

»Ich weiß es«, sagte Karotte.

Er stand auf und hielt seine schmerzende Schulter.

»Laufen ist ganz einfach«, fuhr er fort. »Wir alle sind ziemlich viel gelaufen. Aber bei der Jagd verhält man sich anders: Man wartet an der richtigen Stelle. Hauptmann, ich halte es für angebracht, dass der Feldwebel überall erzählt, wir hätten den Mörder gefasst.«

»Was?«

»Er heißt Edward d'Eath. Die Leute sollen glauben, dass er in Haft ist. Wir haben ihn gefasst, schwer verletzt, aber lebend.«

»Aber das stimmt doch gar nicht!«

»Er ist ein Assassine.«

»Aber wir haben niemanden gefasst...«

»Ich weiß, Hauptmann. Das Lügen gefällt mir auch nicht, aber in diesem Fall könnte es durchaus nützlich sein. Aber wie dem auch sei: Du brauchst dich mit diesem Problem nicht zu befassen.«

»Ach? Und warum nicht?«

»In einer knappen Stunde bist du im Ruhestand.«

»Aber jetzt bin ich noch immer Hauptmann, Korporal. Und deshalb wirst du mir alles erklären. Ich höre.«

»Dazu haben wir keine Zeit. Feldwebel Colon ... Du weißt, worauf es ankommt.«

»Noch bin *ich* Befehlshaber der Wache, Karotte! *Ich* gebe hier die Anweisungen.«

Karotte senkte den Kopf.

»Natürlich, Hauptmann.«

»Gut. Wichtig ist vor allem, dass wir diesen Punkt geklärt haben. Feldwebel Colon?«

»Herr?«

»Erzähl den Leuten, dass wir Edward d'Eath verhaftet haben. Wer immer er sein mag.«

»Ja, Herr.«

»Und nun, Karotte?«, fragte Mumm. »Was hast du jetzt vor?«

Karotte sah zu den Zauberern.

»Entschuldige bitte ...«

»Ugh?«

»Zuerst einmal müssen wir in die Bibliothek ...«

»Zuerst«, betonte Mumm, »möchte ich, dass mir jemand einen Helm leiht. Ohne Helm fühle ich mich nicht richtig im Dienst. Danke, Fred. Gut. Helm ... Schwert ... Dienstmarke. *Jetzt* kann's losgehen.«

Es gab Geräusche unter der Stadt. Sie blieben undeutlich wie das Summen eines Bienenschwarms.

Dazu kam ein mattes Glühen. Das Wasser des Ankh (sofern diese Bezeichnung angemessen ist) hatte über Jahrhunderte hinweg die Wände der Tunnel gewaschen.

Jetzt erklangen neue Geräusche von Schritten im Schlamm. Man hörte sie nur, wenn sich die Ohren bereits auf den akustischen Hintergrund eingestellt hatten. Ein Schemen bewegte sich in der Düsternis und verharrte in einem Kreis aus Dunkelheit, der den Zugang zu einem anderen Tunnel markierte ...

»Wie fühlst du dich, Euer Exzellenz?«, fragte Korporal Nobbs.

»Wer bist du?«

»Korporal Nobbs, Herr!«, erwiderte Nobby und salutierte.

»Gehörst du zur Wache?«

»Ja, Herr!«

»Ah, du bist der Zwerg, nicht wahr?«

»Nein, Herr. Du meinst den verstorbenen Knuddel, Herr! Ich bin einer der Menschen, Herr!«

»Hat man dich infolge … besonderer Maßnahmen in die Wache aufgenommen?«

»Nein, Herr«, sagte Nobby stolz.

»Bemerkenswert«, murmelte der Patrizier. Der Blutverlust machte ihn benommen. Darüber hinaus hatte er vom Erzkanzler einen Trunk bekommen, angeblich ein hervorragendes Heilmittel. Es blieb die Frage, *was* er heilte. Vermutlich Vertikalität. Lord Vetinari verzichtete jedoch darauf, sich hinzulegen. Er hielt es für besser, aufrecht zu sitzen, damit die Bürger sahen, dass er lebte. Viele neugierige Leute blickten durch die Tür, und der Patrizier wollte deutlich darauf hinweisen, dass Gerüchte von seinem Tod weit übertrieben waren.

Korporal selbst ernannter Mensch Nobbs und einige andere Wächter weilten auf Mumms Befehl hin in unmittelbarer Nähe Seiner Exzellenz. Einige der Gestalten schienen breiter zu sein, als Vetinari sie in Erinnerung hatte.

»He, du, guter Mann«, sagte er. »Hast du den Königsshilling genommen?«

»Ich nie nichts nehmen.«

»Prächtig. Gut gemacht.«

Dann kam jähe Bewegung in die Menge. Etwas Goldbraunes, das entfernt an einen Hund erinnerte, raste heran, knurrte und schnüffelte. Es verschwand sofort wieder und lief mit langen, geschmeidigen Sätzen in Richtung Bibliothek.

Der Patrizier hörte Stimmen.

»Fred?«

»Ja, Nobby?«

»Erschien dir das irgendwie vertraut?«

»Ich weiß, was du meinst.«

Nobby wand sich unruhig hin und her.

»Du hättest sie ausschimpfen müssen, weil sie keine Uniform trug«, meinte er.

»Leicht gesagt.«

»Wenn *ich* ohne Kleidung durch die Gegend liefe, würdest du bestimmt nicht zögern, mir einen halben Ankh-Morpork-Dollar Bußgeld abzuknöpfen...«

»Hier hast du einen halben Dollar, Nobby. Und jetzt sei still.«

Lord Vetinari sah die beiden Wächter an und strahlte. Ein dritter hockte in der Ecke – einer der großen und breiten...

»Ist noch immer alles in Ordnung mit dir, Euer Exzellenz?«, fragte Nobby.

»Wer ist der Herr?«

Nobbs folgte dem Blick des Patriziers.

»Der Troll Detritus, Herr.«

»Warum hockt er so da?«

»Er denkt nach, Herr.«

»Er hat sich schon seit einer ganzen Weile nicht mehr gerührt.«

»Er denkt langsam, Herr.«

Detritus richtete sich auf. Die Bewegung erinnerte an einen großen Kontinent, der mit einer tektonischen Aktivität begann, die schließlich zur Entstehung eines gewaltigen, eindrucksvollen Gebirges führen würde. Die Zuschauer wussten nicht, wie Berge entstanden, doch jetzt gewannen sie eine ungefähre Vorstellung: Es ließ sich mit Detritus' Aufstehen vergleichen. In der einen Hand des Trolls ruhte Knuddels Axt.

»Ja, er denkt langsam«, sagte Nobby. »Aber manchmal auch sehr gründlich.« Er hielt nach einem Fluchtweg Ausschau.

Detritus starrte die Leute an, als fragte er sich, was sie an diesem Ort zu suchen hatten. Mit schwingenden Armen ging er los.

»Oberobergefreiter Detritus, äh…« Colon zögerte kurz. »Rühren?«

Der Troll ignorierte ihn. Inzwischen bewegte er sich auf die gleiche trügerische Weise wie Lava.

Er erreichte die Wand und stieß sie beiseite.

»Hat ihm jemand Schwefel gegeben?«, fragte Nobby.

Colon drehte sich zu den übrigen Wächtern um. »Obergefreiter Bauxit! Obergefreiter Kohlenfresse! Nehmt den Oberobergefreiten Detritus fest!«

Die beiden Trolle sahen erst Detritus nach, wechselten dann einen Blick und wandten sich an Colon.

Bauxit salutierte umständlich.

»Bitte um Erlaubnis, teilzunehmen am Begräbnis meiner Großmutter, Herr.«

»Warum?«

»Entweder ihr Begräbnis oder meins, Feldwebel.«

»Wir eingeschlagen bekommen unsere Goohuloog-Köpfe«, sagte Kohlenfresse, der weniger umständlich dachte.

Ein Streichholz wurde entzündet und brannte wie eine Nova in der Kanalisation.

Mumm steckte erst seine Zigarre an und hielt die Flamme dann an den Docht einer Öllampe.

»Professor Kreuz?«, fragte er.

Das Oberhaupt der Assassinengilde erstarrte.

»Auch Korporal Karotte besitzt eine Armbrust«, sagte Mumm. »Ich bin nicht sicher, ob er fähig ist, sie zu gebrauchen. Er ist gutmütig. Ich hingegen bin müde, verärgert und gemein. Und du bist intelligent und hattest Zeit zum Nachdenken. Bitte beantworte mir eine Frage: Was führt dich hierher? Wenn du gekommen bist, um die Leiche des jungen Edward zu holen, muss ich dich enttäuschen: Korporal Nobbs hat sie heute Morgen ins Wachhaus gebracht. Vermutlich nutzte er die gute Gelegenheit und nahm ihr alle Wertgegenstände ab, aber so ist er nun mal, unser Nobbs. Denkt wie ein Verbrecher. Allerdings möchte ich deutlich darauf hinweisen, dass seine Seele nicht kriminell ist.

Ich hoffe, er hat den armen Kerl auch von der Schminke befreit. Du hast Edward benutzt, nicht wahr? Er hat Beano umgebracht und sich dann das Gfähr geholt. Er war zugegen, als es Hammerhock tötete. An der Tür ließ er einige Haare von Beanos Perücke zurück. Und als er einen guten Rat gebrauchen konnte, zum Beispiel den, sich zu stellen ... da hast du ihn ins Jenseits geschickt. Die interessante Sache ist, dass der junge Edward unmöglich auf dem Turm gewesen sein kann. Eine tiefe Stichwunde in der Brust – im Bereich des Herzens – hinderte ihn daran. Ich weiß natürlich, dass man selbst dann am Leben in dieser Stadt teilnehmen kann, wenn man tot ist, aber ich bezweifle, dass Edward d'Eath in letzter Zeit viel Aktivität entfaltete. Das mit dem Stoffstreifen war nicht schlecht, doch weißt du ... An solche Dinge habe ich nie geglaubt. An Fußspuren im Blumenbeet, aufschlussreiche Knöpfe und dergleichen. Viele Leute sind davon überzeugt, dass es bei der Polizeiarbeit hauptsächlich um solche Dinge geht. Aber sie irren sich. Polizeiarbeit ist vor allem Glück und Schinderei. Nun, Edward starb vor knapp zwei Tagen, und hier unten ist es hübsch kühl. Du wolltest ihn später hochholen und ihn als Mörder des Patriziers präsentieren, und wahrscheinlich hätte niemand gemerkt, dass er schon seit einer ganzen Weile tot ist. Und selbst wenn jemand Verdacht geschöpft hätte ... Zu dem Zeitpunkt wäre bereits Chaos in der Stadt ausgebrochen. Noch mehr Chaos als sonst. Ein Chaos, das weitere Personen umbringt ...« Mumm legte eine kurze Pause ein. »Du hast noch nichts gesagt«, stellte er fest.

»Du ahnst nicht, worum es wirklich geht«, erwiderte Kreuz.

»Ach, wirklich nicht?«

»D'Eath hatte Recht. Er war verrückt, aber er hatte Recht.«

»Womit, Professor?«

Der Assassine verschwand in den Schatten.

»Mist«, hauchte Mumm.

Eine Stimme flüsterte durch die von Menschen geschaffene Höhle.

»Hauptmann Mumm? Als Assassine lernt man ...«

Es krachte, und die Öllampe zerplatzte.

»... nie in der Nähe von Licht zu stehen.«

Mumm warf sich zu Boden und rollte zur Seite. Das Krachen wiederholte sich, und der Schuss verfehlte ihn um etwa dreißig Zentimeter. Kaltes Wasser spritzte hoch.

Auch unter dem Hauptmann gluckerte es.

Der Ankh stieg; sein Wasser gehorchte Gesetzen, die älter waren als diejenigen der Stadt – es floss durch die unterirdischen Tunnel.

»Karotte?«, raunte Mumm.

»Ja?« Die Antwort kam von links aus der Finsternis.

»Ich sehe überhaupt nichts. Meine Augen müssen sich erst an die Dunkelheit gewöhnen.«

»Es fließt immer mehr Wasser«, sagte Karotte.

»Wir ...«, begann Mumm und unterbrach sich, als ein Bild vor seinem inneren Auge entstand. Es zeigte Kreuz, der in die Richtung zielte, aus der er eine leise Stimme hörte. Ich hätte sofort schießen sollen, dachte der Hauptmann. Er ist ein Assassine!

Er stemmte sich ein wenig hoch, damit sein Gesicht nicht ins Wasser geriet.

Kurz darauf hörte er leises Platschen – Kreuz näherte sich.

Etwas kratzte, und dann wurde es hell: Der Professor hatte eine Fackel entzündet. Mumm hob den Kopf und sah eine dürre Gestalt, deren freie Hand das Gfähr hielt.

Mumm erinnerte sich an etwas, das er als junger Wächter gelernt hatte. Wenn einen die Umstände zwangen, das spitze Ende eines Pfeils anzusehen, wenn man völlig der Gnade eines Gegners ausgeliefert war, dann konnte man nur hoffen, dass dieser ein durch und durch böser Mann war. Die Bösen lieben Macht – Macht über andere Leute –, und sie weiden sich an Angst. Sie möchten, dass ihre Opfer von ihrem nahen Tod *wissen.* Und deshalb reden sie. Um den eigenen Triumph in vollen Zügen zu genießen.

Böse wollen sehen, wie man vor ihnen *kriecht.* Sie zögern den

Augenblick des Tötens hinaus, wie ein Raucher damit wartet, eine gute Zigarre anzuzünden.

Deshalb sollte man hoffen, einem Bösen ausgeliefert zu sein. Denn der Gute löscht das Leben aus, ohne ein Wort zu verlieren.

Jähes Entsetzen erfasste Mumm, als er hörte, wie Karotte aufstand.

»Professor Kreuz, ich verhafte dich wegen der Ermordung von Bjorn Hammerhock, Edward d'Eath, Beano, Nimmer Niedlich und Oberobergefreitem Knuddel von der Stadtwache.«

»Meine Güte, so viele Leute soll ich umgebracht haben? Was Bruder Beano betrifft… der wurde von Edward getötet. Es war seine Idee – obgleich er *behauptete,* es sei unabsichtlich geschehen. Und Hammerhock kam durch einen Unfall ums Leben. Er fummelte an dem Gfähr herum, und dadurch löste sich ein Schuss; die Kugel prallte vom Amboss ab und traf ihn. Ich weiß es von Edward. Er kam zu mir. War völlig außer sich, der arme Junge. Sprach sich alles von der Seele. Und nachdem er mir alles geschildert hatte, brachte ich ihn um. Was hätte ich sonst tun sollen? Er litt an unheilbarem Wahnsinn. Solche Leute kann man einfach nicht zur Vernunft bringen. Darf ich vorschlagen, dass du ein wenig zurücktrittst? Es wäre mir lieber, nicht auf dich schießen zu müssen. Ich drücke nur ab, wenn du mir keine Wahl lässt!«

Mumm hatte den Eindruck, dass Kreuz mit sich selbst stritt. Das Gfähr schwang hin und her.

»Er faselte wirres Zeug«, fuhr der Professor fort. »Meinte, das Gfähr hätte Hammerhock getötet. Ich fragte: Sprichst du von einem Versehen, von einem Unfall? Und er antwortete: Nein, das Gfähr brachte ihn um.«

Karotte trat noch einen Schritt vor. Kreuz schien ganz auf seine eigene Welt konzentriert zu sein.

»Nein! Das Gfähr hat auch die junge Bettlerin erschossen. Ich habe damit nichts zu tun! Was sollte ich davon haben, eine Bettlerin zu töten?«

Kreuz wich zurück, doch das Gfähr neigte sich nach oben und zielte auf Karotte. Es schien sich von ganz allein zu bewegen wie ein schnüffelndes Tier...

»Duck dich!«, flüsterte Mumm und tastete nach seiner Armbrust.

»Er meinte, das Gfähr sei eifersüchtig. Hammerhock hätte weitere Gfähre gebaut. Bleib stehen!«

Karotte verkürzte die Distanz um einen weiteren Schritt.

»Ich musste Edward töten! Er war hoffnungslos romantisch und hätte alles falsch angefasst. Aber in einem Punkt hatte er Recht: Ankh-Morpork braucht einen König!«

Das Gfähr erzitterte und schoss, als Karotte zur Seite sprang.

Die Helligkeit von Gerüchen erfüllte die Tunnel, insbesondere die grellen, beige- und orangefarbenen Töne von alten Abwasserkanälen. Hier unten wehte kein Wind, der die unterschiedlichen Duftspuren miteinander vermischte. Die von Professor Kreuz stammende Linie schlängelte sich ohne Unterbrechung durch die stehende Luft.

Dazu kam der Geruch des Gfährs, brennend wie Salz in einer Wunde.

Ich habe den Gfährgeruch auch in der Gilde wahrgenommen, dachte Angua. Als Kreuz an uns vorbeiging. Gaspode erklärte ihn mit der langen Präsenz des Gfährs im Gebäude. Aber es ist dort nicht *abgefeuert* worden. Ich habe es gerochen, weil jemand damit geschossen hat.

Sie lief durch das Wasser einer großen Höhle, und mit ihrer Nase sah sie drei Gestalten: die erste roch undeutlich nach Mumm; die zweite, liegende, identifizierte sie als Karotte. Und die dritte mit dem Gfähr...

Von einem Augenblick zum anderen dachte Angua nicht mehr mit dem Kopf und gab den Instinkten nach. Wolfsmuskeln beschleunigten sie, und sie sprang. Wassertropfen lösten sich aus ihrer Mähne, und der Blick galt dem Hals des Assassinen.

Das Gfähr krachte viermal. Und kein Schuss ging daneben.

Angua prallte gegen den Mann und stieß ihn zurück.

Mumm stand schnaufend auf.

»Sechs Schüsse! Das waren sechs Schüsse, du Mistkerl! Jetzt bist du dran!«

Kreuz wirbelte herum, als Mumm auf ihn zustapfte. Er floh durch einen Tunnel, und bei jedem Schritt platschte es.

Mumm nahm Karottes Armbrust, zielte und zog den Abzug durch. Nichts geschah.

»Karotte! Du Idiot hast das Ding überhaupt nicht gespannt!«

Er drehte sich um.

»Komm! Wir dürfen ihn nicht entkommen lassen!«

»Es ist Angua, Hauptmann.«

»Was?«

»Sie ist tot.«

»Karotte! Kannst du ihr jetzt noch helfen? *Nein.* Also komm mit!«

»Ich... wir dürfen sie nicht einfach hier liegen lassen...«

»Korporal Karotte! Komm mit!«

So schnell wie möglich watete Mumm durch das steigende Wasser und erreichte kurz darauf den Tunnel, in dem Kreuz verschwunden war. Offenbar führte er nach oben, denn der Wasserspiegel sank.

Man gebe dem Verfolgten nie eine Gelegenheit, eine Pause einzulegen und nach Luft zu schnappen. Das hatte Mumm schon am ersten Tag in der Wache gelernt. Wenn man schon jemanden verfolgen musste, durfte man erst dann ruhen, wenn man das Ziel erreicht hatte. Wer dem Verfolgten die Möglichkeit gab, nachzudenken und sich etwas einfallen zu lassen, der lief Gefahr, dass ihm hinter der nächsten Ecke ein schwerer Sandsack entgegenkam.

Der Tunnel wurde immer kleiner.

Mumm bemerkte auch andere Passagen und Kanäle. Karotte hatte sicher Recht. Hunderte von Arbeitern mussten jahrelang damit beschäftigt gewesen sein, diese Anlage zu bauen. Ankh-Morpork war auf Ankh-Morpork errichtet worden.

Der Hauptmann verharrte.

Nirgends platschte es. Mehrere Tunnelöffnungen waren in der Nähe.

Als er durch eine der Öffnungen spähte, sah er Licht in der Ferne.

Mumm wandte sich in die entsprechende Richtung, und wenig später fielen ihm zwei Beine auf, die aus einer offenen Falltür ragten.

Er sprang danach und packte einen Stiefel, als dieser im Raum darüber zu verschwinden drohte. Das Ding trat nach ihm, und er hörte, wie Kreuz fiel.

Mumm schloss die Hände um den oberen Rand der Falltür und zog sich hoch.

Er fand sich nicht etwa in einem weiteren Tunnel wieder, sondern in einem Keller. Ein Schritt… Er rutschte auf Schlamm aus und stieß an eine schleimbedeckte Wand. Worauf war Ankh-Morpork erbaut worden? Ja, genau…

Nur wenige Meter trennten ihn von Kreuz, der versuchte, eine glitschige Treppe hochzukommen. Einst mochte es oben eine Tür gegeben haben, aber ihr Holz war schon vor langer Zeit verfault.

Weitere Stufen und Kammern schlossen sich an. Brandkatastrophen und Überflutungen, Feuer und Wasser… Aus Zimmern wurden Keller, Keller verwandelten sich in Fundamente. Es war keine besonders elegante Verfolgung. Beide Männer rutschten immer wieder aus, fielen, standen auf, stolperten an schimmelbesetzten Wänden vorbei. Hier und dort hatte der Assassine Kerzen hinterlassen. Ihr Licht reichte gerade aus, dass Mumm sich Dunkelheit wünschte.

Und dann war plötzlich trockener Boden unter Mumms Füßen, und *dies* war keine Tür, sondern ein Loch in der Wand. Fässer standen hier neben alten Möbeln, die jemand abgestellt und vergessen hatte.

Kreuz lag keuchend zwei Meter entfernt und schob eine weitere Röhre in das Gfähr. Mumm kam halb in die Höhe und schnappte nach Luft. Auf einem kleinen Vorsprung in der nahen Mauer stand eine Kerze.

»Hab… dich«, brachte der Hauptmann hervor.

Kreuz versuchte aufzustehen und hielt dabei das Gfähr umklammert.

»Du bist… zu alt… fürs Laufen…«, fügte Mumm mühsam hinzu.

Der Professor taumelte fort. Mumm überlegte kurz. »*Ich* bin zu alt fürs Laufen«, sagte er dann und sprang.

Die beiden Männer rollten durch den Staub, das Gfähr zwischen ihnen. Später dachte Mumm, dass es kaum etwas Dümmeres gab, als gegen einen Assassinen zu kämpfen. Die Burschen hatten überall Waffen stecken. Aber Kreuz wollte das Gfähr einfach nicht loslassen. Seine Hände blieben darum geschlossen, und er trachtete danach, Lauf oder Kolben gegen Mumms Schädel zu rammen.

Seltsamerweise war kaum ein Assassine erfahren im unbewaffneten Kampf. Unter normalen Umständen brauchten sie solche Kenntnisse auch nicht, weil sie Meister des bewaffneten Kampfes waren. Feine Herren benutzten Waffen; nur der Pöbel kämpfte mit bloßen Händen.

»Ich habe dich *erwischt*«, schnaufte Mumm. »Du bist *verhaftet!* Hörst du? Finde dich endlich damit ab, *verhaftet* zu sein.«

Aber Kreuz ließ nicht los. Und Mumm *wagte* nicht, das Gfähr loszulassen, aus Furcht davor, dass es auf ihn zielte. Vier Arme zogen daran, zerrten es grimmig hin und her.

Es krachte.

Eine rote Flamme leckte aus dem Lauf. Etwas traf Mumms Helm, prallte ab und raste zur Decke.

Der Hauptmann starrte in die Grimasse des Professors, senkte den Kopf und zog mit aller Kraft am Gfähr.

Der Assassine stöhnte schmerzerfüllt, ließ los und tastete nach seiner blutenden Nase. Mit der Waffe in beiden Händen rollte Mumm nach hinten.

Das Gfähr bewegte sich. Plötzlich ruhte der Kolben an seiner Schulter, und der Zeigefinger berührte den Abzug.

Du gehörst mir.

Wir brauchen ihn nicht mehr.

Die Stimme ließ den Hauptmann unwillkürlich aufschreien.

Nachher schwor er, dass er den Abzug überhaupt nicht gezogen hatte. Er bewegte sich von ganz allein und nahm den Zeigefinger mit. Das Gfähr schlug ihm an die Schulter, und in der Wand über dem Kopf des Assassinen entstand ein fünfzehn Zentimeter großes Loch. Putz rieselte auf Kreuz hinunter.

Roter Dunst wallte vor Mumms Augen, und durch diesen Nebel beobachtete er, wie der Professor zur Tür taumelte und sie hinter sich zufallen ließ.

Alle Dinge, die du hasst und für falsch hältst – ich kann sie in Ordnung bringen.

Mumm erreichte die Tür und drehte den Knauf. Verriegelt.

Er richtete das Gfähr aus, ohne dabei zu denken, und einmal mehr bewegte der Abzug seinen Zeigefinger. Ein großer Teil der Tür und des Rahmens verwandelte sich in ein von Holzsplittern gesäumtes Loch.

Mumm trat den Rest fort und folgte dem Gfähr.

Er befand sich jetzt in einem Korridor. Zehn oder mehr junge Männer starrten verblüfft aus halb geöffneten Pforten. Alle trugen schwarze Kleidung.

Dies war die Assassinengilde.

Ein Assassinenschüler musterte Mumm mit seinen Nasenlöchern.

»Wer bist du, wenn ich fragen darf?«

Das Gfähr schwang herum, und der Hauptmann riss es gerade noch rechtzeitig nach oben. Diesmal schlug der Bleiklumpen ein Stück aus der Decke.

»Ich bin das *Gesetz,* ihr verdammten *Mistkerle*!«, rief Mumm.

Die jungen Assassinen starrten ihn groß an.

Erschieß sie alle. Säubere die Welt.

»Sei still!« Mumm trug eine ziemlich dicke Patina aus Staub und Schleim, und in seinen Augen glimmte es. Vielleicht hielten sie ihn für *etwas* aus den Kerkerdimensionen.

Der Schüler vor ihm zitterte.

»Wohin ist Kreuz gelaufen?« Rauch umwogte sein Haupt. Es kostete ihn große Mühe, nicht zu schießen.

Der junge Mann deutete zu einer Treppe. Er stand fast direkt unter dem Loch in der Decke. Mörtelstaub ruhte wie die Schuppen des Teufels auf seinen Schultern.

Erneut sauste das Gfähr los und zog Mumm mit sich, vorbei an dem Schüler und die Treppe hoch, auf deren Stufe kleine Schlammbrocken eine verräterische Spur bildeten. Er gelangte in einen anderen Flur.

Auch hier öffneten sich die Türen. Sie schlossen sich wieder, als das Gfähr donnernd einen Kronleuchter von der Decke holte.

Der Korridor endete an einer wesentlich breiteren Treppe. Oben ragte eine Tür aus massivem Eichenholz empor.

Ein Schuss erledigte das Schloss, und ein Stiefel trat die Tür auf. Unmittelbar darauf leistete Mumm dem Gfähr ausreichend Widerstand, um sich ducken zu können. Ein Armbrustbolzen raste über ihn hinweg und traf jemanden weiter hinten im Flur.

Erschieß ihn! ERSCHIESS IHN!

Kreuz stand an seinem Schreibtisch und bemühte sich fieberhaft, die Armbrust neu zu laden...

Mumm versuchte, die fremde Stimme zu ignorieren.

Doch warum sollte er nicht auf sie hören? Lohnte es sich etwa, diesen Mann zu schonen? Es war immer sein Wunsch gewesen, die Stadt in einen besseren Ort zu verwandeln, und hier bot sich ihm ein Anfang. Dann würden die Leute bald merken, was es mit dem Gesetz auf sich hatte.

Die Welt säubern...

Es wurde Mittag.

Die gesprungene Bronzeglocke der Lehrergilde begann zu läuten und hatte den Mittag sieben Schläge lang für sich allein, bevor die Uhr der Bäckergilde sie mit einem Spurt einholte.

Kreuz hob den Kopf und schob sich langsam zu einer der Steinsäulen, die Deckung und Schutz verhießen.

»Du kannst nicht auf mich schießen«, sagte er und beobachtete das Gfähr. »Ich kenne das Gesetz genauso gut wie du. Du bist ein Wächter. Und Wächter dürfen niemanden kaltblütig erschießen.«

Mumm blickte über den Lauf.

Es war ganz einfach. Der Abzug kitzelte den Zeigefinger.

Eine dritte Glocke läutete.

»Du darfst mich nicht töten. Das Gesetz verbietet es. Und du bist ein Wächter«, betonte der Chefassassine noch einmal. Er befeuchtete seine trockenen Lippen.

Der Lauf sank ein wenig nach unten. Kreuz entspannte sich etwas.

»Ja, ich bin ein Wächter.«

Der Lauf kam wieder hoch und zielte auf die Stirn des Professors.

»Aber wenn die Glocken verstummen, bin ich kein Wächter mehr«, fügte Mumm hinzu.

Erschieß ihn! ERSCHIESS IHN!

Mumm schob sich den Kolben unter den Arm, damit er eine Hand frei hatte.

»Die Vorschriften müssen beachtet werden«, sagte er. »Das ist sehr wichtig. Ich möchte mir auf keinen Fall vorwerfen lassen, dass ich die Vorschriften missachte.«

Er wandte den Blick nicht von Kreuz ab, als er die Dienstmarke von der Jacke löste. Sie glänzte noch immer, trotz des Schlamms. Er hatte sie häufig poliert. Als er sie jetzt drehte, reflektierte die Bronze das Licht.

Kreuz beobachtete das Objekt wie eine Katze.

Die Glocken läuteten inzwischen mit weniger Enthusiasmus. In den meisten Türmen war es bereits wieder still. Abgesehen vom Gong im Tempel der Geringen Götter bimmelte es nur noch in der Assassinengilde – deren Glocken waren traditionell spät dran.

Der Gong schwieg.

Der Professor legte die Armbrust langsam und vorsichtig auf den Schreibtisch.

»Siehst du? Ich bin nicht mehr bewaffnet!«

»Ja«, sagte Mumm. »Und ich möchte dafür sorgen, dass du dich nie wieder bewaffnen kannst.«

Die letzte schwarze Glocke der Assassinengilde läutete den Mittag ein.

Die anschließende Lautlosigkeit wirkte fast wie ein Donnerschlag.

Mumms Dienstmarke fiel auf den Boden und verursachte ein metallenes Scheppern, das die Stille bis zum Rand füllte.

Er hob das Gfähr und ließ zu, dass sich seine Hand langsam entspannte.

Erneut erklang eine Glocke.

Sie läutete eine leise, blecherne Melodie, die man nur deshalb hörte, weil keine anderen Geräusche die Aufmerksamkeit beanspruchten.

Kling, bing, a-bing, bong...

Das Läuten kam von einem Mechanismus, der die Zeit viel genauer anzeigte als Stundengläser, Wasseruhren und Pendel.

»Leg das Gfähr beiseite, Hauptmann«, sagte Karotte, die letzten Stufen der Treppe hinter sich bringend.

Er hielt das Schwert in der einen Hand und die Taschenuhr in der anderen.

...bing, bing, a-bing, kling...

Mumm rührte sich nicht.

»Leg das Gfähr beiseite, Hauptmann«, wiederholte Karotte. »Leg es weg.«

»Ich habe genug Geduld, um abzuwarten, bis auch dieses Läuten verstummt ist«, erwiderte Mumm.

...a-bing, a-bing...

»Ich kann es nicht zulassen, Hauptmann. Es wäre Mord.«

...klong, a-bing...

»Du willst mich daran hindern zu schießen?«

»Ja.«

...bing... bing...

Mumm drehte den Kopf.

»Er hat Angua umgebracht. Bedeutet dir das überhaupt nichts?«

...bing... bing... bing... bing...

Karotte nickte.

»Doch, Hauptmann. Aber zwischen ›persönlich‹ und ›wichtig‹ gibt es einen Unterschied.«

Mumm blickte an seinem Arm entlang. Das von Angst und Schrecken gezeichnete Gesicht des obersten Assassinen drehte sich vor dem Lauf des Gfährs.

...bing... bing... bing... bing... bing...

»Hauptmann Mumm?«

... bing ...

»Hauptmann? Dienstmarke Nummer 177, Hauptmann. Sie wurde noch nie beschädigt.«

Die im Arm pulsierende Leidenschaft des Gfährs begegnete nun einem Heer aus sturen, eigensinnigen Mumms.

»Leg das Gfähr beiseite, Hauptmann«, sagte Karotte wie zu einem Kind. »Du brauchst es überhaupt nicht.«

Mumm starrte auf das Objekt in seinen Händen. Die fremde Stimme war jetzt viel leiser.

»Weg mit dem Ding, Wächter! Das ist ein Befehl!«

Das Gfähr fiel auf den Boden. Mumm salutierte – und wurde sich erst dann seiner Reaktion bewusst. Er sah Karotte an und blinzelte.

»Zwischen ›persönlich‹ und *›wichtig‹* gibt es einen Unterschied?«, fragte er.

»Hört mal ...«, begann Kreuz. »Das mit der ... Bettlerin tut mir Leid. Es war ein Unfall. Ich wollte nur ... Es gibt Beweise! Eindeutige Beweise ...«

Kreuz schenkte den beiden Wächtern kaum mehr Beachtung. Er nahm einen Lederbeutel vom Tisch und winkte damit.

»Hier drin! Es ist alles hier drin, Sire! Beweise! Der dumme Edward glaubte, es ginge nur um Kronen und Zeremonien. Er begriff überhaupt nicht, was er gefunden hatte! Und dann, in der vergangenen Nacht, wurde mir plötzlich klar ...«

»Ich bin nicht interessiert«, murmelte Mumm.

»Die Stadt braucht einen König!«

»Sie braucht keine Mörder«, sagte Karotte.

»Aber ...«

Kreuz sprang vor und griff nach dem Gfähr.

Mumm hatte versucht seine Gedanken zu ordnen, dann wieder flohen sie in einen entlegenen Winkel seines Bewusstseins. Er blickte in die Mündung des Gfährs. Das Ding schien zu grinsen.

Kreuz sackte an der Säule in sich zusammen, doch die Waffe blieb weiter auf den Hauptmann gerichtet. Sie zielte *von ganz allein* auf ihn.

»Die Beweise lassen nicht den geringsten Zweifel, Sire. Alles ist niedergeschrieben. *Alles.* Muttermale, Prophezeiungen, Abstammung und so weiter. Selbst das Schwert wird erwähnt. *Dein* Schwert!«

»Im Ernst?«, entgegnete Karotte. »Darf ich mal sehen?«

Karotte ließ das Schwert sinken, und Mumm beobachtete entsetzt, wie er zum Schreibtisch ging und dort die Dokumente aus dem Beutel zog. Kreuz nickte anerkennend, als sei er zufrieden mit einem Schüler.

Karotte las die erste Seite und wandte sich der nächsten zu.

»Das ist *wirklich* interessant«, sagte er.

»Ja«, bestätigte Kreuz. »Und jetzt müssen wir diesen lästigen Wächter aus dem Weg schaffen.«

Mumm glaubte, bis zum Anfang des Laufs sehen zu können, bis zu dem Bleiklumpen, der ihm gleich entgegenspringen würde …

»Schade«, meinte Kreuz. »Wenn du doch nur …«

Karotte trat vor das Gfähr, und sein Arm bewegte sich so schnell, dass er kaum zu erkennen war. Es blieb fast völlig still.

Man sollte immer einem Bösen ausgeliefert sein, dachte Mumm. Denn der Gute tilgt das Leben, ohne ein Wort zu verlieren.

Kreuz sah nach unten. Blut zeigte sich auf seinem Hemd. Er tastete nach dem aus seiner Brust ragenden Schwertheft, hob dann den Kopf und blickte in Karottes Augen.

»Warum? Du hättest …«

Er starb. Das Gfähr rutschte ihm aus den Händen und schoss, doch das tödliche Metall bohrte sich in den Boden.

Es war still.

Karotte griff nach dem Schwert und zog die Klinge aus dem erschlafften Leib. Die Leiche sank zu Boden.

Mumm stützte sich am Tisch ab und versuchte, wieder zu Atem zu kommen.

»Verdammter … Mistkerl«, keuchte er. »Er hat dich … *Sire* genannt. Was ist in dem Beutel?«

»Du bist spät dran, Hauptmann«, sagte Karotte.

»Spät? Was soll das heißen?« Mumm musste sich bemühen, sein

Gehirn daran zu hindern, endgültig von der Realität Abschied zu nehmen.

»Die Trauung.« Karotte warf einen kurzen Blick auf die Taschenuhr, klappte sie zu und reichte sie Mumm. »Sie hätte vor zwei Minuten stattfinden sollen.«

»Ja, ja. Aber er hat dich *Sire* genannt. Ich hab's deutlich gehört…«

»Vermutlich eine akustische Täuschung.«

Dem Hauptmann fiel etwas ein. Karottes Schwert maß mehr als sechzig Zentimeter. Es hatte Kreuz glatt durchstoßen, und *hinter* ihm…

Mumm betrachtete die Säule. Sie bestand aus Granit und war etwa dreißig Zentimeter dick. Es war kein Riss darin, nur ein klingenförmiges Loch.

»Karotte…«

»Du bist ziemlich schmutzig, Herr«, sagte der junge Korporal. »Du solltest dich waschen und die Kleidung wechseln.«

Karotte nahm den Lederbeutel und streifte sich den Riemen über die Schulter.

»Karotte…«

»Herr?«

»Ich *befehle* dir, mir den Beu…«

»Nein, Herr. Du kannst mir nichts befehlen. Nichts für ungut: Du bist jetzt Zivilist und kein Offizier der Wache mehr. Ein neues Leben hat für dich begonnen.«

»Ein *Zivilist*?«

Mumm rieb sich die Stirn. Dahinter traf jetzt alles zusammen: das Gfähr, die Kanalisation, Karotte und der Umstand, dass er nur mit Hilfe von Adrenalin durchgehalten hatte, wofür ihm nun die Rechnung präsentiert wurde (ohne dass er anschreiben lassen konnte). Er fühlte sich plötzlich wie ein Ballon, aus dem die Luft entwich.

»*Dies* ist mein Leben, Karotte! Ich bin immer Wächter gewesen!«

»Du brauchst ein heißes Bad und was zu trinken, Herr«, erwiderte der Korporal. »Anschließend fühlst du dich bestimmt besser. Komm.«

Mumm sah auf den Leichnam des Professors hinab, dann wanderte sein Blick zum Gfähr. Er bückte sich, um es aufzuheben …

Im letzten Augenblick zog er die Hand zurück.

Nicht einmal den Zauberern stand so ein Ding zur Verfügung. Nach einer thaumaturgischen Entladung des Zauberstabs mussten sie sich hinlegen und ausruhen.

Kein Wunder, dass es niemand fertig gebracht hatte, dieses Objekt zu zerstören. Es war einfach zu perfekt. Es berührte etwas in der Seele. Man brauchte es nur in die Hand zu nehmen, und schon besaß man *Macht.* Das Gfähr barg viel mehr Macht als ein Bogen oder Speer – diese Dinge erweiterten nur die Muskelkraft. Das Gfähr hingegen gab einem Macht *von außen.* Man benutzte es nicht; man *wurde* von ihm benutzt. Kreuz war vermutlich ein guter Mann gewesen. Wahrscheinlich hatte er Edward freundlich zugehört und anschließend das Gfähr genommen – dann hatte er dem Gfähr gehört.

»Hauptmann Mumm? Ich glaube, wir sollten jetzt besser gehen.« Karotte bückte sich.

»Rühr das Ding auf keinen Fall an!«, warnte Mumm.

»Warum denn nicht? Es ist doch nur ein Objekt.« Karotte ergriff das Gfähr am Lauf, betrachtete es zwei oder drei Sekunden lang und schmetterte es dann an die Wand. Metallteile flogen davon.

»Das einzige Exemplar seiner Art«, murmelte er. »Wenn etwas einzigartig ist, stellt es immer etwas Besonderes dar – diesen Standpunkt vertritt mein Vater. Gehen wir.«

Er öffnete die Tür.

Er schloss sie wieder.

»Am Fußende der Treppe haben sich mindestens hundert Assassinen versammelt«, sagte Karotte.

»Wie viele Bolzen hast du noch für deine Armbrust?«, fragte Mumm, der noch immer auf das inzwischen krumme Gfähr hinabstarrte.

»Einen.«

»Dann kann's dich kaum stören, wenn du keine Gelegenheit zum Nachladen bekommst.«

Jemand klopfte höflich an die Tür.

Karotte sah Mumm an, der mit den Schultern zuckte. Er öffnete.

Runter stand im Flur und hob eine leere Hand.

»Ihr könnt eure Waffen einstecken. Ich versichere euch, dass ihr sie nicht brauchen werdet. Wo ist Professor Kreuz?«

Karotte deutete in die entsprechende Richtung.

»Ah.« Runter musterte die beiden Wächter nacheinander.

»Bitte, lasst die Leiche hier. Wir inhumieren den Professor in unserer Gruft.«

Mumm zeigte auf den toten Chefassassinen.

»Er hat mehrere Personen *ermordet...*«

»Und jetzt lebt er nicht mehr. Bitte, verlasst das Gebäude.«

Runter zog die Tür weiter auf. Assassinen säumten die breite Treppe. Nirgends war eine Waffe zu sehen. Was bei Assassinen allerdings nicht viel zu bedeuten hatte.

Ganz unten lag Anguas Leichnam. Karotte hob ihn hoch, als Mumm und er das Ende der Treppe erreichten.

Er nickte Runter zu. »Wir schicken jemanden, der die sterblichen Überreste des Gildenoberhaupts holt«, sagte er.

»Wir haben doch vereinbart...«

»Nein. Die Leute sollen sehen, dass Kreuz tot ist. Alle sollen sich davon überzeugen können. Die Dinge dürfen nicht länger im Dunkeln hinter geschlossenen Türen passieren.«

»Ich fürchte, ich kann nicht auf deine Bitte eingehen«, erwiderte Runter fest.

»Es war auch keine Bitte.«

Dutzende von Assassinen beobachteten, wie die beiden Wächter über den Hof schritten.

Das schwarze Tor blieb geschlossen.

Niemand schien es öffnen zu wollen.

»Ich bin ganz deiner Meinung, aber vielleicht wären taktvollere, diplomatischere Worte angebrachter gewesen«, sagte Mumm. »Diese Leute wirken nicht sehr fröhlich...«

Das Tor zerbarst. Ein fast zwei Meter langer Bolzen aus Eisen raste an Karotte und Mumm vorbei und zerschmetterte eine Mauer auf der gegenüberliegenden Seite des Hofes.

Zwei wuchtige Hiebe erledigten den Rest des Portals, und Detritus stapfte über die Trümmer hinweg. Mit einem roten Glühen in den Augen sah er zu den in Schwarz gekleideten Gestalten und grollte.

Die klügeren Assassinen dachten daran, dass es in ihrem Waffenarsenal nichts gab, das einen Troll töten konnte. Sie verfügten über erlesene Stilette, doch in diesem Fall benötigten sie Vorschlaghämmer. Sie besaßen Pfeile mit exotischen Giften, aber keins davon wirkte bei einem Troll. Niemand hatte es für möglich gehalten, dass Trolle jemals wichtig genug werden konnten, um sie töten zu müssen. Detritus gewann gerade enorm an Bedeutung. In der einen Hand hielt er Knuddels Axt, in der anderen eine gewaltige Armbrust.

Einige der gescheiteren Assassinen drehten sich um und ergriffen die Flucht. Nicht alle erwiesen sich als so intelligent. Mehrere Pfeile prallten von Detritus ab. Ihre Eigentümer sahen das Gesicht des Trolls, als er sich zu ihnen umdrehte. Sie ließen ihre Bögen fallen.

Detritus holte aus ...

»Oberobergefreiter Detritus!«

Die beiden Worte hallten über den Hof.

»Oberobergefreiter Detritus! Stillgestanden!«

Ganz langsam hob der Troll die Hand.

Boing.

»Hör mir gut zu, Oberobergefreiter Detritus«, sagte Karotte. »Wenn es einen Himmel für Wächter gibt – und bei den Göttern, ich hoffe, das ist der Fall –, so befindet sich Oberobergefreiter Knuddel jetzt dort, genießt ein leckeres Rattensteak und trinkt dazu Bärdrückers Leckertropfen. Und er sieht zu uns auf* und sagt: Mein Freund Oberobergefreiter Detritus vergisst bestimmt nicht, dass er ein Wächter ist. Nein, auf Detritus ist Verlass.«

* Für Zwerge ist der Himmel unten.

Einige gefährliche Sekunden verstrichen, dann erklang ein weiteres *Boing*.

»Danke, Oberobergefreiter. Bring Herrn Mumm zur Universität.« Karotte wandte sich an die Assassinen. »Guten Tag, meine Herren. Vielleicht sehen wir uns bald wieder.«

Die drei Wächter traten durch das zerstörte Tor.

Mumm schwieg, bis sie etwa hundert Meter zurückgelegt hatten. Dann sah er Karotte an.

»*Warum* hat er dich auf diese Weise angesprochen?«, fragte er. »Ich meine ...«

»Wenn du mich jetzt entschuldigen würdest ... Ich bringe sie zum Wachhaus.«

Mumms Blick fiel auf Anguas Leiche, und etwas in ihm zerfaserte. Über manche Dinge konnte man kaum nachdenken. Er wünschte sich eine ruhige Stunde in einer stillen Ecke, um das Durcheinander zwischen seinen Schläfen zu ordnen. *Zwischen ›persönlich‹ und ›wichtig‹ gibt es einen Unterschied.* Was für ein Mensch dachte auf diese Weise? Etwas anderes kam dem – ehemaligen – Hauptmann in den Sinn. In der Geschichte von Ankh-Morpork war sicher kein Mangel an bösen Herrschern, aber bisher hatte die Stadt noch nie einen *guten* bekommen. Mumm schauderte innerlich, als er sich die Konsequenzen vorstellte.

»Herr?«, fragte Karotte höflich.

»Äh«, sagte Mumm. »Wir bestatten sie beim Tempel der Geringen Götter. Was hältst du davon? Es ist eine Tradition der Wache ...«

»Ja, Herr. Geh du mit Detritus zur Universität. Es ist alles in Ordnung mit ihm, solange er Befehle bekommt. Entschuldige bitte, aber ich möchte lieber nicht an der Hochzeitsfeier teilnehmen. Dafür bitte ich dich um Verständnis.«

»Ja, natürlich. Äh. Karotte?« Mumm blinzelte, als wollte er auf diese Weise einen Verdacht verscheuchen, der hartnäckig Aufmerksamkeit verlangte. »Was Kreuz betrifft, sollten wir nicht zu streng sein. Ich habe den verdammten Burschen gehasst, und gerade deshalb fühle ich mich nun verpflichtet, fair zu sein. Ich weiß, was das Gfähr anrichten kann. Für das Gfähr sind wir alle gleich. Ich bin wie Kreuz gewesen.«

»Nein, das stimmt nicht, Hauptmann. *Du* hast das Gfähr aus der Hand gelegt.«

Mumm lächelte schief.

»Ich bin jetzt nicht mehr Hauptmann, sondern *Zivilist*«, erwiderte er.

Karotte kehrte zum Wachhaus zurück und legte Angua auf eine Steinplatte in der improvisierten Leichenkammer. Ihr Körper wurde bereits steif.

Er holte Wasser und reinigte ihr Fell, so gut es ging.

Anschließend tat er etwas, das Trolle, Zwerge und alle anderen Leute, die sich nicht mit menschlichen Reaktionen auf Stress auskannten, überrascht hätte.

Karotte schrieb seinen Bericht. Er wischte den Boden des Hauptraums – diesmal war er dran. Er wusch sich. Er behandelte seine Schulterwunde, wechselte das Hemd und reinigte die Uniform. Den Brustharnisch putzte er mit Stahlwolle und verschiedenen Tüchern, bis er wieder sein Spiegelbild zeigte.

In der Ferne hörte er Fondels »Hochzeitsmarsch«, gespielt auf einer monströsen Orgel, die das Ohr des Zuhörers außer mit der Lautstärke auch noch mit diversen akustischen Spezialeffekten beanspruchte – die meisten schienen von Bauernhofen zu stammen. Er holte eine noch halb volle Flasche Rum aus dem Fach, das Feldwebel Colon für ein absolut sicheres Versteck hielt, ließ einige Tropfen davon in ein Glas fallen und hob es zu einem Trinkspruch, den außer ihm niemand hörte: »Auf Herrn Mumm und Lady Käsedick!« Seine Stimme klang dabei so klar und aufrichtig, dass er eventuelle Zuhörer in Verlegenheit gebracht hätte.

Es kratzte an der Tür, und Gaspode kam herein. Der kleine Hund kroch unter den Tisch und blieb still.

Nach einer Weile begab sich Karotte in sein Zimmer, nahm dort Platz und sah aus dem Fenster.

Die Zeit verstrich. Am späten Nachmittag hörte es auf zu regnen.

Bald leuchteten die ersten Lichter in der Stadt.

Wenig später glitt der Mond am Firmament empor.

Die Tür öffnete sich. Angua kam mit leisen, geschmeidigen Schritten herein.

Karotte drehte sich um und lächelte.

»Ich war mir nicht sicher«, sagte er. »Aber ich habe gehofft. Immerhin heißt es, dass man Werwölfe nur mit Silberkugeln töten kann.«

Zwei Tage später. Es regnete und zwar richtig. Jemand schien himmlische Schleusentore geöffnet zu haben. Im Schlamm bildeten sich Bäche, und der Ankh kehrte in sein unterirdisches Reich zurück. Wasser strömte aus den Mäulern der urbanen Trolle. Die Tropfen fielen mit solcher Wucht auf den Boden, dass sie abprallten und einen dichten, feuchten Dunst bildeten.

Die Regentropfen trommelten auch auf die Grabsteine des Friedhofs, der sich hinter dem Tempel der Geringen Götter erstreckte. Anschwellende Pfützen standen in der kleinen Grube, die dem Oberobergefreiten Knuddel als letzte Ruhestätte dienen sollte.

An der Bestattung eines Wächters nahmen immer nur Wächter teil, erinnerte sich Mumm. Manchmal kamen auch Verwandte, wie in diesem Fall Lady Käsedick und Detritus' Freundin Rubin. Aber weitere Trauergäste gab es nicht; es fand sich nie eine *Menge* ein. Vielleicht hatte Karotte Recht: Wenn man Wächter wurde, hörte man auf, etwas anderes zu sein.

Heute allerdings waren mehr Personen zugegen. Ganz gewöhnliche Bürger standen am Rand des Friedhofs und betrachteten von dort aus das Geschehen.

Ein kleiner Priester führte ein Man-trage-hier-den-Namen-des-Verstorbenen-ein-Ritual durch – es sollte in erster Linie eventuell zuhörende Götter zufrieden stellen. Im Anschluss daran ließ Detritus den Sarg ins Grab hinab, und der Priester warf eine zeremonielle

Hand voll Erde darauf. Allerdings ertönte nicht das übliche dumpfe Prasseln – es platschte.

Karotte überraschte Mumm, indem er eine Rede hielt. Seine Worte hallten über den nassen Boden bis zu den nassen Bäumen. Der Text beschränkte sich im Großen und Ganzen auf Folgendes: Er war mein Freund und ein guter Wächter; er gehörte zu uns.

Er war ein guter Wächter. So hieß es immer, wenn ein Wächter beerdigt wurde. Vermutlich würde man das auch bei Korporal Nobbs' Bestattung behaupten, obgleich alle Zuhörer heimlich die Finger kreuzen würden. Man *musste* es einfach sagen.

Mumm starrte auf den Sarg hinab. Nach einigen Sekunden regte sich ein seltsames Gefühl in ihm und entfaltete die gleiche Beharrlichkeit wie der Regen, der ihm unablässig über den Nacken rann. Es war nicht in dem Sinne ein Verdacht. Wenn das Empfinden lange genug in Mumm blieb, um dort Wurzeln zu schlagen, mochte es zu einem Verdacht werden, aber derzeit war es eine vage Ahnung.

Er musste sich danach erkundigen. Wenn er ganz auf Fragen verzichtete, dachte er vielleicht für den Rest seines Lebens darüber nach.

Als sie vom Grab fortgingen, beschloss Mumm, doch etwas deutlicher zu werden. »Korporal?«

»Ja?«

»Niemand hat das Gfähr gefunden, oder?«

»Nein.«

»Wie ich hörte, hattest du es als Letzter.«

»Ich muss es irgendwo hingelegt haben. Du weißt ja, wie hektisch es zuging.«

»Ja. O ja. Wenn ich mich recht entsinne, hast du die wichtigsten Teile des Gfährs aus dem Gildengebäude mitgenommen ...«

»Das stimmt.«

»Ja. Hoffentlich hast du sie an einen sicheren Ort gebracht. Was meinst du? *Befindet* sich das Gfähr an einem sicheren Ort?«

Hinter ihnen begann der Totengräber damit, nassen Ankh-Morpork-Lehm ins Grab zu schaufeln.

»Ich denke schon«, erwiderte Karotte. »Zweifelst du daran? Bisher hat es niemand gefunden. Ich meine, bestimmt erfahren wir sofort davon, wenn es jemand entdeckt.«

»Vielleicht ist alles besser so, Korporal Karotte.«

»Ich hoffe es.«

»Knuddel war ein guter Wächter.«

»Ja.«

Mumm wagte sich noch weiter aufs rhetorische Glatteis.

»Sein Sarg... schien ungewöhnlich schwer gewesen zu sein.«

»Tatsächlich? Mir ist nichts aufgefallen.«

»Nun, wenigstens hat er ein richtiges Zwergenbegräbnis.«

»O ja«, bestätigte Karotte. »Dafür habe ich gesorgt.«

Regen strömte über die Dächer des Palastes. Steinerne Figuren ragten an allen Ecken auf; Mücken und Fliegen flohen aus ihren Ohren.

Korporal Karotte schüttelte die Tropfen von seinem ledernen Umhang ab und erwiderte den Gruß des Trollwächters. Anschließend schritt er an den Bediensteten in mehreren Vorzimmern vorbei und klopfte an die Tür des Rechteckigen Büros.

»Herein.«

Karotte trat ein, ging zum Schreibtisch, salutierte dort und stand dann bequem.

Lord Vetinari versteifte sich ein wenig.

»Oh«, sagte er. »Korporal Karotte. Ich habe mit... deinem Besuch gerechnet. Bestimmt bist du gekommen, um mir das eine oder andere Anliegen vorzutragen, nicht wahr?«

Karotte entfaltete ein fleckiges Blatt Papier und räusperte sich.

»Nun, Herr, wir könnten eine neue Holzscheibe brauchen. Für das Spiel mit den Pfeilen. In unserer Freizeit.«

Der Patrizier blinzelte. Das geschah nicht sehr oft.

»Wie bitte?«

»Eine neue Holzscheibe für das Pfeilwurfspiel, Herr. Das hilft den Männern, sich nach dem Dienst zu entspannen.«

Vetinari erholte sich ein wenig von der Überraschung.

»*Noch* eine? Ihr habt doch erst im letzten Jahr eine bekommen!«

»Es liegt am Bibliothekar, Herr! Nobby lässt ihn mitspielen, und er mogelt, indem er sich ein wenig vorbeugt und die Pfeile in die Scheibe hineinhämmert. Darunter leidet das Holz. Außerdem hat Detritus einen Pfeil hindurchgeworfen… auch durch die Wand dahinter.«

»Na schön. Und weiter?«

»Man sollte nicht verlangen, dass Oberobergefreiter Detritus für die fünf Löcher in seinem Brustharnisch bezahlen muss.«

»In Ordnung. Richte ihm Folgendes aus: Ich erwarte von ihm, dass er in Zukunft besser aufpasst.«

»Ja, Herr. Ich glaube, das wär's. Abgesehen von einem neuen Kessel.«

Der Patrizier hob die Hand vor den Mund. Er versuchte, nicht zu lächeln.

»Meine Güte. Auch noch ein Kessel? Was ist denn mit dem alten passiert?«

»Oh, den benutzen wir noch immer. Aber den zweiten Kessel brauchen wir wegen der neuen Regelungen.«

»Welche neuen Regelungen meinst du?«

Karotte entfaltete ein zweites, wesentlich größeres Blatt Papier.

»Die Wache wird auf einen Personalbestand von sechsundfünfzig Mann erweitert. Die alten Wachhäuser am Flusstor, am Deosiltor und dem Mittwärtigen Tor werden wieder geöffnet; rund um die Uhr sollen dort Repräsentanten der Wache anzutreffen sein…«

Das Lächeln verharrte auf den Lippen des Patriziers, doch sein Gesicht wich zurück, ließ es ganz allein in der weiten Welt zurück.

»…eine Abteilung für… nun, uns ist noch kein geeigneter Name eingefallen, aber die Aufgabe der betreffenden Leute wäre es, nach Spuren und Dingen wie zum Beispiel Leichen zu suchen und festzustellen, wie lange sie schon tot sind. Und um damit zu beginnen, benötigen wir einen Alchimisten und vielleicht auch einen Ghul, der natürlich versprechen muss, nichts einzustecken, um es später zu essen. Eine weitere Abteilung setzt Hunde ein, die sehr nützlich sein können. Darum soll sich Obergefreite Angua kümmern, da sie große Erfahrung mit… äh… Hunden und so hat. Außerdem habe ich hier noch eine Anfrage von Korporal Nobbs. Er bittet darum, dass man den Wächtern alle Waffen erlaubt, die sie tragen können. Ich wäre dir dankbar, wenn du diesen Antrag ablehnen würdest. Hinzu kommt…«

Lord Vetinari hob die Hand. »Schon gut, schon gut«, sagte er. »Ich weiß jetzt, wohin das führt. Und wenn ich *nein* sage?«

Es folgte eine jener stillen Phasen, die verschiedene Zukünfte in sich bergen.

»Seltsam, Herr: Diese Möglichkeit habe ich nicht einmal in Erwägung gezogen.«

»Tatsächlich nicht?«

»Nein.«

»Faszinierend. Was ist wohl der Grund dafür?«

»Es dient alles dem Wohl der Stadt, Herr. Kennst du den Ursprung des Wortes ›Polizist‹, Herr? Es geht auf den alten Ausdruck ›Polis‹ zurück und bedeutet soviel wie ›Mann der Stadt‹.«

»Ja, ich weiß.«

Der Patrizier musterte Karotte und schien die verschiedenen Zukünfte gegeneinander abzuwägen.

»Na schön«, sagte er schließlich. »Ich bin mit allen Punkten einverstanden. Korporal Nobbs Antrag bildet die einzige Ausnahme. Und ich glaube, du solltest zum Hauptmann befördert werden.«

»J-ja. Da stimme ich dir zu. Auch das dürfte im Interesse von Ankh-Morpork liegen. Aber um Missverständnissen vorzubeugen: Ich möchte nicht Befehlshaber der Wache sein.«

»Warum nicht?«

»Weil ich die Wache befehligen *könnte.* Die Wächter sollten Anweisungen ausführen, weil sie von einem Vorgesetzten kommen – und nicht deswegen, weil sie von Korporal Karotte gegeben werden. Es… scheint sehr leicht für sie zu sein, Karotte zu gehorchen.« Bei diesen Worten blieb das Gesicht des jungen Mannes maskenhaft starr.

»Ein interessanter Hinweis.«

»Vor einiger Zeit gab es den Rang des Kommandeurs der Wache. Ich schlage dafür Samuel Mumm vor.«

Der Patrizier lehnte sich zurück. »Oh, ja«, sagte er. »Kommandeur der Wache. Nach der Sache mit Lorenzo dem Netten verlor dieses Amt an Popularität. Ein Mumm bekleidete es damals. Habe nie danach gefragt, ob es ein Ahne von ihm war.«

»Das war der Fall. Ich habe Nachforschungen angestellt.«

»Wäre er bereit, ein solches Angebot anzunehmen?«

»Ist der Hohepriester ein Offlianer? Explodiert ein Drache im Wald?«

Der Patrizier presste die Fingerspitzen gegeneinander und sah darüber hinweg – mit diesem Gebaren hatte er schon viele Leute in Panik versetzt.

»Weißt du, Hauptmann... Das Problem mit Samuel Mumm ist, dass er viele wichtige, einflussreiche Personen verärgert hat. Und ich glaube, ein Kommandeur der Wache muss Beziehungen zu hohen gesellschaftlichen Kreisen pflegen und an Gildenversammlungen teilnehmen...«

Die Männer wechselten einen Blick. Der Patrizier hatte mehr davon, denn Karottes Gesicht war ein ganzes Stück größer. Beide Männer versuchten, nicht zu schmunzeln.

»Eine vortreffliche Wahl«, sagte Lord Vetinari.

»Ich habe mir erlaubt, in deinem Namen einen Brief an den Haupt... an Herrn Mumm aufzusetzen. Um dir Mühe zu ersparen. Möchtest du ihn lesen?«

»Du denkst an alles, nicht wahr?«

»Ich hoffe es, Herr.«

Der Patrizier überflog den Brief. Ein- oder zweimal lächelte er, griff dann nach einem Stift, unterschrieb und reichte den Brief zurück.

»Hast du mir nun alle deine For... Wünsche vorgetragen?«

Karotte kratzte sich am Ohr.

»Da ist noch eine letzte Sache. Ich brauche ein Zuhause für einen kleinen Hund. Nötig sind: ein großer Garten, ein warmer Platz am Kamin und glücklich lachende Kinder.«

»Lieber Himmel! Ist das dein Ernst! Na ja, so etwas müsste sich eigentlich finden lassen.«

»Danke, Herr. Das wär's dann, glaube ich.«

Der Patrizier stand auf und hinkte zum Fenster. Der Abend begann. In der Stadt leuchteten die ersten Lichter.

»Mir fällt da gerade etwas ein, Hauptmann«, sagte er und kehrte Karotte den Rücken zu. »Die Sache mit dem Thronfolger… Was hältst du davon?«

»Ich verschwende keinen Gedanken daran, Herr. Das ist doch nur der übliche Schwert-im-Stein-Unsinn. Könige kommen nicht einfach aus dem Nichts, winken mit dem Schwert und bringen alles in Ordnung. Es wäre töricht, etwas anderes anzunehmen.«

»Ich glaube, es wurden… *Beweise* erwähnt.«

»Niemand scheint zu wissen, wo die sich befinden, Herr.«

»Als ich mit Hauptmann… mit *Kommandeur* Mumm sprach, wies er darauf hin, dass du die Unterlagen hast.«

»Offenbar habe ich sie irgendwo hingelegt und dann vergessen.«

»Erstaunlich. Nun, hoffentlich hast du sie geistesabwesend an einem sicheren Ort untergebracht.«

»Sie sind bestimmt gut… gehütet, Herr.«

»Allem Anschein nach hast du *viel* von Hau… von Kommandeur Mumm gelernt, Hauptmann.«

»Mein Vater hat mich immer gelobt, weil ich so schnell lerne, Herr.«

»Vielleicht *braucht* die Stadt einen König. Hast du an diese Möglichkeit gedacht?«

»Ankh-Morpork braucht einen König ebenso wie ein Fisch… äh… etwas, das unter Wasser nicht funktioniert.«

»Ein König kann an die Gefühle seiner Untertanen appellieren, Hauptmann. Du hast dieses Mittel einem Troll gegenüber eingesetzt, wie ich erfahren habe.«

»Ja, Herr. Aber was stellt Detritus morgen an? Ich meine, man kann die Leute nicht wie Marionetten behandeln. Das geht nicht. Herr Mumm betonte häufig, dass man seine Grenzen kennen muss. Wenn es wirklich einen König gäbe, dann könnte er sich am besten dadurch nützlich machen, indem er anständige Arbeit leistet …«

»Eine interessante Ansicht.«

»Doch *wenn* es mal zu einem Notfall kommen sollte … könnte er jederzeit eingreifen.« Karottes Miene hellte sich auf. »So ähnlich ist es auch mit Wächtern. Wenn man uns braucht, dann *braucht* man uns. Und wenn nicht … wandern wir durch die Straßen und rufen ›Alles ist gut‹ – falls tatsächlich alles gut ist.«

»Hauptmann Karotte«, sagte Lord Vetinari, »ich glaube, wir verstehen uns jetzt sehr gut, und deshalb möchte ich dir etwas zeigen. Bitte, begleite mich.«

Sie gingen zum Thronsaal, in dem sich um diese Tageszeit niemand aufhielt. Der Patrizier humpelte durch den großen Raum und streckte die Hand aus. »Ich nehme an, du weißt, was das ist, Hauptmann.«

»Oh, ja. Der goldene Thron von Ankh-Morpork.«

»Seit Hunderten von Jahren hat dort niemand mehr gesessen. Hast du jemals darüber nachgedacht?«

»Was meinst du, Herr?«

»Hast du dich nie gefragt, wieso es hier soviel Gold gibt, obwohl selbst das Messing von der Messingbrücke gestohlen wurde? Wirf einen Blick *hinter* den Thron.«

Karotte trat die Stufen hoch.

»Meine Güte!«

Der Patrizier sah ihm über die Schulter.

»Es ist nichts weiter als Goldfolie auf Holz …«

»In der Tat.«

Eigentlich war das Holz kaum mehr Holz. Fäulnis und Würmer hatten bereits um den letzten biologisch abbaubaren Brocken gerungen. Karotte stieß mit dem Schwert dagegen, und Staub rieselte herunter.

»Was hältst du davon, Hauptmann?«

Karotte richtete sich auf.

»Nun, es dürfte besser sein, wenn die Leute nichts davon wissen.«

»Genau das dachte ich auch. Nun will ich dich nicht länger aufhalten. Bestimmt musst du viel organisieren.«

Karotte salutierte.

»Danke, Herr.«

»Du und Obergefreite Angua... Ich nehme an, ihr kommt gut zurecht, oder?«

»Wir *verstehen* uns, Herr, und zwar ziemlich gut«, antwortete Karotte. »Natürlich wird es die eine oder andere Schwierigkeit geben, aber ich sehe die Sache von der positiven Seite: Wenigstens habe ich jetzt jemanden, der jederzeit bereit ist, mir bei einem Streifzug durch die Stadt Gesellschaft zu leisten.«

Als Karotte die Hand nach der Türklinke ausstreckte, rief der Patrizier noch einmal seinen Namen.

»Ja, Herr?«

Er sah zu dem hoch gewachsenen, dürren Mann zurück, der in dem großen, leeren Saal neben einem vom Zerfall heimgesuchten Thron stand.

»Du interessierst dich für Wörter, Hauptmann. Daher bitte ich dich, über etwas nachzudenken, das dein Vorgänger nie ganz verstanden hat.«

»Herr?«

Der Patrizier zögerte kurz. »Hast du dich jemals gefragt, woher das Wort ›Politiker‹ kommt?«

»Und dann das Komitee des Sonnenscheinheims«, sagte Lady Käsedick auf ihrer Seite des Esstisches. »Du musst dort unbedingt Mitglied werden. Und dann die GGG, die Gruppe der Großen Grundbesitzer. Und die Liga der Freundlichen Feuerspucker. Kopf hoch. Es fällt dir bestimmt leicht, dir die Zeit zu vertreiben.«

»Ja, Schatz«, erwiderte Mumm. Er sah Tage mit Komiteeversammlungen, Ausschusssitzungen und Wohltätigkeitsveranstaltungen (insbesondere zugunsten von Sumpfdrachen) vor sich. Vielleicht war das besser, als in den Straßen der Stadt zu patrouillieren, Lady Sybil und Herr Mumm.

Er seufzte.

Sybil Mumm, geborene Käsedick, musterte ihn nicht ohne Besorgnis. Sie hatte Sam Mumm immer als jemanden gekannt, der voller Kraft steckte, in dem das Feuer des gerechten Zorns brannte, der am liebsten die Götter verhaftet hätte, weil sie immer wieder ihre Inkompetenz bewiesen. Doch dann gab er seine Dienstmarke ab und … war einfach nicht mehr er selbst.

Die Uhr in der Ecke schlug achtmal. Mumm holte seine Taschenuhr hervor und öffnete sie.

»Geht fünf Minuten vor«, stellte er fest, während das melodische Läuten verhallte. Er schloss den Deckel wieder und las die eingravierten Worte: »Eine Uhr von deinigen alten Froinden in der Wache – damit du immer weißt, was die Stunde geschlagen habet.«

Zweifellos steckte Karotte dahinter. Mumm kannte inzwischen seinen unverwechselbaren Schreibstil.

Sie verabschiedeten einen. Sie schickten einen fort, in das unbekannte Leben als Zivilist. Und man bekam eine Uhr von ihnen …

»Entschuldigung, gnä' Frau …«

»Ja, Willikins?«

»Ein Wächter steht vor der Tür, gnä' Frau. Ich meine die Tür des Dienstboteneingangs.«

»Du hast einen Wächter zum Dienstboteneingang geschickt?«, fragte Lady Sybil.

»Nein, gnä' Frau. Er kam von ganz allein dorthin. Es ist Hauptmann Karotte.«

Mumm hob die Hand vor die Augen. »Man hat ihn zum Hauptmann befördert, und er kommt zum Dienstboteneingang«, sagte er. »Typisch Karotte. Führ ihn herein.«

Außer Mumm hätte kaum jemand bemerkt, dass der Diener Lady Käsedick einen fragenden Blick zuwarf.

»Du hast den Lord gehört«, meinte Sybil.

»Ich bin kein Lo...«, begann Mumm.

»Bitte, Sam«, unterbrach ihn die Lady.

»Ich bin wirklich keiner«, grummelte der frühere Wächter.

Kurz darauf kam Karotte herein und nahm Haltung an. Wie üblich wurde die Umgebung zum Hintergrund.

»Schon gut«, sagte Mumm und versuchte, nicht zerknirscht zu klingen. »Du brauchst nicht zu salutieren.«

»Doch, das muss ich«, erwiderte Karotte und reichte Mumm einen Umschlag, der das Siegel des Patriziers trug.

»Wahrscheinlich stellt mir Lord Vetinari fünf Dollar für übermäßige Abnutzung des Kettenhemds in Rechnung«, vermutete Mumm.

Seine Lippen bewegten sich lautlos, als er las.

»Meine Güte«, entfuhr es ihm. »Sechsundfünfzig?«

»Ja, Herr. Detritus freut sich schon darauf, die Neuen auszubilden.«

»Und es sollen auch Untote dazugehören? Hier steht, dass Spezies und biologischer Status überhaupt keine Rolle spielen...«

»Ja, Herr«, bestätigte Karotte mit fester Stimme. »Es sind alles Bürger.«

»Soll das heißen, bald könnte es auch *Vampire* in der Wache geben?«

»Sie leisten beim Nachtdienst ausgezeichnete Arbeit, Herr. Und sie lassen sich auch für die Luftaufklärung einsetzen.«

»Außerdem könnten wir sie verwenden, um Blut zu untersuchen.«

»Herr?«

Mumm beobachtete, wie der – zugegebenermaßen nicht besonders gute – Witz Karottes Kopf passierte, ohne im Gehirn eine Reaktion zu bewirken. Er wandte sich wieder dem Dokument zu.

»Hmm. Wie ich sehe, ist jetzt auch eine Pension für Witwen vorgesehen.«

»Ja, Herr.«

»Und die alten Wachhäuser sollen wieder in Dienst gestellt werden?«

»Das sehen die neuen Regelungen vor, Herr.«

Mumm las weiter:

Wir sind darüber hinaus der Meinung diesiger dass, die größere Wache einen erfahrenen Mann brauchet der, in allen Teilen der Gesellschaft hohes Ansehen genießigt und wir sind davon überzeugt dass, du für diesen Posten geeignet bisset. Deshalb wirst du mit sofortiger Wirkung deinen Dienst als Kommandeur der Stadtwache von Ankh-Morpork beginnen. Dieses Amt bringet automatisch den Schtatus des Ritters mit sich den wir hiermit wiedereinführigen.

Ich hoffe es geht dir gut, mit freundlichen Grüßen und sehr hochachtungsvoll
Havelock Vetinari (Patrizier)

Mumm las den Text noch einmal.

Seine Finger trommelten auf den Tisch. Es bestand kein Zweifel, dass die Unterschrift von Lord Vetinari stammte, aber…

»Kor… Hauptmann Karotte?«

»Herr!« Karotte stand stramm. Er strahlte nicht nur Pflichtbewusstsein und Diensteifer aus, sondern auch die unerschütterliche Entschlossenheit, allen direkten Fragen auszuweichen.

»Ich…« Mumm griff nach dem Blatt Papier, legte es wieder auf den Tisch, nahm es erneut… und reichte es schließlich Sybil.

»Potzblitz!«, kommentierte sie. »Man hat dich in den Ritterstand erhoben? Genau zum richtigen Zeitpunkt!«

»Aber… ausgerechnet *ich*? Du weißt doch, was ich von den Aristokraten in dieser Stadt halte. Womit ich natürlich nicht *dich* meine.«

»Vielleicht wird's Zeit, den alten Adel mit neuem zu verbessern«, sagte Lady Käsedick.

»Seine Exzellenz wies darauf hin, dass über die einzelnen Punkte nicht verhandelt werden kann«, betonte Karotte. »Entweder alles oder nichts. Wenn du verstehst, was ich meine.«

»Alles…«

»Ja, Herr.«

»… oder nichts.«

»Ja, Herr.«

Erneut trommelten Mumms Finger auf den Tisch.

»Du hast gewonnen, nicht wahr?«, fragte er. »Du hast *gewonnen.*«

»Ich verstehe nicht, Herr«, entgegnete Karotte und hüllte sich in eine Aura ehrlicher Unschuld.

Eine gefährliche Stille folgte.

»Nun, es gibt praktisch keine Möglichkeit, so etwas zu beaufsichtigen«, sagte Mumm nach einer Weile.

»Wie meinst du das, Herr?«

Mumm zog den Kerzenständer näher und deutete auf das Dokument.

»Sieh nur, was hier geschrieben steht. Die alten Wachhäuser sollen wieder benutzt werden? An den Toren? Was hat das für einen Sinn? Sie liegen am *Rand* der Stadt.«

»Ich bin sicher, dass gewisse organisatorische Details geändert werden können, Herr«, sagte Karotte.

»Ich habe nichts dagegen, die Tore bewachen zu lassen, aber wenn die Ereignisse in Ankh und Morpork unter Kontrolle gehalten werden sollen, brauchen wir einen Stützpunkt an der Ulmenstraße, einen unweit der Schatten und des Hafens, einen weiteren an der Kurzen Straße und vielleicht einen kleinen an der Königsstraße. Ja, irgendwo dort. Man muss die einzelnen Bevölkerungszentren berücksichtigen. An wie viele Männer je Wachhaus hast du gedacht?«

»An zehn, Herr. Eingeteilt in Schichten.«

»Nein, ausgeschlossen. Es dürfen höchstens sechs sein. Ein Korporal. Und noch einer pro Schicht. Der *Rest* wird für einen monatlichen Turnus eingeteilt. Du möchtest, dass die Burschen auf Zack sind, nicht wahr? Gib jedem von ihnen Gelegenheit, in allen Straßen der Stadt zu patrouillieren. Das ist sehr wichtig. Und… wenn ich doch nur eine Karte hätte… Oh, danke, Schatz. Sehen wir uns die Sache mal genauer an. Es sind also insgesamt sechsundfünfzig. Allerdings übernimmst du auch die Tagwache. Außerdem kommt es sicher zu Ausfällen; rechne jährlich mit zwei Großmütterbeerdigungen pro Mann. Tja, ich frage mich, wie die Untoten *das* hinkriegen, vielleicht bekommen sie Freizeit für ihre *eigenen* Bestattungen. Denk auch an Krankheiten und so. Sinnvoll wären also vier Einsatzgruppen, über die ganze Stadt verteilt. Hast du Feuer? Danke. Der Schichtwechsel sollte nicht bei allen gleichzeitig stattfinden. Andererseits muss jedem Wachhausoffizier genug Spielraum für Eigeninitiative gegeben werden. Für den Notfall hält sich ein Trupp auf dem Pseudopolisplatz in Bereitschaft... Gib mir mal den Stift. Und auch das Notizbuch. Wir schreiben's besser auf...«

Zigarrenrauch wehte über den Tisch. Die Taschenuhr ließ nach jeder Viertelstunde eine kurze Melodie erklingen, aber niemand achtete darauf.

Lady Sybil lächelte, schloss die Tür und ging, um die Drachen zu füttern.

»Liebe Muther und lieber Fater,
hoite habe ich eine noch größere Überraschung denn man hat mich zum Hauptmann befördert! Eine sehr ereignis- und abwekslungsreiche Woche lieget hinter uns wie, ich nun erzählen werde...«

Und dann noch dies...

Das Haus stand in einem der besseren Viertel von Ankh-Morpork. Ein großer Garten gehörte zu dem Anwesen, und es gab sogar eine Baumhütte für die Kinder. Vermutlich existierte auch ein warmes Plätzchen am Kamin.

Eine Fensterscheibe zerbrach...

Gaspode landete auf dem Rasen und raste wie von Dämonen gehetzt zum Zaun. Nach Blumen duftende Seifenblasen lösten sich von seinem Fell. Er trug ein Halsband mit Schleife, und in seinem Maul steckte ein Napf mit der Aufschrift: UNSER LIEBER SCHNUFFI.

Hastig grub er ein Loch, das es ihm erlaubte, sich unter dem Zaun hindurchzuzwängen und die Straße dahinter zu erreichen.

Einige Pferdeäpfel befreiten ihn vom Blumenduft, und hingebungsvolles, fünfminütiges Kratzen beseitigte die Schleife.

»Nicht ein einziger verdammter Floh ist übrig geblieben«, stöhnte Gaspode und ließ den Napf fallen. »Und ich hatte praktisch alle, die man haben kann. Lieber Himmel! Wer hätte *das* gedacht!«

Unmittelbar darauf verbesserte sich seine Stimmung. Heute war Dienstag, und bei der Diebesgilde gab es Steaks und Pastete-mit-verdächtiger-Füllung. Der Chefkoch ignorierte fast nie einen wedelnden Stummelschwanz, und bei Gaspode kam ein durchdringender Blick hinzu. Wenn er noch mit einem Fressnapf aufkreuzte und einen mitleiderregenden Eindruck erweckte... dann stand einer leckeren Mahlzeit nichts mehr im Wege. Es würde nicht lange dauern, UNSER LIEBER SCHNUFFI abzukratzen.

Vielleicht wäre es anders besser gewesen. Aber die Wirklichkeit sah nun einmal *so* aus.

Und eigentlich, fand Gaspode, hätte es viel schlimmer sein können.